献给伟大的换梅，我的妈妈。

曹可谦

曹乃谦
著

长篇小说

CTS
湖南文艺出版社

图书在版编目（CIP）数据

换梅 / 曹乃谦著. -- 长沙 : 湖南文艺出版社, 2025. 5. -- ISBN 978-7-5726-2177-2

Ⅰ. I247.5

中国国家版本馆CIP数据核字第20249AG864号

换 梅

HUANMEI

著　　者：曹乃谦
出 版 人：陈新文
责任编辑：徐小芳　耿会芬　李雪菲
责任校对：刘　波
整体设计：任凌云
内文排版：玉书美书

出版发行：湖南文艺出版社
（长沙市雨花区东二环一段508号 邮编：410014）
网　　址：http://www.hnwy.net
印　　刷：长沙超峰印刷有限公司
经　　销：新华书店
开　　本：880mm × 1230mm　1/32
印　　张：29
字　　数：702千字
版　　次：2025年5月第1版
印　　次：2025年5月第1次印刷
书　　号：ISBN 978-7-5726-2177-2
定　　价：128.00元

清风徐来曹乃谦

——《换梅》序

陈文芬

马悦然读过曹乃谦早年以《换梅》为题的中篇小说后说："这是一个真正的童话。"

换梅是乃谦的养母。

乃谦是山西应县下马峪村农民之子，小名儿"招人"。招人生来眼眸灵动，大耳招摇，美丽吸人。

曹家的隔壁邻居换梅，膝下无子，丈夫曹敦善在大同北山区打游击，不在村中。换梅常到邻家逗弄娃娃招人，日久生情，竟动起据为己有的念头。一天晚上，她假意照料孩子抱走招人，说第二日早晨送过来，生母不疑有他。

养母偷子的亲情童话，由一场惊天动地的偷窃奔袭而展开。

换梅"偷子出村""赤身渡河""智杀恶狼""乞讨寻夫"，经历严寒和饥饿的煎熬，终于在三个月后，与丈夫曹敦善相逢。

悦然说他读到娃娃躺吊床里吊在驴肚底下，想起荷马写奥德赛走进羊洞里遇见个大巨人，奥德赛叫巨人瞎眼的那一计。

换梅有智慧有勇气，再加上无比的神力，悦然夸奖她说，无论是当今还是古代，都算是十分少见的独特的女性。

宇宙世界之浩大，却有极微小的概率让这样一个真实的故事发生在一个作家的童年，而作家必得拥有一枝童话之笔，才能将一真实的蕾骨植进文学之境，开出繁花。

乃谦写完《到黑夜想你没办法》，一直想写母亲的故事。而中篇《换梅》就是长篇小说《换梅》的引子，即本书的前九章。

引子业已出版，而正文却迟迟不见问世。原因是，乃谦得了脑血栓。但乃谦并没有放弃对长篇小说《换梅》的写作，他说写不完《换梅》死不瞑目。养病三年后，他又拿起了手中的笔。怕犯病，他放慢了速度，并说不能写长的，先写短的。照他自己的话说，是在"慢慢腾腾地循序渐进着"。

至今，长篇《换梅》终于完成，总一百零八题。

这一题又一题的故事，篇篇都可独立阅读，却又是相互勾连。

乃谦用"我"这种自述散文体样式，用散点透视的笔法，述写着不同的人生段落。九题引子之后，从初小报名写到高中毕业；之后又从参加工作到了红九矿开始，经历宣传队、下井、文工团、铁匠房、政工办、丧父、结婚。一路写去，看似随笔，娓娓道来，所写都是个人小我亲族友朋的人生际遇，而这些苦难岁月的陈年往事，都被赋予了审美的意味。

所有篇章其轴心是"我"，而所有篇章实际都是在写母亲。

曹母是个文盲，虽也参加过扫盲夜校，可一辈子只认识"曹乃谦"三个字。她不善言辞，有理也不会辩说，必要时只用拳头来说话。

曹雪芹笔下的贾母拥有权力，曹乃谦笔下的曹母拥有拳力。她捅杀过狼，打过警察，打过邻居，打过老师。为保护家人，该出手时就出手。母亲直觉式的出击，必有神效。而为了教育儿子，小招人也没少挨母亲的巴掌。据乃谦的体会，母亲的巴掌有三种形态——耳光、兜嘴、刮刷，在此不细表。最厉害的一刮刷下去，准叫对手人仰马翻，倒在地上。

有趣的是，这个以武促教的文盲母亲，动不动就叫乃谦做作业。乃谦说，我做完了。母亲说，作业还有个做完的？再做！母亲令下，乃谦不敢违抗，只得再做。乃谦的家庭作业常常是写两回三回。

曹母不仅仅是只会用拳力来“修整”招人，她也有心思细腻舐犊情深的一面，甚至是跟孩儿有心灵通感的时候，书中这方面的精彩叙述很多，最让我感动的是《扣子》那一章，当读到这一章的末尾时，我早已是热泪盈眶。

瑞典诗人托马斯·特朗斯特罗姆的散文传记《记忆看见我》说，“独生子总是发展出收藏的爱好或某些独特的兴趣”。曹乃谦也像托马斯一样，是多半时间由母亲带大的独子，同样发展出音乐的爱好，按照朋友的说法，他啥乐器都能耍。而母亲对他的评价是：“你们当是啥，跟木头说话，难呢。”

乃谦写小说一是爱乐，二是爱人，两者交融无分先后。

乃谦最早在姥姥村里听放羊的存金唱歌，存金歌声好，乃谦教他写字，也跟他学唱。接着自学口琴、竖箫、秦琴。初恋的女同学萧融爱乐，机缘一起竟改而追逐各种乐器狂练。于是，在校园动荡于政治运动时，乃谦走上了音乐艺术之路，那是他人生很大的幸运，先进入了宣传队，再进入了文工团，还立志要做省歌剧院首席二胡；不幸因为拉奏古典名曲《苏武牧羊》，被冤枉和诬陷是不符合政治路线，遭领导惩罚而被下放到铁匠房。工作一年后有贵人相助，引上警察的职业。以后又因拒绝为领导抄写匿名信，被发配到了雁北的穷山村做知青带队的队长。一年的部落生活，让他的人生灾难变成了十二年后的创作礼物。

这本书的音乐之路，呼应了作者《到黑夜想你没办法》那本大书。

人生的跌宕起伏，行云流水如过眼烟云，不如清唱一曲直上云霄。

于静水深流之中，不动声色地状写时代样貌，是乃谦这本书的特色。

乃谦书中涉及新中国成立后的“扫盲运动”“爱国卫生运动”“取缔一贯道”“抗美援朝”“大炼钢铁”“三面红旗”“反美游行”“六二年困难时期”“阶级斗争天天讲”“上山下乡”；而后又写到了“文革”时期的一系列运动和事件。

这些，乃谦虽然没有着重地细写，但他似乎是把所有的大事，都有意识地却又是很自然地，穿插着布局在家常话语的字里行间。把大量的时代信息，融进在孩童、少年、青年真诚的眼睛视觉里，和朴实无华的文字之中。使读者在阅读中，回忆着并了解到了当时的时代特色和史料信息。

读完全书，我了解到乃谦家庭所生活的大时代背景，同时也知道，在那个时代，“担大粪不偷着吃的真心保国”的公社书记曹敦善，终其一生都是在离家一百里的农村工作；一家人一辈子只住着一间不足二十平方米的小平房；在招人到了结婚的年龄，母亲深谋远虑，动员亲朋，在南大殿屋檐下加盖了五平方米的小屋；五舅舅为了给外甥买进口手表，半夜起来排队不说，还和另外也在排队的夫妇二人打了一架，脸面让可恶的妇人抠出一道道的血痂，五舅舅还觉得“值得”，因为他给外甥抢购到了一块可以当作订婚礼物的瑞士“百浪多”。

这种真实的时代状貌，让我心酸，让我悲哀。但当我想到现时的乃谦，又不由得为乃谦高兴。

曹乃谦是个爱女性的作家。曹乃谦爱女性的本质跟曹雪芹一样。

乃谦不仅爱母亲、爱姥姥姨姨姊姊妹妹，还爱女老师女同学女同事。其实，也可以反过来说，所有的女性都喜欢招人，喜欢乃谦。

因为留意女人，爱恋女人，书中但凡女人的大小事，在乃谦的笔下都能写出味道来，一种曹味。有时天上人间，灵通得不加掩饰。他写女性，总有感知，感性，从不流俗。这种十足的曹味，读者自可细细品阅，这里不详加举例。

在乃谦求学过程遭遇巨大的政治运动是个不幸的主题，但是在不幸的时代往往有相同的幸福的理由。那种幸福包含着高贵的品格和质量。

当时曹乃谦求知若渴，同学的友谊在少男少女之间，往来的是学琴、棋艺、讨论文学。

乃谦欣赏的女同学当中，因为佩服周慕娅同学对《红楼梦》一书的深度理解而埋下情缘。直到后来乃谦与慕娅结为连理，他们的婚姻是金石良缘。

乃谦偏爱《红楼梦》，而他的写作手法也受红楼梦的影响。他把人物、故事错落了时空来写，写出了本书很特别的章法结构。比如，他在前面的《值班》中写到的小毕姨姨，时隔十四年后，在后面的《缘分》中又出现了，前面骂他“小屁孩”，后面却问他“你是不是也有点喜欢小毕姨姨”；再比如，前面《中考》写道，“五舅舅跟我讲过，说我妈在年轻时，因为浇地和小山门村的一个后生打起来了，我妈一个刮刷把那后生打得滚下了沟堨，那后生满嘴血，他的牙让给打得掉下两颗”。而这个小山门后生，却在后面的《二妹妹》里巧遇了，和“我们”居然是坐在了一个小巴车里，“小山门大爷”认出了“我”母亲，可“仇人相见，没有眼红，还笑，还相互问讯后来的情况”。类似这种的趣例，在书中有很多很多。

乃谦书中的这种“隔山探海，天呼地应”，无疑是借鉴了曹雪芹撰写《石头记》的“草蛇灰线，伏脉千里”的表现手法。而这种手法，在《到黑夜想你没办法》一书里，也早已经是在成熟地运用着。

2010年马悦然的老学生白山人翻译的全本《红楼梦》瑞典译文出版，在斯德哥尔摩的远东图书馆举办一场发表会，会后白山人问悦然：“曹乃谦现在怎么样？”

马悦然的老学生们跟悦然长年有私交、通信。在马老师多年鼓励之下白山人终于完成《红楼梦》的译本，对他一生挚爱的曹雪芹有了一个交代以后，白山人开口居然问了个曹乃谦。

悦然所有的学生里白山人对于文学的审美是最强的一位，需知道他读过两个文学博士，因为爱上《红楼梦》才跟马悦然学习汉学。

白山人对于《到黑夜想你没办法》的评价很高，我无法精准重述他的评语，他说曹乃谦想做什么没有办不到的，因为《到黑夜想你没办法》的艺术形式已经精准到看起来一切好简单，可他做了所有艺术形式需要的非常复杂高规格的准备。

我以为白山人读了他老师翻译曹乃谦的译文，一定是产生了什么心理作用。当时我没有把白山人的评语太放在心上，就在我读完乃谦长篇新作《换梅》，我真想立刻找到白山人，告诉他：小曹跟老曹之间有一点意思。

曹乃谦的写作起步晚，产量少，语言审美感强，创作精品一步到达巅峰，这是一种晚发的天才状态，背后隐藏更多的是阅读状态的丰饶、生命经验的积累。

《换梅》发表以后，读者更能了解乃谦的人生与创作之途，在幸福与不幸福之间，饱含多少平常百姓高贵的品格与质地，这是不平凡的母亲养育他所带来的一切。

乃谦与我跟悦然常常联系。他陆续写书，写完就寄来，我一本本看。

这一百零八题，我读了十分诧异，竟然有狄更斯《大卫·科波菲尔》那种古典英国文学缓缓悠悠的味道。我忍不住写信告诉乃谦说，简直写得跟《大卫·科波菲尔》一样好。

我留意到乃谦写《换梅》，跟《到黑夜想你没办法》选择完全不同的语言技巧。《到黑夜想你没办法》极简微型，一个篇章能说完一个人物的一生，一个字不浪费，每个篇幅的艺术张力极大，经常踩到故事的地雷，情感就爆炸了。像初次听闻斯特拉文斯基的音乐，音符有欢愉也必须享受艺术的痛苦。《换梅》文字朴雅日常，故事细水长流。我猜，这个语言的艺术的启发可能跟他常年阅读曹雪芹先生的《红楼梦》有关系。

我们头一次知道乃谦能把一个真实经历的故事写成这样纯洁的语言，是早在2005年秋天，悦然跟我在乃谦的家里订婚。当时是给了他一个惊喜，有李锐、蒋韵在场。之后他给香港《明报月刊》写了一篇文章《好日子》，说这个事。悦然读了说，噢，一种很天真的、孩子气的写法，那也是只有真心纯洁的人才能写出的文字。

读过头两本书我常常想，有这样的语言艺术作为基础的《母亲》，其实是寻常百姓家的贾母与宝玉。而百姓家的寻常故事，我们却越来越不容易知道了。写实主义不是那么简单的事情。

全书读后，我不由得想起鲁迅的《故乡》。

鲁迅是现代中国文学的巨神，所有鲁迅作品，马悦然最欣赏《故乡》。他认为那是鲁迅作品当中最为至情至性，也最为伤感的一篇作品。

故事耳熟能详，几乎不需要重述。

少年时代的朋友闰土来探望返乡的主人翁。年轻的闰土，像个小神仙一般地无所不能，是一部小百科全书，认识生活周遭所有的东西，夏天能在金色沙土刺一只獾，冬天可在雪地猎到罕见的鸟儿。此刻再见到闰土，闰土表现得谦卑怯弱，唤他“老爷”。迅哥的后辈宏儿，闰土的儿子水生，他们一见面就一起出去玩。主人翁（应该是鲁迅自己）眼看着他们，心里想着是一种希望，也许将来的后生能够在多年以后见面，并不有这种隔膜。然而，这个愿望一旦升起，他又嘲笑自己，这不就像闰土执着于崇拜偶像，想着庇佑自己的家庭事业与健康，那么迅哥的这种希望，岂不也是一种毫不可能的想望吗，为什么闰土想要那些偶像时，心里觉得那想法不切实际，而自己的这般愿望，岂不是更加不切实吗?

2012年莫言得到诺贝尔文学奖，在瑞典他只接受了瑞典广播电台书评家、汉学家夏谷的专访。莫言回国发表新书《盛典》，记录夏谷访谈。夏谷问莫言的作品《白狗秋千架》是不是也像鲁迅《故乡》这样的题材，是不是也想过自己与故乡同一辈人之间的关系。这个问题太有意思了。夏谷是马悦然的学生，也许马悦然在课堂讲过鲁迅与《故乡》对他有一点影响。莫言说都是从一个角度，写一个在外边成为知识分子的人，或者成为一个作家的人，总之是一个有学问的人回到故乡，遇到童年的伙伴，然后发现彼此之间已经有很多精神上的隔膜。莫言的回答好极了，“鲁迅所开辟的题材或者这样一种思路一直延续到现在”。莫言以前接受一些书评家访问，曾经说过插队的知青写作的农村跟他本身是农民出身的作家写出来的作品是完全不同的。

由于“文革”的缘故，许多知识青年有了机会下乡，过了一些年他们回到城市生活，而莫言的根底就在农村。我觉得莫言早意识到自己跟其他作家的区别，一个人的“原生家庭”决定了一切。莫言以及曹乃谦，悦然所说的“乡巴佬作家”，各自乡巴佬的等级程度不同，他们笔下的“故乡”也生出不同的细节。

为什么乃谦写完《换梅》，我却想到鲁迅的《故乡》？

原来我想象的是一个孝顺的男儿写出一部母亲的大书，可是事情竟然不仅仅是这样。

乃谦是母亲的独养子，母子一直相依为命，因此乃谦写《母亲》不仅是写母亲也必须把自己的人生包括在内。那么受到母亲一生的庇佑，用他自己的话说仅有“初中四年级”学历，没有拜师学艺，仅仅靠着身边的朋友亲戚表哥同学，再加上自己的天赋，学会各种乐器，加入文工团，就这样踏上一条专业演奏家之路。

我们不妨再把故事说一遍，因为演奏《苏武牧羊》这么一个“政治不正确”的曲目，从此被惩罚到了铁匠房去“接受工人阶级的再教育”。在那儿遇到一个贵人，把他引上警察之路。全面爱好文艺的乃谦从没减少过对阅读的热爱，他收藏世界文学名著多达三千多本，收藏的方法竟然也只是靠着各方的朋友，就像他学会下围棋是跟着圆通寺的老和尚，学会做馒头连他母亲也佩服。作为一个连连能破案的警察，为了写作案例，最后竟靠着一个儿时朋友的激励，对着满屋子的世界文学名著打赌，书架上缺少一本他自己写作的书。三十七岁的他于是有了作家梦，开始写作。

这不只是一本关于母亲的大书，书里也充满“闰土”，不只是母亲成就了曹乃谦，各种各样的“闰土”也成就了曹乃谦。乃谦的母亲是捅过狼的女英雄，在《灰灰》跟《地震》两个章节，晚年版的母亲依然不减当年威风。

通常“原生家庭”在底层的人发表著作成功，也等于一个完成“阶级旅行”的人。狄更斯的时代如此，鲁迅的时代如此。

狄更斯之所以成为英国人景仰的国民作家，他不只能描写上层阶级，他也写身边的闰土，这两个阶层都有他挚爱的那些阶级里良好的人品。阅读狄更斯的著作，我们往往能成为更美好的一个君子。这段话写出来好像在鼓励高中学生。而事实确实如此，在本书的后二十七题里，乃谦写他怎么样阅读怎么样收藏世界文学名著，以及怎样一步步开始写作。看起来就像一个得到诺贝尔文学奖的作家应该回顾的文学之路，可他写得非常自然。

乃谦的亲友形容他的人品“死相”，由于不懂得“研究研究（烟酒烟酒）”，又是个“不跑不送，原地不动”的人，他创造一个不可能也不应该的“奇迹”，做了三十六年警察，退休时还是一个基层的科员。这是他自己的故事，在后二十七题里，他不吝啬地把自己的窘境写出来，可他心里却坦荡荡地非常自然，很可能是艺术的涵养与修为使然。在他一生中，周围有很多有涵养的人陪伴着他，像他妻子的二姊，是个文学修养很高的文艺爱好者，这个对于乃谦来说很重要的人物，在前面章节《读书》里出现时，已经暗示了她的文学造诣；像姥姥家钗锂村，在原乡放羊的存金，是个民歌手；像圆通寺的老和尚，几乎什么都有一手，在乃谦母亲眼里，又是一尊永远保佑着儿子的菩萨。那么最后，让乃谦长大成人的居所圆通寺，原来还是曹雪芹爷爷的爷爷当大同知府时建造出来的。哎，按照乃谦的话，一切都有缘分。

乃谦受父亲母亲的教诲（读者如果留意的话，他母亲在书里说过类似“俺娃也写他一本书”这样的话），他却以自己的方式走出一条文学之路。读了《换梅》，我们终于知道“钢铁是如何炼成的”。

我的记忆又回到2012年，宣布莫言得奖时，悦然告诉瑞典记者，莫言是一个两只脚踏在土地上，实实在在的一个农民的孩子。莫言到了瑞典也说了一句话，他出门以前，父亲告诉他，不要忘记自己是农民的孩子。这段记忆的画面跟鲁迅的《故乡》见到闰土的刹那，是两个交错的瞬间。我觉得是文学史上必然交错也永不能遗忘的瞬间，就像一个奇航探险，这艘写作的船开了出去，没有人知道航行的目的地。

曹乃谦的《换梅》完成了，象征着这是一段没有人知道的天路历程。一个文盲母亲的养育解决了一个文学史上的课题。鲁迅想着文学的自身，如何与故乡的同辈人能同声一气，不再有隔膜。乃谦与母亲一起回答了鲁迅的愿望。

固然，曹乃谦创造一个别的“作家”没有的经验，他不曾离开过故乡，他一直在原乡写作，在“原生家庭”生活；可是他身边众多的闰土，以及这童话故事一般的母亲，滋润他的文学人生。他就像一个粗粝的蚌壳，在沙土与海水里游荡游荡，最后被冲击上岸。我们看见蚌壳包裹着一颗晶亮的珍珠，那是鲁迅想要拥有的一颗明珠一般的理想世界。

这是一部多么可敬可爱的大书。

古人云：树欲静而风不止，子欲养而亲不待。

乃谦的散文体小说，繁华落尽，真淳淡然，文字隽永，有如清风徐来，再无遗憾。

2024.12.16 于斯德哥尔摩

书中主要人物

招人：曹乃谦、招娃子

父亲：曹敦善、楚修德
母亲：张玉香、张大女

大哥：（同胞大哥）曹甫谦
二哥：（同胞二哥）曹成谦

五舅舅：张文彬、张宏苑、五子
五妗妗：何香莲、五子街
表哥：张郡世、忠孝
表弟：忠义
大表妹：秀秀
二表妹：丽丽

七舅舅：张宏锡、七子
七妗妗：七子街
表妹：妙妙、妙英

东院二舅：老二

姨夫：宋守周

姨妹：玉玉

妹夫：韩仁连

师父：善缘、慈法

方悦：（师父侄孙）田方悦

老王：（发小）

二虎：（发小）

虎人：（发小）

柱柱：（发小）

老眢：（发小、初中同班同学）

小彬：（发小）

常吃肉：（小学同班同学）常子龙

老周：（高中同班同学、市公安局同事）

周慕娅：妻子、四女儿、四子

二姐：妻子二姐

二姐夫：妻子二姐夫

二哥：妻子二哥

目录

Contents

第一辑　行云

第二辑 流水

第三辑　明月

第四辑 清风

第一辑　行云

1 出行

当炕的煤油灯头“突突突”跳了三下，换梅说：“跳喜呢，跳喜呢。”她这么一说，把怀里的娃娃给说醒了。娃娃没哭，睁开眼看她。她赶紧又把身子左一下右一下地慢慢摇晃，就摇晃就低声地哼着自己编想出来的调调，“噢，噢，睡觉觉。有人问动出村了。噢，噢，睡觉觉。有人问动上山了”。她在炕头坐着，灯光把她的影子打在身后的墙上，那影子也在跟着她一摇一晃地摇晃。摇着摇着，怀里的娃娃又睡着了。换梅把娃娃卧在炕上，在娃娃的脑门上亲了一口后，就开始做准备。

炕上的娃娃叫招人，是个男娃，七个月大了。

招人不是换梅的，招人是西隔壁院福茹的。福茹男人全善和换梅男人敦善是重叔伯弟兄，爷爷的爹是一个人。全善和敦善在各自的叔伯兄弟们排行都为五，全善比敦善小一岁，叫敦善五哥，叫换梅五嫂。敦善叫全善老五，叫老五女人福茹叫老五家。福茹比换梅小着一岁，两人平素处伴得好，亲姐妹似的，福茹叫换梅男人叫五哥，可她叫换梅不叫“五嫂”，就叫她换梅。换梅叫福茹叫“福茹儿”，还把“茹”儿化了，亲切。

换梅很小心地把锅里的小米汤倒在铜瓢里，倒的时候，尽量不要米。娃娃还小，她怕娃娃喝的时候让米颗儿把他给呛着。

她抓了一把白砂糖加进米汤里，就用筷子搅。搅了一阵后，吮吮筷子头，又抓一把白砂糖加进米汤里，再搅。搅搅，再吮。觉得行了，就放下筷子涮水壶。这是把日本军用水壶，是她跟男人要的。她男人曹敦善在外头跟日本鬼子打游击。春天男人走的时候她说你把这把水壶留给我哇，我出地锄田的时候好装水。男人就把水壶留给了她。

她把水壶涮了又涮，涮了又涮，直到闻着没有了铁锈气才放心。她怕有了铁锈气娃娃不喝。她用勺子把米汤灌进水壶里，擦净，拧好盖儿。掂了掂，水壶沉甸甸的。她笑了。心说狗日的小日本儿真日能，看这水壶做的。她把水壶放在炕上，从泥瓮里够出早就准备好了的吊床。她家没有箱箱柜柜这样的东西，泥瓮就顶是箱箱柜柜，有啥也往这里头放。

她这个吊床实际是块白布。这块白布实际上原来是个洋面袋。她把它拆开后洗净了，又在四个角儿缝上八根布带，四根长的四根短的，做成了个吊床。她把吊床展开，把四个角的四根长带子抻了抻，觉得很结实，就又放心了，又去做别的。她从泥瓮里摸出个鸡蛋大小的麻纸包儿，也没往开打，只是用手攥了攥，放在鼻子底下闻了闻。这里面包着洋烟膏，是最有用的东西。又能治病又能换钱。她又从锅台下的灶坑底掏出个油纸卷儿，里面卷着二十个银元。她找出块花包布把洋烟、银元、白糖，还有后晌就蒸好了准备着当干粮的白面馍馍裹在一起。掂了掂，也是沉甸甸的。她又笑了。心说有了这就饿不死。她又从泥瓮背后够出一根铁钎，这是她从娘家带来的。这根铁钎，实际上是根特大号的铁火箸。三尺多长，手柄处是方棱形，为了握起来吃力，还缠着牛筋。箸身是圆杆，箸头尖尖的。人们并不把它当火箸使用，是用它来作为防身武器，当时野狼多，主要也是为了防狼。狗怕弯腰，狼怕抽刀，人们故意把箸尖打磨得闪闪发亮。做姑娘的时候，她拿着这根铁钎，就敢在夜里看田，无论是狼还是坏人她都不怕。

十三岁那年的一个半前晌，她爹要担着瓜到各村去卖，临走时吩咐她说你甭出来，看狼的。她说我不怕，你走你的。她爹说叫你甭出你就甭出。她说噢，我不出。她爹给瓜房的门口外头堵了两捆干树梢，担着瓜走了。不远处的树丛后早就躲着一只狼，是只绿灰色的母狼。见大人走远了，那狼就钻出来，围着瓜房转了几圈后，就跳上瓜房顶，四个爪爪齐使劲，用力地刨。它这是在吓唬里面的小孩，只要小孩一哭，它就要跳下来，扑撞堵在门口的树梢。它不住气地刨，直刨得房顶都露了亮儿，都能闻嗅到里面的人的味道了，可还听不见娃娃的哭声。它哪会知道，里面的娃娃她根本就不怕。她心里机明，只要你不从门口进，再刨房顶你也下不来。怕有土块坷垃掉在头上，她靠后墙圪蹴在小土炕上，两手紧紧地攥住铁钎，缩住脖子看房顶。露亮儿的窟窿眼儿越来越多，也越来越大，有的大得都能看见狼的肚皮了。这时她骂了一声“爷日你灰祖祖”，同时身子往起一用力，手中的铁钎狠狠地冲上捅去。尖利的铁钎刺进了狼的肚皮，又从脊背穿了出去。狼痛得一声一声嗷嗷叫，一下一下地想跑，可就是跑不了。穿透进身子里的铁钎和房顶的椽棒绊住了，跑不了。它越跑越痛，越痛越跑，可咋跑也跑不了。她在房里紧紧地抱住铁钎不松手，热乎乎的血顺着铁钎流下来，又顺住两条胳膊流在了她的身上，她还是不松手。后来她觉出那血越流越少越流越慢了，她还是不松手。再后来她觉出房顶的狼已经不动弹了，可她还是抱住铁钎不松手。直到听见是爹爹在门外面往开搬树梢捆，她才哇地放开声号哭起来。

泥瓮后还有把大片刀，是她男人打日本鬼子时的武器。他有了二把盒子后就把大片刀留在了家里。可大片刀太显眼，这次她不拿。只拿她的铁钎。她坐在炕沿上，像磨刀似的把铁钎在鞋底帮上磨蹭，直到磨得铁钎在油灯底下能看出闪亮儿才住手。她出了屋，站在当院抬头看看，三星快正了，也就是说快半夜了，该睡会儿了。她返进家，抱起娃娃把接着，嘴里“唏唏唏”地打着口哨，让他在地下撒了一泡尿，然后吹灭灯，上炕搂着娃娃睡下了。

她心里装着事，横竖睡不着。鸡叫头遍的时候，她干脆就又爬起身，点着灯，把锅里剩下的三碗稠米粥全都吃进肚。用尽量小的声音洗了锅碗后，她出院把那半捆黄苗莜麦扔在草驴跟前。她已经给它扔过半捆了，她要叫它吃得饱饱的，吃得腿肚子硬硬的，这样出路。喂完草驴，她又返回屋一宗一宗地从头清点上路的东西。她一下子想起个该办的事。她把馍馍和白糖取出来，用笼布重新裹成一个卷儿，这样就可以用来给娃娃在路上当枕头了。做完这一切，她就单等着天麻亮的时候动身起程。

娃娃的哭声把她惊醒，一看，天已经大亮。她急了，一边哄娃娃一边骂自己。

日你灰祖宗，咋闹呀？

走不走？

走！

一准是老天爷该叫这件事发生。街上有几个人，地里也有几个人，但都离得很远。他们只看见换梅赶着毛驴出了村，好像要到村外去放驴，可没看见驴肚下的吊床，更没看见吊床上头有个娃娃。

一准是老天爷该叫这件事做成。吊床上的娃娃本来是醒着，可他却一声也不哭，任凭吊床一悠一晃地把他悠晃出村。

出了村，她头也不回就一跃身上了驴背。屁股上挨了一拳头的小草驴，“咯噔咯噔”颠着碎步，过了一个村又一个村，一路向北跑去。

走出有二十里，她“吁吁”地让驴停下来。按原来的盘算，她要一路都骑着驴去大同，可她走着走着又改变了主意。她觉得让人家的娃娃和驴都丢了那就太不好了。

她弯腰看看，她的招人在吊床里又给睡着了。她嘴里“招人招人”地呼唤着，解开捆拦着招人的那四根短布带，把他从驴肚下抱出来。招人睁开睡眼，冲她笑了一下就又闭住眼睛睡着了。

看了看，白馍枕头包还在。她把吊床从驴身上解下来，跟草驴说你回哇。草驴看她。她把草驴往返回的路上推推，用铁钎照它的屁股打了一下说：“回去。”草驴听了她的，迈开步向前走，可它就走就回头看她。她扬起铁钎大声喊：“回去！”草驴这才尥开蹄子朝南跑了。她知道，福茹家的驴也是全村出了名的灵。她相信，它准能在吃晌饭前回到家里。

她坐在路边的一个树墩上，从肩膀卸下军用水壶摇了摇，拧开盖儿，含了一口里面的甜米汤，嘴对嘴地喂招人。招人顾着睡，不咽。她说：“不吃甭吃。快快走。”她把白馍枕头用吊床包好斜挎在右肩，把米汤水壶斜挎在左肩，把铁钎斜插在怀前的裤腰带上。摸摸肚里揣着的银元和洋烟，紧紧抱着熟睡的招人，大步大步地向北走去。

这一天是公元一九四九年的八月二十六日。

这个叫换梅的女人，当时是三十一岁。

这个叫换梅的女人，就是我妈。

她怀里抱着的招人，那就是我。

2　过河

我上边有一个姐姐两个哥哥。不论说长相不论说机灵也不论说为人，我们这几个孩子在村里是拔了尖的。半岁的我更是人见人爱，谁见了都想跟我亲亲。可人们都感到日怪的是，除了换梅，我从不让外人抱。你要是硬抱的话，我就两手使劲推你的脸，抓你的头发，你再不把我放下的话，我就张开大嘴要号哭。可唯独见了东隔壁院的这个换梅，我却是主动欠着身子，张开胳膊，咿咿呀呀地叫着要找她。这让结婚八年还没有娃娃的她很受感动，也就更加喜爱这个眼睛大大的小招人。出地前，她总要先过西隔壁院抱抱我才走。从地里回来，她也总要先进福茹院看看我后，这才回自己家做饭。就连黑夜睡觉前，她也不例外地要来和我耍耍才回家，要不的话，她夜里连觉也睡不好。我要有病，她比谁也着急。病要好了，她比谁也高兴。当我在五个多月黑夜就能离开奶后，她就常常把我抱到自己家，第二天早上给我洗了脸梳了头，再给头发上抹点麻油，才给福茹送过去。她跟福茹说招人的头发黄，老抹麻油就能变黑。我的脸老是干干净净的，头发老是光光的亮亮的。她太喜欢我了。她跟村人说“我爱见得恨不得把他给吃了”。

头天的晚饭前，换梅到隔壁院老五家借毛驴，说第二天一大早要回娘家一遭，赶后晌就返回来了。那些日家里没有用得着毛驴的活儿，福茹很痛快地就答应了。见换梅要出门，炕上的我咿呀咿呀地伸出两手，要叫她抱。她弯腰亲了一下我的脸蛋说，大妈还来。换梅把毛驴牵到自己院，吃完饭就真的又过来了。逗着我耍了一阵跟福茹说：“干脆我今儿还抱走他呀，明儿去娘家时再给送过来。”福茹说：“不怕他给你尿褥子你只管抱去。”

第二日一大早福茹就等着换梅来给送娃娃，可等到了男人从地里回来该吃早饭了，还不见她把娃娃给送过来。这个时候早就该给娃娃喂奶了，她打发女儿招仙到隔壁院去往回抱招人，可招仙回来说五大妈的院门锁着大锁子。

那一准是把招人也给抱她娘家了？这个灰女子，我这儿奶憋着，可娃娃却得饿着，这个灰女子。福茹在心里骂着换梅，可也没办法，只好得等。一直等到快晌午的时候，听见草驴撞开大门进院了。但又等了一阵，却不见换梅抱着招人跟进来。这个灰女子。她就骂就跳下地，到隔壁院去找。可她看到的是，换梅的院门仍然吊着大铁锁。

吃过午饭起了晌，还不见换梅和招人回来，福茹有点急了，打发男人到换梅的娘家钗锂村去找。

钗锂村在下马峪的东面，距离下马峪村十二里路。可是，他们怎么也想不到，我妈已经抱着我，过了应县城又朝北走出二十里，这时候正站在桑干河的南岸上发着愁。

阴历七月的桑干河是水势凶旺的季节，最深的地方足有四尺，最窄的地方足有五六丈。这个，我妈知道，她是听男人曹敦善说的。可她也听男人说过，这个季节有背河的，给一块大洋就可以背你过去。可眼下的这个时候，两岸空空的。除了她和怀里的娃娃，再也看不见一个活人。

看着翻腾的黄泥水像开了锅似的向东滚去，再看看怀里的娃娃，我妈一次又一次地打消了想蹚河渡过去的念头。

她退出河岸找了处草地坐下来，打算就吃干粮就等等，看有没有个行路的或者是出地受苦的人，求他们来帮一帮。可她等了足足有一个时辰，连半个鬼影儿也没等住。

怎么办，往回返？她记得出了应县城不远有个村子，到那里去雇个背河的？可这最少得往回返十五里。福茹他们要来追的话，那正好就会碰着。不能。出也出了，说啥也不能再叫捉回去，要是那可就全完了。

不能往回返。过！

出也出了。过！

死活也过！

不要再犹豫，就按过的来。

按过的来，那就想想过的办法。

她先选择过河的地方。她不在这个有路的地方过。她认为这里河面窄，水一准很深。她就往西走就察看，最后选定了一处河面又宽水面又平的地方。她决定从这里过。

她用树棍做出两根拐杖，过河时好拄。这样，在水里就稳当，摔不倒。她用吊床布把娃娃紧紧地缠捆在背上，让他的肩肩和自己的肩肩齐平。这样，既不会把娃娃掉下去，也不会让娃娃呛了水。她把裤带系紧后又绾成死疙瘩。这样，怀里揣的那两样东西就掉不下去。她像冬天戴捂耳朵棉帽那样，把馍馍和白糖包包盘系在头顶。这两种是怕湿的东西，路上也是不可以缺少的东西。她把水壶拧紧，重新挎好。她把铁钎重新插好。她把两个裤腿高高地挽起来。她把两只鞋脱下来，别在背后的裤腰里。

想了想，一切都妥当了。最让她高兴的是，她背后的娃娃一直在很好地配合着她，既不哭也不闹，任她摆布。

"招人，咱们过哇？"她说。

我在她背后"咿呀"了一声，算是回答了她。

"好。你说过咱们就过。"她说。

"过。死活也过。"她说。

"要死咱们死在一起。要活咱们一起活。"她说。

"过！"说着，她就慢慢地蹚进水里。迈一步，她用树棍探探深浅，再迈一步再用树棍探探深浅。

当水没过膝盖又爬上大腿时，我妈觉出不对头，她赶快站住。流水在狠死地揪扯她的裤子，她觉出如果再往前迈一步，非要把她揪倒不可。她小心地往后退了几步，那揪扯的力量才小了些。

她返转身上了南岸，坐下来定定神。

她想起男人说过，那背河的汉子们都是精光着身子。看来也得这样。

脱！

她看了看四周，半个人也没有。她把衣裳都脱掉，和那几个包包卷在一起。她决定先把娃娃送过去。她还照着先头的绑法，用吊床把娃娃紧紧地缠裹在背上。她拄起树棍狠狠地说："过！"

有了头一次的经验，这次她是稍稍地戗着水，斜着往上游走。光着身子，好走多了。可当蹚到河心时，她感到一阵一阵的目眩，一阵一阵的头晕。她赶快把眼闭住，两手让树棍紧紧支撑住水底，站定在当河心。可是她又觉出脚底的河沙在刷刷地往走流，身子也好像在随着沙子的流动往下陷。她赶快又睁开眼，往前迈了两步。可这时头又开始晕，目又开始眩，还觉出一阵阵的恶心。她赶快又把眼闭住。脚底的沙子又在流动。她有点慌了。可她一想到背后的娃娃，马上又把心稳下来。怕越陷越深，她没往开睁眼就赶快往前挪动脚。紧急中，她决定就这么不睁眼往前走。试了试，很好。头不晕了。她一下子把心放下来，也不慌乱了。就这么，她闭着眼，慢慢地一点一点地往前挪。挪几步后，睁一下眼，看看方向，再把眼闭住往前挪去。终于觉试出河水一截一截地从心口窝儿往下退去，退去，退到了大腿根。这时，她松了一口气，把眼睁开。离北岸没水的地方只有两丈多远近了，最让她高兴的是，每多走一步，河水就浅一截。当浅到膝盖的时候，她把树棍扔上岸，甩开胳膊大步大步地向前迈去。猛地，她被什么绊了一下，打了个踉跄，“啪嚓”一声朝前倒在了河面上，水花向四处溅去。她急忙忙地往起站，可还没等站起身就又给滑倒了，“扑通”一声坐在水里。幸好这次她是跌向了浅处，但她再也不敢往起站了，四脚着地，爬到了岸上。

精神紧张加上剧烈的活动，使得我妈连一点力气也没有了，坐在地上呼呼地直喘气。一下子，她想起了背后的娃娃。想起了这接二连三的一跤又一跤，却没听见娃娃的哭声。她的心嗖地冲起一股凉气，头皮一下子觉出麻怵怵的。掉河里啦？用手一摸，在。呛死啦？她一边“招人招人”地呼喊着，一边快快地解开了布吊床。

没事。一看娃娃不仅啥事也没有，还在跟她笑。看见她的招人还活着，她却一下子给哭了。她紧紧地搂抱着我，呜呜地哭开了。

她是给吓哭了，也是高兴得哭了。

她缓了缓，用裤带把娃娃拦腰拴住，把另一头拴在地边的一棵小树上，不让娃娃往远爬。她把空吊床围系在脖上，跟娃娃说了声“等着我”就拾起树棍过了对岸，把所有的东西用吊床缠紧在背上，背过来。

在一处平静的水湾，我妈给我和自己把身上的泥糊糊都洗净，又清洗了所有的泥衣裳，然后重新装束起来，找见大路，又继续向北走去。

走着走着天黑了。

走着走着她被一伙拿红缨枪的人拦住了，盘问了一阵，把她领到了一个村子，又盘问了一阵，把她安顿在一个农民家里。这个村子叫清水河，距离怀仁城十里。

这一天，我妈背着我离开下马峪村，总共走出了九十多里的路程。

3 杀狼

我妈的目的地是大同。她听男人说过，大同离咱们下马峪村有小二百里。她知道，老五福茹连应县城都没进过，他们不可能追到那里。只有躲到了大同，招人就完完全全是她的了。她知道她男人起先就在那里打小日本，后来小日本叫打跑了，跑回到他们的东洋去了。现在她男人就在大同做事，只要找到了男人，就能在那里生了根，落了脚，长久地住下来。招人就再也用不着回村露面，他永远也不会知道谁是他的亲爹亲娘。这些，她是在村里就想好了的，而且是盘算了好几个月，才定下来这么做的。

正如我妈盘算的那样，福茹两口子到钗锂村她娘家没找到招人，他们也猜测我妈一准是寻找曹敦善去了，可是他们只听说曹敦善在外面做地下工作，可并不知道是在哪个地下。有人说是在张家口，有人说是在绥远，也有人说好像是在大同。他们又去了一趟钗锂村她的娘家，可她娘家的人也不知道。他们是真的不知道。做地下工作，那是尽量地要保密。福茹他们真是一点法子也再没有了。只好就那样了。他们再一想，换梅爱见招人，对他一准也错不了。这是命。

命里注定的事，是没法子更改的。

可有一点我妈没有预料到，那就是，她认为福茹他们有四个娃娃，少了一个最小的招人还有三个大的在眼前。他们心里麻烦上三两个月，也就会慢慢地把这件事淡忘了。可是事情并不是像我妈预料的那样。丢了招人后，福茹吃不下饭睡不着觉，一日一日拖下去，拖拉出了病。为了给福茹治病，老五连草驴也卖了，可还是没用。就在第二年的正月十五，也就是在招人过一周岁生日的那天，福茹丢下了家人，去世了。

我妈给这家人带来的灾难，她是在以后才知道的。

清水河村的那些拿红缨枪的人跟我妈说，路上没碰着土匪算你的运气好，应县到怀仁的路上尽土匪，就连桑干河也没人敢在那里背河。他们又说大同城在五月一日解放了，政府抓周边环境的治安。怀仁到大同虽说是没土匪，可有狼，劝她小心些。她笑笑说，没事。

第二日我妈又背着我出发了，继续朝北走去，用她那两条腿再去走那余下的九十多里的路程。

出了怀仁城不到一里，路过一座砖桥，桥下有几条狗正在厮打。那些喉咙发出的怪调都已经变了样，不再是汪汪的了。我妈一听就知道，它们都是在拼命。“日你灰祖宗，就好像是叼住了死娃娃。”这样想着的同时，往桥下一看，她立马打了个冷战。那些狗确实是为了一个死婴孩在争战。其中的一个大块头黑家伙，从当腰把死婴孩牢牢地含咬住，正左冲右突地想冲出包围圈。别的狗不让，一面跳来跳去地堵着它的路，一面瞅着它嘴里的娃娃。有个黄狗终于找到机会，猛扑上前咬住了死婴的一条胳膊。一阵拼力的争夺，死婴的那条胳膊被撕扯下来。黄狗含着血淋淋的胳膊转身跑走了，有两条狗汪汪叫着又向它追去。

我妈让这残酷的场面给惊吓出一身冷汗，走出有好几里，她还不住地回头张望。她把我紧紧地抱着，好像那群狗就要追上来，来抢她的娃娃。走着走着，她猛然想起，如果按照清水河村民的说法真要碰着狼的话，怀里抱着娃娃那可不行，那就没法子跟它抵挡，一准要吃亏。这样想过，她就像过桑干河那样，赶快用布吊床把我紧紧地缠裹在她自己的背上，让两只手腾空出来，好应付那些想不到的事情。她又从路边找到一根树棍，拄在手里。铁钎，她还把它插在怀前的裤腰带上。狗怕弯腰，狼怕抽刀。到用得着的时候再往出抽也不迟。

我妈的这个准备实在是太有必要了，不然的话，以后的结局是个什么样子，那可真的是难说了。

当她的身影越来越短，太阳挪到了当头顶的时候，她走进了一片平坦的盐碱地。这片盐碱地很大，走了好几里也没走完，左右也看不到边。凡是盐碱地都不能种庄稼，种也长不出苗。像这样又平坦又没庄稼的地势，一般来说是没有狼的，狼不喜欢在这样的没有隐蔽的地势活动。可我妈她偏偏在这里给碰着了狼。

这是一只奶着崽子的母狼。它也是饿急了，才在大中午出来游食。好不容易碰着了我们，一看是个背着娃娃的矮小女人，就跟在了我们的后面。狼是种很会盘算的家伙，它的做法是，选中了猎物后并不急着下手，也不偷偷地猛然袭击。它要观察一阵子，还要在下手之前向你发出宣战。

它跟着跟着，坐在地下，长嘴头朝着天“呜——呃”嚎了一声，眼睛却还在瞅着前边的人。

狼！我妈一下子站住了。

日你祖祖，真碰着了狼！

我妈停在原地没有动弹，也没回头看。过了一会儿，她不慌不忙地圪蹴下来，把两只鞋脱掉，一手一只，“啪！啪！啪！啪！”狠劲地敲打地面。这当中，她偷偷地看了看身后。那只坐在地上一直在观察着我们的狼，听到了啪啪的声音，吓了一跳，呼地起来，倒着往后退了几步。

“日你灰祖宗，一只。这可是要跟你来真的了。”我妈心说。

我妈听她爹说，如果是在内蒙古草原上碰狼是怕碰到群狼，可是在雁北地区碰狼最怕碰一只。

雁北地区的狼游食的时候往往是分开走，单独行动。如果同时碰到几只的话，只要你不理它们，它们也就不理睬你。但要碰到一只游食的狼，那就不一样了，两不相干地谁也不理谁地走开这种情况是很少的，结果往往是非得决出个高低才算。

我妈倒掉鞋里的沙土，重新穿在脚上。跺跺脚，假装没看见后边有狼，又慢慢地朝前走去。

背后有娃娃，这让我妈有点紧张，但她心里清楚，只要你不显出慌乱和害怕的样子，那狼在一时半会儿是不会扑过来的。她一再跟自己说，沉得稳稳的，不能呼叫，更不能奔跑。一呼叫狼就猜出你是怕它了，即使你跑得再快，那半里路它立马就会追了上来。

她慢慢地走着，用耳朵听着背后的声音，慢慢地走着。

她在心里嘱咐背后的娃娃，千万千万在这个时候不能哭闹。狼一听到他的哭声，就增加了胆量，说不定马上就会下手。她背后的娃娃我没哭，我不知道有什么危险的事要发生。这时候的我，正在用手探着耍我妈的头发。

她还在心里祷告着老天爷，盼着能有行路的人这时候从对面走过来。这样他们就合成一伙儿，把狼赶走。

走着，走着，她稍微侧了一下头。还在。那狼还是跟她拉着半里远近的距离，跟着在后面。她心说，看来今儿是躲不过去了。

我妈原先是用右手拄着树棍的，这时换到了左手，她腾出右手，时刻准备着往出抽腰间的铁钎。她把树棍拄得噔噔地响，把脚步踏得啪啪地亮。速度还不加快，还照原先那样，稳稳地向前走着。

又走了一段路，她又偷偷向后看了一眼。那狼还是不前不后不紧不慢地跟着。这时，她停了下来，索性把身子也向后转过去，面对着狼。她想看看站住后，那狼会有什么反应。

那狼看见我妈立在原地不走了，它也停了下来。后来干脆就坐在地下。它也在琢磨，在等待，也要看看对面的这个小女人究竟要干什么。

僵持了一阵，我妈掠转过身，起步向前走去。可没走几步，她听到那狼在背后又给嚎叫了一声。她只好又转过身。一看，不好。狼把和她的距离缩短了，她已经能看见狼嘴里那白森森的獠牙。

那狼看见她又站住了，也停下来。可这次它并没有往地下坐，而是用两个前爪爪很快速地在地上挖刨。不一会儿就刨起一大片土雾，把它自己整个儿罩在了雾里。

我妈知道那狼是在发信号，是在示威。它已经等不及了，要进攻。她还知道，在这种紧急的情况，人必须得采取主动。

“日你灰祖宗。今儿就是个你，就是个爷。”我妈说着，就采用了在路上就想起的，她爹在早些年就教给她的办法。她猛然把树棍用左手高高地直直地举起来，不往下放，就那么一动不动地举着。

果然有效，那狼停止了刨土。四条腿儿收拢着，立在原地看她，弄不明白这个矮小的女人怎么一下子高出了那么许多。

乘那狼犹豫的当儿，我妈用右手把插在裤腰带的铁钎，像拔刀似的猛然抽出来。在日头的照射下，铁钎的亮光“刷”地一闪，那狼让吓坏了，调过头向路外跑走了，就跑就还回头瞭望。

趁这个机会，我妈也返转身，连走带跑，急急地向北赶去。赶出二三里的样子，突然，那狼又出现了。这次不是在后面跟着，而是迂回到了前面，迎头堵住了我妈的去路。我妈刚刚才放下的心又咯噔一声提了起来，她向两旁张望，想寻找援助。就在这关节眼儿的时候，她看见路旁不远的地方有个看瓜房。先头顾着赶路她没注意，原来已经走出了盐碱地带，路两旁都有了庄稼。

我妈又把树棍高高举起，右手紧握铁钎，侧着身，向瓜房挪去。

那狼看着她高举着的树棍和她手中的铁钎，虽没有马上就往前扑，却也紧紧地一步一步跟着逼过来。

一步又一步，再有十来步就到了瓜房门口。那狼顾不得太多了，身子下蹲，往后一坐，眼看着它的腿只要一发力就会扑上来。紧急中，我妈把左手的树棍冲着狼扔过去。那狼一跃身，把树棍按在地下。乘着这个空当，我妈三步两步闪进了只有门框，没有门扇的瓜房，紧握铁钎，守住门口。

“日你灰祖宗，来哇。今儿就是个你，就是个爷。”进了瓜房，我妈大大地松了口气，狠狠地说。

见我妈进了瓜房，那狼急了。把按着木棒狠死地拨在身后，大尾巴左一下右一下甩着，把地拍得“啪啪”响。

看着狼蹦左蹦右地干着急，不敢往前扑，这时候的我妈放心多了，胆量和勇气也更大了。可她知道狼一旦冷静下来，是很有计谋的。它如果明白过来，假装走了，却藏在什么地方，等你出来，那可就坏了。不行，看来今天就是个你死我活了。她决定乘着这阵子天大亮的时候，也乘着那狼正在气得发毛的时候，把它干掉。

她左手紧紧抓着门框，右手紧紧握着铁钎，弓着前腿，后脚蹬着炕厢，腿跪在地上。她做好了发力的准备。

“日你灰祖宗，来哇。今儿就是个你，就是个我。”我妈跟狼狠狠地说。

"来！吃你祖祖来。"她把身子往门外挺挺，跟狼说。

"来！给你条大腿。"她腿往外伸伸说。

那狼让她给逗火儿了，也或许是饿得太厉害了。它非要把眼前的这个女人和娃娃吃了才算。终于在我妈又往门外假装挺身的时候，扑了过来。我妈的身子往后一闪的同时，身子又往前一用力，紧握着的铁钎狠狠地捅了出去，迎合着扑过来的狼。

不偏不正，那铁钎一下子从狼的嘴里就捅刺了进去。

"哇"的一声，狼急转身就跑。可它没跑几步就"扑通"一声，摔倒在地下。这时，我妈才发现，铁钎不在自己的手里了，那是让狼给带走了。也就是在这个时候，我妈才想起，刚才那"哇"的一声，不是狼在嚎叫，而是背后的娃娃在啼哭。那是因为她把娃娃我的头让门框给碰了。

我仍在哇哇地大声号哭着。

哭吧哭吧，咋哭也没事了。

别哭别哭，你看那狼在地下挣扎。

你看你看，它好不容易挣扎起来了，却又给摔倒了。你看，它这次不是爬着，而是重重地侧面给躺倒了下来。

等我妈安顿住了我不再号哭，那狼已经快没气了。只有后腿在一下一下地蹬。它的嘴大张着，铁钎的手柄露在外面。

当我妈走向前，从它的嘴里往出拔铁钎的时候，狼的眼睁开了。看了一眼跟前的这个小女人，又闭住了。我妈清清楚楚地看见，那狼的眼里给滚下了一溜带血的泪蛋蛋。

我妈看着它那瘪塌的粉红色的肚皮，看着它肚皮上的那一溜黑色的大奶头，她想象出有几个刚长上了毛的娃崽子，在窝里滚来滚去地爬着，噢呜噢呜地哼叫着，在盼着它们的妈妈快快回家。可是，这已经不能够了。

"这不能怨爷。"我妈说。

“谁叫你想吃爷招人。”我妈说。

“谁叫你往上扑。”我妈说。

“走哇，招人咱们走哇。”我妈说。

看看老天爷，日头已经大西斜了。

返回房里喂过娃娃，我妈觉出了渴，也觉出了饿。这时她才看清，远处有几个烧砖的窑，原来这个救命的小屋并不是看瓜房，是烧砖窑工们的房。她站在房外往四处瞭望，想看看有什么能吃的东西。比如高粱啦玉米啦，这些都能生吃，要饿得厉害了，山药蛋也可以生吃。这时候有狗叫声传过来。她吓了一跳，赶紧拾起刚才扔出的那根打狼的树棍，快快地返进小房里。

不一会儿，跑过来三条大黄狗。可它们不是冲着她来的。它们远远地围着死狼转圈，又不敢离得近，只是大声地咬叫。又过了一会儿，有两个提着步枪的后生也喘着气跑过来了，围着死狼看。有一个说：“就是，就是这个家伙。”另一个也说：“就是。”

“咋死的？吐了一地血。”

“就是。咋死的？”

这时候，我妈从小房出来了。他们看见她袄袖上的血。

“是你？”俩后生同时问。

“它要吃我的娃娃。”我妈说。

眼前的这个连五尺高也不够的小女人，能打死这么大的一条狼，他们实在是有点怀疑。可后来又在小房里见到了她还没来得及把血擦掉的铁钎，就完完全全地相信了。

这两个提着枪的后生是秀女村的民兵，他们的任务就是带领着三条狗，捕杀这只祸害村民的坏东西。他们每人拖起一条狼腿，把它拖了回来。他们把我妈也领回了村。

秀女村的人们像欢迎武松似的欢迎着我妈，像观看吊睛白额大虫似的都想看看这只把他们害苦了的大母狼。

这天晚上，我妈香香地吃了一顿油炸糕，还用开水烫了烫已经起了血泡的两只脚。她的招人我也跟着受到了款待，把甜甜的人奶吃了个够。第二天早晨上路前，房东女主人又把我饱饱地奶了一顿。

离开老家下马峪村的第三天中午，我妈背着我来到了大同城。但让她没有想到的是，无论到哪儿，都找不到我爹，也无论问谁，都打听不到有个叫曹敦善的人。

4 讨饭

我妈是在她二十三岁时，由姑父给说媒，嫁到了姑父所在的下马峪村，跟一个比她大六岁的后生曹敦善结了婚。

曹敦善跟着哥哥的小名儿万万往下排，村人们叫他五老万。爹爹曹卓手里虽然有二十多亩地，但在下马峪村那算是穷人。可爹爹还是在农闲时，靠卖苦力让这个小儿子念了三个冬天的书。这就是：爹爹给一家有钱人白铡一冬天牲口吃的草，那个有钱人供曹敦善陪着他的娃娃在应县城上一冬天的学堂。曹敦善尽管是个陪读生，也总共陪了那么三个冬天，但由于他本人的勤奋和好学，居然也学出了个样子，在十年后的一九四一年，也能在村里的冬闲时当私塾先生，教村里的穷人家的娃娃认"赵钱孙李""叉耙扫帚"这一类的字，还教他们"人之初，性本善""天对地，月对风"这一类的知识。

当年县城陪读时认识的一个同窗学友小史，在一九四三年的有一天到了下马峪村，偷偷地把曹敦善发展成中共地下党员。第二年，他就离家出走了，在大同的周边地区打游击、搞土改。具体是在哪个县哪个区，他从来没跟家人透露过，只笼统地说是在大同。这倒不是他不说老实话，这是组织的纪律规定的。

一九四九年的五月一日，共产党接管大同，成立市委。但在这之前，大同一直是国民党的统治区，共产党的组织和活动是在暗处，不公开。这也就是人们常说的在做地下工作。做地下工作的都是直线联系，只认识领导你的人和被你领导的人，各做各的工作，各完成各的任务，别的不多问，问也不知道。为了保密，那些出门在外参加工作的，都把自己的真实姓名变更了。即使是原籍在哪里、家里情况如何这样的问题，也只有组织里的个别人掌握着，其他人是不清楚的。曹敦善的现用名叫楚修德。这个，我妈她根本不知道。

当我妈抱着我来大同的时候，那个叫楚修德的人正在远离大同市八十里的北山区，为了剿清那里“出没无常、时有发生”的土匪活动，没明没黑地工作着。难怪可怜的我妈磨破了嘴皮，跑断了腿，两个月过去了，也没把个她所知道的“在大同做地下工作”的男人曹敦善给找到。

来到大同的头一夜，我妈和抱着的娃娃是在一处大门洞里度过的。

她原以为还像在乡下那样，幼儿弱女的敲开哪家门还不让住一宿？所以也就没先急着想想夜里该在哪儿睡。等着天已经很黑了，哪儿也打听不到男人的消息，她才开始找住处。第一家只牙开个门缝儿，有个瘦女人在里边问说找谁。我妈解释说从乡下来的找男人没找到。还没等她再把下话说完，瘦女人很生气地说：“你男人不在这儿！”说完“叭”一声把门磕住了。第二家干脆连门也不开，也不问你有什么事，任你敲，不理你。敲第三家时，她就敲就解释，门总还是给打开了。一个男人问，你说你男人是干啥的？我妈回答说是个做地下工作的。那个人说，都啥时代了，还地下工作，我们可不敢留你。说着也把门关住了。我妈有点泄气了，可她一想到背后的娃娃，就鼓起勇气又敲开了一家。

“你有钱吗？”

“有。”

“有你住店去！”

“我不是钱。有，我有那个……”我妈想说银元又想说洋烟，都没说。

“有那个。看你也是个卖货。有那个你就到别处卖去哇。”

我妈气灰了，转身就走。走呀走呀，走到了一处高坡儿深门洞。她犹豫了一阵后，一步，一步，迈上了台阶。她没再敲门，坐在了砖地上，她实在是太疲劳了，一步也不想再动了。

外面很静，静得能听见远处的大街上有洋车在按铃儿的声音。

有只狗悄没声儿地嗖一下从门洞前窜过。

不远处的路灯，有昏黄的光，打进门洞。

第二日没等天黑下来，我妈就打问住处。她再不敢去敲居民们的门了，最后在火车站附近选定了一家管吃也管住的客店。三天收一个银元。吃的是份儿饭，中午和晚上各有一个白面馒头，余下是粗粮。最让她高兴的是，这家客店一天三顿饭都有小米稀粥。这样，她的招人就也有的吃了。睡觉的地方是条能躺七八个人的通头大土炕。炕上铺着高粱秸席子。每人给一个枕头，别的啥也没有。我妈很满足。她心说，这总比睡门洞好，总比在半夜把娃娃给凉着好。

一条炕上还住着个奶娃娃的女人。我妈一直在瞅看着她。在她奶完娃娃要扣扣子的时候，我妈提出说也想让她给奶奶我娃娃。那个女人看着我妈。我妈说我没奶，一点也没有。那个女人想想说，那你把稀粥让我喝。我妈说，我给你馒头。那个女人说，行。这样，我妈每天能用自己的两个馒头给她的招人换来两顿奶。可惜的是，那个女人住了三天就走了。我妈还盼着能再住进个奶娃娃的女人，可是又过了三天，还是没盼来。

这不行，光喝米汤这不行，这非得把娃娃给饿坏。我妈退了客店抱着我往城东走去。在前些日找寻男人的时候我妈到过城东，见东门外一过河再上个坡梁有个叫曹夫楼的村子，她心想村里人好说话，就决定去那里给娃娃碰碰运气。她确实也去好了。她在那里找到了点打短工的营生。大同地区的地势高，天凉得快，庄稼也熟得早。她帮一家人收割庄稼，条件是让女主人每天给她的招人喂三顿奶。这家的女主人奶足，人也挺好，实际上每天能给我饱饱吃四五顿。我妈很感激这家人，拼着命地给他们受。把该割的都割倒，再一背一背地背回场面，摊开，等着让日头往干晒。这个当中再去地里起山药蛋。背回来入了窖。场面的东西正好也晾干了该打场了。她没明没黑地在那家苦苦受了有半个多月。但她为了娃娃，受死也高兴。

返回到城里，我妈又住进了火车站的那家客店。又是每天大街小巷地绕，见了挂牌子的大门就进，进去问问认不认得一个就在大同做地下工作的叫曹敦善的人。大同的机关、学校、商店、医院都让她进遍了也问遍了，可就是没问出半点她男人的音讯。

一眨眼，又是半个月过去了。

这当中，她在客店过了个八月十五。

这当中，客店还给所有住店的人白吃了一顿油炸糕。客店掌柜告诉他们说，这一天是中华人民共和国成立的日子。

就在那一天，楚修德作为剿匪英雄，被市委召回大同参加国庆盛典，出现在了主席台上。第二天的《大同报》报道主席台上的名单，也刊登着“楚修德”这三个字。可是，即使我妈知道楚修德正是她的男人曹敦善，可也没用，她不会看报，因为她是个文盲。

楚修德不知道他的女人正在大同，开完会的当天下午就骑着他的大洋马又回到了北山区。

老天爷一日比一日凉了，杨树叶子也已经开始发黄。一早一晚儿，有的人把棉袄也披在了身上。可我只穿了个夹腰子和一件单褂子，下身光着屁股。我妈也还是来的时候那一身单衣裳。自个儿不说，啥不啥不能把娃娃冷着。她花了一块银元给她招人买了一个瓜壳帽一双袜子，还买了布和棉花买了针线，给娃娃做了一件棉袍。她把我装扮得好像个小地主。她自己却啥也没舍得添补，因为只剩下两个银元了，她不敢再花了，万一有个特殊的情况，她得把这用在娃娃身上。

又住了五六天，客店掌柜的催我妈交钱。我妈跟他商量说能不能再宽让几日，等找见男人一并儿打。一听没了钱，掌柜的立马变了脸。吩咐伙计往下剥她娃娃身上的衣裳。没办法，她只好拿出洋烟顶了账。

就这样，在又一天的早晨，我妈和她怀里的我饿着肚子让给轰出了客店的大门。

这可咋办呀?

回? 回老家?

不。不能！即使是回了娘家村，也保不住得让把招人给硬要走。那可是做不得。那简直是要换梅我的命呢。

不！不回！死也不回。死也要和我的招人死在一起。

我妈正这么想着，客店门房的那个驼背老汉气喘吁吁地追上来。跟她要走了军用壶，让等着。过了一会儿，老汉给满满地灌来了一壶小米粥，还塞给我妈两个夹着咸菜的玉茭面窝头。

我妈眼泪汪汪地望着驼背老汉急急地走远了，这才坐在马路边喂娃娃。

这件想也没想到的事，更加坚定了我妈不回老家的决心。

好人总要碰到。

要饭也不回去。

对！要就要。要饭怕啥?

偷人抢人丢人，要饭又不丢人。

就是从这天开始，大同城的四大街八小巷七十二条绵绵巷里，又多出了一个要饭鬼，多了一个抱着小孩挎着水壶拄着铁钎的要饭鬼。

这个要饭鬼不但跟人要饭，她还要给她怀里的娃娃要奶吃。

“可怜可怜娃娃哇，给娃娃吃口奶奶儿哇。”起初，她看见奶着娃娃的女人才这么说。

“可怜可怜娃娃哇，给娃娃吃口奶奶儿哇。”后来，她不管跟谁都这么说。

“可怜可怜娃娃哇，给娃娃吃口奶奶儿哇。”再后来，她不管看见人看不见人，就走就这么说。

人们都说她疯了。

她不是疯。她是让娃娃给急的。

眼见得怀里的娃娃一天一天地瘦了下来，她急的。

过了些日，我妈的背后不仅多了一个要饭的布口袋，还多了个一尺高的洋铁桶儿。有时候她给娃娃要不到小米粥，她就用砖头在墙角把铁桶儿架起来，捡些柴炭生着火，自己煮饭。没米就熬面糊糊。米面都没有，就把要来的窝头揉碎，放在桶儿里煮。

熬完粥，火还不能让它熄灭了。穿着单薄衣裳的她靠住墙角，把穿着棉袍的娃娃抱在怀里，让我朝着火的那面，来取暖。我妈就用这样的方法，抱着我熬过一个又一个寒冷的夜。

那日的中午，她从北关要饭回城。进了城门洞，听到有小娃娃的哭声。她不由得就站住了。她已经养成了一个习惯，每听到有小娃娃的声音就要不由人地站住，她是想求孩子的妈给她的招人喂口奶。这次的声音是从岗房里传出来的。她往前走走，扒在岗房门口往里看。里面有个女人正坐在土炕上给娃娃喂奶。一眼就能看出，那个女人也是个要饭的。她就进去了，求那个女人也“给我的娃娃吃口”。那个女人很爽快地就答应了。说话的当中，那个女人流露出想让她也住在岗房。这些日，我妈正为如何打发这个冬天发着愁，一听这话，她真想往起蹦两下。

招人命好，我就知道招人命好。她心说。

那个女人说她是河南的，家乡常年遭灾，她和男人常年就在外边要饭流浪，要上钱要上粮送回老家。他们就用这种方法养活家里的老人。她还说她男人十天前领着大娃娃刚走，往老家送东西去了。听到这里，我妈忙问他什么时候还来。那个女人说他不来了，还说她男人让她阴历年前也回去。

我就知道招人命好，我招人是正月十五的生日，正月十五过生日的哪有个命不好的。她心里说。

我的招人冻不着了，我的招人又有了家可住了，这真是天大的喜事。她心里说。

我妈高兴得当下就打开自己的包裹，把白糖给那女人分了一半。她的白糖是来大同的时候路过怀仁城买的。当时花了一个银元，那个铺子给了五斤。

我妈很仔细地看了看这个家。有灶台，有炕，有盖窝卷，有锅，有笼，有水桶，有水瓮，有碗，有筷子，还有煤油灯。别的没有了。不对，还有，还有最最好的东西，就是那个女人的奶。够了，够了，这真是个好家。梦梦也梦不到还能住上这么好的家。

我妈说，我老家没有谁要我养活，我要得多了，全给你。

这一夜，我妈和她的招人我，在暖和和的屋子里，都香香地睡了一觉。

连住两天，我妈没做别的，就拾柴。拾回一背又一背，都快把岗房的地垛满了。

那个女人比我妈大，我妈叫她河南姐。河南姐叫我妈就叫换梅。河南姐有个女娃娃，叫妞妞，比我大，快两岁了，可她就好哭。我妈说，我的招人不好哭，就好笑。

我妈住进岗房的第三天半夜，门“哗嗒”一声被从外面给推开，站进个男人。我妈猛地坐起来问谁，干啥。进来的人划着根火柴，往炕上照照说：“好哇，又一个新的。”我妈大声喊说：“干啥？出去！”那男人说：“干什么，我这就告诉你我是干什么。”说着，把火柴一扔，就往我妈身上扑来，把她按住了。我妈使出力气，把他推倒在地下。“日你妈，这个讨吃子劲儿还挺大。”那人说着，爬起身，又向我妈扑来。我妈往旁边一闪，他扑空了。这时，炕上的两个娃娃同时号哭起来。一听娃娃哭，我妈发了急，从灶台旮旯摸起铁钎，照那人的头上就是狠狠的一下。那人“妈呀”一声，倒在了地上，再没往起爬。

半天不见那人起来，我妈摸住火柴把灯点着。见他还在地下爬着，她不管死活，搐住膀子把他拖到街外，想了想，又把他拖到城门外。

河南姐早吓坏了。不过她也做了一件大好事，在那个男人扔掉火柴往炕上扑之前，她一手一个，早把俩娃娃拉到了炕角。要不的话，娃娃们非得让砸坏不可。

第二天一早，河南姐把我妈推醒说，那个男人不在了，城门外地上有一大摊血，她全给清理了，看不出了。

事后，河南姐承认说那个男人一有机会就要来，前几天还来过。可自从这次挨了打，再没见过他。她说是不是伤势重，死了。我妈说死了他活该，谁叫他往上扑，谁往上扑也没给他股好的。

河南姐的妞妞，有些日在拉肚子，我妈用自己要的钱买回二斤炒大豆倒在炕上，说是吃了能补肚，让她嚼得烂烂的嘴对嘴喂给妞妞。二斤大豆快吃完一半了，妞妞“妈妈妈”的还要。河南姐说：“你咋还没吃饱？妈都快吃饱了你咋还没吃饱？”我妈一听这话，不由得笑出了声。河南姐问：“你笑啥？”我妈打岔说：“我笑你的娃娃小嘴甜，整天妈妈妈的叫不停。”河南姐说：“招人也快了。”我妈捩头问我说：“真的吗？你多会儿才能给妈会说话。”说完，我妈不由得红了脸。她这是头一次给娃娃当妈。

河南姐很会要饭，每次出去能要好多东西回来。她还给我妈要回一身国民党士兵穿的那种灰棉衣，又脏又破，黑黑的棉花一片片在外面露着。

那天的半后晌，我妈穿着那身又破又肥大的灰棉衣，背着她的要饭布袋，挎着她的水壶，抱着她的招人，拄着她的铁钎，在南戏院门外跟人要饭。她刚说了一句“可怜可怜娃娃哇”，就大张着嘴愣在了那里。她看见了两个人，边指画着她，边急急地向她走来，走到她跟前。

这两个人一个是她的男人曹敦善，一个是她的弟弟张宏苑。

“死哪去了你？”

我妈冲着男人吼了这么一声，嗓窝哽噎，就再也说不出话，泪蛋蛋急急地扑簌簌滚淌下来。

5　返乡

大同市组建肃反委员会，从各区选拔精英骨干，剿匪英雄楚修德被抽调回来。报到后他请假回了老家，这才知道在两个多月前我妈就带着叔伯兄弟的小儿子招人偷跑了，也知道了老五为了给女人治病把毛驴也卖了。他先替老五赎回了驴，又留了些钱给福茹看病，把这都安顿住，就到了岳母村，正好碰到大小舅子宏苑也在村。

宏苑的舅舅在国民党傅作义的部队当医官，团长职务，驻守在张家口。三年前，宏苑到了舅舅那里学军医，当了个上士班长。傅作义投诚共产党后，部队改编成解放军。凡不再想当兵的，就发给路费。宏苑就从张家口回了村。听说了姐姐的事，心想她肯定是找姐夫去了。

这下，人们都着急了。不能再耽误。曹敦善和宏苑连夜动身，步行到怀仁，乘坐火车返回大同。

这一家人总算是团聚了。

曹敦善成了我的父亲，他给我和我妈，还有舅舅三个人，到派出所报了户口，于是我们就都成了大同的市民。

我的户口名叫曹乃谦。

我舅舅小名儿跟着村里的叔伯弟兄们排，叫个五子，我叫他五舅舅。他在国民党部队当兵时，叫个张宏苑。他说新中国了，我换个名字吧。我父亲就给他取了个张文彬。

我妈的小名儿叫换梅，可在村里户籍簿上的名字叫张大女。我爹说，难听的，我给你取个张玉香吧。可我妈说管他新中国旧中国，我不换，我还叫我的张大女。

后来我父亲还给我五舅舅找了份工作，在城区供销社当会计。两年后，也就是一九五一年，五舅舅成了家，勤劳的妻子叫何香莲，是一个皮匠的女儿。这是后话，以后再说。

刚定居大同时，我们换了几次家，后来搬到城北隅的草帽巷十一号院。那时候我爹不挣工资，他的薪水是小米，每季度能领回一担。一担是三百多斤，他们买回两个六斗瓮才能够把这么多的小米装进去。捧起那金黄的米，再让它从手指缝儿唰唰地流下去，我妈高兴得不住气儿说“看这米好的，看这米好的”。有了这米，她知道她的招人就饿不死了。五舅舅给买回一千斤生炭，又到我爹的单位筛回两麻袋煤渣。他们还买回一只铁火炉安在当地。火炉点着，炽得家暖烘烘的。在村里，只有财主家才生得起火炉。我妈的娘家和婆家，祖祖辈辈都没这么讲究过。她高兴地夸赞说，这热得就像是把日头爷给搬进了家里，招人这下可冻不死了。可后来，她又想到了一宗有火炉的坏处，那就是，怕她的招人学会走路后下了地不小心让火炉给烫着。即使是烫不着，把娃娃的头碰着又该怎么办。那可得小心点，那可是一刻也不能离人。她想。可是，我的招人眼看就快一周岁了，连站都不会站。人家别的娃娃在他这么大的时候，走也会走了。

看着这个不哭也不闹的娃娃，我父亲觉得我活成活不成也是保不准的事。他心里这么想，嘴却不敢说出来。他劝我妈说，要不问个人把娃娃雇奶出去吧。我妈说雇奶出去的娃娃不亲，她坚决不同意。

可总得想个法子才行。

我妈抱着我去找北城门洞岗房的那个河南姐，可河南姐不在了，大概是回老家过年去了。我妈又到东门外曹夫楼村，去求给打过短工的那家女房东。可是不行了。那个女房东又怀了娃娃，奶娃娃的女人又一怀了娃娃就没奶了。

没办法，她只好又在四大街八小巷七十二条绵绵巷到处游转。

“可怜可怜娃娃哇，给娃娃吃口奶奶儿哇。”

老住户们看见前些时的那个要饭鬼女人抱着娃娃又来了。可这次出现在他们面前的这个要饭鬼女人的衣裳不再是那身破烂又肥大的国民党灰军装了，而是换了一身共产党女兵常穿的那种双排扣儿的列宁装。包裹在娃娃外边的也不是那个脏兮兮的洋面袋了，而是换了条深绿色的军用毛毯。还有个变化是，这回她不要米不要面，也不要你的钱，只求你给她的娃娃喂喂奶奶。你要答应给她的娃娃喂奶，作为报答，她可以给你家做任何的营生，不收工钱。

“可怜可怜娃娃哇，给娃娃吃口奶奶儿哇。”

我妈替人家拉过备冬的煤炭，替人家把大树墩劈成一小片一小片的生火柴火，替人家粉刷过房裱糊过窗户，替人家拆洗过衣裳被褥，替人家杀过鸡磨过面担过水。只要她的招人能够吃上三口五口奶，她心甘情愿地把自己的汗水贡献出来。她盼着每天每天，前晌后晌都能够有这样的营生可做。她听着招人“咕嘟咕嘟”咽奶水的声音，真高兴。

更叫我妈高兴的是，在正月十五我过生日的那天，会说话了，会叫“妈”了。

“再叫。”我妈说。

“妈。”我叫。

“再叫。”我妈说。

“妈。”我叫。

再叫再叫再叫。

会叫妈了，可你多会儿才能给妈会站呢会走呢会跑呢？会出去跟娃娃们玩耍呢？会背着书包去上学呢？

看着眼前的这个娃娃那细细的脖子、细细的胳膊、细细的腿，还有那一根一根的肋条下面的那颗鼓鼓的大肚，这让我妈多次偷偷地问过自己，我的招人是不是真的能活下去？

我妈在街上老能看见个瞎眼眼老汉，他左手的品足棍儿噔噔噔地探着路，右手指捏着眼儿吹横笛。我妈听着他老是吹着一股调，还看见他的背后老有一伙小孩在跟着他的调子唱：“臭蜜蜂，米到来。去你家，你不在。你妈妈，真正坏。打了我，两锅盖。”

起初我妈不明白这个瞎眼老汉就走就吹笛子是在干什么，后来才知道他是个算卦先生。那天她把他引进院，引进家，叫他给她的招人算算。

瞎眼老汉问过了我的出生年月日和出生时辰，把我的两只手和脑袋瓜摸了又摸后，又捏捏我的脚说：“这个娃娃的两数不多，但命运很好。如果没算错的话这娃娃的右脚心应该有个黑点。”我妈说：“我以前不知道，我这就给看看。”她脱下我的小袜子一看，吓了一跳，果真有。瞎老汉跟我妈说：“这娃娃时时处处会有贵人帮助他，扶持他。而你就是他的一个贵人。”

我妈说：“我？贵人？我是他妈。”

“妈是妈。但不是生母。”

“嗯？”

“他的生母已经死了。”

“啊？”

这个老汉的话把我妈镇住了，也吓住了。她心想这是遇到了神仙。

瞎眼老汉说：“算卦不留情，留情卦不灵。你这个娃娃现在有生命危险。”我妈一听，急了，说：“神仙，您快给说说咋办？”

“你甭急，要知道我也是他的贵人。但你得听我的话，要不听，可就不好说了。”

“听听听。您说啥我听啥。”

“那就好。在五月端午节那天你还把他送回到你们应县老家，七岁后你再叫他来大同。这样，他的性命就保住了。”

“住到我妈村里行不？”

“不行，哪来回哪。你还得先把他送到他出生的那个地方。等他学会走路后，才可以住你妈村里。反正是，七岁前不能来大同。”

老汉推断说，招人喜欢山野不喜欢水滨，喜欢骑马不喜欢坐轿，喜欢乡村不喜欢城市。他的天资地质和性格爱好注定他不是幕僚政客，而是闲云野鹤。看出我妈听不懂他后面的话，老汉直截了当告给我妈，说你这个娃娃长大以后当不了官儿。

能长大就行，哪怕招人以后是个讨吃要饭的也行，只要活着，健健康康地活着。

听了我妈的学说后，我爹的看法是，城市的医疗条件好，娃娃总比在村里强。但我妈不听，可她担心的是，怕回了村把娃娃让人家给要走。

商量了好几天，最后决定先让我五舅舅回村探探老五福茹他们的口气，看看他们的态度。

让我父亲和我妈大吃一惊的是，我舅舅从村里返回说，福茹真的死了，就是在正月十五招人过生日的那天死的。舅舅还说，福茹在咽气前跟人们讲，她听见招人叫了她一声“妈”。

依照算卦先生的指点，公元一九五〇年的农历五月初五，我妈抱着我又回到了下马峪，回到了一九四九年八月二十六日那天早晨他们离开的那个家。

炕上的被子还没往起叠，熬小米汤的锅还在扇火风箱上稳着，煤油灯还在后灶台竖着，灯座儿上的那盒洋火还在那儿搁着，这一切的东西都好像在等着主人回来。

我们回来了。

第一批欢迎我们的是房檐下的那一窝胡燕，它们从窝里探出头看看就飞出去了，没往什么地方落，在院子里绕了一圈，又飞进窝里，不一会儿又探出头瞭。

第二批来欢迎我们的是隔壁院的那三个娃娃——招仙、招富、招贵。他们都是懂事的娃娃，一概不提大人之间的事。他们问候过五大妈后就过来招呼我。

这个说叫姐姐那个说叫哥哥，我跟他们不显生，叫叫姐姐就叫姐姐，叫叫哥哥就叫哥哥。

我妈动手生火烧水，招仙帮着清扫家，招富招贵哄着我。屋子里一满是欢乐的笑声。

这以后，隔壁院的三个娃娃差不多每天都要过来，跟我耍。母亲死后，十二岁的招仙担负起了家庭主妇的责任，我妈就教她做家务营生和针线活儿。

为了尽全力拉扯孩子，我妈决定不下地去受了，她偷悄悄地打问了个主儿，把土改时分给我们家的地全卖了，共卖了二百块大洋。她给老五送过去一百，劝他再找上个伴儿。使我妈放心的是，老五没推让就把这钱收下了。我妈心想，你收了钱，意思就是同意招人是我的了。

老五收了钱不是为了再娶女人，他要拿这钱供招富和招贵念书。

我妈没跟任何人讲过算卦先生的话，可她觉得瞎眼老汉的话是没一点错的。自回了村，她的招人我学会自己吃饭了。不用人喂，顿顿能吃一颗煮鸡蛋，还能喝下多半碗莜面拌疙瘩汤。就凭这，我妈相信她的招人不愁长大。

两个月后，我不用人帮助竟然能够自己挪窝儿了。以前，人把我放哪里我就死死地待在那里，挪动不了地方。现在我能用两条胳膊撑着，像娃娃们滑冰车儿那样往前挪动。又过了些日子，我就一口气能从炕头挪到后炕，转过身歇一歇，又从后炕挪到炕头。我自个儿也为自个儿的进步感到高兴，一有人进来，我就为他们表演这个本事。又过了些日子，我嫌炕小，要下地。

“妈，下地。我下地。”

以前的我除了睡觉，就是坐在那里摇晃。前后摇晃一阵，再换成左右摇，就摇晃就说着姐姐哥哥们教给我的顺口溜，“小耗子，上灯台。偷油吃，下不来。吓得小耗子直发呆”。在我妈眼里，我那样子一满是个会说话的不倒翁。现在不仅能挪动了，还要下地。我妈同意我的要求，把我抱下地。她知道多多活动是种锻炼，对身体有好处，最起码能多吃饭。

我妈把我放下地就不管了。看着我撑着两条细胳膊，从家里挪出堂屋，又从堂屋挪出院。两个门闲，我是爬着过的。爬出堂屋门，是一层五寸高的台阶，只有下了这个台阶，才能下到宽广的院里。我试探着先下去一条腿，再把胳膊探住地，然后一个骨碌滚了下去。还没等我妈看清楚，我就又滚坐起来，嘴一扁，像是要哭，可马上又咯咯咯地笑起来。我妈先是跟着我笑，笑笑笑地笑出了眼泪。

那以后，我每天都要到院里去，滚下台阶就去追赶那些为我下蛋的老母鸡。鸡子们让这个不用脚走路的大头娃娃给吓得到处飞到处跑。一场活动下来，我满头是汗，满身是土，就像是个泥猴。

怕把娃娃的屁股蛋磨破，我妈给我做了两条补裆裤，好为我替换着穿，替换着补。

我妈还把院里的碗渣渣和石头块都抠起，捡掉，把种过的朝阳阳根茬挖起来，然后一趟又一趟地从野地推回十多车儿黏土，撒垫在院里，最后又从河湾找回块平底儿石头，一下又一下把黏土夯砸得平平展展的。她用了整整半个月的时间，给我做出个运动场。

我每天都要在这个光溜瓷实的像打粮的场面的院子里玩耍。招富哥哥用羊尿泡给我做了个气球，我一巴掌先把气球打在远处，随后就“哧溜哧溜”地追上去，再把它打跑，再“哧溜哧溜”去追。我不嫌疲乏，也玩不够。我很喜欢这个游戏。

时间半年半年地过去了，我的裤子上的补丁磨烂一层又一层。

村里人说年龄是论虚岁，我的虚岁已经快四岁了，可我仍然不会站。

难道他长大以后也是这样用手走？难道他真的是个残疾人？我妈经常这样问自己。但她不死心，她跟人说我娃娃睡觉的时候身子也是直直的，跟别的娃娃没什么两样，她相信她的招人总有一天能站起来。

我父亲每到阴历的腊月二十三的前几天，就背着好多好东西从大同回来了，过完大年，再过完正月十五才走。他这次除了给我带回来饼干和面包，还带回来十瓶儿“鱼肝油”药丸儿。我妈先尝了一颗，有股很难闻的鱼腥气。可我不怕。我听说吃了这种药，就能也像别的娃娃那样会站，会走，会跑。我就吃，一天三次，一次三颗，吃。有时候我怕大人给忘了，要主动地提醒说给我吃鱼肝油。

一九五三年阴历正月十五的中午，我妈在地下洗锅，我爹躺在炕头看书。猛然，他们听到他们的招人在大声喊叫:“快！快看！”他们一转头，我“嗵”地跌坐在窗台下，带着哭腔说:“叫你们看，你们不看。看看，跌倒了，我。”

“你说啥？”我妈问。

“我刚才会站了。你们不看。”我说。

“是吗？再站！再给妈站。”我妈说。

“真怨咱们。娃娃会站了咱们没看。”我爹说。

“这回我们都看。”我妈说。

我右手撑着炕，左手紧趴窗台。欠起身子，跪起左腿。左胳膊的小臂横压在窗台上，吃着力。整个身子慢慢慢慢地起来，最后就站立在窗台前。我的左手还趴扶着窗台不敢离开，但我毕竟是已经站起来了。

地上的两个大人就欢呼就鼓掌。

这简直是天大的喜事，世界上再没有比这更激动人心的事了。

我不停地苦练着。不住气地站起坐下，坐下站起。晚上睡觉前，我就能托扶着窗台从左走到右，从右走到左。

这一天，是我的四周岁生日。

这一天，我妈抱着我来到曹家老坟，没往坟垣里面走，她是站在地塄畔，眼望着坟地的方向，说:“福茹儿姐……”她原来是想跟福茹儿姐说好多话，可当她叫了声福茹儿姐后，就一下子不知道要说啥。这时候，她还有点要哭，但没哭。停了停，说:“你看招人，能站起了。”又停了停，说:“福茹儿姐，你那个，那个……”又想说啥，没想出话，猛地，她大声呼喊:“福茹儿姐——”不远处，南山的回音也跟着她呼喊:“福茹儿姐——”

从虚岁是五岁的这一天开始，招人我总算是结束了用手走路的日子。

那以后，一天一个变化。在正月二十，我父亲去大同走的那天早晨，我已经能够和我妈相跟着，把他送出村口。

我妈还清清楚楚记得算卦先生的话，他说等到招人会走了就可以到姥姥家。她回屋收拾了收拾，就锁住门领我去了钗锂村。在那里住了快一年，一直住到腊月，当我父亲从大同回来度假，我们才返到下马峪。

6 爷爷

一年后，在下马峪又露了面的我，这时候已经和别的同岁孩子一样，能爬高下低欢蹦乱跳的了，根本看不出我是个学会走路不到一年的娃娃。

我这次回来，差不多天天就在西隔壁院跟哥哥姐姐们厮混。跟他们学唱歌学画画儿学写字。

招仙姐姐又会唱又会扭，她想教我扭秧歌儿舞、扭霸王鞭，我不学。

他们发现这个招人兄弟只好唱。

招仙姐姐不仅会唱没完没了的歌儿，还会唱戏。我就跟她学会了一段“要孩儿”调，回家给爷爷唱。

“爷爷爷爷我给您唱个戏。”我说。

“我的招人真日能，快给爷唱他一个。”

“您听好，好好儿听，甭往断打我的唱。”

“听好，听好。”老汉把两只手遮在耳朵后等着。

我开始唱：“从墙上，飞过来，一群黑牛。哎呀——”

“你等等，你等等。”爷爷打断了我的唱，“你唱的是啥？从墙上飞过来一群啥？”

“牛。一群黑牛。”

“日了怪了。牛还会飞？没听说过。”

“叫您甭往断打甭往断打您要打。”

“不打。不打。俺娃唱。”

我又继续唱：“哎呀——哪咿呀哈，咿呀哈——咿个呀哈咿呀哈，一群屎巴牛——”

“啊哈——”爷爷让我逗得放声大笑。笑笑笑的，给咳嗽开了。

我奶奶去世早，爷爷平时就在另两个儿子家住，一个月一个月轮着到他们家起伙。我父亲每次回来都要把我爷爷接到我们家，住在西耳房。

这回我提出要跟爷爷做伴儿，我说爷爷一个人孤零零睡那里，憋闷得慌。

爷爷八十一了，是个个子不高的小老头。戴着一顶瓜壳儿毡帽，就连睡觉也不往下脱。爷爷身上常披着他那件磨得没了毛的羊皮褂，皮褂的面儿黑油亮黑油亮的。爷爷有了鼻涕啥的，就把它擤在自己的皮褂袖筒儿里。爷爷的耳不聋眼不花，就是腿不好使了。下马峪村里的受苦人不管有多老，都没有拄拐棍儿的习惯。爷爷到厕所老是扶着墙，慢慢往去挪。

那次我突然就想起说：“爷爷我搀您到茅茨。”

下马峪的人把厕所叫做茅茨。茅茨是个很文的词，意思是草房。有两句古诗是这样说的：富贵堂中多逆子，几许茅茨出公卿。

听招人说要搀自己到茅茨，爷爷很激动。自己有五个孙子，可别的娃娃谁也没想起说这句话，就招人说了。老汉激动得只会说个“好，好，好”，但哪能让才是五六岁的招人搀自己去送屎尿呢？

可爷爷挡不住我硬要举起手搀扶他，爷爷就扶住我的头顶，像拄拐棍儿似的拄着这个孙子。

我觉得这是件光荣的事，该做的事，就老把这件事放在心上。出外要一会儿就赶快回家，问爷爷想不想到茅茨。爷爷多次跟我妈说“你有指望，招人以后定是个孝子”。

见爷爷整天躺在后炕，我就问：“爷爷您会写自己的名字不？”爷爷说不会。我说：“爷爷您的名字叫个曹卓。我给您写在墙上，您好认。”爷爷说好好好。那天，我又跟爷爷说：“爷爷我给您在墙上画个画儿。你没做的好看。”画画儿的本事我是跟招富哥哥学的。别看招富哥哥才比我大十岁，可招富哥哥真会画。家里挂的年画儿全是人家自己画的。画山画水画花画鸟，还画古代人儿，画赵云、马超、吕布、周瑜。画画儿的时候，除了招人兄弟，他是不许别人看的。有时候画完自个儿的了，招富哥哥就教我画。

下马峪村里穷人家的炕围都刷的是红胶泥水，又不粘人的身又好看，还不用花钱。我们家的墙上，也刷着这种红胶泥，我就用一个铅笔头在红泥墙上画出好多的图案。有飞机、大炮、轮船、汽车。我问爷爷您见过吗？爷爷说就见过日本人的飞机在天上往下扔炸弹，别的没见过。我说我都见过，大同都有，等我领您去看。爷爷说，好娃娃好娃娃。

我还在红泥墙上画了大片儿刀、矛子枪、二把盒子。还画了条鱼。鱼底下有几条弯弯的线，是水。花花哨哨画了一墙。把老汉高兴得坐了起来，一样儿一样儿看。老汉跟我妈说：“你看这娃娃，灵的。以后一准有大出进。”

我说：“爷爷，我再给画个您。”我就说就先在墙上画出一颗光头，眉眉眼眼鼻子耳朵全全的。又在头底下竖着画两道儿，是脖子。再在脖子下画个肚。肚上还圈个肚脐眼儿。再从肚上面生出两条胳膊，从肚下面生出两条腿。胳膊腿都很简单，就是四条线。最后又在两条腿当中画了一条线，长长地拉出来。我跟爷爷说：“这是您在尿尿呢。”爷爷哈哈地笑了一阵说：“一个敞没塄儿，一个敞没塄儿。”

“敞没塄”是我们老家的土话，原来的意思是说这块地很敞，没有塄也没有畔。用在这里，意思是说这个孩子没有规矩。但一加了“儿”，就有点褒的意思了。

爷爷常侧着身子看孙子给自己画的那些画儿。常常是看不够，常常是看着看着就笑了。

那天早晨，我穿好衣裳，又把被窝叠好后，推着爷爷说：“爷爷起哇，起哇。我扶您到茅茨去。”

可我的爷爷再也起不了了。

我不知道，我已经跟死过去的爷爷睡了一夜。爷爷的身子虽是朝着天，可脸却是侧向墙，好像在看孙子给自己画的那些画儿。也或许是老汉死的时候，正想象着孙子领着自己到大同坐飞机去了。因为人们都说，老汉是笑笑的死去的。

我爹打发完老父亲，就走了，我妈和我又到了钗锂村。

7　七妗

我妈的父亲、我的姥爷，在她结婚前就去世了。她是家里的老大。下面是弟弟宏苑、妹妹换桂，最小的又是弟弟，叫宏锡。

我妈的母亲、我的姥姥章张氏，是个性情柔顺的女人。男人死后，性格刚烈、坚强的大女儿换梅，在家里说了算，别人谁也得听她的。虽说是女子当家，但村里人都知道这个捅死过狼的我妈不好惹，谁也不敢欺负他们。

在我妈的一手包揽和操办下，这年的阴历六月给小弟弟宏锡成了亲。

我叫宏锡舅舅叫七舅舅，他的小名儿叫七子。他跟五舅舅是亲兄弟。他们这是按叔伯弟兄们排的顺序。

迎亲的这天，我换上了一身崭新的海军服，是我爹在过大年时给带回来的。我不戴帽子，嫌前边没帽檐，还嫌后边多出两根辫子似的带儿。

来参加婚礼的娃娃们不管是大的小的，也不管是外村的本村的，都听“海军”的调度，都愿意给“海军”当兵。

我说“出街外前接媳妇去”，他们就说“出街外前接媳妇去”。我说“回院看点旺火去”，他们就说“回院看点旺火去”。但是只要一听见鼓匠开始吹打，我就哪儿也不去了。在下马峪打发爷爷发引时也是这样，鼓匠吹打多长时间，我看多长时间。我就好听鼓匠吹打。

那个吹唢呐的，脸鼓一阵又扁回去，扁一阵又鼓出来。他吹得极认真，吹一阵儿，铜碗碗下边沿就叮叮地往下滴涎水。吹横笛的是个没眼眼瞎子，可他还老好眨眼皮，白眼球一翻一翻的，我觉得数他好玩儿。更好玩的是，他还老好把舌头尖一下一下探出来，探得挺快，去舔那个孔。在鼓匠们停下来歇缓时，趁他们顾着抽洋旱烟喝砖茶水，我悄悄地把那个大胡胡的竹弓推了一下，发出了“吱”的一声响，没等人喝喊，我就吓得赶快跑，别的娃娃们也跟着我跑走了。正好这时候村外“咚嘎”地响起了大麻炮。

“来啦，来啦”，人们都往外跑，鼓匠们也操起了家伙去村东迎媳妇儿。

大门口铺了一溜红毡，通向门里。花轿就落在红毡前。

新媳妇一身红，红袄红裤红袜红鞋，头上苫着红盖头。伴娘搀着她在红毡上慢慢地往前走。红毡有好几条，专门有人把踩过的红毡又快快地卷起来传到前边，铺在前边的路上。新媳妇一直踩着红毡到了正房门前。

正房前摆着八仙桌，上面放着一个斗，斗里满满地装着粮食，再用黄表纸把斗口封住，黄表纸上满满地插着四十九炷香。那香都点着了，蓝白色的烟叫风吹得一会儿刮向这儿一会儿刮向那儿。银色的香灰满满地落了一黄表纸，香味儿满满地飘了一院。桌子后边的柱子上贴着天地爷的像。新媳妇新女婿就要在这里拜天地。

新媳妇儿比新女婿高，但不胖，苗苗条条的，人们没看到眉脸就都说是个好媳妇儿。

拜完天地，新媳妇儿由伴娘陪着进了洞房，坐在炕上就再不挪窝儿了。还得坐端正。乏了也不能躺不能卧，更不能下地，想到茅茨也不行。新媳妇儿结婚前在娘家连着几天不吃别的，光吃煮鸡蛋。

娶媳妇三天不分大小，人们都挤进屋里闹洞房，都把手伸向媳妇儿要糖要烟。新媳妇儿的盖头虽然没取，可她能从里面看见外边。她就从兜里掏出一个攥紧的拳头，然后在面前那一片伸展着的手里选中一只，把冰糖或烟放上去。得了东西的人都很自觉地高高兴兴地挤出去了。

我的手一次又一次地伸向前。只要伸出去就不白伸，哪怕离媳妇儿再远，也不落空。可我把这些东西又全都给了表哥表姐们。

后来不管人们咋伸手媳妇儿都不给了。伴娘说没了，分了了。可娃娃们还虎在媳妇儿跟前不走开。有人一下子把我给推倒在媳妇儿怀里。我赶快站起来，可又让推倒了。这回我干脆就不再起来，就那样坐在媳妇的腿上。有人说招人你撩开她的盖头。伴娘说我，俺娃甭价。又有人说，招人你弯倒腰看看她，从盖头底下看看她。这回我听了，弯腰看看说，新媳妇儿笑呢。听了这话，人们都笑。又有人给鼓动说，再看，再看看新媳妇吸人不。我看完又汇报说，吸人，真吸人。这次，连伴娘也跟着笑起来。这时候我妈进来，把我抱走了，抱到东院二舅舅家，让管住我，甭叫我到西院去起哄。

我最怕这个东院二舅舅。他是个赶马车的，裤腰带上老是拴着一串刀子锥子这类的东西，走路哗哗响，一见我就往出掏刀子，说要往下割我的小麦鸡。

东院二舅舅正陪客人们喝酒，叫我坐在他跟前，夹块肉喂给我，又用筷子蘸了酒叫我吮，辣得我直吧啧嘴。他却说我这是香的过，还要喂。吓得我躲在背后不出来，后来就睡着了。

天快黑了，我才醒来。到了新房，人还是挺多，新媳妇儿还是挺着腰板儿盘着腿儿在那儿坐着。红盖头已经取下来了，凤冠还在头上戴着，像个唱戏人儿。我见她不住地把舌头挤出来舔嘴唇，心想她一准是渴了。我上了炕就又坐在她的腿上，不管别人的哄笑，从兜里捏出块冰糖就往新媳妇儿嘴里送。她没躲，用嘴唇夹住了。

“这个招大头挺会送人情。”宝宝说。宝宝是东院大舅舅儿子，我叫他宝哥。宝哥年龄和宏锡舅差不多，也快二十了。他们是乡高小的同学。

“招人，你叫她叫啥？”宝哥说。

“叫新媳妇儿。”我说。

“还叫啥？”

“叫七妗妗。”

“不对。”

“就是。”

“不对。不信你叫叫，看人家答应不。”

“不叫。你们想逗人家说话呢，当我不知道？”

人们都笑。

“招人跟七妗妗这么好，今儿一准是让七妗妗搂着睡呀。”宝哥说。

“让就让。”我说。

我妈进来了，说明儿还得去南上宅呢。

南上宅是七妗妗的娘家村。

我妈说明儿得早早起来回门儿呢，睡哇睡哇。这才把人们撵走。临走，宝哥悄悄问我说，你想不想要我的口琴，跟你舅舅的那个一模一样。我说想。宝哥说那你今儿黑夜就让新媳妇儿搂着睡，你妈不让你就哭，明儿我就把口琴给了你。我说噢。

听了宝哥的，为了要他的口琴，我死活不离开新房，说要让新媳妇儿搂着睡。我妈气得举手想打我，可心想这是大喜日子，又把手放下了。新媳妇儿护着我说，就在哇，我黑夜搂他。姥姥说，就在哇就在哇，一个小娃娃家，再说还省得安排人听房。村里有讲究，娶新媳妇，黑夜要专门留人听房。

我妈这才同意了。夜里，新媳妇儿软绵绵的胳膊给我当枕头，随着呼吸，奶子一下一下顶着我的脸，鼻息吹得我的头皮凉酥酥的麻。这些，我记得清清楚楚的。我当了作家后，把这种感觉写在了小说《陨歌》里。

第二日我跟宝哥要口琴，他说在学校放着，等有空儿一准给我往回拿。我每天都去问他，他每天都说明天。实际上他就没有口琴，后来还是宏锡舅舅把自己的口琴给了我，我这才算完。

这一年的阳历九月，我父亲来信说，给七子联系好了，让他到大同上学。接到信的第二天，我妈就领着七舅舅和我来到了大同。

在姐姐姐夫的供养下，宏锡舅先是在太宁观小学补读了几年，有了毕业证，又在大同念了三年初中后，考住了大同煤校。

8　护犊

草帽巷十一号是个四合大院，住着十户人家。大部分还是老邻居，也有几家搬进来得迟些。住在我们旁边的那个女人我妈就认不得她。

那女人的年龄有多大，我妈猜不出来，只见她脸上老扑着香喷喷的白粉，头发上老是明晃晃地抹着不知道是什么油。那家的玻璃窗像医院似的老挂着白纱布，从外边看不见里边。听说她的男人是矿工，可老不见回家。倒是有个年轻警察常到她家串门，院人说那是她的相好的。对于这些事，我妈不关心。听到一句半句的，也不议论。可是有几件事却很使我妈生气。一件是在我们没回来住以前，那家人为了自己门前干净，把炭块和生火柴都垛在了我们家的院窗台底下。现在我们回来住了，也该安置这些东西。我妈跟那个女人说了好几回，让把地方腾开。可快一个月过去了，仍不给腾。说是等用完的。第二件事是，那家的脏水桶和垃圾盆虽说是在自己的窗台前摆放着，可却是紧挨着我妈的家门，味道难闻不说，苍蝇整天轰轰的，害得我们家连门也不敢开。让那女人给挪挪，也不给挪。第三件事是，那个女人不清楚怎么就知道了我妈抱着我要过饭的这个事，经常骂我“小要饭的，小讨吃子”，吓得我一看见她就往家跑，想出院还得看看她在不在外边。如果说第一件事可以等待，第二件事可以忍耐的话，这第三件事我妈是无论如何也不能再让过她了。

“再骂我的招人，就不给她股好的。”我妈跟院人们说。

我妈是个不会跟人说说讲讲去论理的人，有理也不会说。我妈决定给她点颜色看。那天我在门前顾拍皮球，挡了那女人的路。

“滚一边儿去！小要饭鬼讨吃猴。”那女人又骂。

“你骂谁？”我妈推门出来，站在那女人跟前。

“谁应承骂谁。”那女人说。

“叭！叭！”我妈左右开弓，照那女人脸上给了俩耳光。

那女人愣了一下说：“好你，敢打我？你个要饭……”话音没落，脸上又“叭！叭！”挨了两下。

又挨了俩耳光的那女人乱舞着胳膊向我妈扑来，可她哪是我妈的对手，让我妈顺势抓住了她的头发，胳膊一用力，把她扔倒在地下。

院里人都出来站在自家的门前，看红火，没一个上前拉架的。

那女人躺在地上，还在“要饭鬼讨吃猴”不住口地骂。我妈端起那女人家的垃圾盆向她身上砸去，又提起那桶脏水，泼在她的头上。这才住了手。

那女人不敢再骂了。满身的灰，满脸的水，披散着头发，号哭着跑出街外。

院人们提醒我妈说：“叫警察去了。叫警察去了。”

我妈笑着说：“不怕。怕也不怠着怕。”

有几个好心人赶快过来把垃圾扫起倒进盆里，把脏水桶也搁在原处。还有到街门外去给瞭哨的。

这时候我妈才知道，原来他们也恨这个女人。

不到一个钟头，那个警察果然来了，站在我们家门口大声地喊说你出来，我妈说出来就出来。我妈一出来，那个警察二话没说就从背后抽出根缆绳要捆我妈。我妈挣扎着不让捆，后来听见我在旁边哇哇哭，她急了，一用力，把那个警察推倒在地下，赶快来抱我。

我清清楚楚记得，那个警察从地下爬起来，扬起手中的缆绳就向我们抽打。我妈怕我被抽着，用她的身体紧紧地护着我。可她自己却让一连抽了好几下。

我还清清楚楚记得，当身穿蓝制服扎着牛皮腰带挎着二把盒子的我的爹爹大喝一声“干什么”，那个警察才住了手，才把紧握着的缆绳放下来，停止了抽打。

我更清清楚楚记得，清清楚楚地记住了那个警察的模样，相信无论在什么时候都忘不了他，走到哪里都会认出他。

从那以后，只要有人问我你长大想干什么，我就毫不犹豫地回答，我要当警察。为什么要当警察？我说是我妈教给我长大要当警察，当个不打人的警察。

这件事发生后，那个女人再没在草帽巷十一号院露面，过了些日，有人来把她的家搬走了。可这件事的发生，却使我受到了惊吓，吃饭不香，睡觉也不稳，梦中常“妈！妈”地呼喊着就醒来了，白天不出院玩儿，只是蔫蔫儿地在屋里呆着。

“妈我想回姥姥家。”

“妈，我想回姥姥家，啊妈。”

“妈。我不想在大同。我想回姥姥家。”

我说了这么几次后，我妈才想起那个瞎眼眼老汉的话：“七岁以前，不要叫娃娃到大同。”

不行，不能让招人在这里住。那个瞎眼老汉是神仙，是专门保护招人的神仙。不听他的话可不行。越快越好。

第二日我妈就把我送回到了钗锂村，送回到了应县的南山脚下。

9　寻母

我妈在村里住了半个月，走了。她不走也不行。大同还有两个人在等着她。男人曹敦善的薪水不再发小米了，虽然已经变成了工资，可还得供养兄弟宏锡念书，两人都在食堂起伙，那是不够花的。她得回去给他们做饭，给他们缝缝补补。再说，招人留在村里，有姥姥和妗妗看着，她一百个放心。

“妈走了你听姥姥的话，听妗妗的话。”我妈跟我说。

“噢。”我说。

“妈走了你不要想妈。妈走几天再来看你。”

“噢。”

“记住了没？”

“记住了。”

“记住啥啦？”

“听姥姥的话。听妗妗的话。不要想妈。妈走几天再来看我。”

“好娃娃。”

我妈放心地走了。

我妈走了的第五天，我就开始数念说，我妈说走几天，那明天我妈来呀。

第六天，我就开始到西河湾，去瞭望，去迎接，可每天都等不住妈妈。第十天，我就开始哭，说我的妈叫狼吃了，要不就是叫桑干河河水刮走了。姥姥和妗妗咋劝也没用。以前我是个不好哭的娃娃，这下，把几年的泪水都给补上来了。白天哭。黑夜哭。成天哭。

“这可咋办，再哭不愁把眼哭瞎。”姥姥说。

“要不还送回大同去哇。”妗妗说。

姥姥老了，妗妗没出过远门。最后决定让东院二舅舅送我到大同。

那些日老下雨，他们给我准备了个大雨伞，怕丢了，在伞里面写着“曹乃天”三个字。我很清楚地记得，就是这三个字，是“曹乃天”而不是“曹乃谦”。但我不清楚这是谁给写的。

我们跟村里动身迟了，误了当天去大同的汽车。应县到大同，每天只发一辆车，还是辆没顶子的大卡车。我和东院二舅舅住在了应县城大木塔底下的一个客店里，等第二天的车。吃饭时，东院二舅舅要了半斤白酒。他每喝完一盅儿，就要让盅儿底朝天，把控下的那一滴喂给我。我捂住嘴不喝。

“喝！哪有男子汉不喝酒的。喝！”

我只好努起嘴唇把那一滴酒接住。一滴一滴又一滴，几滴过后，再喂也就不辣了。

“这才像个男子汉。”东院二舅舅说。

“我舅舅就是这么教会我喝酒的。”东院二舅舅说。

旁边有个后生吃凉粉。辣椒油红红的，闪着亮儿。凉粉条儿软软的，筋筋的，往嘴里一吸，“忽溜忽溜”响。我忍不住地偷看。

“想吃？”

我不说话。

“掌柜的，来一碗。”

那是我记事以来吃得最香的一碗凉粉。以后吃过的凉粉，都没有那碗香。

夜里，我突然爬起身“哎——哎——”地大声应叫。惊醒了熟睡的东院舅舅，问我喊什么。

我说：“叫我呢。”

东院舅舅说：“谁？”

“有人。”

“哪儿？”

“天上。”

“胡扯。”

“你听，招人，招人。”

东院舅舅听了一阵说：“你梦梦呢。那哪儿是叫你呢，那是大木塔的风铃。”

那一夜，我一直分不清那声音是“丁零。招人”，还是“招人。丁零”。

在以后的又一次，我妈搂着我在这个大店过夜时，我也是让这个风铃声给叫醒。直到长大以后回忆起这两件事，我也一直分不清那是梦中的风铃，还是风铃中的梦。

第二天，我们又没走成。因为桑干河的木桥被大水冲断了。这下把东院二舅舅气坏了，不住气地骂我。

“看看你这个门儿出的。我统共请了两天假。你知道不知道，我是富农，好不容易让我赶马车。这下可好，看看你这个门儿出的。”

我低着头不作声，好像承认桑干河的木桥被大水冲断就是怨我自己的过。

“回哇回哇。回村哇。”

“我不。我要到大同。”

“看看你这个门儿出的。要误我的大事。”

东院二舅舅出来进去的，终于打听到第三天能走。他问我说，到了大同你认不认得家？我说认得。他说那好了，明儿把你送上车我就往回返。我说，噢。

我是不想再听他的骂了，他说啥就应承啥。

第三天早晨，东院舅舅把我举上敞篷车，安顿我坐在席片上，又吩咐说把车票装好把雨伞抱好。听了他的，我把雨伞紧紧地搂在胸前，用手把上衣兜牢牢地按住。

车开了，我想看看东院舅舅走了没，看不着，周围都是大人，堵着我。我想看，只能看天上的云彩。有的云彩像猫，有的像狗，有的像鸡。有一块云彩像我妈侧着面儿的脸，我就盯住看，看着看着不像了。

姥姥和妗妗都说我妈还在大同，可她说过几天就来看我，可她为啥不来呢？

车停了，打开后车厢让人们都下。这是到了桑干河。桥还没修好。让人们都下去，空车好过河。要不，怕焊在河里。

见别的人们都不在车上了，我有点急。司机过来要往住打车厢，发现还有个娃娃在车上，这才把我连人带伞抱下去了。

有的人吃东西，有的人尿尿，有的人伸胳膊伸腿做动作。我什么也不做，看汽车，看人。看着看着，汽车“呜，呜，呜，呜”地呻唤着慢慢过了河。看着看着，人越来越少了，都让光屁股的背河汉子给背过去了。人们过了河就都扒上了车，抢占好位置。

眼看着对岸的车上都站满了人，可还没有人来背自己。我就大声冲着对岸喊：“我也要过河——我也要过河——”

我听对岸有人说：“这是谁的娃娃？大人呢？”见没人应承，这才有个背河的摇摆着两条胳膊，蹚过河向我走来，像扛东西似的，把我横着扛在肩头。到了对岸，直接就把我扔上了车。

有人问，小孩儿你去哪？我说去大同。又问，谁把你送上的车？我说我东院二舅舅。你舅舅呢？他回村去了。你几岁？五岁。这时候，有人给讲了个笑话儿。说，有个老汉问戏院把门的，我孙子五岁，要不要票？把门的说，五岁娃娃不要票。老汉弯下腰跟孙子说，你给爷爷进里头看戏去哇，爷爷回家去呀。听到这里，人们都哈哈地笑。有人说，这倒是个好办法，省得买票。

我听出他们好像说自己没买票，我从兜里把票掏出来，举起说我有。人们又笑。

到了大同，我在汽车站门外跟一个拉黄包车的说，我家住在草帽巷十一号院，你把我送到我家，我跟我妈要上钱好给你。那人看我穿着新衣裳，又抱着伞，像是个出远门儿的人，问："就你一个？"我说："噢。"

"你跟哪来的？"

"应县姥姥村。"

"你几岁。"

"我五岁。"

那人把我抱上车说："走哇。大爷我今儿白送俺孩一遭。"

我妈正在家调玉米面凉粉，做中午饭，见我进来了，可后面没跟着大人。再一细问，我妈一下子变了脸，破口大骂东院酒鬼，说等回村再跟他算账。骂了一气，停下来问："你咋不在村里住？"我说："我寻你。你说你过几天回村看我，可过去好多个几天了你不回。我怕你叫桑干河水刮走。"

我妈一下把我搂在怀里，紧紧地搂着。

第二天的那个时候，东院二舅舅也从村里来了。他是让我姥姥给骂来的。我姥姥是个从不发火儿的人，可这次也让酒鬼给气坏了，叫他当下就往大同返，还说招人万一出了事就跟他拼老命。

挨完了骂，酒还给喝。趁着我妈背过身做营生时，东院二舅舅指着我的脑门儿，压低声音说：“你个招大头，我算是让你害苦了。”

我低着头，憋住嘴笑。

一想起算卦先生的话，我妈就心不安，她又让东院二舅舅把我引走。这次说好了，阴历过大年前宏锡舅舅放了假，他们一块儿回去看我。说得清清楚楚的了，我爽爽快快地答应了，跟着东院二舅舅又回了村。

这件事让我妈知道了，跟她的招人就得说一是一说二是二，不能说谎，更不能哄骗。

10　进城

我一到了大同就生病，一回了村就好了。我妈就常年把我寄放在应县村里姥姥家。我妈是大同和姥姥村两头跑，在大同住一段日子就回了姥姥家，在姥姥家住一段日子就又返回到大同。

我姥姥家除了我表哥忠孝外，还有一个孩子。那是我姨妹，叫玉玉。她是我姨姨的孩子。表哥叫我姥姥叫奶奶，姨妹叫我姥姥也叫姥姥。

那天后晌，表哥到大庙书房念书去了，我和姨妹在姥姥院推着大人们用的那种独轮车正玩儿着，听见街门在响，我一转身，是我妈进院了。

我妈是带着姨姨到大同看病去了，我已经有好长好长时间没有见到我妈了。我高兴得“妈妈妈”地叫着，张开两臂迎着她跑过去。当我跑到了她跟前，她一下子把我给推向一旁。我没防住她会这样，后退了两步没站稳，冲后倒在地上，跌了个屁股蹲儿。我愣了一下后，正要张开嘴哭，可她却先哭开了。她不是哭，她是放声嚎：“妈唉——妈唉——”

“妈唉——妈唉——”她就嚎就往院里走。

我妈这么一嚎，我不敢哭了。

姥姥和七妗妗从堂屋跑出来了，姥姥就跑就问：“换子换子，咋了咋了？”我妈没说她是咋了，就嚎就捩转过身，又往街外返去。

我爬起来，跑着冲在她们前面。

街门外，停着辆毛驴拉的小平车。一个我没见过的老头，正举着我家的那个日本军用水壶喝水。他那样子像是在吹军号。

我妈她们也都急急地出来了，围住小平车。

小平车上苫着盖物，盖物的白里子迎了外，被弄得脏兮兮的。我觉得盖物下面好像是苫着个人。我正要揭启盖物看，我妈又把我拉扯到一旁。她揭开盖物。

盖物下面是我姨姨。

姨姨的鼓症病没看好，在大同去世了。我妈雇了毛驴车把她拉回来了。

姨姨就像是睡着似的，还是那么好看，只是脸色有点苍白。

姥姥一下子趴倒在盖物上，手摸着姨姨脸，放声哭：“二女二女，你咋不给妈活呀，二女二女，我的二女呀——”

我姨妹在那些日一直没有放开声地哭过，要哭也只是流眼泪，脸让脏手抹得一道一道的黑，也没有人顾着管她。人们都在忙着办事宴。

姥姥村的人们，把办喜事和办丧事统统叫做是办事宴。

那是个春天，当时我是六周岁，七虚岁。

那天我表哥在大庙书房背书没背对，让陈先生拿戒尺打了板子，打得很厉害，左手掌膀肿得端不住碗。姥姥把黑酱给他抹在手掌上，说这样就不疼了。我问他疼不了，他笑着说不疼了。就说还就伸出舌头舔手掌上的酱。我妈说表哥，你不好好儿学习就短个挨板子了。

表哥不敢笑了，我看着他笑。我妈突然对我大声说：“你别笑！你也不是个好好。尽在村里耍了，我看这回就跟我回大同念书去哇！”

“好好”是我们家乡话，意思是好孩子。如果说“灰灰”，那就是指坏孩子。

可我不想到大同，我从心里头就觉得大同城不如姥姥村好。我说我想跟着表哥就在大庙书房念书。我妈的脸一沉，说：“大同念！”

我和我妈走的那天，是姨夫送我们进的应县城。姥姥村到应县城是三十五里地。为了能赶住应县到大同的长途汽车，我们黑黢黢就起身了。姨夫背着包包裹裹，我妈背着我，我背着七舅舅用过的一个书包，里面是他和表哥念过的几本书。

在我妈的背上我又给睡着了。当她圪蹴下来说让我自己走，我才醒来，才知道天已经大亮了，才知道我们已经进了县城的长途汽车站的大院。院里一满是难闻的汽油味儿。

我们上了车，姨夫回去了。

车是大卡车。车厢上铺着席子，供人们坐。汽油味儿呛得我一阵一阵的恶心。加上路不平，车一颠一晃的，我难受得直想吐。

过了怀仁县往前没开出几里，汽车坏在了路上。让人们下车，男人们帮着把车推到路边儿，驾驶室的那两个人钻到车底下修车。

车坏了我很高兴，这样就用不着在车上被人挤。下了车后我离得车远远的，这样我就闻不到汽油味儿，就不恶心了。

太阳过了正午，车修好了。可没开出多少里又坏了，又修，一路坏了好几回，修了好几回，到了半后晌时，说是彻底坏了。这个时候，离大同还有二十多里。驾驶室里的两个人留下一个看车，另一个人说回大同要车，让乘客们等着。

乘客们等着等着，有人沉不住气了，说不等了，站起要走。有人说要走咱们一块儿走，然后就问大家谁还跟着走。先是有一半的人响应，后是一多半，那人最后问我妈和另一个女人。那个女人只抱着一个两岁多的小孩，我妈可是还有捆在一起的几个包包裹裹。我知道那包包裹裹里有跟窨子里够出的山药蛋，有办完丧事扨着蓝点儿的鬼馍馍。这里面还有给大同五舅舅的一份儿。

我妈问我说能走动走不动。我说能。我早就不想坐这辆烂汽车了，我是不想再闻那恶心的汽油味儿。

我妈说："妈背着一百多斤粮。妈可是再抱不动你，你能走动？"

我坚决地说："能！"

前头早有人出发了。我妈跟那个女人说，要走就赶快地往上跟。

我妈背着东西，我相跟在她的旁边，那个女人抱着小孩，我们四个人一直是走在队伍的最后面。

走着走着，天黑下来了。我们和前面的人差着老远老远，只能看到前头那些人的影子。我妈急了，说招娃子你快快的，拉在后头看叫狼叼走的。我实在是走不动了，但也不敢说出来，咬着牙紧跟。又走着走着，听到前头有人说话。原来是到了一条河，那伙人就喝水就歇缓，看样子也是在等我们。他们说这是七里村。

我也早就渴了。我饿是不饿，我的书包里除了装着书，还有煮鸡蛋。另外也装着几牙儿鬼馍馍。那鬼馍馍很大，不切成牙儿，还装不进我的书包里。中午等着修车时，我和我妈都吃过了。

周围黑乎乎的，水面白白的，我们赶快都趴在河边，狠狠地吸了一气河水。

见我们喝完水，有人说："快走快走，再有七里就到了。"说完那伙人站起就走。

喝了水，歇缓了一会儿，我们也能跟紧他们。可走着走着，我就又不行了。我是脚疼。

我穿的是新鞋，是七妗妗过大年时给我做的，可新鞋的帮子硬硬的底子硬硬的，穿着不舒服。我就还穿旧的。旧鞋尽管是大脚趾上面破了个小洞，快往出露脚雀儿呀，可我穿着舒服。

到大同来上学呀，我妈非让我穿新的。穿新鞋走短路还行，可以慢慢地走小心地走，可走长路就不行了。新鞋的帮口硬硬的，像刀子在刻着我的脚。我的脚面好几处地方疼得实在是受不了。我渐渐地落在了我妈的后头。

“快！跟上！”我妈转过身说。

我说我脚疼。

“不行！走前头！”我妈冲我喊，“来！拿书包来！”

我就走就把书包从肩膀上卸下来给了她。没有了书包肩上是轻省了，可脚仍在疼。我妈见我又放慢步子，而且我们距离前面的人也越来越远了，就连原来跟我们相跟着的那个女人也看不见了。

我妈冲着我屁股就是一脚，差点把我踢倒。

“走前头！拉在后面就短个喂狼了。”

除了能看见路两旁的树影子，别的啥也看不见。我好像是觉得狼就在我俩的后面追着。我把鞋脱了，提在手上。鞋帮不刻脚了，可脚底板又让石头硌得我疼。我不管了，流着泪，咬着牙，往前跑。我妈也小跑着紧跟着我。当我们一口气追上了前面的人时，听到了有狗的咬叫声，我们这是到了大同的南关。

又往前走走，进了南城门洞。眼前一下子亮了。马路东边有家铺子点着电石灯，灯前摆着盆，盆里是茶蛋。我大声说：“妈！没狼了！”说完就一屁股跌坐在地上。我不是箝死要赖，我不是想吃那盆里的茶蛋，我真的是脚疼得走不了了。

我抱起脚才看见，我的两只脚被鞋帮刻破的几处地方，都在流着血。

11 报名

草帽巷十一号，是个很整齐的四合院儿，东西南北都有房。我们家住东下房。

高果果是房东的女儿，比我大五岁，可我妈教我叫她果果姨。果果姨喜欢我，我也喜欢她。她领我出街玩儿，别的孩子们就不欺负我。

果果姨放学回家，见我家开着门就进来了，问说招人是不是回来长期住呀？我妈说这次我是想叫招人来大同念书，你明天领姐到学校给他报个名。

果果姨说报名上学那得是在秋天，现在是春天，学校早就不招生了。我妈说他爹到太原上党校去了，我不懂得这些，就把他跟村里给引来了，省得他在村里头瞎混。我说我又不瞎混，大庙书房的陈先生老夸我。果果姨问我说，招人你在村里上学？我说我老常在村里的大庙书房念书。

姥姥村里有个大庙书房，我表哥就在大庙书房念书，我也常跟着去书房玩耍。大庙书房是大土炕，念书的娃们就在大土炕上坐着。

书房的教书先生姓陈，一看见我来了就说，招人俺娃人家哇，俺娃上炕哇。

有时候我就真的上了炕，听陈先生讲课。

这次我的书包里就装着表哥在大庙书房念过的几本书，我把书拿出来给果果姨看。果果姨接过看看说，哟，这都是老书。她又问我，招人你认得这上面的字吗？我说我会背，她就让我背，我就背起来。

果果姨用佩服的眼光看着我背，听着我背。其实我是东两句西两句地瞎背。果果姨跟我妈说，换梅姐，招人真行，我已经是高小二年级的学生了，可也没如他会背。

我妈是半个字也认不得的文盲，更听不出我是在背啥。果果姨又跟我妈说，换梅姐我想起了，招人能上学了，半路不招生，可半路是可以跟外校往来转学生的。她说明天我就领你们去我们学校。

果果姨在我们家附近的西柴市完全小学校上学。

当时的小学分初小和高小，初小的学制是四年，高小是两年。学校里又有初小又有高小，就叫完全小学。

第二天一大早，我背着书包和我妈跟着果果姨到了她的学校。她把我们领到了教导处，在门口指给我们一个人，说是主任，让我们进去找他。我妈按照果果姨在路上教给的，一进去就跟主任说，我的娃娃是来转学的。

主任愣了一下说："转学？"他伸出手，"那我看你们的手续。"

我妈指着我的书包，跟我说，俺娃掏出来让这个舅舅看看。

我跟书包里掏出我的书。这都是大庙书房的陈先生手工用麻纸装订成的、又用小楷毛笔抄写成的那种手抄本。有《百家姓》有《千字文》还有《四言杂字》。

我把这三本手抄本捧给主任舅舅。他接过翻翻说，这是什么？手续呢？他又问我妈："转学的手续呢？"

我妈说："你先听听，我娃娃会背。"她又捩转头跟我说："俺娃给舅舅背背。”我听了我妈的，就大声地背起来：

“天地黄黄，宇宙黄黄。赵钱孙李，周吴郑王。寒来暑来，秋收冬藏。孔曹严华……”

可能是我的应县口音主任舅舅听不懂，他打断我的背诵，问说：“你这背的是什么呀？”我说：“我背的是四书五经。”他说：“这就是四书五经？我咋一句也听不懂。”

实际上我背的这些内容我也不懂。于是我就把我能懂得的背起来。我心想，我懂的，你就也能听得懂。

我又大声地背：

“猪狗牛羊，砂锅铜瓢。红枣黄梨，花生核桃。叉耙扫帚，锄头铁锹。豆角葫芦，萝卜山药……”

可能是我就背就左右摇晃的样子很可笑，教导处的几个老师都放声大笑，有个老师还笑得直拍打肚子。我妈也听出我是在背什么了，也得意地跟着笑。

可我白背了，他们不收我。

主任舅舅解释说，一个是我们没有转学手续，再一个是我还不到七周岁，他说他们学校今年最小只能是收到属相是属鼠的。而我是属牛的。

果果姨在教室外面等我们，问我报了名了吗？我妈跟果果姨说：“娃娃背得恁好，可他们却不要。嫌娃娃小。按我们说是七岁了，可他们说是六岁。”果果姨说，那就等明年秋天的吧。她还教给说：“换梅姐你记住，阳历的八月底前就得拿着户口簿到学校去报名。”

上午，我妈背着一布袋跟姥姥家拿来的东西，我跟着她，到了五舅舅家。

五舅舅在城内东南隅的仓门街十号院住。

在舅舅家吃完饭，我跟我妈要走呀。忠义表弟说想跟表哥耍，也要跟我们。五舅舅不让他跟。我妈说，跟上哇，正好招人也有个伴儿跟耍。

我妈抱起忠义，拉着我的手，往我们家返。

进了我们草帽巷十一号院，我说我领表弟去看花儿捉蝴蝶。我妈把怀里抱着的表弟放下地说，去哇，别掐人家高爷爷的花儿，我说噢。

房东高爷爷好种花儿，当院围着垒了四排矮砖墙，上面都摆着大的小的花盆，还有木箱箱，瓮底子，种着各种各样的花。

我和表弟正玩着，西下房的宝宝过来了。宝宝比我大好几岁，可他也不上学。他一见我就骂我“村香瓜”，我不想跟他玩儿，就拉表弟回家，可表弟不回，他想捉一只落在花儿上的白蝴蝶。可没等到他的手伸过去，蝴蝶飞了。宝宝指着一朵花儿说：“来，你捉这个你捉这个。这个好捉。”表弟听了他的，把手伸向了那朵花。我一看，那朵花上面落的是一只野蜜蜂。我赶快说：“别捉！蜇你呀！”但是迟了，表弟的手已经伸上去了。一下子，表弟的手心儿让野蜜蜂狠狠地蜇了一下，表弟甩着手，哇哇地哭。宝宝高兴得拍着手叫。

我妈从家里跑出来，她问清是怎么回事后，拉住宝宝的胳膊，把他拉进了西下房，那是宝宝和他奶奶的家。

我听到我妈大声地和宝宝奶奶说：“咱们把话搁在前头，宝宝如果再欺负我们孩子，可别赖我不客气。”说完，放开宝宝出来了。我妈见院里有邻居出来看红火了，她又大声地冲着西下房说：“小王八蛋你再敢欺负我孩子，我非给你点颜色不可。”南房刘奶奶也冲着西下房大声说，这个宝宝专欺负小孩子不说，心眼儿还毒，那回把我外甥推倒在脏水坑儿，弄了一身臭泥。

没有在大同上成学，我妈就又把我送回了姥姥家。就在这一年，姥姥村的大庙书房改成了“钗锂村初级小学”，学校也有了省里统一的教学书了。可村人们还是叫这个小学叫大庙书房。我也还是经常去大庙书房，去听老师讲课，听“狐狸和乌鸦”“狗和公鸡”这类迷人的故事。

第二年，也就是一九五六年的秋天，我再次返回大同来上学，可我跟那个西柴市小学没有缘分，我是在大福字小学报了名。

12　村猴

小学校开学前的八月底，我妈领着我到西柴市小学报了名。可是快开学的时候，我病了。让自行车给撞了，右嘴角撞得里外透了亮，缝了好几针。等拆了线消了炎，过了二十多天了，我妈这才领我去学校去报到。学校的那个主任舅舅说你们报名是报名了，可你们这么长时间没来报到，以为你们不来了，你们的名额让别人占了。我妈说娃娃有病不能来，主任舅舅说那你们应该来请个假说一声，我们就知道你还要来，可你们没请。我妈说我们顾着给娃娃看病，哪能想起来得迟了你们会不要我们，你们这么大的一个学校多这么一个学生怕啥。我妈接着说："再说了我这个娃娃是个灵孩子，你忘了上次给你背书，把你们一家人笑的。"主任舅舅看看我，想起来了，指着我说："哇，是个你。那好说，我给请示一下校长去。"他让我们等着，他出去了。

过了一会儿，主任舅舅回来了，摇摇头说："校长说了，我们主要是没有多余的桌子凳子，你们自己能解决桌凳的话，就能来。"

我妈说："这也算是个话。那我们就回去想想法子。"

我们跟学校回来了。一进街门，在二门巷廊碰到了宝宝。前些日就是他追着打我，我没来得及往家跑，却是向街外跑去，让南边骑来的自行车把我给撞了。我跑得飞快，那人骑得飞快，我一下子让撞翻了，撞得右嘴角里外透了亮，到医院缝了五针。

那些日，我妈顾着给我看病，没有找宝宝算账，这下碰到了。我妈又正好是为我报名没报成，心里窝着火儿。她一看见宝宝，气就上来了，冲当胸一把把宝宝揪住，一用力，像是提着一个提包似的，把宝宝横着提起来。宝宝吓得哇哇叫喊。我妈没再打他，只是把他从二门巷廊提进了院里。提到了当院，问他敢不敢了，再敢欺负招人不了。宝宝只是哇哇叫喊，不回答。这时，院人们也出来了，看红火。我妈说，好小子，你不告草爷爷就把你扔房顶。

“告草”是我们家乡的老话，意思是向对方宣告：我是草民你是大王，我投降认输。

见宝宝还不告草，我妈就伸直胳膊，左右用力地悠晃：“爷爷今天非把你扔房顶不可。”

“不敢了不敢了，别扔我别扔我！”宝宝求饶了。

我妈停下悠晃，但还提着他，问：“再欺负招人不了？”

“不了，不了，再不欺负了。”

我妈这才把宝宝放地上。宝宝没往起爬，趴地上哭。他奶奶过来质问我妈：“你一个大人打小孩。”我妈说：“我娃娃打不过他，我能打过。我就要打。这就是我的理。”宝宝奶奶说：“你这是不讲理。大人打小孩儿。”我妈说：“我就是这么不讲理。你不服气，来，让你打我两下，我不还手。但除了我，谁也不能打我孩子。谁打我孩子，我就没给他股好的。”

院人们把我妈给推回了家。回了家我妈又强调我，谁打你你甭还手，你告诉妈妈给你打他。

听着没？我妈大声喝问。我说噢。

最终，我和这个叫做西柴市完全小学的学校没有缘分，本来是家离这里最近，可没有在这个学校上学。最后是由五舅舅给我联系到了距离草帽巷很远的大福字小学。

大福字学校把我安插在了一年级五班。班主任是个女的，二十来岁，姓张。

当时我们对钟表时间没概念，第二天早晨正式来上学时，我迟到了。教室门没关，张老师坐在讲桌前判作业，同学们上自习。我犹豫了一下进了教室，往我那个座位走。

“嗨嗨嗨嗨，”张老师“嗨”我，“你咋不喊报告就耗子似的往进溜？”

我不知道什么是“报告”，我从来没听说过这个词。我愣在当地不知该怎么办。她又指着我嗨：“嗨嗨嗨，你看看，全校再有一个光头吗？就你。下午你就别来了，理发去！明天再是光头茬，就别进教室。”

我妈怕我认不得回家的路，中午放学时，她在学校门口接我。路上，我跟我妈说张老师要我剃头，剃成跟别的男生一样的头。我妈说男子汉，光头多英武，你看你爹，多会儿也是光头，在省委党校学习也还是光头。我说张老师让我下午就剃。我妈摸着我的头顶说，还不长着呢，刚刚剃了二十来天，等下次。我说不长也要剃，要不，张老师不让我进教室。

我爹的光头，一直都是我妈给剃。这回我妈也没想起领我到理发店，她把我头顶的头发留了下来，把下边的用剃刀剃掉了。我以为这样也就跟别的男生一样了。可下午到了学校，同学们骂我“揭盖儿头”。

张老师看见我，问说：“嗨嗨嗨，你就理了个这？村猴一个。”

同学们都笑，还有的拍着桌子“村猴，村猴”地叫喊。

那以后，同学们就叫我村猴。我明明知道这是辱骂我，可我也只得忍耐着。更要命的是，有的同学喊我村猴还得让我答应，要不答应，他们就从下往上地抽打我头顶，说是“揭我的盖儿”。

怕同学骂我，怕同学抽打着揭我的盖儿，我躲得他们远远的。课间十分钟，同学们都在班门前玩儿，可我一下课就溜到大操场去，估计着快上课了才返回来。

我想哭又不敢哭，整天是孤自一人逃避着。

一到了学校我就盼着快快放学，我好快快回家，家里有我的妈妈。我还天天盼着快快放假，我好回姥姥村，大庙书房的孩子们不打我不骂我。

有个下午的最后一节自习课，比我大两岁的、学名叫常吃肉的男生，提着白上衣从外面进来了，我看了他一眼，他就问我为啥看他，说着他就用手里的白上衣摔打我。我抱着头缩着脖子，不敢动。

“你干啥你干啥？”有一个女生过来，这才把常吃肉给拉走了。

常吃肉摔打我时忘记了上衣兜里装着一盒儿水彩膏，他回座位儿后，发现水彩膏全都摔破了，把白上衣的前胸染得花花绿绿，一塌糊涂。同学们都笑。他站起来恶狠狠地冲着我喊：“爷回了家，爷妈要是打了爷，爷明天就非打死你个村猴不可。”

晚上我妈把煤油灯吹灭了，可我睡不着，我想着常吃肉回了家让他妈打了，我想着明天我到了学校他就要往死打我。我想把我妈推醒，告诉她，可想起她吩咐过我“到了学校甭跟同学们打架”，我这一说，怕我妈说我是跟同学打架。可我又想起明天常吃肉就要往死打我，我越想越害怕，偷悄悄地哭起来。

我妈听着了，问我哭啥。

我一下子放开了哭声：“妈，我想回姥姥家。”

我妈说：“咋了？”我说：“这里不好，我不想在这里。我想到大庙书房念书。”

我妈坐起来，点着煤油灯。

她看见我满脸都是泪：“孩子们欺负你了？”我说：“嗯。”

她问：“那你不会告老师？”我抽泣着说：“老师，也骂我。骂我村猴。”我妈说：“好了。男子汉，不哭。”

她一把把我按倒在枕头上，吹灭了灯。

第二天早自习课，张老师坐在讲桌前判作业。我妈领着我进了教室，她先跟我说：“俺娃回你的座位去。”然后一转身，冲着张老师说：“你跟我到校长那儿一趟。”张老师直起身问：“去校长那儿干啥？”我妈说：“去校长那儿说说啥叫做村猴？”张老师嘴一张一张的，没发声。

我妈指着她，大声地喝问：“说！啥叫村猴？”说着，左手一把揪住张老师的领子，把她拉下讲台。张老师挣扎着不让拉。我妈一用力，推着把张老师摁在了教室的门上：“走！到校长那儿说说啥叫村猴。”

张老师想反抗，我妈说：“你还嫩着呢。”说着左手一用力，把她按得半蹲下来。我妈的左手没松开，摁着她。张老师想蹲蹲不下，想站站不起。她觉出不是眼前这个女人的对手，抬起头求饶：“您放开，我承认错了。”听她这么说，我妈把她放开：“承认错了？那站起来，跟同学们把刚才的话大声说说。”

张老师乖乖地站起来，稍停了一下，大声说：“同学们，我说曹乃谦村猴不对。我错了。”我妈指着外面说：“把这话到校长那儿也说说去。”张老师两手合一起，连连地给我妈作揖，低声说：“不能，不能。求您了，我，还没转正。我错了。求您了。”

“你还没转正？那好，爷爷放你一马。”我妈“哼”地冷笑一声，转身走了。

那以后，同学们再没有人骂我村猴了，也没有人骂我揭盖儿头了。

13 赛仿

下午的头一节课，我们正上着图画，班主任张老师进班了，跟图画老师说“有个紧急通知”，就走上讲台。

张老师跟大家说，学校要在写仿好的同学们当中，挑选出好的仿，送到少年宫去参赛。

她像平时讲课提问那样，提高着音量，拉长着调子问同学：“大家说说，咱们班的毛笔字，最数谁写得好呀？”她说这话的时候，眼睛一直看着我，而且是笑笑的样子。同学们也跟着她的节奏，拉长着音调，看着我大声地回答：“曹，乃，谦——”她笑着说：“对，曹，乃，谦。”她又问：“那同学们再说说，咱们班的毛笔字二数谁的好呀？”同学们看她的眼睛，她正看常吃肉。同学们又齐声喊着说：“常，吃，肉——”

张老师让我和常吃肉在下午的最后一节自习课时，带着写仿用的毛笔和砚瓦去学校的教工会议室。她说，仿纸和墨汁就不用带了，学校给统一准备着。

我们那个时候，每天都有一节写仿课，毛笔和砚瓦是现成的。但她还是检查了我俩的毛笔，见笔头都很软乎，这才离开班。

倒数第二节课的下课铃声一响，张老师进班了，她是怕我们忘了，来班催我们了。

常吃肉站起喊我：“老曹，走。”

自从那次我妈拉着张老师要去找校长后，常吃肉就要跟我“结拜亲弟兄”。他说你妈抓着张老师就像是老鹰抓着小鸡，你妈一准是有武功。我说我妈打过日本鬼子。他说：“哇——你妈打过日本鬼子。”我说我妈捅死过狼。他更惊奇地大叫说：“哇——捅死过狼。”他说那你也一准是有武功，可你是不露。我说我妈不让我跟人打架。他说，不用你打，以后谁敢打你，我就往死打谁。

常吃肉说：“老曹，以后你叫我小曹。”

我不明白他的意思，看他。

他说：“我以后也姓曹呀，咱俩就是亲兄弟了。我叫你老曹你叫我小曹。”

过了两天，他很失望地跟我说他妈不许他姓曹，他说他妈屁不懂一条，姓曹多好，曹操，姓常，啥也没有。那以后他真的就一直是“老曹，老曹”地叫我，他还不许别的同学这么叫，只能是他一个人叫。

我和常吃肉相跟着到了教工会议室，各班推选出的参赛学生，在校大队部领导的指挥下，我们按照个头大小排成了三路横队，在门外等着。过了一会儿，我们就一行一行地一个跟着一个地按顺序进了会议室。

会议室是个大教室，里面也摆着有桌子凳子。每个桌子上早已经给放好了统一的白麻纸。同学们坐好后，又有老师过来，给同学的砚瓦里加点墨汁。

大队部领导吩咐同学们先把自己的班级和名字写在仿纸上边。然后他指着身后的黑板，让我们照着黑板上面事先就写好的一段一段的话，往下抄，就用这一张麻纸，把黑板上的字抄完。

他说咱们比一比，看谁抄得又快又好。

我在姥姥村里的大庙书房常常替表哥写仿，从描红摹开始，到后来的拓仿影，再到以后的吊小楷，都是我来。我表哥的仿常常是被陈先生给判红圈儿，有时候十六个字有一多半要被画上红圈儿。

黑板上的字不难，“中华人民共和国万岁”，“吃水不忘开井人，翻身不忘毛主席”，“共产党领导穷人闹革命”，“打倒蒋介石，解放全中国”，还有几条别的，我都认得。我是第一个写完的。我举了一下手，站起来。有个老师过来了，看了看我的写满毛笔字的仿说，好，可以走了。

我回教室放砚瓦和毛笔时才知道，别的同学早就下学了。

我妈要求我一放学就回家，要回得迟了，我就得挨打挨骂。我小跑着往家紧赶。当拐进巷口时，我远远地看见，我妈在街门口站着，冲我的方向瞭望，可她看见了我，却转身进院了。

我进了家，没等我妈命令，就乖乖地站在门后的墙角，一动不敢动，等着发落。可她却不作声，我也不敢说话。我听见灶台坐着的锅里面，有水在沙沙响。我知道锅里那是给我热着的饭。

我妈一直不理我，在炕上就着煤油灯的光亮，在给我做过大年的新衣裳。这时煤油灯的灯芯突突地跳了两下。我说：“妈，明儿变天呀。姥姥说，灯芯跳，要变天。”

我妈这才大声地喊着说：“站那儿干啥？等人请你？”我知道她说这话是解除了对我的禁令，那意思是说：“别在那里站着了。自己去吃饭吧，没有人会请你。”

我赶快去揭锅盖。

第二天，我到了学校，常吃肉悄悄跟我说，学校发现了反标，是用毛笔写的，字体写得很好，但一看还是个小学生写的，不是大人写的。他说，张老师这是把咱俩当成了反革命了。

他这话，让我有点紧张。我本来知道我没写反标，可我不知道为什么，还是有点害怕。怕张老师跟校长说："就是他，就是这个曹乃谦。把他抓起来。"要这样的话，那我突然有一天就回不了家了，我妈咋等也等不住我，那可咋办。

常吃肉见我有点紧张，问我："老曹，反标不是你写的吧？"我说："我肯定没写。"

他说："那你怕啥。老曹你别怕，哪天我非教训她一顿才算。'小板一盖，电灯着了'。老曹你就等着看西货洋景吧。"

常吃肉说的"西货洋景"也叫"西湖景儿"和"西洋景儿"，统称"拉洋片儿"。

西门外有好多拉洋片的。三尺多高的木架上安放一个像橱柜那样的大木箱，木箱外面有几个小洞口，洞口里面安着放大镜，把眼睛堵在圆洞上，就能看见里面的西洋景，场面很大，看啥也跟真的一样。木箱里面有好多木框，木框上面绷着各种各样的画片，拉洋片的人用绳子拉上拉下地控制着木框，调换着片子。孩子们花两分钱就能看一场。每一场调换八个片子。片子的内容有西洋风景画儿，也有《劈山救母》这样的故事片。

木箱顶上还安着锣鼓镲，也都用绳子拴连着。拉洋片的人一只手控制着锣鼓镲，"咚咚镲咚咚镲"地敲打着，一只手控制着调换木箱里的片子，同时，嘴里还要配合着片子的内容在唱和。"小板一盖，电灯着了"，就是其中的一句唱词。孩子们都喜欢这句，都跟着学唱。

过了两天，常吃肉终于对张老师实施了报复，他的手段也就是小学生们常能想起的那种，他趁张老师不注意，把半张事先写好字的麻纸用别针别在了张老师的后衣背。张老师在教室里走来走去，正好让同学们都看见了麻纸上用毛笔写的字：

“张老师，真拉沙，头上晚了个大疙瘩。张老师，真拉沙，锅台本儿，屙屉屉。”

这里应该解释的是，“拉沙”是大同方言，意思是“邋遢”；“晚”应该是“绾”；“锅台本儿”应该是“锅台钵儿”，这也是大同方言，意思是“灶坑”。

尽管这两句话里好几处错误，可同学们都看懂了这两句话的意思，都在偷偷地笑，但也不敢跟老师告发。他们都怕常吃肉。

最终，还是常爱爱出面了。

常爱爱说：“张老师，你背后有张纸。”说着她走到了张老师背后，把麻纸取下来了，叠了两下装兜里，向自己的座位走去。

张老师说：“什么？拿来！”张老师伸着手，走到了常爱爱桌前。

常爱爱是个好学生，很听老师的话，她说：“是我哥哥写的，我替我哥哥承认错误。”

张老师生硬地说：“拿来！”

常爱爱把麻纸给了张老师。

张老师是个近视眼，她把麻纸堵在脸上，看后，“啪”地把麻纸一拍，大声嚷着问：“谁？这是谁？”

常爱爱已经告诉她了，也已经替她哥哥承认错误，可张老师还要谁谁地问，说着向门口走去：“我非让校长来查查这是谁干的。”

常吃肉猛地站起来指着张老师大声说：“你要是告校长，我就告你给学生取外号儿。你给好几个学生取过外号。”

张老师一下子站住了，不敢去告校长了。

张老师慢慢地走向讲台，在讲桌前坐下来。同时，她的眼泪“哗”地流下来。

张老师哭了，没出声地流着泪。

看着张老师静悄悄地擦泪的样子，我很同情她，我觉得她很可怜。

14 扫盲

街道每天晚上都来人给我妈做工作，让她上扫盲夜校。那伙人说我们中国五万万五千万人口，有八成儿是全文盲，啥叫全文盲呢？那就是斗大的字不识一个的睁眼瞎。

衣胸脯别着个别针的那个姨姨指着我说，像他们这样的初小生都是半文盲，刚把眼睛睁开了一道缝儿，只有高小毕业了，那才算是睁开了眼。她又对我妈说，可睁眼瞎是不行的，睁眼瞎咋能建设新中国呢？你今年才四十岁，你学好了文化还能参加工作。再说你男人是国家干部，你得起带头作用呀。

“张大女，你说我们说得对吗？”又一个姨姨问我妈。

张大女是我妈的户口簿上的名字。

我妈说：“对对对。”

那个姨姨进一步叮问说：“光说对对对，那你明儿就去。”

我妈说：“噢噢噢，去哇去哇。真麻烦。”

那些人就正式给我妈做了登记，还问我妈取不取个学名？我妈说啥学名。她们说，取个正式的大名，不能就叫张大女哇。

我妈说：“我有大名，叫个张玉香。弓长张，金玉的玉，香甜的香。”

别针姨姨说：“呀呀呀，你这不是知道吗？”

我妈笑着说:“我知道我的名字是这三个字，可我不会写。”

别针姨姨问:“谁教你的?”

我妈说:“我男人。”

“他没教你咋写?”

“教是教了，可我给忘了。那还是打鬼子时候的事儿。”

“那正好，明天去先学会你的名字咋写。”

第二天吃完晚饭，我跟着我妈到了街道办的夜校。

夜校有两个班，都吊着电灯，亮堂堂的。给我妈他们班当老师的是个十三四的小姐姐。另个班的老师是个留着分头的叔叔。

分头叔叔讲，大家看，这个“女”字呢，攀着两条腿。这个“男”字呢，上面是田地的“田”，下面是力气的“力”。大家想想，女人攀腿儿在家坐着，男人在田地里费力拔气地受呢。大家都笑。

分头叔叔又接着讲，咱们再说这个“好”。老古时发明“好”字的人想,“好”字该咋来表示呢?啥是世界上最好的呢?世界上最好的当然是女子，那就用这个“女子”来当“好”吧。不用问，发明“好”字的人是个男的。大家又哈哈笑。

我妈不舍得用新本儿，就拿我用过的本子，在背面上写。我妈写得很慢，每写一笔画，舌头尖儿跟抿着的嘴唇往出顶，很是认真。

回家的路上我跟我妈说，人家那个叔叔才教得好呢，可那个小姐姐，她还得等人教却要教别人。但我说这话没过几天，我这个初小生却也成了小老师。

扫盲运动掀起了高潮，市扫盲委要求“万人教，全民学”。教师不够，就从我们小学生里面挑选，去“一对一”地教那些出不了家门的文盲。我们班挑出十个小老师，有我。每天上午我们在班里正常上课，下午再上两节课后，小老师们就分头各去各家。

我去教一个解放军家属姨姨，她有一个两岁的女孩。

这个姨姨她根本就不想学，每天招引着三个老太太，来家玩一种叫“牌九”的硬纸条。她们好像是还带赌，常听她们几毛几分地算账。

我一进她家，她就很高兴地欢迎我：“好哇，曹老师来了，快上炕给我看住女女。”

“女女”是她的孩子。见我不情愿的样子，她笑笑地说我再耍一圈儿咱们就学。她把女女往炕上一放说，找那个哥哥去。

女女倒是不认生，往我身上爬，让我抱。我没抱过孩子，觉得很难受，很别扭。但女女身上有股我从来没闻过的味儿，挺好闻。

看着她们玩，我心里真烦躁。我盼着她快快地玩儿完，我好教她。好不容易看得是一圈儿完了，可她们又重新洗牌，我唉地叹一口气。

她们出牌时嘴里还“麻雀”“八万”地叫喊着。睁眼瞎，认不得字，可认得牌。

我觉得腿上热乎乎的，是女女尿了我一裤子。我说我回家换裤子去呀，放下女女就下炕走了。

我回家跟我妈学（读 xiǎo）了这个姨姨，我妈说，我娃娃专门去家教她她还不好好儿学。我说，妈您在夜校好好儿学。我妈说，妈的一个心思是在你身上，你给妈好好儿学，学成个样样子，妈就满足。我说，妈我不想让您是睁眼瞎。我妈说，你放心，妈已经让那个小老师教得会写名字了。

我把铅笔给了她让她写，她用舌头舔舔笔头，一笔一笔地写出了“张玉香”三个字。

哇——我高兴得拍着手大声叫起来。

后来我妈还认识了“曹乃谦”三个字，但她不会写，只是能认得，但认得很死，无论我跟哪本书里找出这三个字里的一个，她都能认得。

每天下午上完第二节课，我还是得照常去那个姨姨家，有时候她的牌友还短人，不能玩儿，这时候我也能教她学一会儿。我就按她们发的扫盲书教，可好几天她却记不住一个字。她说学这些真没意思，哪如耍牌。

看她没兴趣的样子，我想起我妈夜校的那个分头叔叔。我从书里找见了“女”字说，这个字好学，就像是两条腿攀起来。她看看说：“哞，像。真像。”认得了“女”字，她又主动地问我“男”字，我照着分头叔叔的话给她讲，她说有意思有意思。

看她来了兴趣，我又教她“好”字。我学着分头叔叔的口气说，世界上最数啥好呢？最数女子好，所以“好”字就是“女子”。

她睁大眼睛问，你刚才说世界上最数啥好？我说最数女子好。

她捩头跟炕上的两个牌友说：“哇，这个孩子，小小的年纪就开心了，就知道女子好。”

她们都笑。

当时，就我八岁的年龄，不懂得“开心”除了高兴外，还有别的什么更深层的意思，但我看出她们是在笑话我说了“世界上最数女子好”这样的话。可我不明白，这有什么好笑的呢？

她低下头问我：“曹老师，世界上最数女子好。可你说说看，我好不好？”

我看着她的眼睛说：“你，好是好。可你……可你，可你不好好儿扫盲。”

听我这么说，她们三个都放声大笑。

她把我紧紧地搂在怀里，说：“曹老师曹老师我学呀，我好好儿学呀。”

她嘴上这么说，可等另个牌友一来，她就又忙忙地上炕要去了。

但不管怎么说吧，那天我终于教了她三个字。

我们学校放假了，可我们小老师不放假，还让继续去扫盲。

我去她家里的大部分时间，还是得给她哄女女，她好腾出手来玩牌九。不仅是哄女女，她还让我到院里的柴火房取炭，添火炉。

我妈骂那个姨姨说，在家里我舍不得让我娃娃做半点营生，可她却让我娃娃给哄孩子当保姆。我妈说我，以后你别去了。我说我怕老师骂。我妈大声说，又不是你不教她，是她自己不学。我说我不敢。

又过了两天，我爹也跟省委党校放假回来了，我妈跟她的夜校打了招呼后，又去我学校跟张老师说我们回村里有事，不能当小老师了。

我们一家三口回到了应县老家。

15　积肥

二年级寒假结束后，学校说要在春耕之前，掀起一个“百车千担”的积肥运动。校长在大操场向我们宣布，同学们领上书以后，推迟开课一礼拜，要求每个初小生积肥三担，高小生五担。

“积肥是积什么呢？”为了让台下的上千号学生听得着，他大声说，“就是积牛羊驴马牲畜粪便。”

“粪便是什么呢？”他又自问自答地大声说，“我看同学们应该知道吧。那就是牲口们拉的屉屉。”

台下的老师和同学都笑。

我想，一个牲口粪，这有什么好笑的呢？

又有同学在台下面问话，校长听不清，一个老师问过那个学生后，转告给校长。校长听后摇头说：“不要不要，不要大粪。咱们不主张学生积那种肥。”可他又紧接着说，“不主张并不等于是反对。如有谁积到这种肥的话……”他想了想后大声地宣布说：“谁积到大粪，一筐就顶三担。”

“哇——”同学们吵闹开了。

校长又安顿学生们说，把积好的肥送到学校的西小院儿，专门安着个老师在那里等着，收到肥后，他就会给你个证明，上面写着你送去了几担肥，什么肥。你把证明交给班主任，统一登记。

校长还建议各班主任回班后，把同学们分成积肥小组。他说低年级学生一个人提不动一筐，分成组后，同学们就可以抬了。

常吃肉跟我说，咱俩跟我妹妹三个人组一个组。

他妹妹叫常爱爱。一年级他用上衣抽打我时，就是常爱爱过来把他拉走的。我一直很感激她，后来才知道她是他的妹妹。常吃肉是退班生，比我们大两岁。

我说行，咱们三个人组一组。

常吃肉跟我悄悄说："老曹，不急，明天你就能完成任务。"

我看他。他看看左右，神秘地说："我知道哪有人屉屉，干的，足够一筐。你这不就是完成任务了？"

我说那也是先紧你妹妹完成。他说先搞到手再说。

第二天早晨来学校时，常吃肉提着筐子，他妹妹拿着铲铲。

当时的大同城里面偶尔才会有一辆汽车开过，城里面看到的是各种各样的马车牛车驴车，人们把这种车统称作马车。各个单位都养活着马车，我们学校就有一辆，车场就在西小院儿。有的单位不只是一辆，是好多辆。这各种各样的马车在城内的四大街八小巷七十二条绵绵巷里，随便行驶。大搞爱国卫生运动以后，要求马车在牲口的屁股后带个粪兜子。但即使这样，牲口的粪便也到处是。

常吃肉像个游击队长，一挥手说，出发，我和常爱爱就跟着他走了。他把我们领到了北城门下。

他抬头看看，一挥手说，上。

城墙很高。古时候，城墙外面原来都包着有砖。那砖很大，要叫我看是平常砖的四五倍也多，后来老百姓们都把那大城砖刨了下来，拉回到自己家，盖房时做地基。这样子，没了砖的城墙就是土城墙了。盖房需用大量的土，城里面的老百姓们又把土城墙的土挖下来盖房时用。于是，这个本来应该是很好看的城墙，就不像个样子了，到处是被挖过的痕迹。有的地段居然是被挖下半截。这样倒也好，对小孩子们来说想上城墙就很容易了。但孩子们上城墙总是很危险的，常听说有小孩跟上面掉下来摔伤摔死的事。

我妈明令禁止我的事有好几项，其中最最强调的两项就是，不许到井边玩耍，再有一个就是，不许上城墙。她说如果知道我违犯了这两项，那就要“往断打你的狗腿”，让我再出不了家门。

我和常爱爱跟在她哥哥后面，爬上了城墙。

高大的城门楼就堵在面前。

北门的城门楼跟别的那几个城门楼不一样，别的城门楼在下面看上去，是木柱木梁木门窗的那种木头结构。北门的城门楼从下面看，是一砖包到底的那种。这个城门楼盖得很结实，人们想刨下城门楼的砖，那是很不容易的，费上很大的劲，也刨不到一块整齐的砖，最后只好不刨了，让城门楼还是很整齐地站立在北城门的城头上。

我问常吃肉，城门楼这里面咋能有大粪。他说，上城墙的孩子们还有那些逛城墙的大人们，都在这里拉㞎㞎。他说他还在这里面拉过。说着，常吃肉就领我们进了城门楼里。这时，“扑啦啦”一阵响，把我们三个都吓了一跳，是几只野鸽子从门楼里飞出去了。

突然，常吃肉大声骂：“是哪个坏蛋把爷的㞎㞎偷走了！”他指着地板上一处一处被铲除过的痕迹，说这里原来都是㞎㞎。

“这是哪儿去了？是哪个坏蛋偷走爷㞎㞎。”他又骂，“谁偷走爷㞎㞎谁就是反革命、一贯道、点传师。”

看着他那个又急又气的样子，我和常爱爱都笑。

跟门楼出来，我们在城墙上看到，城门外有一个骆驼队从北面过来了，骆驼仰着头，迈着大步子，慢慢地走着。

常吃肉说了声“快”，就打头从城墙的外面三跳两跳地跳到了城墙下面。跟城墙的外面下，很不好下，但最终我们都还是很安全地下去了。

骆驼队在护城河外的一个大场地上停下来。

骆驼很高大很威武很严肃，我和常爱爱不敢靠近。这时候有个骆驼抬起尾巴“吧嗒吧嗒”地拉出些粪蛋蛋。可惜不多，左不过二十多颗。常吃肉提着筐子过去了，怕骆驼踩他，他用手探着，把粪蛋一颗一颗地往筐里拾。拉骆驼的黑脸人远远地喊着，让常吃肉走开，说看让骆驼把你踩死的。

我说骆驼刚拉出来的粪蛋亮晶晶的，像糖炒栗子。

常爱爱说她没吃过栗子。

我说以后我有了就给你。

她说我有好吃的也给你。

我说那次是你把你哥哥给拉开了。

她说我跟哥哥说你以后别打他，哥哥说你喜欢他了，我说我脸上有雀斑。

我问啥是雀斑。她把脸努向我，说黑点点就是雀斑。

我说有雀斑好看。她说不好看。

又过了一阵，骆驼们都前腿一跪，慢慢地卧下来了。但再没有一个拉屉屉的。

常吃肉返回来看看筐子说那几颗粪蛋蛋太少，咱们不稀罕它。说着他又把那些粪蛋蛋都倒掉了。这时正好有辆驴车从北面过来了。

我们看见驴屁股后的粪兜是空的，常吃肉分析说，这说明它还没拉，没拉就是快拉呀。常吃肉一挥手：“跟上。”我们就跟着驴车从城门洞又进了城。

跟着跟着，驴车放慢了速度，我们看见驾辕驴就走就把尾巴抬起来。常吃肉说“有戏”，他就两手合一起祷告说：“驴呀驴呀求您啦，多多地给往出拉扈扈。”我也跟着他说：“驴呀驴呀求您啦，驴呀驴呀求您啦。”

可是驴没听我们的，驴没给拉，驴是给“哗哗哗”地尿了一大泡。

我们三个人几乎是同时，失望地唉了一声。

中午我回到家里，我妈说：“学生不好好儿让学习，一天价扫盲呀积肥呀。一满是不念书了。行了，这个礼拜你就好好儿在家学习吧。”

我低声说我不敢不积肥。她说妈给你积了，就说就递给我一个二指宽的纸条，上面写着“大粪一筐”。纸条上还盖着我们学校的公章。

我惊奇地问她，您跟哪儿拾的大粪。

她说是在北门城楼上。

我一听北门城楼，“啊”地张大了嘴。

16　串门

星期日上午，我妈跟我说了好几回，说有个姨姨想见见你，一会儿妈引你去串个门儿。我问去哪，我妈说北门岗房。

岗房是解放前把守城门的士兵值班室。大同城的四个城门内，都有岗房，南门内的岗房是个铁匠房，打马掌打铁铲。西门和东门的岗房都已经倒塌了，北门的岗房住着人。

我惊奇地说："啊？北门的岗房？那里可是住着个拾破烂儿的侉侉。"

我妈立马把脸严肃起来说，你咋知道那里住着谁，是不是不好好儿上学，一天价尽瞎转。我说我又没尽瞎转，我们拾粪出城门洞儿时，路过过岗房。听我这么说，她这才不骂我了，又很生硬地问我做作业了吗。我说做了。

我妈只要跟我一生气，就要问我做作业了吗。

"那走哇。"她说。

路上我问姨姨家咋住岗房，我妈说姨姨一直在那里住。咱们还在那里住过。

我惊奇地问："啊？！咱们还在那里住过？岗房？"

我妈说，妈在你七八个月大的时候抱着你来大同找你爹，贵贱找不见，就跟姨姨住在了那里，要不的话，冻也能把你冻死。

我问："那后来找见吗？"

我妈大声说："用问？"

我想了想说："噢，不用问。找见了。"

我妈说："咱们不许看不起穷人，人多会儿也是在有的时候不能忘了没的时候。"我顾着想原来我也在那破岗房住过的事，没太注意我妈说啥。

她又是大声问我："听着没？"我说："听着了。不许看不起穷人。人不能是忘了，那个……"我回想不起我妈是怎么说的，学不来，结结巴巴说得我妈也笑起来。

可我知道我妈说的那个意思，就想起了我妈常说的另一句话，我就说："人不能是讨吃子拾着个钱，忘了那二年。"我妈说，对着呢，多会儿也是，当你有的时候不能忘了没的时候。再一个是，人对咱们有过的好处，永远也不能忘。

我说噢。我妈说，你还吃过人家这个姨姨的奶呢。

"啊！？我还吃过侉侉姨姨的奶？"

"不准叫人家侉侉，叫人家侉侉没礼貌。"

我说噢。

我妈说："你还吃过东关曹夫楼一个姨姨的奶，吃了有二十多天。"

这时我想起姥姥村的三妗妗说我吃过她的奶，还想起老家下马峪的四大妈也说我吃过她的奶。我说："妈，我咋吃过那么多别人的奶，妈你的奶呢？"

我妈愣怔了一下，有些尴尬，说："妈那是，那个，那个，为了，为你长命。吃百家奶的孩子长命。"我妈的神情放松了，说："你小时候身体不好，成天尽病，妈就让你吃百家奶。要不你活也活不到这会儿。"

见后面有辆空马车超过了我们，我妈也没跟我打招呼也没跟车倌打招呼，一下子把我举起，轻轻地放在了车板上。车倌跨坐在车辕上顾着看路，没有发觉我站在了他的车上。

后边的一个街门口有几个孩子看见了我站在车上，大声地喊唱：“小孩儿小孩儿扒车哟哟，车倌车倌抽鞭儿哟哟。”

“小孩儿小孩儿扒车哟哟，车倌车倌抽鞭儿哟哟。”这是小顽童孩子们经常会喊叫的话，意思是告诉赶车倌儿，后面有孩子扒你的车，你赶快拿鞭子抽他。

赶车倌听到了，回头看看，看见我站在车上，可他没问我咋就上来了，也没往下撵我，却说坐下坐下，看颠倒的。又问我妈，你坐就上来哇。我妈说我不坐，我为他是个小孩儿。车倌笑着问我小孩儿坐过车吗？我说我坐过东院舅舅的马车，我说我还坐过大汽车，我说大汽车不好，汽油味儿真恶心。

草帽巷儿距离北门不远，很快就到了。我妈又把我轻轻地举下来。车倌惊奇又佩服地说：“你这个女人可真有力气。刚才我就纳闷，三四十斤重的孩子上了车我咋就半点也没感觉到。”

侉侉姨姨在岗房旁整理破烂儿，看见我们，拍拍手站起来：“呀呀，这是招人。快进快进。呀呀，眼睛大大的，有小时的样子。”

我妈问说妞妞呢，又出去转着卖零碎儿去了？我妈还说我在街上见过她几次，妞妞真闯莽，啥些的女孩不敢自己出去。

侉侉姨姨说，我就叫她挂些铜的钥匙链儿，挖耳勺小零碎儿，太好的像长命锁儿，银手镯我也不敢让她往出带。

我妈说现在的社会也安定，人们也不刁不抢了，隔前两年可不行。

侉姨说招人来了，咱们吃油饼儿吧。我妈也没客气说不吃。正说着，有个姐姐过来了，她举着个“平”字样子的竹竿架子，上面吊着各种的小零碎儿，有挖耳朵小勺儿，有钥匙链儿，有剔牙棍儿，都是红铜的。她笑着叫我妈姨姨，看样子她跟我妈很熟悉。我一下子想起我妈替我积肥的事，当时我就想过她咋就会知道北门的城门楼上有屉屉。原来她是常来这里串门儿。

大概是我吃过侉侉姨姨的奶，我见了她们娘儿俩总觉得很是亲切。

小姐姐脸盘和鼻子都是平平的阔阔的，眼睛笑笑的。她说，我领你出去上城墙玩儿。小姐姐跟我说着大同话。

我妈说，不能上城墙，看摔下来的。侉侉姨说，就在门前玩儿吧，城门楼上脏的。我说我不上，就在门前耍。

小姐姐右手拿着尖嘴钳左手握着细铜丝，教我做钥匙链儿。她说，一扭一拧一铰一夹。一个小环儿做成了，再一扭一拧一铰一夹，又一个小环儿链上去了。可我怎么也学不会。我主要是没手劲儿。

吃饭时，侉侉姨姨说政府要拆城门，让她们赶快往走搬。她说，可我们往哪儿搬呢。我妈说，你们在这里住了大概也有十年了。侉侉姨说，十三年了，住惯了。我妈说，再搬哪儿也得给人家房租。

侉侉姨说，我已经打问了好几天了，给房租也怕的是一下子找不到房。

我插嘴说，我知道哪儿有房。

两个大人都看我。

我是想起了扫盲时的那个解放军姨姨。她自己住一处院，房很多。

我妈说走，那你这就引妈去问问，借米借上借不上，又丢不了半升。

侉侉姨说，吃完饭再去，不在这一会儿。我妈说，有时候就在这一会儿。可我还想喝侉侉姨做的酸辣汤，我妈说回来再喝，拉起我的手就走。

世界上真的是有巧事情，这次的这个巧事情也真的让我妈给说对了。

我们去解放军姨姨家时，她抱着女女正要锁院门出去。见是我，她开玩笑说：“小曹老师，你又来给我扫盲呀？”我赶紧说不是不是。我妈接住把我们来的意思详细地说给了她。

解放军姨姨一听，立马表态说：“真也是巧了。我这出去正是想让邻居们给问寻个住房的。”

解放军姨姨要到部队探亲，要走一个月，正愁没人给看门，这下就可以放心地去部队探亲了。

解放军姨姨说她原本不想招长期住房的，“但看在小曹老师的面子上，她们住就住吧”。我很清楚地记得，她的原话就是这么说的。我也很清楚地记得，她说这话时还用手摸了摸我的脸。

解放军姨姨同意侉侉姨她们可以住在西下房，但提出一个条件是，院里也好街外也好，不能堆放破的烂的东西。侉侉姨马上说，破的烂的就堆在城墙下，那又不怕丢。

就在那天下午，侉侉姨她们搬了过来。

为了感谢解放军姨姨，侉侉姨给了女女三件银器，一挂长命锁儿一副手镯一个项圈儿，解放军姨姨起初不要，后来在我妈的说和下，收下了，但说，一年不要侉侉姨的房租钱。

侉侉姨也要给我银项圈儿和银锁儿，我妈坚决不让要，侉侉姨坚决要给。最后侉侉姨说，要不把这个银锁给孩子留下，这个有说法呢，是个长命锁儿。我妈听说是能让儿子长命，这才装了起来。

侉侉姨的男人在老家种地，她让我给写封信，告诉她男人搬家了。

我爹教给过我写信，我也常给在太原念党校的我爹写信。

解放军姨姨也说让我给她男人写信，我也都给写了。

女女认不得我了，但她还是不认生，让我抱。不让那个侉侉姐姐抱。

解放军姨姨问那个侉侉姐姐多大，侉侉姨看着我说，比招人大两岁，说完这话时，她又突兀兀地说："我们那里女人都比男人大，大五六岁也不算大，还有的大十多岁的。"

听着她的话，看着她的表情，我觉得有些异样，我赶快打岔说别的。我问解放军姨姨说您还玩牌九？她说不了，让派出所抓住好几次，再耍的话，让我们进班房。她还说，那次派出所警察把另三个老人都用绳子抽打了几下。

我想起我妈那次也让派出所警察用绳子抽打过。

我说："派出所的警察真坏，还打我妈。"

我妈说："你长大给妈当个不打人的警察。"

我说噢。

17　菩萨

一九五八年的那个暑假过去了，一开学我就是初小三年级学生。

升成了三年级我尽是高兴的事儿，一个是我爹跟省委党校毕业了，以后家里面就不光是我跟我妈两个人了，我妈如果再动不动就打骂我的话，我爹就会出面来救助的。再一个是我们换了班主任了，自从我妈拉着张老师要去找校长后，她表面上是不敢再欺负我了，可我能感觉到，她认定我就是一个村猴，对我有一种发自内心的鄙视。这下好了，我们班主任换成郑老师了。郑老师最喜见我，我也最喜见郑老师。

第三个让我高兴的事儿是，在我开学没一个月的时候，我们家从草帽巷搬到了圆通寺住。圆通寺可不是一般的院子，圆通寺是个寺院，寺院里有佛爷有菩萨，还有个老和尚。

第四个让我高兴的事儿是，自从搬进了圆通寺，我们家就结束了煤油灯时代，我可以在电灯下亮堂堂地做作业了。为了对得起电灯，我爹给我买了个小的方炕桌。这样，我就不再是趴在炕沿上写作业了。

我妈说："桌子也给你买上了，我看你就再别好好儿学。"我妈真冤枉我，我啥时候不好好儿学了？

学生进入初小三年级，学校就让班主任在班里发展少先队员。我和常爱爱都入了队。可我总是不会戴红领巾，常常是绾个死疙瘩。常爱爱就重新给我戴，有一次她教给我说：“你记住，是这样的。左压右，右压左，往上一翻，往下一掏。”从那以后我也学会了。

因为我“学习好劳动好品行好”，郑老师让同学们把我评为三好生，我高兴得把三好生奖状拿给我妈看，她半句也没表扬我，还绷着脸说：“你敢不当个三好生。”

我们班的三好生有三个。两个男生一个女生。女生是常爱爱。学校教导处还给我们三个人拍了照片。拍照片的那个老师让常爱爱在当中，她不。让我在当中。背后她跟我说，在当中的话我就跟他也紧挨着了，我不想跟他紧挨着，我就想跟你紧挨着。

常爱爱得了三好生，她妈奖给她两毛钱。她说她要领我跟她哥哥吃好吃的。问我好吃什么，我说我好吃烤红薯。那天放学她领我和常吃肉去买烤红薯，两毛钱只能买一个，常爱爱掰开两半，一半给了我，她跟她哥哥分另一半。我把半个烤红薯的肉啃完后，剩下焦煳皮要扔，她说你别扔，我最好吃焦煳皮了。我就把焦煳皮给了她，她接过就咬了一口在嘴里。她说：“真好吃真好吃，焦煳皮真好吃。”为了讨好妹妹，常吃肉也要把焦煳皮给她，她却不要。她只要我的。

以前我给常吃肉兄妹俩吃过糖炒栗子，这次为了回报常爱爱的烤红薯，我问她你想要啥，我给你买。她说她的果络烂了，想绾新果络。我就到小百货给她买了五绺线，一绺一种颜色。她高兴地说真好看，“我给绾果络”。

果络就是装红缤果的小网络。

八月十五，大人给孩子们分几个红缤果，不让孩子们一下就吃光，说吃完了就没有了，大人就给孩子们用五色线绳儿绾一个小果络，把红缤果装在里面。红缤果很香，但不大，只比鸡蛋大一点。果络里能竖着摞五个缤果。孩子们把果络挂在胸前的扣子上，闻缤果那好闻的香味道。实在馋不行，就够出一个来吃。

我们上小学的那个时候，学生们写字，主要是使用蘸水笔。这样省钱。墨水也不是买的那种“高级鸵鸟牌墨水”，而是花两分钱买“飞鹏”牌儿的墨水晶。墨水晶有去疼片那么大，放在小瓶儿里，再加满温水搅一搅，就是一瓶墨水了。墨水晶有好几种颜色，我最喜欢莲青色的。常爱爱原来用的是墨绿色的墨水，见我喜欢莲青色的，她也说莲青色的好，以后也用莲青色的。

小学生们来上学的时候，人人都提着那种果络。但里面不是装着缤果，是装着砚瓦，砚瓦上面是墨水瓶。

常爱爱给我们三个人每人绾了一个新果络。我跟她说，我们庙院里有一个菩萨成天笑笑的，可像你了。

她说，是真的吗？我也想去见见她。

我说，以后我引你去看。

常吃肉说他也想跟我去看，去看看那个菩萨像不像他妹妹。常爱爱说，你要是好好学习就也领你去。常吃肉说，我好好儿学呀。

有的同学常在背后给其他的男女学生捏对儿，但是没有人给我和常爱爱捏，因为我们两个都是班里的好学生，老师都喜欢好学生，郑老师就喜欢我们两个，班主任喜欢我们，同学们也就不敢给我们捏对儿。还有个原因是，班里的同学都怕常吃肉的大拳头。

有一次常爱爱问我说女的里头你尽爱见谁。我说我爱见郑老师，还爱见我们院的果果姨，还爱见我给扫盲的那个解放军姨姨。她说你爱见的那么多。我问她男的里头你尽爱见谁们，她说她就爱见一个人。

我问:“是谁们?”

她说:“你知道。”

过了元旦节，照我妈的说法是，学校又不好好儿让同学们学习了。

学校让五、六年级的高小生，参加“超英赶美”大炼钢铁运动，领着他们到什么地方去往碎砸矿石。让我们初小生去野外摘苍耳和野蓖麻，说这些东西能为国家榨机油。

学生每人背一个书包，要求摘满书包。学校让体育白老师事先就踩好了盘子，知道哪儿有这些东西。我们一至四年级的学生在各班主任的带领下跟着白老师到了叫做阳合坡的一个地方，果然，满坡都是。每人把书包装得满满的，回学校了。

学校领导在我们出发前在操场的台上讲，这两种东西不仅能榨油，还能治病，主要是治风湿病和皮肤病。但他强调说，这两种东西有毒，谁也不许烧着吃。同学们本来不知道这两种东西能吃，而且是能烧着吃。这下，都知道了。

常吃肉身上装着火柴，放学后把我带到学校外，把蓖麻皮剥掉，用棍儿串起来，点着，让它着一会后，吹灭，递给我说，吃吧，我昨天吃过，比肉也好吃。我吃了一串，也觉得好吃。可我不敢再吃了。我怕我妈知道往断打我的狗腿。

常爱爱不吃烧蓖麻要吃烧苍耳，她说老师说了吃苍耳能治我的雀斑。我说雀斑好，我们庙院的菩萨脸上也有雀斑。她高兴地说:“真的嘛，菩萨脸上也有雀斑?”我说真的有。她说那我就不吃烧苍耳了，那我也吃烧蓖麻呀。

回家后，我心里犯疑，觉得肚里难受，可我不敢跟我妈说，到后院悄悄跟慈法师父说了吃烧蓖麻的事。他问我你吃了多少，我说吃了一串儿。他问一串儿是几颗，我说五六颗。他摇头说，那没事。

但是，常吃肉和他妹妹都出事儿了，两个人都是蓖麻中毒。过了一天，常吃肉抢救过来了，可他妹妹常爱爱却……这事我不想往下说了。

我真的后悔这件事，常爱爱本来是想吃烧苍耳的，要吃烧苍耳的话，就不会出事儿。慈法师父说生苍耳有毒，如果烧着吃的话，基本上就没有毒了。可我却说雀斑好，不让她吃烧苍耳，还哄她说菩萨脸上也有雀斑。结果她听了我的，没吃烧苍耳吃了烧蓖麻，就出事了。

真赖我真怪我，我真后悔。

我现在还记得她给我绾红领巾时的样子，她一边绾一边教我口诀，我现在还记得她的那个口诀，左压右，右压左，往上一翻，往下一掏。

我本来还答应，引她到我们院去看那个笑笑的菩萨。可是，这，再也不能够了。我只能是看着她给我的果络，思念她。也只能是在戴红领巾的时候想起她，也只能是在思念她和想起她的时候，去佛堂看看那个笑笑的菩萨。

18　梦梦

早晨一醒来我就说，妈我梦梦了，梦见郑老师在讲桌后坐着，她把我叫上讲台，摸着我的头顶笑笑地说，老师回老家呀，你要好好学习。我说噢。她搂了一下我说，好孩子。我就给醒了。

我妈问说郑老师不是好长时间没有给你们上课了？我说郑老师有病，她男人引她到北京的部队医院看病去了。

我妈问说，你梦见郑老师说回老家呀？我说嗯。我妈“唉”地长叹一口气说，多好的一个人。

我妈引我来大福字小学报到时，学校已经开学半个月了。教导处主任把我们领到初小的语算教研组，让教研组组长郑老师给我安排看到哪个班。她摸着我的光头考我，树上有三只麻雀，打下一只还有几只？这个，我早就知道该怎么回答。我说树上一只也没有了。她说不会吧，应该是还有两只嘛。我说，另两只吓得给飞了，不在树上了。她笑着又问，牛的头朝东，它的尾巴朝哪儿呀？我说，朝下？她说不对吧？头朝东尾巴应该朝西呀？我说是屁股朝西，可尾巴多会儿也是朝着下，我姥姥村就有牛。

她学着我的应县口音，重复一句“姥姥村”后，又考我，你知道姥姥姓啥不？我说姓章，“立早”章。她问，你还会写？我说会。她把一个本子翻过扣在桌上，又给我找铅笔，可我已经把她判仿用的红毛笔随手拿起来，在本子上写出了“章”字。她惊奇地说“好漂亮的字”后问我谁教的？我说表哥在大庙书房念书，我常常替他写仿。她把我搂进怀里说：“真是个灵孩子。”

就是在那一刻，我感觉到她是真心地喜见我和看好我。我真想着让她就教我，可不能，她是带三、四年级的老师。在我升到了三年级时，她才是我的班主任了。

郑老师在黑板抄题，背对着学生。她说我看见了，谁做啥我都能看见，我还看见数谁坐得最好，对，数常吃肉坐得好，一动也不动。常吃肉马上把手里玩的东西放进柜壳里，两手放在背后，直直地坐了起来，一动不动，一整堂课里都是这样。别的同学也是这样，只要是郑老师的课，都是一动不动地坐在那里听讲。

在一年级和二年级时，学校规定是冬天由班主任老师给班里生炉子，三年级以上，班里的火炉子就是由值日生给生了。可是郑老师每天都提前来到班里，把火炉生着，同学们来上学，班里面早已经是暖烘烘的了。

我们班大部分的同学家里没有使用电灯，有几个同学下午放学后，乘着天还亮，在学校外面，趴在马路台上做家庭作业。那些学生的衣服往往是很单薄，郑老师发现后，就把他们领到自己家里。郑老师平时点的是十五瓦的灯泡，可为了让他们在亮堂堂的灯光下学习，专门给换了四十瓦的泡子。

郑老师从来都不骂学生，从来都是表扬。

她让常吃肉用“恍然大悟”造句，常吃肉站起来，想想后说：“黑夜里我在背巷走着走着，猛地一下，从旁边跑出个‘恍然大物’，把我吓了大大一小跳。”

同学们大笑，郑老师也笑。同学们安静下来，郑老师说：“好！有意思，有声有色。但是里面有个错误，曹乃谦，你给说说他错在了哪里啦？”

常吃肉是班里的差等生，别的老师从来都没有在学习上表扬过他，只有郑老师常夸他有进步。还在三年级后半学期时让他也入了少先队，戴上了红领巾。为了鼓励他，也为了激励大家，郑老师让常吃肉站在讲台上给表个态。常吃肉脸红红地上了讲台，半天说不出话，郑老师笑笑地说，没事儿，说什么也行。

常吃肉愣定了一会儿，指着下面的同学大声说：“我宣布，以后谁要是在郑老师的课堂上捣乱，我非打死你不可。”说完，下了讲台。

同学们都笑。郑老师却让常吃肉给感动得眼里涌出泪花花。

四年级我们就开始写作文，在郑老师的鼓励下，常吃肉作文一次比一次写得好，郑老师说他的作文语句生动，比喻形象，内容朴实。看了常吃肉的作文，我领悟了郑老师的评语，也用常吃肉的这种“语句生动，比喻形象，内容朴实”的方法来写作文，我和常吃肉的作文经常贴堂，郑老师还给传到别的班去看。

郑老师的老家是雁北山阴县的，父母都是农民，她自己考学校当了教师。她的家就在学校对面，是临时租的一间南房。她经常叫我和常吃肉到她家，有时候她单独叫我去，那就是她家做了好吃的了，给我吃。

她问你妈打不打你，我说打呢。她笑着说，这么好的孩子还舍得打？为啥打你？我说大多数的理由是嫌我回家迟了。她问你妈咋骂你，我说我妈不骂脏话，一生气了就大声地喝喊我说：“做作业去！”我如回答说我作业做完了，她就又大声地喝喊说：“作业还有个做完的？再做！”那我只好再做。

郑老师笑着说，我说着呢，见你的作业经常是写两回。我说我要是不赶快再趴在那里写的话，她就会用更大的声音喝喊我：

“一了儿甭学了！回村放羊去哇！”

郑老师听了，给哈哈地笑出声。

郑老师的男人是部队的军人，那次她穿着男人的四个兜的军干服来班里了，宽宽松松肥肥大大的。我说郑老师你穿着真好看。她的脸刷地红了，悄悄跟我说：“你听了别嚷嚷。老师，肚里，有孩子啦——”我“啊”的一声，又赶快捂住嘴。

过了些时，她的肚子明显地凸起来了。有次在她家里，她说：“来，你听。”我按她教给的，把耳朵贴在她肚子上。她说你跟娃娃说句话，我想想说：“小弟弟你出来，跟我要来。”郑老师高兴地问，你咋知道他是个小弟弟而不是个小妹妹。我说我一下子就想起个小弟弟。她说，他要是能如你一样聪明伶俐就好了。

我说，我知道，他可比我聪明也可比我伶俐，咱们全校也没有比他聪明伶俐的。郑老师说，你倒会哄老师高兴。我说我不哄你，我说的是真的。

郑老师生了个男孩儿，可她生完孩子后没好好儿地休养，就急着来给我们上课，慢慢地就有病了，后来她男人把她接到北京去住医院。

后来我再没有见到她。

她去世的那天，正是我梦梦梦见她的那天。

19 离别

我父亲一九四四年从应县老家下马峪村出来，参加了革命工作，在大同的北三区跟小日本打游击。当时的北三区也就是现在的大同市新荣区。新中国成立后的肃反运动一结束，我父亲就被选送到太原的省委党校去住校学习。学了三年毕业后，领导没有让我父亲回新荣区，而是安排在了大同县民政局工作。后来大同县和怀仁县合并在了一起，叫大仁县。可合并了不久又分开了，又分成了大同县和怀仁县。按说我父亲理所当然地应该是还回到大同县工作，但情况并不是这样。原来是怀仁小县城的那些人，只要是会活动会钻营，就乘机到了大同工作。我父亲没有活动，一个心眼儿等待着听从组织的安排。

其实当时那些掌权领导的胃口并不大，我父亲只要给送上五十斤全国粮票或者是五十斤胡麻油，这个事情就解决了，但我父亲不是那种向权贵低头折腰的人，于是组织就让他继续留在了远离大同八十里外的怀仁县。先头是在怀仁县的组织部，后来在“总路线”“大跃进”“人民公社”三面红旗的指引下，说他有农村工作经验，就让他到了怀仁的金沙滩公社去了，后来又调到了清水河公社。

我父亲上班的地方是离家越来越远了，我母亲很有意见，骂他是个“担大粪不偷着吃的真心保国”。我母亲没文化，她的这句话有点语句不通，但她就是这样地骂我父亲，骂了一辈子。我父亲不好跟人吵吵嚷嚷，母亲骂他，他总也是不言语不吱声，最多说个“你看你没完了”，我母亲接着说“今儿就跟你没完”，我父亲也就再不说什么了。我母亲骂来骂去闹来闹去，最终也解决不了问题，最终也得接受现实，每当我父亲跟怀仁的公社回来送工资，她就又忙着给父亲割肉吃饺子。

那次吃完晚饭，我母亲又唠叨这件事，说我父亲跟村里出来“把脑袋别在裤腰带上，转山头打鬼子闹革命”，可革了一辈子的命，临完又革回到村里去种地。我父亲说你不提我也正想跟你说说，你不是种地的能手吗，那你正好跟我到村里来种地。我母亲说，我好不容易跟着你来了大同，你又叫我跟你去村里种地，我越看你越……我母亲正要说“越看你越是个担大粪不偷着吃的真心保国”，我父亲打断她的话：“跟你说个正事哇。”说完，他看了一眼在旁边睡觉的我，压低声音说：“叫我看，不出明年，全国就要遭年馑闹大饥荒呀。你赶快跟我到村里种点地，积攒点粮，日往后咱娃娃就不会饿肚子。”母亲知道父亲从来不好跟人开玩笑，也从来不压低着声音说这种怕外人听着的话。这时她不骂了，疑惑地看他。

我父亲又看了看我后，仍然是压低着声音，说出了好多对形势对时事分析判断的话。父亲的话我每句都能听得到，可我听不太懂，但我觉得我母亲是被说服了，同意了父亲的看法。她说：“要这么说，咱们可真的得做个准备。”父亲说：“手里有粮，心里不慌。”母亲说：“为了娃娃也得做个准备。说啥也不能把娃娃给饿着。”父亲说：“做个准备好。”母亲说：“你说让我去你们公社种地，可那地都是公家的，我哪的地去种。”父亲说我在那里工作，你开点荒地还是没问题的。但我不能出面，得你去做这个营生。母亲说我去开荒种地，那咱们娃娃呢？父亲说：“我也是想到了娃娃，要不我上个月送工资的时候就跟你说这个事了。”母亲说：“反正是，说上个啥也不能让娃娃饿着肚子。我知道咱娃娃在学习上头很是自觉自愿的，不用人监管，那就还让他到五子家。”

父亲说这回不是个临时的三天五日，要放五子家咱们得给五子个生活费。我母亲说，得给。父亲说你看哇，你说多少就多少，一个月给二十也行给三十也行。母亲说二十块就不少了，五子家在家用缝纫机做零活儿，除了奶孩子做饭，剩下的时间都是趴在缝纫机上，“咔噔咔噔”地一天有明没黑地受，才能挣个六头七毛，一个月下来也挣不了二十块。

他们说的五子，就是说我五舅舅。我五舅舅小名叫五子，这是按照村里叔伯弟兄们排下来的。

他们说的五子家，就是说我五妗妗。也可以把五子家说成是五子街。这是我们应县老家土话。叫“家”叫“街”是一样的意思，都是指男人的女人。这里有个区别是，如果是远远地呼叫的话，一律是叫“街”。比方说，我五妗妗走远了，我妈想把她喊住，那就是呼叫“五子街——”，而不能呼叫“五子家——”。

我妈又说，他们紧罩，小女女去年的奶就不够吃，可他们连两毛钱一斤的牛奶也舍不得给孩子打，就喂米汤来补，小女女都一岁多了，还不会站。父亲说，有这二十块也正好补贴补贴他们。母亲说那就这了，就把招人搁五子家吧。

这时我爬起身说，我也想去农村，跟你们到金沙滩去上学。我父亲说我妈：“你看，把娃娃吵醒了。”我说：“爹，金沙滩是不是杨家将和金兀术打仗的金沙滩？”我爹说：“就是。”我说：“我要去金沙滩上学。”我爹说：“爹现在已经又调到清水河公社了。”我说：“那我就跟你们去清水河。”我妈说我：“不行，你还在大同念，住你五舅舅家。”

我妈要去我爹爹那里种地，那得走多长时间呢？我七岁前基本上是在姥姥村住着的，我知道农民种地是在做些啥，那可不是一下子就干完的营生，那就得经过一春天一夏天一秋天，才能算是种完，才能把粮食收拾回家。我不想跟我妈离开这么长的时间。可我妈是大人我是小孩，小孩管不了大人，我就得听我妈的，就得照我妈主意去做。即使再不乐意，也没办法。

我捩转过身，背对着他们。我想快快睡着，盼着我妈在第二天把主意改了，说不去了。

第二日一大早，我爹就赶火车走了。我一见是我爹自己走的，我妈没跟着一块儿走，我高兴了，心想着她是改变了主意。我问说："妈您不是到怀仁呢，不去了？"我妈说："妈得先安顿安顿才能去。"我一听心又凉了。

我妈说你进后院去跟师父说说，就说我们走呀，让他给打照着点门。

"打照"是我们的家乡话，打是打听的打，照是照看的照。

我进了后院跟慈法师父说："师父，我妈到我爹公社种地去呀。我也到我五舅舅家呀。我妈让您给打照点我家的门。"慈法师父看看我说："你妈咋种地去呀？"我说："我爹说闹年馑呀，得赶快种点地给我攒点粮，要不就会把我的肚子饿坏。"师父说："闹年馑？这话可不能瞎说。"我说："我不瞎说，是我爹说的。您不信等他回来您问他。"师父说："这话你可甭跟别人说。叫别人知道了不好。"我说噢。

跟师父家回来，我妈问我说，从五舅舅家到你们学校你知道咋走不，我说不知道。我妈说，先到九龙电影院，再走皇城街，再出大北街。我说我不知道。其实我知道，这就是从五舅舅家到我们旧院草帽巷的路线。可我是故意说不知道。我妈说，那妈领你去认认路。

我五舅舅家住在仓门街十号。这是路南的一个高坡大门院，院里有十多户人家。房东姓狄。但这个时候的房东已经不能像以前那样，收人们的租房费，他们家的房归了公，院里人们的房租费是由城区房管所的一个房管员进院逐家逐户地上门来收。但院人们仍然叫原来的房东叫房东。

仓门街十号院门前很是宽阔，因为东面是大同二中的大门，但这个大门却用砖砌住了，学生走另外的一个门。

西边的十字路口还有家纸铺。纸铺就是小卖铺。里面卖酱油、醋、糖果什么的。当然了，还有纸张，要不就不会叫纸铺了。里面卖家庭用的草纸、窗花纸、围墙纸，还有学生写仿用的麻纸，钉本儿用的白联士。当时学生很少买本儿，都是买上白联士纸，自己回家钉本儿。

我跟我妈到了五舅舅家，正碰上房管员上门来收房费了。五妗妗赔着笑脸跟房管员说："小黄求求你了，下回的哇。"她看着炕上卧着的小娃娃说："我没奶，想给娃娃打牛奶也没钱。"小黄说："不行。你每回都说是下回。你看你们家都四个月没交了。不行，这回你不交我不走了。"起初他是在地下站着，说完这话就一挨身坐在了炕沿上。

小黄说："这次不交，明天就来封你的门。"我五舅舅说："封门？打不起房钱就封门？啥话你还想说。这可不是旧社会。"小黄说："一个当男人的，交不起个租房钱，还好意思说。"五舅舅说："我就是个交不起房钱的男人，但你来封封门看。"起初我们是在门外站着，一听里面好像是吵起来了，我妈赶快进去，问小黄，差你多少房钱。小黄说，一个月九毛，四个月三块六毛。我妈说我给我给的同时，掏出钱数了三块六，给了小黄。

五舅舅跟我妈说：“动不动就拿封门来吓唬人。姐姐你那会儿甭给他。叫他来封门。”小黄说：“你就试试甭交。你看我姓黄的敢封不敢封。”五舅舅说：“姓黄的，我看你是个黄世仁。”我妈冲着五舅舅说：“少说上句行不行？”说着把五舅舅往里面推。五妗妗也冲着五舅舅说：“交也交了还吵啥？”说完转过身，连哄带劝，把小黄请出门外。

小黄走后，五妗妗跟我妈说，这个小黄真正的比黄世仁也厉害。

五舅舅家有三个孩子，表弟叫忠义，八岁了，上初小二年级；大表妹叫秀秀，四岁；二表妹叫丽丽，一周岁多点。

忠义拉着我的手，叫我表哥。我说妈我领表弟出街耍去呀。我妈说去哇。秀秀也要跟，妗妗不让她出去，让她看妹妹。我跟秀秀说表哥给你买糖去。我妈说甭走远，就在二中门口耍上会儿。我说噢。

五舅舅院有五六个年龄跟我差不多大小的孩子，他们见我来了，都跟着我出来了。我以前也常来五舅舅院，跟他们都熟悉。我到纸铺买了十块没包纸的糖蛋蛋，给他们一人分一颗，还剩几颗，让忠义给秀秀送回家。

不一会儿，我妈和五妗妗五舅舅出来了，我妈喊我说走吧，妈领你认认路。

我们走过纸铺，我说：“妈咱们别往九龙电影院走了，我想起来了，我知道跟舅舅家咋到学校了。”我妈说：“那你说说咋走。”我说：“先到九龙电影院，再走皇城街，再出大北街，再往一医院那儿拐，路过一医院门口再照直往前走，就是我们大福字小学。”我妈一听我说得很对，就说：“那咱们就回家哇。”

路过鼓楼西街，在南戏院门口，我妈主动给我买了一个大的烤红薯，她自己掰了一小块儿，剩下的都给了我。

我很清楚地记得，那几天我妈啥都跟我商量，征求我的意见。这在以前是没有过的事。那天她还主动地问我说："想吃啥好吃的想要啥好东西，妈给俺娃做，妈给俺娃买。"我的心思主要是不想离开我妈，可我知道再把这个心思说出来是没用的，我想了想就说，我想要个新口琴，我妈问多少钱，我说三块多。我妈二话没说就给我五块，让我去买了，还说剩下的钱也不跟我要了，说俺娃留下哇，碰猛有个啥想买的花去哇。

我很清楚地记得，我妈是在又一个礼拜日的晚上，我俩在家吃完饭后，她正式地把我送到了五舅舅家。她说她第二天就要早早地赶火车到怀仁。

因为先前两家的大人已经好多次说过要把我留在这里的事了，所以我妈这次把我交代给五妗妗后，她就要走。我和五妗妗把她送出大门。

我妈说，给小女女把奶子订上哇。五妗妗说，这就订呀姐姐。

我妈下了台阶后，突然地捩过身手指着我说："好好儿学习！我赶一个月回来要是发现你退了步，那你就干脆回姥姥村跟存金放羊去哇。"我说："噢。"

我妈说："在妗妗家甭害！你要害，回来我就往断打你的狗腿。"我说："噢。"

五妗妗说："不会的不会的，姐姐您就放心走哇。"

我妈这是又突然地跟我厉害起来，可她越是专门地这样，我越是不想离开她。

她的背影让二中门口的路灯打得长长的。

我和五妗妗一直瞭得我妈走过了纸铺，又往西走去。

我瞭着她一直是头也不回地往前走去，当走到我一点儿也看不见她时，我控制不住自己，一下子哭了，大声地呼喊了一声："妈——"，同时，眼里便哗哗地流下了泪。

是五妗妗拉住了我，也或许是我原本也不敢追上前。我就那么蹲在大门口的台阶上，大声地哭着。

第二日早晨我从五妗妗家出发，按照我妈前些日教给我的路线到了学校，可让我没想到的是，我妈就在学校的门口站着。

是我妈先“招人招人”地喊我，我才看到了她。我一看是我妈，心里一下子高兴了，高兴得不知道说啥好，跑到跟前叫了一声妈后，就再不知道问我妈个什么话，只是看她。

我妈大清早地在学校门口等我，我想那一定是应该有重要的话要跟我说，可她只是说，在五舅舅家要听话。我说噢。

“在舅舅家要听话，不要让妗妗黑眼你。”她说。

“黑眼”是我们应县的家乡话，意思是，讨厌你。相反，“白眼”就是喜欢你。

我说噢。

“要好好学习，好好做作业。”她说。

“不要在街上乱跑，看让洋车撞着的。”她说。

这样的话我妈已经是吩咐了有一百回。

趁我妈说话停顿的当儿，我问说，妈您不是说一大早就到怀仁呀。我妈说妈误了火车了，前晌坐长途汽车走呀，在舅舅家俺娃要听话。我说噢。

我妈说，妈去种地也是为了俺娃日往后不饿肚子，不是哇妈也不想把俺娃搁舅舅家。我说噢。

我妈说在学校要好好儿学习。要帮妗妗做营生，别叫妗妗黑眼你。我说噢。

她说：“妈走了你不要想妈。”我说噢。

她说：“妈听你夜儿晚妈走过纸铺，你给‘妈——’地喊了一声妈。妈听着了。”我说噢。

她说：“你多会要是想妈了，你就想想妈以往是咋打你了。”

我正要说噢，没说。她接着又说：“妈走了以后你不要想妈。”我说噢。

学校拉响了预备铃。我说妈铃响了。我妈说，俺娃进去哇，俺娃要好好儿学习。我说噢，就捩转身进了校门。

“招人招人！”我妈在后边又急急地喊我，同时还追进了校门里，她从兜里掏出钱，“夜儿给了俺娃三块，这再给上俺娃五块。俺娃想吃啥买点儿。”我说我不要了不要了，我妈说：“俺娃装上，装上。给妈装上。”我这才把钱装上。我妈说，去哇。

自上小学，我四年没有离开过妈，这时候我一想到要好长时间见不到妈妈了，我一下子拦腰抱住她：“妈你别去给我种地打粮了，我不怕挨饿。”我妈一下子把我推开，差点儿把我推倒：“去！到教室去！”

我哭着转过身往教室跑去。她在身后喊：“别跑！摔倒！”

跑到快拐角的地方，我回头看。她还在校门口看我。

20 值班

五舅舅在城区缝纫社当会计。五妗妗是家庭妇女，没工作。

城区缝纫社是一九五六年公私合营时才组建起来的，是一个手工业小单位。五舅舅一个月不足三十块钱的工资，养活着家里的几口人，光景过得紧紧巴巴。为了贴补些日常的生活费用，他就跟单位揽回零活儿，让五妗妗在家里做。五妗妗就成天地坐在缝纫机前“咔噔噔咔噔噔”地做着活儿，经常是要做到半夜。

那天五妗妗跟我说，明儿是礼拜天，你今儿黑夜跟妗妗到缝纫社值班去。我问值班儿是干啥。五妗妗说就是在那儿睡一觉。

吃完晚饭，天快黑的时候，五妗妗说招人咱们走哇。又说妗妗蹬了一天缝纫机，腰疼，招人我孩给妗妗把丽丽背上。我说噢。五妗妗就用一块专门的兜布，把丽丽给我兜在了背后，让我背着她。

路上，五妗妗跟我说，我孩好好儿看护丽丽，以后就把她给你，当妹妹。我问是不是当亲妹妹，五妗妗笑着说，那作准的。我问，您说以后，可那以后是多会儿呢？五妗妗说，等她不吃奶，就给你们呀。我问我妈也知道？五妗妗说那作准的。我问那她以后就也跟着我姓曹呀？五妗妗说那作准是了。

我真高兴。我往上掂了掂背上的丽丽，她好像是睡着了。

到了缝纫社，五妗妗正给往下解丽丽，我觉得背上热乎乎的，是丽丽尿了。我说妹妹给尿湿我背了，五妗妗说妗妗一会儿给俺孩把褂子洗洗。

跟五妗妗一起来值班的还另有两个女工，都比妗妗年龄小，叫五妗妗叫何姐。她们都是缝纫社职工的家属。

有一个来得迟些的，见到睡在裁案上的丽丽说，何姐，这个孩子没问题，一看脑门就能看出来，不是别人的，肯定是张会计的。五妗妗说，小毕又灰说呀。小毕再一看丽丽说，呀，这孩子是个六指儿，以后一准是个有出息的，凡是六指儿都有出息。

丽丽左手的大拇指外又长出一个小的大拇指，我觉得很好玩儿，常常捉住她的这只小手看。我一看，她就跟我笑。

小毕又说，何姐以后一准能指望上这个孩子。五妗妗说，但愿你能说得准。可我听了她们的这两句对话，觉得有点问题。五妗妗您不是说丽丽要给我当亲妹妹吗？可您回答她“何姐以后一准能指望上这个孩子”时说“但愿你能说得准”，这不是说丽丽还是您的孩子吗？没有给了我妈来当女儿吗？

我心里觉得很不是滋味，很不好受，可我不能说出来。

在她们的对话中我听出，她们这三个家属，也算是缝纫社的临时工，她们盼着能快快转正，好正式坐在车间里上班，而不仅仅是揽些活儿拿回家做。

五妗妗把她的褂子脱下来叫我穿，让我把所有的衣服都脱下来，要给我洗。替换的时候，我有点躲躲闪闪，旁边姨姨逗我玩儿，说我：“一个小麦鸡鸡还怕人看。”另一个说：“长大就是好东西。”一个说：“东西是一样的，人才见高低。”另一个说：“拉灭灯是一样的。”我有点听不懂她们在说什么。

五妗妗冲她们说：“甭灰说！”

五妗妗又跟我说：“看丽丽醒来掉地的。”她就抱着衣服到了茶炉房。洗回来，那两个姨姨都说乏了一天了，快快睡觉。

裁案很长很大，我们几个人都要在裁案上睡。裁案上铺着线毯，线毯上铺着深米黄色的斜纹布，躺在上面感觉挺舒服。

五妗妗说我，你就光白（读 bo）牛睡哇。我说我不光白牛睡。五妗妗跟小毕说："那就麻烦小毕姨姨给他往干烙烙。我给奶奶孩子。"

小毕姨姨把我的裤衩和背心给烙干后，给了我。又开玩笑说："一个小屁孩睡觉还非要穿裤衩背心。光白牛怕啥，谁稀罕看你那个小狗鸡。"

我们身上都盖着新盖物，新盖物是给哪个单位做的，一样样的。拉灭灯，她们三个大人又在说灰话，可没说两句，都呼呼地睡着了。她们白天在家里做活儿都做乏了。

半夜，我梦见教室里都是烟，学生都被呛得跑出外面。我也跟着往出跑，一下子给醒了。我不知道自己是在哪里，想了想才想起是跟着五妗妗来值班了。这时，我的鼻子里真的闻到了一股难闻的味道。我就"妗妗，妗妗"地喊，把大人们喊醒了。拉着灯，才知道是出事了。

满家都是烟。

是睡觉前小毕姨姨给我在裁案上烙干背心后，忘记拔插销了，把电烙铁下面的布和线毯给烤得冒烟了，拿开烙铁后，才知道，下面烙得更厉害。小毕姨姨吓得哭出声！就哭就骂我："就赖你个小屁孩。光白牛睡觉就咋了？这下好了！"

五妗妗劝她："小毕没事儿。跟你没关系。是我自己用完烙铁忘记拔插销了，要赔是我赔。跟你没关系。"小毕姨姨说："咋没关系。咱们是一个组的，这下我们都别想转正了。"说完，还又指着我狠狠地骂："就赖你个小屁孩。"五妗妗说："你先别骂我外甥。要说转正的话，火烧财门旺，这说不定是好事呢。"另一个姨姨说：“对！火烧财门旺。这真的或许是个好的兆头。”五妗妗摸摸我的头顶说：“到时候我们还都得感谢我外甥呢。”

我知道妗妗是在安慰我，她是见挨了骂的我，眼泪汪汪地站在那里，很是懊恼的样子。

我原想跟妗妗说，要赔就让我妈赔，可后来又听说这事还跟她们转正有关系，那我妈就赔不了了。我真的是很懊恼，我真后悔，我要是光白牛睡觉，也就没这事了。

我盼着她们说的“火烧财门旺”是真的。真要是“火烧财门旺”了，她们都转了正，那就好了。我想着这样的事情是不是会发生，只有我们院慈法师父才能知道，我就偷偷地跑回到圆通寺，问师父。

师父详细地问了时间地点和过程后说，招人你放心哇，她们很快就会转正的。我说真的？他说，你放心哇。

这事发生后的第三个中午，我在屋里见五舅舅在门外打自行车，车后有个大布包。我心想着五舅舅这是又跟厂里给妗妗揽回了零活儿。我赶紧出去帮着舅舅往家抬大布包。

五舅舅笑笑地说：“不用俺娃不用俺娃。看打了的看打了的。”五舅舅一进家门，就大声地说：“喝酒喝酒。”说着跟大布包里掏出一瓶二锅头酒说，“喝！”

原来五妗妗她们真的都转正了，五舅舅说：“但厂长说，亲家是亲家，政策是政策。张文彬你老婆烧坏的东西是要赔的。”五舅舅打开大布包，里面包着裁案铺着的那块深米黄色的大苫布。

五妗妗说：“转了正比啥也强。你几年了，出来进去老虎下山一张皮。这块苫布还是新的，正好给你做一身衣裳。”

五舅舅说：“厂长说，从下个月开始，你们也有了正式工资。”五妗妗说：“火烧财门旺，这得感谢招人。”

五舅舅说：“招人命好，走哪都能给人带来好运。”五妗妗说：

“就是就是，不是招人来咱家，丽丽能喝得起奶？你看丽丽，这些时吃过来了，你看那脸……嗨，你还没说我们的工资是多少？”

五舅舅说：“厂长说了，半年内一个月十八块。半年后，等雁塔下的新厂房盖好了，你们正式坐进了新车间上班，那一个月就是二十四块。”五妗妗说：“火烧财门旺。这可真是好事。小毕我跟她没完。不能白叫她骂我外甥。”

没用一个星期，五妗妗就拿裁案的那块深米黄色的斜纹布，给我和舅舅还有忠义三个人一人做了一套新衣服。给我和忠义做的是三个兜的学生装，给舅舅做的是四个兜的干部装。

我穿着这身新衣服到了学校，常吃肉说：“老曹你穿这身衣裳像是国民党的将军。”我说：“我是共产党。”他说：“共产党是灰色的，可你这是深米黄的。”

穿着这身将军服，我专门返到圆通寺，我说师父您算得真准，就是火烧财门旺了，我妗妗就是转正了，你真会算卦。

师父笑着说，也不是师父我会算卦，师父当时是想，全国都在高举着“总路线”“大跃进”“人民公社”这三面红旗，轰轰烈烈地搞运动。缝纫社不招工的话，咋能跟得上形势呢？

21　思念

我梦见我妈了。梦见我在炕上趴着小桌看《林海雪原》，看到了“白茹的心”那一章。正看得起劲，她站在地上呵斥我说：“尽顾着看闲书。做作业！”我头也没抬说：“作业我做完了。”她说：“作业还有个做完的？再做！”同时，她用尺子“啪”地敲打了一下炕沿，警告我。

我一下子给醒了。

我醒了后才知道，我不是在圆通寺家的炕上看“白茹的心”，我是在仓门十号院五舅舅家的炕上睡午觉。地上也没有站着我妈，是五妗妗坐在缝纫机前做营生，她把尺子搁在了缝纫机板面上，发出了啪的一声响。

这是个星期天的午饭后，包括我在内的四个孩子横七竖八地在炕上睡觉。我没有起来，还躺在那里装睡，我在心里头算了算，我妈走了三个星期了。

我心想说我妈一准是回来了，要不她咋知道我看闲书。这两天我的书包里装着同学借给我的《林海雪原》。

我认准是我妈回来了。

我认准我妈现在就在圆通寺我们家等着我。

我坐起哄五妗妗说，我得回圆通寺，去跟慈法师父要我的书，他拿我线装的《唐诗三百首》，是我借同学的，同学跟我要呢。五妗妗说我孩去哇。还说路上别跑，看车的。我说噢。

我在七岁的时候从院里往街上跑，叫街外的自行车给撞得嘴角缝了好几针，当时我五妗妗还买着好吃的，到家眊我来了。以后大人们动不动就提醒我“路上别跑，看车的”。

我一出大门，就跑开了，向我们家的方向跑去。跑到鼓楼东街路北的那个大门院，才停下来。我站在门口往里面瞭。

在二十多天前的那个星期日晚上，我妈把我送到五舅舅家，她就走了，她要到怀仁农村去种地。第二天的早晨她在学校门口等住我，又给了我五块钱，她就要坐长途汽车到怀仁去了。

那一上午，我静不下心来听课，中午一放学，我没有等着班长整理队伍，和同学们相跟着出校门。我是头前溜走了。我没往仓门街五舅舅家去，我是又顺着以往回家的路，往圆通寺跑去。我一心盼着我妈没有走，早晨她说她是误了去怀仁的火车，只好得坐长途汽车，可我现在还盼着她又把长途汽车也给误了，那她只好是明天再走，我更盼着她改变了主意，一了儿就不去怀仁种地去了。我跑上圆通寺院台阶，又跨过石门闲，跳进院里，可我远远地看见我家的门上吊着锁子，窗玻璃拉着窗帘。我的心一下子泄了气，但我还是慢慢地走向了门前，从门缝儿往里瞅，可我什么也看不见。

慈法师父在我背后说，你妈早起走了。又说，你啥时候回来的话，就进后院儿。我说噢。他说那你这阵儿就进后院哇，师父给你做好吃的。我说不了，我到舅舅家呀。我捩转身走了，他又在后面说了什么，我也懒得回答，懒懒地出了大门朝东拐，从牛角巷儿向五舅舅家走去。

走到鼓楼西街的南戏院门口，我一下子看见了我妈，她在那里买烤红薯。我高兴地大声喊着“妈——”，跑到她跟前，可她一捩头，我才认清，她不是我妈。她拿着红薯，就走就吃，向东走了。我也是要向东走，她走的跟我是一个方向。她在前面走，我在后面跟着，为的是看着她的背影。她的背影就是我妈的背影，一模一样。我盼着她就那样一直走下去，好让我一直就是看着我妈的背影。可跟着跟着，她进了鼓楼东街路北的一个大门院，我没有再跟进去，我怕让她发现我是一直在跟着她。

以后，我每天的上下学都要路过那个大门。按我妈教给我跟学校到舅舅家的路线，是不路过这里的。我妈教给我的路线是背巷，我妈怕我走大街让自行车给撞了，就教给我走背巷。可我没听我妈的走九龙电影院，我是走了鼓楼东街，为的是要路过那个大门院。我每次路过那个大门院，都要站在大门口向里面张望，盼着那个背影像我妈的女人从里面出来，我好再跟着她，她走哪儿我跟她到哪儿，我好看她的背影。可我一次也没有再碰到，她那天大概是来这里做客串门儿来了，她根本就不是这个院里的人。

碰不到她，我也还是要走鼓楼东街，还是在路过那个大门院时要向里面张望，这已经是成了习惯了，就连一次也没有忘掉。

刚才一出仓门十号院我就向圆通寺跑，跑乏了，也正好跑到了鼓楼东街那个大门院，我停下了跑，同时习惯性地向门里张望，那个像我妈的影子没有出现。

我不稀罕你出现了，你出来也是个假妈。我的真妈回来了，现在就在圆通寺我们家等着我。

我认准是我妈回来了，要不你看天上的云彩，你看那块白云，那块白云多像我妈侧面的影子，越看越像。我就走就仰望着天上的那块白云。

“嗨！不看路瞭天！”是一个骑自行车的人“嗨”我。

我赶快收回心来，又迈开大步子，向我们家跑去。

跑跑走走跑跑走走，跑到牛角巷儿，我加快了速度，一口气跑进了院。

哇——真的是我妈回来啦。

我看见，窗帘拉开了。

“妈！——”我高兴得大声喊着。

我妈推开门，跟家里出来。

她跟我笑，笑着问我：“俺娃咋知道妈回了？”

我喘着气，回答：“刚才，我，梦梦，梦见您了。”

我说：“我还看见，天上的云彩，就像是您。”

我说：“我断定，一准是您回来了。”

我们进了家。我问：“妈您刚才是不是给我托梦了？”

我妈说：“刚才？对，刚才妈想着你是不是没人管了，不好好儿学习了。尽看闲书。”

我说：“妈，我好好儿学习着呢。我一点也没有不做作业。也没有尽看闲书。您不信问妗妗。”

我妈说：“妈信。妈知道俺娃是个好好。”

我妈很少正面地表扬我。这好像是她第一次在夸我是好好。

我妈见我穿着一身新衣服，问说是妗妗给做的？我跟我妈说了跟妗妗去值班“火烧财门旺”的事。我说这是里院慈法师父给算出来的。

我妈说你多会儿回师父这儿，一定得跟妗妗打招呼。我说噢。

我问我妈你回来干啥？我妈说，她这是在上午刚跟怀仁清水河回来的，到粮店换粮票。

那年月，本月的供应粮如果不买的话，是可以到粮店换成粮票的。但只能是当月换当月的。当月如果不换或者不买的话，那就要作废。

我妈说已经办理好了，明儿一大早就走呀。

我说，那我今儿黑夜跟您在家住呀。我妈想想说，妈明儿一大早就走呀，你量为一黑夜跟妈住啥，你还回舅舅家去哇。

我说妈我可想您呢，今儿我跟您住一黑夜，啊妈。

我妈说，那你妗妗不知道你要在这里住，我说那我返回妗妗家说给一声。

她说你怠要得来回跑。我说怠要的。我说妈您黑夜给我做搁锅面。

我妈说，你明儿还要上学，记得把书包背回来。我说噢。我妈说去哇，妈给俺娃做搁锅面，俺娃路上甭跑。

我说噢。可我一出大门，就撒开腿，向仓门跑去。

一路上，我真高兴。我跑跑走走，跑进了五舅舅家。跟妗妗打过招呼背着书包，又跑跑走走跑跑走走，跑回到圆通寺。

我真高兴。

我妈早已经把搁锅面的菜汤做好了，见我回来，就往汤里下挂面。

我看见了炕上的苍蝇拍，说："妈我往走拿这个苍蝇拍呀。"我妈说："拿那干啥？妗妗家哇没有？"我说："妗妗家的忠义还要往学校拿。"

我妈看着我说："往学校拿，往学校拿苍蝇拍做啥？"

我说："学校让除四害。"

"又除呀。去年不是除过了？我见那时候街上到处是你们小学生，哇哇哇地喊说'除四害讲卫生'。"

"去年是让学生们上街宣传，今年是让学生们也要做到人人动手。我们高小生，在这个学期一人要交两条耗子尾巴，两只麻雀腿，二十盒苍蝇。"

“啥？那么多？蚊子呢？也交二十盒？”

“哈——妈您真红火。蚊子咋能攒够二十盒呢？”

“那蚊子是几盒儿？”

“蚊子不交。见了往死打就行。”

“噢，我就说。”

我还说学校说了，多交五盒苍蝇可以顶一只麻雀腿或者是一条耗子尾巴。

我妈说：“今儿做个这明儿做个那，一满是不教娃娃们念书了。”说完又反过身去搅锅里的面。

我们家一进门墙上有个小的壁橱柜，我们都叫它窑窑儿。我撩开布帘看看说：“妈我记得窑窑儿里面有火柴，咋没有了？”我妈说：“没有了，该买了。要洋火干啥？”

“放苍蝇呀。可我的火柴盒不够。”

“你莫非真要打二十盒苍蝇呢？”

“人家班长要统计，还要排名呢。”

“排名。一个打不够苍蝇坐红椅怕啥。”

“妈我不想坐红椅。”

“好好儿学习是正经的。别的都寡。”

我不敢说了，我是见我妈有点生气了。我知道我妈不是跟我生气，她是生学校的气。可我要再说的话，我怕妈说，“一了儿甭学了，回村放羊去哇”。我只是这么想的，但我妈自从决定到怀仁种地，对我的态度不像以前那么生硬不讲理了。

吃完饭，我进后院跟慈法师父要火柴盒儿。他把他家的两整包火柴都扯开，找了个硬袼褙壳壳，把二十盒儿火柴棍儿都倒进了壳壳里。

当时的火柴还不是现在的这种保险火柴，当时的火柴是白头的，随便在什么硬地方上，都能够划得着，不用火柴盒儿也能划得着。

我高兴得像得了什么宝贝，立马就回家取书包，来装这二十个空盒。

师父还说了，也要帮我打苍蝇，叫我过些日来取。还说来取的那天你下午放了学来，你提前跟你妗妗打好招呼，就在师父这儿吃饭哇，吃完饭就在师父这儿睡觉哇。我说行。我说，说不定哪天就来了。

第二天一大早，我妈又给我做了搁锅面，吃完饭，她跟我相跟着，把我送到学校。

在学校门口，我吩咐我妈说，妈，您要是啥时候又回来，您就再给我托个梦。

我妈笑着说，赶快进学校去哇，好好儿学习。我说噢。

这时候，我妈突然问我："你是不是有弹弓？"我说："我没有。"我真的没有弹弓。因为我妈以前一再地强调过我，坚决地不许我耍弹弓。

我妈又问："没弹弓你咋打麻雀？"

我说："我不打麻雀。早就想好了，我多打苍蝇来顶。"

我妈把刚才的严肃的表情收了起来，笑笑地说："这才是个好好。妈这才放心了。好了，你进去哇。妈走了。"

我妈掖转身，欢欢儿地向长途汽车站走去。

我在校门口一直瞭一直瞭，直到再瞭不见她，我才转身进学校。

常吃肉过来，问我说："老曹你咋不进校门，瞭谁？"

我没有回答他，反问他你做梦准不准？他说他一倒头就睡着了，没时间做梦。

我说我做梦可准呢。他说知道，你那次梦郑老师回老家了，郑老师就真的给回了老家了。

我们就说就向教室走去。

常吃肉说：“你做梦准，那是你有老和尚教你，你能不能也教教我？”我说：“要想做梦准，那是得有人给你托梦才行。没人给你托梦，那你做出的梦，也是不会灵验的瞎梦。”说着，上课铃响了。我们各坐各位了。

我盼着我妈再给我托个梦。

22 除四害

四年级第二学期，我们的班主任郑德清老师去世后，我们班又让张老师给临时带。她是我们在一、二年级时的班主任，当时她待我很不好，总觉得我是个村猴，很是讨厌我，可这回对我的态度有了变化。她看完教室后墙上贴堂的仿，跟我说，曹乃谦你的毛笔字写得更好了，过大年时张老师家的对子就叫你给写呀。我说我没写过对子，她说能行，你可比我男人写得好。

五年级一开学，校长站在操场讲台上宣布，市爱卫会说了，要把过去两年放松了的爱国卫生运动重新发动起来，并提出一个“以卫生为光荣，以不卫生为耻辱”的口号。城区教委说，这次除四害，我们每个学生都要动手，打苍蝇打蚊子捉麻雀捉老鼠，把这四害消灭尽。最后，校长宣布了这个学期，初小生高小生每人除四害的具体任务。

他还告诉同学们，把苍蝇盒麻雀腿老鼠尾巴交给各自的班长作登记后，班长再统一交到学校西小院，去焚烧。

他说，焚烧是什么意思呢？焚嘛，焚书坑儒，就是烧掉。

回了班，张老师跟我们说，校长的话大家听明白了吗？那就是，从今往后，同学们不仅要除四害，还要讲卫生。哪个同学不讲卫生，那你就别来上学。“以卫生为光荣，以不卫生为耻辱”，你不懂得耻辱，你来上学干什么，别上了，回去哇。

她大声问："同学们说说，咱们班最讲卫生的是谁呢？"她永远也改不掉她的这种对幼儿园小朋友讲课的方式。

同学们都看她，见她看着我。同学们就大声回答说："曹，乃，谦——"她说："对，那我们以后都应该向曹乃谦同学学习。做一个以卫生为光荣，以不卫生为耻辱的好学生。大家说对不对？"大家说："对——"张老师用手指扫射着大家说："可你们，看看你们。一个一个的。明天都穿着干干净净的衣服来。要不你就别来。"

那些日，我正好穿着五妗妗给我做的，常吃肉称作是国民党将军服的一身新衣服。张老师就说我是个讲卫生的好学生。别的同学们大部分还都穿着是大裤裆的中式裤，他们就被说成是不讲卫生。

又过了些时的一堂作文课上，张老师让同学们写"除四害"方面的诗。高小的作文要求写够五百字，写诗的话，四行就行，但都是当堂就让完成。

她又特意把我叫起说，去年你写的"耳边呼呼是风声"被抄写在了学校的墙报上，老师一直还记着。你看，老师给你背：

"耳边呼呼是风声，脚踏一朵紫仙云，见了玉帝先声明：我要一颗人参果，再加一匹小白龙。要这宝物有何用？送给亲人毛泽东。"

背完，她问我："老师背得对吗？"

我说："好像是。"

她说："写得真好，老师跟别的老师说，这个曹乃谦我教过，可是个好学生。"

张老师说了我一大通的好话后说，这次的作文你再好好给老师写上一首诗，咱们拿出来，去跟别的班比比。她问我："信心有没？”

我没听懂她说的“信心”指的是什么，站起说：“啥信心有没？”

同学们都笑。

她说：“你好好写一首除四害的诗，就像上次你那个‘耳边呼呼是风声’。咱们拿出去跟别的班比一比，咱们要压倒他们。信心有没？”

我说：“我写。”她又问：“有信心没有？”

张老师非要我说个有信心才行，我只好说有。她说这才对。然后抬头跟同学们宣布：“大家开始，都写，下课班长就收作文本。”

张老师让我写诗。我想了想后，没用十分钟就想出一首。八行，每行七个字。我是在模仿古书上的“有诗为证”写出来的。上一学期时写的那个“耳边呼呼是风声”，也是模仿古书上的“有诗为证”写的。

《大八义》《小五义》《施公案》《彭公案》这些线装书里，有好多的“有诗为证”。有些同学看这些书，只看故事情节，一看到“有诗为证”，就跳过去，不看。我不，我是一首不落地都往下看。这些“有诗为证”又不难懂，大白话似的，记得哪本书里描写雪景的“黑猫过街变白猫”这一句，我还把它用在了作文里，当时郑老师在旁边的批注是“想象丰富”。看来郑老师她没有看过公案武侠这样的线装书。

张老师看出我写完了，过来要看，我捂住不让她看，我说我还得改改。她笑着走开了。

我这八句的第一句是“各位看官听仔细”，下面就说有只黑猫好几天了没吃到耗子，这不是因为黑猫手懒不去抓耗子，而是耗子在除四害中让除没了，黑猫没耗子可抓。猫说，没办法，我总得吃东西，你们这是逼得我去偷吃鸡。我的最后一句是“也学时迁去偷鸡”。

在快下堂时，我又把这八句改成了四句：

“黑猫咪咪叫声低，腹中无物来充饥。老鼠耗子都灭尽，逼上梁山当狐狸。”

我的这首诗被评为是全年级的最好的除四害诗，但是没有被抄写在学校的墙报上。倒是另一个班同学写的被评为第二名的那首，被抄在了学校的墙报上。张老师说，真正地可惜了儿呀，人家教导主任的看法是，“逼上梁山当狐狸”这句不好，说黑猫想干什么？反天呀？

同学们都笑。班长晋财笑得最厉害。他那深情又夸张的大笑，笑得把同学们都惊动了，都看他。

张老师又说，真正地可惜了儿呀。说完她朝着我又大声说：“咱们把最后一句改改，再交上去，或许下期的黑板报上还能用。明天就改。”

我没听她的，我没改，我写作文原来也不是为了往学校的黑板上抄。

第二天她没来，以后我在学校里也再没有见到她。后来才听班长晋财说，她是因为初中没毕业，一直转不了正，学校没办法给她发工资。她本来指望我的那首诗能登在学校黑板上，也算是她班主任的成绩，可最后没达到愿望。

晋财是学校总务主任的亲戚，他消息灵通。我知道是这个原因后，为没能把那首诗写得被学校看对登在校黑板上，而感到很是对不起张老师。她让我给写大年的对子，我也没答应她，我也感到很是对不起她。

我们的班主任由教导主任临时代理了一些时日，正式的新班主任来了，叫杨淑贞。教导主任给我们介绍，说她是大同二中高中毕业的高才生，本来考住了山西大学，可因为家里有事，不能去太原上学，就来咱们学校当老师了。

教导主任大声说：“大家欢迎！”同学们都拍手时，杨老师的脸红了。

她教我们语文。

中午放学回家，我见仓门十号院里的家家户户都在擦玻璃，隔壁狄大大端了半碗用白石粉调成的白糊糊，用毛笔在已经擦好的窗玻璃上点白点。白点儿点得很大，像是一颗一颗的大白枣儿。五妗妗看见我：“快快，招人，我孩给妗妗擦玻璃。妗妗给调白石粉。午饭后街道就要来查卫生。”见忠义也回来了，五妗妗安排说：“忠义你背着丽丽到院外耍去，看尿炕上的。秀秀把丽丽的尿褥拿院里晒去。”忠义说：“今儿咋叫我背丽丽。表哥呢？”五妗妗说：“表哥跟我擦玻璃。”

五舅舅回来了，妗妗指挥他赶快担水，说水瓮里快没水了。舅舅担着水桶走后，我把瓮底的水全都舀出在洗脸盆里，把水瓮里面擦洗得干干净净的。这时正好舅舅也担水回来了。

街道干部查卫生，不查大面儿，专找门头呀抽屉呀这种旮儿旯旯的地方检查。上次是查电灯盘。在检查别家时，忠义跑进家说，妈，灯盘灯盘。妗妗赶快站炕上，探着把灯盘擦净。最后检查的结果，妗妗家得了个甲。街道干部把原来挂在狄大大家的甲牌摘下来，挂在了妗妗家的门头上。

这次街道检查卫生的干部们，知道别的地方居民们肯定是都打扫干净了。这次专门是检查水瓮。而且是先跟上次是甲的人家开始查。那个女干部拿着个长把勺子，探进妗妗家的水瓮里搅。院里探风儿的孩子们赶快回各自家里报告说“搅水瓮呢搅水瓮呢”，可是，事先如果没淘尽的话，当时是来不及了。

检查的结果是，别家的水瓮都能搅得漂浮上沉在水瓮底毛毛絮絮的脏东西，只有我妗妗家的水瓮，无论怎么搅，那水都是清清粼粼的。

五妗妗家的甲牌仍然是保持着。

五妗妗是个很要强的人，为这个再次的甲牌的荣誉，她高兴地说，招人我孩就是有算计。

“招人我孩咋就算计出他们要搅水瓮？”她问。

我说：“我也不知道他们要来搅水瓮，我是擦玻璃舀水时，看见水瓮底里有脏东西给漂浮上来，我就把水瓮底的那些水全都给舀在脸盆里，把瓮里给淘洗净了。我在我们家见我妈也经常是这么做。”

五妗妗说：“你看他们正巧就是检查瓮里的水。”

五舅舅说：“我跟你说过招大头命好。”他夸我时，老也是叫我“招大头”。

仓门十号院里的上学孩子有七八个，人人都有苍蝇拍，人人见了苍蝇就打，打得家里院里就没有了苍蝇。孩子们就进厕所打。厕所也没了苍蝇。新的苍蝇又一下子没生出来。

一个院是这样，十个院也是这样。那个时候，大同城真的是没了苍蝇。午休时候很安静，没有讨厌的苍蝇往脸上爬。但是没苍蝇来打，完不成任务，孩子们心里着急。

星期天吃完午饭，我和武叔家的顺顺相跟着到东关菜园去打苍蝇。菜园里有粪池，苍蝇打不完。但那里的苍蝇不往地上落，就在粪池上空飞来飞去。有个小孩儿让引逗得差点儿掉进粪池里。我们回家时，一人才打了三盒。回家我都给了忠义表弟。

那天临明时，我们还都睡着，听到有人在街外“咚咚”地捣后墙。妗妗让舅舅出去看。不一会儿五舅舅进家，说是姐姐给招人送来了蝇盒儿。当时我也醒了，我问我妈呢，舅舅说，又急着走了，要到矿上拉炭。我一听，外面的衣服也没顾得穿就跳下地，跑了出去。

跑出大门，看见有拖拉机拐过了纸铺，还看见我妈就在拖车车厢上坐着。我“妈——妈——”地大声呼喊着，往前追。

我妈听到了我的呼喊，让拖拉机停住了，跳下车厢。我跑到跟前哭着说，妈你咋不进家跟我说话就要走。

我妈穿着不知道是谁的一件破大羊皮袄，坐在车厢上。拉过煤的车厢上，风旋起的煤尘，把她的脸刮得黑黑的。我妈说“俺娃冷着俺娃冷着”，说着要脱她的皮袄。司机把他的皮大衣脱了，给我披裹在身上。

我妈说：“男子汉，不哭。”

我说：“你咋也不先给我托个梦。”

我妈说：“行了行了。快回去哇回去哇，叔叔着急着还要到矿上拉炭，要迟了今儿就拉不上了。”

司机叔叔说：“你妈是半夜就起来，搭我的拖拉机来给你送苍蝇盒。我没见过世界上还有这么孝敬儿子的妈。”

我妈说：“我是怕娃娃到菜园，顾着打蝇子，掉到粪池，出点事。”

我说：“妈，你咋知道我到菜园打苍蝇去了。”

我妈说：“啊？怕的是啥可偏偏是啥，你原来真的去菜园了。倒好我给你把任务都完成了。这下好好儿学习哇。”我说：“噢。”

我妈说：“妈刚才都让你舅舅拿给你了，是三十盒苍蝇，七根耗子尾巴。”

我问：“有麻雀腿吗？”我妈说：“麻雀不能打。”

司机叔叔说：“麻雀是益鸟，在村里是不能打的。”

我妈说：“毛主席说，‘麻雀就不要打了’。以后它就不是四害了。”

这时候五妗妗也跟大门跑出来，给我送衣裳。

跟五妗妗打过了招呼，我妈说：“俺娃好好学习。”我说：“噢。”

我妈说：“我要是知道你跟孩子们要弹弓，小心我打断你狗腿。”

我妈有时候总是这么突兀兀地骂我。我想起上次她也是问过我弹弓的事。

我说：“我又没耍弹弓。”

五妗妗说：“姐姐放心。我就没见他有过弹弓。”

司机叔叔说：“快走吧。”

看着拖拉机突突突地开走了，我跟五妗妗返回家。

五妗妗说：“三十盒儿苍蝇也不知道咋打了。”

五舅舅说：“咱们可从来没想起帮孩子打打苍蝇。”

五妗妗说：“又是远天大地地在半夜五更给送过来。”

五舅舅说：“你当是啥。想做个好家长，真也难呢。”

23 孩子们

仓门十号院在路南，院大门很讲究，上五个台阶后是平平的月台，月台往里缩进，是前后两出水顶子的那种大门洞，门闲里门闲外的空地，加起来有一间房大。进了门洞下三个台阶，才进了二门巷廊。二门巷廊是进院的过道，像个小院儿，有两间房大。

从二门巷廊往东一进院，路过的第一间房，是这个院的西耳房。

这个院子是那种东西南北都有房的很整齐的四合院儿。四合院的北房就是人们说的正房，这个院的正房是三间，加上东西各有一个耳房，就是五间。

正房三间的中间那一间，人们叫堂屋。进了堂屋右手是东上房，左手是西上房。东上房住着狄大大。西上房住着武婶婶。堂屋是狄大大和武婶婶共同的。

东上房的东隔壁是东耳房。西上房的西隔壁是西耳房。西耳房住着吴婶婶他们五口人。我舅舅他们住在东耳房。不算我的话，也正好是五口人。

这个院还有西下房三间，东下房三间，南房三间。南房的东侧和西侧各有一个半圆的门洞儿。进了东侧的门洞，是个碾坊，但只有碾盘，没有碾子了。这个地方由房东狄大大占着，放着杂杂乱乱的东西。进了南房的西侧的这个门洞，是这个院的厕所。雁北和大同地区的人把厕所叫做“茅厕”。“茅厕”的发音是“茅次”。

这个院的房东就是狄大大。

这里顺便说说“大大”这个称呼。在大同地区，“大大”是对人的称呼，但有两个根本不同的意思。一个是男性，是指爸爸。一个是女性，是指大妈。指“爸爸”读音“dada”时，前一个“da”读四声，后一个“da”读三声。指“大妈”读音“dada”时，前后两个“da”都轻声，而且还要连得很紧。

人们叫狄大大，意思就是狄大妈。实际上狄大大的年龄也不大，三十多岁，人们称呼她狄大大也是带有尊重的意思。

狄大大很漂亮，头发光光亮亮的，梳着个后抓髻。她的男人在一九五五年时候死后，她没再嫁人，靠着房钱拉扯着一女一男两个孩子。后来，她家的房子归了公了，她再没有权利收院里住户的房钱了。我现在实在是回想不起，她家的房子归公以后，她家是如何来维持生活。

狄大大的女儿叫美兰，比我大四五岁，是个初中生。不用问，长得很美。狄大大的儿子比我大三岁，叫栓栓。按年龄他也应该是初中生，可他却只比我高一个年级，当时是上着高小六年级。

西上房住着的武婶婶，他们有四个孩子，大红、顺顺、小红、二顺。

西耳房住着吴婶婶，他们有三个孩子，柱柱、香兰、云兰。

西下房住着唐婶婶，她有个女儿叫芳芳。

东下房住着冯婶婶，她有个女儿叫英儿。

芳芳和英儿都比我小两岁，她俩是一个班的，可她俩好像是有仇，成天吵架。

南房住着刘奶奶一家，她家没小孩。

我没有正式来五舅舅家以前，我妈就常领我来。我跟仓门十号院的孩子们很熟悉。我一来就找他们要，他们一知道我来了，就站在舅舅家门外“招人招人”地叫我。

我上小学三年级时，有回在栓栓和顺顺的主持下，我和东下房冯婶婶的女儿冯英儿举行结婚典礼。那个隆重呀，那个正式呀，回想起来真红火。一伙孩子们簇拥着化了妆的我和英儿，挨着个儿推开院人家的门，站定在一进门的里面。栓栓拉着长音大声唱喊说：“新郎新娘拜见武叔叔武婶婶——”，顺顺接着大声唱和说：“一鞠躬——”，后面跟着的孩子们紧接住起哄说：“二鞠躬——三鞠躬——”我和冯英儿真的也是很主动地认真地弯腰九十度，给大人们鞠躬三次后，这才退出这一家，然后再到下一家。我妗妗家和冯婶婶家也同样要去拜见，我和冯英儿当时谁也没有想起害羞来，谁也没扭捏着说不进自个儿家。

我小时候在姥姥村，跟姨妹还有她的堂妹穗儿玩过家家时，姨妹当妈，穗儿当新媳妇，我当新女婿。但那是我们在上学前的时候。可我这个三年级的学生跟上一年级的冯英儿也玩这种过家家的游戏。而且是那么地当回事儿。五妗妗喊我回家吃饭，我也顾不得。一直玩到把仪式都进行完，才散伙儿，回家。

记得五妗妗问我说：“招人，我孩们结婚原来不坐席？还得回家吃饭？”

我还清楚地记得，妗妗问我这话时，我假装顾低头吃饭，没听着她在问啥。

西下房住着的芳芳，在后来又跟我们要的时候说：“招人哥哥招人哥哥，我也想跟你要结婚，我也想戴大红花。”英儿抢白她说：“芳芳芳芳你迟啦。我们已经结过了。”芳芳没理英儿，跟我说：“招人哥哥你再结一回。”冯英儿说：“人们就结一回婚。

不结两回。不信你问你妈。”芳芳很委屈的样子，好像是快哭呀。

芳芳长得很像是我们班死去的常爱爱，我很同情她。我也想着跟她耍耍结婚，可主持人们不提这个事，我自己也不好意思申请。

当这次我正式来舅舅家住，院里碰到冯英儿和唐婶婶的芳芳时，大家好像是都把两年前结婚这码子事给忘记了，谁也不再提。

可那天她俩不知道是什么起因，又吵开了。我们几个男孩过去时，她们吵得更厉害了。

冯英儿说：“用你管？”

唐芳芳说：“不管你能长这么大？”

冯英儿说：“我吃我妈怀中的奶吃我爹手中的饭，你管我啥了？”

唐芳芳嘴一张一张的，没个说上的了。

冯英儿接着说：“想管我，想当大人。你结婚了吗？羞不羞你？问你羞不羞？”

唐芳芳说：“你想跟男人结婚。你羞不羞。你问我羞不羞，我还想问你羞不羞？”

冯英儿说：“我想跟谁结婚了？”

唐芳芳说：“你想跟谁你知道，问我？问你自个儿吧。”

冯英儿说：“你才是想呢，说我。你才是想呢。”

唐芳芳说：“那你说说我想跟谁？”

冯英儿说：“你想让我说是谁，我就不说。气死你。”

唐婶婶过来，把芳芳拉回去了。

顺顺跟我说：“小女生就是心大。小小儿就想搞对象。咱们男生就不这样。”

我低声说：“就是。”

五妗妗整天坐在缝纫机前“咯噔咯噔”做营生，挣钱。家里的箱顶柜顶，永远是一垛一垛地垛着舅舅给跟单位揽回来的活儿。没公家的活儿，她就做自家的活儿。家人多，活儿也多。妗妗手也巧，她能拿着看上去没什么用途的布头，给孩子们做衣裳。五舅舅家孩子们，包括我也在内，我们的衣裳在全院来说，穿戴最整齐了。她还拿碎料对成大料，再用对出的大料做枕头做门帘做被褥。

妗妗有永远也做不完的缝纫机活儿，经常是做到半夜，隔壁狄大大经常是过来敲门玻璃说：“她张婶儿，让我睡会儿行不行。”

五舅舅在家主要是料理孩子们，给孩子们洗脸洗衣服。黑夜妗妗乏得倒头就睡死了，孩子们都是由舅舅管了。半夜里把接这个尿摇醒那个尿，都是舅舅的事儿。舅舅家的孩子们一哭，都是喊“爹呀爹呀”的，不像其他的孩子，都是“妈呀妈呀”地哭喊。

小孩子们哭的时候喊“爹”的，我在别处还没见过。

五舅舅还管着给全家人做饭。舅舅做饭时，秀秀帮着拉风箱。

忠义不帮着做营生，他一进家就趴在那里写作业。有时候抬起头跟人们说话，舅舅就说，做你的作业。他就赶快低倒头写。他的作业好像是和妗妗的缝纫机活儿一样，永远也做不完。他永远也是嘴里含着根铅笔，时刻准备着要低头写字的样子。

我的作业都是在学校的最后一堂自习课就写完了。五妗妗给我布置的任务就是哄丽丽。别人哄丽丽丽丽哭，我哄丽丽丽丽不哭。

五妗妗专门给我做了一个背兜带，用来背丽丽。我出去跟孩子们耍，也是背着丽丽。

丽丽会走了，也还是离不开我，就叫我哄。妗妗说过，要把丽丽给我当妹妹，还说也要改成姓曹。为了有这么一个也要姓曹的妹妹，我走哪儿都带着她。她会走了可她也懒得自己走，要叫我背着她，要不她就会哭。但这时候就不用背带往身上绑了，我蹲下来，她趴我背上，我站起来背她走，她可能是已经习惯我的背了，我背着她，她还是常常在我的背上睡着。丽丽睡着了，不一会儿就热乎乎地给我尿背上了。我已经习惯她往我背上尿了，尿上就尿上吧，也不跟大人说这事了。

自我来了五舅舅家，妗妗就听了我妈的，每天都给丽丽打牛奶喝。一天一斤。早晨中午各半斤。早晨由五舅舅来喂，中午就是由我来负责。

我喊说："秀秀拉风箱。"秀秀就给抱住风箱拉火。我喊说："秀秀行了。"秀秀就住了手。

我端起小铝锅儿把奶子倒在碗里，用小勺儿喂丽丽。丽丽喝完，我给倒少半碗开水，刷刷碗，后又把刷碗的水倒在奶锅里，用小勺儿把巴在铝锅上的奶皮刮净，又倒在碗里，给秀秀说："喝吧。"

秀秀早在那里等着这点刷奶锅水了，这对于她也算是特殊的福利。后来，我还做主往碗里给她放一点点白糖。

当时秀秀只有五岁，可秀秀最是个善良勤劳的孩子了。吃好吃赖，穿新穿旧，干多干少，秀秀从来都听大人的，从来没有表示过半点不满意。

西耳房的云兰是吴婶婶的二女儿，她在家也是负责拉风箱。她跟秀秀同岁，也还没上学，可不知道她哪里学会了那么多的歌儿，就拉风箱就唱"花篮的花儿香，听我来唱一唱，唱呀一唱""一条大河波浪宽，风吹稻花香两岸""九九那个艳阳，天来唉嗨哟"，没有个她不会唱的。只要是一听不到她唱，那就说明她家的饭熟了，她正吃饭，占着嘴呢。她的那些歌儿一准是她的哥哥姐姐教的，可我从没听过她的哥哥柱柱和她的姐姐香兰单独地唱过。

狄大大老头痛，眉颅骨上老是有个圆的打过火罐的印子，过些时，火罐的印子就又换到了两鬓。栓栓连着退了两班后，她就不让栓栓耍了，栓栓一出院，她就拿着掸子追出说：“回家做作业去！”栓栓说：“我到到茅茨莫非也不让？”说完真的往厕所走。狄大大就在院等着，等他跟厕所出来，还得乖乖跟着他妈回家。

栓栓虽说是比我大三岁，个头也高出许多，可我们两个合得来，能耍在一起。有个傍晚天还不是很黑，他偷悄悄地领我到碾坊。用钥匙打开门锁，进到里面。碾盘上有个木箱，他揭开木箱，划着根火柴说你看。我一看，箱盖里面用白粉笔写着字骂他姐姐。他姐姐比我们大四五岁，在我的眼里那就是大人。

我说你咋写着字骂大人，不好，骂大人就不是好孩子。他说我就要骂她。我说你要骂她，我不跟你耍了。他说我是悄悄骂。我说悄悄骂也不行。他说，那我黜了。他就抬起胳膊，用袄袖把上面的字黜了。我说你要黜就黜干净。他说没事，我姐姐人家那高级人儿才不进这个烂地方。

栓栓的姐姐美兰和武婶大女儿大红都是初中生，不跟我们小孩玩儿。

街道干部教给住户们，用白石粉往窗玻璃上画四害。说画上画儿，玻璃稍有点脏也看不出来，说这样用不着每天擦玻璃。不管画得像与不像，家家都把苍蝇蚊子老鼠麻雀画在窗玻璃上。怕雨淋，都是画在屋内。

妗妗家是一进门就上炕的那种老百姓们叫做的棋盘炕，窗玻璃下面就是炕，那次丽丽站在炕上用耍尿尿的湿手把妗妗画的四害涂抹成了一塌糊涂。当时妗妗不在家，我赶快把玻璃擦洗干净。

那些时，家家户户都有事先就泡好的白石粉糊糊碗，碗里还有支毛笔。我端着碗打算把四害重新画上去，一下子改变了主意，我想起图画老师教给的图案画，雪花。我决定不画四害了，我把所有的玻璃都画上雪花。

五妗妗回来一看："呀咿呀，真好看。"

狄大大见了也夸说好："大夏天，画着雪花，显得家里清凉清凉的。真好。"

狄大大和武婶婶都赶快把自家的四害擦洗掉，要画雪花。可她们因为不会抓毛笔，雪花总是画不好，于是就派着各自的女儿来跟我学。

我画的雪花这是最简单不过的图案画，只要是把毛笔捉稳，幼儿园小朋友也会画。美兰和大红这两个初中生姐姐一学就会。

后来一院人都跟我学着画雪花。

以前，一院人的窗玻璃都是苍蝇蚊子老鼠麻雀在跳跃，现在一院人的窗户玻璃都是雪花在飘飘。

晚饭后，院人们坐在自家门前乘凉。孩子们在院里玩耍。

武婶婶家的顺顺最是个玩家了。他有好多好多的玩法，每次大家玩什么，都是他决定。我们玩得都很文雅，猜谜语，讲鬼怪故事，有时候也捉特务。抓特务跟捉迷藏差不多。但我们从不玩追追杀杀打仗的。

女孩子们在一起唱歌，吴婶婶家云兰的嗓音最响亮。

美兰和大红是大同二中的同班同学，是好朋友，她俩总是在一起。有次在她俩的号召下，男孩女孩要在一起唱歌。

唐芳芳提议说，让招人哥哥用口琴给伴奏。

美兰问我："你还会吹口琴？"我说："会。"

唐芳芳说：“我小姨姨跟他是一个学校的，那次我小姨来我家时在院里认出了他，说他口琴吹得可好了，六一节在台上给吹好几个。我小姨姨说，比老师拉的手风琴也好。”

美兰说：“那快去取去。”

我跟屋里取出口琴。大红说：“那你先吹一曲。我们听听是不是比老师拉的手风琴也好。”

这支口琴是我妈去怀仁前，我跟我妈要钱新买的，音色特别好。我从盒里倒出口琴，捧在手里，看了看两个大姐姐后就吹起来，我只吹了一句“雄赳赳气昂昂，跨过鸭绿江”，她们就鼓掌。

大红说：“哇，了不得。招人你还什么本事是我们不知道的？”

美兰说：“大红别打岔，别打岔。我看咱们今天就不合唱了。让招人来个独奏吧。”

孩子们都欢呼，这时有的大人也围过来了。

他们会唱的，我都会吹。那晚，我吹了一支曲子又一支曲子。五妗妗本来在家里做缝纫机活儿，后来也出来听我吹。

以前，狄大大不叫栓栓跟我们耍，说是，“一天就跟小孩子耍，你还能有个长进吗？”自从我来了个口琴独奏音乐会以后，狄大大放松了对栓栓的管制。栓栓做完作业后，是能够出院跟我们这些小孩子耍了。

24 游行

下午的最后一堂自习课，杨老师让同学们在第二天都穿上好衣服，她说这是学校要求的，说明天要上街游行示威。同学们问游行示威是做啥，她说是要支援巴拿马，打倒美帝国主义。

巴拿马我们知道，美帝国主义我们也知道。前两天音乐邢老师教我们歌时给大家讲到过。歌词唱说：“我们大家一起来，支援巴拿马人民的斗争。我们大家一起来，支援巴拿马人民的斗争。要巴拿马要巴拿马，不要美国佬！要巴拿马要巴拿马，不要美国佬！”还有古巴，我们也知道。也是她教我们歌时说的。她说古巴和巴拿马一样，都受美帝国的欺负。

我觉得邢老师教的这两个歌儿都很好听，尤其是她教的古巴的这首歌更好听。歌名叫《哈瓦那的孩子》。歌里面唱说：“美丽的哈瓦那，那里有我的家。明媚的阳光照新屋，门前开红花。……跟着那英雄的卡斯特罗，打回哈瓦那。”

常吃肉又问杨老师：“说了半天，我还不知道游行示威是做啥？”杨老师想想说：“游行示威嘛，就是，我们高小生要穿上好衣服，集合起来，排好队，就走就喊着口号，到西门外的工人体育场开大会，向美帝国主义示威。”

常吃肉说：“美帝国离我们这么远，我们这里示威他们能知道吗？要是不知道，那不是白游了吗？”

班长说：“你懂得个屁好烧着吃。人家美国知道。我姨夫说了，美国有 U2 侦察机，能看见我们游行。”

常吃肉说：“我不懂得屁好烧着吃，你懂得。你吃过你还不懂得吗？”

同学们都笑。

杨老师说：“行了行了。”

杨老师给了班长一个口号单儿，让他回家背会。明天游行时让他领着呼口号。

班长说我不知道咋呼口号。杨老师说你没见过呼口号？班长说没有。她问同学，你们谁见过？同学们都说没见过。

我当时正在低头做作业，我的家庭作业永远是在学校里赶程着要做完。

我做作业的同时，也听到了老师的问话。我想想后，站起说：“我知道。我在电影里见过。”

杨老师说：“就是嘛。没吃过猪肉还没见过个猪跑？那你这阵儿就给领着呼喊。让同学们跟着。”我说：“我是知道，可我不会呼喊。”她说：“你试一下。”

她跟班长要过口号单，给了我。我照着口号大声地呼喊一句“打倒美帝国主义”，可同学们没人跟着喊。不仅没人跟着喊，还都“轰”的一声，全都给大笑起来，笑我的应县口音。

杨老师跟同学们说：“大家别笑。这就是呼口号。”

她看着班长说：“晋财，还是你给喊吧。”

班长他起初不知道呼喊口号是做啥。我给示范了后，他知道了。他拿着口号单儿，领着大家喊，大家都跟着呼喊开了。

这时候，我们听到别的班同学们也在练习呼喊。

临放学，杨老师又强调，让大家明天都穿新衣裳。她说：“明天我们要跟别的班比一比，看哪个班同学们衣裳穿得好，红领巾最新，队伍走得整齐，口号喊得响亮。还有就是，更要看在工人体育场开大会时，哪个班同学最遵守会场纪律。”

第二天，同学们穿得干干净净地来了。但大部分还是穿着用手工缝做的白洋布单布衫，下身是中式大裆裤。

常吃肉早就跟我说过他妈给缝了一身新衣裳，但他不想穿，他说穿新衣裳别扭。可今天老师要求全体同学都换新衣裳，他就正好穿来了。白布衫蓝裤子红领巾，脸也洗得挺干净，就连脖根儿好像是也洗了。

我说看你今天打扮得。我说这话的时候，一下子想起了跟舅舅院的冯英儿要拜天地了。那天我不仅是打扮了，脸上还让栓栓给搽了红脸蛋儿。

常吃肉说，可我的红领巾是旧的。

我当下把我的新红领巾换给了他。他高兴得就踏步就唱：“准备好了吗？时刻准备着。我们都是共产儿童团。”我说：“你该唱‘我们是共产主义的接班人’才对。”这时杏花过来了。

杏花儿说常吃肉：“看这打扮得干眼骨净的。”

常吃肉说：“你说说我打扮得像个啥？”

杏花儿想想说：“像个袼褙人儿。”

常吃肉说：“不对。”

杏花儿说：“不对是啥？”

常吃肉说：“你看我像不像新女婿。”

杏花儿说：“嘘——梦梦娶媳妇。你。”说完跑开了。

常吃肉看着杏花的背影儿，傻笑。

我看着常吃肉傻笑的样子，也笑。

杏花是我们升五年级时，她跟上个班退下来的。她退班不主要是因为学习不好，她是因为家里困难不让她上了。后来学校说给她减免学杂费，她才又来了，到了我们班。她跟常吃肉都住在学校背后的石头巷，街门对街门，常见面，来我们班前就跟常吃肉熟悉。

杏花家弟妹多，学校让除四害时，家里的火柴盒儿不够用，她自己黏了纸盒装苍蝇，班长不收，说你这不是火柴盒。为这，常吃肉跟班长吵，还把班长按倒，从领口把苍蝇都填进了班长的肚里。学校给了常吃肉一个留校察看的处分。还罚他多交十盒苍蝇。

我的苍蝇有富余，把慈法师父给我打的十盒苍蝇都给了常吃肉。

今天班长晋财穿了一条蓝色的西式裤，不住气儿跟教室出来进去的，为叫同学们都能看着。可后来同学们想到，班长以前从来没有穿过西式裤，今天是头一次穿，这应该说是条新的才对，可他的这条裤子是旧的。再后来，同学们又有了重要的发现，他的这条西式裤前头没开着口儿。

常吃肉就问他："你这条西式裤子为啥不跟老曹的一样？你的前头为啥不开尿尿口儿？"

班长说："你的裤子前头不是也没尿尿口儿？"

常吃肉说："我的反正是中式大裆裤，前面不开口。可我侧面也不开口呀，但你的裤子侧面却是开着口。"

班长说："反正我是西式裤。你想穿还没有。"

常吃肉说："你的这个西式裤跟杨老师的一样。你这是女人的。你这是穿你嫂嫂的。"

班长说："反正我是西式裤。你想穿还没有。"

常吃肉说："我们不稀罕穿女人裤子。我们是男人。我们不是女人。"

杨老师来了。她说，男生一律不戴帽子，女生一律不戴头巾。要有戴来的话，一律放在课桌里。

同学们在班门前集合，最后又都给带到大操场。校长给我们五年级六年级的这十个高小班训了一气话，宣布出发。

一出校门就呼喊口号，街面上两旁的行人不知道我们这是闹啥，跟着看红火。

在我们高小的十个班主任里头，最数杨老师年轻漂亮，文化也最高，走到正经的大街时，她拍拍手，让大家注意，然后就起个头让我们唱歌：

“雄赳赳气昂昂，跨过鸭绿江。保和平，卫祖国，就是保家乡。”

在雄壮的歌声中，同学们越走越整齐，越唱越响亮。有个背着照相机的人退着走路，给我们照相。

起先，我们前面和后面的那两个班都是在呼口号，没想起唱歌，后来也跟我们学，唱起了歌。

太宁观小学的学生跟院巷街街口拐出来了，跟我们学校的学生走了个并排。但是，我们在马路的北边，他们在马路的南边，一齐着向西门外走。可人家太宁观小学的学生每人手里拿着一支用纸做的三角形小彩旗。呼喊口号时，把小彩旗举起来，花花绿绿真好看。

我们校长没想起给大家做彩旗，我们只好是用响亮的歌声来压倒他们。教导主任悄悄地串通了各班的班主任，班主任又悄悄地告诉大家，十个班同时唱一支歌：

我们大家一起来，支援巴拿马人民的斗争，
我们大家一起来，支援巴拿马人民的斗争，
要巴拿马要巴拿马，不要美国佬！

要巴拿马要巴拿马，不要美国佬！

…………

我们唱了一遍又一遍，反复地唱。唱“要巴拿马要巴拿马，不要美国佬”时，在教导主任的引领下，连连地往起举四次拳头。十个班的四百多号同学，好像是在学校训练过似的，动作一致，歌声嘹亮。路两旁的老百姓，给我们拍手鼓掌。又过来几个背相机的人，给我们拍照。

还没走到西门口，天上给下起了雨，太阳红耿耿的，给下起了雨。我们不管，我们跟太宁观小学的队伍摽上了劲，我们在继续唱：“我们大家一起来，支援巴拿马人民的斗争。我们大家一起来，支援巴拿马人民的斗争。要巴拿马要巴拿马，不要美国佬！要巴拿马要巴拿马，不要美国佬！”

…………

唱着唱着，我们看到太宁观小学的队伍乱了。后来才看出，他们手里的小彩旗都让雨给打湿了，有的头掉了，有的叠回去展不开了，有的同学干脆就把小彩旗扔地上，不要了。太宁观小学的领导指挥着学生，跑步超过了我们。

这时候，雨住了。

太阳雨好像就是为了往湿打太宁观的小彩旗似的，只下了那么一小会儿，不下了。

我们一看，唱得更来劲了，走得也更来劲了。

到了体育场才知道，开会的不仅是我们高小学生，还有初中学生高中学生，还有工人干部，还有好多穿着袈裟的佛教师父们和穿着黑袍的道士们，还有戴着小白帽儿的不知道是什么教，反正都是些上了年岁的老爷爷们。

看会标我们才知道，原来这是一个叫做“大同市各界‘声讨美帝国主义’万人大会”。

工人体育场放得下放不下一万人，这我们不管。我只觉得毒日头晒得我直冒汗。

会议一直开到中午。那时候全国已经进入了困难时期，大部分学生在家里是不吃早点的，再加上游行的劳累，会场里有十多个小孩饿得当场昏倒在地上。救护车把他们拉到医院去救治。看来市领导也想到了有人要饿得昏倒这样的事。

会议结束，让佛教师父和道士们以及天主教等的宗教老爷爷们先走。我们学生是最后离场的。幸好是不再游行了，各回各家。

我饿得不想往仓门走了，心想五妗妗也知道我上午是到西门外开会，即使是我没回家，她也会想到我是去了哪里。

我直接就到了圆通寺。

我把常吃肉也领上了。因为我早就答应过他，到我们圆通寺看那个像他妹妹的菩萨，而且我也早就跟慈法师父打过招呼说要领个小朋友来，师父也答应了，还说来哇，师父给你们吃素包子豆腐汤。

因为时间的关系，素包子今天师父不一定能做得过来，但饱饱地吃一顿搁锅面，这也是我当时的理想。在五舅舅家从来不吃搁锅面，因为人多，那得多大的锅呢?

一进西门口，我看到了慈法师父，他就在圆通寺巷口站着，手搭在眉头上，向西瞭望。再往前走走，师父也看见了我，把手从眉头上放下来，跟我们招手笑。

走到跟前，我大声说：“师父，我都快饿死了，就在你家吃饭呀。”

师父说：“那一准是了。”

我给师父介绍说：“这是我的好朋友，叫常吃肉。”

师父问："叫个？"

我说："常吃肉。"

师父把右手掌竖着举起在鼻尖前，连声说："阿弥陀佛，阿弥陀佛。"

我赶快打岔说："师父咱们吃搁锅面。"

师父说："怎么又吃搁锅面？昨晚我就准备好素包子了。"

我惊奇地问："昨晚？"

师父说："咱们不是早就说好了，素包子豆腐汤嘛。"

我更加惊奇了："那，您，您是在昨天就算出今天我们要来？"

师父笑着说："这还用算吗？"

我真的很惊奇："这，这？"

师父说："这什么呀，这。你俩今天来做客。这不是很顺其自然的事嘛。"

我想想说："是。是。"

师父说："既然是顺其自然的事，那我就顺其自然地想到你们会来呀。"

我看看常吃肉，他也正看着我。

我俩同时摇摇头，后来又同时点头，同时说了声"顺其自然"。

25　拾菜

武叔叔下班回家不进家，先用衣打抽打衣服，啪啪啪啪，啪啪啪啪，抽打好长时间，把全身衣服上上下下都抽遍，这才进堂屋洗脸。洗脸当中，武婶婶已经给沏好一壶茶，放在院门前的小方桌上。武叔洗完脸出来，坐着小板凳，慢慢喝茶。

武叔是在一个公私合营的运输单位拉小平车。中午不回家，带干粮。后晌四点多就回来了。他的工作一定是很累，我听他说过这样的话："我累死累活的，就是为了坐在这儿喝这一壶。"他说的喝这一壶，不是酒，就是指茶。

有个星期日我背着丽丽到圆通寺玩儿，返回来见武叔叔又坐在小桌前慢慢地喝茶。我叫了一声武叔。武叔说："来，摆一盘儿。"我说："丽丽睡着了。我先把她安顿回家。"

我从妗妗家返出来，武叔已经把象棋摆好了。

我的象棋就是武叔教的。

那是在小学二年级时，我来舅舅家，到武叔家跟顺顺玩。武叔说，来，我教你俩下棋。他就让我和顺顺面对面坐在方桌前。他"马走日象飞田""当头炮马来跳""卒来拱象来飞"一步一步地教会了我们。

后来我在我们圆通寺院常跟慈法师父下，水平就慢慢地提高了。顺顺根本就不是我的对手了。武叔就常跟我下。

这次武叔还给我也倒了一杯茶。我说我不会喝茶。他说喝茶那有啥会不会。

武叔说:"喝着茶下着棋,那是神仙的日子。"

大红姐姐跟堂屋出来,问武叔:"爹跟小孩下,您是不是欺负人家招人。"

武叔说:"我俩互有输赢,不存在欺负的问题。"

大红问我说:"招人,你咋啥也行。你有没有个不行的?"

我说我体育不行。我说我连我们班女生也跑不过。常有女生打完我就跑,我也不追。我追不住人家。

大红姐姐笑。

她说:"我就说,你从来不领导着孩子们耍跑呀跳呀的,原来是你在这方面不行。"

我说:"我们孩子们每次耍啥,都是顺顺来决定。"

正说着,顺顺和栓栓回来了,一人肩上扛着个布袋。

他们两个是跟菜园拾回菜了。

当时已经是进入了困难时期。人们不知道是在哪一天,突然就感觉到吃的不够吃了,可肚子永远也好像是填不饱。

我妈把我和我妈两个人的供应粮全都打到了舅舅家,不再像以前那样换粮票了。

大红说栓栓和顺顺:"一看你们两个就是那受苦的人。看看人家招人坐在那里,喝茶水儿,敲棋子儿。"

栓栓跟兜里掏出个西红柿,给我。我说不要不要,他说拿着拿着,我就拿住了。正好忠义和秀秀过来了,我掰开给了忠义一半给了秀秀一半。我跟秀秀说,你给丽丽留半半儿。秀秀答应说噢。

栓栓跟顺顺是我的好朋友,我不想跟他们不一样,我也想跟着他们去拾菜。

我跟五妗妗要布袋，妗妗说，你妈可跟我说了，怕你到菜园。我说我知道我妈是怕我掉进粪池，可我不到粪池跟前去。

五妗妗说，叫你妈知道骂我呀。我说不让我妈知道。五妗妗说哪有不漏风的墙。我说要是我妈知道了，我就说妗妗不让我去是我自个儿偷着去的。

五妗妗没给我布袋，她给了我一个她用碎布头弥对的那种花儿提兜。

那以后，我差不多每天中午都要跟着栓栓他们到菜园去拾菜。

以前我去过菜园，那是为了打苍蝇，不太注意菜。不过当时的菜苗苗也小，这次去了，菜也都长大了，可我尽认不得是啥菜。栓栓把我们领到一个种菜叔叔跟前，他正往下掰一种菜的边叶，看样子是有规律的，一棵菜往下掰两个大叶子。

我问种菜叔叔："好好儿的菜把大叶子掰下来做啥？"

顺顺说："不掰下来你拾啥？"

我说："莫非叔叔往下掰叶子就是为了让咱们拾？"

种菜叔叔笑了，说："如果不把它掰下来，正经的菜就长不大。"

我看了半天，看不出他说的正经菜是哪种菜。我问："这是啥菜？"

种菜叔叔说："你们城里的人一天吃菜却认不得。"

栓栓说："这是回字白。"

顺顺说："这也叫勺儿白。"

种菜叔叔说："你们谁能说出为啥叫个回字白，为啥叫个勺儿白。说出来，这溜菜掰下的边叶都给他。"

周围还有好几个别的孩子，都在抢着说，但他们都没说对。

我想了想都想出来了。我看了一眼那溜菜，那溜菜足有五十多棵。一棵往下掰两个大叶子，五十棵就是一百多个大叶子。足够我们三个人的袋子装。

我说："我想出来了，那您都给我们往下掰吧。"

那个叔叔看着我问："你知道了？那你说说为什么叫个勺儿白？"我拿手比画了一下用勺子舀水的动作说："用说吗？不就是每个菜叶都就像是勺吗？"

那个叔叔说："那为啥又叫回字白呢？"我指着菜心儿的地方说："这不就是个'回'字吗？"那个叔叔说："呀呀呀，这个小鬼挺灵。好了，这一溜都是你们的了。"

栓栓跟其他的认不得的孩子说："听着了吗？这是我们的了。你们走开，到别处去。"

菜园很大，掰菜的爷爷们叔叔们很多，那些孩子就跑开了，去到别处。

我们跟这个叔叔熟了，一去就找他，这个叔叔说他是初中生，考住高中没钱上，就回村当了农民。他说种菜也是技术活儿，也得有文化才行。大队就让他学种菜。

顺顺问说什么大队？种菜叔叔说，生产大队。

见我们不懂得，那个叔叔又往详细给说说，他说，农村以前叫合作社，成立了人民公社后，合作社叫成了生产大队，生产大队下面还有生产小队。但菜园都归生产大队管。

我们每次去了菜园都找这个叔叔，差不多每次都不空手回家。

我们不空手回家还有个很重要的原因是，我们有栓栓这个大个子，别的孩子们不敢抢我们的东西。别的小孩有时候就把拾的菜让抢走了。

那天，西下房唐芳芳到妗妗家叫我，说我小姨姨叫你。我看五妗妗，妗妗说你去哇。炕上的丽丽也要跟我，我转过身，她趴在了我的背上。我背着丽丽，跟着芳芳到了她家。

仓门十号院的东下房和西下房人深小，但都是里外屋。小时候我跟冯英儿要结婚典礼时，我进过外屋，可里屋我没进过。

里屋有女孩的声音喊："曹乃谦，进来，看认得我不？"这是芳芳的小姨姨。

我进去一看，认得。她比我高两个年级，有年六一儿童节她在台上独唱过。"洪湖水浪打浪……"好听得没底。芳芳说，她小姨姨现在是在大同四中上初二。

我说认得，我说你的"洪湖水浪打浪"比韩英也唱得好。她小姨姨哈哈笑着说，你的口琴吹得比老师拉的手风琴也好。

唐婶婶说，你们两个相互吹哇。

唐婶婶跟一个白色的大搪瓷缸里给我和丽丽倒出两杯不知道是什么东西。我回想起来，那是我喝过的最好的饮料。后来我问芳芳那是什么？芳芳说，那是煮菠菜的汤。她妈不舍得把它倒掉，在里面放了白糖当饮料喝。

小姨姨问我初中想在哪儿上。我说我不知道。小姨姨说，我看你和芳芳都考大同一中吧。大同一中是省重点学校。芳芳说好。我说我得问问我妈。一听我这么说，小姨姨又笑得哈哈哈。唐婶婶说："笑啥，问问妈对着呢。当你呢，啥也不跟大人商量。"

到菜园拾菜，家长不让我们引小女孩去，说是看叫拍花子的拍走。

当时大同的老百姓流传说，跟太原来了一伙拍花子的老汉。这些老汉都戴着草帽，手心上有个蓝点，这蓝点是药，只要是在你的头顶上一拍，那你就没跑。不是你没跑，是你不跑，你会主动地跟着这个老汉，他走哪里你跟哪里。最后把你领到太原，让你再也回不了自己的家，这一辈子就再也见不到自己的妈妈了。

还说拍花子的不拍男孩专拍八岁以下的小女孩儿。

顺顺的妹妹小红，还有冯婶婶的英儿和唐婶婶的芳芳那天也要跟我们去。她们说自己都是九岁多了，不怕。可我们不想领她们，她们非要跟。跟出了东城门，我们远远地看见一个戴草帽老汉，栓栓说那好像是个拍花子的，顺顺说，就是，我看见他手心有个蓝点。冯英儿问我，招人哥哥你看见了吗？

我说：“你听顺顺他白嚼。即使那真的是个拍花子老汉，可离得这么远，他怎么能看见手心的蓝点呢。反正我没看见。”

唐芳芳说：“还是招人哥哥不哄人。”

我说：“可我好像是听说，拍花子的已经不拍八岁以下的了，现在是专门拍九岁的。”

三个女孩一听，哇哇叫着就往回家跑去。

那天幸好也没有领她们，那天我们跟另一伙孩子打了一架。

我们拾回去的菜里面，家长们最喜欢甜菜缨子了。那天我们就是因为抢甜菜缨跟别的孩子们打开了。

我们三个最数我身单体薄，让另一伙孩子给把我按倒在地上，栓栓揪住按我的那个孩子头发，照脸给了他一拳头。这下坏了，鼻血马上给流出来。双方一看流血了，这才住了手。

可这个事没完。对方不知道咋就知道栓栓的学校，几天后，家长找到学校，拿着一沓子票据，让栓栓赔钱。说是把鼻梁骨打断了，看病总共花了二十七块，还有个几毛。家长说几毛不要了，必须赔够二十七块。要不就往派出所送他。

二十七块，这可不是小数目。武叔叔吴叔叔和我舅舅，他们每个人的月工资，都也是不到三十块。狄大大家里没经济来源，咋能赔得起二十七块。栓栓根本就不敢跟狄大大说这个事。他跟学校也说了，不能让我妈知道，如果让我妈知道了，我宁愿坐法院也不赔。

栓栓找我商量。我说我给赔。我说你是因为救我才打的那个孩子。他说人是我打的，不用你赔，你能借给我二十块就行，他说他现在已经有七块，是跟碾坊箱子里搜寻出了一对铜灯碗儿卖了七块。

他说，但你保证这个事不能让你舅舅妗妗知道，他们一知道了，我妈就有可能知道，我妈要是知道了那一准能把我打死。

我很严肃很庄重地举起右拳头说，我保证。

我身上经常有钱，可也没有这么多。我说我妈这些日有可能要回，时间能不能迟几天。他说，学校给他限期是半个月时间。我说，半个月，好说，我妈一准能回，半个月内如果我妈不回的话，那我就跟慈法师父借。

栓栓一听我这么说，觉得这个事情有救了。他紧紧地握握我的手，没说话。

我差不多天天往圆通寺返，盼我妈回来。其实我妈如果回来的话，是一定要来舅舅家的，可我还是想最早时间见到她，一放了学专门绕道先回圆通寺一趟。

那天中午我又是这样，一上大门洞，习惯性地看看窗帘有没有变化。一看没有，窗帘还是跟以往一样，没有被拉开。再打算进进后院，又改变了主意，赶快回仓门，去给丽丽热牛奶。一下台阶，慈法师父跟牛角巷过来了。他说你妈跟你爹一大早就回来了，他们跟怀仁拉回一车菜。你爹赶快又赶火车去了。

师父说："他们还专门给我留下一袋菜。刚才我是帮你妈把那一车菜送到了仓门。"

我妈这次跟我爹是拉着一平车菜，步行九十里跟清水河来到大同的。当中他们在怀仁的秀女村打了一尖。

我妈的脚磨起了血泡。

在妗妗家吃完晚饭，五舅舅强硬地坚持着让我妈坐在小平车上，他要送我妈回家。我也硬坚持，跟着他们一块儿回了圆通寺。

五舅舅从我们家走后，我给烧了开水让我妈泡脚。同时，我也一直想着该如何说出想要二十块钱的事。我一再盘算，反正是不能说实话。一说实话我妈就知道我又到过菜园。我知道我妈最怕我玩弹弓让孩子们打破头，还有就是怕我到菜园掉进大粪池。

她妈说缓两天还要拉着空车回清水河。我说那你自己拉着车路上不怕遇到坏人抢你们的菜吗?我妈说，我还不知道想抢谁，谁敢抢我?

这时我想起了我们为了抢甜菜缨子而跟人打架的事。我认为该是说说二十块钱的事了。

我想了想开头，说:“妈，您甭骂我，我跟你说个事。”

我等我妈问问我是啥事，可她没问。我捩转头看，她已经是乏得呼呼地睡着了。

第二天早起，我说呀说呀又没说。吃完饭到了学校。

中午和晚上，我妈也还是在五舅舅家吃的饭。饭后我们相跟着回了圆通寺。

我一进门，拉着灯说:“妈。”

我正要说，我妈却说:“俺娃睡哇。妈到你舅姥姥家串个门。”我妈说的舅姥姥，是我妈的妗妗，她家离我们家也不远。

唉，我真后悔，忘了在路上说了。我拿定主意，明早一定说。

正睡得迷迷糊糊的，我觉出嘴里有好吃的东西，我也不想是什么，赶快嚼，越嚼越香，香醒了。

我妈跟我笑。她手里有个油油的小纸包儿，里面是几片儿猪头肉。她是跟舅姥姥上夜市里买的，一人买了一两，花了三块钱。我妈不舍得自己吃，给我拿回来了。

她又捏出一片儿喂我嘴里。我说妈您也吃，她说妈不好吃猪头肉。我说不行，你也吃，要不我也不吃。我妈这才“好好好，妈吃妈吃”，吃了一片儿。

吃完了，我觉得这是个时机。

我说：“妈您甭骂我，我跟您说个事。”

我妈绷起脸，看我：“说哇，闯上啥鬼啦？”

我早就编好了，我说在学校不注意把个同学给撞倒，人家眼睛碰桌角了，在医院看病花了二十七块。老师让我赔。我兜里有七块还差二十块。

还没等我说完，我妈突然大声说：“重说说！怎么回事？”

我不知道我妈是听出我这话里有了什么不对头的地方，愣着看她。

她说：“妈哄你姥姥一辈子了，你还想哄妈。”

我只好告诉她，是舅舅院栓栓出了事。但我没敢说他是为了救我而打的那个孩子，要那样说了，我妈就知道是我也去了菜园。

我妈说：“不行，他打了人让他赔去，要不他下次还不经心。”我说：“他妈会把他打死。”我妈说：“那你就不怕我把你打死？”我说：“我答应了人家。再说，人家可厉害呢。街上孩子们都怕他。有他苫护，仓门街的孩子们就不敢欺负我。”

我妈说：“说不行就不行。”

我又说：“妈我求求您，半个月的期限快到了。要不他妈真的会把他打死。”

我妈不理我，把灯拉灭了。

照我妈原来的意思，她要自己拉着小平车回怀仁。她说那有啥，一天就回去了。可在五舅舅的一再坚持下，她是在第二天坐火车到怀仁。而她和我爹拉回来的小平车，舅舅给办理了托运手续，会随着我妈一起到怀仁。后来我妈说起这事儿，觉得这是个好主意。可她原来不懂得这么做。

我还问过五舅舅，那我妈为啥不把那一车菜让火车给托运回来，非要步行着跟怀仁往回送。舅舅说，凡是政府供应的东西，旅客只能是带十斤八斤，再多是不可以的。蔬菜水果肉蛋和粮食都是凭供应证才能买到的商品。量大了，这是不能托运的。

原来是这样。

第二天早晨我妈给我做了搁锅面。吃完饭洗完锅，我们一起相跟着出了门。

路上，我一直没敢再说二十块钱的那个事。我心想，等我妈走了我跟里院师父借吧。

到了学校门口，我眼睛看着她，叫了一声“妈”。

她突然大声问：“你答应那个栓栓了？”

我低声说：“嗯。”

她掏出二十块，说：“那，给你。答应了，就不能悔改。”

我感激地看着我妈。

她说：“可是不跟大人商量，以后可不能乱答应。”

我说噢。

我妈说：“你也不要催着跟人家要。既然是借给了，就不能是一天价跟人家催着要。听着没？”

我说噢。

我把钱悄悄给了栓栓，并跟他说这钱是我妈给的。我跟他保证，说不会让狄大大知道的。栓栓紧紧地攥着钱，举起拳头说：“你跟你妈救了我一命。这救命钱，我是一定要还的。”

我听我妈的，从来没跟栓栓说过让他还钱的事。可他还是因为还这钱出事了。

一个星期天，我听得院里吵吵的，不一会忠义跑进家，说派出所人到了栓栓家，说完又跑出去了。我也跟着跑出院。

一个警察在狄大大院门口站着，不让人们走向前。过了一会儿，狄大大和栓栓出来了。栓栓扛着一个行李卷儿。他们的身后，还跟着一个警察。

街门外有辆侧三轮摩托。警察从栓栓手里抱过行李卷儿，他让栓栓上了三轮摩托的侧斗后，又把行李卷儿放在了栓栓的身上。

当警察"呼呼"地发动摩托时，栓栓捩转过头看站在大门台阶的人。当他看到我，大声地跟我喊说："我会还你的！"

栓栓这是要被送到省管教所。

后来我听说，栓栓是因为多次偷菜卖钱，才让管教了的。

多少年后的一九六九年，我已经分在了大同矿务局红九矿当井下装煤工。农历大年，我去给舅舅妗妗拜年时，在仓门街十号的二门巷廊碰到了他，狄栓栓。他说已经在管教所上班了，是技术工人。他还说他已经结了婚，妻子也是一块儿被管教过的。他跟兜里掏出二十块，说要还我钱。他居然还记得这个事儿。我不要。他说你必须得要，借人钱没有还，我会心不安的。

我说好我收下。可我又另外掏出五十块，我说你拿着，替我给嫂子买点小礼物。他说这又成了啥了。我说你要是不收下，我更会心不安的。

他收下了。

这是后话，不细说。

26　坏分子

那回，我妈一大早坐着拉煤的拖拉机，跟怀仁清水河给我送来三十火柴盒苍蝇和七根耗子尾巴，我一下子就把一学年的除四害任务给完成了，而且在全年级里我也是头一个完成任务的学生。

班长晋财说我："别看你是完成了，可总务处说了，你这任务完成得不全面。因为你没有麻雀。"我说："毛主席说了，'麻雀就不要打了'。"班长听了瞪大了眼，说："为啥？"常吃肉说："老曹的妈说了，麻雀不是害虫了，麻雀是益虫。"班长说："为啥？"我说："因为麻雀吃庄稼地里的害虫，对庄稼有好处。所以毛主席说'麻雀就不要打了'。"班长说："你咋知道毛主席说了？"我说："我妈说的。"班长说："你妈算老几？"

我最不会跟人吵架了。我一下子不知道该怎么反驳班长，而且他还是在说我妈是老几这样的话。常吃肉替我出头，说班长："你妈算老几？人家妈打过日本鬼子，你妈打过？你妈算老几？"

班长又让常吃肉给问得没的说了。

同学们都笑。

班长愣怔了一会儿后，反应过来了，指着问我说："毛主席跟你妈说来？说别打麻雀了？"

我又不知道该怎么说，看常吃肉。

常吃肉指着班长说："说了，毛主席跟老曹妈说了。"

班长说："你见了？说的时候你在跟前呢？"

常吃肉说："我见了。我就在跟前呢。我亲眼见了。信不信由你。反正我是见了。哎，爱咋就咋。"

同学们又都笑。

杨老师进班来了。班长赶快跟杨老师报告说："曹乃谦造谣说毛主席说了不让打麻雀了。"

杨老师看我。我说："我妈说，毛主席说了'麻雀就不要打了'。"

杨老师说："这话不能乱说。"

班长指着我说："他以前写过一首诗，说'逼上梁山当狐狸'，他是想反天呀。我看他是咱们班的一个坏分子。"

杨老师说："什么坏分子！这话更不能乱说。"

班长说："您那时候还没来呢。您不信问张老师。"他又学着张老师的口气说："张老师说，教导主任说，'逼上梁山当狐狸'，想干啥？反天呀？"

杨老师没理睬班长，提高声音对大家说："同学们听清楚了啊。刚才的事，谁也不许出去乱说。同学们听清楚了吗？"

同学们都大声回答说："听清楚啦——"

杨老师跟班长说："回家也不许说，听清楚了吗？"

班长说："听清楚了。"

班长当着老师和同学的面，说我想反天呀，说我是坏分子。在二年级时，张老师还把我当成写反革命标语的怀疑对象，推荐给学校去审查。他们明明知道我不会是反革命也不会是坏分子，可他们又为什么要这么说。

常吃肉本来是住石头巷，出校门往东走一点就往北拐。常吃肉见我闷闷的样子，放学后他没往北拐，一直陪着我往前走。他说："你妈是打小日本儿的，你怕一个烂班长干什么。"我说："我不是怕他。我是闹不机明，他明明知道我不是坏分子，可为什么要这么说。"常吃肉说："这还用问。不就是因为老师常表扬你，他不高兴。"我说："老师表扬我又不是我的过。"常吃肉说："就凭他有个当总务主任的姨夫就当了个烂班长，大多得他。爷尿他他才是个班长，爷不尿他他是爷腿板的鸡巴。"

"大多"是个"奓"字，学校的孩子们说谁奓，不说奓，都说"大多得他"。

我说："对，咱们不尿他。"

常吃肉说："对，老曹，咱们背操手尿尿。不理他。"

那天，常吃肉一直把我送到钟楼街，才在我的一再催促下，往他家返。

过了些时，校长在大操场宣布，不让学生交麻雀腿，还宣布四害里面把麻雀换成蟑螂。

常吃肉高兴地跟我说："老曹，咱们赢了。毛主席就是说了，'麻雀就不要打了'。你妈真厉害。连毛主席说啥都早早地知道了。看来，毛主席就是跟你妈说了。"

我笑着说："你那天不是说还亲眼见了？"

常吃肉笑着说："我当时就要那样说，就要气气烂班长。"他突然想起什么了，说："不行，现在搞清楚了。我得问问晋财，谁是坏分子？"

我拦住他说："甭价甭价。咱们不是说好了，不尿他。"

常吃肉翻着白眼儿，好像是在想，想了一气说："也对，老曹，咱们背操手尿尿。不理尿。"他还告诉我说："记住，咱们见了班长就把手背操起来，把头捩一边儿。不理他不看他。"

那以后，常吃肉一见了班长，就真的是把手背操起来，把头捩一边儿，而且是做得很夸张，样子也很好笑。

在我上六年级头一个学期的那天中午，我们在家正吃饭，收房钱的小黄进来了。妗妗赶快说：“小黄你好几个月没来了，房钱我都给你准备着呢。”

小黄说：“房钱你就给别人吧。我不管了。”说完捩转头冲着我五舅舅大声说：“张宏苑，放下筷子，跟我走一趟。”

我舅舅平素很讨厌这个小黄，可不知道为什么，我见他愣了一下后，态度很和软地问：“去，哪儿？房管所？”小黄大声地说：“派出所！”

妗妗问：“小黄小黄，咋的回事，你让他到派出所干啥？”

小黄没理我妗妗，用大拇指比画比画门外说：“快点，跟我走。”

五舅舅笑着脸说：“兄弟，你……”

小黄用鼻子“哼”地冷笑一声说：“叫兄弟？叫爷爷也迟了。”

“那，那是怎么回事呢？”

“怎么回事？到派出所说去。”

“兄弟，派出所在哪儿？”

“半个小时不到，我们就下传票。”小黄说完头也不回，转身走了。

五舅舅和五妗妗相互看看。

妗妗说：“小黄让你到派出所，这是怎么回事？样子还挺横。”

舅舅说：“闹尿啥？”

妗妗说：“你忘了你骂过人家一句黄世仁。”

舅舅说：“看今儿的这个来头比黄世仁也凶。”

妗妗说：“一进门叫了你声啥？张啥啥？”

舅舅说：“这个兔子。他跟派出所有啥关系。”

妗妗说:“啥不啥先去去派出所。”

舅舅饭也没吃完，出去了。

那以后舅舅和妗妗总是在悄悄地说话，说话也总是把我们小孩先打发到院外边，不让我们听。

那以后五舅舅一吃完晚饭就出去了，很晚才回来。有时候他什么时候回来我们也不知道，可我好几回半夜醒来尿尿时，看见舅舅趴在灶台上就着个蜡烛光，写呀写的在信纸上写什么。

我们小孩子虽说是什么也不懂，但也看出这是有了事。我带着忠义他们出街玩儿时，丽丽也不吵着要我背了，只要我一向她招手，她就欢欢把小手伸给我，让我拉着她往外走。

天黑下来，我们想回家时，都是放慢着脚步，悄悄地走路。忠义和秀秀还把手压低在腰际，相互地摆动着比画，意思是别出声。

院孩子们都看出了我们这家的这个变化，顺顺问我说，你舅舅咋了?我说不知道。

过了些时，连着有两天了，我没见舅舅回家，我心想是不是让警察给抓起来了，还是像栓栓那样，让送到哪里去管教。后来见妗妗给舅舅去送饭，这才知道不是被送到外地。第三天中午妗妗给我们做好了饭，用笼布包了两个馒头要出去，我说:“妗妗，我给去送。”

听我这么说，五妗妗一下子流下了泪，把我叫到一边儿说:“看来我孩是大了。今儿妗妗跟我孩说说，你舅舅遇到了麻烦，小黄说你舅舅当过国民党的兵，让他写思想汇报。你舅舅写一个说不对，写一个说不对。可又不告给是咋不对。说是没讲清楚。”我说:“那个小黄不是个收房费的吗?”妗妗说:“人家现在不知道咋就又当了警察。麻烦的是，小黄现在又不叫你舅舅在家里写“思想汇报”了，让在派出所里写“交代材料”，交代不清不让回家。小黄还让我劝你舅舅赶紧交代，你舅舅说他又没做过啥坏事，交代啥。我孩想想，这问题是不是就有点严重了。”

我想想说：“妗妗，要不我给回我们院问问慈法师父，看看他有啥办法。”五妗妗擦擦泪，苦笑了一下说：“原来以为没啥事，只不过是你舅舅骂过人家黄世仁，让人家叫到派出所吓唬吓唬出出气也就完了，可现在看来这事过不去。前晌我给清水河打电报了，你妈明儿回呀。”

听说我妈回呀，我心里高兴了一下。可想到眼下的麻烦事，又高兴不起来。

五妗妗说：“按说当过国民党兵的人多了。咱们院西耳房的吴叔叔也当过，年龄也跟你舅舅差不多。可人家没事。就怨你舅舅脾气灰，跟人家吵架，还骂人家。这可真是应了那句，为人一条路，恶人一堵墙。”

我没听五妗妗的，晚上放学先回圆通寺，跟师父说了五舅舅的事。师父说：“我们这些时也是天天集中在佛教会学文件。现在上面的形势是，阶级斗争要年年讲月月讲天天讲。你舅舅的事，得从这上头想想。”他又问我：“你妈知道不？”我说：“我妈这就回呀。”师父说：“听你刚才学说，你舅舅妗妗好像是慌了神。而这时候最需要个有主见的人在跟前拿主意。”师父摸摸我的头顶说：“放心哇，你妈回来就好了。”

我妈不是妗妗以为的“明天”回，而是在接了妗妗的“速回”电报后，就让公社的拖拉机以要上矿拉炭的理由把她给送回来的，回的时候已经是半夜了。她又是像那次给我送苍蝇盒那样，敲后墙。

听见有人敲后墙，妗妗一下子就猜出是我妈。

我妈没进家，她在街外问清妗妗是怎么回事后，就又返走了。妗妗早起跟我说：“你妈分析说，千千有个头，万万有个尾。

派出所叫你舅舅叫‘张宏苑’。‘张宏苑’这三个字只有村里人才知道的。你妈当时就麻烦拖拉机司机，把她连夜送回应县老家。”

我妈在姥姥村里只待了一白天，就搞清是怎么回事了。

原来是派出所的小黄到我五舅舅单位翻档案，知道我舅舅当过国民党的兵。为了报复我舅舅骂过他黄世仁，就趁着这个“要加强阶级斗争”的大好形势，没事找事地到了我舅舅的出生地，也就是我姥姥村，了解收集我舅舅的情况，后来知道这个张文彬原来叫个张宏苑。

小黄认为，这个张文彬一定有问题，要不为啥改名字呢？最后终于在村干部的发动和配合下，跟村里的人了解到，这个张宏苑在张家口当国民党兵时候，“腰里别着手榴弹，回村诈唬过老百姓”。

我妈知道是这么回事，心里有数了。她很清楚当时的那个事，那是在我姥爷去世后，舅舅跟部队回家奔丧。他是个小医兵，没有武器。路上怕有危险，跟长官借手枪，长官不借给，他就别着个手榴弹防身。又没伤着人又没炸着人，办完丧事就又返回了张家口。

“诈唬过老百姓”，这算是个啥罪名。

我妈又连夜让拖拉机给送回了大同，一大早到了舅舅家。司机在我姥姥家白天睡好了，把我妈送过来就真的去矿上拉炭去了。

我妈好像是不回避我们小孩在不在跟前，当着我们的面谈论了一气舅舅的事儿。

五妗妗说：“姐姐，这个小黄喜欢个物件儿。我有个陪嫁的玉镯，送给人家吧。可这个时候不知道人家要不要。”我妈问妗妗，你咋知道他喜欢个物件。妗妗说那个小黄有次来家要房钱，看见您给忠义的那个银锁儿就拿走了，说顶两个月房钱。我妈骂小黄说，这个王八蛋，那银锁是河南姐给的，那最少也值两年的房钱。

五妗妗说："我看把这只玉镯送给人家吧。咱们好过这个关。"

我妈说："恶狗当道卧，手拿半头砖。我这就找他去。"

我妈洗了脸梳了头，还让妗妗够出她的好衣裳，把坐拖拉机弄脏的衣服换下身，出了门。

中午，我妈跟五舅舅相跟着回家了。

他们进屋还没站稳，我爹也进家了。他是知道小舅子出了事，坐着火车跟怀仁回来的。

我跟五妗妗脸上的表情看得出，这下子，她是发自内心地放松了下来。

我妈说："招人，给舅舅跟你爹打酒去。"说着往出掏钱。五妗妗赶紧说："有有有。"

我妈把钱给了五舅舅说："五子，还是你去吧。看还买些啥下酒的。"五舅舅攥住钱要出门，我妈又大声吩咐："把那头抬起来，把那步走得那刚刚的。国民党也是人，傅作义还是共产党的大官儿呢。你是他手下的一个小医兵，怕什么。"

大家都笑。

吃饭当中，我妈给讲她是怎么把五舅舅跟派出所给领回来的。

我妈是在派出所街门口等住了那个小黄，招手把他叫到跟前。

我妈说："小子，我兄弟叫你兄弟你不理，大姐我叫你小子你得理。因为大姐转山头打鬼子时候，小子你大概还在耍尿泥呢。小子，大姐是来提醒你，派出所这个工作可比房管所强多了。但你可得闹清楚，小子，那锁儿别看是银的，那可是我们的传家宝。"

我妈说，小黄一听，当下就赶快说："姐姐，文彬的事我们审查完了。没事儿。我们正打算让文彬回家，你来了，正好跟他相跟着回去吧。"

就这样，我妈就把我舅舅给领回来了。

一家人让我妈说得都高兴了起来。

五妗妗说：“姐姐，我看出来了，关键的时刻多会也是还得姐姐您。”

我妈说舅舅妗妗：“多大点事，把你们吓成这样，天塌不下来。”转过身冲着我们小孩说：“你们也别见人三辈儿小似的。把那头抬起来。你告诉院孩子们，我爹是共产党，是打小日本儿的游击队长，是剿灭土匪的英雄。”我妈还要说什么，让我爹给打断了：“行了行了，看你。”

大家都笑。我们孩子们也带点起哄似的，放声大笑。

但，我们高兴得有点早了，这个事并没完。

冬天，街道治保主任给我五舅舅下了通知，说他被定为坏分子。原因是，说他经常偷听敌台。

五舅舅被留在派出所审查的那三天，小黄不让他睡觉，让他老实交代。舅舅实在是想不起什么事，又一心想睡觉，就问：“我在单位值班时听‘美国之音’，算不算？”小黄说：“你先写上。算不算我做不了主，那得上面来定。”舅舅就在交代材料上写了，说每次值班时都好听听“美国之音”。

五舅舅不把听听“美国之音”当作这是个什么事，或许是他当时迷迷糊糊地直想着睡觉，把“交代”过这个事给忘记了。他回家没跟任何人说起过。

我妈找小黄算账，小黄哭丧着脸说：“大姐你行好呢。我也不知道听听‘美国之音’这能成为个啥事，就那么报上去了。谁想着审查委员会审查的时候，给定了个‘偷听敌台’的罪名。姐姐你行好呢。那我当时真要是把文彬哥哥‘手榴弹’的事报上去，那说不定还得让收监。”见我妈不明白，他又说：“收监，就是让捉进去。姐姐你行好呢。那要捉进去，就成了敌我矛盾了。可现在咋说也是人民内部矛盾，要不为啥是由街道通知，而不是我们派出所通知呢。行行好哇，我的亲亲儿的大姐呀。”

我妈最怕别人下软，小黄哭丧着脸这么一解释，我妈放了他一马，没把他的银锁儿的事给捅露上去。

这下，舅舅以“偷听敌台”的这个罪名，被上面给戴了个“坏分子”的帽子。

27 初考

“火烧财门旺”后，跟五妗妗一块儿转成正式工的小毕，跟我妗妗说，“那天我骂人家孩招人，真不该。以后我每个月给招人两张洗澡票。”小毕的爸爸是大众澡堂的卖票的，大众澡堂的领导一个月给每个职工发十张澡票，都是在工人开工资的时候发。小毕就在每个月的三号，固定的这一天把两张澡票给了五舅舅。虽说小毕是指名给我的，实际上这两张澡票是舅舅拿一张妗妗拿一张。舅舅洗的时候领着我和忠义，妗妗洗的时候领着秀秀和丽丽。舅舅提前就跟小毕打听好她爸爸是哪个班儿，我们是专在小毕爸爸的班儿才去。本来是一张票一个人，因为有小毕的爸爸的关系，我们就能一张票进三个人。

那个星期天五舅舅又领我和忠义洗了澡，星期一我穿着妗妗给做的“国民党将军服”，戴着红领巾，到了学校。

杨老师还没见过我穿这身衣服，看见我说，看这干眼骨净的，这才像个学生。我跟她笑了一下，不知道该咋回答她的这句话。她突然又问我说，你妈在哪工作？我说我妈没工作，在村里种地。

她说，老师一直很奇怪，那你妈咋就提早知道说麻雀不归四害了。我说，我跟我们院慈法师父也说过这事儿，师父分析说，大概是毛主席的这个指示是先在农村传达的。杨老师想想点头说，一准是。

杨老师问我，你妈在农村那你在谁家住。我说我在舅舅家。她说你舅舅家在哪儿，我说在仓门十号。她说，哇，那么远。我说您认得仓门？她说我在二中上了三年高中，咋能不认得仓门呢。她又说，这我知道你为什么总是在最后一堂自习课偷偷地做家庭作业，原来是家太远。她说，好了，以后老师允许你在学校做家庭作业。

她还大声地跟同学们宣布说：“曹乃谦是特殊情况，家比你们来回走两趟也远。他可以在学校做家庭作业，你们别人谁也不准。”

这天的第一堂是语文课，杨老师给讲古体诗：“昨日入城市，归来泪满襟。遍身罗绮者，不是养蚕人。”快下课时，她问我“逼上梁山当狐狸”这句诗是怎么回事。常吃肉就在我后边坐，他抢着给详细地做了个介绍。

她听后，念着我那四句：“黑猫咪咪叫声低，腹中无物来充饥。老鼠耗子都灭尽，逼上梁山当狐狸。”念后，问我是这四句吗？我说是。她说“耳边呼呼是风声”，老师也早听教研组的刘老师给说过了。刘老师说你有写诗的天才。

她从我的课桌跟前走向讲台，说：“好，好。曹乃谦以后就当咱们班的语文课代表吧。”

当时的小学只有班长组长，没有课代表。杨老师这是把中学的做法运用在了我们班。

后来她还让算术老师提名了一个算术课代表。那天，她在班里宣布，这两个课代表都属于班干部。

当时我们的校长是新调来的，姓闻。闻校长很重视学生的学习，对六年级抓得更紧。闻校长很赞赏杨老师的这个在班里选设课代表的创新，让别的班也效仿着这么做，语文算术这两门主课都要选一个课代表。校长还提议，凡课代表都按副班长对待，也给配发两道杠。

我左袖臂戴着白底红杠的两道杠回了仓门，孩子们谁见了谁都“哇——”地呼叹一声。冯英儿和唐芳芳更都是露出那又佩服又喜欢的神色。就连老也不理睬我的顺顺的妹妹小红，也问我说：“招人哥哥二道杠了？”

杏花又是可长时间没来学校了。那天早上常吃肉看着她的那个空位子跟我摇摇头说，又没来。我说你们住对门，你去她家看看她是咋了。他说不敢，我说我跟你去。他说去咋说，我说我也想不起咋说，咱们去就行了。他想了想说，就说杨老师听说你病了，让我们来看看你。我想想说，这个，能行。

中午放学，我让他跟我走。我领他先到大北街的商店买了两个水果罐头，还有半斤古巴水果糖。当时别的都要供应证，水果罐头和水果糖是可以随便买的。他说买这干啥，我说你不是说老师说她病了，咱们就说这是杨老师给买的。他高兴地说，对，对着呢。

古巴水果糖外面没包着纸，棕色的半透明的，那形状好像是颗大杏核。我们一人嘴里抿着一颗，往杏花儿家返去。

走到一个大门口，常吃肉说就这个门。我说进哇，他说可吓得慌呢。我说吓啥？他说我也不知道是吓啥，要不别进了。

我说：“来也来了，罐头也买了。”他说：“那要不进就进哇。你，打头。”

看着常吃肉五大三粗的，原来这么胆小，好像是来做什么坏事似的。

进了院，打问到门吊着锁子的是杏花家。邻居说，杏花的大大在矿上下井，出事故死了。他们一家人都去了矿上了。

邻居说，矿领导为了配合“总路线”“大跃进”，以煤为纲，不顾工人的死活，拿命换煤。好几天前就发现瓦斯味儿了，不接受白洞矿去年“五九”事故死了小一千号人的教训，还要继续干，瓦斯一下子爆炸了，死了好多人。那个邻居说，他们家也死了一个人。

过了几天常吃肉说，我常常想起晋财欺负杏花，我常常是越想越气，直想再跟王八蛋干一架。我劝他说别了，我说你忘了我跟你说过，杨老师在班干部开会时说，要给你打报告让学校取消对你那次的处分呢。

常吃肉问，杨老师咋说的？我说，你是忘了，我跟你说过。常吃肉说，你再说说。我说，杨老师说，咱们属于应届生了，不能让个小学生背着处分毕业，离开学校。常吃肉说，杨老师真是个好杨老师。我说，杨老师真好。

常吃肉说：“我想到你们圆通寺给杨老师许个愿。”我说：“许啥愿？”他说：“想给她许个愿，祝她找个好对象。”我说：“你真二寡。”他说：“你哇不想让杨老师找个好对象？”我说：“想。”他说：“我妈说了，到你们圆通寺许愿可灵验呢。”

那个星期天，我约好了时间，跟常吃肉去了我们院。慈法师父又请我们吃饭，吃完饭还给我和常吃肉讲了苏东坡和佛印的故事：

苏东坡跟佛印禅师是好朋友。有一天他登门拜访佛印，问说佛印佛印，你看我像是啥？佛印说我看你像是一尊佛。苏东坡一听很高兴。佛印又问苏东坡，你看我像是啥？苏东坡想跟佛印开个玩笑，就说我看你像一泡狗屉屉。佛印听后不作声。苏东坡很得意，回家向他妹妹吹嘘，说佛印大禅师今儿让我气得半天说不出话。苏东坡妹妹听了说，哥哥你的境界太低，人家佛印心中有佛，看啥也都是佛。你呢，看别人是狗屁屁，说明你满脑子里头，只有一泡狗屁屁。

慈法师父讲完，问我们：“你们懂了吗？”

常吃肉说：“懂了，师父。我们的脑子里头就该是有个高境界的想法才对。”

师父点头说：“对，对。”

第二天，常吃肉进了班，故意引逗班长骂自己，他说：“晋财，我越看你越不像是一堆狗屁屁。”

班长愣了一下，说：“我越看你越像是一堆狗屁屁。”

常吃肉说：“晋财，我越看你越不像是一根狗鸡巴。”

班长说：“我越看你越像是一根狗鸡巴。”

骂完，两个人都笑，都觉得自己占了大便宜。

同学们听了，都觉得奇怪，常吃肉今儿这是咋了，引逗着班长骂自个。可我心里明白，常吃肉是想证明班长的境界太低，而自己是高境界的人。可我看着他们两个人都乐成那个样子，我实在是说不准他们是谁占了便宜。

想来想去，我觉得还是常吃肉吃亏了。但我又想，这总比鼓动他再跟班长干一架，让学校再给他个处分要好。

天冷的时候，五舅舅他们的缝纫社在雁塔下面的工厂终于盖起来了。妗妗和小毕她们原来坐在家里的那些工人，正式走进明亮的车间去上班了。

那天五舅舅回来又高兴地说，他们的缝纫社不叫缝纫社了，叫服装厂了。五舅舅被明确是服装厂的正式的会计。舅舅说，人们叫我张会计。舅舅为这个称呼很高兴。舅舅说，这说明人家真的不拿我这个“坏分子”当敌我矛盾来处理。

五妗妗自上了班，她每次走的时候，就把秀秀和丽丽领走了，寄放在她的奶哥哥家里。她的奶嫂嫂没工作，给看着秀秀和丽丽。妗妗下班回家的时候再到奶哥哥家把两个孩子领回来。

我放寒假了，我妈也跟清水河回来了。她是坐火车回来的，她背回来一布袋冻粉条坨子。这是她用自己种的山药，自己磨的粉面，自己压制出来的粉条。她把粉条团成家常用的盘子那么大小，一坨一坨地冻出来，装在布袋里。这些东西只要不超出十五公斤，火车上是不管的。要是超出来，就会把超出的部分没收走。我妈早就称好了重量，她才不会把自己汗流拔气收获下来的东西，让公家给白白没收走的。她送回一袋冻粉条后，又返到了清水河，背回一布袋冻豆腐。这豆腐她也是用自己种的豆子磨的。我妈把这两种东西都留在了五舅舅家。

五妗妗高兴地说："哎呀姐姐，这么多。院里人们过大年，无论哪家，粉条和豆腐两样加起来，最多有上这么半布袋。"

我妈说："我把招人搁在这里，到村里去种地，还不是为了咱们有的吃有的喝，甭让孩娃们在吃上头可怜价的。"

五妗妗说："我们有吃有喝了，姐姐您在村里受苦累。"

我妈说："七娃来了，你让他带着招人先回村。我跟你姐夫随后就赶回去了。今年我们在下马峪过大年呀。"

我妈又坐着火车回了怀仁。

七舅舅在大同三中上学，他是住校生。等了一天，七舅舅也放假了。按照我妈的吩咐，我和七舅舅坐着长途汽车，先回了姥姥村。

腊月二十六，我妈和我爹也跟清水河回村了。

他们又是拉着小平车回来的，车上拉着我妈种地打下的黍子。另外，还有冻豆腐冻粉条，还有各种各样的冻菜团。

七舅和七妗还有表哥，三个人卸车。

姥姥招呼我爹我妈进家缓缓，看着我妈和我爹那疲劳的样子，我问我妈：“为啥不让拖拉机送你们一趟？看把你们乏的。”

我妈说：“你当那拖拉机是给咱们家养活的？”我爹说：“着急了求求人家，不能动不动就用人家。”

我说：“这下小平车不能让火车托运了，你们还得往走拉。”我爹说：“这次不往走拉了，留给你七妗妗用吧。”我妈说：“一个烂小平车，你爹还给总务作了二十块钱。”我爹说：“哎呀呀，你就知足些哇。”

我看见表哥正把一个装满东西的布袋放在了堂屋地上，我赶快招呼说：“表哥你来你来。”说着往外跑，表哥跟着我往街外跑。

小平车还在大门外，车上的东西还没卸完。我在车帮边上，抽出了一把长条钢刀。这时，我爹追出来，把钢刀没收走了，让七妗妗给锁在了堂屋的暖阁里。

我爹和我妈在姥姥家歇缓了两天后，我们三口就到了下马峪。

正月十二我们三口返回大同。我妈说这半年不去怀仁了，我问说那地呢？我妈说开的荒地连着种也不好，正好也让它缓缓，我要照看你好好儿读书。

我妈说：“在舅舅家这两年我看你是瞎混了，这半年得好好儿拧拧你。”

我说：“我又没瞎混，不信你问我舅舅。我说我还当了语文课代表两道杠儿。”

我跟书包里掏出白底红杠的两道杠，让她看。她说，这是啥东西，就瞎玩儿。

我说这是两道杠儿。她说两道杠是干啥。

真奇怪，她在怀仁没见过两道杠儿？后一想，她不是在怀仁城里，是在清水河种地。

我给她解释清两道杠是什么，她也没有个为我高兴的表情，还是绷着个脸说："你敢不当个两道杠儿。"

她永远是这么个口气，想让她表扬表扬我，难呢。

正月十八开学。闻校长说，这是六年级的最后一个学期了，年级里要根据各个班学生的学习情况，对各班的学生来个大调换。

我们班有一半学生被调换走了。被调换走的还有班长晋财，调换来个女班长，叫程姗姗。

常吃肉高兴地说，杨老师真好，没把咱俩分开不说，还把那个王八蛋给换走了。

后来他还悄悄地问我："你说，杨老师是不是有意这样的？"

我想了想，觉得好像是有点有意。我说："好好儿学习吧，要不对不起杨老师。"他点头说："好好儿学。加油学。"

那天上早自习前，常吃肉在班里大声说："我宣布——"见没人理他，他两手拍打着讲桌，让同学们安静下来。他说："我宣布——我改名字呀——"

有同学说："改什么，改成个什么了？常吃菜？"

同学们笑。

他大声说："我就连半点肉也吃不上，白叫了个常吃肉。"

杨老师也进来了，听着他的话，也笑。

常吃肉说："反正你们也都知道，我这个名字不好。那次到了老曹院，和尚问我叫个啥。我自己都不好意思跟人家说，老曹说他叫个常吃肉，和尚一捂鼻子，'阿弥陀佛，阿弥陀佛'。"

同学让常吃肉这话逗得前仰后合地大笑。

他说："我以后叫个常子龙呀。哈哈，常子龙，多好。"

这时，他看见了杨老师，赶快下了讲台，回到自己的座位上。

杨老师上了讲台，朝着常吃肉说："常子龙同学。"常吃肉不理。杨老师又喊了一声“常子龙同学”，他还不理。同桌推他说叫你呢，他才反应过来。

他笑着说：“呀咿呀，杨老师你看我，我是给蒙住了。您原来是在叫我。我给忘了我叫常子龙来着。”

同学和老师都哈哈笑。

杨老师说：“你改名字得到派出所去改。你自己改了，学校给你改了，可派出所没改，还不行。中学学校招收学生，是要让学生拿着户口簿去报名的。”

常吃肉说：“真麻烦，要不不改了。”

同学们又笑。

新调换来的这个女班长长得挺吸人的，同学们很快就把她捏对儿捏给了我。有次不知道是谁把我的书包填进她的课桌里，她进班上课，很生气地把我的书包一下抽出来。

这时我正找我的书包，看见是在她那里，还没等我说是我的，她就给扔地上了。

后来她给我道歉，说我不知道是你的。我说行了。

我伤心极了，心想，我又不想跟你搞对象。你觉得你吸人，可你比起五舅舅院的那几个女女，你差远了。人家那几个女女，哪个也比你强。

我不跟你搞对象，我要听我妈的话，好好儿学习才是正经。我还要把红格儿拉得你远远的，让你赶也赶不住，让你干着急。

杨老师为了提高学生学习的兴趣，她发明在坐标纸上涂染红方格儿方法，让同学们来个互相竞赛。她买了浅蓝色的坐标纸，在最下面把学生的名字都写上去。以后谁考试得了满分，就在谁的名字上描染一个小红格儿，最后看看谁红格升得高。

在班里，我原来的学习成绩是第二，差着晋财。可常吃肉说，晋财考试时经常作弊，可我不作弊，一是我不敢，我妈说我要是考试作弊，就要往断打我的狗腿。再一个是，我也不想作弊。我认为作弊很丢人。即使是别人没看见，自己也觉得羞得慌。

现在我在我们班的学习成绩就是最好的。自从新班长扔了我的书包，我的红格儿就更是一路直上。

哼，你就摔我的书包，我要把你甩得老远老远才算。

我真高兴，我真解气。

大同市成立了图书馆，图书馆成立了阅览室。闻校长给每个班的前五名的学生都发了阅览证。其中有两个是字书证，有三个是人儿书证。字书证是可以跟图书馆借阅厚本的小说。而人儿书证只能是跟阅览室借着看连环画，而且是不能往外带，只许当场看，看完当场还。

我是字书证。我可以跟图书馆借了小说拿回家看。《苦菜花》《迎春花》《青春之歌》《野火春风斗古城》那些厚书，我就是在那个时候跟图书馆借了看的。

为了抢时间看，有时候在上下学回家的路上，我常常是端着书，就走就看书。我看书又没有影响学习，我的红格格儿“刷刷刷”地往上直冒。

那次我妈让我坐在小板凳上就看书就扇火。起初她以为我是看学习的书，可后来她看出我看的书那么厚，又是看得很入迷，她说了好几声不让我扇了，我还扇。

“招人！”她大声地喊我，我才听着。

我吓了一跳，答应说：“啊！您说啥？”

“你看的是啥书？是学校发的学习的书吗？”她大声地问。

“不是，是跟图书馆借的。”我低声地回答。

“拿来！”她发了火儿，把书一下子抢过去，掀起锅，把书填进了灶火坑里。

我不敢争辩，更不敢去抢。

她二话没说，“叭”地给了我一个耳光。一下子把我从小板凳上给打倒在地。随后又踢了我两脚才算完。

那以后，我再不敢看课外书了，因为我妈这个只认得“曹乃谦”三个字的大文盲，说那是闲书。

后来，是七舅舅说只要把作业都做好了，看闲书也有用的。七舅舅跟我妈说：“不看课外的书，咋能够全面地增长知识呢？”

那天我妈突然地说了这么一句话：“作业做完了的话，想看啥就看去哇。”我说：“没啥想看的。”

中午吃饭的时候，我妈又主动问说，那回的那本书多少钱，我赔人家。我说我赔了。

她也没问赔了多少钱，也没问我哪的钱。

隔了一小会儿她又说：“妈以后打你就哭，你一哭妈就心软了就不打你了。”

我没作声。

她又接着说：“要不跑也行，你跑了妈这就打不住你了。赶你再回来，妈也就没气了。你是又不哭又不跑，你是死轴轴地死挨，妈就越打越气。”

见我没回答，隔了一会儿她又说：“要不你说也行。你就说妈把你打错了，你就说你啥有理啥有理。你得说，可你又不说。”

我没理她。她这么跟我说话，我有点想哭。

她大声地说：“妈跟你说话呢，你是老不理妈。听着没？”

我低声说：“噢。”

这时，我的眼里憋满了泪花。

我妈这样说来说去，她实际上是打我打得后悔了，可她又从来不会说个服输的话。但她在心里头也难过。为了不让我妈再说下去，为了换换沉闷的气氛，我一下大声而又是喜悦地说：“妈，多会才把丽丽要到咱家来，给我当妹妹。”

我妈听我这么说，也笑了，说：“这半年妈为你考初中呀，不去种地。等你上了初中，妈还得去种地。咱们把这三年的饥荒度过去，再往过要她。”

我奇怪地说：“妈，你咋知道是三年饥荒？”

我妈说：“你小孩不懂的。老年人都知道，一般这遭年馑，没有三年是过不去的。”

我说：“三年太长了，我真想马上就要她过来。”

我妈说：“都说好了，迟早是你的妹妹就行了。”

我说：“妈我名字都给她想好了，叫个曹爽仪。”

我妈说：“曹爽仪。好，听上去顺耳。爽爽儿的。爽利的。”

每天早晨我妈都是早早地叫我：“俺娃起哇，起洗洗脸背去哇。”完了紧接住又是自言自语地说：“千日的胡胡百日的笙，背书全凭一五更。”我这个文盲妈不知道跟哪儿知道这么一句话。

我洗了脸拿起书，坐在院大殿台阶上背起来。

有燕子在殿檐下穿梭来穿梭去。

高小考初中，只考两门课，语文和算术。

从初小到高小，我把十二本语文书和十二本算术书背个烂熟。

后院慈法师父说：“招人妈你就放心哇，招人一准是大同一中的材地。”

我妈问：“大同一中好？”

师父说：“那作准的。”

我们大福字小学考点，是在大同四中。

头一天，舅舅把他的手表也给我送来了。我胳膊腕儿细，只得把表撸在了肘跟前，才不往下掉。

上午考算术，下午考语文。

杨老师一再强调不要提前交卷儿，闻校长也在外面监督着。同学们基本是听到铃声，按时出来的。

常吃肉在考场外等着我。

我说我全算对了，他说能打七十分。他说算术能打七十分就很满意。我俩都很高兴，一起相跟着出了校门。

这时候，路上过来一辆牛拉着的车，牛角上绾着红绸子。

这是辆娶媳妇的婚车。

牛车上坐着一个穿着红衣裳的女孩，女孩的头上用一块红绸子盖着。另有个穿着粉衣裳的女人在旁边陪伴着她。

牛车慢慢地往前走，同学们跟在后面看红火。

"杏花！杏花！"

常吃肉一下子认出那个新媳妇女孩是杏花，他指着女孩大声地说。

女孩撩起盖头看了一下我们，又把手松开，盖头慢慢落了下来，又把她的脸给苫住了。

那个女孩，就是我们班的杏花。

"杏花儿——"

常吃肉两只手握成拳，在胸前晃着，朝着杏花狠死地大声地呼喊。

初考完的第二天，杨老师领着班干部到西门外的人民公园去拍照留影。在仓门时，五妗妗把我打扮得像是个小少爷，可这半年，我妈只抓我学习，根本就没想到给我做件新衣裳。她的说法是，穿得旧些没关系，只要是干净就没人笑话。那天照相时，我穿得倒是挺干净，但捎得发了些白的蓝制服的前胸，有着四块深蓝色的补丁。

照完相就放假了。让我们回家等着，看是哪个中学通知你去上学。

我以几乎是满分的好成绩，被大同一中录取。

可我的好朋友常吃肉那天下午没考好。下午考的是语文，这本来是他的强项，可他却没考好。哪个中学也没有通知他去上学。他落榜了。

第二辑　流水

28　转学

小学六年级的第二学期，班主任杨老师告诉我们说，小学考初中叫初考，初中考高中叫中考，高中考大学叫高考。这些，我们以前是不懂得的。以前我们只知道小考和大考。

杨老师还说，初考，学生不填写志愿书。成绩一般的，是按家住址就近分配。成绩突出好的，都被大同一中录取。成绩突出地不好的，哪也不录取你，你就回家坐着吧。

常吃肉说，站着不行吗？非得坐着？杨老师一点也不为常吃肉的这句话生气，她笑着说，站着也行，常吃肉你能站你就好好儿站着，站乏了再坐。同学们都笑。

杨老师真是个好老师，跟学生开玩笑。可杨老师的这个玩笑真的把常吃肉给说准了。他没考住，哪也没录取他，他只好是在家坐着了。

我初考的成绩平均九十八分，属于特殊好的，接到了大同一中的录取通知书。

通知书的附页上告诉学生家长，学生的学杂费一个学期每人五块，伙食费一个月九块。还告诉"行李及洗漱用具自备"。另外还特别地提到说，学生无论家远近，一律住校。一个星期回家一次，星期六下午四点可以离校，星期一早晨八点必须返回。

另有些别的这不许那不许的，好多说法。

我妈问里院慈法师父：“大同一中在哪儿？多远？不让孩子回家。”慈法师父说：“在城西，过了十里店儿村，再到了十里河就是。”

我妈一听十里河，赶快问，河水深不深，师父说没事儿，虽说是常年有水，但最深的时候也没不了膝盖。

我妈说，上个三中多好呢，他七舅舅就在三中念了三年，这回考到了大同煤校了。三中离家近近儿的，多好。可这个烂一中远的。

师父说，曹大妈，大同一中可是全省的重点学府。那可不是谁想考就能考去的，你不打听打听，咱们附近街巷上学的十多个小学生，就是招人考住了。

我妈说，我是说娃娃还小，远的。

师父说，自在不成人，成人不自在，去哇。

报到的那天，是五舅舅用自行车带着我去的学校。他给我报完到，交了学杂费伙食费，领了书本，认了教室，认了厕所，认了宿舍，铺好床铺，最后又打问好咋吃饭。一切都安顿好，这才回去了。他知道，不把一切都安顿得便便宜宜停停当当的，回去不好跟我妈交代。

星期六下午上了两堂课后，学校允许学生们回家。

我一出校门，五舅舅在喊我，是我妈又打发他骑着车子来接我了。

五舅舅问我学校好不好，我说尽饿的。我说学校尽给吃黄金钵和大红鞋。我吃不惯。

同学们叫玉米面死面窝头叫黄金钵，叫高粱面菜饺子叫大红鞋。

从小学四年级的第二个学期开始，我妈到我爹的清水河公社去开荒种地，我在五舅舅家住，住了两年。这两年当中没吃过死面的玉米面窝头。要吃玉米面的话，也是发糕。可做发糕费事，学校不给学生们做。

小学六年级的下学期，我妈为了抓我的学习，跟怀仁回来。我们又住在了圆通寺。这半年我基本上不吃粗粮，要吃也是我妈种地打下的黍子谷子，黍子去了皮是黄米，谷子去皮是小米。我们吃黄米糕，吃小米粥。即使是粮店供应了高粱面，我妈用它跟邻居们换了白面，二斤换一斤。邻居们家人多，供应粮不够吃，都愿意跟我们换。

五舅舅问我，莫非不吃白面馒头？我说中午有个馒头，可两口就吃没了，不够我塞牙缝儿。五舅舅听了笑。

回了家，一进门我就说，妈快给我吃搁锅面。

我妈说，妈知道俺娃好吃搁锅面，菜汤早就熬好了，面也擀好了，就等往锅下了。我说快下快下。

搁锅面做熟了，我妈给我盛上来，我端起就吃。

我妈说，看烧着，晾晾再吃。我哪顾得晾，吃了一碗又一碗。

我爹怕我憋坏，劝我缓缓再吃，可我根本就不放碗，吃了一碗又一碗。

我一连吃了七碗。

我妈做的面本来是给我们一家三口人吃的，可叫我一个人给吃了。我妈看见我饿成这个样子，她哭了。

我妈说："那货，我看了，不能去了。"我妈叫我爹从来是称呼"那货"。

我爹看我妈。

我妈说："这个烂学校把孩子饿成个这。咱们不去了。"

我爹说："人家这是全省重点。"

我妈说："全国重点也不去了。往回转，回三中。"

我爹说：“你当那想转就能转？”

我妈说：“这么好的学生他哪个学校也稀罕呢。”

我爹说：“那一中还得同意你走。”

我妈说：“要他同意？他一中把我娃娃分到他学校，经过家长我的同意了没有？”

我爹说：“你报了到了，那就说明你家长是同意了。怕的是不放。”

我妈说：“不放？不放你学校就往死饿我娃娃哇。回！”

我爹是不想让我往回转学。他又说：“那你也得征求一下娃娃的意见。”

我妈大声说：“他没意见！”

我妈是这个家的说了就要算的人，根本就不会征求我的意见的。她说回，那我就得回。

说回不是一句话就能回得了，那得办理转学手续。第二天，我五舅舅去一中先给我把行李书本等东西都带回来了。但手续不是一下子就能办好的，还得些日子。

一上午我在家没什么事，翻看语文书。我妈说我，手过一遍调如眼过十遍，你是就看，不写。

“调如”是我们的家乡土话。意思是说，手过一遍和眼过十遍是一样的。要是说“强如”的话，那就是说，比眼过十遍也要好。

我说，写是写作业，这两天我就连学也不上了，哪有老师给我布置着作业。我妈说，那农民种地等谁给布置，那还不是自己找着营生来做？

我看了她一眼，低下头，不敢再说什么话。

她说，我看来，你干脆后晌就上学去哇。

我又看她，不知道她是什么意思。

她说：“后晌跟孟孩上学去哇。他不是在三中吗？咱们不是也要跟三中转吗?”

孟孩是我的邻居，就在大同三中上初一，后晌上学前，我妈真的把孟孩给叫到了我家。

我妈跟我说，去哇，背上你的书包，跟孟孩先到他们班听课去。

我妈一个大文盲。啥也不懂。她以为这是在姥姥村的大庙书房，谁想去就去，去了就坐在炕上，听先生讲课。大同三中可不是大庙书房，我心里是这么想的，可我嘴里是不敢跟我妈这样说。

我妈说:“去哇，跟孟孩去他们班。反正你迟早是在三中念。”

孟孩说:“我们班后面正好有个空位儿，叫招人正好就坐在那个空位。”

我妈说，看看，空位儿也给你准备好了。

我说:“叫老师捉住我咋办。我又不是人家班的学生。”

我妈说:“老师问的话，你就说，我是大同一中的，往你们班转呀。这正在办手续呢。”

我说:“那怎么能行呢。”

我妈说:“你要是怕的话，那我送你去。”

我一听她要去送，赶快说不怕不怕。我就背着书包跟孟孩走了。

我嘴说不怕，可我心里怕。快进三中大门时，更害怕。你想想，来不来一个生人就跑到人家班去上课，这叫什么事，这根本就不对着呢。我这个文盲妈咋就想起这么个灰主意。她真的是把人家大同三中当成了姥姥村的大庙书房，她要是稍有点文化就不至于这样。正想着听到有人喊我:“乃谦，曹乃谦。”一扭头，是我们小学的同学，我知道他是我们小学六三班的，可不知道人家名字。人家知道我，喊我。

他说:“我看得就是个你。我叫赵喜民。”

我说："我知道，你是六三班的，我是六五班的。你现在是几班？"

孟孩跟我说："他跟我是一个班的，八十三。"

喜民问我："乃谦，你呢？"

孟孩说："他是大同一中的，不想在那儿了，正往咱们班转。"

喜民说："那太好了，咱们是一个班了。"说着，挎住我的胳膊往八十三班走。有了喜民，我的心有些放下了，不太害怕了。假装就是这个班的一个学生，跟他们相跟着进了班。

大同三中是楼房。八十三班在一层，一进楼的西头。教室最后一排真的有个空位，孟孩让我坐在那里。他跟几个同学说我是大同一中转来的。

我见同学们的书包都在柜壳里放着，我也把书包放进去了。

"起立——"有人喊。

同学们都站起来了，我也站起来。讲台上有位上了年纪的男老师，他看着同学们笑着说："同学们好。"同学们回答："宋老师好。"宋老师点了下头说："坐下。"

我正想看看同位，看这是个教哪科的老师，该往出掏什么书呢，宋老师说，咱们今天的作文课的题目是《我最熟悉的一个人》，字数不限，但要求是当堂写完。谁写好了，交上来。好了，大家动手写吧。

我拿出我的作文本，想了想后，写下了我的题目——《常吃肉》，紧接住，就往下写。

不知道是什么时候，宋老师站在了我的旁边，当时我已经快写满一页了，他大概是看到我的题目有点奇怪，把我的作文本拿了起来，翻过看作文本的皮子。

大同一中发给学生们的作文本上，都早就印好了"大同一中"四个字。学生只填写班级和姓名就行了。

我一下子慌了，我感觉到我的脸火烧火烧的。他是语文老师，一定是班主任，我赶快站起来，正要按照我妈教给的说：“我是一中的，要往咱们班转，正办着手续。”可我还没说，他却按了下我的肩膀说：“坐，继续写吧。”说完走过去了。

我看宋老师的表情，听他说话的音调，不像是生气。

那他一定是看到了常吃肉这个名字感到了好奇。

管他，先写吧。

我又埋头写起来。

我有个毛病是，不管写什么一写就进去了。我又进到了作文里的世界，眼前活生生地出现了常吃肉。

写着写着，觉得是有人按我的肩膀，我以为是常吃肉，抬头看，是宋老师又过来了，问我写完了吗？我说写完了。这时我又听到有人“乃谦乃谦”地喊我，这时我才知道是下课了，喜民在教室门口跟我招手。我答应着站起来，宋老师把我的作文本拿走了。

我跟着喜民和孟孩往操场走，我问宋老师是咱们的班主任吗？喜民说不是，孟孩说班主任是数学于老师，可厉害呢。

这时我一下子想起了小学时的张老师，总是凶凶的，骂我村猴。

喜民和孟孩是要到操场那边的厕所，我说你们去哇我不想去，我到双杠那边等你们。

他们往厕所走去，我又想起了他们说班主任于老师可厉害呢，我又想起了凶凶的张老师。宋老师刚才看了我作文本的皮子，已经知道了我不是这个班的，如果他告诉了于老师，于老师是肯定不会放过我的。哪有不经过班主任，你一个生人就混进了人家的教室里，还要坐凳子。

“谁让你坐在了我们班里？走！到教导处！”我好像是听到

了于老师在责骂我。

我觉得要出事儿，赶快走进八十三班教室，在后面我刚才坐过的桌子前，把我的书包抽出来，背着就走。走到学校门口，听见上课的铃声响了。

走到学校大门，我回头看看，没有人追上来。

回了家我跟我妈说，孟孩说的空位子是有人请了几天假，可人家又来了。

我这个文盲妈这时候大概是也想到了，大同三中不是大庙书房。跟我说，那就在家等着哇。

又等了两天，我转学的事儿定下来了，我转到了大同五中。

慈法师父说，咱们坐在家里常能听到“当当，当当”的敲钟声，那就是大同五中在敲钟。

29　罚站

学校开学半个月后，我跟大同一中转到大同五中了。

我妈原想着我家离三中近，想让我到三中。慈法师父说，三中近是近，可三中得过西门外的大马路，那车多得。五中远是远点，在南城墙根儿，可走城里头的背巷就到了。我妈一听师父这么说，高兴了，说，师父您比我想得到。师父说，要按年头来说，三中是解放后才成立的新学校，五中老早就有了。我问多老早，师父说民国前就有了。我常看我爹在太原上党校时的历史书，知道民国前是多会儿。我说："啊！民国前？那不是清朝吗？"师父说："那当然就叫清朝，那是当时外国人在大同府办的教会学校。你不听五中上课下课都是敲钟，这会儿的这个钟就是那会儿的那个钟。"

我说："哇，清朝的钟声，响到如今。"

师父说："可不是吗？"

我说："我可喜欢那个钟声呢。"

五舅舅为了给我办转学的事，误了人家单位好多工作，他跟我妈说："姐姐，都办好了。你拿着手续领招人找雷校长就行了。"

我说："妈我自己去就行了。这也用不着背行李，光背个书包。”

我妈说：“叫你到三中去听听课还不敢呢，还想自己去报到。再说，妈也是想去认认你的那个学校你的那个班。”

星期一吃完早饭，我说妈咱们早早走哇。我妈说不着急，已经误了一个礼拜了，不在乎多误这一堂课。去得早了这个在啦那个不在啦的。

我妈的想法总是可有理。

我们是上午九点到的学校。雷校长笑笑地，亲自把我们送到了八十一班。

学生正在上自习课。班主任张老师在讲台上坐着。她说的普通话跟我的差不多，都带着县里头的味道。

也是在教室最后的一排有个空位儿，她让我去坐在那里。

我妈走了，校长走了，隔了一会张老师也走了。张老师一走，班里头“轰”的一声，乱了营。

我看出来了，这是个乱班。

嘈杂声里，前排有三个同学在交流着说话。

“跟你们说哇，蒋介石回大陆呀。”

“那得给人家个副主席当哇。”

“你懂得啥，那是人家蒋介石要带着部队反攻大陆，什么副主席，人家要当正主席。”

“啥人家人家的，你说蒋介石人家。你向谁？”

“说个人家又不是向谁。”

“蒋介石是咱们的敌人。”

“坏了，打呀。”

“谁能赢？”

“用问？咱们。”

“不保险。”

“啥不保险。你向谁？”

“人家有美国。”

“那会儿莫非没美国？照样把它打到台湾去。”

“其实，他回来当个副主席也不赖。”

我心想，八十一班的同学上自习不学习，说这些。大同一中的学生可不是这样。

不一会儿，班里的嘈杂声好像是低弱了下来，我以为是张老师来了，看了看，不是。是有人在吹口哨。大家是为听那个同学吹口哨才安静了下来。

那个同学吹的是《国际歌》，我心想，这个同学一定是听到了刚才几个同学说打呀，就联想到了这个歌：“从来就没有什么救世主，也不靠神仙皇帝。”

他吹得真好。

当时我知道是这个歌，但对这个歌不太熟悉，大部分会，但不完整。

他吹得真好。

我认真地听着认真地背记，我真想学会这个歌。

突然，“轰”的一声，大家又吵闹起来，原来是下课了。

钟声在“当当，当当”地敲着。

同学们都跑到了教室外，我也跟出去，我找到了刚才吹口哨的那个同学。我说你吹得好，他看我。我想起来了，他是不认识我。

我赶紧说：“我是刚转来的。你们上自习的时候，雷校长送来的。”

他噢了一声，想起来了。

我说：“你吹口哨吹得真好，我也想跟你学学《国际歌》。”

他说：“咋学？”

我说:“你再给吹吹，我脑子给记记。”

他说:“再吹吹?”

旁边有人提醒我说:“下课了，是玩的时间。哪有工夫给你吹呢。”说完，拉着那个同学走了。

望着他们的背影，我想着刚才的话,“下课了，是玩的时间，哪有工夫给你吹呢”。看来，想听，那还得等是上课的时间。

上午三节课，头一节是数学，第二节是外语，同学们都很正常地上课，可第三节上张老师的语文时，同学们又吵闹开了。张老师上着上着又出去了，她捂着嘴好像是要吐的样子。

张老师一出去，同学们又轰地吵开了。

自习课时议论蒋介石的那几个同学又议论开张老师了。

“你知道吗? 张老师是有了。”

“有啥了?”

“娃娃。”

“啥娃娃?”

“你是不是装呢?”

“装啥?”

“装傻。”

同学们都笑。有的还拍桌子。班里乱成了一团。

我想起早自习时，那个同学一吹口哨，班里就静了。我探着身子跟那个吹口哨的同学说:“《国际歌》,《国际歌》。”

那个同学听着了，吹起来。

吹得真好。

我从来没有想到,《国际歌》能用口哨吹得这么好。

我用心记着，记着。

张老师突然跟后门进来了，指着那个同学说:“站起来!”

那个同学站起来了。

张老师问："谁让你上课时间吹口哨？"

那个同学，指着我，说："他。那个新转来的，他让我吹。"

张老师看我。周围同学证明说，就是就是。

张老师走到我跟前，问："是你让他吹口哨？"

我站起来，说："我，我，那个。"

张老师大声说："说！是你让他吹口哨？"

我点了下头说："是。"

"你这就是大同一中转来的高才生？我看你是在大同一中捣乱得快让人家开除呀，转到了我们学校。成天价说我不会管班，把捣乱生都往我班填，能管好这个班才怪了。"

张老师这是把我当成坏学生了，我低声说："不是。"

"还不是，不是是啥？出去！"张老师指着后门，"出去！"

我说："我……我……"

"我什么？等我往出拽！"张老师冲我喊。

我乖乖地慢慢地跟后门走了出去。我听到，张老师在我身后，"啪"的一下把门关住了。

我站在了门口的台阶上。

刚才那突然来临的紧张，使我觉得嗓子发干。

我想到了冰棍。

我想到了常吃肉。

我想起了前两天我在家等转学的消息时，三中八十三班的喜民和孟孩到我家给我送作文本。喜民说，宋老师真喜欢你的这篇《常吃肉》，在班里让语文课代表给大家念。

孟孩说，他嫌课代表念得不好，他自己又给大家念了一遍。大家听到常吃肉没考好，落了榜，都很伤心。

对面墙下，有个戴眼镜儿的大个子老师，在那里办墙报，他写的小字我看不见，可大字能看见。我看见他办的是"错别字病院”。他一会儿看我一眼，一会儿看我一眼。他一定是在想，这不是雷校长说的那个大同一中的高才生吗？怎么让轰出教室罚了站呢？

我听听教室里，好像是很安静。

我又想起了常吃肉。

宋老师还让喜民他们转告我，说他能帮常吃肉到市工读一中去上学，让我去问问常吃肉想不想去。我当下就去找常吃肉。可常吃肉已经上班了，在市冷饮公司做冰棍儿。他说：“老曹，算了去哇，不怠念他书了。”常吃肉说“不怠念他书了”的意思是，懒得念他书了，不想念书了。

我还想起常吃肉说，老曹，哪天我给你送冰棍儿去。我说，你不会是偷人家冰棍吧？

他说：“哪会呢。不是偷。厂里卖不出去的冰棍就让我们工人带走，是要扣工资的。”

我说：“那行。不是偷就行。”我又想起说：“那你的名字不该叫常吃肉了，该叫常吃冰。”他说：“我忘了跟你说，我的名字改了。”

我说：“常子龙？”

他说：“对。你还记得。”

我说：“常子龙好。常子龙好。”

他说：“以前那常吃肉，那叫啥，那就不是人的名字。”

这时候，远远地，我看见传达室老汉走到了钟塔前，解开绳子，上下抖动着。

“当当，当当”，放学的钟声响了。

同学们“哇哇”地叫喊着，跟教室里跑了出来。

我原来还想进班去收拾收拾桌上的东西，可同学们挤得我进不去。算了，不怠收拾了。

我转身向校门走去。

出了校门口，看见了我妈。

我妈说:“招人，妈怕你是头一次走，认不得回咱们家的路。来接接俺娃。”

看见了我妈，我的泪好像要往出流。

30　洗澡

我妈回我姥姥家走了两天，那两天我又到了仓门五舅舅家。

我妈回我姥姥家是领我表哥去了，这以后，表哥就要常年在大同住了。他最好来大同了，我可是正跟他相反。我可想回姥姥村。一有机会就想回去。小时候也是不想在大同，就想着回姥姥村。可我表哥就想着来大同，不想在村里。

我想起了小时候。

那是我六岁的小时候，我在姥姥村里住得好好儿的，可我妈非要领我来大同上学。走的那天，是姨夫送我们进的应县城。姥姥村到应县城是三十五里地。为了能赶住应县到大同的长途汽车，我们黑黢黢就起身了。姨夫背着包包裹裹，我妈背着我，我背着七舅舅用过的一个书包，里面是他和表哥念过的几本书。

天亮了我们才发现，表哥一直是在后面偷悄悄地跟着。这时已经快到席家堡，离城差十里了。他这是已经偷偷地跟了二十五里了。

我们回头看，表哥也停下来，站在路当中，看我们。

“回去！”我妈冲他喊。

“我去寻我爹。”表哥大声回答说。

“反了你了！回去！”我妈冲他喊。

“我去寻我爹。”他喊着说。

表哥纹丝不动地站在路当中。

我妈蹲下，把我放地上，从路边拾起块大土坷垃，远远地冲着表哥扔去。

“甭理他，看误车的。”姨夫说，说完赶快往前赶路。

“你敢再跟，非打断你的狗腿不可。”我妈没再背我，拉住我的手，揪扯着我，快快地往前走。

表哥知道走不成了，失去了信心，原地坐在路边。我就走就回头看，他没有再跟上来。

我觉得表哥很可怜。

我也很担心表哥，不知道他在那个时候往回返能不能认得回姥姥村的路，别给走得丢了，回不了家。

我到了大同因为不够七周岁，没上成学。我就又让我妈把我送回了姥姥家。

表哥问我说，你不在大同吃白面，咋又回到咱们这个烂村村。我说我就想回这个烂村村。表哥说愣你个招大头去呗。

表哥说，那年我去大同，姑姑每天给我吃白面。我问说你多会儿去过我咋不知道。

表哥说，你是忘了，姑姑还领我到照相馆照相了呢，你等等我给你看相片。

他把我抱上柜顶，让我看墙上的相框。

我以前没太注意墙上的相片，我看看说，这里面咋没有我?表哥说，当时你是在村里头。

我又看看说，哇，你还戴着红领巾。他说，那是照相馆儿的人借给的，我那是瞎戴。

小时候我常年住在姥姥家，黑夜睡觉，我跟表哥两人一个被窝。

他走哪都领着我，出野地刨茬子也领着我，进庄稼地摘莓莓领着我，到东沟采蒲棒领着我，就连上大庙书房念书也领着我。可七岁时我来大同了，却让他在村里跟奶奶做伴。后来他是在公社农中上学。

我很想念表哥，盼着表哥快快来。

我妈走的时候说，他们在星期日就返上来了。

星期日上午，我在仓门妗妗家一吃完早饭就返到了圆通寺，开锁进了家，看看马蹄表，快十点了。我知道这会儿跟应县来大同不像六年以前那么难了，一天两趟车，还是有顶子的大轿车。不一会儿，我妈领着表哥进家了。我妈说："招人，你赶快领表哥到大众先洗个澡去。他身上一股汗臭味。就便理个发，就像那野人。"她给了我五块钱，我说用不了。她说："拿着。饥不洗澡饱不剃头，两个买点吃的先垫补点。妈给在家做饭。"

我可长时间没见到表哥了，我不嫌他身上有汗臭味，挎着他的胳膊，就走就说话。

表哥说着一口家乡话，我也跟他说家乡话。他说你会说侉侉话，咋还说咱们的烂应县话。我说应县话才好听。他说还是侉侉话好听。

表哥是把大同话叫做侉侉话。我说你喜欢大同话，那我就跟你说大同话。

有卖冰棍的迎面过来，喊说，三分一根。我买了两根都给了他。我不好吃凉东西。

我问他在澡堂洗过澡没，他说没，只是在水泊坑里耍过水。我说你忘了小时候，你领我到水泊坑耍水，差点儿把我给淹死。他说，你抱住我贵贱不放，差点儿也把我淹死。

我说你忘了小时候，你让我站在你的肩膀上，你一跑，把我脑袋先着地跌了个后栽葱，当时我的脑袋“嗡”一下，眼睛黑得啥也看不见了。他说，你那是给跌好了，一下给跌得开了窍，自那以后你的脑袋瓜就可灵呢，我在大庙书房念书啥也记不住，你就耍就把我们的课文都记住了。我说，陈老师布置学生回家写仿，你从来不写，就叫我替你写，还吊小楷。他说，直见得你把字练好了，我这会也还是不会捉毛笔，一捉毛笔手就颤。

我哈哈笑。他也哈哈笑。

路两旁的人看我们。

他问我澡堂水多深，我比画着说，到我胳肢窝儿，但四周有台子，坐着就到了脖子。

我说水泊坑儿的坑底是滑的，站不稳。澡堂能站稳，淹不死人。

大众浴池分三等，头等是雅间，二等是雅席，三等是普通的长条木凳。

我要的是二等的雅席。好长好长的通头大铺间隔成六尺长六尺宽的木炕，当中是小方桌，两边各是一铺单人褥垫，上面还有个枕头。

我把二等澡票给了服务员，先领表哥去理发。

表哥的头发真长，又乱。理发员问理啥发型，表哥听不懂，我替说，理学生头。赶我们跟理发屋返回来，服务员早给我们的褥垫子铺上大的白浴巾。还放了小的披身浴巾。

表哥看我脱衣服，他也跟着脱。就脱就问，姑姑不是说，让我们吃点啥再去洗？我说你莫非饿了？他说有点。我说咱们先下大池里泡泡再回来吃。

我是想让他先往下洗洗那一股股的酸汗味儿，才这么说。

进了澡堂，他“哇”地叫了一声，他是看见了一个个光着身子的大男人。

我想起他是没见过这样的场景。他小时候在水泊坑耍水，都是些小男孩。

大池有两个，一个温水，人下去正好，一个是热些的，我不敢下。可表哥见热些的池子里也有几个人在泡，他也要下。我硬不让，把他拉下了温水池。

有个人面朝天躺在案上，搓澡工为他搓澡。表哥跟我悄悄说："看那会活的，看那受瘾的。你们城里头人真他妈的会舒服。"我说："你也是城里的人了。"他说："呀，对对对，我他妈的这会儿也他妈的是城里头的人了。"

表哥刚才说有点饿，我怕他出汗太多，说，走吧，吃东西去。

我要了一壶红糖砖茶，要了一斤杂拌儿点心。不一会服务员给端了上来。

服务员见我表哥说的是县里的话，皮肤也黑黑的，他问我说："看你面不熟面不熟的，你常过来洗澡？"我说："我半个月来一回。我还认得你们这里的老毕师傅。"他说："哇，毕会计。他现在还正在班儿上呢。"听到有人喊说要热毛巾，他高声答应着离开了。

吃着杂拌点心，喝着茶，表哥悄悄跟我说，招人你知道不知道，忠义妈不是我的妈。我说知道，他说你是咋知道的。我说我早就知道了，我还跟你到过你亲妈家。

他说："啊？那我咋就不知道。"

我说："你是忘了。"

他说："那你给说说，我咋的一点印象也没有。"

那年在姥姥村，我妈听说表哥妈病了，我妈就给下南泉供销社买了月饼和糖，让表哥去看望他妈。他开始不给去，后来我妈说，要不让招人陪着你去。他说，那我就去。

表哥妈那个村距离姥姥村只有三里路。去了那个村，表哥认不得家在哪里。我问你知道你妈叫个啥名字不知道。他说知道。我就说，那咱们问人就知道了。后来问人找到了。他妈姓孟，我叫她孟妗妗。她高兴得哭了。还给我们两个人吃莜面拌疙瘩跌鸡蛋。

我跟表哥把这说了，表哥他说一点也记不得了。

表哥说："你知道不知道，我妈是你舅舅不要了，才又嫁的人。"

"不要了？离婚了？他们为啥要离婚？"

"还不是因为你妈。姑姑不让你舅舅要我妈了。"

"那为啥？"

"我不知道。反正我妈说，当时可给你妈磕头，还下跪。可都不行。"

我说："可这次如果不是我妈，你上不来。"

他说："这我知道。忠义爹才不想让我上呢。"

为表哥来大同这件事，我妈跟五舅舅吵过好几回架。

我妈说，不管咋说，那是你张文彬名下的孩子。五舅舅说可他从来没当面叫过我一声爹。我妈说孩子连你的面也见不着，到哪去叫你爹。

五舅舅说，农民哇不能当，就叫他在村里哇。我妈说，不行，农民能当那你咋不回村当农民去。五舅舅说过两年再说。我妈说不行，过两年超出十六了，想办也办不来了。五舅舅说，你当那农转非户口好办呢，派出所那一关就过不了。我妈说派出所我负责。

吵闹的最后结果是，往来办。

而最后的结果是，办来了。

表哥的大名叫张郡世，户口上在了仓门十号五舅舅家。学籍转到大同二中，上初二。手续已经都办好了，我妈这才到村里去接的表哥。

一包杂拌点心不一会儿就没了。表哥把包点心的纸叠叠，顺着叠的印儿，把点心末儿倒在手心里，又仰起头，倒进嘴里。

我说表哥，你明天就该到大同二中去上学了，让你上初二。

他问我你在几中，听姑姑说你也上初中了。我说我在五中，初一，八十一班。

表哥说，我知道二中就在仓门跟前，我可不想跟他们住，也不想跟他们一块儿吃饭。

我说，我妈说了，你就在我们家吃饭睡觉。

表哥说，咱俩还是一个被窝？

我说，哪能？小时候能，现在个子大了不能了，一人一个被窝。

表哥说，姑姑没让我带被窝。

我说，放心哇，我家有，盖着可要让你睡个好觉。

表哥说，见饭饥见水渴，见了枕头就眼涩。你一说睡觉，我这就可瞌睡呢。

我说，你真失笑。

他说，招人你是不知道，我一黑夜没睡着，直怕是一觉醒来，睁开眼一看，姑姑不在了，原来我是做了个梦。

我说，不是梦，走哇，再进去洗一澡。

他说，还让进去洗呢？

我说，能。

他说，那快走，刚才我没有好好地搓，一会好好儿泡泡，你给哥好好儿地搓搓，把那农皮搓下去。

我说，好。

他说，走，再大大地洗他狗日的一澡。

我想提醒他说，表哥以后别说脏话，我妈可怕孩子们说脏话呢。话到嘴边没说出来，心想着等以后再慢慢地提醒吧。

我们相跟着进里面时，表哥大声地唱起来，他是用要孩儿调唱的：

“骑着那，老母猪，去上大同。骑着那，大骆驼，去游炕洞。高粱地，要大刀……”

但没等他唱完，我赶快把他给止住了，要不，他还会咿咿咿呀呀呀地往下唱。我知道他是高兴得过。

洗完澡，他又说真想睡一觉。说着躺下来。

我说，不能不能，赶快回家。我把他拉起来。

回了家一进门，我妈说表哥：“看看，这回才像个人了。”

表哥说：“我早就该像个人了。您要是那会别撵我妈走，我早就是个人了。可您非要撵我妈走。我妈说，她可给您磕头捣蒜地向您求饶了，可咋说也是过不了您这一关。”

表哥咋敢这样跟我妈说话，我想着他要挨打呀。

我妈没有打他，但我妈低声地又是很有力地说：“好好，忠孝子，你不说我也不跟你说，你这是逼着我说。那我告诉你，我为啥那样心狠。告你说哇，在你爹当兵走后的那两年，谁叫你妈肚里怀上你。我们家就不许出这样的女人。”

表哥不作声了。

可我妈越说越生气：“你不看看你的头发卷儿起，张文彬还认你，把你户口落在他的名下，够你洋气了，还说这说那的说大小呢。不想在这个家你走，有骨气你还回村里去，爱找谁你找谁去。”说完，我妈摔门出去了。

我看表哥，他愣愣地站在那里。

我走过去，拉住他的手，叫了一声“表哥”。

31 村香瓜

表哥跟应县南泉公社的农中转进了大同二中。他在农中是三年级，可二中不同意他来这里直接上初三，说只能上初二。这个，我们家里大人们都没意见。

表哥在村里跟我七妗妗和姥姥住。我七妗妗是当婶婶的，不好管他。我姥姥这个当奶奶的，心想着他爹妈都不在跟前，一直是惯着他，惯得他很多的规矩都不懂的。再加上他天生的性格犟，着急了敢跟我妈顶嘴。我可不敢。

中午我妈的这一顿骂，骂好了，表哥看样子是心服了。

吃完午饭，我妈说："走哇，到仓门认认大小去，明天你爹还得送你去上学。"

我也跟着去了。

路上，我妈说表哥："听着吗？要懂得任恭礼法。"

我妈有好多这样的文词，不知道是她自己创造的，还是听有文化的人说，她也想学着说，可是没有学得准确，就这么地说，而且是说了一辈子。"任恭礼法"就是其中的一个，也不知道是不是这四个字。但意思我懂，我表哥也懂。

我妈又大声问："听着吗？"

表哥说："听着了。"

看来我妈中午那一顿狠骂也真的是顶事了，进了五舅舅家，他没用人吩咐，主动叫我五舅舅叫爹，叫五妗妗叫妈。

他冲着舅舅和妗妗说：“爹，妈，我跟村里上来了。”

五舅舅一下子笑了说：“好好，好，爹明天就领你到二中报到去。”

五妗妗也说：“妈几年没见，长得更俊了。快给妈上炕。”

他们这样的对话，是我根本没有预料到的。我相信我妈也是大吃了一惊。

忠义跑过我跟前叫我表哥，妗妗比画着表哥说：“这是你大哥，叫。”

听了妈的，忠义叫大哥。另几个没用大人教，也都乱哄哄地抢着叫大哥。

我妈高兴得笑，笑了一阵想起说正事：“这里孩娃多，下了学叫他回圆通寺。”

五妗妗说：“远哇哇的，就叫他在这儿哇。不在乎多挤一个人。”

我妈说：“我为他跟招人是个伴儿。再说我过两天就又到清水河务弄那几片地去呀。以后叫他们两个儿学着做饭。”

五舅舅说表哥：“你会骑车不，会的话，把我的车子骑上。我步走到单位，反正也不远。”

表哥说：“我不会。”

五舅舅说：“不会就拿这个学，叫招人教你。在城市总得学会骑车才行。”

我妈说：“你还骑你的哇。七娃子每回回应县骑的那辆车在后大殿放着，叫师父给开开门，推出来。”

表哥听说有车子骑，高兴地说：“噢，我有点会，就是不太会。”

五妗妗说："那得学熟了再骑，看撞着人的。"

五舅舅说："骑得慢些，多会也是慢些没不是。"

五妗妗看着表哥又夸："看这英俊的小伙。张文彬修了哪辈子的福，有这么英俊的儿子。"

我心想，舅舅一定是没有把真实的情况告诉过妗妗。

我妈说："那就这样哇。明儿叫他几点过来？"

五舅舅说："八点前哇。领他报完到，我还得往单位返。"

我们三个站起要走，五妗妗说等等等等。她跟缝纫机小抽屉里够出卷尺："来，妈给我孩他做身新衣裳。"

五妗妗给表哥量完，也给我量了，说："也给我孩做身。"忠义也要叫妈给量，妗妗说，你们完了的哇。

返回的路上，我妈说表哥："这不是个好好。多会也是两好搁一好。"

表哥没作声。

我妈又说："人们多会儿也是爱见那好好。那灰灰，多会儿也是让人黑眼。"

怕表哥认不得路，第二天，又是我妈把他送到了仓门。

中午，我妈就让慈法师父给开开后大殿门，我把自行车给推出来了。

表哥悄悄跟我说，班里有男生叫他村香瓜，问我那是啥意思。我说那是骂你呢。他说，原来那是骂我呢，谁再叫我村香瓜，我就摔他。我说，别价，看叫姑姑打你呀。正说着，方悦跟大门进来了。

方悦跟表哥两个人好像是老早就认识了的老朋友，我一介绍，他们一下子就热乎了。

方悦跟表哥同岁，按道理他们该是上高中一年级了。可方悦也是上初二，在三中。

方悦先是帮着表哥擦洗车子，后来又扶着车子后衣架，帮表哥学着骑。

我们院足够大，学骑车最好不过，我就是在这个院里学会的。可表哥还嫌院儿小，跟着方悦到三中的操场去学。

不到一个星期，表哥穿着新衣裳回来了，米黄色的夹克，黑灯芯绒裤子。

他另提着个包，里面是给我的。打开看，跟表哥的一样样的。我赶快穿上。方悦羡慕地看着我俩。

那天我妈跟我们说，招人转到五中，忠孝也到了二中，都安顿住了，那我就该着到清水河给你们种地去呀。要不，靠供应的那点粮咋能够吃。

又说忠孝的口粮在仓门，也就不要专门跟那里往过打了，就留给仓门，叫妗妗他们买去哇。你们两个都是十三四的十三四，十五六的十五六，正是长身体的时候，得吃得那饱饱的才行。妈再给你们到村里去刨闹那几片地去。

我妈说，你们得学学做饭。

我说我给学。我妈说，你表哥刚跟村里头来，寻不着头尾，你学就你学哇，再说你学校离得近，早早回家做饭也是对的。

表哥说："姑姑，我给打扫家，我给洗衣裳。"

我说我在里院已经跟慈法师父学会了做拌疙瘩汤，饿不着了。

我妈说也不能是顿顿做拌疙瘩汤，你好吃搁锅面，就再学学做搁锅面哇。

以前我妈做搁锅面的时候我没留意，现在专门是一步一步地看着她怎么做，后来我又试着做了两回。我妈说，招娃子行。

表哥说，招大头就是灵，学啥像啥，那就是在小时候把脑袋瓜给磕开了窍。我妈也不知道他在说啥"磕开窍"，幸好表哥也没有再往清楚地说那件事。

后来我妈又领着我上五一菜场买过几趟菜，她这才放心了。还吩咐说，有啥不懂的，到后院去问师父。我说噢。

我妈走后，我跟后院师父学蒸馒头，学会蒸馒头又学蒸玉茭面发糕。师父还教给我在发糕里加红豆绿豆。

表哥说加了豆子的玉茭面发糕，比白面馒头也好吃。

后来师父又给了我一兜子红枣，教给说，把核子去了再用刀切碎，当豆子加在发糕里，那发糕就更好吃了。

表哥跟方悦说，他在班里穿戴是最好的，最干净。方悦说，过不了几天就有女学生追你呀。方悦还跟兜里掏出电影明星的相片，问，你说数谁好。表哥看看说，这个，王晓棠。方悦说，咱俩观点一样，说着，亲了一下相片。

我心里说，要叫我妈知道你们这个样子，可要把你们骂个灰。

我妈走了半个月，回来了。她是不放心我们，可一看，家也打扫得挺干净，衣裳也都是挺整齐。

再一看我连白面馒头和玉米面发糕也都会蒸了。我妈高兴地说，妈蒸得也不如俺娃。

晚饭做熟了，表哥没回来。天黑了，他还没回来。我妈有点急，是不是进了你舅舅家？我妈让我到仓门去眊眊，看忠孝在没在那里。

我去了五舅舅家，表哥没在那里。五舅舅进学校打问，也没听到些啥消息。五舅舅用自行车带着我返回到圆通寺，表哥有了下落。

表哥把班里的两个男同学打了，他回家进了院，听见是我妈回来了，吓得不敢进家，悄悄走了，到了三中找方悦。刚才是方悦来家，告诉说表哥在他宿舍。

我妈说，你知道的话，详细告诉姑姑，他咋就把人给打了。

方悦说，忠孝班里有两个男生老是欺负他，骂忠孝“村香瓜”。这两个男生正好都在忠孝后面坐，经常是偷偷地用踩脏的泥鞋底蹭忠孝的袄后襟。今天下午上课时乘忠孝不注意，又用毛笔在忠孝的新夹克后领子上，大大地写了“村香瓜”三个字。有人看不服，告诉了忠孝，忠孝在学校没理他们，放学后，在校门外把他们拦住，让他们赔衣裳，两个人二话不说就动手打忠孝。

方悦说：“没想到他们两个人加起来也不是咱忠孝的对手，让忠孝打得俩家伙都是满脸开红花，满地找牙。”

我一听，“啊”了一声。我妈也瞪大了眼。

方悦说：“满地找牙是开玩笑。脸上开花是真的。”

我说：“我表哥在村里头就是打架王。再说，又比同班同学应该是大着三岁。可我表哥是长得英俊，不显得比他们大。”

方悦说：“骂村香瓜，这种人就得狠狠地教训教训他才行，要不的话狼打开门狗也要跟进来欺负你。”说完又跟我妈说：“姑姑您说，是不是？”

我又想起说：“我表哥头一天到班就有人骂他村香瓜。他说，再骂他他就不客气了。是我劝他说，你可不敢在学校打架，小心姑姑捧你呀。他这是不在学校里头打，跑到学校外头打去了。”

我妈听到了这里，说方悦：“行了，你叫他回家哇。我还得问问是真是假。”

方悦出了院，大声喊说：“忠娃子，进来哇。没事了。”

原来方悦进家说这些的时候，表哥就在街门外等着。

表哥提着米黄夹克进来了。

我妈让他展开，表哥的新夹克后领上果然有三个大大的毛笔字。

我妈看我。我说：“妈，就是骂村香瓜。”

我妈说我表哥：“行了，吃饭哇。”

我妈说方悦：“你也吃哇。”

没等方悦没说不吃，我妈也给他盛了一大碗。

表哥就吃就跟方悦说，别说他们是两个人，三个五个也不怕他。

我妈大声骂表哥:“你还得了劲了，是不是?”

表哥这才不说了。

方悦就吃就试探着问我妈:“姑姑，您说那两家的家长要是寻来了咋闹?”

我妈说:“还等他们来寻我? 我明儿就寻他们去。”

五舅舅说:“姐姐，是咱们打了人家。”

我妈说:“打人是打人，先说起因。为啥不打别人打你们呢? 你们两个人打一个人，以为村香瓜就那么地好欺负? 你们先向这个村香瓜赔完礼道完歉，再赔了衣裳。然后，拿出你们的看病条子。花了多少给你们多少，一分也不少。”

大家都笑。方悦笑得最响亮。

32　钢笔

说我鼓动别人上课吹口哨，张老师把我判定为捣乱生。

因为耽误了好多的课程，我的俄语跟不来，而正好张老师就看到了我的一次俄语的小考卷子，得分“33”。她就判定我是个差等生。

在她的眼里，我又是捣乱生，又是差等生。

我坐在教室最后的笤帚旮旯，上她的课时，她从来也不朝着我这个方向看一眼。

我盼着上作文课。一是我喜欢做作文，就盼着上作文课。二是心想着或许张老师会喜欢我的作文，改变一下对我的看法，上课也朝着我这儿看上一眼，也叫我站起来回答回答问题。我喜欢语文，她在课堂上提的那些问题我都会回答，可不管我把手举得多高，她从来没有叫过我。

当中有两堂作文课，可她到校医室输液去了，把我盼望的作文课又给误过去了。

终于在又一个星期后该上作文课时，她来了，撵着个大肚子站在了讲台上。她说今天咱们做作文，说完把语文课代表叫到讲台，把教案本给了课代表，让把她事先准备好的提纲，往黑板上抄。

她说，同学们也照着抄在作文本上。

题目：记一次有意义的活动。

下面是“要求”，一条二条三条，再下面又是“提纲”，也是三条。

我满满地抄了一页纸。

她问同学们抄完了吗？有什么疑问吗？同学们在下面吵。她说，抄完了没疑问就开始做吧。

我跟同位要过作文本，翻开他的上一篇作文，原来也是这样，“题目”“要求”“提纲”。

我以前没有这样写过作文，我想了想后，没有按着她的要求来写，而是由着我的思路，写下去。

我在作文本上写的题目不是《记一次有意义的活动》，我写的题目是《钢笔》。

我把我的这篇作文写在了大同三中宋老师还给了我的那个作文本上，上面有我的《常吃肉》。还有宋老师对《常吃肉》很高评价的批阅文字。

《钢笔》是我转到大同五中八十一班写的第一篇作文，我很认真地写着。我说过，我一写就进去了。这时候，我又进去了，进到了我跟金仙的世界。当中的课间休息时间我也没有出去，一直写一直写。直到把金仙掉到井里的钢笔，用吸铁石给成功地打捞上来。金仙握着打捞上的钢笔大声喊叫，这才把我给喊叫得惊醒了过来，我这才知道我这是在写作文。这时候，第二堂的下课钟声“当当，当当”敲响。

我满心地以为张老师会喜欢我的这篇《钢笔》，喜欢我和金仙的这个有意义的成功打捞。

我没想到，在又一个星期的作文课上，张老师点名表扬的同学中，没有我。她认为好的作文里，没有《钢笔》。

当作文本发在我手中时，我赶快翻开。

她的批语是：

你以为你是在写小说吗？

你知道小说的六要素是什么吗？

写作文用这样的大白话能行吗？

没学会走你就想跑吗？

你不怕摔个大跟头吗？

最后一句是两个字：重作！

我这才知道，同样的一篇文章，让不同的人来评判，有时候，会有不同的结果。

我这才想到，为什么我喜欢的《红楼梦》，我们班同学却说不好。而他们喜欢的神话小说，我也不爱看。

我按照张老师的要求，把《记一次有意义的活动》重新写了一遍，就按照她提出的要求和拟定提纲，写了一篇。不知道她会怎么看，反正我觉得我是没有写好，我永远也写不好这样的命题文章。但是，她没有看我的这篇文章，她生小孩去了，生完小孩也再没有给我们上课。

张老师对我作文的评价，并没有打击我对语文的爱好，也没有打击我对作文的爱好。在八十一班这无政府的乱哄哄的环境下，我大量地阅读课外书籍。这是我七舅舅给借的，他到了大同煤校上学，学校图书馆有的是书，也借给学生看。我就把这些书拿在班里看。

《机器岛》《神秘岛》《海底两万里》等儒勒·凡尔纳的书就是在这个时期看的，还有《巴斯克维尔的猎犬》《血字的研究》等柯南·道尔的书，也是在这个时候看的。

我们八十一班的班主任由别的老师们临时给带，张三三个月，李四四个月，我们班整整地乱了一个学年，直到初二时，才又有了正式的班主任，叫阎春敏。

阎老师是学校新调来的仪器管理员，是个年轻人，比我们大十二岁。起初，他对我的印象是好玩儿。

我天生的平衡能力强，在冰上跑也轻易跌不倒，有时候看着倒呀倒呀，可又能稳稳地站立起来。因了这个能力，玩毽子谁也玩不过我。有个下午的自由活动课上，我在同学和老师的围观下，打了一百二十多个后，那毽子还是稳稳地控制在我的脚下。

学生们叫毽子不叫毽子，叫毛儿。

打毛儿，是我们孩子们对毽子的一种玩法。跳起左脚和右脚的同时，右脚从左侧面，快速地踢一下毽子，这叫左打。或者是左脚从右侧面快速地踢一下毽子，这叫右打。无论是从哪个侧面来打都可以，但这得玩家根据打起来的毽子是在哪个方向，来决定是该左打还是该右打。

打毛儿，这得有很好的平衡能力。一般的同学打毛儿，超不出五十个。而我那次居然不住气地打了一百二十多个，还能继续打下去。只不过是因为没了力气，才主动地停了下来。

当时围观的人群中，就有我们的新班主任，阎春敏老师。

上课的钟声响了，等同学们都进了班，他也跟了进来，走上讲台，自我介绍。同学们才知道又来了新的班主任。

阎老师在认同学时，是拿着花名册先从一号生叫起，因此我这个五十四号生是最后一个让叫起来的学生。

我站起来时，他说，哇，我认识你。

我心想他是在哪见过我?

他说:“你是全校，不，应该是全市的打毛冠军。”

学号最后，好玩儿，这是我留给他的第一印象。

阎春敏老师是个对工作认真负责的人，他下决心要把这个乱班搞好，当他花了半个月时间参考着学生档案，熟悉了所有同学后，他把我叫到了办公室。

他说，你原来是大同一中转来的高才生，你父亲还是共产党员国家干部。

从此，他对我有了好感，还把我发展成了共青团员。这些，我在我的中篇小说《雀跃校场》里大量地写到了，这里我就不多说了。

张老师生小孩走后，我们的语文老师换了一个又一个，也都是临时的。直到初二开学时，才固定下来，他就是山西大学刚刚毕业的戴绍敏老师。

大概是我跟“敏”字有缘分，这个戴老师也喜欢我。

他给我们出的第一个作文题目是《一个最熟悉的人》，他不像张老师，给同学往出列条条框框，他没有，他说随便写。

这样的作文，同学们大部分是写父亲母亲或者是爷爷奶奶。我没有，既然您是让我随便，那我就又按照我的随便，另给作文取了个题目，叫《慈法师父》。

我不知道戴老师的阅读口味，也不期望他会对我的《慈法师父》有多高的评价，他只要别像张老师那样用挖苦的语言来质问我:“你知道小说的六要素吗?”

说老实话，我根本就不知道小说有几要素，我也不想知道，我也不想写小说，是她要那样地问我。

对于我来说，我只是想写一个我熟悉的人。

没想到，戴老师给我的《慈法师父》的评价极简单，仅仅是六个字:

“佛道乎？人道也。”

得分:九十。

是班里的第一名，比第二名，高出十五分。

这个结果，让我没有想到。

这个结果，让我想到了，如果他出的下一篇作文是写事的，那我一定要把我的《钢笔》呈献给他看看。看看他会是一种如何的评价。

我预料，头一篇戴老师是让写人，那第二篇该是写事的。

我猜对了，戴老师的第二次的作文题目是《一件难忘的事》。我几乎没有作什么修改，把《钢笔》誊写了上去。

戴老师的评价又很简单：

这是一篇优秀的小说。

过了两天，他给了我一沓稿纸，让我把《钢笔》誊抄两份。他说，一份儿参加学校的作文大赛，一份儿寄给《少年文艺》。

《少年文艺》没有什么消息，但在学校的作文大赛中，《钢笔》得了头等奖。巧的是，奖品就是一支金星牌钢笔。

33 耍水

我们家在草帽巷住的时候，附近有西柴市小学，可我却在大福字小学上学，离家很远。

在小学三年级时，我们家搬到圆通寺来住了，上学比住草帽巷时离学校还要远，足足有五里路。圆通寺附近有财神庙小学，还有下寺坡小学，可大人也没想起把我转过来。

五年级时，我又到了仓门街舅舅家，这距离学校就更远了，当中要路过两个小学校才能到了我们学校。

反正是，我把别的孩子玩耍的时间都用在了上学的路上和回家的路上。

当我放学一回来，把书包放在炕上，想到到厕所，我妈又大声喊：“做啥去呀？上炕做作业！”作业也做完了饭也吃完了，又不该是睡觉的时候，我妈这才允许我进里院儿，跟慈法师父去玩会儿。下下围棋，象棋。

就这样子，在小学的整个阶段，街巷的孩子，我跟他们基本上是没来往。

有时候我也想出街跟孩子们玩会儿，我妈说：“不行，街上的孩子们一个比一个厉害，你跟人家耍，就短个让欺负了。”

初一了我长大些了，再加上我表哥也住我家了，我妈这才慢慢地放松了对我的看管，允许我跟院外的孩子们要了。但也只能是他们来我家要，不许我到他们家。

出了圆通寺大门往西，是八乌图井巷，往东是牛角巷。

昝贵在我房背后的八乌图井巷住，但他是五中八十一班我的同学。如果不算他的话，第一个跟我来要的是牛角巷的柱柱，他比我大两岁，在三中上学。那天我在院里佛堂前的台阶上弹大正琴，他进院了，坐在我旁边，听我弹。他说，我还常听见你吹箫吹口琴呢。他说我那会儿就可想进来听听，怕和尚骂，不敢进院。

过了一会，他说他会拉二胡，我说你取去。他就把二胡取来，我们一起合奏。

第二个来找我要的是小斌，他属相是虎，比我小一岁。他是听到我和柱柱在院里拉二胡吹笛子，进来了。他也说是老早就听到我在院里又是弹又是吹的，可不敢进。也说是怕和尚骂。我们合奏的时候，他主动地参加进来给唱。他唱得挺好，以后我们就也常来往。

通过小斌，我又认识了牛角巷的老王和二虎。后来又认识了虎人、四蛋、五虎。无论我新结识了谁，我妈都是让我把他们领到家来要。后来我才猜出，她这是要过过目，是要观察观察这个孩子怎么样。

在所有我新认识的小朋友中，我妈最看好的是老王和二虎。我妈说，这两个是好娃娃，可以往深了交往。我妈又说了一个名字，告诉我，他得提防着才行。她问我听着没，我说噢。后来的事实证明，我妈判断得是百分之一千的准确。

老王比我大五岁，已经在大同日报社上班了。

老王没爹妈，没兄弟姐妹，只跟爷爷生活在一起。他爷爷九十多了，耳朵聋了，但眼不花，每天挎着个竹篮子，快快地迈着碎步，上街拾柴。回来时，路过纸铺打二两白酒。回家躺在炕上休息，等孙子下班回来做饭。他的打酒钱是老王给的。

有个星期日，我跟老王坐在大殿的台阶下象棋。快中午时，老王站起说，走呀。我妈跟家里出来，拉住老王说，今儿就这儿吃哇。老王说，曹大妈不能，我还得给爷爷做饭。我妈说，曹大妈都给你们股着呢，你吃完给你爷爷带上。老王硬要走，我妈不放手，把他拉进家："你看看笼里，做了那么多，你看看曹大妈是不是真心留你。"

平时我们用一节笼，这是两节笼。我妈给做的是莜面推窝窝。我妈说："火烧茄子绿辣椒，凉菜也都拌好了。锅里的水也快开了，就短上笼蒸窝窝了。俺娃们洗手的工夫就熟了。"

我给脸盆倒了水说，老王咱们洗手。老王说，你先洗。我说，咱们一块儿洗。

可就在洗手当中，老王一下子推开门，跑了。我妈追出院，老王已经跑得没了影儿。我妈气得说，真想按倒打他一顿。

我上初二的时候，表哥初三了，可他不想读书。

表哥在农中时说他是初三，可他来了大同二中连初二的课也跟不住，让方悦给他补课。

方悦说："天下文章数吾邦，吾邦文章数吾乡。吾乡文章数吾弟，吾给吾弟改文章。"

我看方悦，问他念的是啥诗。

方悦说："你看，我在我们班是最差的学生，可我还要给你表哥做辅导。"

我说："方悦哥你把刚才念的诗再给念念。"

方悦又给我念了一遍。我听了哈哈大笑。

到了初三，我表哥的数理化课目简直是啥也听不懂了，整天跟着方悦玩儿。方悦在学习上比表哥强点，可也是读完了初三说再也不上了。他说考也是白考，技校中专不想望，还上大同三中，家长没钱供他。

我在家负责做饭，表哥负责洗锅。他还负责打扫家，洗我们两个人的衣裳。我的衣裳在班里是最干净的。

那天吃完饭洗完锅，我在家学习，方悦跟学校过来了。方悦说表哥，走走走，咱们别影响人家招人学习。表哥说，咱们上街逛去了。方悦说，街上过来过去的，尽是好女儿，咱们远远地看看她又不要钱。

他们走了大约是半个钟头回来了，表哥说："招人你稍微停会儿，我们跟你有个说的。"我停下来，抬头看他们，看有个啥说的。

表哥说，方悦给咱们三个人出了个好主意。表哥看看方悦说，方悦你说。方悦说，你说你说。

最后是表哥说："养兔子可是个能挣钱的好事情，咱们三个人养兔子来。"我一听赶快摇头说："不不不，叫我妈知道能打断我的腿。"表哥说："你先甭'不不不'，你听我说，是我们两个给出力，你就出钱就行了，别的啥也不用你操心，你就全力以赴地学习你的就行了。"

我说，我出啥钱？方悦说，那得成本呀，那得买小兔子呀，买上小兔子养活大，才能卖钱。

我问得多少钱。方悦说，两块钱一对儿青瓷蓝，五块钱一对儿黑水獭。我想想说，我就有二十块。

方悦高兴地说，够了够了，起初我怕你说只有十块，那就有点少。

我把钱给了他们，表哥接住了。方悦说，年底结账，挣了钱咱们三一三剩一。我说我不要。

方悦说，哪能？那不能。

表哥说，走走走，甭影响我兄弟学习。

他们喜眉笑眼地出去了。

第二天，我下学回来，见他们正在盖兔窝。在我家北墙外的煤堆旁。他们把我们家的煤堆又重往小给缩了缩，往高给垛了垛，挪出片空地。我看了看，他们搭的是上下两层，四间窝。

几天后，窝盖好了，门也安好了，还都上着小锁锁。

方悦往远站站，细细地打量打量说，这可盖好了。我结婚能有这四间房也就行了。

不等到窝彻底地干到，他们就把兔子给买回来了。他们没舍得买黑水獭，都是一色色的青瓷蓝。真好看。

我数了数，二十只。

每吃完晚饭，不用人督促，我就上炕学习。但每到星期日，我可是一定要耍的。我主要是到牛角巷找老王他们。

那些日，天气一直是很热。小斌提议到水泉湾耍水去，大家说走。老王说，谁耍谁耍去，我可不跟你们去，中午我得给爷爷做饭。

大家都说，老王不去没意思。

小斌又提议说，咱们吃完午饭后再去。

老王说，我可是不想去啊，你们硬想去的话，回家跟你们家长说说，看让不让去。

大家都说，哪有家长允许孩子耍水的，要去也只能是偷偷地去。

老王问，你们谁会耍水?

一问，除了我和昝贵，别人尽还都会。

老王说我和昝贵，你们两个想去的话，不能脱衣裳，就在岸上耍耍。

五虎儿说，岸上有大树，坐在下面也可凉快呢。

小斌说，你们正好给我们看衣裳。

我们两个都答应了。

老王是我们的大哥，不答应人家是不会领的。

吃完中午饭，大家出发。都是步行。

水泉湾就在南门外，老王和五虎看来是常来这里，领着我们截近走小路，翻过城墙，不一会儿就到了。

水泉湾不大，最多有我们学校的足球场大。大是不大，可四周有高大的树，下面有泉眼，水清清的，不像姥姥村的那些死水泊坑。

耍水的孩子们挺多。

我和昝贵在岸上给看衣裳。

别人都走下水里。小斌游到中央给试试水深浅，没过了他的头顶。

昝贵说，不让咱们脱衣裳，咱们脱了鞋，洗洗脚可以吧。

我们把裤子绾到膝盖上，坐在树下，把腿伸进水里，凉凉的，真好。

老王给把握着时间，他看看阳婆，说该回了。

听了老王的，大家在晚饭前，都回来了。

我回了家，都快把饭做熟了，表哥才回来，自行车的后衣架两边捆了两布袋草，衣架上又是一大捆。他和方悦抬进院里，他们高兴地说，这下可找到了好地方了，满地全是豆草。

我也不会跟表哥说是去耍水，他顾着他们的兔子，也不会问我到哪玩了。

过了些日，我妈跟怀仁回来，背了一布袋菜。有茄子有豆角，还有西红柿。当时我们三个人正吃煮毛豆角。这是方悦跟地里给偷的，他常常跟地里给往回偷东西，山药呀，玉米呀，啥能吃偷啥。他不敢往三爷家拿，都拿我家做。

我妈说，你也不怕人家把你抓住，吊二梁？

方悦说，他抓我？我跑得比兔子也快。他一下想起，跟我妈说："姑姑您来，您看。"我妈跟着他，看见兔子了。

但我们事先已经统一了口径，说是方悦的，养兔子想挣个钱。

表哥说，他想挣上钱好娶媳妇。

我妈说，我看不赔也够你日能，能挣钱？

表哥说，您放心哇，年底我们可要挣两个好钱。我妈一听表哥说"我们"，捩转头看我。

我心想，表哥这个人真是个没脑子货。

我妈冲着表哥说，我看你们这是铁了心的不学习了。

表哥说，姑姑，我就不是那学习的材地，您硬打着鸭子上架，也上不去。

方悦说，姑姑，那葫芦肚里头没籽儿，您硬按住挤也挤不出来。您说是不是？

表哥说，初三完了，我混上个毕业证也就行了。

我妈冲着他们两个大声说："可不能影响招人学习。"

方悦说："您可说了个对，我们也思谋着，说啥也不能影响了招人，招人可是咱们弟兄们的重点保护对象，以后人家可是那北京大学的料。咱们得重点保护。"

我妈让他逗得笑了，说我："听着没？"

我说："听着了。"我还说："每天表哥一洗完锅，就跟方悦哥出去了，怕影响我学习。您不信问后院师父。"

我妈后来是真的问过师父，师父证明我说的没错。我妈这才放心地又到了怀仁。

我和老王他们每个星期的下午都要去水泉湾，我和昝贵把衣服脱了也试着下过水。可我们不敢往里面走，就在离岸三两米的范围内，蹲下来凉凉地洗个澡。

后来我也好像是学会了点仰游，昝贵学会了点狗刨。但我们两个只是顺着岸耍，决不往里面去。

就在我们第三个星期去耍水的时候，柱柱差点儿出了事。当时具体是怎么个情况，多危险，他们谁也不跟我和昝贵说，只见他们把柱柱从对面的岸边搀扶着过了我们这头时，柱柱的脸色死白，不说话，在岸边躺了有一个多钟头，才能坐起穿衣裳。

回到牛角巷时，天已经快黑了。

分手的时候，老王说，谁要是跟家长说了，我再不跟你们耍。大家都说，保证。然后各回各家。

进了圆通寺院，我正想着跟表哥说个啥才好。表哥在兔子窝那儿喊我。

我过去才看见，他在整理我家的煤垛。我一看，煤垛又低了也大了，基本上又垛成了原来的样子。再一看，兔子窝没有了。

我问怎么回事。

表哥说，煤垛塌了，把兔窝砸倒了，兔子全死了。

我说死兔子呢？表哥说，我让方悦都装在布袋里，提走了。

第二天一大早，方悦提着个黑饭罐来了，说："吃哇，我妈可给炖了个香。"

他把饭罐放在锅台上，两手一摊，说："我看来，咱们弟兄们没有那发财的命。"

我说，我妈回来要是问起咋说？

表哥说，咋说？实话实说。

方悦说，那可做不得，姑姑一定会说，呀，炭垛倒了，没把我们招人给砸着哇。

表哥说，那咋说？

方悦说，我早给想好了，就说，听说有传染病正传兔子呢，我们吓得赶快把兔子卖了。

表哥说，卖了？钱呢？

方悦说，呀，就是，钱呢？

表哥说，还是说得了传染病死了。

方悦说：“唉，反正是，咱们弟兄们没有那发财的命。不不不，不算人家招人。不不不，连忠孝你也不算。我就是说我一个儿呢。”

我和表哥都让方悦给逗得哈哈笑。

兔子的这个事儿是瞒过了我妈，可我要水的事，不知道我妈咋就给知道了。但她没骂我，而是去牛角巷，把老王狠狠地骂了一顿。

34 南小宅

那天我到了老王家，一进家，老王“出去出去”地把我推出院，把门给关住了。

他脸上没啥表情，猜不出他是啥意思，但肯定不像是开玩笑。

我又拉开门要进，他指着我说：“你以后不许来我家，王秉智没有曹乃谦这样的朋友。”

我愣在了门外。

如果屋子里只是老王一个人的话，我一定会以为他疯了。可屋子里还有别的几个朋友。

二虎出来悄悄跟我说，咱们耍水的事，不知道是谁告了你妈，昨天晚上曹大妈来老王家，可把老王数算了个灰。

我奇怪，我妈回来给我们送菜，在家住了两天，可她没跟我提到过耍水的事。

我说这是谁给告的我妈。

二虎说，大家都分析不出是怎么回事，谁给露出去了。

我说，管他是谁呢，可我妈不该来骂人家老王。我说我进去替我妈给老王赔礼道歉。

二虎说，老王正在气头上，他也主要是在生自己的气，招人，完了再说吧。

我只好是走吧。

我看了一眼屋里，五虎儿和小斌好像是在给老王做工作。

我回了家，我妈也仍然是不跟我提这个事，我也不敢主动跟我妈说什么，更不敢批评我妈：“您不该去骂人家老王。”

后来我又跟着别的人试着去过老王家，他虽然是没有像头一次那样，直接把我撵出门，但也是不理不睬的样子，弄得我很没意思。

我妈在家里住了两天又走了，吩咐我跟表哥，让放了暑假到南小宅儿。

我们以前常说的到怀仁清水河，实际上是到南小宅。就像以前常说回老家应县，不具体说是回钗锂村一样。

南小宅是清水河公社下面的一个村，叫生产大队。我妈就是在那里开的荒地。

我妈说我表哥，你不是不好学习吗？那跟我去侍弄地去。

表哥很高兴地说，行，姑姑，我可会种地呢。

我妈说，我看你种地也不是好手。

表哥说，姑姑您可把我看错了。我们农中时候，天天也不上课，老师请着农民，就是教学生们种地呢。谁完成了任务，黑夜给吃一个白面馍馍。我跟您到南小宅儿，好好地侍弄您的地。

表哥想想说，姑姑，按现在的季节，该锄二回了，要不草就要往疯了长呀。

我说，表哥你不是可不好在农村吗，就想在城市里？

表哥说，我是不想一辈子当农民。现在我是市民了，到村里种种地，还真的挺高兴。

我妈头前去了南小宅。

我妈走的第二天上午，表哥和方悦就跟我借钱，说照相馆能拍就像是王心刚那样的明星照，他们也想来一张。

方悦说，拍个明星照，咱们也摆在那里，臭美臭美。

我问多少钱，他说八毛。我说表哥，你莫非连八毛也没有？他笑着说，嗨嗨，我们还想放大，放一张七吋的得一块。

方悦说，放也放大了，还不得再上个彩儿？算下来，这就得两块一张。

慈法师父给过我一本折叠式字帖《王羲之草诀歌》，这本字帖很长很厚，每一页都是硬袼褙纸。我把这本又厚又硬的字帖当成我的宝藏夹，有啥好东西都夹在这里面。这本字帖平时就平放在我家的衣箱顶上，上面又摆放着好多书。这个衣箱是半揭盖式的，我的书和字帖放在箱顶上，也不会影响我妈跟箱里取东西。因为是我的书，我妈也不会翻看。

我当着他们的面儿，掀起这本硬皮字帖，抽出一个信封，跟里面够出五块钱，给了表哥。

方悦说，招人兄弟，我可没看见你跟那里往出够钱啊。

表哥说，我知是知道，可我也不会跟那里往出够钱啊。

我说："我又不怕你们够。谁想够够哇。"

方悦说："好兄弟，冲着你这句话，哥以后挣了钱，说啥也得让你花。哥要是有了媳妇，说啥也得，那个也得，那个……"

表哥说："也那个啥？"

我说："快快，快出去！"把他们轰出去了。

放暑假了，再开学我就是初三了。

表哥和方悦都拿到了初中毕业证，他们的毕业证书上贴的相片，就是前些日拍的明星照。

两个人长得都很英俊，表哥说，咱们要是上了电影，在明星里也是那靠前些的。

方悦说，还上啥电影，这毕业了，我就得回村修理我的地球去呀。

我说，我跟我表哥也到南小宅，去跟我妈侍弄地去呀。

我妈每次到怀仁，都是坐长途汽车。长途汽车在清水河有一站，到我爹公社正合适。但表哥提议坐火车，他说没坐过火车，想体验体验坐火车的味道。

坐火车只能是在怀仁下车。下了车怎么到南小宅，我妈早告诉我了。反正得步行十二里。

怕肚饿，我提前蒸了一笼馒头当干粮。表哥说，你知道干粮是啥意思？我说啥意思？他说，干粮干粮，那是干的粮，你应该是烙饼子才对。我说谁让你不早说。他说，现在也不迟，你把馒头切成片，拿油一炸就干了，过去的老财们就这么做。

我说快行了吧，咱们可不是老财。

他说，要不切成片拿油烙烙，烙干了上面撒点盐面儿，也好吃。

我说，你倒是会吃。

他说，我们上农中，在过节时，学校给我们改善伙食就这么做。

我们只想起带油烙馒头片儿，但没想起带水。馒头片上面又撒了盐，一路把我们渴得那个难受哟。

表哥说，我现在相信二万五千里长征时，红军喝马尿的事是真的了。

路过个叫曹四老庄的村子，跟村口的老乡讨水喝，一人喝了一大瓢，还想喝。

表哥拍着肚说，不行了，我要一弯腰，水就吣出来了。他这话把个给我们端水的女娃子笑得趴在碾盘上，不起来。

喊她她不抬头，我们把瓢给她搁在碾盘上，走了。转过身后，表哥又跟兜子里掏出三块油烙馒头干，给她搁在了瓢里。

出大门时，我们回头看，女娃子站起来了，手里拿着块油烙馒头干，就吃就看我们。

表哥跟她一扬手说："古灯儿白。"

我说，人家女孩听不懂，以为你是在骂人家，那你小心人家吐出"大师傅打你呀"。

表哥说的"古灯儿白"是英语，我说的"大师傅打你呀"是俄语。这都是学生们背单词时，为了记忆方便而发明的带有趣味性的发音。翻译过来的意思一样，都是"再见"。

我们说着笑着出了曹四老庄。

下一个村就是南小宅了。

我妈不知道我们这天来，他们已经吃了午饭。

表哥说不饿，快给我们熬稀粥。

我说熬稀粥那得熬到多会儿，快给拌疙瘩汤，拌得稀稀的。

表哥说，如果有调苦菜的话，冲上井拔凉水那才叫个解渴。

我妈说，村里还怕没有个调苦菜吗?

我妈把调苦菜盘往上一端，表哥高兴得直拍手。

我把我们干粮掏出来，我妈咬了一口给我爹，我妈就嚼就跟我爹说，看看我娃娃蒸的馒头，半点儿也不酸，又没让碱给拿死。

我爹就嚼就说，我那娃娃你们谁也得宾服。

"宾服"是我们应县老家的话，意思是彻底地服气。

我妈拿了三片，出了堂屋，就走就响亮地说："曹婶婶，你尝尝我娃娃蒸的馒头烙出的馒头干。"

南小宅村两大姓，一半姓曹，一半姓李。我们租的这个房，房东就姓曹。他们住东上房我们住西上房。两家伙堂屋。

院里还有一家租房的，姓贺，住西下房。

我妈给房东送完，又给西下房送馒头干，也是一出院就喊着说，他贺婶婶，你尝尝我娃娃蒸的馒头又拿油烙出的馒头干。

南小宅的东边是军用飞机场。

我妈开的荒地有两块，一块在村跟前，有一块地远，紧挨着飞机场。我妈说远的这块种的是黍子。

这块地是细细长长的一溜。一边是生产大队的地，一边紧挨着飞机场的排水沟。这块地的上下如果算是宽的话，它最多有一丈宽，可它很长很长，我说不出有多长。

表哥说，姑姑，我看有两亩半。

我妈说，好眼窝，差不多。

表哥说，姑姑，您这块地眼看着就草荒呀。

我妈说："没想到忠娃子也懂得。就是，不赶快锄，真的要草荒呀。"

表哥说："姑姑，明儿我就来锄。"他左看右看，看了看地头两边，说："姑姑，不紧不慢，用不了三天我就给您锄完了。"

我们又返转到了另块地。

这块地主要是种菜。我妈说，为了俺娃们吃菜，我把精力都放在了这块地上。地里有山药、圆白菜、萝卜、豆角，还有黄瓜和西红柿。全全的。

看到了圆白菜，我想起了它还叫勺儿白。这时候我想起了小学时在五舅舅家，栓栓领着我们几个小孩到东关菜园去拾菜。

我想问问我妈记不记得，借给栓栓二十块钱的事。我想告诉我妈，栓栓是为了保护我才把那个孩子的鼻梁打坏了。我还想告诉他，栓栓是个讲义气的孩子，他就是为了还我那二十块钱，才去偷菜园的菜去卖，卖了几次，最后让给送进了少管所。

想了想，我没问。

我每天跟着表哥去黍子地锄草。

我和表哥一人戴着个大草帽，我还给背着个军用水壶。

我不锄，是表哥锄。

太阳很毒，表哥的汗珠叮叮地往下滴。表哥就擦汗就跟我说，写那首诗的老古人肯定锄过地，要不他就不会写出“汗珠滴下土”这样的话，这话说得真他妈的准。

表哥抬起眼看看四周围说，这一片是啥地，咋四周半苗树也没有。

我说，大概是飞机场不让种树。

表哥想想说，对，树会把飞机给绊倒。

一到黑夜，飞机就出来了。我跟表哥站在房顶上看。看不见飞机，只能看见像星星似的一颗灯，在高空绕圆圈，绕着绕着，突然就直直地往上蹿，有时候就蹿得看不见了，但能听到轰隆隆的声音。

有时候那颗灯绕圆圈，绕着绕着还要往下栽，栽栽栽，快栽到地面了，又一下子往起蹿。

我们两个在房顶上尖叫着，怕飞机给栽地上。可没事，一次也没栽过，就是把人吓一跳。

用了两天时间，表哥把那块地给锄完了。

我妈查看查看说，忠娃子能行，像个受苦人出身。

表哥说，姑姑，您以前保险把我这三间房给看成了间半。

我妈说，明儿给你吃蒸饺，奖励奖励，记得你小时候，一吃蒸饺就不往下放筷子了。

清水河离南小宅儿五里地，平时我爹中午不回来，就在公社食堂吃饭。我妈跟我爹说，那货，明儿中午回哇，咱们吃好的。

第二日，就在我妈把蒸饺端上来时，我爹回来了。他告诉我们一个好消息，说五舅舅给表哥找到工作了，在市皮鞋厂学徒，让赶快回。

表哥着急地问，不知道几点的火车，今儿能不能回去？

我爹说，回大同的火车是晚上七点二十分。不急，慢慢吃哇，我已经说给拖拉机了，赶后晌五点来这儿，往怀仁送你们。

我妈说我爹，你这个担大粪不偷着吃的真心保国，这次咋舍得用用公社的拖拉机。

我爹说，我也得看看是啥情况，这么好的大事，可不能给耽误了。

我说，我就记得拖拉机叔叔给咱们家拉过东西，您还坐着在半夜给送过苍蝇盒儿。我妈说，那都是妈求人家给送的，又不是你那个真心保国的爹。

房东曹婶婶撩启门帘进来了。一进门说，看这香的，我在我家就闻着了，香的。

我妈给她夹了一碗饺子，她接过碗，坐在了炕沿边，筷子往窗户外指指，压低着声音说，亲家又来搬了，真失笑，说一个月就一个月，一天也不迟，就来搬了，生怕是吃了亏。

我妈看了我们一眼，没作声。

房东说，亲家两个还喝酒，那个说，老喝你的，那个说，屄，咱俩还分啥你的我的。你听听，失笑的。

我妈说，他们两个一会儿着急走呀。

房东说，走呀，喝完酒就着急着走呀，你听听，那个还说，我这儿借不出毛驴，你下个月还给送过来。你看这失笑的，借不出毛驴哇，跟曹书记说说，大队还不借给你个毛驴？你说，曹书记。

我爹说，两个孩子一会儿走呀，回大同呀，有啥他们走了再呱啦。

房东说，多住两天哇么着急走啥。

我妈说，孩子们回去有事。

房东这才放下碗，对我妈说，完了我跟你学，真失笑。说完，这才出去了。

我妈说，真心烦，一天操别人的闲心。

在火车上，表哥问我说，你听懂那个房东，说啥了没？

我说，我连半句也没听懂。

表哥说，她是说，西下房那个姓贺的女人，有两个男人。一个月在这个男人家住，一个月在那个男人家住，一替一个月地住，懂不懂，这叫朋锅。

我一听，奇怪地说，咋就朋锅？

表哥说，缺钱的过。方悦还跟我说，忠孝我看了，咱俩没钱的话，娶上一个媳妇朋锅算了。

我说，表哥你这回去就当工人呀，一上班，你就有钱了。

35 表态书

以往，毕业班要重点保护，出地拾柴呀平整校院呀种树呀浇水呀这样的劳动，学校都不让他们参加，为的是让他们好好儿学习，参加中考，看看升学率是多少，考住的学生比上届多多少，比别的学校多多少。

不仅是学校跟学校比，在本学校里，这个班跟那个班也要比。考了几个重点高中，考了几个中专，考了几个技校，哪也没考住的落榜生又是有几个，这都要比比。考好了的班，学校还要奖励班主任。

可是我们升成初三学生了，学校好像是不太重视学生的学习。天天让班主任在自习课上给同学们开班会。以前的班会是讲学习，现在的班会是讲政治。就是念报纸，说不能走白专道路，说那是资产阶级的一套，要走又红又专的革命之路。

阎老师那天在班会上不点名地批评班里的非无产阶级现象，说了有十几种。他每说一种现象，同学们就拿眼睛找，脑袋捩左捩右地找找这是在说谁。

阎老师说，我这是说说现象，不是针对某个人，大家不要找了，毛主席教导我们说，有则改之，无则加勉嘛。

说完，他又继续往下讲，同学在下面悄悄地听着。

班里从来没有这么安静过。

有同学做作文形容安静时喜欢说，地上掉下个针也能听得见。

这时候就是这样，教室里安静得地上掉下个针也能听得见。

阎老师说到有的同学喜欢个猫儿呀狗儿呀，林黛玉呀贾宝玉呀，见风流泪望月伤心，这是封建社会的才子佳人。

坐在我前边的女生，她喜欢画画儿，画得也很好。她把自己画的“黛玉葬花”压在书桌里的玻璃板下。这时候我见她偷偷地悄悄地把玻璃板揭开，把“黛玉葬花”给抽了出来，慢慢地慢慢地给团成团儿，狠死地狠死地攥在手心里，攥呀攥。

我真的替这张画儿可惜，我真的很喜欢这张画儿。早知道这样，我在头一天把它偷走，那该有多好。

我正走着思，听到阎老师在台上说，有的同学好看外国书，外国书也有好的，比如说《钢铁是怎样炼成的》，可他不看，他是看《少年维特的烦恼》，看《简·爱》，情呀，爱呀的，这是资产阶级的无病呻吟。

听到这里，我觉得头上一下子冒出了汗，这是说我。

后来又说到有的同学讲究穿戴。这下，同学们都转过身看我。

阎老师说，大家不要看曹乃谦，我不是说他。他家的人平均生活费，在咱们班是第一，是有些同学的全家人的生活费。他穿得好些也是应该的，我不是说他。我是说咱们班的有些同学，家里本来挺困难，却要让家长给做好衣裳，让家长给买好钢笔。这就不应该了。这是追求资产阶级的物质享受。

上完这个班会的第二天，同学们齐刷刷地换了衣裳。天本来还挺热的，可同学们连白衬衣也不敢穿，班里灰蒙蒙的一片不说，或者是裤子或者是褂子，还都是打着补丁。

我是八十一团支部的宣传委员，在班里负责办黑板报。那天，阎老师给了我一张《中国青年报》，让我照着上面的社论，办了一期专刊，内容是“向邢燕子大姐姐学习”，同学们以前知道这个人，她考住学校不去，一心回乡务农。

自那以后，阎老师的班会就开始说这了，插队，插队，插队！

我心里知道，这不是阎老师的主意，这是上面的意思。上头让他这么跟同学说，他能不跟着说吗？他挣人家学校的工资，他能不按照学校，不是学校，是教委，不是教委，是，是上头，能不按照人家上头的精神来说来做吗？

过了些时，学校不知道跟那儿给请来了两个邢燕子式的大姐姐，来给我们讲课。

全校学生都让搬着凳子，坐在大操场，听那两个大姐姐给讲她们是如何地克服重重阻力，硬是与困难作斗争，把户口迁移到了农村，当了一名光荣的有文化的人民公社生产大队社员。

讲到半路，讲台上有老师突然站起来，指着对面的城墙在喊：“干什么你干什么你！”

一操场的人们都回头看。

城墙上有个男孩冲着操场撒尿。老师喊他，那孩子也不怕，继续在不紧不慢地尿，那股尿水水在阳光下粼粼地闪着光。

女生都把头转了回来，骂流氓流氓。男生们哈哈笑。

几个老师往城墙跟前跑，就跑就喊“抓住他抓住他，抓住他抓住他”，哪能抓得住。除非有孙悟空的本事，要不，谁也上不了城墙。

不过，当几个老师“抓住他抓住他”往城墙底下跑的当中，那个男孩不慌不忙地从另一个方向下去了。

看不见那个孩子了，同学们这才又都反转身坐下来。

“继续开会继续开会。”校领导弯下腰，嘴靠在麦克风上说。

继续开会。

邢燕子式的大姐姐继续讲，一直讲到前院放学的钟声“当当，当当”敲响。

一、二年级的学生跟插队暂时还没关系，高高兴兴地哇哇叫着散开了。

我们初三的学生，都不作声，搬着凳子往各自的教室走去。

一进班，吹口哨的那个高手猛猛地唱：

“上一次鬼子来扫荡，狗日的真厉害，抢走了妹妹的两只鞋（读hái），还有我的大烟袋。”

全班男生都跟着唱：

“嗨——呼，呀呼嗨，烟袋！”

我妈在村里待着，不知道城里学校的事。学校宣传鼓动知青呀插队呀的这些事，我从来没跟我妈说过。

那时候，城里的菜还是供应，不能随便就买到。我妈就半个月给我们送一回菜。有时候还要给仓门舅舅家和后院儿师父家也都股着。

邻居们说，曹大妈您这路费一年也得些个。我妈说，管他，孩子们吃好喝好比啥也强。

昝贵妈我叫昝婶婶。

那天昝婶婶到我家，跟我妈说，曹大妈，我每天瞭你，看你回来了没。你不在城里头管你的招人，你才是跑到村里找你的老汉去了。

我妈说，咋了，招娃是不是又耍水了？

我妈看我。

昝婶婶说，耍水倒不是，是学校让你招人插队呢。

我妈问说，插啥队？

昝婶婶说，看来你是真的不知道。她就把她知道的这些日学校的形势跟我妈讲了。

我妈说，我当是招娃子又要水了呢。

昝婶婶走的时候，我妈又安顿说，再有啥了昝婶婶可得告给我，我这个灰娃娃从来也不跟我说这些。

昝婶婶说，那作准的，我是怕孩子们不懂的，闹不好就叫学校给日哄了。

我妈当时正洗着锅，我说我送送昝婶婶。

出了街门，我问昝婶婶说："婶婶我们要水的事，您咋不直接跟老王说，叫我妈去说？"

昝婶婶说："你妈厉害，说他们他们听呢。我说人家听也不听。"

我说："我妈可把人家老王骂了个灰。"

昝婶婶说："谁叫他不起好带头。"

我说："其实我跟昝贵都不敢进水深的地方，就在边儿要要。"

昝婶婶说："那也有个失错呢。我们当家长的都是为了你们好，淹死咋办？"

我返回进了家，我妈一下子厉害起来，冲着我喊说："站那儿！"

她刚才好像是不在乎昝婶婶说什么，原来是假装。

她让我站在门口，质问说："我回了好几回，为啥不跟我说这个事？不是昝婶婶来，我这会儿也还被蒙着。"

我解释说，一个是怕您担心，再一个是，阎老师跟我说了，上面的政策是，独生子女肯定不让插队，那就跟当兵一样，不要独生子女。

听了这，我妈才把头脸放下来，说，那你也该着跟妈说说，让妈心里有个数。

我说，以后有啥都跟您说。

又一期黑板报，阎老师让换成了，“到农村去，到边疆去，到祖国最需要的地方去”。

学校里，墙上到处贴着红的黄的绿的标语，写着口号。

插队的火药味儿是越来越浓了。

校团委号召团员表态，响应祖国的号召，一颗红心，两套准备，考不住学校就坚决到农村插队。

我们八十一班五个团员。

阎老师把我们叫到他办公室，让人人都写表态书。

我们都写了：一颗红心，两套准备，考不住学校就坚决到农村插队。

人人一份儿，阎老师让支部书记把这五份儿表态书送到团委。

我妈问我中午为啥回得迟了，我说我们团员留下来写表态书。

我从来不跟我妈说谎，再一个是，我不是已经跟我妈说了，独生子女不插队。我心想着她不会把我的表态书当回事。

我妈问写的啥，我说：“一颗红心，两套准备，考不住学校就坚决到农村插队。”

我妈“啪”地给了我一个耳光。打得很重，一下把我打倒在地上。

她瞪着眼，指着我说：“这下你可真的到村里头去哇，去放你的羊哇。”

我捂着脸说：“我跟你说过独生子不让去嘛。打我。”

我妈说：“独子不让去，可你自己硬写着申请要去，人家还不让你去？”

我说：“我还能考住。我说的是考不住才去。”

我妈说："你保证能考住？万一有个失错呢？再说呢，人家把那题出得那难难的，让你们谁也考不住，哄你们小鳖蛋还怕是哄不了？这下你可真的到村里头去哇，去放你的羊哇。"

题出得再难，也是要择优录取的。我妈不懂得这。但是，万一失误呢，我平时考试也有过失误。到时可糟了。

我让我妈说得也有点紧张。

"吃饭。吃完睡去，睡醒好好儿背。"我妈冲着我大喊。

我慢慢地站起来，悄悄地吃完饭，躺在炕上，用手绢盖着脸，睡了。

睡醒了，一看马蹄表，三点了。我妈不在家。我跳下地，拉门，拉不开。门从外面给锁住了。

我妈干什么去了？她锁门干什么？

我坐在门里的小凳上。

我一会儿看看表，一会儿看看表。

差五分四点，她回来，在门外开锁。

她一开门，把一团纸递给我问："是不是这张？"

我展开看了一眼，是我中午写的那张"一颗红心，两套准备"表态书。

我点着头说："就是。"

我妈把表态书从我手里一把抓过去，"嚓嚓嚓"地，撕成了碎片。

36 中考

全校有十一个学生戴着大红花被大卡车送到了农村，其中有我们八十一班的一个，就是那个吹口哨高手。

这十一个同学的学习成绩都是班里的倒数第一第二的，自己也知道是考不住。再加上团市委，教育局团委，校团委，都要发给他们穿的戴的铺的盖的东西。学校总务说还要现现儿给二百块钱，说是安置费。他们就把户口本交给学校，办理了正式的插队手续，到了农村，去与贫下中农结合在一起，战天斗地，为革命献青春。

学校又开始说学习的事儿了。

同学们不再是偷悄悄地学习了。

我妈骂说，一会刮阵子这风一会刮阵子那风，反正是不好好儿让学生安安心心地学习。

我妈说我："好好儿学。你要是考不住，学校不让你插队，我也要把你送姥姥村，跟存金放羊去。"

我看我妈。

我妈说："我可不是吓唬你。你要是考不住试试看，不送你村里去放羊，有了鬼了。听着没？"

我说："听着了。"

表哥在皮鞋厂当了正式的学徒工，厂子一个月给他十八块生活费。厂子有单身宿舍，他就在厂子吃住。不过，我们家永远是他的根据地。他想回回，想走走，想吃吃，想住住。但只要是我们家吃好的，那我妈一定要叫我到厂子去叫他。

放寒假了。

七舅舅骑车回姥姥家了。

我妈让我在家学习，她到怀仁走了一个星期，那天一大早坐着公社上矿拉煤的拖拉机，回来了。拖拉机的车头焊了个铁厢，我妈也坐在了里面。这样她就不再是灰眉灰脸的了。她跟车厢上搬下三个布袋，一袋黄米面，一袋冻粉条坨子，一袋冻豆腐。这都是她种地的收获。

我妈说，这个大年就在大同过呀，过完年就不走了。

我说："您不到怀仁种地了？"

她说："不了，过了年我就好好儿拧你呀。你甭想着偷懒不学习。"

方悦来给慈法师父刷房。刷完，提着白土浆桶到了我们家，说："曹大妈，剩下些白浆，给您家也刷刷，刷是刷不好，只是按按土气。"我妈说："那还不好？曹大妈不嫌你个好赖。一年了，按按土气就行了。"

我们家每次刷房，都要换围墙纸和窗花纸。怕我妈买不好，我赶快到五一菜场给把这两种纸挑选回来。

围墙纸是浅蓝色的底子，空心儿"丁"字对出的图案。空心儿"丁"字又是用黑边勾出了轮廓。方悦说："曹大妈，还是招人，您看这多大气。"

我妈说："素寡寡的。"

方悦说："曹大妈，我一便给裱哇。"

刷房时，我妈把我撵到里院儿，让到师父家去学习。我学不在心上，一会儿出来看看，一会儿出来看看。裱围墙时，我也想上手，我妈说：“咋又出来了？进里院儿去！”说着，照头给了我一巴掌。

我妈打我耳光，有三种打法。一是“给你个巴掌”，一是“摔你个兜嘴”，一是“掣你个刮刷”。

这三种里头，巴掌是最轻的，刮刷是最重的，能一下就把我打倒。而这刮刷，又分着轻重。我五舅舅跟我讲过，说我妈在年轻时，因为浇地和小山门村的一个后生打起来了，我妈一个刮刷把那后生打得滚下了沟塄，那后生满嘴血，他的牙让给打得掉下两颗。

我挨了一巴掌，只好是又返进了师父家。

我家邻居吕婶婶看见我买的围墙纸好，也照住我的，到五一菜场买回来了。

她也要让方悦给刷房：“婶婶白土也买好了，你也给婶婶刷他哇。婶婶不白让你刷，雇街上人，一间房八毛不管饭，婶婶给你一块，还管你饭。”

我妈说：“曹大妈也不让你白刷。”

方悦说：“不要您们的工钱，混顿饭就行了。”

方悦的活儿做得很细，大家都夸好。可是，他只注意了手上的活，却一不小心把吕婶婶的大洋柜的柜顶给踩坏了，踩出了一道二寸长的裂纹。

方悦说：“您看这，您看这，您把我打扁再捏圆，我也赔不起。”

吕婶婶说：“一个烂柜，赔啥。”吕婶婶嘴上这么说，我们大家谁也能看出，她实在是心疼死了。

正月十五我过生日那天，我妈让我爹在我们家门前，用煤块儿拢了一个三尺多高的旺火。我爹用红纸写了个“旺气冲天”，贴在了旺火上。里院师父出来，手里又拿了一副对联说，我给来个锦上添花吧。他从旺火顶拿起一块煤，把对联压住，又用手把对联顺下来。这是他在家里写好的：

天高悬日月
地厚载江河

天还不黑，我妈就让我爹把旺火给发着了。旺火着旺时，我妈跟旺火上小小心心地夹了几块火炭，夹在了家里的火炉里。我问她这是做什么，她也不说，其实我知道，她也是不懂这些。她是听街坊们说的，她也就这么照着做做。但有一点是可以肯定的，我妈从来是不怕浪费柴炭的，她在街道里是出了名的费烧的人。别人家一小平车八百斤炭烧两个月，我妈一个月就烧完了。我爹每个月往家里送工资，跟怀仁回来的第一项大任务就是，到煤场满满地给往回拉两小平车炭块。

我不喜欢炮子，我们家不准备炮子。表哥自己跟街上买了好多，“咚嘎咚嘎”在院里放。

吃完晚饭后，旺火着得正旺。柱柱昝贵他们也都来看旺火。有些小孩子还跟家里拿来白面馍馍，用筷子串着，在旺火上烤着吃。

里院师父说，这叫烤旺气馍馍，吃了旺气馍馍，一年胃不疼。

我的胃不好，赶快跟我妈要馍馍。我妈说只有馒头，没有馍馍。

馒头是用刀切出的剂子，有棱角。馍馍是用手揉出的，圆圆的。

师父说，我家有。我就跟他进里院，他给拾了一竹盘，足有七八个，拿出外院。我妈又进家取出筷子，让大家串着烤。柱柱昝贵孟孩也是一人一个。

表哥顾着放炮子，让我给他烤。

老王和小斌也跟街门进来了，两人同时喊“曹大妈过年好曹大爷过年好”，我妈说“俺娃们好”。自我妈骂完人家老王，这是老王第一次进我们院。

听得街上“咚咚嚓咚咚嚓”地敲打着，人们又都跑出去看红火。我妈跟我爹也相跟着上街看红火去了。

我不好看红火，进后院儿，跟师父把象棋砣儿摆成对角，跳象棋。

七舅舅跟村里回来了。他在大同煤校读中专，这也是最后的一学期了。我初三一毕业，他就要分配工作了。

我妈把我五舅舅也叫来了，一起商量，看看是让我考中专还是考大同一中。

七舅舅说，上回小学进初中是他考好了，人家一中把他录去了。这次想去，就得填报志愿书。

当时的形势是，中专好考，大同一中难考。

大家的意见非常地一致，让招人报大同一中，以后上大学。

我说：“这次要是考去，可不要给我往回转了。”

我妈说：“上回是为俺娃小。这回不转了。可这回怕的是你考不住。”

我说：“百分之百。”

我妈是个文盲，听不懂我说啥，问：“啥百分之？”

大家都笑。

我爹说：“不用说，俺娃娃肯定能考住。爹甚不甚给俺娃买他辆新洋车，以后到学校好骑。”

我报考大同一中这个事就这么定下来了，剩下的就是我妈拧我了。

我爹说，我那娃娃用不着拧。舅舅们也说，招人没问题。

我妈说："这口饭你咽进肚里了，这才算是你吃了。啥也是个这。"

我妈给我规定了好多的条条框框。首先一条是说七舅舅，你可不许给他借闲书了。第二是每天早早起来背。她说，千日的胡胡百日的笙，背书全凭一五更。第三是，不要进里院跟师父下棋了。她说，师父可关心他呢，进是可以进去，跟师父坐会儿，不能下棋。

她说，那要的东西，一要就有瘾了。

我问能让我要乐器不？她想想说，能，学得乏了吹会弹会儿，是个解乏的。

七舅舅说，招人在这个方面是个天才，好像是不用人咋的教，一看就会，一点就通。我在太宁观补习高小的时候跟姐夫要钱买了个新口琴，把个烂的给了他，可后来在人家上小学的时候就比我吹得好了。

我妈说，馋当厨子懒出家，又馋又懒学吹打。他反正以后要是要饭，是把好手。

我爹说，你咋老说我娃娃要饭。

我妈笑。

这次的家庭会议后，我发现我妈很有些组织才能，好像我们阎老师给我们班干部开会那样，先是"说说你的看法"，征求着大家的意见，然后又"一个是再一个是"的，给布置任务。

阎老师是个要强的班主任，在他的狠抓下，我们八十一班从年级最差班成了最好的班。

樊义的男子短跑，全校第一。董继忠的男子长跑，全校第一。李秀英的女子短跑，全校第一。萧桂梅的文娱表演和我的作文，又都是年级里公认的拔尖生。

大同市体委和教委组织全市中学生环城跑，以班为单位，男生女生各选十名同学。但每个学校只能推荐一个班来参赛，大同五中选住了我们八十一班。比赛的结果是，全市第一。

我在这方面很差劲，在班里还不如女生跑得快。我没参加跑。就像到水泉湾耍水那样，我是负责给他们跑的人看管衣裳。

在插队风过去后，阎老师也在拧同学们的学习。他也像我妈叫来两个舅舅商量我报考哪个学校那样，跟我们班干部一块研究，建议谁谁谁报哪，谁谁谁报哪。他还主动地找同学们，把我们的报考分析，建议给同学们做参考。

中考的结果出来了，我们八十一班，又是全年级第一。考住技校的最多，考住中专的最多，考住大同一中的最多。

我们班有三个同学考住了大同一中。里面，有我。

最后要离开学校时，听说阎老师有了小孩儿，我们几个学生说，走，看看去。

一年前，阎老师跟城区二小的乔老师结了婚，当时就住在他的办公室。后来搬进了学校旁边的家属院儿。

学生们也不想想人家正在坐月子，该不该去，我们一伙人就那么轰隆轰隆地进了人家家。

小孩儿醒着，脸圆圆的眼睛大大的。她的姥姥在伺候月子。

姚建平说，这个小孩儿有意思，乱七八糟的跟她姥姥一样样儿的。

昝贵说，你这说的是啥话。你就说，脸型呀鼻子呀嘴呀都跟姥姥的有像，但你不能说成是“乱七八糟”吧。

大家都笑。

我问乔老师，小孩儿叫啥名字，乔老师说大名叫阎莉，茉莉花的莉，小名儿叫个莉莉。

赵蓉卿说，我姐姐也有个月圪蛋，我可好闻月圪蛋的奶毛儿味呢，说着她就弯下腰亲了一下小孩的脑门儿。

我也想知道知道什么是奶毛儿味儿。在离开时，我也学赵蓉卿的样子，弯腰在小孩的脑门上亲了一下。

这时，我想起了上初小那会儿给解放军姨姨扫盲时，抱过她的女女，同时又想起了高小时我背过的表妹丽丽。女女和丽丽的身上，都有种这样的好味道。

哦，这就是奶毛儿味儿。

37 报到

一九六五年暑假当中，在我接到大同一中录取通知书要上高中时，七舅舅也接到了通知。他是跟大同煤校毕业了，分配到晋中地区的一个叫做富家滩煤矿职工子弟学校，去当老师。舅舅走的第二天早饭后，我装着我的通知书，也要到大同一中去报到。

我妈让表哥跟我到的学校。

三年前，我小学毕业考初中时就考到了大同一中。来报到时，是五舅舅送的我。五舅舅后边带着我的行李，前边的大梁上坐着我。

这次我跟我表哥一人骑一辆自行车。

慈法师父知道我吃完早饭去学校，一会儿跟里院出来一趟，一会跟里院出来一趟，看我走了没有，可他又不进我们的家。他从来没有进过我们家。

我们先把两辆自行车推到大门外，然后把行李卷抬出来，捆在我的后衣架上。表哥车后要捆一个方木箱。箱里面是我妈给准备的需要替换的内衣外衣和洗脸刷牙的用具，还有一些书，还有我心爱的口琴。另有一个敞口玻璃瓶，里面装的是红糖姜茶粉。这是慈法师父为我脾胃不好给我配制的。

慈法师父又是给扶车子，又是给扳衣架，碍手碍脚地帮着我们的忙，还“这里有点松，那里再紧紧”地给我们监督和指导着。

表哥说师父您就放心哇。师父说，松了容易打偏，紧了没不是。

师父又揪揪这儿，拉拉那儿，最后说，这下行了。说完跟衣襟里抽出大手绢擦汗。

我说师父您回哇，报完到我们赶中午就又回来了，回来我就进里院去跟您下棋。

师父说，灰孩子，上学就上学，不能尽思谋着下棋。

我说噢。

师父说，学习得乏了，礼拜天跟师父下盘棋缓缓脑子也对。

我说噢。

见我们推起车走呀，师父说，我看两个儿先推着走上一会儿，过了西门外十字路口再骑也不迟。

我说，没事儿，我们骑车的技术可好着呢。

师父说，光你好不行，那得开车的司机技术也得好。反正是小心没不是。

我们两个上了车，师父说，招人记得每天饭前冲姜茶。我说噢。骑了一截，又听见师父在后面喊:“两个儿靠边儿骑——慢点儿骑——”

我大声回答:“噢——”

出了巷口，往西门拐弯时，我捩回头看看，师父还在街门口远远地望着我们。我冲着他扬了一下手，骑过去了。

表哥说，师父是真心地看好你。

我说，听说我考了大同一中，师父高兴地说这得奖励奖励，掏出三十块钱要给我。表哥说，啊！三十块钱。我说我妈不要我要，可师父硬给，说一中是全省有名的高级学府，不奖奖孩子我说不过去。

表哥说，方悦跟我说，三爷就看好招人，就不喜见我。

方悦是慈法师父的侄孙，叫师父叫三爷。他家住在城南的雨村。他在大同三中上学时，常来师父家。他跟我表哥岁数差不多，两人是好朋友。

我说，师父是嫌他懒，嫌他眼里没活儿，说他还偷着吃。表哥说，不饿谁偷着吃，饿得过。

我问表哥说，你知道方悦哥这会儿做啥？表哥说，村里能做个啥，种地。又说，也到沙场朗过沙子，朗一立方挣一毛，朗一天挣不了五毛，后来朗不行了，又回村种地。他想跟三爷学针灸。师父给了他本书让他背，可他咋也背不会，师父骂他笨柴头。

我想起了方悦哥的样子。要是看外表，一点儿也不笨，长得英俊，说话风趣。他自己还夸自己说，咱们聪明伶俐一表人才，配王晓棠也配得过。

半路有火车道横在路上，表哥问这是通到了哪，我说是到四二八。

他说，我常听说四二八四二八不知道四二八是做啥呢。我告诉他四二八是做火车头的。

他说，哇，火车头。他朝厂子方向看，有大门挡着，但远远地能看见一处一处的大厂房的顶子。

他说，人家这才是大企业，可我们那烂皮鞋厂，小作坊。

我说，你比方悦哥强。

他说，比上咱不如人，比下人不如咱。

路上尽是骑车的。要不是带着人，要不就是带着行李，一看就知道跟我们是一样的，要去大同一中报到。

记得三年前就是土路，可现在还是土路。路两旁的树倒是长高了，绿荫荫的。

路不平，一骑得快了，表哥车后的箱子就让颠得咯噔噔响。我们不往快骑。常有人超过我们。

也有不骑车子的，家长背着行李，孩子背着书包提着兜子，说说笑笑地相跟着，步行往学校赶。

快到十里店村口，路边有一个背着行李的女学生，远远地跟我们笑着摆手。到了跟前，我们站住了。她的行李不是卷着的，而是用床单包着，可没有捆好，快散开了，里面包着的衣服都快掉出来了。她笑笑地说，想让我们帮她重新打包一下。

重新捆好后，表哥问她："你一个儿？家长呢？"她说："家就在四二八住，路不远，用不着家长。再说行李也不多，没多重。"

表哥说："把你的行李放我的箱子上。咱们一块推着走。"

她笑着说："快到了，不麻烦了。你们头里走头里走。"

我们没再坚持，各自上了车。

她在后面喊着说："回见，回见！"

表哥悄悄地学着她的普通话："回见，回见。"又捩过头跟我说："侉侉话真好听。"

报完到，认识了教室，安顿好宿舍，表哥抬起胳膊看了看时间说，还不到十点。我说回家有点早，走吧，我领你转转我们学校，看看比你们大同二中如何。表哥在二中上过初中。

把车子锁在宿舍对面的阴凉地儿。我领着表哥先转了北园，再转了西园。这两个园子都种着菜。地塄畔是各种花儿，蝴蝶上下飞，蜜蜂嗡嗡嗡。

转到前院，尽是树。从叶子的形状来看，不下十种。我说肯定有樱花，日本人种的。表哥说，应该有蜡梅。我说肯定有，就是认不得。

东操场周围又都是大片大片的林地，长着高大的树。表哥说，杨树。我说，钻天杨。表哥说，白杨。我说，都有。表哥同意我的说法，都有。

校园的当中是礼堂和教室，表哥说，外国样。我说，西洋样。表哥说，南洋的，你不看礼堂四个角伸出了大象的长鼻子。我也说不准西洋该不该有象鼻子，说，管他。

最后又转回到北边，转到了食堂。我跟表哥回忆说，初中那一个星期，顿顿有高粱面大饺子，学生们叫那大红鞋，真难吃。那一个星期，我可让饿坏了。表哥说，咱们这儿的高粱，那就不应该是人吃的东西，是喂牲口的。

因为这天没正式上课，学校两顿饭。有个老师跟里面出来，端了一个铝饭盒，里面是炖猪肉。

哇，红茹茹的，真好看。

老师走过去了。哇，真香。

表哥说:“想吃？我给进去买。”

我说:“咱们不是说回家吃饭？”

表哥说:“啥也不是死的，是活的。再说，我看见你刚才在咽唾沫。”

表哥进去了，起初不卖给，说这是教工食堂。表哥说我是他家长，来领他报名，早起没吃饭，饿了。最后卖给了。一人一个炖猪肉，两个馒头，统共才要三块钱。

绿豆汤随便喝，俩人可吃了个香，可吃了个饱。表哥说，咱们再转转，憋的。

我们转到校外。学校的西边有条河，河有水，哗哗流。

我说这叫十里河，水不深。

我们坐在树荫下，看河里有没有鱼。

有几个女同学说着话走过来，她们都说着普通话。跟我们面前走过时，一抬头，看见前晌那个大个子女生。她也认出了我们，笑笑地问我分在了哪个班。我说是六十三班，她一听“啊”了一声。我听她“啊”，就问，你也是六十三班的？她笑着点头说：“真巧。”表哥说：“缘分。”

我问她大名，她说：“曾玉琴。你叫……”我说：“曹乃谦。”我不会说普通话，她没听清，表哥又帮着解释说：“曹是曹操的曹。乃是奶奶的奶去了女字旁儿，谦是谦虚的谦。”她听清了，笑着说：“曹，乃，谦。这个名字好，是有文化的人给取的。”表哥说：“曾玉琴。也不错，也有文化。”

前头走的另几个女生喊曾玉琴，她跟我们点点头，笑着说：“回见，回见。”转过身，快步走了。

我们一直看着她，看着她追上了另几个女生，还看着她追上了另几个女生后，几个人都站住了，她好像是跟她们说了什么，另几个女生都转过身看我们。

我说：“说不定这都是我们六十三班的。”

表哥说：“不错。招人，我看你找上去哇。”

我说：“啥找上去哇？”

表哥说：“找上当女朋友。”

我说：“你灰说啥呢，灰说。”

他说：“书房戏房，恋爱的地方。两个儿在班里先搞着，毕业了就结婚。也生个小侉侉。”

我说：“呀呀呀，快快快。”我的意思是快别说这了，可他还说：“要人样有人样，要个头有个头。还笑笑的。一看就是个好女孩。”

我说：“我不喜欢个子高的。”

他说：“愣你个招大头去哇。”

我说，走哇走哇，站起身往学校走。

这儿那儿的，有好多的家长领着孩子转学校的环境，我身边的一个家长夸说，这真是个好学校，真像个大花园。

我们转回到宿舍，宿舍又多了学生。

每个班的学生都按中考的成绩排着学号，我是十二号。这意思是我是班里的第十二名学生。排名一号的，是“法定”的班长。

我们班的班长是我的应县老乡，又跟我是同一个宿舍。我跟他打招呼说回家呀，明天早晨来。他说回啥呢回，我说我跟我妈说好了中午还回去。班长说，啥中午，你看看几点了。

表哥抬起胳膊看手表说，三点了，要不你甭回了，省得明天还得早早地来。

我说，我怕我妈不放心。

班长说，又不是个女孩子，怕啥家长不放心。

表哥说，不放心啥呢不放心，我一回去不就都知道了。

我说，那你走就走吧，告给我妈就说我赶星期六下午就回去了。

表哥自己走了。

下午饭是四点开。我炖肉馒头吃好了，还没消化，不想吃，只喝了一碗稀饭。

我正在院门口洗碗，有人喊我，一抬头，是方悦哥。

“方悦哥，你咋来了？”

“曹大妈让我给你送馒头。”他跟车筐里提出个毛巾做的那种手提袋。

我认得，那是我们家的。我这才想起，我妈让表哥跟我报完到，中午还回家吃饭。下午说给我蒸馒头。我妈怕我在学校吃不好，挨饿，说要给我每天补一个馒头，第二天来学校的时候带来。可我把这话给忘记了。

我说，早知道你专门来一趟，那我还不如跟表哥回去。

方悦哥说，别提你表哥了，让你妈狠狠打了两个耳光。

表哥平时是在厂子住，但他也常回我们家，我们家是他的根据地，他多会儿想回来就回来，碰到饭吃就行了，不用拿心。我知道我妈也不嫌他吃喝，我妈常骂他是因为说他不跟心，说他有点“四由入摸”。我妈说的“四由入摸”，意思我明白，就是不懂规矩，可我不知道是哪几个字。

我说，我表哥保险是又跟我妈顶嘴了。

方悦哥说，曹大妈今天也真的是气坏了。

他说，我来三爷家，想换本简单些的医书，正碰到曹大妈在发急。

他说，曹大妈中午把饭做熟，咋等也等不住你们两个回家，问问一点了，问问两点了，老人可是急坏了。

曹大妈一会儿说，弄不好你们两个是去学校的路上出了事，一会儿说弄不好是学校回来的时候出了事儿。老人饭也吃不在心上，找三爷商量。三爷说，再等等，再等等。等到后晌快四点了，我三爷也有点急。一看我三爷也有点急，曹大妈更急了，说，不行，得叫五子给到学校眊眊是咋了，那年考去是五子给送的，可这次忠灰子说他能给送，我也是思谋着一个十五六了一个十八九了，可这，可这。

方悦哥说，曹大妈平时是个有主意的人，可这次老人慌得话也说不机明了，你是没见当时的样子。

曹大妈说，不行，这得找五子给去眊眊。我说，曹大妈我给去。你妈说，你哇不是个孩子，我能靠得住？我说，要不我给到仓门找五舅舅去。曹大妈想想，说，算了算了，还是我一个儿去哇。

曹大妈这个时候连谁也不信任了。她要自己去仓门找你舅舅。一下街门，忠孝回来了。

一问啥事没有，再一问他在学校吃了饭，还说是他给买的炖肉，还说炖肉可好吃呢。

曹大妈一听，照脸给了忠孝一个耳光，指着他说：“还可好吃呢。来，给你记上一功。说得好好儿的是你们两个中午要回家。招人小不懂得，你快二十的人了，也不懂得？”忠孝捂着脸说：“那您也不能是动不动就打人，动不动就打人。”曹大妈说：“敢跟爷爷顶嘴，反了你了。”说着又是一个耳光。后来我们赶快给拉开了。

我说：“这事也怪我。回去我妈想咋打打吧。”

方悦哥说：“打啥打。忠孝一赌气走了，曹大妈又想起给你送馒头。唉，你是不知道当妈的心。行了，我走了。”

望着方悦哥的背影拐了弯，看不见了，我这才捩转过身，“唉——”地长叹了一声，提着装馒头的手巾袋，闷闷不乐地返回到宿舍。

38　放羊

放了寒假了。我妈说今年咱们到清水河你爹那儿去过大年，我说我想跟着七舅舅到姥姥家。我妈说哪有孩子不跟爹妈过年的，我说上了一学期学，可把我憋躁坏了，我想去姥姥家海散海散呢。我妈说想去的话，等你七舅舅跟富家滩回来再说。

按七舅舅来信说的日子，再过几天他就跟晋中乘坐火车回大同了。然后他再跟我们家出发，就像以往的那些年一样，骑着自行车回应县老家。

自从七舅舅上了煤校，我妈就让他骑自行车而不是再坐长途汽车回村里，这是我妈的主意。因为坐长途车每人最多只能带三十斤东西，而我妈每次都给姥姥准备着油呀肉呀粮呀，好多好多的吃的喝的。我七舅舅每次回村，自行车最少也得驮个百十来斤东西。

我七舅舅跟晋中回来后，我又跟我妈说我也想跟着七舅舅一块儿走，也骑着车到姥姥家。我妈说一百八十里，你能骑动？我说能。

她说："忘了那年？跟清水河来大同的九十里路，你把腿骑得拐了半个多月。"我说："那是初二暑假时。当时我腿短，脚探不住脚镫，大腿根儿让座儿给磨得流血了。这会儿我长高了腿长了，不会再有那事儿了。”

七舅舅也想领我回村，他在旁边帮着我，给我妈做工作，说让孩子试试。我妈说，别看他已经是十七八了，但我咋看他还是嫩着呢，一下子骑一百八十里怕是不行。

最后商定的结果是，我妈坐火车，我跟我七舅舅骑自行车，都先到我爹工作的地方，怀仁清水河。我七舅舅回应县后，我就留在清水河，跟我爹妈一家三口过大年。赶正月初五后，七舅舅再骑车来清水河接我，我就跟着七舅舅骑车去姥姥家。在村里住上十来天后，过了正月十五，我再跟七舅舅骑车来清水河我爹这儿，歇缓一两天后，再跟着七舅舅骑车回大同。

我妈这样安排，一是说我“还嫩着呢，一趟骑上九十里也就够你日能了”。还有个原因是，她说清水河有她开荒种地打下的黍子和谷子。她要让七舅舅用自行车给驮回姥姥家。我妈说路儿远，年前回的时候只能驮百十来斤。她让七舅舅过了初五来接我时，再往姥姥家驮上百十来斤。

农村的习惯是，过了初五才出远门。

初六，我背后斜挎着我的长箫，骑车跟着七舅舅回到姥姥家。

我妈要求我无论到哪儿，都不能忘记学习。我的前车筐里装着我的书包，后衣架上捆着个大包裹。大包裹里面是我们一家人替换下的旧衣裳。我妈说别的怕你带不动，你把这些旧衣裳拿回村，看看谁能穿给谁。

到了姥姥家的第二日早饭后，我跟包裹里挑出一件我爹替下的旧棉上衣，跟姥姥说：“这件我想给存金。”姥姥说：“给存金就给去哇。俺娃不嫌他是个放羊娃，一回了村就寻他耍。”

我说我好听存金唱要饭调，存金也好听我背书。前年暑假我回来，存金还跟我背会一首《敕勒川》。姨妹玉玉说：“那天存金见了我爹还问说招人回没回？还说招人一回来，就好跟我放羊呢。我也可好听他背书呢。我爹说人家招人上高中呢，顾不得回。存金问说，上高中是做啥呢。”

妙妙表妹说：“连个上高中也不懂得是做啥，还好听人背个书。失笑死个中国人了。”我问妙妙：“记得你比我小六岁，也该上初中了吧。”妙妙说：“今年放起暑假就该了。我想跟我爹到他那儿去上初中。”

我跟七舅舅说：“真的。这是个好主意。”

七舅舅说：“我也想叫她去。可户口不在那儿，不知道行不行。”

我说：“我们班里就有十多个家是农村的。”

七舅舅说：“那不一样。人家那是考试考上的。”

姥姥说：“啥不啥，你给孩子忙忙。”

七舅舅说：“我也可想叫她去，这次开学我就给忙。忙成了，放起暑假正好就跟我走。”

姥姥说玉玉：“你姨哥来了，咱们包饺子，你说给你爹晌午过来哇。”

妗妗说：“叫二姐夫来吃个饭。可是也难。”

姥姥说玉玉：“说上个啥也让他来。你这就回去说给他。一会儿你返回帮妗妗包饺子。”

玉玉出去了。

我把我爹的旧棉衣披在身上，跟姥姥说我寻存金去呀，就拄着箫出了门。妙妙在身后说，表哥拄着他的箫，就像是拄着根拐棍。

姥姥喊说接记着吃晌饭，我大声答应着走了。

天不冷。太阳暖暖的。

村里放羊的，除了下雨下雪天只让羊在圈里吃些干草外，其余的日子都要赶着羊去放。存金放羊的地方就是南山坡。

南山坡有好几里长。

出了村，我一眼就瞭见存金跟羊们在通往西南山坡的路上移动。瞭是能瞭见，可要到跟前，最少也得五里地。

我看见，存金的那只黄狗跑前跑后地帮着他轰赶羊群。存金的这只狗，在周围的三乡五里是出了名的灵。存金一发口令，它自己就能把羊赶到南山坡。再一发口令，它自己就能把羊跟南山坡给赶回村。

他们移动得慢，我走得快。当距离缩短了一半时，我放慢速度，掌起箫，就走就吹起来，同时拿眼睛瞭着他们。

我观察到，是黄狗先发现了我，并且认出了我。它先是一怔，后捩转头朝我这个方向看，看了一眼后，就撒开腿，汪汪叫着朝着我跑过来。它跑得过快，又是下坡，我看见它一下子给跄倒了。我担心它摔坏，可是没事。它向前打了两个滚儿，又很快地站起来，冲我跑过来，在我的身旁激高高。我一伸胳膊，它把我的袄袖抱住了。

存金歪戴着一顶单军帽，帽子压住了一边的耳朵。帽檐朝天撅着，远看去就像个鸡冠冠。我想起，他是一年四季都戴着帽子，可他从来没把自己的帽子戴正过。

我把旧棉衣脱下来给他，他看看说:“呀。这么多的兜儿，正好装东西。”

我爹的这件上衣是那种有着四个明兜的干部装。存金当下就把他的破羊皮褂脱掉，把棉衣换在身上，还把帽子扶扶正。然后，干咳两声，冲着坡梁放声吼叫。

他的吼叫有板有眼，高一声低一声，还是一本正经的样子。

起初我不知道他这是在做啥，后来听出有“风吹草”还有

“牛羊”。

明白了明白了，他是在朗诵《敕勒川》。可又把词句背得走了样。

我不由得大笑起来，可他不管我笑不笑，仍然是自顾自地放声朗诵他的。

我知道他是在用这样的方式欢迎着我的到来。但他那样子，直把我笑得差点儿背过气去。

背完，他看我，等着我夸他。可我没夸他，也没给他纠正他背的那些错误。

我大声说：“再唱。唱二妹妹。”

听了我的，存金又放声地吼唱起来：对坝坝的圪梁上那是个谁？那是个要命鬼二妹妹……

他唱得真好。歌声在背后的山梁上回荡着，回荡着，后来又荡向了梁下的荒野。

他唱第二遍的时候，我吹起箫给他伴奏。

我们一段又一段地演唱着这个歌。

唱着唱着，我听到了一种新的声音加了进来。我寻找寻找，才知道，这是存金的黄狗的嗓子里发出来的声音。

黄狗的嗓子里发出一种细细的很连贯的呜呜声，我注意到，那声调还在变化着高低，好像是在跟着我们和唱。

我推推存金，然后指着狗，悄悄地对存金说：“存金你听，你的狗在跟着我们唱呢。”

存金说：“我知道。”

我说：“你知道？知道它会唱？”

他说：“我也是去年才知道的。”

后来我单独吹箫时，存金的狗也会跟着我的箫声发出那种细细的很连贯的呜呜声。发出这种声音的时候，它的脑袋还在跟着自己的声音在摇晃着。我这才认定它不是偶然的，而是有意识地在跟着我们和唱。

我这才知道，原来跟人一样，狗里头也有喜好音乐的，有有音乐天赋的。存金的这只狗就是这样的一只有着音乐天赋的狗。

很可能在几年以前我们歌唱时，它就跟着我们唱和过，只不过是我们没有注意到罢了。

中午回了家，我跟七舅舅他们说起这事，他们也觉得奇怪。

姥姥说：“它一准是随了主人。存金子就可会唱呢。”

姨夫说：“正月村里红火时，人们就叫存金给唱呢。”

从这一天起，我叫存金的这只狗叫二妹妹。又让我奇怪的是，我只是教了它两次，它就知道自己的名字已经更改成二妹妹了。我只要是一叫二妹妹，它就立马跑过来了，盯着看我，好像是问：“你叫我有什么事？”

妙妙十一岁了，但个头长得足有一米六，快跟我一般儿高了。妙妙还有个妹妹，叫平平，八岁了，个头也不低。我掏出钱一人给了她们两块，说是压岁钱。妗妗说：“俺娃还没挣钱呢。再说，一个平辈儿，给她们咋。”姥姥说：“想给给个毛毛数数就行了，咋给她们那么多？”

我说我有我有。从小到大，我身上总有钱，大钱没有，但小钱总是不断。

七舅舅说妙妙和平平：“你们不能要表哥的。”

妙妙说：“给我就要。”说着把钱攥手里了。

平平也学着姐姐说：“给我就要。”也把钱攥手里了。

一家人都笑。

姥姥说：“大小人一样，见个钱就高兴。”

我又掏出二十块给玉玉，玉玉不要。我说：“这是我妈专门托我让给你的。”姨夫说：“不要不要。你告给姨姨，她这会儿在乡农中念书，学杂费都免了。”姥姥说玉玉：“姨姨给你你就接住。买个布布子，换个节令令子。”玉玉这才接住了。

姥姥好说重叠的词，如“串个门门子”，“吃个饭饭子”。

一吃完饭，我又去寻找存金。他不在南山坡了，他是在坡东面的峪口，才做午饭。石头灶垒起了，干柴也点着了，灶上架着个小铁锅，里面是化着的雪水。雪水里泡着沤苦菜。主食是烤油糕。他说大年时人们给的油糕一直还没吃了。我说别吃你的了，我跟衣兜掏出个笼布包，里面是姥姥给他拿的饺子。

吃完饭，他把铁锅和碗筷，都装进一个油光光的布袋里，放在了一块大石头后面。我看他，他说，没人会偷的。

他说我听姨夫说你上高中了？上高中还是学习认字吧。我说噢。他说，你说那字总共有多少。我一下子答不出来。他说我看那没个总的数儿。我想了想说，数儿是应该有个总数儿，但究竟有多少，我可真的不知道。他说那你念了十来年书了，究竟认了多少字，这应该有个数哇。我又让他问住了，我又想了想，也只好说是不知道。

他说，你看看你。

我问他你的羊有数吗？他说，那作准有。我看看那些散在四处处的羊群说：“我看有一百多只。”他说：“群羊是七十七只，引羊是十九只。总共是九十六只。”

他说的群羊是指大队集体的羊，引羊是指社员个人的羊。那些背上用红的蓝的颜色一片片地涂抹着记号的羊，就是引羊。

他说年前的引羊数儿是四十一只，过年时人们杀得就丢下十九只小羊了。他说这里头还有你姨夫的一只。

有只羊跑得远了，他喊了声二妹妹。二妹妹起初顾着啃我给它拿的骨头，没注意到那只羊，主人一喊，它才意识到失职了，赶快去追赶。

存金说，我放羊全靠人家二妹妹。别村的放羊的都有个小羊倌，我没有。我说，那你是不是给大队省了一个羊倌的工钱。他说，省了一半，另一半贴补给我了，每天多给我半斤粮，多记半个工。我想想说，这对你来说挺好的。他说，好是好，可一个人孤单。

我明白了，他为啥经常是放声地吼唱，那一准是跟孤单有关系。

我说："来，我再教你背一首新诗。"

"招人，我看你这次教我认个字哇。"他说。

"认字？"我说："好哇。"

他说："招人，你教我认上几个字，叫人说起来，我也不是睁眼瞎。"

我说："那好那好。"

头一次我教他"一二三人大天"六个字。我告诉他一人是大二人是天，还给他说了个谜语"人有我大，天没我大"。他非常感兴趣，一面理解着，一面惊奇地"咿，咿"地大叫。第二天上午我教他"山水田牛马羊"六个字，顺便还教了个"二妹妹"。下午他又让我教别的。

真没想到这个存金这么喜欢写字，而且还学得快。尤其让我惊奇的是，他从来没写过字，可他写出的字，样子真好看，比我们班的有些同学还写得好。

他一满是不管羊了，把羊交给二妹妹，自己蒙着头学写字。

写字，用的是一种叫青白白的石头当笔，在黑色的石头上写。

峪沟里有的是青白白，坡梁上有的是黑石头。

后来，在我领妙妙和平平到南泉公社供销社买好吃的时，我给存金买了本儿和铅笔橡皮。

正月十五晚上，村里的当街有红火的，我在旺火跟前找见了存金，把妙妙学过的语文课本给了他。我后悔这些日子没给他讲讲拼音。

我说你好好儿地学，好好儿地写。今年暑假我回来再教你咋念。他说我一准要好好儿学，你走了以后，我要把这几本书上的字都学会咋写。

第二天我跟七舅舅骑车到了怀仁清水河，歇缓了一夜后，返回了大同。正月十七七舅舅又乘坐火车到了晋中富家滩。

七舅舅走了，我也在第二天该着到学校了。

晚上，我妈问我："你爹的那个棉袄给谁们了？"

我没想到我妈会想起问这件事，但我又不能撒谎。我说："那个，给了那个，存金了。"我妈说："给存金了？谁给的存金？"我说："是我给的。"她问："是谁让你给的？姥姥？"

我心想坏了，我妈非要为这个事发火儿不可。我妈一天价骂我说："不好好儿学习回村跟存金放羊去哇。"她动不动就这样骂我。

我从来没跟我妈撒过谎，这也仍然不能撒谎，啥就是啥，挨骂也就挨吧，谁让我自作主张地给了呢。

我说："是我想起给的。"

"你想起给的？"我妈用眼盯着我，问。我点头说："嗯。"

"好娃娃。"我妈笑了一声说，"你咋就想起个给他？"

我说："我，我老跟人家学唱歌。"

"好娃娃。"我妈说，"我那娃娃跟人交往从来不嫌贫爱富。这一宗儿，妈说你好。"

我不明白她是什么意思，是夸我呢，还是挖苦我呢。

我看她。

她说：“存金是个好好，心可灵呢。可惜的是爹妈死得早。”又说：“他爹那会儿就可会唱呢。”

听我妈夸存金是个“好好”，而不是骂他“灰灰”，我才把心跌到肚里了。

39 醉

大同一中对校规的执行是很严格的，开学后同学们只能是早来，不许迟到。无故迟到一天记过，三天就开除你。正月十八开学，同学们在十七就都到了。几个外县的学生，怕路途中遇到什么事给耽搁得来得迟了，在十六就到了学校。

我是在十七下午四点多来的，学校快开饭了。

我在宿舍正整理床铺，听的邢顺在我身后说，哎呀乃谦怎么才来，就等你了。

我说，等我？他说，走走走。他把我拉出宿舍，到了西小院车马店。

大同一中当时没有汽车，只有三辆马车。草棚马厩都在西小院，赶车倌和饲养员都是跟十里店村雇的农民。三个车倌每天都回家。饲养员龙大爷是个光棍，就在西小院吃住。

同学们叫西小院叫车马店。

上一个学期，学生们都吃不饱，附近住的学生一到星期日就回家了，曹俊、光辉、科举三个是外县考来的，星期天就到地里拾秋。拾回山药蛋玉茭棒黄萝卜啥的，就来到车马店，求饲养员给往熟煮煮。龙大爷是个热心肠，看这三个孩子可怜，答应了他们。后来他们相处得越来越亲切，像是老少朋友了。

我问邢顺到车马店干啥，邢顺说你进去知道了。

一进西小院儿，邢顺大声喊着说："乃谦来了——"

金印第一个跟龙大爷屋跑出来，"呀乃谦呀乃谦"地跟我来了个大大的拥抱。

曹俊、光辉、科举、老周都跟龙大爷屋里出来了。

老周说，曹俊他们四个昨天就跟县里来了，商量说，等你等我等邢顺咱们三个再一到，七个人就来个小小的大会餐。

我说，好，这个主意好。可这时我看看院里的草料棚，又看看牲口圈，但还没等我说出疑问"为啥非要到这里会餐"时，光辉就说："主要是大家都想喝口。"

我说："喝口，喝啥？"

金印说："喝啥？当然不是喝尿。"

大家都笑。

这我明白了，为啥要躲到这里聚会，因为学校是不允许学生喝酒的。

我从小就是个乖孩子，从小就听妈妈的话，听老师的话。但这时候我心里虽然是有点小犹豫，可也不能扫了大家的兴。在班里我们七个合得来，是好朋友。

我说："好，喝。我正好带来六个大包子。我给回宿舍取去，顺便到小卖部给买酒。"

老周说不能到小卖部买酒，学生到小卖部买酒，容易引起怀疑。我正要说，那怎么办，老周接着说酒已经准备好了："酒家何处有，遥指杏花村。是光辉跟哥哥家拿的，他嫂子还给带了十颗煮茶蛋，他这两天一颗也没舍得吃，就等大家来。"

老周说话总是这么地详尽和周全。

大家都端着饭盒儿先到学生食堂去打饭。

金印和邢顺去食堂后，又返到小卖部买了两个水果罐头。

我回宿舍取包子时，又专门到教工食堂买了两个炖猪肉。

自从上个学期报到时我跟我表哥吃过教工食堂的炖肉，我就忘不了那个炖肉的香。我后来也去买过几次，我知道那里老有这个菜。

曹俊放下他的饭盒后，又跟裤兜里变戏法似的拔出瓶浑源恒山老白干。他说自己不敢到小卖部，就到家属院求白老师给去买。白老师是他的老乡，经常找曹俊修锁子配钥匙，还常让修自行车。白老师说买啥呢买，我这儿有，你拿去哇。

科举说，人心隔肚皮，小心他告了你。曹俊说，我说我腰疼，想拿酒搓搓背，他告我啥。

大家“行行行”地佩服着曹俊的智慧。

我说两瓶酒，喝坏呀，我可是从来没喝过酒。

曹俊说，我想的是咱们是八个人，一瓶酒怕喝不足兴。现在是斤半酒，正好。

科举说，咋是斤半?

曹俊说，我这不是一斤。他提起瓶。大家这才看清是半瓶酒。

龙大爷提醒说，大冬天不能喝凉酒，喝了肚疼。金印说，喝凉酒写字手抖。

我说我爹热酒是先倒一盅儿，然后把盅里的酒点着，再提着酒壶在点着的蓝火苗上烧。光辉说那方法很古老，咱们来个现代的，他就把汾酒瓶放在龙大爷的铝壶里。铝壶在火炉上坐着，里面是多半壶水。壶口小，只能是先放一瓶。曹俊说等汾酒喝得差不多了，再热这半瓶恒山老白干。

人们让龙大爷上炕坐正面，老汉不上，指着饭盒说，你们打的菜一会儿就凉了，我在地下给大家替换着热。

人们让老周坐正面，老周不坐。老周说叫乃谦坐，乃谦跟和尚学过打坐，最会攀腿。

正说着，人们听到“嘭”的一声。

邢顺和金印同时喊，一个说“糟了糟了”，一个说“坏了坏了”。

光辉赶快拔起壶里的酒瓶，酒瓶看上去是完整的，但瓶底没有了。

再一看铝壶，里面沉着个圆圆的光溜溜的瓶底。

不用问，一瓶汾酒全都在壶水里。

大家你看我我看你，傻了眼。

那怎么办?

只好是喝这水酒了。

光辉往饭盒盖上倒出一股儿，尝尝，摇头。金印也要过饭盒盖，尝尝，也摇头。

光辉指着老周，叫你坐正面你不坐，这下好了，爆了。

老周苦笑着，连声地“这，这，这”，边说边看众人。

看着老周委屈的样子，人们都笑。

邢顺说，毛主席教导我们说，看问题要一分为二，这说不定是好事。

曹俊说，就是，酒一点也没浪费，这稀释了的水酒，还不辣咱们嗓子。

龙大爷说，还能一直坐在火炉上热着，凉不了，喝了还暖胃。

“有了有了。”我大声地喊着，“等着，等着。”我跑出去了。

龙大爷说了个“暖胃”，我一下子想起了我的红糖姜茶。慈法师父说我脾胃不好，给我配制了红糖姜茶，让我用开水冲着喝，既健脾又暖胃。他说，你是小孩不喝酒，要用酒冲着喝，效果会更好。

我跑回宿舍取来敞口玻璃瓶，也没跟大家说说我要干啥，把瓶里的红糖姜茶粉一下子全都倒进了铝壶里。

上个学期他们就见过我冲着喝姜茶。金印问说，咋把你的治胃病的药倒里头了。

我用筷子搅搅壶里，姜茶的好味道一下子冲起，这味道还有我爹点着酒后那蓝火苗散出的酒香在里面。搅完，我把筷子头放嘴里唆唆，真好真好。

我提起壶往饭盒盖里倒出一股，让人们尝，大家尝过都说真好真好。

科举连声地说了个什么词儿，听了半天才听出他说的是“玉液琼浆”。

科举好说个优美词，写作文也是，“星移月转，日月如梭，光阴忽速，时间过得飞快呀”什么什么的一大串。

在金印的建议下，先给地下的龙大爷倒了一大碗后，我们七个人上炕正式开席。我们也倒了一大碗，大家轮着个儿喝，大家连饭盒里的菜也顾不得就，转了一圈儿一大碗没了，又转了一圈又一大碗没了。

光辉说，不能就这么吸溜，咱们轮到谁谁给出个节目，唱歌也行朗诵也行讲笑话也行，但必须得有意思，让大家笑了。大家说好。

光辉带头说：“槐树开花碎粉粉。”他还没说后面的，金印说不行不行，“槐树开花碎粉粉，当兵要当八路军”，班里联欢时你唱过这个，要来新鲜的来大家没听过的。

光辉说，下句我还没说呢。金印说，那你说下句。

光辉又重说：“槐树开花碎粉粉，站在树下等兰英。”

大家一听，高兴地喊好。“哇，兰英。哇，兰英。”

光辉端起碗大大地喝了一口。

兰英是我们班女生的名字，人们都知道光辉喜欢这个女生。

金印问光辉，这次来见了没？光辉说见了。金印问，说话了没。光辉摇摇头，人家没理我，我也没敢问人家个话。金印说，胆小鬼。

大家提醒金印，轮你了轮你了。

金印想了想，说："杨树开花满世世飘，人里头就数小妹妹好。"

大家又都喊好，金印要端酒碗，光辉又给拦住了："不行，得说清楚小妹妹是谁。"

金印说，你说了个槐树，我就说了个杨树，我那是瞎编，我又没有。

金印说没有，大家都不让他了。大家早就看出金印偷偷地喜欢跟他一个学校分配来的晶晶，可金印老也不承认。

光辉说，不行，今天你非得认账才算。

金印说，没的事咋认账。

曹俊提起恒山老白干说，不认账喝这个，说着就给饭盒盖倒了一大股。金印赶快说承认承认。他光说承认大家不行，非叫他实际说出来，要不就灌他老白干。

金印只好是重说："杨树开花满世世飘，人里头就数，那个……那个……"

光辉端起饭盒盖："我看这得灌，大家来，按倒他。"

金印赶快接住说"晶晶，晶晶"。

光辉说："光晶晶不行，得整个重说。"

金印只好是再重说：

"杨树开花满世世飘，人里头就数晶晶好。"

大家高兴得哇哇叫。

光辉这才把饭盒盖放下，给金印端起了姜茶酒。

该科举了，他说大家都知道我没有，那我给说个我们忻县的家乡俗语吧。

大家都知道科举真的是没有。我说，那你说个别的，但要失笑。

科举想想说："我这是家乡的两句俗语，不知道你们觉得有意思没有。"我说："那你说。"科举说：

"又背斗子又捉奸，一人赚了两份儿钱。"

我不理解他这样的话，看看大家，只有曹俊在笑。我说不行，得大家都笑了才算。

科举又说了个别的，可他说完还没人笑。主要是没听出他这忻县口音说的是啥。人们让他用普通话说，他好像是有点奇怪和不理解地说："刚才我就是用普通话说的呀！"

邢顺说："哇。你那是普通话呀，可我们怎么听不懂。"

人们建议说，要不你说得慢点。

这次他慢慢地说："狗窝寄油糕。"说完看了看大家，说："寄就是那个寄放的寄。"

我说，你往下说吧，我们懂得是哪个寄。

他又从头说：

"狗窝寄油糕，猪窝寄白菜，八十岁的老汉走口外，十八岁的姑娘寻着睡。"

说完他又解释说，这叫做"四大不放心"。

大家都没笑，反正我是觉得这没什么可值得笑的。

邢顺说："这有个什么意思。不能喝。"

科举看老周。老周好像是我们几个的宋江，有什么疑问，最后由老周拍板。

老周说，也有点点意思，叫他喝哇。科举说，就是。说完大口大口"咕咕咕"地把半碗姜茶酒喝了个底儿朝天。

邢顺出去尿，回来说差点儿让骡子蹬一蹄子。龙大爷说，出院尿就行了你是到哪尿去了。邢顺说，我心想着，怎么能是一出院就尿呢，厕所在哪儿我也不知道，就进了马圈里。光辉说，那你保险是尿人家马屁股上了，人家才踢你。金印说要把老二给踢了可坏了大事了。邢顺说，也坏不了啥大事，反正肯定是死不了，最多是个李莲英。人们都笑。

大家转了一圈儿喝了一圈儿，当中光辉把饭盒盖上的罚酒也喝了。

再轮到科举说的时候，他说，这次给你们说个“四大将就”，听完你们要是不笑，那才有鬼了。邢顺提醒说，这次可得有意思，让我们大家都笑了才算，才能喝。

为了让大家能听得懂，他努力地用他认为的普通话，慢慢地说着：

“没亲娘，后妈也将就。没姑姑，姨姨也将就。没粉条，豆腐也将就。没板鸡，屁股也将就。”

“哈——”

全体人都笑，地下的龙大爷在火炉上给热饭盒里的菜，热了一个再换一个。他让这“四大将就”逗得差点儿把一个饭盒里的菜给扣在地下。

科举高兴得端起碗就要喝，让金印给制止住了，他按着他的手说：“不行不行。”科举说：“你们都笑成那样子了，还不能喝啊？”

金印说，不仅是不能喝，还得罚你。

曹俊给饭盒盖里大大地倒了一股，科举看老周，老周也说：“得罚。”

大家都说这是六毛话，罚。

学校里，学生们说“流氓”的时候，都说成是“六毛”。

科举接过饭盒盖，喝一口“哈啊”一声说，这才顶瘾，喝一口“哈啊”一声说，这才顶瘾。

我看得出，科举并不想喝姜茶酒，他就是想喝恒山老白干，故意地把荤段子一段一段地往出抖，为了让大家罚他。

半瓶老白干都快让他罚完了，可他的荤段子还是没完没了，还都是“四大”系列的，说得大家都“嗷嗷”大叫。邢顺还“嗵嗵”地直拍炕。

可是，当科举又抖出“四大不怕磨”后，光辉“啪”地一下，照脸给了科举一个耳光。打完，什么话也没说，跳下地走了。

当时我正在院里尿尿，没看见这场景。我尿完往屋里返的时候，见光辉出了院，我以为他也是出来尿，还告诉他厕所在西南角。

我进了屋里，龙大爷才跟我说是怎么回事。

邢顺说：“男人的圪蛋，女人的一绽。太过分了。”

龙大爷说：“不是别的，是都醉了，我看是都醉了。”

老周说：“没别的，都醉了。”

40　慈法之死

运动开始了。

那些天，在我的身边就一连发生了好几件事。

一是我骑自行车回家时，在西门外让一伙红卫兵拦住，把我自行车前面的商标让给撬下来了，说那个商标像国民党的党徽。那伙红卫兵撬下来还让我看，说这不是吗？跟国民党的党徽一样。我不知道国民党的党徽是什么样子，他们人多，我不敢说什么，再说我从小到大一直是不敢跟人吵架。我赶快走开了。

第二件事是，我妈到五一菜场买菜，女服务员说："为人民服务。你要买啥？"可我妈光说是想买啥菜，没说毛主席语录。人家不卖给我妈，非让我妈说句毛主席语录不可。旁边有个好心的人教给说"愚公移山"，可我妈没学对，女服务员让我妈重说，我妈说："那女儿，你好好儿站这儿卖你的哇。爷爷不买还不行？"说完转过身走了。

我妈空手回来了，进后院喊师父。

师父出来，我妈说，招人说中午回来吃饭，可我买菜没买上。

听了我妈的学说，师父说，我这儿有你先拿着，甭误了给招人做饭。

我妈说，您看看这成了啥事了，这叫做啥呢，小孩子要过家家也不是这样的耍法，按说我平时跟她也可熟悉呢，可这一下子就不认人了。

师父说，曹大妈你甭生气，一会我给你去买。

那些日，都是师父替我妈去上街买东西。

我听了这事，有点想笑。我想教我妈几句语录，可我妈说“记不住”，不学。

第三件事是，有天我跟学校回来，我正要进院，一伙红卫兵跟院出来，嘴里还骂骂咧咧的，说“老东西”怎么了。我看看他们的袖章，是大同三中的红卫兵。我心想着这事一准是跟慈法师父有关，我赶快进院。

我家门没锁，可我妈没在家。我跑进里院，我妈在院里正在劝师父。

原来是大同三中的红卫兵来通知师父，让他换衣裳，说和尚的服装是唐朝时的样式，是牛鬼蛇神，要叫他换掉，穿成工农兵的。师父说了句“我没工农兵的衣裳”，红卫兵一下子恼怒了，有个领头的说，三天之内不换，砸烂你狗头。

我妈说：“您不看这阵势，您不看这来派。我看是好汉不吃眼前亏，您换换哇。”

我妈回家把我爹的四个兜的干部装给找出来，让师父穿。师父穿上看看说，曹大妈你看这像个啥。

看着师父穿着我爹上衣的样子，我也觉得很好笑。

我妈劝说，看惯了就好了。

师父说，要不我跟村里捎话，让方悦给往上拿个中式对门的。

我妈说，那您先把招人爹的这件穿上，等方悦拿来中式对门儿褂子再换。

三天过去了，没什么事儿。又三天过去了，还没什么事儿。

我妈说想到我爹那里看看，这乱哄哄的，你爹那儿甭有什么事。临走前，我妈又进里院，把师父喊出来，劝说：“师父，我总觉得这是要出事儿。师父我看您还是到雨村躲一躲哇。”

师父说：“是福不是祸，是祸躲不过。再说，我没做亏心事，不怕鬼敲门。曹大妈你放心走你的哇。”

我妈走后的一个星期，出事了。

三中的那伙红卫兵那天没做的，一下子想起了圆通寺的这个老和尚。走，看看去！

《慈法之死》这篇文章我原来不想写了，可是这是我高中时期的一件大事，一件天大的事。我的《高中九题》里不应该没有这篇文章。

可是，不写，应该写，一写，我就伤心就流泪。于是我跟我的中篇小说《佛的孤独》里把这一段节选下来，放在这里，让我再次用痛苦中的号啕大哭，来追忆我最最崇敬最最亲爱的慈法师父。

文章里泥洹寺就是我真实的生活中的圆通寺，而善缘就是慈法师父。

善缘师父的炕头摞着好些古代的诗呀词呀这类的厚本子。我看不懂，有时候他就给我讲。我记住的好些别人没听过的诗句就是从他那里学来的。比如，“禅心已作沾泥絮，不逐春风上下狂”，“朝钟暮鼓不到耳，明月孤云长挂情”，人们都不知道它们的出处。一定是受了善缘师父的影响，进入初中后我也好翻看古诗古词这类的书，常跟校图书馆借着看。我发现古代文人雅士们大都有个字什么号什么的叫法。我也就模仿古文人，来了个“姓曹名乃谦字楚函号曲一日居士”这样一长串称呼。还用毛笔蘸上我妈刷锅台的白浆，把这一长串字写在了这一进月亮门洞那儿的“流芳百世”石碑上。

善缘正好过来了，站在碑前看。我也正是为了叫他看，才写在那儿的。我偷偷观察他的表情，见他笑笑的，我很得意。

他看完先夸我的毛笔字大有长进，后问我这是谁给你取的。我说是我自个儿瞎取着玩儿。我这是在假装谦虚。

“楚函，嗯，有文采。曲一日，嗯，拆得好，但有点不妥。”

“哪个？不妥。”我正飘飘然着，他说不妥。我就很不服气地问。

“这文人大凡称居士的，都以地名叫起。李白幼时居住青莲乡，后来就自称‘青莲居士’，白居易曾在香山筑石楼，就自称‘香山居士’，苏轼谪居在黄州东坡，自称‘东坡居士’。”

这些我都不知道。我觉得脸上火辣辣的。

善缘用厚嘴唇笑了笑说：“招人你想称号的话，我看叫‘泥洹居士’就很好。”

我问说：“咱们的泥洹寺这‘泥洹’两个字到底是什么意思？”

他说：“泥洹寺建于清朝康熙二年。泥洹嘛，就是苦海彼岸的极乐净土。那儿可是个无忧无虑无烦无恼的好地方。”说这话的时候，他把头抬起，瞭着遥远的西方。神情专注，就好像他已经看到了那个令人向往的泥洹之乡。

这件事之后没过多少日子，史无前例的造反有理运动开始了。

四海翻腾，五洲震荡。

因我妈不放心调到外地工作的我爹爹，探望他去了，家里没人。那天下午，我和红卫兵战友们到口泉镇造完四旧的反，又返到学校，疲乏地躺在床上。

突然，我觉得心慌，一阵一阵的，就像有次多喝了咳嗽药那样。

怎么了？

冷静下来我猛地意识到，该不是善缘师父出了事儿？

我跳下床，蹬着自行车就向城里猛骑。一路上遇见好几批队伍，不知在游斗什么人。进了西门，前面又是一拨儿，挡住了我的去路。

十几个红袖章簇拥着一个戴锥形白纸帽的人。那纸帽有三尺多高，像个喊话的喇叭。上面标语似的写着黑字。白纸帽人一手提锣一手拿锤，脸上被涂抹着锅底黑。身上穿着花衣服。脖子上拴着绳子，由一个红袖章牵着。那绳子绷得紧紧的，像在生拉硬扯着一头走不动的绵羊。白纸帽人喊一声敲一下锣。

“我是黑帮——”“哐……”

“我是地富反坏右——”“哐……”

“我是苏修特务——”“哐……”

“我是牛鬼蛇神——”“哐……”

“我是蒋匪特务——”“哐……”

那人的嗓子沙哑，都快喊不出声了。

这个戴白纸帽的人正是善缘师父。可我当时却没认出也没听出是他。

我绕开人群，拐进我们巷。

糟了！

我的心“咯噔噔噔”猛烈地跳。我远远瞭见那两只狮子都滚躺在地下。

我冲向里院“师父！师父！”大声呼叫，回答我的只是那些叽叽喳喳的雀儿们。

后院里所有的匾，都摔在了地下，都被砸成几块。南大殿佛像的头都被打下来了。有的摔裂了，有的眼珠不在了，光剩下两个坑儿。佛堂里的神圣们都被推下佛台。木鱼被砸扁了，铜磬被砸破了。帷幔和莲幡被撕成一条条的。卧室里的围棋子象棋砣儿，还有念珠撒得满地都是。大肚弥勒佛挂幅被揪在地下，撕成两片，大肚佛虽然仍是大张着嘴，但那样子已不再是笑，而是在冲天呼喊号哭。

听得前院有骚动声，我就向外跑。红袖章们拉拉拽拽把善缘师父从大门外拖进院，“嗵”地扔倒在地下。

这时候我才认出了他。

他身上的花衣服破了，鞋也不知丢在了什么地方。因有铁丝连着，白纸帽还拖在脖子上。光头顶有处伤口渗着血，血和汗水泪水混在一起，把脸上的锅底黑刮得一道一道的。

师父他闭着眼，脸贴在砖地上急急地喘着粗气。

我的心一阵紧缩。

我的血在往上涌。

我的头发都竖起了。

我的上牙咬着下嘴唇。

我的眼在冒火。

我想冲上前。我想冲向前扶起他老人家。我想冲向前扶起他老人家对他说：“师父，别怕！有招人在，谁欺负你，我宰了他！”

然而，我最终没那样去做。没有扶他，没有杀人，却是急转身退出人群，返回自己家，扑在炕上拉下被子蒙住头哭了，哭着，哭着。

天不知在啥时候黑下来了。外面也没有了喊喝声和嘈杂声。死一般的寂静。

师父呢？

院里没有。

跑进他家，借着窗外微弱的光，我模模糊糊看见他趴在堂屋的地上。

死了？

我的心“突突突突”快速地跳，喊了声师父就一下扑倒在他身上，放开嗓子号哭起来。哭着哭着，觉出师父的手放在我的头上。

“师父您还活着？”我就哭就说。

“没见到，你，师父怎能，忍心离去。”

听了他这句带着哭腔的话，我哭得更厉害了。

“好孩子，别哭，去给师父，拉灯。”

我这才放低哭声，一下一下抽泣着把灯给拉着。给他解开还连在脖子上的破纸帽。把他扶在炕上。把破花衣帮他脱下来，给他洗干净脸和手。我从家寻出半管青霉素眼药膏给他抹在头顶和脸上的伤口处。我问他疼不，他说好呢。咋会不疼呢？他越说好呢，我越伤心。

我说：“师父您饿不，我给做拌疙瘩汤。”他说：“不饿。噢，做哇。”

当用小勺喂他拌汤前，我望着他的眼睛恳求说：“师父，您先吃这个。”我伸展平手，是两颗西药，去痛片。

“吃。我吃。我吃。”他断断续续说着，一句比一句更响亮。他把两颗去痛片一下放进嘴里，狠劲地咯嘣咯嘣嚼。同时，眼里滚出两行大颗的泪珠珠。

“师父，您别哭。您一哭，我又想哭。”我说。其实，咸涩的泪水早已滚进我的嘴。怕影响他吃饭，我竭力克制住没哭出声来。

吃完饭，我央求他到我家去睡。他坚决不去。他说怕叫那伙红卫兵知道了，知道了对他也不好对我也不好。他看了眼我胳膊上的红袖章说：“你想想，要知道了能轻饶了我？不仅不能到你那儿，你明天一大早就赶快离开这个院。想看师父，天黑，再回来。”他的眼里又流下了泪。

我也流着泪，顺从地点着头。我说：“明儿早上和中午，您都要吃去痛片，晚上我就回来看您。”

分手前，我给他铺好被褥，给他把夜壶提进来，又把多半瓶去痛片留给他，我这才依依不舍地离开他，返到前院。

半夜里，迷迷糊糊地觉出有人摇我。后来又听到了声音。

“招人，招人你醒醒，招人。”

我睁开眼，是师父。他不知在啥时候进了我家，并把灯也给拉着了。他两手捧着一掬东西。

“招人，这是半串念珠。红漆匣让他们给没收走了。这是师父平素用的那串，让他们给揪断了，珠珠都撒没了。刚才我捡了些串起来。你喜爱它。你收下哇。”

我爬起看看，末梢的那颗黄珠珠在。我接过就放进被窝里。师父笑笑，拉灭灯走了。我想起这是那晚他露出的头一次笑容。

不一会儿，他又进来给拉着了灯说，红卫兵把南大殿你的书箱给翻烂了，我一个人搬不动，咱们两个抬去，还抬回你家哇。我说别了，就那儿吧。翻烂翻烂去。我还说我瞌睡得可厉害呢。他说那你睡哇睡哇，就走了。

不知道又隔了多长时间，善缘师父又把我给摇醒了。白天我们造反造得很疲劳，又加上睡得迟，我实在是瞌睡得连眼皮也不想睁。师父这又来做啥？我迷瞪着眼看他。

他面色严峻，神情庄重，说：“招人，你也是红卫兵，你说说师父我是不是牛鬼蛇神。”我摇头说：“不是。”

“不是？”

“不是。师父是大好人。”

“你说我是大好人？”

“大大的好人。”

“你睡哇。”

他一低头，用烫热的厚嘴唇碰了下我的额头，拉灭灯走了。

第二日我醒来，天早亮了。但估计还不是红卫兵造反的时候，进了后院也不会连累了他。我想给师父做碗拌疙瘩汤再返校。可他家窗帘紧闭，推推门也推不开。

他太累了。让他睡吧。等黑夜回来再说。我就骑车返到学校。

吃午饭时，鼻涕棒儿急急向我走来，惊惊乍乍地问我：“你知道不？你们院儿和尚畏罪自杀了。”

“啊？！”

我的脑袋轰的一声响。

“刚才我来学校路过你们巷，见巷里好多的人。原来是三中的红卫兵去揪斗善缘和尚叫不应门，用脚踹开一看，和尚吊在佛堂里。兜里还装着个去痛片空药瓶。”

我呆愣在那里。

41　勒令

五婶婶怀了孩子，那天我妈说快生呀，去眊眊伺候月子的人定了没，不行我给伺候，用不着我的话，那我还得到怀仁去侍弄地。

我快睡的时候，我妈回来了，领着丽丽。我看见丽丽，一下子高兴了，问是不是婶婶生小孩呀，把丽丽给咱们了。我妈笑，说，婶婶的奶妈来伺候月子，家里住不下，把丽丽领来了，明天就领着丽丽到怀仁呀。

我一听很是失望。

第二天，她们走了。

就是在我妈走后的那些日子，慈法师父出事儿了。

那以后，我对于红卫兵的事情一下子没了以往的那种盲目的热情了，我回到家里，把自己关起来，看书，看《石头记》。

饿了，我就下地做拌疙瘩汤，先给师父供养，我再吃。

我妈领着丽丽走了二十多天，那晚，她们回来了。

一进门我妈说："出啥事了？院里灰遢遢的。"

我一下子哭了，就像是那天夜里，趴在师父身上哭师父那样，放声地痛哭着。

我妈"唉，唉"地叹着气，说："一个多月前我就跟老汉说过，您不看这乱哄哄的，躲躲哇，三十六计，走为上招儿。躲躲好。可老汉却说，没做亏心事，不怕鬼敲门。看看，出事了哇。恶狗当道卧，你就得手拿块半头砖。你说你没做亏心事，可你得防着有人要做亏心事。”

我说：“师父要是听了您的，躲回雨村就好了。他能到方悦哥家。方悦哥那几年在城里念书，一天价来他三爷家吃呀喝呀的。”

我妈说：“老汉当时如果听了我的，也就没这事了。红卫兵也不至于到雨村找他，那些小屁孩他们也不懂得啥，想起一阵子闹就把你闹了，不在眼跟前也就想不起来，想不起来也就躲过去了。”

可就在我跟我妈说这话的第二天，我们家也给出事儿了，也是天大的事儿。

我们三个人刚吃了早饭，丽丽正洗锅，门被哗地拉开，五妗妗脸色死白，一下子跌坐在门口的凳子上，喘了一口气说：“出事了姐姐。出事了姐姐。”

我妈没催着问她出了什么事，问她吃了没。妗妗摇头。我妈说我给你做。

妗妗说：“姐姐，撞上天鬼了。”

妗妗没哭，但妗妗嘴干得连话也说不完整了。我妈给她倒了半碗水，她喝了一口，放下碗。我妈说，别急，慢慢说。妗妗又抿了口水，才往下说。

五舅舅早起上班走了。

忠义表弟早该进二中上初中了，可因为赶上了“文革”，没学可上。上午九点多他出街玩时，看见有人围站在自家的房背后，仰起头，不知道在看什么。他过去了，是自家的后墙上贴着一张黄色的纸，上面写着黑色的毛笔字：

勒令坏分子张文彬在三天之内滚回老家去！否则，小心狗头落地。

落款是：革命群众。

忠义是个小孩，看不懂是什么意思，赶快跑回家。

妗妗出来了，可一是心慌，二是眼神不好，看了半天看不清上面写的是啥，问周围人说这是写的啥。周围人赶快走开，没人敢回答妗妗的话。正好是狄大大的美兰也过来看，妗妗问她，这才知道是大祸临头了。

我妈问孩子们呢。妗妗说，我奶奶抱着月圪蛋文文领着孩子们都到她家了。姐姐快看看这咋办，说着，这才有泪给流下来。

我妈劝妗妗说，不哭不哭，甭慌甭慌。

我妈上牙咬住下嘴唇，想了想后跟我说："招人，一个是，你骑车到仓门给看看，看看究竟是写的啥。然后你到舅舅单位，叫他中午过咱家吃饭。他要问的话，你就说妗妗已经到了咱们家。"

我说："舅舅要是再问呢，我咋说？"我妈说："不会再问了。"

我按照我妈吩咐的，先去了仓门十号院，站在舅舅家后墙下，仰起着头，盯着那张写着"勒令"二字的黄纸，又把"勒令"二字下面的那两行字也再看看清楚。

我又看到了"革命群众"四个字。

我突然地有一种冲动，想把那张黄纸撕下去，我想把它撕下去，看看哪个革命群众会站出来，我想看看这个革命群众是个谁。可我攥了攥拳头，没敢那样做。

我妈没让我这样做，我不能这样做，我妈如果让我这样做的话，那我一定要这样做的。我听我妈的。

我听我妈的，赶快到了五舅舅单位。

五舅舅一定是不知道发生了什么事，还在那里啪啪地打着算盘，计算着什么。正如我妈说的那样，当我说中午让他到我们家吃饭，并告诉妗妗也已经到了我家时，他并没有再问什么事，只是吩咐我说："路上慢点骑。"然后又低头忙着他的工作。

我妈一开始还好像是想望着后墙上的黄纸写的是别的跟咱们家没相干的字，可一听我说，她就说，你们在家，让妗妗给做饭，我给出去一会儿。

后来听我妈说，她是出去找派出所的那个小黄去了。后来他已经是所长了，表哥跟应县往大同办户口的事，我妈就是找的他，是他教给我妈一步一步地咋办理咋办理。

我妈说，你看看你给我兄弟戴了个坏分子的帽子，这下出事了。黄所长说大姐，谁能想到会是这样的事。我妈说我也不是找你来算账，我是问问你，像这种情况是不是有人来下户口的。小黄说，本人是不会来的，要下户也都是那些革命群众拿着户口簿来给下了的。我妈说，行了，知道了，就回来了。

五舅舅中午过来了。他跟我的想法一样，要分析"革命群众"是谁，是单位的还是街道的，还是老家村里头的。我妈说快别分析这，想知道是怎么回事，你得先躲到个安全的地方再慢慢去想，返回头再考虑是怎么回事。

五妗妗说，姐姐您说，我们听您的。

我妈说，现在最安全的地方是钗锂村。五子，你下午就跟单位说说这个事，就说要回村去。让他们知道你是没等第三天就走了。

她跟我妗妗说，明天，一大早咱们就回仓门，把该拿的都带走，就说回村去呀。

我妈说，咱们在明处，那“革命群众”在暗处，咱们不知道这伙人是谁，但他们肯定是在暗处观看着咱们，咱们这个时候只能是服软，让他们看见，咱们怕了，听了他们的，走了。

我妈说：“现在，走是最好的法子了。躲得离他们远远的，越远越好。不怕跟上鬼，就怕鬼跟上。别叫他们再看见咱们，别再想起咱们，别再搁记着咱们。”

妗妗说：“姐姐，反正是他爹要回村他自己回去吧，我可不跟他回。”我妈说：“你先甭回着呢，但五子必须得回。因为我们现在拿不准这革命群众是不是村里的。”妗妗说：“如果是他让下了户当了农民，姐姐我可把话说在前面，那我就要跟他离婚。我不是真离的意思，我是为了孩子。离了婚，他自己回村去哇，我跟孩子可不回去。”

我妈说，先看看情况，不行该走也得走这一步。眼下的事儿是，在两天之内，离开仓门。要不的话，小心像慈法师父，来抄你的家，来砸你的东西，来把你剃个光头，戴个纸帽子，上面写着坏分子张文彬，拉着你游你的街。

五妗妗说，这可是做不得做不得。

我妈说，要到了那一步，可就惨了。总的来说是，不能跟他们拗。师父不就是跟拗，出了事。红卫兵不叫他穿和尚的衣裳，那就不穿。穿也行，你躲躲。老汉是又没躲，也没换衣裳，把命赔进去了。

舅舅妗妗都点头，都说听姐姐的。

我妈说家里有啥值钱的，事先都想好，粮本户口粮票布证儿，除这，还有啥，都想好。

妗妗说，不瞒姐姐，为给忠孝娶媳妇，我们也克攒了几个。我妈说钱你们拿着，看往哪放。把户口簿和粮本儿给我留这儿。

妗妗说，给忠孝攒的钱，也留您家。

我妈说，放哪也丢不了。再一个是还得把行李都拉走，要叫人看着是个不再回来的样子。

这时我说出了我的一个想法。我的意思是搬家的时候，最好别跟红卫兵碰见。要是碰着的话，我知道我们红卫兵的那种不讲理。你跟他们笑，他们说是装的，你跟他们不笑，他们说你是对他们有意见，不满意他们，就要找你的茬儿。问你这是干什么，无论你怎么回答，他们都不满意。最好是别碰着。

妗妗问那咋就能不跟他们碰着。

我说我知道，即使是红卫兵有什么活动，也是在上午的九点十点才开始。

我的建议，是在第二天的早晨六点多钟搬家。

先是我跟我妈，陪着妗妗回了家。我把“大同一中毛泽东主义红卫兵”的袖章戴上，跟他们进了仓门十号院。不一会儿，五妗妗的哥哥还有奶哥哥他们家的孩子们，拉着辆小平车，一齐过去把家搬了。

狄大大跟家出来，跟我妈说了句“她张姑”，就再说不下去了。我看出，狄大大是真心地为我们难过。

我妈说，这不是让他们回村呀，我跟收拾收拾。

狄大大说，这世道乱的。

我妈说，狄大大，他们都回村了，有啥您去告诉我一声。我在圆通寺一号院住。

狄大大说，知道，我让美兰到皮鞋厂去找忠孝。

我妈说对对。

出街门，又碰上武婶婶，武婶婶说，张婶婶。

五妗妗说，武婶婶，我回村去呀。话语不清。

武婶婶唉了一声说，别说了，张婶婶。

我们走出了拐角的纸铺，妗妗又回头瞭了瞭，我也回头瞭了瞭，瞭见了那张黄色的勒令。

在我妈的建议下，把忠义留在他舅舅家，把小忠儿留在他奶舅舅家。五舅舅自己一个人背着行李卷儿，回到了农村，回到了他出生的地方。

五妗妗领着秀秀丽丽和艳艳，抱着月圪蛋文文，走“上访求生”的道路，去了首都北京。

42　拾茬子

红卫兵大串联，我去了韶山冲。

串联回了家，我妈也刚好是从姥姥家回来没两天。她是瞭五舅舅去了，看他在村里怎么样，在干什么。我说已经是冬天了，村里的庄稼早都收割了，没啥庄稼营生了。我妈说这些日舅舅在村里打旱井，还说忠义这两天也到了村里，我问忠义咋去的村里，我妈说是她领回去的。

我说五舅舅一下子让撵回了村，姥姥保险是可麻烦呢。我妈说，可不是啥，姥姥的闲气圪蛋又犯了。

我姥姥的胃一直不太好，当肚有个硬东西在嗵嗵地跳。五舅舅说这是胃痉挛。可人们都叫这闲气圪蛋。我妈说五舅舅给开了个方子，药我也抓好了，可这会儿乱哄哄的不知道往回村里寄保险不保险。我想想说我给送去，正好也去瞭瞭舅舅和姥姥。我妈说你送也好，坐长途汽车回哇。我说我不想坐汽车，我想骑车回。

我妈还是不放心我一趟就骑一百八十里，最后决定还像上次我跟七舅舅回村那样，让我先骑到清水河，歇缓一天后再回姥姥家。

我妈说："我也正好去看看你爹。这乱哄哄的，你爹在清水河别受了啥制。”

我说：“您放心哇，上面说军队和农村不搞‘文化大革命’。”

我妈说：“害人的心不能有，防人的心不可无。多会儿也是防备着点好。你舅舅这事哇不是紧防着就给出了事。”

我妈又想让我给姥姥多带东西，但又怕我骑不动。

我们头天黑夜把该安顿的都安顿好，第二天的一大早，我就把我妈送到了长途汽车站，她正好赶住了到应县的头一班车。这趟车在怀仁的清水河有一站，我妈每回都是坐这趟车。

我妈在车上喊着吩咐我说，认不得路了就问人，鼻子底下莫非没个嘴?

我也大声地回答说，您放心吧。

等我中午到了清水河时，我妈已经把午饭也准备好了。这是让我一辈子也忘不了的一顿饭。我一进家，闻到一股甜丝丝的香味道。我说这是啥饭，真香。我爹说，快给俺娃先盛一碗。

是有个社员给我爹送的做糖的那种甜菜根，我妈把它切成小片儿，熬在了小米稀饭里。那根片煮得有点半透明了。

哇！稀饭真甜，哇！根片真香。我问我妈：“还有甜菜根吗？我给姥姥也带几个。”

我妈说，到底也是在姥姥家长大的，多会儿也忘不了姥姥。

我爹说，不在于是哪儿长大的，还是我娃娃懂得感恩，我娃娃以后一准不是那长大了就剜它妈眼睛的猫形鹘。

正月时，我跟七舅舅从我爹这儿回姥姥村，用了五个钟头，这次我少用了一个小时。不到中午我就到了。

进了院，姥姥正坐在木梯的最下面的横档上，给平女裹手指头。

平女让门给把手指头挤破了，姥姥跟袖口里掏出新布条，给平女缠裹。

姥姥的袖口老也是高高地绾起着，高高地绾起着的袖口里，老也有好多东西。有棉线有顶针有布条，有时候还有大豆、黑枣，还有炒蹄子。

炒蹄子是妗妗给用黄米面做的，大豆那么大小，但形状像是个小驴蹄，人们叫它炒蹄子。小时候我在姥姥家，妗妗常给我们做炒蹄子。做好也给姥姥分一些，姥姥不舍得吃，就装在她的袖口兜里。

我跟玉玉妙妙就常常是跟姥姥的袖口兜里往出找吃的。

姥姥见我来了，高兴地说："呀，快，快看你表哥来了。"说着，站起来："招子招子你咋就给姥姥来了？"我赶快迎过去。平女还认得我，就擦泪眼就跟我笑。

我说姥姥给您个戒指，姥姥说给我个啥？我说银戒指，说着跟兜里掏出来。姥姥一看说："噢，是纫内儿。"姥姥叫戒指叫"纫内儿"，也不知道这两个字是不是这样写。

姥姥老常是用白线在左手中指的指根上缠几圈儿，像个戒指。可时间一长了，那白线圈儿就脏了黑了，很不好看。我说姥姥，等我给信赏您买个真的戴。这次我串联时在北京天桥的旧货市场，花了一块钱，给姥姥买了个真的银戒指。姥姥说我缠白线圈是为了能避肚里的闲气圪蛋，又不是为了俏。

姥姥有好多这样的治病的土办法，有的也挺灵验。

我哄说姥姥您戴上这个戒指，肚里的闲气圪蛋一准就好了。我用剪子把姥姥的白线圈儿铰下来，换成了我的银戒指。姥姥抬起手看着说："看这好的，这不敢定是多贵呢。"

我说不贵才一块钱，姥姥说俺娃哄姥姥呢，我说管它多贵，您戴着哇。

街门响了，是忠义表弟回来了。

忠义背后背着一个大揽筐，怀前抱着一柄刨茬用的铁头抓子。他侧着身子慢慢地跟门洞挤了进来。

忠义弯着腰背着大揽筐的样子，很是吃力。我赶快跑向前，帮他。揽筐里是满满的一筐庄稼的根茬。

天很冷，忠义头上的汗在冒着白气。

我帮忠义把茬子倒在西墙下。墙下已经是有半人高的一大堆茬子了。

我提着试了试空揽筐，说，这个揽筐太沉。忠义说我为放得多。

忠义说他每天上午刨这么一揽筐，中午刨一筐，下午再刨这么一筐。这三筐茬子供着一天做饭用，最后也剩不了多少。他说你是不知道，西房冷得要命，我想在睡觉前把炕烧得热热的。我说明天表哥跟你去刨，咱们攒得他多多的。正说着，七妗妗扛着铁锹回来了。

农业学大寨，村里冬天也让青壮劳力们出地受。五舅舅是在生产大队的打井队，七妗妗是参加小队的劳动，到野外平整土地。

妗妗跟堂屋的暖阁里够出白羊毛毡，给我铺在上房的炕脚底，让我坐。白羊毛毡铺开有股地椒椒味儿，真好闻。

这块白羊毛毡有一个单人褥子大，是妗妗结婚时带来的陪嫁。只有像我爹这种贵客来姥姥家，妗妗才跟柜里够出来。妗妗这是把我也当作贵客了。

妗妗说，炕拔，妗妗怕把俺娃溻着，俺娃快坐上缓缓，妗妗给俺娃做饭。我说我好喝豆稀粥，再煮几个黍子片子和山药蛋。妗妗说，俺娃就好吃咱们家乡的土饭。我说我正好还拿来了糖菜根。妗妗问啥是糖菜根，我说是做糖的那种大圆根，熬稀粥可好喝了。妗妗说，黑夜的哇，妗妗中午给你吃黍子糕炒鸡蛋，这也是俺娃好吃的。

打井队让白日黑夜地连轴转，两班倒，五舅舅是白天的班儿，中午不让回家。饭熟了，我跟忠义先给舅舅送饭。

七妗妗把糕放进黑瓷饭罐里，罐口坐个小碗，小碗里面是炒鸡蛋，小碗上面再扣个大碗。饭罐系绳的双耳，各插一支筷子。忠义早已经准备好了棉兜子，站在那里。棉兜子是妗妗专门为了给舅舅送饭做的，为了保暖。

忠义说不用表哥去了，我一个人去。我说我回来就是为了瞅舅舅。

到了地里，远远地就看见一个高大的三脚架，十多个人正用力地拉拽着从架顶拖下的一根绳。忠义说，第三个人就是他爹，可我看了看，认不出来。

到了井架跟前，我喊舅舅，五舅舅跟队伍里出来了，我才认出是他。

烂皮帽烂皮袄，笨棉裤。谁也不会想到，眼前的这个灰眉土脸的人，两个月前还是坐在厂办公室的大会计。

五舅舅看见是我，笑着叫了一声招人，说"俺娃回了"，就再没说什么。我看出，他的眼睛有点湿润。

我说我专门是回来瞅舅舅了，说完，一下子控制不住自己，眼泪哗哗地流淌下来。

忠义把饭罐给了舅舅，舅舅接过说："俺娃们保险还没吃呢。俺娃们快回去哇。"

我和忠义转身走了。听到舅舅在后面喊着问，给姥姥抓回药吗？我大声回答说抓回了。

妙妙也跟学校回来了，她在南泉学校上小学六年级。她问我，表哥我听说你们大同学校里的"文化革命"可忙呢，你咋有空回来。我说"文革"一开始，我是学校革委资料组的，我的任务是在外边搞资料，不回班里参加活动。可大串联后我到外地走了一个多月，革委资料组以为我是回班了，没给我安排具体的什么任务，而班里面又以为我还是学校资料组的，也不过问我的事。所以，我想去就去不想去就不去，谁也不管我。

实际上，自从慈法师父被三中的红卫兵批斗得上吊自杀后，我就对“文革”有点不感兴趣了，后来又加上舅舅被撵回了村，我就对这个“文革”彻底地厌倦了，再也不想到学校参加什么活动。妙妙小，这些个想法我没有告诉她。

吃完饭，我就跟忠义出地刨茬子。他说光是奶奶和婶婶她们，西耳房本来是不用烧的。可我跟我爹一回来，这就费烧的了。

我说咱们不用大揽筐，咱们一人提根绳子就行。忠义说，我也见有人是只拿根绳子背茬子，可我不会。我说我教你。忠义说表哥你咋就会？我告诉他说，你忘了表哥在上小学前一直是在村里住。一到秋天就跟你大哥出地拾茬子。

忠义说，人家命好，这会儿在城里当工人，用不着再在村里受苦了，可我们却是，唉，反而都让撵回了村。

忠义比我小三岁，这一年是十三了。以前我没注意，可这次我发现忠义好像是一下子长大了，一满是个大人了。

路上，忠义说，你今儿来了，给吃好的，平时我们就是玉茭面糊糊玉茭面窝头，涩得咽也咽不进去。又说，你看，你一进门，婶婶就赶快跟堂屋够出白毡子给你铺在炕上，可我们回来就不是。

我正想着说个什么劝劝忠义，他却说，这我知道，我们回来是要长期住，可是表哥你是客人。再一个是，婶婶成天说妙妙她们，说姑姑在怀仁清水河种地打下的粮食，都转站到这里了，困难时期别的人家的人都快要饿死了，咱们家却没人饿肚子，孩子们你们多会也得记住姑姑对咱们家的好。

忠义说，反正我知道，姑姑供叔叔到大同念书，太宁小学，大同三中，大同煤校，一直供到现在成了晋中的老师。

我说我妈是家里的姐姐，老大，拉扯弟妹们是应该的。

在附近的地里，那些火烟大的高粱茬和玉茭茬早叫人们刨走了，而黍茬和谷茬不经烧不说，火焰还小。我说咱们出地找高粱茬。忠义说他早侦察过了，就是有点远。

他把我领到了村东南，在快到山底下，有一块高粱地。

这块地离村太远，要真想要弄烧的，既然是到了这里，那还不如一了上山砍山柴。可上山砍柴危险，姥姥是不让我们上山砍山柴的。

我说远就远点，可这是正经的烧火茬子。

在路上我就告给忠义说，要尽量地把刨起的根茬的土磕干净，这样一个是轻省了，背起来不死沉了。再一个是只有没了土的根茬，它的根须才好相互地缠绕在一起，捆起来好捆，不至于在半路散了架。三是没了土，背回去烧起来也火旺。

我们一个人用抓子往起刨根茬，一个人往干净磕土。在天快黑的时候，刨了好大的一堆。

我们先把干树枝打底，再把根茬垛在树枝上，垛得紧紧的，垛成两个茬垛，在天黑下来的时候，背回了姥姥院。

做饭的时候，玉玉也跟南泉回来了，她在公社农中上学，中午不回家，晚上回来，也是回姥姥家。她也问我“文化大革命”的事儿，还说，他们学校的学生都鼓动着老师领着出去大串联。

晚饭，七妗妗给我们熬莲豆稀粥，我告诉妗妗把糖菜根切成片，放锅一块儿熬。

我拿来三个糖菜根，每个快有羊头那么大。妗妗说这么大，咱们放半个就足够了。

妗妗跟我说，我没吃过糖菜，招人你妈切多大的片儿。我说我给切。我就照着我妈切的样子，把半个糖菜根切成二十多片儿。平均一人分到三片儿，但那稀饭已经是很香甜了，一家老小，不住地夸赞说真香真甜。

吃完饭，玉玉帮着妗妗洗锅。姥姥过了西房去烧炕火。

平平让妙妙教她在墙上用煤油灯打灯影儿。她说，我打出的兔子老也不像，像是只耗子。忠义逗她说，能像个耗子也不错，那你不会跟人说我这是打了一只耗子。平平说，可我想打一只兔子嘛。

妙妙说，一天价就谋着要。她捩转过头问我说："表哥你说我爹咋还不回。这'文化大革命'多会才能革完？"

我说："这可是说不准的事。"

她说："我想着我爹回来，跟他到他们子弟学校上初中。以后毕业了，也能在城里头上班。"

忠义说："你还想进城市，你不看看这形势，快别再做你的美梦了。"

妙妙说："我做啥美梦了？"

忠义说："这乱哄哄的。本来我还应该是大同二中的学生呢。你还做梦想进城。"

妙妙说："我问你，我做啥美梦了。我想进城上学就是做美梦了？"

忠义张了张嘴，不知道该说什么。他是看见妙妙生气了。

妙妙说："说我做美梦。你不做美梦你咋不在城市待着，回我们农村做啥？你不在大同好好儿住着，回村住我们家做啥？"

忠义说："我是回我奶奶家。"

妙妙说："那你现在是在哪儿坐着，不是在我家炕上坐着？"

忠义还想说什么，被五舅舅照他后脑打了一个耳光。

妗妗从没打过孩子们，她骂"妙灰子你这是灰啥呢"，妙妙才不作声了。

忠义跳下地到了耳房。

黑夜里，姥姥五舅舅忠义在耳房睡。七妗妗妙妙平平和我在上房睡。玉玉回了房后头她们家。

七妗妗把白毡子给我拉过来铺在后炕，又把好盖物给我够出来，这条盖物也只能是给像我爹爹这样的贵客盖的。平女见新盖物好，也钻进了我盖物窝里。半夜妗妗又把她给抱走了，说是怕给尿在新盖物上。

第二天去刨茬子的路上，忠义跟我说妙妙："我知道，她是嫌我住她们家了，吃了饭了，费了烧的了。……可我紧着给做营生，刨茬子把手都刨得，表哥你看……"忠义把手伸给我，他的手掌满是血泡和干痂。可他还只是个十三岁的孩子。

他哭了。

我说："忠义你别多心，妙妙不是那个意思。妙妙是个一心思想读书上学求进步的孩子。你说她'做梦去哇'那种话，对她真的是一个打击。这话你真的是不该说。你应该主动跟她承认个错。"

忠义听了我的，在中午，就跟妙妙说："妙妙，昨晚是哥错了。"

妙妙眼睛没看忠义，却是笑着说："我才错了。"

妗妗也一定是在背后给妙妙做了工作。

姥姥不知道昨晚发生的事，问说："你俩这是说啥呢？错了错了的。"

听了姥姥这话，人们都笑。

我跟忠义刨了半个月茬子，一天两趟，差不多把那块地的茬子刨完了，姥姥院的西墙下垛得满满的。

我在姥姥家住了二十来天，一直到我走，姥姥的闲气圪蛋也没有再犯，我带回的中药也没有吃。姥姥说招人给我买了银纫内儿顶事，她说："你们当是啥，银纫内儿也是避邪的。"

我走的头天黑夜，存金敲门，他给背来一大捆干树枝。他听我姨夫说我回来了，知道每天都是出地给姥姥刨茬子。

他还装来上次我给他买的那些本儿，他是照着我留给他的那些书上的字，在本子上写，他认不得那些字，可他却一笔一画地照着，把所有的本子都写得满满的。

43　行礼

表哥在皮鞋厂上班，厂子里有单身宿舍，他就在厂子里吃住。

那天，我在屋里听得院门外有很重很响亮的“嘎、嘎，嘎、嘎”的脚步声向我们家走来，一会儿门被拉开了，是表哥。

我专门看了看，他脚上穿着一双新的翻毛皮鞋。他把手里提着的帆布工具兜往炕上一倒，对我说：“给你。”

他跟兜子里又倒出一双跟他脚上穿着的一模一样的新翻毛皮鞋。

他跟我妈说，厂子里照顾职工，半价处理皮鞋，他一下买了两双。我妈问他多少钱，他说一个月的工资。当时他挣的是徒工钱，一个月开十八块。我妈骂他瞎花，说他讨吃子拾着个钱，忘了那二年。

这是我穿过的头一双皮鞋。我挺高兴。我跟我表哥两个人走在街上，“嘎嘎嘎嘎”的，我们故意踏出的那种声响，就像是外国电影里面的希特勒部队的巡逻兵走过来了。

那次表哥给我买了电影票，我们跟电影院“嘎嘎嘎嘎”地回了家，高兴地谈着电影里的情节，我妈突然说：“人心上麻烦的，我也不知道你们高兴啥。”我们一下子不敢作声了。

我妈说：“忠娃子，你爹被撵回了村，你一点也没有个麻烦的样子。”

表哥说：“我麻烦哇能有个啥用。”

我可不敢跟我妈这么说话，我觉得表哥快挨打呀。正想着说个什么话，解解围时，我妈指着表哥厉声说：“回村眊眊你爹去。你爹遇了难了，也不懂得主动说眊眊。还得等我提醒。没你爹拉拽，你能上来？”

表哥说：“他拉拽我啥了？不是您跟他硬争，他才不想把我弄上来呢。他拉拽我？哼，他还等得人拉拽呢。”

“反了你了，”我妈照脸给了表哥一个耳光，“敢跟你爷爷顶嘴。”

表哥往后躲躲，再不敢说啥了。

我妈说：“明天就回去！”

表哥抬起头，看着我妈说：“再有半个月就过大年呀，我一了儿过年的时候去。那时候也好请假。”

我妈说：“不行。明儿就骑洋车回，叫招人跟你一块回。”

表哥说：“您当那请假好请呢。”

我妈说：“不用你请。一会儿我就给你去请假。”

我妈真的就给表哥请了一个星期的假。我也不知道她是咋给请的，也没问她。反正是我妈想要做的事，没有她做不成的。

我妈给了表哥一百块钱说：“上班的人了，不能说空手爹拉的。回去给上奶奶五十。给上婶婶三十。给你爹，也给上三十。给，再给你十块。”她又掏出十块，给了表哥。

我妈又给了我二十块，说是路上碰猛有个啥，好燃嚼。

我跟表哥骑车回了村。一进门姥姥说，你们两个真是穿上了赶嘴鞋，有个事宴呢。我问是啥事宴，姥姥说，是席家堡你表姐娉女子呢，你舅舅不敢跟村里请假，你们正好给去行礼。

席家堡表姐是我姥爷头一个老婆的孙女儿。他们好像是常年在内蒙古住，跟我们不多来往。

表姐小时候是在我姥姥村长大的。这个村尽是她本家的人，我妈和玉玉妈是她的姑姑，我五舅舅和七舅舅是她的叔叔，东院大舅舅二舅舅三舅舅是她的叔伯大爷。这几方面的人，她都请了。

姥姥和舅舅他们商量后决定，都让孩子们去。

我代表我妈，忠孝代表五舅舅，妙英代表七舅舅。

玉玉该代表我姨夫，面换该代表我三舅舅，可他俩都不在村。

玉玉和面换都在公社农中上学，农中有几个领导，带领着学生们到外地去串联。他们不敢到别处，只是说到太原去找省教育局的革委，要求给他们公社农中按城市的非农业人口看待。他们也不敢乘坐火车，他们是一人做了一个红卫兵袖章，打着一面红旗，各人背着各人的行李，步行往太原走。姨夫说他们已经走了二十多天了。

姨夫问我说，你说他们在路上吃啥，在路上喝啥，黑夜在哪儿睡觉。我说您放心吧，这会儿各地都有接待站。

面换不在，那就让他弟弟二换代表，东院大舅舅让二宝代表。

我和表哥，加上妙英二换二宝，共五个，都和表姐是平辈儿。

七妗妗说，你们这五个别看是年龄不大，但都是当舅舅姨姨的，是长辈，还属于人主儿。五舅舅说，是属于娘家的人，也就是说，是妈妈家方面的亲戚。去了那里是要受到最高的礼遇的。

五舅舅问我们身上带钱没，我说我带了二十块。表哥这才想起身上的钱。他跟兜里掏出来，跟我姥姥说："奶奶，我姑姑让给您五十，给我爹三十，给婶婶三十。"

我听着他的这个话说得不明不白的。我妈的意思是说，他上了班了挣了钱了，给奶奶五十给爹三十给婶婶三十。可他这说成是我妈让给的，这究竟是个啥意思。

可这个时候我也不能帮他再往清楚说了。

倒是七妗妗说了个话，让我有了解释的机会了。

妗妗说：“婶婶不要。俺娃攒上娶媳妇哇。”

我趁机解释说：“我们来的时候我妈说我表哥，你挣了工资了，这回回村把你那工资给上奶奶五十给上你爹和婶婶一人三十。”

没想到表哥接住说：“我的工资除了吃了喝了，没攒这么多。这是姑姑给我的钱，让给您们。”

这下大人们都知道是啥意思了。我再说也没意思了。

五舅舅给转话题，说：“这次去行礼，招人和忠孝，你俩在城里住，一人上十块钱礼。妙英跟二换二宝，是在村里住，一人挖上三升黍子。”

姨夫说：“玉玉不在村，我也给上上三升黍子，叫二换给背着。”

妙英说：“让我沉哇哇地背黍子，我不背。我也拿钱。”

妗妗说：“这不是了。姑姑又给了钱。不想背，给上你十块。”妗妗给了妙英十块。

妙妙高兴了，说：“就是嘛。黍子哇不是钱？”

妗妗说：“黍子也是你姑姑给咱们的，……哎，就你爹挣上那几个钱，他自己在学校燃嚼完，没几个了。我在村里挣上几个工分，一年到头也分不了几斤颗子。反正是咱们一家都是在吃你姑姑喝你姑姑。你们长大了可不能忘了你姑姑。”

妙妙说：“我长大挣上钱给姑姑花。”

平平说：“我长大挣上钱也给姑姑花。”

五舅舅说：“有这个孝心就是好孩子。”

回了村的第三天上午，我和表哥领着二换二宝妙妙，五个人步行到了席家堡。

路上，我说我没见过这个表姐。表哥说，你这个表姐可像你妈了，跟你妈一样样的。眼睛大大的，凶凶的。她一看你，你就不敢看她。肩膀还都是掇掇的，像个戴着肩章的将军。

“真的那么像？那咋的回事呢？”

“养女儿像姑嘛。她叫你妈姑姑。亲姑姑。”

我想起了，丽丽也像我妈。丽丽也叫我妈姑姑，亲姑姑。

到了席家堡见了面后，我觉得表姐长得比我表哥说的还要像我妈，那简直是一样样的。就连年龄也接近，就像是我的妈。

她们不一样的是，表姐嗓门大大的，还好说话。我妈不好跟人多说话，更不好大声地嚷嚷。

表姐没见过我，把我上下打量了一气说：“呀哎呀，看这个表弟，看这长得那伟大的，看这长得那光明的。”

说我长得伟大的光明的，我真失笑。

后来又说：“看看，看看，笑也是笑得那无量幸福的。”

我笑得更厉害了。

我跟表哥穿着他给买的新翻毛皮鞋，走到哪里哪里都是在嘎嘎嘎嘎地响，表姐说：“看我这俩兄弟走得那雄壮的快乐的。你们这一来呀，姐姐的心情呀，就像是那沸腾的大海。”

二换说：“姐姐你见过大海没？”

表姐说：“见过。我在内蒙古住的时候，到处都是大海。”

二宝说：“姐姐你很有文化呀。”

表姐说：“那是作准的。我私塾上了三冬天。我们那就顶是秀才，调如这会儿这高中生。你们不信问问他们，”她指着身跟前的村人们说，“他们跟城里头拾回那‘文化大革命’传单，就叫我给念。他们都是瞎白丁，半个字也认不得。”

她看见了花花，说：“花花，你说妈说的是真的哇。”

花花说：“妈，人们都忙呢。您完了再说哇。”

这个叫花花的是表姐的大女儿，这次就是她结婚。

花花长得很漂亮，人也活泼。她叫我表舅舅。但她的年龄好像是跟我一样。其实也还是个小孩。第二天早晨我醒来，但还没起来，她进了我睡觉的屋里，说真冷真冷，说着就把手伸进我的被窝儿，胳肢我胳肢窝儿，还说：“看看表舅舅怕不怕拔。”我让她胳肢得又拔又痒痒。

表姐看见说：“看看，晌午就嫁过去了，可还是个孩子，跟表舅舅耍逗。”

我们来的那天是安鼓，也就是该有鼓匠班来吹吹打打，但因为是“文化大革命”当中，不能叫鼓匠，但人们还把这天叫做是安鼓。这一天，远地的客人也都是该到了。从这一天开始，就要坐席，吃好的。

第二天是娶亲。

花花女婿就是本村的，中午来娶亲的时候，我们几个小孩都跟过去看红火。男方家的院里正房前挂着大国旗，国旗上别着毛主席像。典礼时，司仪喊着说，首先让我们祝福伟大的统帅伟大的领袖伟大的舵手伟大的导师毛主席万寿无疆万寿无疆万寿无疆。看到这里，有人在后面拉我，是花花的妹妹叫我们回去吃饭。

我说不着急，看看红火。她说，家里开饭呀。

我说叫他们先吃吧。她说，那不能，您们是主儿家，您们不动筷子别人不敢先吃。我们一伙小孩子，只好是相跟着回了表姐家。

看红火时，老听见有人夸我们：“看看，这五个人，一般般儿的高，一般般儿的那好看。”

看红火时，我发现有个穿绿袄的女孩一直在跟着我们，我们走到哪里她跟到哪里。我跟表哥说，表哥你看那个女的，老是跟着咱们。表哥说，甭看她。我们就假装没看见她。后来我们回了表姐家，吃饭时，表姐把那个穿绿袄的女孩领进来了，表姐给介绍说，这个女娃想找个在外前做工的，你们看看谁愿意。我们没人作声，都看表哥。表哥笑着不言语。

背后表姐跟表哥说："忠孝，人家是看上你了。非让我说，我就当面说说，要不人家以为我没有给说，其实我知道你也不找村里的农民。"表哥说："我才挣得十八块，娶个农民咋养活人家。"

表哥悄悄问我你们班那个姓曾的侉女女现在干啥呢，我说"文革"开始后我们谁也不见谁。表哥说那可是个好女女，人样有人样，个头有个头。

第三天是回门，第四天是送客。我们在表姐家一共红火了四天。

我们走的时候，表姐给我们每个人装了一个很大的喜气馍馍，上面点着红点。她还非要按照村里的讲究，把这个馍馍让我们装在怀里。说这叫怀揣喜气。

回了大同，我跟我妈说，那个表姐那才跟您长得像呢。

我妈说，家女达像姑嘛，就像丽丽，那不是也长得跟我有像。

我说，丽丽不是说要给我当亲妹妹，也要姓曹，可多会才正式给呢？

我妈说，这乱哄哄的，等以后再说哇。

44　二胡

我跟表哥从姥姥村里回来没几天，就有人给表哥介绍了个对象，叫五板。就在我家见的面。五板挺愿意，成天往我们家跑，随着我表哥叫我妈叫姑姑，叫我直接就是叫招人，还给我掏出东西吃，招人给俺孩吃哇。其实她只比我大两岁，可她称呼我“俺孩”。那时候我大概是长得有点面嫩。

人们都说五板走路有点拐，我说我咋看不出来。人们说她来你们家时，故意地拿捏着走路，让你看不出来。我说我给去她家附近侦察侦察，跟邻居们打问打问，叫五板的一个女孩是不是有点腿拐。

五板的家在西门大巷住。是在一进西门路北的第二个巷子里面。我们家在圆通寺住，是在一进西门路南的第一个巷子里面，离她们家不远。说完我就给去了。

侦察嘛，那一定得是悄悄的。谁能想到，我跟西门大巷往她家的那个巷子一拐弯，扑面就给碰到了五板。你看这巧的。两人距离着一米多远，想溜也来不及。

五板说：“呀，是招人，俺孩来啦，是不是寻我了。走，人家人家。”

我不知道该说个啥好，跟着人家到了人家家。

五板给我浓浓地沏了一碗红糖水。我喝着挺香挺甜，我心里说，你要是再给放点姜粉再加点汾酒就更好了。

五板想等我说话，看我找她有啥话要告诉她。可我原来就没打算有啥话要告诉她。她等不住了，直接问我："俺孩来是……"我说："我听得有人拉二胡。"当时我是真的听着有人拉二胡。

她说，那是隔壁院的一个瞎子。我说我想去听听。她说，走，我引你去。还说："这个瞎子可灵呢，还会看盲文呢。"

我说："咋看？没眼眼咋看？"

她说："拿手摸。"

这我来了兴趣，说："我还没见过盲文是啥样子。"

到了盲人家，五板说："安孩哥哥，有人想看看你盲文。"我心想，这个五板咋叫谁也是"俺孩"，叫人家哥哥还又叫人家俺孩。后来才听出是叫"安孩"，不是叫"俺孩"。

安孩说，你们坐炕上哇。说着他把二胡放炕上，后来又往当炕推推。然后又后退着退到炕脚底，手托着被垛站起来。被垛上方的顶棚下有个木头架子，上面是书。安孩先跟架子的一头开始摸，就摸就数，后来很准确地抽出一本书，然后又托着被垛坐下来，打开书。

是本硬袼褙书，袼褙上有突起来的点点。安孩用手指就摸就念："世界是你们的，也是我们的，但归根结底是你们的。你们年轻人朝气蓬勃，好像早晨八九点钟的太阳，希望寄托在你们身上。"

回了家，我妈问我打听到了吗？我说我打听了，人家五板就连半点也不腿拐。

可那个五板跟我表哥最终也没搞成。

那以后，我又到过安孩家好几次，听他拉二胡。他说给你拉个《听松》，给你拉个《光明行》，给你拉个《二泉映月》。有一次我又去时，他们家的门上着锁。邻居告诉我说他们家让红卫兵给抄家了。他们让勒令到农村去了。还说他们爷爷在解放前是地主。

我跟我妈说想买个二胡。

我妈说你看你，你看看你多少要活儿呢，你一满是要饭呀。

她说，又是笛子又是口琴又是洋琴。她叫大正琴叫洋琴。

我说，没了钻家没做的，我又不想去学校。

她一下子放高声音，生硬地说：“学校不去！‘文革’的事不参加！”

我说，那您给我买个二胡。

我妈说，招娃，妈主要是搁记着你七舅舅，你说他暑假没回，这寒假别又不回。

我说，您哇不知道，这会儿“文化大革命”呢，根本就不放什么寒假暑假。我又说，我七舅舅不是来了信了，说是能回来过大年吗？您就放心吧。

我妈说，信上是那么说的，可那要是又让“文革”的啥事给圪绊住呢？

我妈看看我说，招娃，妈是让这“文革”给吓着了，我心里总觉得你七舅舅在那里是不是也遇到了啥事。

我说七舅舅能有啥事，舅舅在大同三中上学那会就是共青团员，到了大同煤校的第二年就入了党。

我妈说，招娃，你是不懂得，我觉得这会儿好像是不说啥团呀党呀的了。

最后我妈提出个要求，让我到富家滩去眊眊我七舅舅，说返回来，就给我买二胡。

一是我想买把二胡，再一个是，我也想七舅舅。他真的别是有了什么事，过大年也回不了家。

我到学校革委的资料组开了个空白介绍信，戴着大同一中红卫兵的袖章，就上了火车。有介绍信，上火车不要票。没买票就没有座儿，上了车，钻在座儿底下睡了一大觉，就到了太原。下午就到了富家滩煤矿。

七舅舅没出什么事。

他是给看学校。学校的革委领导领着老师和学生都到北京见毛主席去了，舅舅给看学校。校革委领导说，等他们回来后，就让舅舅回家，说可以回三个月。

我给七舅舅写过信，跟他说过五舅舅让压缩回了村里。七舅舅明白压缩是怎么回事。我跟七舅舅说五舅舅在村里打井，穿着个烂皮褂，我都认不得了。我说我也不知道他是跟哪儿找的那个烂皮褂。七舅舅说，他那不敢定是穿谁的。

七舅舅又问五妗妗的情况，我说五妗妗领着秀秀丽丽艳艳抱着文文，到北京上访去了。七舅舅说，那还不是躲着去过大年去了。你小孩子不懂的，嫁出去的女人只能是在自己家过年，可她却没了自己的家。

我又跟他说了慈法师父被三中的红卫兵斗得活不出去了，上了吊。说起师父的死，我又快哭呀。

天快黑了，舅舅说，走吧吃饭去吧。舅舅是把我领到了火车站旁边的一个饭店。

舅舅说这是矿上唯一的饭店，可里面一个吃饭的人也没有。舅舅给买了一斤水饺，一个炒豆腐。

小饭店里灯光挺亮堂的，可就是冷得不行。厨房里面白气腾腾，看不见人。火炉看里面，好像是有火炭，也有红光，但外面冰凉，拿手摸上去也不烫。

半天，炒豆腐和饺子才端上来了，舅舅又要了三两白酒，想用酒暖暖身子。

我在学校跟同学们喝过姜茶酒，也觉得挺好喝的。可我喝了一口舅舅这酒，太冰凉。舅舅想让里面的师傅给把酒热热，我说别了，等酒热上来了菜跟饺子又凉了。我让舅舅跟师傅要了一碗饺子汤，加在了酒碗里。七舅舅尝了一口说，这倒是个好办法。我跟舅舅一替一口地端起酒碗喝，喝了热汤酒后，身子才觉得有点暖和气。

舅舅说，你咋是灰眉土脸的？衣裳也脏得。我说我没座位，是爬在火车座底下睡的觉。

舅舅说，走吧，洗个澡去。

舅舅是老师，属于矿干部，在矿干部澡堂里有他的更衣箱。澡堂很漂亮。我舒舒服服地洗了一个澡。

回了屋就想睡觉。

富家滩矿生产的是无烟煤，无烟煤其实是有烟的，只不过是眼睛看不着罢了。他的宿舍挺暖和，但有一股刺鼻子的味道。舅舅说是一氧化碳。怕我煤烟中了毒，他把窗子牙开道缝儿。

不一会儿我就睡着了。

第二天早晨，舅舅叫我吃饭。

早饭他是在宿舍里给我做的。我问他平时在哪吃，他说大部分时间是到矿工食堂，有时候也自己做。

案板上有只拔光了毛的鸡，他说是跟矿工家属买的，还让人家给杀了并处理好了。他说咱们中午炖了它。我说您会炖？他说炖好炖不好不敢说，但肯定一点的是能炖熟它。

七舅舅虽然是长辈，但跟我说话没有长辈的架子。

中午舅舅又跟火车站饭店打回三两酒，舅舅要给坐在水壶上热，我提议还是用昨晚的那个办法，把开水兑进去。我说这种喝法又不辣又感觉是喝了很多。

我们仍然是一替一口地喝。

我问说，舅舅你喝醉过没有，舅舅说，这辈子就喝醉过一回，是在刚进太宁观小学补习班时，我们几个大年龄学生偷偷地到街道报了名，要到朝鲜去抗美。走的头一天晚上，街道给会餐。我喝醉了。第二天下午才睡醒。赶快到草帽巷你们家，跟你妈去告别。你妈问我几点的火车，我说晚上九点。你妈给我做上饭，我不想吃。你妈说那你再睡会儿，我说我怕误了火车，你妈说，没事儿，到时候我叫你。我就又躺下睡了。赶醒来，天黑了。我赶快下地，可是一拉门，你妈把门从外面给拿锁子锁住了。我大声喊，姐姐姐姐，要误呀误呀。你妈拄着一根担杖，站在门外说，你今儿敢出来，看我不打断你的腿是好的。

我说，我初中时学校动员学生到农村去插队，我妈就也把我锁在家里过。

舅舅说，她为了保护她要保护的人，有时候就要做些不理智的事情。我说就是，我没上学时，她打过一个老常欺负我的大小孩，我上小学时，她打过我们的班主任张老师，我上初中时，她还打过我们班的一个男生。

舅舅说，你妈可厉害呢，一般的人是打不过她的。我说就是，有回在粮店买粮，有个比她可高可大的女人说我妈插行，吵开了，那个女人先动手拿面袋抽打我妈，我一看有人打我妈，我就给吓哭了，我妈一听我哭了，一下子发了怒，扑上去揪住头发把那个女人可打了个灰。完了众人给拉开了。我还想起我妈在我小时候还打过一个警察。她也是一听我哭了，一下子就厉害起来。

舅舅说，苏联的屠格涅夫写过一篇散文叫《麻雀》你看过没？我说没。

舅舅说，在你妈跟前我们永远就是那小麻雀，她时时刻刻都在保护着我们。

我想象着，我们都是张开大黄嘴的小雀儿。

舅舅说，那次你妈把我锁在家里，第二天才放我出来。可别人都走了，我没走成。

我说那要是走了，去当了抗美援朝志愿军，那现在说不定是个军官了。

舅舅说，去的那几个学生，没一个活着回来的。

我张大嘴说，啊？都牺牲了？

舅舅又说，这次姐姐是救了我一条命，我老常跟妙妙她们说，没你姑姑当时把我锁在家的话，今天也不会有你们了。

我不敢说什么了，我觉得在那样的形势下，我妈这样做好像是不对着呢。不，不是好像，是肯定不对。

在回了家以后，我为这个事悄悄地问过我妈，我说："妈，你当时不怕街道的领导告了您，说您破坏抗美援朝？"没想到我妈却大声地说："哼！他想告我？我不告他也是给了他面子。我弟弟十六岁，他们街道凭啥让不够当兵年龄的学生去朝鲜。"

我一听，我妈这是还有了理啦。

七舅舅宿舍有把二胡，比安孩的那把好，还是铜轴的。安孩说他的那把木轴的是三十块，也不知道这铜轴的得多少钱。

我问七舅舅，你这把二胡是多少钱买的。七舅舅说，这是学校的，也不知道多少钱。

我说我妈说我回去后，也要给我买个二胡，可我也不懂得咋挑。

七舅舅说，你喜欢就把这把拿去吧。

我说哪能？这是公家的。七舅舅说乱哄哄的，啥公家的私家的。你拿走拉去吧。

我说我拿走您拉啥？

他说，学校还有。说着打开卷柜，里面不仅有二胡还有别的乐器。舅舅说煤矿的学校又不缺钱，学校组织了一个毛泽东思想宣传队。舅舅是乐队的负责人。

我看有把铜号，我说舅舅我想起了，你在大同三中上学的时候就会吹。

舅舅说，那是学生的小军号，可这是正儿八经的铜管乐器小号。说着掌起就给吹。吹的是“大海航行靠舵手，万物生长靠太阳，雨露滋润禾苗壮，干革命靠的是毛泽东思想”。

舅舅吹得真好，可我拿起试了试，吹不响。

卷柜里还有手风琴。我抱起拉拉，只会用右手指按个简单的曲子。我让舅舅拉。舅舅给拉起来，拉得真好，我不由得跟着他唱起来：

金色的太阳，升起在东方，光芒万丈
东风万里，鲜花开放，红旗像大海洋
伟大的导师，人民的领袖，敬爱的毛主席
您是我们心中的太阳，心中的红太阳
万岁毛主席，万岁毛主席
万岁万岁万岁万岁万万岁
万岁万岁毛主席

我在舅舅学校原打算是待两天就回大同，舅舅说无论如何也得等别人回来他才能走。可让人高兴的是，那天晚上舅舅正要送我上火车，他们学校的领导们回来了，他们是天南海北地玩够了，回来过年了。

这下舅舅就能走了。

腊月三十，我和舅舅一块儿跟富家滩回来了，回到大同，回到圆通寺一号院。

我跟舅舅说，您在外面等等，我先进。

我一进门，说，妈您猜猜院门外还有个谁？

我妈说，院外头，有谁？莫非是，你七舅舅？

本想让我妈来个惊喜，可她一下子给猜中了。

真没劲。

我又把二胡盒拿给我妈看，我说您猜猜这里面装的是啥？我心想我妈没见过二胡，一定猜不准。

谁想到她说，啥？莫非是二胡？

想跟她开个玩笑也开不成。

真没劲。

我爹笑着说，我那娃娃成了成了，可也还是个娃娃。

我就让她再猜猜这是哪来的二胡，可她又一下子说："舅舅给你的？"

我妈真不是个红火人。我妈真是个不懂情趣的人。

但，她猜错了，她说盒里是二胡，她猜错了。就连我也没想到她给猜错了。

我打开二胡盒，一看，盒里什么也没有。空的。

哪去了？二胡呢？

我跟舅舅一块回想，才想起，白天我拉二胡了，可我拉完后，当时没有把二胡放进盒里，放在了窗台上。吃完晚饭走的时候有点急，没想起这回事，就提着空盒儿回来了。

舅舅说这个盒子是学校让木工给做的，有点笨重。所以，拿了个空盒也没觉出来。

我说，妈，您不是说给我买二胡呢，这下买吧。

45　逍遥

七舅舅要给我钱，让去买二胡，我爹说不要你的不要你的，你那一大家子还等着你呢。七舅舅说，靠我这几个钱养活不了那一大家，全仗姐夫你们。

我爹要掏钱给我，我说您先别给我着呢，我得先打问打问是多少钱一把。

我妈说柱柱跟太原回来了，前天还来找你，他不是懂得二胡?

柱柱帮我在四牌楼文具店挑选了一把，不到四十块钱，但是把四胡。他说四胡取上两根弦儿就是二胡，我是为你这个的蟒皮好，听我的没错儿。我就听了他的，买上了。

这个四胡不带盒儿。我说我正好有个可好可好的二胡盒儿，可拿回来一比，不行，四胡高出盒盒好几寸，放不进去。七舅舅回富家滩的时候，我又让他把那个空盒拿走了。

我每天让柱柱教我，赶他过了正月要到太原时，我已经会拉个“对面山上的姑娘，你为什么这样悲伤”了。

过了二月二，五妗妗领着几个孩子跟北京回来了。

那天我坐在炕上正照着谱子拉二胡，听见是有人拉开门进来了，我以为是我妈，没抬头，照拉我的。那影子走到炕跟前站住了，叫“表哥”，我一捩头，是丽丽。

我说呀是丽丽，她说表哥。我们两个都高兴得笑。一会儿，秀秀跟小忠儿又进来了，一会儿五妗妗又进来了，怀里抱着文文，一会五舅舅和忠义也进来了。

他们的脸面虽然还算是干净，但那衣裳一个一个像是逃荒的，没有半点过年的样子。但我也能看得出，在火车站，妗妗一定是给他们用刷子蘸着清水把衣裳都认真地刷过。

妗妗没让他们一块儿进院，而是等前一个进了我们家，下一个这才进院。

妗妗说，我们像是一伙要饭的，一块儿进来太惹眼。

我妈问：“五子和忠义咋也跟着你们？他俩不是在村里吗？”妗妗说：“年前我给他写了个信，告诉他我们在哪住，他就领着忠义找我们来了。”

舅舅说：“怕你拦住不叫我跟忠义去，让就在大同过年，我没跟你打招呼，悄悄地走了。”

我妈说：“那，那也不该拦你们，过年呢，应该是团团圆圆，可，可你们到哪去团圆了。有家不能回，这光景过成个啥日月了，一家人就像是过去那兵反了，逃荒呢。”

看我妈快哭呀，妗妗给打断了话茬。

妗妗说，姐姐，我们在北京也交了几个朋友，她们的情况跟我差不多，我们相互鼓劲，坚决不回村里。姐姐，我还有个想法，过些时，我还想回仓门，开开锁，进去住。谁有错是谁的错，我是工人阶级我怕啥。不能说一个人犯法，一家人都跟着坐法院哇，天下就没有这个理。

我妈说，这会儿的世道啥叫个理，哪有个理，有个一去二三里。不行，不能回。再等等，再看看，想回的话，等天暖和再说哇。

丽丽当时是九岁。她让我看她的毛主席像章。她的像章在衣襟里面别着。她说有的是拾的，有的是人给的。她让我跟里面挑一个好看的给我："来，表哥你挑。"

我看了看，她的像章没一个是高质量的，有的都蹭得露出了金属的底子。但我不想辜负了她的好心，假装看对了一个说，哇，这个真好。她说表哥你真会挑，我也看是这个最好。我说你看这个最好你就留着吧，表哥再挑个别的。她说，不要不要再挑，就这个。

我说："怕你不舍得。"她说："舍得舍得。"说着，把那个像章取下来，放在我手上，说："表哥喜欢就给你吧。你就把这个拿走吧。"

我学着她的口气说："你喜欢主席像章，表哥也给你几个吧。"

我的像章都在一块大白绸子上别着，有五十多个。我把白绸子展开，铺在箱顶。

她大睁着眼，惊喜地看着。

"哇，真好。哇，真好。"她说，"你的都比我的好。"

我说："你喜欢，那就都给你吧。"

她说："别别，别都给我，我拿一个就行。"

我说："都给你。"

她说："不。我只要一个。"

我就跟里面挑了一个我认为最好的给了她。

她跟我说，她有一次给走丢了，后来他们好不容易才找见她。她说，如果找不见的话，那我就再也见不到你了。她还跟我说他们到过天安门，可她妈不给钱让他们照相，说，照啥呢照，穿得讨吃烂鬼的照啥照。

妗妗夸我说，我孩好像是长高了，成了个大孩子了。

我妈说，小时候，我把孩子吓唬得没了胆子了，这会儿长大了，也放开让他出去闯荡闯荡，那次他大串联走了一个多月跟北京回来，我看出这个孩子能行了，还让他骑车回村眊了两趟五舅舅，还到富家滩一趟，把七舅舅给领回来了。

我妈这是把七舅舅的回来，归功给我了。

五妗妗说，招人您就放心哇，从小看大七岁到老，在我家那三年我就看出这个孩子能行。仓门十号一院人都夸他，就数是狄大大夸他夸得厉害。

我妈说，小时候我不放心他，看来是该闯荡也得让闯荡。

妗妗说，毛主席就让红卫兵在大风浪里锻炼，让在大风浪里成长。

吃完饭，妗妗领着孩子们到大众浴池去洗澡，洗回来，妗妗说运气好，又碰到了小毕姨姨的爹，没跟要钱。

妗妗问我记不记得小毕姨姨，我说记得，就是骂我小屁孩那个火烧财门旺姨姨。

妗妗他们替换下来的衣服，妗妗说要洗，我妈说别洗了，不要了，扔了它，就顶是把那晦气给扔了它了。妗妗想想说，对着呢姐姐，那我到奶哥哥家给孩子们把那过大年的衣裳都取回来，换上它。正月没穿，咱们二月穿。

柱柱跟太原又回来了。我俩成天又是拉又是吹，柱柱说没个弹拨乐，我说大正琴哇不是？他说，大正琴小玩意，登不了大雅之堂。我表哥说，我们厂宿舍有人弹秦琴，哥给你买上它一把。第二天，他就抱回来了，说是他们厂的那个工人给帮着挑的。

表哥给我买回了秦琴，这要在以往，我妈非骂他，说他瞎花钱。这次没骂，也没问是多少钱买的。还说了表哥一句，你也跟着他们学。表哥说，我不会，我一弄这，笨得就跟那牛上树，不行。

我妈说，你当是啥，跟木头说话，难呢。

我每天除了拉二胡弹秦琴，就是到牛角巷儿找老王玩。

初中时候，我们几个孩子跟老王到城南水泉湾耍水，柱柱差点给淹死。昝贵妈把这个事告诉了我妈。我妈立马就去找老王，把老王好一顿数落。从那以后，除了过大年拜年外，平时老王再不到我家。我想跟老王耍，就得到人家家。

老王在印刷厂上班，是单位的铸字工，化铅，有毒。他除了工资，单位还给他发油茶面，一发就是好几斤。他就给我们烧开水泼油茶。我是头一次吃油茶。里面有芝麻花生核桃碎粒儿，还有葡萄干儿，青红丝。哇真好喝。有时候不息要烧开水，我们就干舔。干舔也好吃，更甜。

怕影响老王爷爷休息，我们把活动的地点挪在了二虎家的小西房。

二虎妈我们叫高大娘。高大娘一家人住着一处院。

高大娘的小西房那本来是个放杂东西的小屋，我们把杂杂乱乱的东西都放在院南墙下，在屋子搭了一个木床。又把小屋的顶子和三堵墙，都钉上了厚厚的白纸。进屋里整个一个雪泊。我们就叫这个小西房叫雪泊。

我们几个成天钻在雪泊里，大声说话大声唱歌儿。

有回老王告诉我们一个消息，说造纸厂库房拉进一大批书，说这批书要粉碎后泡成纸浆，造手纸。

他说，太可惜了。咱们偷去。

小彬说，怎么叫偷？是抢救！

对，抢救！

我们抢救了好几回，抢救回《黑格尔》《小逻辑》《费尔巴哈》《孟德斯鸠》等几十种书，还有好多的被江青批判成是大毒草的世界文学名著。

我想起没眼眼安孩家的那个在墙上顶着的书架，在我的建议和设计下，二虎给雪泊的三堵墙做了三排书架。

当把几十本大厚书码在书架上时，老王高兴得两胳膊张开，大声唱起来：

“冰雪遮盖着伏尔加河，冰河上跑着三套车。有人……”

哇，从来没听过老王唱歌，还唱的是《三套车》，用的还是那种洋嗓子，我们不由得惊叫起来。可我们一惊叫，老王不唱了，唱到了“有人”后，就再不唱了，再咋做工作也不唱了。从那以后我们再没听过老王唱歌，就听过那么两句。

我也回过几次学校。

学校已经没有了班这个集体了，也没有年级这个区分了，红卫兵都组合成了各个战斗队。各个战斗队里甚至连年级都打乱了，有高中的有初中的，凡是观点一致的能凑在一起的，就组成个战斗队。

有回碰到学校正在一进校门那儿塑毛主席像，是挥着手的那种站像，已经塑好了，很高大，足有两层楼高。但还没有正式完工，搭的架子还是用席子围着。我看见金印他们正在用砂砖磨塑像的底座。他们就浇水就磨。我也给过去磨了一阵。挺费事，磨半天，看不出有啥变化。

学校是越不想去越不去，越不去越不想去。

我也碰着过老周。我悄悄地跟老周说过我的活思想，一是慈法师父的死，二是舅舅让勒令回了农村，因此我厌烦这个运动，不想参与这个运动。老周是我在大同一中的最最忠实的朋友，我跟他说啥都没关系。老周笑着说，管他，躲进小楼成一统，管他春夏与秋冬。我也笑着说，就是，管他。老周笑。

我跟他说，如果有啥特别的情况，你就到家告诉我。

在一九六八年的春天，中央又让红卫兵复课闹革命。

同学们大部分都回到学校，各回各班。

我妈跟五妗妗说，看样子这是灰完了，我看你们能回家了。

我妈跟妗妗先是小试着进了仓门十号院，开开家门，清扫清扫。隔壁狄大大主动地过来，还给端过一脸盆水，帮着清扫。过了几天，妗妗一个人回家，又开开门，烧了烧炕火。

在一九六八年的五月一日劳动节这天，妗妗一家人终于又回到了自己的家。

我们班有几个同学说没到过北京，想去，我说走，咱们去。他们说咋去，早就不让大串联了，坐火车要钱呢，咋去？我说骑车。我们几个同学又骑着自行车，在第四天的晚上，坐到了灯光明亮的天安门广场。

跟北京玩了二十多天，回来时我带了四瓶香油，是跟王府井街北头路东的那一家铺子买的。我说往大同带，售货员叔叔给把口封了。是把瓶口朝下，在一种红色的液体里蘸了一下又很快给拉起来，没几秒钟，红色的液体凝固了，把瓶口的铁盖儿封得死死的。我觉得真先进真科学。这到底是大城市。

回了大同，我妈说，把香油给妗妗送上一瓶。我说我原来也给妗妗股着呢。

我去了仓门，丽丽举起左手跟我说，表哥你看。她的手掌缠绕着白纱布。我睁大眼问，咋啦？她笑着说，没事儿，说：“我妈说我该上中学呀，到了学校不好看，同学们会给取外号，就领着我到三医院把小六指儿给动手术取了。你看。”说着，要往开解纱布，让我看。我说别，别，看着风的。她说没事，一个多月了。

她一下子想起什么，高兴地说:“表哥，我跟你说哇，我妈一天给我吃一颗鸡蛋，我吃了三十颗鸡蛋呢。”

不知道是从小我就背着她的过，还是我背着她时她常常把我衣服给尿湿的过，还是大人们说过她要给我当妹妹的过，我看见她总是很亲切很喜欢。

我不由得搂着她的肩膀，亲了一口她脑门儿。

她抬起头笑着看我。

我说，没有奶毛味儿了。

她说，表哥你说啥?

我说，没有奶毛味儿了。

她说，表哥你真是个愣鬼。

46 宣传队

我从小就喜欢乐器，家里原来就有口琴、箫、笛子、秦琴，还有大正琴。自从有了二胡，我就没明没黑地拉呀拉。

我妈说半夜了还不睡，吱吱扭扭的，让院人骂你呀。我就把二胡的码子用夹子夹住，这样，发出的声音院人是听不到了，可我妈让我吵得左翻翻身右翻翻身，睡不着。后来我想起个办法，那就是，夜深了该睡就睡，第二天早晨早早地起来到公园假山上拉。老虎和狮子不嫌我吵，我想咋拉就咋拉。拉呀拉，拉呀拉，天气上冻了，手指头冻得发僵，我就把线手套的指头剪掉一半，戴上它就能让我指头的前两个关节露出来。这样就能继续拉。

最初时，我只会慢慢地拉个“东方红太阳升中国出了个毛泽东”，后来又会拉“对面山上的姑娘你为什么这样悲伤”，慢慢慢慢，一年后，就能拉《赛马》《江河水》《二泉映月》《红军哥哥回来了》这样的独奏曲了。我最喜欢《草原上》了，拉起来，闭着眼，拉着拉着，以为自己就是在那辽阔的大草原上了，蓝天呀白云呀绿地呀，还有拖着缰绳的老马，在清水河边悠闲地吃着嫩嫩的草。

老周来家找我，说毛主席让红卫兵跟工人阶级相结合呢，说小萧融让你跟她到毛纺厂呢。我说好！我们班七个同学就到了毛纺厂，与工人阶级结合去了。

高一时，同学们给我跟萧融捏对儿说“法国人咋能不知道拿破仑，曹乃谦咋能不知道小萧融”。

我妈挺喜欢这个小萧融，说侉女女尔娃不嫌个好不嫌个赖，碰上啥吃啥，穿衣裳也不讲究，老也是件大黄褂。

“尔娃”是我们应县老家的话，意思是“这个孩子”。但都是在喜欢这个孩子的时候才这么用，讨厌的时候是不会用这个词的。不会说“尔娃是个坏东西”这样的话。

我说她那是穿她爹的。我妈说，噢，她爹是个当兵的。我说是在坦克部队当师长。我妈说你爹打小日本儿那会儿，还是游击队长呢。我妈认为游击队长要比师长牛气。进一步的想法就是，我娃娃是游击队长的孩子，配你个师长的孩子，有富余。

我也把二胡带到毛纺厂，有空就拉。可萧融好听我吹口琴，还好听我吹新疆风味的。我吹《边疆人民想念毛主席》，她就把她的黄军帽当手鼓，比画着，为我伴舞。那几个月我俩除了睡觉各回各的宿舍外，其他时间几乎是一直相跟着，唱呀说呀的，没完没了没个够。

一九六八年农历的正月十五，我过生日，她给我送了只新口琴。可我回姥姥村走了一个礼拜，返回毛纺厂就找不见她了。老周告诉我学校成立了毛泽东思想宣传队，把她给招回去了。

看不见萧融，我吃饭不香，睡觉也好好儿睡不着。刚过了十九周岁的我，以前可从来没有体味到这种人想人的感觉。听了老周的主意，我骑车到学校找见她，说厂子跟她要宿舍门钥匙呢。她看见我很高兴，说我以为你在村里住着不回来了。我说我回来了。她说我领你去见见郭振源，他是乐队队长，叫他听听你拉二胡，你可比他们拉得好。我想想，觉得这样有点是自我推荐的意思。就我的性格，我是不会这样的。我说不这样。她有点发愁，说那该怎么样？我一下子想不出该是怎样才好，后来她一下子高兴了，说想起个好主意。她让我早晨在教室门前拉，她说不出两天就有人找你呀。为了能跟萧融在一起，我当天就回家把二胡取来，把打包了一年多时间的行李铺展开，住进了宿舍。当第三天早晨又在教室门前拉《草原上》的时候，郭振源来请我了。

我以前学乐器是出于爱好，是因为喜欢，从没想到是要参加个什么组织。可从那天开始，我就成了文艺宣传队的一员了。这个组织叫“大同一中毛泽东思想宣传队”。萧融说我比他们拉得都好，但我觉得比我高一届的周保元，应该说跟我的水平差不多。他的快弓好，但慢弓不如我拉得味道美。还有一个是，周保元胆儿小，不敢独奏，我敢。我把台下的观众都当成一棵一棵的大白菜，给大白菜拉，怕什么。自我来了，大同一中毛泽东思想宣传队就多了一个节目，二胡独奏。后来在我的鼓励下，周保元跟我合奏《北京有个金太阳》，每次都返场，返场再拉“毛主席的书我最爱读，千遍万遍下功夫”。

当时大同的几家专业文艺团体，都因为“文革”前演出过江青认为是反党反社会主义的大毒草剧目，让解散了。我们大同一中毛泽东思想宣传队，就成了当时最好的文艺队了。到部队演出，到矿山演出，到工厂到学校，演遍了大同地区。一说一中毛泽东思想宣传队，人们都知道。

一九六八年八月一日那天，解放军军管会驻进我们学校，说你们所有的学生都将要离开你们的母校，出生到社会去。是他这话，才使我理解了“母校”这个词是怎么个意思了，才知道我们这一个个的学生，都是母校出生的孩子。

八月十一日，我们宣传队进城拍照留影后，就解散了。

面临前途问题，学生们表面看不出什么，心里都是惶惶的。都知道能参加工作的是少数，而百分之八十的学生将要到农村去插队当农民。

我们高六十三班的军管李则益指导员找我谈话，说矿上和部队都需要你这样的文艺人才，他问我想到矿上还是想到部队。我说我回家问问我妈。他说那你回去商量，尽快给我个答复。还说，你没问题，有文艺特长，到哪儿也吃香。

我妈的嘴角又起了泡，怕我让送到村里去插队。我爹跟怀仁送工资回来，我妈不让他走了，说你那革命工作还有个完？等娃娃安顿住你再忙你的去不迟。我爹说不用你说我也知道，娃娃的事是头等事。

听我说矿上要我，部队也要我，都是到文艺宣传队。我妈让我把五舅舅也叫来，说“大家一疙瘩碰碰，看招娃子是去哪好”。碰来碰去，最后定下到矿上，不到部队。说美帝呀苏修呀，还有蒋匪帮，万一打开了怎么办。

我说：“打开了，我也是宣传队。”

五舅舅说：“叫你上前线慰问呢。那子弹还有眼？”

我妈说：“咱就这一个娃娃。那可是吓不行。”

我爹说：“就是。”

我妈说：“那咱们就定了。去矿上。”

五舅舅说：“招人喜欢个吹拉弹唱，正好又要做这个工作，管他，挺好。”

到了学校，我告诉李指导，我妈说了要去就去矿上。他说知道了。

萧融和另几个宣传队的，到了姜家湾煤矿。那个矿只缺女的不要男的。又隔了一个星期，李指导员找我说，你做好准备，明天红九矿就要来招你呀。

第二日早晨不到八点，红九矿淡绿色的大轿车开进了学校前院儿。车上下来个带队的，看看我们的行李堆说，这次木箱箱都不能上车，过两天专门开卡车来拉。大小不等，同学们都有个木箱箱。听了带队的，同学们又都把木箱箱送回宿舍。

点名上车时，第一个喊：曹乃谦。我说到。带队的打量打量我说："像个文艺青年，上车。"他帮我把行李抱上车后，又点别人的名。这次跟我一块儿上车的，还有我们班王国梁和李树槐，还有三十几个别的班的，连人带行李，满满塞了一车。

除了明确说我是去矿上当文艺宣传队员，他们都是要去当井下装煤工。

在车上，带队的告诉我，说我的工种也是井下装煤工。他说，这样好哇。挣着井下工人的大工资，干着文艺宣传队的轻闲营生，这多好。人们问我们的工资是多少，他说基本工资五十四，要是下井的话，一个班另有八毛入坑费，开工资时一并给，你如果一天也不落地上满班儿的话，算算，三八二十四，再加五十四，一个月就是，七十八。

一车学生都"哇——"地喊叫。

在车上已经告诉我们这些新矿工各自的连队，我是三营二连二排。

当时中央提出的战略口号是"七亿人民七亿兵，万里江山万里营"，全国七亿人都是兵。我们矿是师级单位，矿下面的单位就以营连排来编制。但到了矿上并没有把我们送到连队，而是拉到了东山单身大楼。让我们先住下来，又告诉我们食堂在哪儿。最后说，让我们新矿工在第二天到职工俱乐部去听培训报告，讲安全生产知识。要讲一个星期。我想我是以矿工的名义招来，要到宣传队工作的，我不下井，用不着听生产安全知识。我就问我明天到哪儿去找宣传队，他说你也到职工俱乐部，宣传队就在后台。

我和王国梁李树槐住一个宿舍。把行李铺展好，我就坐着三路公共汽车进了城。又坐着六路车到了学校，在学校吃了中午饭，把小木箱箱捆在自行车后，回了家。

我爹说我妈："你成天说我娃娃吱吱吜吜的指这要饭呀，你看看，我娃娃凭着这，有了工作了哇。"

我妈说："这还没去了宣传队呢。这口饭你咽进肚里了，这才算你是把这口饭吃了。啥也是个这。"又说："反正是说上个啥，也不能下井。房后头昝贵妈说我，井下四疙瘩石头夹一疙瘩肉，你咋让你孩子到矿上。"

我说："您们放心吧。人家矿上招我去就是让到宣传队呢。明天我就去宣传队报到。"

头天说的职工俱乐部，就是大礼堂。

大礼堂真大，有我们学校的大礼堂两个大。学生们早来了，还有跟别的学校招来的新矿工，足有二三百人。

听到后台有拉二胡吹笛子的声音，我跳上舞台，理直气壮地进去了。我们学校的三个女生也在里面，我都能叫上名字。六十二班的周慕娅不仅是我高中同学，还是我初中时的同学。她们一看见我，都迎了过来。李新胜把我介绍给了一个老汉，说王队长，他是我们大同一中毛泽东思想宣传队的，来报到了。

王队长说知道知道，你是小曹吧。又问我是耍啥的。他这个"耍啥的"问得挺有点意思，把学乐器说成是玩耍，也准确。工人阶级的语言就是好。

我说我拉二胡。

他让旁边的人把二胡给了我。我试试，觉得两根弦儿不准，又重新调了调弦儿后，拉了个我跟周保元常上台独奏的《北京有个金太阳》。

郭祥后来跟我说，你开始的那一段跳弓，就把我们给惊呆了。

王队长又问我会不会要三弦，我说也会点。他说郭祥，你给够够。

我说“会点”是指大同一中宣传队时，王大生是弹三弦的，他想学二胡，让我跟他换。换是没换成，但我也试着弹过三弦。

郭祥跟乐器柜里取出的这把三弦，是晋剧乐器小三弦，高低跟我家的秦琴差不多，正好是我很习惯的那种把位距离。

我拿起三弦，音也不准。把音调好后，弹了一个《骑兵进行曲》。是按照着我在家玩秦琴的方法，大量地运用着和声扫弦。这种弹奏法，会给人一种气势磅礴千军万马的感觉。

让我没想到的是，弹完，人们居然都在拍手鼓掌。我二胡可比三弦的水平要高得多，可他们也没这样，只是说“到底不一般”。

王队长拍了下我的肩膀的同时，大声说：“定了小曹，你就给咱们要他三弦哇。”

47　工资

王队长让我要三弦，可我觉得我的三弦水平还很差，我跟王队长说，下班后我想把三弦带着回去练，可以吗。他说那当然是可以的，又跟郭祥他们说，我们都应该向小曹学习，带回去练，每天来这儿圪锯上两下那能有个长进？

我提出往走带三弦，一个是真的认为自己很差，得下苦功练。再一个是，我想拿回家，让我妈看看，看看我是真的到了宣传队，让她放心。

我妈说做完二胡套，还剩着灯芯绒，吃完饭妈再给你缝上个套子。我的二胡我妈就给缝了一个套子，还有提手。

我爹还没走，看见三弦说这下你妈可是放心了。又跟我说把五舅舅再叫来，再喝上顿，爹明儿就放放心心地给人家上班去呀。

吃饭时说起工资，我说我们这一批新工人如果上满班的话，一个月能开七十八块钱。五舅舅说我跟你妗妗两个人加起来才是七十二。我妈问说咋能开那么多？我说基本工资加上入坑费就能开这么多。我妈问啥叫入坑费，我说就是下井费。

我妈一听急了，说："咱们不是说不下井！咋又下井！"

我说："我是说如果下井的话，就有入坑费。我不下就没有。”

我妈说：“咱们不下。爱给多少呢，咱也不下。”

我说：“我不下井，一个月开五十四。”

我妈说：“五十四也不少了。你爹初解放入城的那头几年，还不挣钱，就领点小米，后来又给做了一身蓝皮。”我妈把我爹领的一身制服叫做蓝皮。

我爹说：“我们那也叫工资。”

五舅舅说：“五十四确实是不少了。”

我妈说我：“咱们不挣那入坑费。听着没？”

我说：“我想挣也挣不上。您不看这，三弦也发上了，人家让我在宣传队，我想挣个入坑费也挣不上。”

我妈问我那个侉女女不也是你们大同一中宣传队的，尔娃到哪了。我说到了姜家湾煤矿。五舅舅说，我听你妗妗说，见过那个女女，说可好呢。我妈说他们在毛纺厂那几个月，尔娃常来咱们家。我爹说招娃子，爹还没见过，等给爹领回爹看看。我妈说你是没见，可是个好女女。我没作声也没言语，不知道该咋说。五舅舅说两个都是参加工作的人了，搞个对象啥的，也是正当的。

他们的话让我想起，如果当时不是我追着萧融，那我也不会参加了学校的宣传队，不参加学校宣传队，也就不会发生红九矿招我到矿宣传队来搞文艺这样的事了。但我不想跟她搞对象。在学校宣传队时，她领我去过她家，在她的屋子待过一个下午。她姥姥和她妈妈都进来过，笑笑地跟我打招呼。可那个师长就没进来，他知道我来他家了可也没理我。

哼，你以为我喜欢你女儿是为了上赶你师长吗？是为了巴结你师长吗？大错特错了，师长大人。游击队长的儿子，可不是你想的那种人。

哼！有什么了不起！

从那以后，我对萧融就主动地冷淡了。

第二天学生又都集中在大礼堂听安全生产报告。我用不着听那些，提着三弦跟大礼堂的后门直接就进了后台。王队长又夸我，看看人家小曹，爱护公家的财产，还给三弦做了套子。

宣传队是刚刚在组建，演员和乐队的人员都还不够，没有正式排练。来的人各练各的。

有人在门外喊我，是吴福有，是我让他今天上午到后台来找我。他是大同二中的学生，也来九矿当下井工了。我在毛纺厂时，就跟他熟悉。他的表哥叫郭德金，是省歌舞剧院的首席二胡。昨晚，吴福有就到过我家。我妈说我，要想办法让小吴也到了宣传队。商量了一气后，只好是直接推荐了。

我把他介绍给了王队长，说他二胡拉得比我的也好。王队长听他拉完后说，行了，那你就给咱要低胡哇。

昨晚我就告诉他，这个宣传队有三把二胡，但都有了人头，是不会让咱们拉。他问现在还有啥乐器没人头，我说低胡还没人。他说没大提？我说没有那。他说那我就给拉低胡哇。我说能让你拉低胡就不错了，就是说明不下井了。他说反正是把住一件乐器，先能在住，是重要的。

一个星期后，新工人培训完了，让正式到各自的连队去报到。让我和吴福有也去，说认认你们的婆家，那是你们以后领工资的地方。

连队办事员小范给我发了好多东西，有一身细帆布工作服，一双高靿大雨靴，一顶白色胶壳帽，一条又厚又宽的大皮带，三双细帆布大手套。还有一个灯牌一把钥匙。灯牌是下井时去领矿灯用的，钥匙是上井后开洗澡更衣柜的。最后，还有一个纸糊的袋子，上面用油笔字写着：三营二连二排曹乃谦1968年11月工资54元整。

哇，刚来一个星期，就给发一个月工资。同学们都没想到。

有人说要好好地吃一顿，我没有这个想法。我是把钱装了起来，我要把这第一次工资，亲手给给我妈。

记得小时候我问我妈，妈妈妈我多会儿才算是长大，我妈说，你多会儿能挣上钱，来养活妈，那你就算是长大了。

妈，我长大了。你的招娃长大了。

我和王国梁李树槐都把这些东西背回了东山单身宿舍，脱下外衣试试工作服，有点大。王国梁说在水里泡上一夜就缩小了。听了他的，我只把裤子泡在了水盆里。

我把胶壳帽和皮带扔在床底，穿着新上衣，挟着亮晶晶的高靿大雨靴，回家了。跟我妈说我不下井，要雨靴没用，把大雨靴拿回村给姨夫去吧。我妈夸大雨靴真好，说还是高靿的，下雨浇地啥的，你姨夫可要喜欢呢。

正说着我妈一下想起了啥，说："你赶快到二虎家，二虎找你有急事。刚刚走。他前脚走你后脚进来的。"

我穿着新工作服去了二虎家，高大娘说二虎到了后头院老王家。我到了老王家，一家人夸我的工作服。小彬捏捏说好，不是劳动布的，是细帆布的。

四蛋说："兜盖上还印着字，'抓革命促生产红九矿'，就是你穿有点大。拿，我给试试。"

我脱下来给了他。

二虎说："招人快走，到我家。"

我跟着他出去了。

二虎分配到了市工程二公司，他们单位也组织了宣传队，他想参加。二虎说把扬琴拿回家了，让我给对弦儿。还说对好弦让我教教他。他也不问我会不会就让我教。在他眼里我应该是啥也会，其实我只是在学校时弹过两三下。管他，先调弦。

我一直就很喜欢扬琴，就是太贵。我妈不可能给我买。二虎问我，喜欢你咋不在你们宣传队打？我说我们宣传队那个打扬琴的是工人师傅，他把琴盒上了锁，除了几个女生，别人碰也不让碰。

正调着弦，我妈来找我吃饭，高大娘说就叫他在我这里吃哇。我在高大娘家吃了点饭，赶快继续调。晚十点多，老王给我把工作服送过来。见我们还在忙着，没理他，他就捩转身走了。

我一直调到夜里快十二点，才回家，我妈已经睡下了。听我回了，她给拉着灯。

我说："妈，给您。"

我就说就掏兜。可一掏，空的。这件新工作服下面没兜，上面的两个兜，都是空的。

我妈问啥，我说您睡吧，明天再说。我拉灭了灯。

我躺在那里想，好几个人你试完我试，一准是把工资掉老王家了。掉老王家没事，丢不了。半夜了，不去了，明天的吧。

第二天一大早，我去老王家，老王正蹲在院门口刷牙。我进屋，四处看，地上炕上都没有。老王进来问我找啥？我说昨天大概是人们这个那个的试我的工作服，把兜里的工资掉你家了。

老王愣了一下，说："噢，是五十四哇。"

我说："对，我猜也是你给拾起了。"

老王笑笑地说："先不给你。我要直接给曹大妈。让你长个记性，要不你以后还要丢东西。你走你的哇。"

我说："也对。那我走了。"

我就跟老王家直接到了西门外，乘坐着三路车到了红九矿。在礼堂后台待了一上午。在大食堂吃完中午饭，返回东山宿舍。可我看见，枕头旁，是我的工资袋。赶忙拿起捏，有东西。掏出看，是钱。数数，五十四。

大事不好！

我连假也顾不得跟王队长请，直接回了家。

一进门，看我妈。

我妈说："老王中午送过五十四块。我给你压在你的厚书下了。"

我们家的箱顶上，平放着慈法师父给我的一本硬袼褙封皮的厚字帖。我平时有东西就夹在里面。我跟下面抽出钱，有整也有零，数数，五十四。

我说："妈，坏了。"

我妈看我。

我说："妈，这可咋办？闯上大鬼了。"

我妈问："咋了？"

我说："坏了，坏了。"

"说！"我妈生气了，大声地喝喊。

我妈听我学（读音 xiǎo）说完，说："招娃子，你可是真的闯上大鬼了。"

我低声地埋怨老王说："这个老王你也真是的。你没拾，为啥说拾了。还正好说了个五十四。"

我妈听着我的话了，说："你早就说过不下井，能挣五十四。我知道，朋友们都知道。可，这个事要搁我的头上，我肯定是，我没拾的话，我绝对不会给你往出拿这个钱的。可老王的性格你还不知道？从小没爹没妈，看着亲戚们的脸色长大。他是宁肯自己受屈，也不想让别人说出半丁丁儿不是来。要不一个九岁的孩子，咋会去跳了井呢？”

听慈法师父说，老王小时候跳过井，后来让人给救上来了。这事我们谁也没敢问过老王。

我说：“妈您别说了。”

可我妈不理我，继续说：“你朋友招人把工资装到我老王家了，大家这个试那个试的，把钱掉地上，正好是叫哪个小脸的，给悄悄拾起装走了。我老王是肯定不会说，招人，咱们查查，到底是让哪个小脸的给拾起了。老王肯定是……”

我快哭呀，打断我妈的话说：“妈，甭说了。看看这个事咋办吧。反正我知道，我要是去还老王这个钱，老王肯定是不会要的。”

我妈说：“你也知道是个这？”

后来，她想了想说：“走哇！”

我妈先把我领到二虎家，跟高大娘头头尾尾把这个事说了，最后掏出老王的那五十四块，求高大娘明儿找个机会把这个钱给给老王。高大娘也同意这个做法，说您跟招人给老王的话，依着老王的性格是肯定不会要的。又说，这个老王，一个月开着二十七块，这五十四是他的两个月工资，不敢定是跟谁借的。

跟二虎家出来，我妈直接把我领到老王家，说：“老王，为招人耍水的事，那年曹大妈骂过你。曹大妈后来知道是冤枉了你。曹大妈这辈子没为啥事给人说过个赔礼道歉的话，今儿个曹大妈来跟你赔不是了，是曹大妈错了。”

老王笑着说：“曹大妈，看您说得哪去了。”

我妈说：“招人不懂事，有啥做错了，我回家会修整他。老王你不要计较他。”

小彬说：“您放心哇，曹大妈，老王才不是那种人。”

除了睡觉，小彬成天就在老王家。

我妈领我回了家。一进门，啪地给了我个耳光，说：“站那儿！”

我二话不敢说，赶快站在了一进门的墙根那里。那里，永远是我罚站挨修整的地方。

48 下井

最早听说过煤矿，是在小学六年级时。我们班有个叫果果的女生，上课时哭。同学们悄悄议论说她的爹在白洞矿让砸死了。那就是在世界上都出了名的“五九”事故，井下瓦斯爆炸，死了七八百人。

一中宣传队时到过各个矿演出，但那是直接拉到后台，演出完就拉走了，脑子里不知道煤矿是个什么样子。

头一天到红九矿，就让我对这个矿有了很好的印象。首先是到学校拉我们的淡绿色的大轿车就很漂亮，比市里所有的公共汽车都好。再一个是，东山单身宿舍，那是四栋四层楼，三个人住一个屋，一人一个床，屋里粉刷得白白的，窗户大大的，玻璃亮亮的。屋内有暖气，楼道里有厕所。学生们谁也没想到自己会住上这么好的家。还有就是，第二天当我走进叫做“职工俱乐部”的大礼堂后，又有了好印象。以前在台上演出，不注意下面。这个能坐一千多号人的礼堂，一人一个折叠式座位，坐下来还有扶手，谁也不挤谁，比城里所有的电影院都好。还有，那篮球场也比我们学校的好。另有就是，那大食堂好，那洗澡堂也好。

后来又发现矿上还有百货商店，还有学校，还有医院。

真没想到红九矿是这么好。

我跟我妈说，我们矿上啥也有，啥也比城里头的好。我妈说能有那么好？我说您看了就知道了，哪天我领您到我们矿看看去，我妈说，那一准得去看看。

宣传队三个拉二胡的，都拉不了独奏曲，只能拉个一般的曲子。三个里面第一是李生儒，郭祥是第二，第三是贺金成。贺金成是乐队的负责人。

我们的东山大楼单身宿舍距离职工俱乐部很远，少说有五里路。我们每天中午吃完饭不回宿舍，就在俱乐部休息。那天午饭后，我跟吴福有在矿上逛大街，迎面来了个女孩。我悄悄跟吴福有说，远远看去像我们班曾玉琴。走走走，走近了，哇！就是曾玉琴。

她说："我听说你到了宣传队，心想说哪天看看你去。可是广播站太忙。"

我说："我也知道你在矿广播站。每天都能听到你的声音，可没见过你的人。"

她说："走吧，来认认我们广播站。"

我跟吴福有说走，认认广播站去。他说我想到下面看看，说着就头前走了。我指着吴福有的背影，跟曾玉琴说："那咱们，等以后再说。"曾玉琴笑着说："回见，回见。"

我追上吴福有说你走啥呢走。他说我不想当电灯泡儿。我说我们是同班同学，又不是搞对象。他说你们班分配来几个女生，我说就是她一个。他说，她跟你笑笑的，看样子挺喜欢你，搞上哇。我说我不喜欢大个女生。他说现在咱们宣传队里，周慕娅、魏景云、李新胜，个子都不高，搞上一个。我说你咋就说搞对象，说别的行不行。他说行行行。

我们宣传队缺的是演员。

在新工人培训的时候，我给推荐了三个人。一个是郑三喜，一个是张新民，他们跟我是一中的同年级同学，但不一个班。他两个是一个班的。在学校新年联欢时，他们两个代表着他们班到我们班演出过节目，给我留下了好的印象。我给推荐的另一个是大同三中分配来的赵喜民，他是我大福字小学的同学，初中时我还混在他们班，上了一天课。王队长看了这三个人说，不错，留下哇。

宣传队乐队就增加了我跟吴福有两个，再没进新人。倒是当中又来过一个，是矿宣传科刘科长给领来的，说是山西矿院大学生，拉二胡拉得可好了。王队长让郭祥把二胡给给他，他拉的是《白毛女》选段。拉完，王队长说小曹小吴你两个也给拉拉这个曲子。李生儒主动把二胡给了我，吴福有拿着郭祥的二胡。

我俩从来没有合奏过这个曲子，只是跟着感觉即兴来。吴福有拉前奏曲时，我给用抖弓轻轻地配着和声。进入主旋律后，我俩有时合奏有时分部，结束时，我仍是用抖弓轻轻地配着和声，两人以渐弱的方式收弓。拉完，在场的人都给拍手，包括矿院大学生在内。不过，我认为给点掌声也是应该的，要知道，我和吴福有的二胡演奏，属于大同市的一流水平。

那以后，矿院大学生再没来。

我和吴福有二人仍然是，我弹我的三弦，他拉他的低胡。

我推荐的三个演员里，我跟赵喜民最熟悉，吃完中午饭我跟吴福有逛矿时，也叫着他。那天我们逛到商店后边的排房，听到有拉二胡的声音。我们站住听听，我说是郭祥，吴福有说就是。我们正要走，郭祥开开后窗喊我们，让进去。我们绕到前面，进了他家。

郭祥说想拜我跟吴福有为师。吴福有说我们该叫你郭师傅才对。我说只要是爱好，别的都好说，郭师傅你一看就爱好，这就能进步。郭祥说你们以后别叫我师傅，就叫我郭祥吧。

他还约我们当天晚上让在他家吃拜师饺子，我说我没跟我妈打招呼，晚上得回家，要不我妈不放心我。后来改成了第二天的晚上了。

第二天晚饭后，三个人相跟着步行回了东山大楼。自来九矿上班，我是头一次在单身宿舍睡觉。王国梁和李树槐都不在屋，不知道是回家了还是去上夜班。我一个人躺在床上，有点睡不着，起身出楼道去洋厕所尿了一泡。我想起那次到萧融家，那是头一次到洋厕所，萧融还教给我咋用。唉，她爹咋是那样。

那以后我和吴福有赵喜民三个人就常到郭祥家，我们跟郭祥成了好朋友。

我编写了民乐小合奏《地道战》。我清楚大家的水平，所以也很简单，共三页。给了王队长，让大家练。除了王队长，别人都识点谱。

王队长懂得晋剧，是晋剧打板的，吴福有建议王队长在这个节目里给打定音鼓，这样省得他没做的。让我们没想到的是，王队长节奏感非常好。他能听出是谁在抢拍子。这真的很不简单，也很重要。因为我和吴福有要是听出是谁在抢，也不好意思说出来。

练了两天，效果很好，前台的演员们都跑进来听。

王队长又跟我说，你跟小吴两个那天拉的《白毛女》片段就好，你也给咱们编他个民乐小合奏。我说行。可是，就在当天下午，矿宣传科刘科长来宣传队，把所有人都集中在前台，宣布说："矿革命委员会决定，从明天开始宣传队临时解散。所有人员各回各连队上班。宣传队啥时候再组织，等候通知。下次再通知谁不通知谁，那就看你回连队后的工作表现。"王队长问为啥。

刘科长说领导让我这么来传达，我也没敢问领导为啥。

我的心一下子凉飕飕的。

怎么会是这样?

这，这要叫我妈知道了，可是闯上大鬼了。

说上个啥，也不能让我妈知道。

冷静下来，我做了两件事。一是吩咐赵喜民和吴福有，到了我家无论如何不能跟我妈说漏嘴。二是跟王队长把三弦借了出来。这次明着说是想哄我妈，要让我妈知道我还在宣传队排练节目，这样她就不担心我了。王队长说拿回去哇，别的乐器不敢说，你往走拿三弦，这个主我是能做了的。

晚上提着三弦回了家，我跟我妈说:“以后要加紧排节目，闹不好哪天就要加班。太迟了我黑夜就不回家了。”

我妈说:“俺娃给人家好好儿工作是对的。”

宣布解散的第二天，我就到了三营二连二排去报到。我不敢不来，刘科长说“宣传队啥时候再组织，等候通知。下次再通知谁不通知谁，那就看你回连队后的工作表现”，我不敢不来连队好好地表现。

我说我来下井了。带班范师傅看见我穿着普通的鞋说:“你的大雨靴呢?穿这种鞋可不行。”我说:“我拿回家了。我怕让我妈知道是我下了井，担心我，不敢跟家再往来拿。”他说:“下井别的可以凑合，大雨靴必须得穿。算了，这么孝敬爹妈的孩子，我给你一双吧。”就这样，我跟着带班范师傅，下了井。

下面的这段七百字的文章，是我跟我的中篇小说《冰凉的太阳石》里节选的，是我头一次下井的真实记载。

头一次下井我差点儿累死。其实那天我又没装煤，可光走路就把我给走草鸡了。要知道，从井口到我们排的工作面是三十五里，来回就是七十里。路当中上上下下还有一千三百个大台阶在等着，来回就是两千六。我个儿一米七二，体重却只有一百一，身单体弱，哪能吃得消这样的一趟行走。从井下上来，我最大的愿望是喝水和睡觉。如果有人说再走半里地的那儿有一万块钱让我去白拿，我也顾不得了。到了职工大食堂，我一口气喝了五大碗稀米汤。喝完，真想就那么躺倒在地下狠狠睡一觉，哪怕就那么睡死也心甘情愿。

第二天就把我打进人数儿里让装煤。按运煤的铁溜槽计算，每人分四节溜子，每节溜子长一米五,四节就是六米。溜槽到煤帮入深是两米，煤层高一米八。一个人平均要装二十多吨煤。这么多的煤都得用两个胳膊一锹一锹把它铲到溜槽上。别的工人用半个班儿的时间就铲完了，我却连煤底板还没挖出来。

成天价说的是工人阶级亲兄弟，可这时候亲兄弟们谁也不过来帮我一把。他们把灯一关，躲在安全地方睡大觉。有的干脆就溜上了井。我又累又急又气，真想把锹扔得远远的，放声痛哭一场。后来带班儿排长怕影响了下一个班儿的出煤而挨批评，骂了我一句“你屎也不顶跑到窑门干啥”后，打起两个工人，过来帮我把那些要命的煤铲完。

出了井，我连半点力气也没有了。一步又一步，一步又一步，拖拉着两条沉重的腿到了澡堂。可我一下池就哧溜地给躺跌进水里，想活命的本能使得我划了两下胳膊，却没有力量能够挣扎起来。脏水咕嘟嘟灌进嘴里，哧溜溜呛进我的鼻孔。

出井后，人们都是急急地到澡堂，到完澡堂到食堂，好早早地回宿舍休息。我进澡堂时已经很迟了。教室那么大的澡堂里除了我，另外只有一个人，假如连那个人也不在的话，那天我的小命就算玩儿完。他看见了我摔倒后又埋进池水里，又判断出我不是在耍水练潜泳而是被淹了，这才揪住头发把我拔出来。

我小说提到的带班排长，就是真实生活中的范师傅。

范师傅是灵丘口音，五十来岁。他真是个好人，天底下最好的好人。他看出我不是偷懒耍奸，而是根本就适应不了那种强体力的劳动，就给我分配的任务比别人的少好多。就这少了好多的任务，我咬着牙也是完成不了。他只好是帮我来完成。

他还让我替人送过干粮，让我替开煤溜工顶过班，只要是有点轻省的营生就让我干。

有一天跟我说，你到二层连队里找找小范，他跟你有个问上的。

小范是我们连的办事员。

小范问我啥毕业，我说高中。他说那你帮我写个年终汇总报告。又说材料我有，就是不会汇总。我说我给试试。我把他给的材料拿回了家，跟我妈说是给宣传队编节目，熬了一夜写出来了。办事员一看高兴地说，你熬夜了，回家缓上两天哇，我在连队给你记两个工。

那两天我每天在家睡大觉。我哄我妈说，我熬夜编出个节目，领导让我在家好好儿休息休息。我妈怕影响了我的休息，地下做营生时，也是轻手轻脚的。

后来小范跟我说，营教导员夸说连队里头数他的这个汇总报告写得好，小曹你真有一下。他很高兴，把我请到他家里吃饺子，说以后再有啥要写的话，还得让我帮他。我说行。

他说其实我可好学习呢，还会背字典，不信你叫我女人给够够字典你考我。

他女人跟枕头旁够过《新华字典》，让我考。我翻开说了两个字，他都认得。又找了两个我认不得的，他又都认得。我发自内心地佩服说，小范师傅真了不得。

他女人又给我一个硬皮本本，里面全是小范抄的优美词句。有成语有歇后语，有的大概是跟井下工人们收集的。比如：老古尿盆——见过大；弟兄俩比鸡巴—— 一尿样；尿尿掏出指头了——穷的尿没一条。这些粗俗的歇后语，让我想起了高中同学科举的“四大系列”，不由得笑了一下。

他女人说其实他也可好写个东西呢，有次写的东西还让矿广播站给采用了。他说后来又写了几个，没采用。

我说你那没被采用的在手跟前没，我给看看。他翻找出来，给了我。

有一篇是写井下工人们的好思想好作风，说在井下打着矿灯学毛选啥的。我说真有这事？他说哪有呢，瞎编。

我又看一篇，写的是井下工人在“东方露出了鱼肚白”的时候，出了井，可没去洗澡，先回连队召开忆苦思甜会。

又看了一篇，我觉得还有点意思，我说我给你把这篇改改，改完你抄，抄完你送广播站。

他女人说那还用说，你替写出的，他都得重抄。我说我替你写稿子的事千万不能让营里领导知道，他女人说，那是一准不能让知道。

我是怕让营里领导知道了，以后不让我到宣传队，就让在营里写材料。那就坏了我的大事了。

一个星期后，广播站采用了我给改过的那篇稿子，通讯报道员是小范的名字。他又把我请到他家里，吃饺子，还喝酒。他女人说，小曹你是我们家的贵人。

我说，你们才是我的贵人呢。

49　三弦

全凭着范师傅的帮助，我才咬着牙在井下一个班又一个班地挺过来了，倒班的时候，一有空隙时间，我就赶快地提着三弦回家，蒙住头地练。一是为叫我妈不要看出我已经是离开宣传队，干着下井的营生。再一个是我想把三弦弹得好好的，也成了大同市的一流水平。

小范是“文革”当中毕业的初中生，文化知识虽然没有学多少，但他爱好写作，做梦也想着当矿广播站的业余通讯员，我就主动地帮他修改通讯稿。

我还告诉他矿广播站的曾玉琴是我的高中同班同学，我知道她对写这种稿子的要求，一是要有事儿，二是要真实。

小范不愧是能背《新华字典》的人，我一点，他就明。写出的初稿跟以前比，大大地进步了。我修改的时候，不太费劲。他的稿子经常被广播站采用，连指导员夸小范，小范乘机说想叫二排的小曹上来帮他打个杂，把他的身子腾出来，就能为连队写出更好更多的宣传稿子。红九矿几千号下井工，不缺我一个。指导员答应了。就这样，下了一个月再加一个星期的井后，我被抽到了小范办公室，给他当打杂的勤务员。

小范高兴，我更高兴。每天是白班，晚上按点回家，推开门叫妈。

曾玉琴悄悄告诉我，是宣传科刘科长建议矿革委领导，让我们下井的。说这些年轻娃娃们一出校门就来矿挣大钱，还整天男男女女打打闹闹的，这不对，得让他们下下井，知道了井下一线工人的苦，文艺才能更好地为井下矿工们服务。

我让她给悄悄打听，什么时候才重新成立宣传队。她说不用你吩咐，我也是一直关心着呢。

我问她说你忘记没忘记咱们第一次见面。她说记着呢，你跟一个帅小伙儿帮我打包行李。我说那是我表哥，他可喜欢你呢，说你要人样儿有人样儿要个头有个头。以后还经常跟我打问你。她笑着说是吗？还问我表哥现在干什么，我说在市皮鞋厂当工人，现在已经出徒了，我妈和我舅舅正张罗着想给他问个对象呢。

曾玉琴不接住我说下话，我也不好再说什么。我觉得除了外貌长相我表哥很英俊，比曾玉琴强，别的都配不上人家。

郭祥给我连队打电话，让我中午到他家吃饭。他告诉我一个不好的消息，说原来矿上晋剧班儿的杨师傅，要调回晋中老家呀，跟我要三弦。

我看郭祥。

郭祥说就是你拿的那把小三弦，那是他私人的，祖传的。他知道我跟你熟悉，让我给要。

我说人家的那就给人家。当下我就回了东山宿舍，把三弦给提到了郭祥家。

郭祥说，那你的套子。我说不要了，给杨师傅吧，用了人家那么长时间了。

郭祥看看三弦说：“行了，一会儿我给王队长送去。你看这事搞的。”

我说："没事。"

我嘴上说没事，可我心里觉得有事。

我说没三弦，再成立宣传队，别不要我。郭祥说要是肯定要，大家心里都清楚，论整体实力，你是最强的，对谱子又很通，能创作，简直是专业人才，我们矿上原来的几个，跟你就没法比，宣传队不应该没有你。

我说，可你说不应该，贺队长和王队长也会这样认为吗?

郭祥说，他们两个也这样认为，就怕是新的领导，听说要来一个新的指导员，不过你放心，新来的指导员，他应该是要听听我们大家的意见。

他又说，再让两个队长跟他讲，买新乐器。

我说应该再有个中胡，我们大同一中宣传队就有中胡。郭祥说咱们矿上的旧班子，听也没有听过中胡，矿上即使是新加乐器，也不会想到中胡的。

我想了想说，不行我自己出钱买个中胡，这样，再成立起宣传队，我就有乐器可用了。郭祥说自己出钱? 甭甭甭，让矿上出钱买，买把三弦买把中胡。

我说还应该给吴福有买把大提琴，把低胡淘汰掉。

郭祥说就是，叫他们一便儿买。

回家的路上，我越想越不放心。我跟郭祥两个人定好了，买三弦买中胡买大提。可万一矿上不买呢? 碰上个刘科长这样的人来当指导员，一定会说，一个业余宣传队，有啥算啥吧，没三弦就不用三弦了。

那可坏了。

宣传队要开办了，可因为没有三弦，没我可干的，不用我，不通知我，那我得继续在采煤三营二连待着。

那可坏了。

最可怕的是让我妈知道了我不在宣传队。好你！你原来是在欺骗我！

我不敢往下想。

我决定买。

自己买。

我决定自己买三弦，更主要的是，我一心一意地爱恋着音乐，我一定要在宣传队工作。以后有了机会，我还想进大同市的文工团工作，以后还要进省歌剧院工作。

想来想去，我决定跟我妈实话实说。

我跟我妈说，原来弹三弦的杨师傅往走要三弦呀，那我就没三弦了。我妈说，那你不会干别的？我说一人一种乐器，早都有人头了，万一让我下井可坏了。

我妈说你不是说就在宣传队吗，可这又有了问题了。我说在是肯定在，是要让我当演员，可我不想当演员。我妈说不下井就行了，当演员怕啥。我说我不当演员，打死我也不当演员。我说我宁肯下井也不当演员。

一听我宁肯下井不当演员，我妈急了，说没乐器？咱家这么多，拿去用哇么。我说咱家的这些乐器都不是正式的那种，再说人家的二胡都好几百一把，可是咱家的二胡才是几十块。

我妈说："那要不你也去买个好的，几百的。"

我说："二胡人家已经是够人数了，要买也只能是买三弦了。"

我妈说："那就买哇么。买三弦就买三弦哇么。"

听我妈这么说，我一下子放心了。

我说："妈您真好。"

她说："好啥好。还不是怕你下了井，四疙瘩石头夹一疙瘩肉。"

第二天我先到连队，跟小范请了三天假，带了五百块钱就动身了。

我已经在大同的商店看过了，没有卖三弦的。打听到说张家口有专卖乐器的商店，我就决定去一趟张家口，万一没有卖的，那就往北京去。

我是乘坐长途汽车去的，买到了。三百八十块一把。也买到了专门弹三弦用的假指甲。我还另花了一百二十块，买了一把铜轴二胡。当天坐着火车，连夜回了大同。

正好我爹也跟怀仁回来了。我爹说花上几个钱，娃娃有个安稳的放心的工作，这个钱花得值。

提着新三弦到矿上，看到李靖又在给路边的墙上用油漆写毛主席语录。

李靖是俱乐部放电影的，字写得漂亮，能写各种字体。我站住看看，问说这是啥体，真好。他说这是仿宋体。我说有点像宋徽宗的瘦金体。他说你练过书法，我说初中时练过柳公权，高中时练过瘦金体。

他停下手回头看看我，看到我手里的三弦说，小曹真用功，我常见你回家提着三弦。我说我不主要是为了练习，我是怕让我妈知道宣传队解散了让我们下井，就提着三弦回家，假装是还在宣传队，要不我妈会不放心。李靖说小曹真是个孝子。

曾玉琴过来了。曾玉琴告诉我宣传队就要成立了，有你。我一下子把她的手抓住说，你真好。她把我手甩开说，看人看见的。我回头看看李靖，李靖假装没看见，偷偷笑。曾玉琴笑笑地又是狠狠地，拿二拇指指着我，嘴里不知道咕嘟了句什么，赶快走开了。

我也赶快走开，跟李靖一招手，向我们连队跑去，看看有什么消息没有。跑着跑着才想起曾玉琴刚才的话，她说“宣传队就要成立了”，那就是说，还没呢。是快了。我这才放慢了脚步。

晚上回了家，我妈问我你高兴啥呢，笑的。我说我没笑，我妈说我当你笑呢。我说我是想起刚才路上碰着个失笑的事儿。我妈说那你跟妈学学（读 xiǎoxiǎo）。我是瞎说呢，没想到我妈还真问我。我是最不会临时编瞎话的人，我一下子又想不起个啥好笑的事来跟我妈说，只好说：“妈我那个那个，给忘了。”我妈说：“一个愣子。”

又过了两天的那个上午，我一进办事员屋，小范告诉我说刚才来电话了，让我上午就去宣传队报到。他还给了我一页盖着红章的信纸，上头还有连长的签字。他说刚才通知的时候，让写这个。我看了看，是小范的字体，是对我这两个月的工作表现评定。当然，写的都是好话。他还发扬着他编瞎话的功能，说我一有时间就刻苦地学习《毛泽东选集》，掌握了一定的毛泽东思想。

小范说我以后还要找你去，万一有个啥不会写了还得麻烦你。我说你放心，冲着你叔叔对我那么好，我也要帮你，你不要客气有啥来找我就行了。他说我想请请曾玉琴来家吃饺子，你给联系联系。我告诉他说我知道曾玉琴的性格，你请还不如不请。你只要把文章写好了，她肯定是会采用的。我还提醒他说你千万不要写那狼吃鬼没影子的事，写真事写实事，她就喜欢。

我又去楼下，想把借范师傅的雨靴还给他，可他下井了。我又返上楼，把靴子留给了小范，让他转给他叔叔。

我赶快返到东山宿舍，抱着大三弦，返到了职工俱乐部，后台已经有好多人了。

王队长看见我，说：“小曹咋又弄个大三弦来了。呀，还是个新的。”

我说：“买的。跟张家口。”

王队长说：“你咋买的？谁给花钱买的？”

我说："我妈给花钱买的。"

王队长说："你，啥意思？嫌这个小？还是嫌这个旧？还是你家钱多得没个搁处？"

王队长指着身后乐器柜。我一看，原来的那把小三弦，套着我妈给做的那个套子，还在那里躺着。

我睁大了眼说："这个，不是，不是杨师傅要走了？"

王队长说："他要是来要过，可我没给他。我说你拿走，小曹弹什么？他就没往走拿，给你留下了。"

"那，那。"我不知道该说个啥好。

人们看着我"那，那"的说不出个话的样子，都笑。

我看看大的，又看看小的，看着大小两个三弦，也不由得笑了。

50　考察

这次正式成立起来的宣传队，明确说是由矿工会主管，可是除了王队长外，又给派了个指导员，来管理队员们的政治思想。这个指导员由宣传科的刘科长兼任。他上午还在宣传科工作，下午就过了宣传队，这啦那啦的挑毛病。

刘科长嫌队员们不团结紧张，说眼看着过年呀，这能行？不行！年前必须得加班加点，必须得拿出一批好节目，到井口去给出井的下井的工人演出。

一连好几天，我忙得没回家。那天我们乐队在后台正跟六娃和她的独唱《信天游唱给毛主席听》，小木门被推开，一股冷风吹进来，很大一会，才站进个人，门关住了。

俱乐部后台的门，足有四米高三米宽的样子。问王队长才知道，留这么大的门，是为了往进搬高大的布景道具。两扇大木门其中的右门上，又开着一个小的木门。平时根本就没必要开大门，只开小木门。小木门下面距离地面一尺多高，个子小的人进出很不方便。

我眼睛的余光只感觉进来个小个子人，没专门看看是个谁。吴福有看见了，站起冲我说："乃谦，好像是曹大妈。"

我一捩头，就是我妈。

她戴着厚厚的棉口罩。我妈戴口罩的方法很特别，口罩只是把嘴遮住，鼻子在外面露着。我没见过别的人，用这种独特方法来戴口罩。

我连大三弦也没顾着往哪里放，提着它快快地向我妈走去。

我问说妈你咋来了。

我妈没作声，眼泪哗地流下来，流在了大口罩上。

我把三弦举向吹笛子的刁吉，他赶快把三弦接走。

我赶紧问说:“妈你咋了?”

她说:“妈好几天都梦得你，在井下让砸死了。”

我说:“妈您真失笑，我又不下井，在宣传队咋能让砸死。”

我帮她把大口罩取下来，吴福有把她搀扶在了长条椅子上坐下来。

她不哭了，拿口罩擦着泪。

我又帮她把棉小大衣解开说:“妈，礼堂暖气热，您脱了吧。”

郭祥跟六娃说小曹好几天没回家，老人这是不放心，给跑来了。

六娃说可怜天下父母心。

我心想幸好是我妈今天来了，如果再早来半个月就坏大事了，那时候宣传队还没重新成立呢。

我一下子想起了，笑着说:“妈，我原来还说是想引您来参观参观我们矿。来，您先看看我们大礼堂。”我拉住我妈手，把她引进前台。

演员们在舞台上排节目。我把我妈跟侧门引下了有一千二百个座位的观众池。我引我妈在头一排当中坐下。我说妈您看椅座多好，有靠背有扶手，还能扳起来放下去。我妈说你别给人家来回扳了，看扳坏。

演员们停下了排练，李新胜走向前，问我你引着谁。赵喜民说，还用问呢，一看就是妈。他跟舞台上跳下来，问我妈说曹大妈我到过您家。我妈说，你是喜民。喜民说您咋就能找见这里。我妈说下了公共汽车我打问宣传队在哪，有个人给引过来的。

我说妈走吧，我再引您到别处转转。我引着我妈又跟侧门到了后台，跟王队长他们说领我妈出去转转。郭祥赶快说，中午领曹大妈到我家吃饭。我说噢。

职工俱乐部门前是并排的两个篮球场，有个不怕冷的人穿着运动绒衣，自己在那里投篮，头上冒着白气。过了篮球场，是百货商店。我看我妈脚上的棉鞋有点破旧，该换换了。我没跟她商量，买了一双灯芯绒面的高脸棉鞋让她当下就换。起初她不换，说回去的。栏柜里面售货员给递出把凳子，我妈就换上了。我说把旧鞋扔了吧，她说好好儿的扔啥，拿回村给村人们。我又跟售货员要了个硬鞋盒把替下的旧鞋装起来。

我妈就走就低头看脚上的新鞋，说挺服脚。

我想我妈一定很关心我吃饭的地方，我就把她引到了大食堂。说这里白明黑夜都不关门，我妈说半夜能有人吃饭。我说有，有下夜班的工人。我妈想想说，那半夜跟井下受上来的人，尔娃们就得吃点儿才行。

大食堂有我们学校礼堂那么大，里面摆着十几张大圆桌。当时的时间是上午十点多，不是吃饭高峰，有十几个人在吃饭。我一下想起问我妈早起吃饭没，我妈说没顾得。我赶快到窗口要了一碗小米稀饭，要了一个锅盔烧饼，又到小菜窗口要了碟儿酱黄瓜。我妈说不饿不饿，可不大一阵都吃完了，说酱黄瓜真香。我又趁机夸说，比您那腌菜好吧。我妈说人家是啥手艺，你妈是啥手艺，妈咋能跟厨子比。我说我每天中午都吃厨子做的饭。

跟食堂出来，我妈说想到井下看看。我说妈，这可不能，下井得穿下井的服装，穿下井的大雨靴，戴下井的胶壳帽，帽子上还顶着电灯。我说我的下井工作服给了忠义，靴子给了姨夫。我还没下过井。我妈说：“咱们趴井口看看，莫非也不让看看。”我妈脑子里的井口，大概是跟村里的井口是一样的。

我知道我妈是一定想看看，我说那我引你井口看看就看看。

我们红九矿的井口是斜井口，小铁道直接就能通到了井下。我引我妈远远地看看，刚上来的铁牛车下来几个人，脸黑黑的，牙白白的，说说笑笑的。我妈说，还笑。我说根本就不是您想的那么可怕。

我妈又问我你黑夜不回家在哪住，我知道她是想看看我住的地方，我说时间不早了，咱们先到郭祥家吃饭，吃完饭我引您看看我的宿舍。

到了郭祥家，饭已经准备好了，摆了一炕桌。

赵喜民吴福有两个人到大食堂也给打了好多，有过油肉红烧肉还有我妈最好吃的红烧丸子。

郭祥爱人我们叫郭嫂，她正给炸油饼。

郭嫂说：“曹大妈您到我家甭做客。”

我妈说：“我走哪也不做客。”

“做客”是雁北地区的土话，“甭做客”意思是不把自个儿当外人。“客”读音“恰”。

我妈天生力量大，饭量也大。她也真的是不做客，刚在大食堂吃过锅盔了，又吃了好多油饼。我怕人们笑话我妈能吃，我就给他们讲了我妈小时候的一个故事。这是我五舅舅给我讲过的。

我妈在十一岁的时候，帮着我姥爷在场面打莜麦。场面上还有另一家人也在打莜麦。

我妈打断我的话说：“另一家你叫科举姥爷。”

我接住讲说，科举姥爷说换梅子，听说你的力气可大呢，试试能扛起这一口袋莜麦扛不起？我妈过去一下子给扛起来了。科举姥爷说换梅子，咱们爷儿俩打个赌，你能把这一口袋莜麦一路不歇缓地扛回家，这袋莜麦就给你了。你要是扛不动，或者是在路上歇缓了，那你就算是输了，叫你爹赔我两口袋。我妈不仅肩上扛着一袋，走的时候，她看见旁边还有一个正在装着的少半袋，顺手提着就走。就这样，我妈扛一袋提半袋，一路不歇缓地回了家。

赵喜民说："曹大妈，那一口袋莜麦是多少斤？"

我妈说："莜麦不沉。一口袋是半百。"

吴福有说："那您还提着有半口袋。加起来有七八十斤。曹大妈您真厉害，那个场面离家多远？"

我妈说："不远。凡是场面都在村子跟前。"

我说："那跟场面进了院，也有一里吧。"

我妈说："半里多。"

吴福有说："那您爹肯定是夸您。"

我说："夸啥呢夸。我舅舅说，后来我姥爷又都给那家人送去了。"

郭嫂说："那您白白替那家人往回背了。"

我说："人家那家人硬不要，是我姥爷硬让人家留下了。后来过年的时候，给了我妈一顶帽子。"

我妈说："人家给了一顶狐皮帽。可好了。"

人们这才觉得是公平了，都说这还差不多。

箱顶上的收音机唱《五彩云霞空中飘》，郭祥三岁的女儿照着镜子跳舞。人们一拍手，她不跳了，羞得往她妈怀里钻。

我妈说："有个女儿好，长大懂得心疼妈。"

郭嫂说："曹大妈，有个啥也不顶。多会儿也是上往下心疼呢，大的心疼小的呢。”

我妈说：“你说对了。”

郭嫂说：“脚疼手帮着搓呢，手疼脚管也不管。”

一家人都让这句话给说得笑了。

脚疼手帮着搓呢，手疼脚管也不管。

有意思。

郭嫂说：“小曹你笑呢。你几天没回家，曹大妈不放心你，大老远跑来眊你了。”

郭祥说：“就是。”

人们都点头说“就是就是”。

我也知道就是，我还知道我妈这次来是想考察考察我平时跟她说的对不对，是不是真的在宣传队，红九矿是不是真的如我说的那么好，吃得怎么样睡得怎么样。

吃完饭，我说妈走吧，看看我们的宿舍去。临走，我妈掏出十块钱填在郭祥女儿手里，说让你妈给你买点啥好吃的去。郭嫂不让要，我妈说我是给小女女的，又不是给你的。

宣传队有一多半是今年招来的学生。男生原来都是在东山大楼单身宿舍住，女生都是在矿招待所住。这次重新成立后，这个刘科长跟矿上反映，把我们男生也都集中在了矿招待所。

矿招待所是二层小楼。女生两个宿舍，男生三个宿舍。我跟吴福有和赵喜民，三个人一个宿舍。

我妈到了我宿舍。屋子里是暖气，一进家暖暖和和的，但又不是太热。我妈看看我的盖窝，说这还是学校那会儿的，该拆洗拆洗了。要不妈明天早早地来，给俺娃拆洗拆洗。我说您硬要给拆洗的话，拿走就行了。招待所里有的是被褥，黑夜跟张所长借一套就行。我妈说要那样，妈就拿走。

我妈又想想说，要不褥子就甭拿了，妈再给俺娃做条新褥子，铺在这个上头，睡上去软乎些。

打包的时候我妈没忘了她那双旧鞋，也给打包进了行李包里。

往三路车站送我妈时，我想背行李包，我妈不让，说你那点劲儿，连妈丢的那点也没有。

看着她背着行李包的背影，我又想起了郭嫂的那句话：脚疼手帮着搓呢，手疼脚管也不管。

51 出差

刘科长成天恼恨恨的样子，看见我们学生，就好像是看见了阶级敌人，这不对那不对地挑我们毛病。不行！给你们发的工作服咋不穿？都穿都穿！

我的工作服给了表弟忠义，不能往回要，只好去求小范，看看能不能花钱跟库里买一套。我那身工作服就是在他的手里领的。小范说买啥，我工作服好几套，给上你一套。我给他钱他不要，说你帮我写作，使我成了营里头的名人了，那该值多少钱呢？我叔叔还夸你呢，说全凭人家小曹。我说不要你甭要。

衣服统一了，又说不行，东一个西一个等了这个等那个，不行，得集中住宿。他就跟矿上反映，让我们调宿舍，把我们集中到了矿招待所。为的是矿招待所距离俱乐部近，五分钟就到。

这倒是不错，我们半点意见也没有不说，还盼着他再有点啥看不对的地方。

盼着盼着，盼来了。

那天上午王队长跟我说，刘科长让你出趟差。

我不懂得“出趟差”是干什么，问说啥出趟差？他说，不是出趟差，是出差。我说啥叫出差？他说，哎呀呀你高中生连出差也不懂得？

课本里没碰到过这个词，生活中也没听过这个词。刚跟学校毕业参加工作的十九岁的我，真的不知道啥叫出差。

我说我真的不懂得。他说看来再聪明的人也有不知道的地方，去哇，你到刘科长办公室就知道了。

我去了刘科长办公室。他说听说你懂的乐器多，你说说咱们乐队里还该配置些什么，叫工会给买。

我想也没想就说，最紧要的是该把低胡换成大提琴，再给拉板胡的池师傅买把高胡，有些曲子用板胡，效果不好，换成高胡就好了。我接住又说还应该有把中胡。

心想着再买把中阮，因为我知道有的曲子用中阮比三弦要好。但我没提，我怕他怀疑我是自私自利，为自己。

他说："好哇，你给出这趟差哇。"

我正琢磨出这趟差是干啥，他紧接着又说，我听王队长说现在的这把大三弦是你自己花钱买的，这么大的矿能让个人买乐器，叫人笑掉大牙。你把发票拿来，让工会给报了。

我说我那次是跟张家口买的，人家没给开啥发票。他说，那这次还到张家口去买，顺便叫他们把你那个三弦的发票补上。

"明天就跟俱乐部的李靖去哇。"他说。

我心里不由得在喊，刘科长万岁！

我想起那天吴福有跟我骂刘科长说，这个家伙多会死了才好。当时我说，你真是一个小孩子。吴福有是老三届初中生，比我小一岁。可回头又想想我刚才喊万岁，这也是小孩心理。

我回了后台跟吴福有一说，吴福有高兴得往高蹦了两蹦。

听说我第二天要到张家口出差，赵喜民说你等等，我到商店买点东西，你给我去眊眊我姐姐去。不一会儿他买回了十包咖啡伴方糖。

赵喜民五岁他姐姐九岁时，父母就不在世了，是姥姥把他姐弟俩拉扯大。去年他姐姐结婚了，姐夫在张家口一个部队当营长。

我到俱乐部跟李靖打招呼，说我得先回家跟我妈说说要出差呀，我跟他约好了时间，第二天上午九点在北门外长途汽车站见面。

我回了圆通寺，我妈不在家。隔壁柳姐姐说，你妈去怀仁走了几天了，正好俺娃回来了，我正还说，俺娃要是不回的话，咋办呀?

她说的咋办呀，原来是她的大伯子跟广灵县老家来了，她想在我家住两天。

我说住哇么。

大概是见我有点走思，她又解释说俺娃小不懂得，小叔子可以跟嫂子一个炕上睡，大伯子就不能跟兄弟媳妇一个炕上睡。我黑夜也得在你家跟俺娃一个炕上睡。

我走思是我在想，我要出差呀，要去张家口买乐器去呀，大三弦的钱，领导也能给报呀，我想跟我妈说说这个，可我妈正好就不在。

我说睡哇么。

柳姐姐说你妈说你宣传队忙，顾不得回家。可走的时候还吩咐我，说万一招娃子回来，让你到我家吃晚饭。

大伯子来了柳姐姐正好吃好的，晚上做了西瓜皮馅儿饺子，给我送来了。

柳姐姐家永远有晒干的西瓜皮。一到西瓜下来的日子，她就到大街拾西瓜皮。拾回来把硬的绿皮切掉，把里边的刮刮后，就把西瓜皮切成条儿，晾晒在“文革”的传单纸上。如果西瓜是个半个壳子的话，她会把这半个壳子旋成一条很长很长的长条，盘着担在院外晾衣的铁丝上。晒干收起来，预备着冬天吃。

柳姐姐的西瓜皮馅儿饺子真好吃。

睡觉的时候，柳姐姐在我妈的褥子上铺了几张大纸，说是来了，身上不干净，怕把我妈的褥子弄脏。

我本来可以到老王家去睡，可自从发生了工资事件后，好不容易现在老王跟我说开话了，可想提出说在人家家睡，我是不敢张这个嘴的。

跟柳姐姐睡一个炕就睡哇，无所谓的。在我眼里，柳姐姐就像是我们家的一个人似的。小时候，她还常常搂着我睡，鼻孔呼出的气息，吹得我头皮麻舒舒的，奶子一鼓一鼓地顶着我的脸。让我永远忘不了。

拉灭灯了，柳姐姐身底下的纸，一会“圪欻”一声，一会“圪欻”一声，那“圪欻圪欻”的声音，总是在我耳边响，响了一黑夜。

第二天早晨我走的时候，我把我的家门钥匙留给了她，我说我到张家口呀。她问走几天，我说我也不知道。

我们是乘坐着长途汽车到的张家口。买了大提琴，买了高胡，买了中胡，给李生儒郭祥贺金生三个人一人买了一竿能控制松紧的二胡弓，又给王队长买了新疆手鼓和串铃。我还另买了个上海牌口琴。我掏钱的时候李靖说，算了，一并儿让它用咱们的支票吧。我说别价别价，你就把上次的三弦钱给算进去就行了。他说你自己花钱买三弦给九矿宣传队用了这么长时间，难道还不值这四五块钱吗？我说我那是怕下了井，让我妈麻烦。他说行了，我做主了，报销单儿上别出现口琴，开在别的乐器上。

用支票结账时，商店给我把上次的三弦钱三百八十块，找出来现钱，李靖让我自己装了起来，我没说客气话就装兜里了。

长途汽车上人多，拥挤，怕把乐器挤坏，我们决定坐火车回大同。

坐火车就是得在第二天的上午回，我说我正好到部队替赵喜民看看他姐姐去。李靖也说有个啥亲戚要去看看。

在火车站附近找好了旅馆，把乐器放进房间，我们就散开了，各走各的。

喜民姐姐认不得咖啡伴方糖，我教给她咋喝，姐姐骂喜民，说他瞎花钱。

姐姐给讲喜民的身世，说喜民小时候在舅舅家，吃饭看眼色，表哥们不想吃了，他才开始吃。其实舅舅家的人们都跟他挺好，是他自己要瞎拿心。讲着讲着姐姐哭了。我心想，喜民的身世跟老王真有像，怪不得性格也有像。跟曹操相反，宁叫天下人负我，我不负天下人。

姐姐流着泪说，一看你俩就是好朋友，问我弟兄几个。我说我妈就我一个孩子，姐姐说正好你们两个也是个伴儿。

姐姐留我在她家吃的晚饭，泡大的黄豆和腐干丁儿炒在一起，主食是米饭。真好吃。

我走的时候，姐姐给我拿了两个方的铁皮饼干桶。我以为是给赵喜民拿的饼干。用手一提，挺沉。每个的重量足有五斤。姐姐说里面装的是东北大黄豆，一桶让给我妈，一桶让给喜民，说泡泡煮着吃。

姐夫是营长，他叫司机把我送回了旅馆。

李靖在亲戚家喝多了酒，衣服也没脱，就那么躺在床上睡着了。我喊醒他，他到了趟厕所，回来脱了衣服，钻进被窝。

李靖问我小曹打呼噜不打，我说不打。他说我可能会有点动静。我问说什么动静，他不回答。他已经睡着了，还没等我的衣服脱完，他就已经在打呼噜了。

哦，他说的动静大概就是指打呼噜。

哎呀呀，这动静是不是也来得太急了点。

我拉灭了灯。

我妈我爹两个人都打呼噜，可我妈我爹的呼噜是正常的那种呼噜。再说，打上一阵子也要停一停。

可李靖呼噜很不一般，先是很响的一声大吸气，接住在往出呼气的时候，伴着一种很特别的音响，这种音响经过我认真地琢磨和细细地领会后，终于能够想象出是种什么音响了，那就是一个人在用手指使劲地在布上抠抠抠，而且是在一块扽紧的布面上，抠抠抠。

一个人的嘴里怎么会有这种音响效果呢？我又认真地细细地琢磨和领会一番后，明白了，他这是在磨牙。

头天夜里是柳姐姐身底下的那些纸们在“圪欻”“圪欻”地响着，响得我一夜没睡好。现在的耳边又是这不一般的呼噜，和永不休止的音响。我用被子蒙住脑袋，又用手指塞住耳朵，还是让吵得睡不着。

不行，我得往醒推推他。

推一下不理睬，又推一下又不理睬，又用力地推，就推就喊：“李师傅求求你了，让我也睡会儿行不行，李师傅。”

“李师傅求求你了，让我也睡会儿行不行？”

李师傅终于被叫醒了，欠起些身问说：“唔？我是不是有些动静？”

我赶紧说：“有有有，李师傅，有动静。”

他坐起了，说要不你先睡，我给尿点去。说完，披了个袄儿出去了。

我赶快抓紧时间，睡，快快睡着。可越是着急还越是睡不着。

听得李师傅进来了，他没急着往下躺，而是倒了杯水在喝。我知道他这是让我先睡着，他再睡。

李师傅真好，我快睡。快睡。快睡。快睡。可最后也不知道是睡着了一会儿没有，耳边又响起了那特别的、不一般的、被称作是“动静”的呼噜声。

我失去了睡觉的信心，也坐起身，喝了一杯水。也不知道是几点。

我是个刚上班的学生没表，李靖师傅家里困难，也没戴手表。

反正也睡不着，我就穿了衣裳到服务台去看看，已经是半夜三点半了。

有人跟服务台结账，要去赶火车。我一下子想起，赶快跟服务台说，想再换个房，好睡会儿。服务台说换也行，你得再交个半费。我心想整费也行。

就这样，这一夜，我终于也睡了有两个小时。

回大同时在火车上，我说：“李师傅，你的那呼噜可是打出点国际水平了。”

他说：“哪呢，哪有个啥国际水平。我那是瞎打呢。”

“哈……”我笑得差点儿给背过气去。

52　对象

过了大年，在阳历是一九六九年的三月份，接到矿务局宣传部的通知，凡是县团单位都必须得组织文艺宣传队，十月份要到矿务局会演。

有些矿还没有成立宣传队，而我们红九矿已经成立了好长时间，并且也在井口给矿工们演出过了，虽然是不搭台，但也有十多次了。所有的节目加起来，也能七凑八拼地演出四十多分钟。矿革命委员会表扬刘指导员，刘指导很高兴，头脸不像以前那么恼恨恨的了。

距离到矿务局会演的时间还有半年多时间，刘指导说六月底前可以是正常的过礼拜，人们都拍手。但是从七月份开始，就得往紧抓，向工人阶级学习，革命加拼命，拼命干革命。

星期日能放一天假，人们都很高兴。吴福有跟我悄悄说，刘这个家伙现在是有点人味儿了。

那天上午的十点多，我在宣传队后台排练，接到个电话。是相世表哥打来的，口气很冲地责问我为啥老不回家，说你妈不放心你。我问说你咋知道我妈不放心我。他说你妈现在就在我家。

我很纳闷儿，不知道这是怎么回事。心想着我妈怎么会到了他家。他听出我不相信，说一会儿你过来就知道了。

相世表哥和我妈是一个村的人，叫我妈姑姑，但不是亲姑姑，是那种隔了很远的姑姑。但他老去我家，就认开了。我知道他也是我们红九矿的工人，但我从没去过他家。

他在电话里教给我咋走咋走，可我听了半天没听机明。他说你就给哥笨死了。

“好了，那我打发个人去引你。”他说。

我们后台没电话，俱乐部二楼的办公室有电话，凡是有电话叫我们后台的人，就跟放影室墙上放电影用的小口口冲着前台喊，叫谁叫谁，听得很清楚。接电话的人赶紧跑到俱乐部二楼去接。

放下电话的半个钟头后，相世表哥打发来引我的人来了，是个女青年，穿着一身蓝色的劳动布工作服，胸兜上印着“大同矿务局中央机厂”几个红色的字。中央机厂可是大同矿务局最好的单位，在矿务局上班儿的年轻人，都盼着能在那里当个工人。

她说她是相世哥的邻居，是相世哥让来接我。说这话时，她脸红了，好像是有点害羞的那种样子。我问说你是中央机厂的？她说噢。说完就转身前头走了，我在后面跟着。这种走法是标准的“相跟”。人们常说，他跟他相跟着走了，就是这样的一前一后。不能是并排，并排不叫相跟。

到了表哥家，一看我妈真的在炕上坐着，我问说您咋就来了。我妈还没张嘴，表嫂说：“没做的哇不能来串个门？亲戚六道的。”我妈笑着说：“就是。”

家里的地小，我也上了炕，挨住我妈坐下。我又跟我妈解释，说宣传队根本就不下井，让她老人家放心。我妈噢噢地点头，说放心放心。

后来我才发现，那个女青年她没回自己家，就在表哥家给帮着表嫂做饭。做的是炖猪肉烩豆腐，还有韭合子。韭合子是用韭菜和鸡蛋当馅儿，白面做皮儿的一种馅饼。做法是，把饼皮儿擀成圆形状，在半个的上面放馅儿，把另半个没馅的往有馅儿的上面一合，像半个月亮，捏紧边沿就行了。因为这半个要往那半个上合，所以叫合子。又因为包的是韭菜，所以叫韭合子。这是我们应县老家的做法和叫法。

女青年她看样子挺会做饭，我妈夸她手脚挺麻利时，她脸又红了。

相世表哥不住地大声问她话，问这问那的，问个没完，她是问一句回答一句，不问就埋头做营生。问她在机厂干的是啥工种，她说车工。我刚跟学校出生在社会上，不懂得车工具体是在做什么，但知道这是个好工种，有技术。我真羡慕她的这个工作。相世表哥又问她是应县哪个村的，还问她是哪年参加的工作。我心想，你们是邻居，怎么今天才想起问这些，当着生人面，不怕问得人家心烦。

果然，人家可能是有点不高兴了，吃饭时她也不上炕，让也不上，端个碗，在地下的小板凳上坐着。我心想，那一定是为了离相世表哥远点，怕他还要问什么。

表哥让我喝酒我说不会，让我抽烟我说不会。他说对着呢，好好儿攒钱娶媳妇哇。我没理他，我觉得这话不好听。

吃饭当中我才知道并不是我妈自己找来的红九矿，是相世表哥一大早坐着公共汽车把我妈接来的。

吃完饭，我送我妈到公共汽车站，走在半路，相世表哥追上来了。

他跟我妈说："人家女的表态了，说没意见。就看你们哇。"

我妈说："叫招人说哇。"

他们都看我。可我却不明白他们在说什么，继续往前走。

相世表哥在我身后大声喊说："招大头，问你话呢！"

我说："问我啥？"

他说："人家想寻你。"

我说："谁寻我？"

他说："中午那个女女。"

我说："她寻我做啥？"

当时我真的不知道"寻"这个词，除了通用的理解，还能另外有别的什么意思。

他说："寻你，就是想给你当老婆。"

给我当老婆？那个女女？

"不不不"，说着，我就跑走了，跑回到宣传队。那里，男的女的，已经开始排练了。

这是我第一次相对象。不对，准确地说，是第一次在不知情的情况下，被一个知情的女女相看了我，而且是看对了我。按相世表哥的话是，要"寻我"。

以上的这段经历，我在散文集《你变成狐子我变成狼》里的《对象们》一文中写到过。但因为这段经历正是发生在红九矿宣传队时候的事，所以我在这里，有意地再重新提提，再完整地说说。

星期六回家，一进圆通寺大院，远远地看见我们家门开着，小彬在门口看见我，掖头跟屋里人大声说"招人回了"。

我妈有了什么事？心里这么想的同时，赶快往家跑。高大娘和老王也在我家里。我看见我妈是在笑，这才把悬着的心放下来。

老王告诉我发生了什么事。

二虎下班回家跟高大娘说，小谭闹事呢，说不活了。二虎说不活她甭活，她死了我抵命。高大娘问二虎因为啥，二虎说她让我明天去新荣。我说我不去，她说不去咱们就散，我说散就散，她说散了我就不活了，我说不活你甭活。

小谭跟二虎都是工程公司宣传队的，两个人搞着对象。小谭家在新荣区住，平时不回家。二虎还把小谭领回到家吃过中午饭。

高大娘说曹大妈您看看咋办呀，别价真给出点事。我妈想想说，我知道招人认得二虎的宣传队，先让招人和老王给去打听打听，看看现在是个啥情况。小彬也要跟，我妈说又不是去打架，要那么多人干啥。高大娘说，就是。我妈说老王在你们几个里头，最有主意，该哄就哄哄她。高大娘说我那个二木头说，死活也不找她。我妈说先稳住，甭出点事，别的以后再说。

我到过几次二虎他们的公司宣传队，可我没注意哪个是小谭。

到了宣传队门口，老王说招人你进去，我在外边等着，我认为你一个人进比咱们两个都进去好，你想想是不是？这个老王，说得好好儿的是两个人来了，可他又要让我一个人进，还让我想想是不是。我想想，可我想不出个是还是不是，就一个人进去了。

二虎他们的宣传队是为了应付上头部署的任务才成立起来的，人少，好像是只有二十来个人。活动地点，就在单位旁边的一个排房大院。排练室旁边有个宿舍，门牙开着。我敲敲门，里面有女的声音问“谁”，我说“我”。里面说：“光说是‘我’，谁知道‘我’是个谁。”这下我就不知道咋回答才好。

门从里面拉开了，一个女孩站在门口问我找谁。我看见里面有两个女孩，我就问说，谁是小谭。门口的女孩说：“你咋说话？‘谁是小谭’，你应该说‘我找小谭’。”我重说：“我找小谭。”她说：“我们都是小谭，你找哪个小谭？”

怎么会是两个小谭，我又不知道怎么回答了，里面的小谭认出了我，说叫他进吧，他是小高的朋友。

妹妹说：“是不是招人？我常听你说福音有个好朋友招人，

说啥乐器也会。”

小谭说：“就是。”

妹妹把福应说成是福音了，她说：“哇，是音乐家招人。这个烂福音还有这么好的一个朋友。”

听她夸我好，我说：“我不敢。”

妹妹说：“啥不敢？”

我说：“那个，我不太好。”

妹妹说：“不太好就不太好吧。行了招人，那你说吧，你来找我姐姐干啥？”

小谭说妹妹：“你叫招人哥。”又跟我说：“这是我妹妹，在人汽公司上班。”

妹妹说：“行，比我大，叫个哥也无所谓。招人，哥，你说说你来干什么了？”

我一下子让问得又不知道该说啥。本来这应该是老王来回答这样的问题，可他躲在外面没事了，把我推到了前台，可我又不会说话。

我说：“是，那个，是他们让我，先来看看。”

妹妹说：“先来看看？看什么？有什么好看的。你看你们那个福音，上个礼拜说得好好儿的，说这个礼拜，就是明天要到我家。可昨天下午突然说不去了。你说说这叫啥人？你说吧。”

我说：“这是二虎的不对。”

妹妹说：“你看，把我姐姐气得饭也没吃。你是来了，你不来我一会儿就到牛角巷找他去。”

我看看桌子上，有两个饭盒。一个是空的，另一个里面的东西满满的，看样子是没动过。

妹妹说：“我爹妈准备也准备好了，想看看这个没上门的大女婿，可他倒好。这是不是在抽架人呢。”

“抽架”是我们雁北地区的土话，意思是等别人蹬着架子上了高台，他却把架子抽走了，让人家下不了台。

我说：“这是二虎的不对。”

妹妹说：“你光说是他的不对，可这个事咋办？”

我说：“我回去说给他，叫他去，跟你们去。”

妹妹说：“他要是不去呢？”

我说：“他要是不去的……话……他去呢，他肯定去呢。”

妹妹说：“你敢肯定？”

我说：“敢。肯定。”

妹妹说：“他要是不去，你去。反正不能让我爹妈白张罗。”

我说：“那，那……”

妹妹说：“别那那那了，男子汉大豆腐，说句硬话怕啥。”

小谭说妹妹别瞎说，妹妹说我又不是瞎说，反正咱爹妈也没见过福音，去个谁也无所谓，只要是明天甭叫爹妈伤心就行。听她这么说我觉得也有点道理，我就说“噢”。

妹妹说：“别噢。咱们说好了，他不去你去。”

我说“噢”，我就说“噢”，就用手掌擦脸上的汗。

她姐妹俩看着我的样子，大笑。

我心想，你笑呢，那就说明不会是就要去寻死不活了。我妈让我来的主要任务是看看你会不会出事儿。你笑你就是出不了事儿。

我说：“那，我走呀。”

妹妹说：“不想多待会儿，你想走就走哇。”

我出了门，妹妹在我身后大声说：“招人，那个哥，咱们可是说好了，明儿上午九点我们等着。”又加了一句说：“你要是哄了我，我可是能到牛角巷附近找见你的家，到时候我可是跟你没完。”

我“噢，噢”地答应着，跑走了。

老王倒是还在大门外等着。见我出来，老王问说咋的个了，听得你们在里面笑呢。

我说：“老王你可是把我抽架了。”

路上，老王听我学说完，高兴地说：“招人你可别真的成了《莫兰那头公猪》里的调停者。”

我说：“老王你可真不够意思。万一二虎真不去，我可是答应了人家。那个妹妹厉害呢。我要是不去，人家说跟我没完。万一叫我妈知道了，以为我把人家咋了。”

老王说：“谁做的糊糊谁去喝。谁叫你答应人家呢。”

我说：“你是不知道那个妹妹，话赶话，就把你套进去了。”

老王笑。

我说：“你还笑，还说啥‘调停者’。我这里麻烦成一堆了，你还逗我玩儿。”

老王说：“不逗了不逗了。咱们回去一起做二虎的工作。”

为了做二虎的工作，吃完饭我把我妈也拉到了高大娘家，众人说服得二虎同意了，说第二天跟人家到新荣。

我怕二虎哄了我，第二天九点前，我就拉着二虎进了他们宣传队。

妹妹说招人哥咱们一起走哇。小谭也说你要是也去了我爹妈可要高兴死。二虎说真的招人，咱们一起去哇。我说不不不，我说我回家还有事，说完赶快掉转身走了。妹妹在身后说，看把你吓的，不去别去，谁稀罕你去。

跟二公司返回家，相世表哥在屋子里坐着，说是等我。

他已经跟我妈说了一气话了，我一进门，他就说招人，哥跟你说个实话你信不信，你可是不能在宣传队里找对象，那里的女女们跳跳跶跶的，不是那过光景的。找对象还是得找个本本分分的，过光景的才对，要找上个跳跳跶跶的，能把你妈气死。

正说着，我爹也跟清水河回来了。我妈让我把五舅舅和忠孝表哥也叫来，说老也碰不到一块儿过个礼拜，咱们全家伙伴的，吃饺子。

吃饭时相世表哥又把他那一碗子话端出来了，说完还问我说，你说对不对。我说对。

相世表哥说："姑姑您说。"

我妈说："就是。"

相世表哥又问我爹："姑夫您说。"

我爹说："就是。"

他又问我五舅舅又问我忠孝表哥，他们都说就是。

相世表哥说："你看看，姑姑姑夫舅舅也都这样说哇。你小孩子不懂，多会儿也得听大人的。"

我说："噢。"

他说："光噢是个啥意思？到底是找人家那个女女不？"

我说："那个，我还小着呢，想好好儿学习乐器，想以后想，想到省歌舞剧院当首席二胡呢。"

我爹说："这也不是个急事，招人才二十，找对象，真的也是有点小。"

五舅舅说："今年先抓紧给忠孝把这个事解决了。"

我说："要不把那个女女给表哥说上哇。"

相世表哥说："你看这个招大头。人家看上你了，你又给忠孝说。"

我妈说："一家女百家亲。这是周身一场大事。"

我还是头次听说"周身"这个词。我写到这儿的时候，回想起我妈别是说错了。我就特意地用五笔输入法试着往出打"周身”二字，一下子出了。看来这次是我这个文盲妈用对了，反倒是我没了文化，还不知道有“周身”这么个词。

相世表哥说：“您们到底是个啥意思。我好回复人家。”

我妈说：“相世，这样哇，你转告她家，就说如果着急的话，让她再找哇。”

相世表哥说：“这也算个话。我还得赶快回矿上二班儿，你们坐着哇。”说完，就生气地走了。

可是，在我星期一到了矿宣传队后，中午快吃饭时，相世表哥推开后台门叫我，说，招大头你出来。我出去了，他说：“我跟人家说了，说如果着急的话，那你再找去哇。可那个女女说，不急，我又不急。又说，他如果着急的话，那他找去哇。我不急。”我说：“表哥，我知道了。”

这个事，到最后也没说得清。

后来我知道，这个女女一直在等着我，一直等了我五年，一直等到我在二十五岁结婚后，她才对我死了心。

现在回忆起，她是我这一辈子发自内心地应该说对不起的唯一的一个女孩。

多少年多少年以后，有次我见了相世表哥，又说起了这件事，我说“可想见见这个女孩”。相世表哥骂我说：“少聒哇少聒哇，人家现在孩孩娃娃一大堆。招大头你少聒哇。”

53　二哥

五一过后，刘指导不让宣传队休息，要排练“九大精神放光芒”葵花舞，他说这个节目道具好看，凡是能上场的演员都上。二十多个人一人手里拿两饼一米大的大葵花，四十多饼大葵花，占满了舞台，真好看。他说尤其是那金色的叶子抖起来，灯光一照，真的就像是在放光芒。排练好了先到井口去演出，以后把这个节目拿到局里去参加会演。

每个星期日，矿俱乐部都要演电影，上午下午晚上各演一场。

演电影的时候，乐队就得休息，不能说前台放电影，乐队在后台吱吅哇啦地排练。刘指导要求演员不能停止，到后台继续排练葵花舞，要下决心把这个节目弄好，向中国共产党的第九次代表大会献礼。

在两场电影的当中，乐队还要加进来，跟演员在前台合乐。乐队不能排练，但也不让走远，我们就进里面看电影。

星期日上午的电影不是满场，我们乐队的人都在前几排坐着，看阿尔及利亚片子《阿尔及利亚的姑娘》。

姑娘穿着拖鞋上街，而且还是高跟儿的，我们觉得那有点不好走路。姑娘结婚，说要米色的沙发。这让我们感到好奇。

哇，沙发。

吹笛子的刁吉不知道啥叫沙发，问拉手风琴的韩老师。韩老师说，我也没见过。王队长说我敢说，咱们全矿务局人们的家里面都没有沙发。吴福有说我敢说全大同市的人家里面都没有沙发。贺金成说，市长家或许有。

我说我进过徐致远市长家，他家里没有沙发。人们都好奇地问我说，哇！你还进过徐市长家。我说我姑姥姥给徐市长家当保姆，我妈领我去找姑姥姥，进过市长家。我证明说他们家没沙发。

但我见过沙发，也坐过，那是在萧融的屋子里。坐垫下有弹簧，坐上去颤颤的。

这时候，后台门有亮光，一会儿周慕娅跟舞台的侧门下来，冲着前排悄悄地喊“曹乃谦有人找，曹乃谦”。

我出去了。

呀！是二哥。

二哥是大哥的弟弟。

二哥叫曹成谦，大哥叫曹甫谦。

我初中二年级时，在河北保定当兵的大哥，休完探亲假跟应县下马峪往部队返的时候，在大同我家住了一晚。我早晨上学走的时候，大哥把我送出街门后，给了我一张他的穿着解放军服装的相片。我把相片拿到班里跟同学们谝，说我大哥是解放军。同学们都说真像，你跟你大哥长得一样样的。我回了家跟我妈说，同学们都说大哥跟我长得一样样的。说着我把相片给我妈看。我妈看了相片后，“啪”地打了我一个耳光，把我打倒在地上。很凶的样子，质问我他为什么偷偷地给你相片，他还偷偷跟你说啥了？我愣住了，傻了，我觉得很是冤枉，但也不敢哭。

当时我亲爱的慈法师父还活着，他在我们圆通寺的后院住。是他帮我分析，说你这个大哥是你的同胞亲大哥。

为这件事，我妈病了半个月，嘴角起泡，只给我做饭，不跟我说话。后来是我爹跟怀仁回来，才劝说得把这个事算是过去了。但也仅仅是谁也不再提，并没有把事情说清楚。我爹倒是想往清楚说，是我捂住耳朵“不听不听我不听”，不让他说。

已经知道了，再说再听有个什么意思呢?

这是六年前的事了。

现在，站在我面前的是二哥，是六年前的那个大哥的弟弟，二哥。

大哥比我大十岁，二哥比我大六岁。

要说一样，这个二哥跟我长得那才一样。

二哥他跟西安当兵复员回了地方，在家待业了半年，刚刚分配在大同供电局工作。他这是跟应县老家骑着车子来大同供电局报到了，已经来大同两天了。

昨天晚上他到圆通寺我家，听我妈说我在红九矿宣传队上班，他今天就专门骑着车子来看我了。

我问我妈知道不知道你来九矿看我，他说不知道。

看见他我觉得有点尴尬，不知道说什么好。想了想说走吧，我引你去去云冈，看大佛爷，不远，往西走六里就到。他说走，我带你。

我进俱乐部跟王队长请了个假，让二哥用自行车带着走了。

云冈有门的窟都上着锁，外面的几个没门窟里，都是羊粪蛋蛋，看样子圈过羊。世界闻名的云冈，竟然是这个样子。

在露天大佛下，支住了车子。想拍个照，可是没有人给拍。

一个七八岁的小女孩说知道谁能给照相，可领我们到了这里到了那里，没找见。临走时，我给了小女孩五毛钱，她说不要你的不要你的。我硬给她填在手里了。她说，你们明天再来，我黑夜说给他，叫他等你们。

我说:“不了，明天不来了。”

她说:“来哇么。咋就不来了?”

跟女孩笑了笑，我们往矿上返。

二哥问我有对象吗?我给他讲了相世表哥给介绍中央机厂的那个老乡女孩。说相世表哥劝我说，找对象是找过日子的，不能找宣传队的女孩，说宣传队的女孩一个一个的跳跳跶跶的，哪能跟你好好儿过日子。二哥说你这个表哥说得对。

我跟他讲了萧融，还告诉他说，萧融前几天还来过矿上找我。她说她爸往福建调呀，一家人都要跟着去。

她说她可不想跟着去呢，可留在这里又是一个人，孤零零的。我劝她说跟着大人走吧，孩子多会儿也是跟爹妈在一起好。她就走了。走的时候她还哭了。

二哥说招人你听不出她的意思吗?她那是想让你挽留她，你要是说你不想走就别走了，有我们呢，你不会孤单的，这样她就会留下来。对，她肯定是盼你留她。

我说:“我没想起这个。”

二哥说:“你还没开心呢，不懂得女孩的心思。”

我说:“我不懂得，可她为啥也不明着说，让我来猜。我最不好猜人的心思了。费半天脑筋，也猜不住。”

二哥说:“只能是留个遗憾了。”

我问二哥，你现在是什么情况。他说当兵前就结婚了。我问是自己搞的吗?他说村里人大都是媒人给介绍的。他说我们见了一面就去领结婚证，填写介绍信的时候，我连人家姓啥还不知道。

我听了觉得很有意思，说快给我讲讲，你连人家姓啥也不知道，咋就要跟人家结婚呀。

二哥说我们在村里的媒人家见了一面，一个月后女方提出说要一身衣裳要六百块钱要两斗麦子要一斗黑豆。我回家跟老汉说，老汉说行。二哥说的老汉就是说他爹。

我不想听他说“老汉”这个词，我打岔问说，还要黑豆？要黑豆干啥？二哥说要黑豆是为了办事的时候做豆腐。我催着问说，那后来呢？

二哥说后来就定下时间，去公社领结婚证。我在大队开了个介绍信，可女方的名字我给空下来了，出了街相跟着到公社，快进公社大门的时候我问你叫个啥名字，她才告诉我叫个李桂莲，我才掏出介绍信把名字补上了。

我说真失笑，他说村里头就是个这。

我想跟二哥单独在一起说说话，中午把饭打回招待所宿舍吃。这些日子刘指导中午不让休息，在大食堂吃完饭，人们就都到礼堂后台排练。

我问二哥喝过哈尔滨黑啤酒吗。他说在部队过节时也喝过啤酒，可喝的是黄的，那颜色真的像是马尿。我说这可是黑色的，可好喝了，你一喝就知道了。

二哥喝一口，品品说，好，有股好味素。我说，一股咖啡味。

我买了六瓶，都喝了。我要再去买，他说别了，我还得骑车回城里。

二哥给我讲我小时候的事，说我趴在墙上啃墙皮，墙上尽是我啃过的牙印子。我问那时候我几岁，他想想说，三四岁。他说你四岁了才会站，人们都叫你招软软。我听了直想笑。

二哥说你可会画呢，说你在墙上用铅笔画画儿。画人儿画鱼儿画轮船，轮船下面有弯弯的线条，是水。还画飞机，飞机旁边还有云朵。还画步枪手枪。他说你跟大哥一样，爱好画画儿。

我说我想起来了想起来了，我记得大哥画赵云、吕布、周瑜、马超，那些日我天天看，给大哥往展扽纸。

二哥说，那是过大年呀，家里没钱买画儿，大哥就买了白纸买了水彩，画四旦，往墙上贴。

二哥跟他的黄挎包掏出一本电工方面的书，展开，给我看一张相片，说是舅舅。他说要说长得像，你跟舅舅那是最像不过了。我一看，哇，真的一样，简直就是我，就连年龄也一样。我想要这张相片，可又怕让我妈给发现，先给我一个耳光后，再瞪着眼质问说这是谁？谁给的？我可吓不行。没敢要。

二哥说舅舅也是个很有文艺特长的人，在村里唱戏，是咱们应县南乡一带唱耍孩儿的名角，可惜的是早早就不在了，去世的那年是二十二。

他又跟书里翻出一张相片说，这是我部队复员时的全家照，你看，这是老汉，老汉今年耳朵背了，身架子还好呢。

他又要说老汉，说他的爹。可是我的爹永远是曹敦善，我的妈永远是张玉香。

我赶快打断他的话说，你再给我讲讲我小时候。

他说，你爷爷活着的时候，五大爷五大妈每年都要领着你回村里，把爷爷接到家里过大年。我说我记得。

他说在大年初一临明，咱们去给各家拜年，无论进谁家，先在堂屋的云字儿下跪着给祖宗磕头。再穷的人家，正月十六前都要在堂屋的云字儿下，点着麻油灯。我问啥叫云字儿，他说云字儿就是一张挂在墙上的硬纸，上面写着祖宗的名字。磕完头，然后才进家领糖蛋领烟卷儿。你穿着马裤，把给的香烟都装在裤兜里，跪着磕头时，把香烟都给折断了。我说这我忘了，我还穿过马裤。他说一村的孩子，最数是你的衣裳穿得好。

我又让他给我讲我妈的事，他当然知道我说的妈是指张玉香。

二哥说我给你讲个我没见过，但听说过的五大妈的事。我问听谁说的，二哥说听谁说一会儿告诉你，先给你讲五大妈的事。

二哥问我五大爷跟五大妈两个人的媒人你知道是谁不知道，我说不知道。他说是你姑姥姥。我说哇，是姑姥姥。怪不得姑姥姥跟我这么好，原来还是我爹妈的媒人。二哥说，你姑姥姥是五大妈的亲姑姑，当然也就跟你好了。

二哥说，正因为是亲姑姑给介绍的，所以五大妈相信亲姑姑不会给介绍个不好的，她完全相信了自己的姑姑。你姑姥姥在咱们下马峪是出名的好人，强悍，正直，厉害，说一不二。五大爷也相信了你姑姥姥，这事就成了。可你知道不，五大爷跟五大妈结婚前连面都没见过。完全就相信了媒人，直接定日子，举行婚礼，办事宴。

哇，我爹我妈连面也没见过，就直接结婚了。我问你这是咋知道的。二哥说，一会告诉你，咱们接住说五大妈。我说对，说我妈。

二哥说，他们结婚那天，五大妈下了轿由伴娘搀着，踩着红毡子进了院里，拜天地拜爹娘夫妻互拜，然后进新房坐在炕上，可五大妈一直是没睁眼，爱你谁要笑，爱你谁引逗，她就是也不睁眼。我问那为啥是不睁眼？二哥说，你又打岔。我说噢噢噢，不打，你说。二哥说，看红火的人们也好，五大爷家里的人也好，都奇怪，心想都相信了媒人，别是叫媒人给哄骗了吧，媒人的这个侄女别是个没眼眼的瞎子吧。

看红火的人里头突然有个人喊了一声："新郎官儿来了！"这时的五大妈，才睁了那么一下眼。我说，那为啥这时候才睁眼。

二哥说她从来没见过新郎是啥样子，一听说新郎来了她能不睁眼看看？我说对。他说，你看你又打岔。我说，你说你说。

二哥说："哇——人们都看见了。新媳妇好大的一双大眼睛，而且还闪着一道光。"

我问:“闪着一道光?”

二哥说:“闪着一道光，一道人们不敢看她的眼睛的那种光。”

我说:“我妈眼睛里就是有一种光，让我不敢看她的眼睛。”

二哥说，正是因为有这种光，所以五大妈敢在夜里一个人行路。狼看见五大妈都躲，不敢靠近。我说我知道我妈杀死过两匹狼，听我的两个舅舅说的。

二哥说，那一点也没假，要换个别的女人，那次背着你来大同，早就完了，大人小孩都得喂了狼。我说我妈真厉害。

二哥说，也正是因为五大妈是这么一个超出了常人的女强人，所以她把你强硬地跟我们家抱走，抱走去养活你，拉扯你，我们家的那个老汉才一百个放心。

二哥一说“我们家老汉”，我就想打岔。

我赶紧问二哥说，我妈结婚时还没有你，你这是听谁说的?

二哥说，听我们家老汉。又说，人群里喊了一声“新郎来了”的那个人，你猜是谁们?

我最怕猜了，说:“不知道。是个谁们?”

二哥说:“也是我们家老汉。我们的爹。”

54　会演

一九六七年，伟大的统帅毛主席命令红卫兵小将，到工厂与工人阶级相结合。我到的是大同市毛纺厂，我的岗位是在锅炉房。我们就在厂子里吃住，我把二胡也拿到厂子里，要么是在宿舍拉要么是在锅炉房拉，走站不离手。有天在锅炉房正拉着，进来个小后生，他说他叫顾维金。他妈是这个厂子的工人，他听他妈说插厂的小曹二胡拉得可好了，他就来厂找我，想跟我交朋友。他比我小一岁，是大同二中的初三学生。他家就在厂子的后面，我就常到他家。他也会拉，但拉得不好，一拉脸就红，拉的当中还老是摇头。他说他的同学吴福有也喜欢二胡，也想跟我交朋友。通过他，我就认识了吴福有。我们三个成了好朋友。

吴福有比顾维金拉得好，但也不如我。当时流行的所有的独奏曲，我都能拉下来，最拿手最让他们佩服的是，我拉《二泉映月》所用的时间，跟阿炳几乎是一样的，前后差不了五秒钟。还有让他们佩服我的是，我的识谱能力比他们强多了，能照着生谱子直接就用二胡拉，他们不行，他们得练呀练呀才行。但是吴福有拉出的声音比我的厚重也沉稳，这一点我不如他。他说主要是手指头的过。顾维金看看我们的手指说，哇，福有的指头像小胖墩儿，乃谦的指头像细长个儿。听了这个比喻，我们都笑。

过年时吴福有请我们吃饭，是他大妈给做的，他大妈是哪个饭店的厨子。八个热盘八个凉盘，正儿八经是坐席。那是我这一生中第一次吃那么好吃的请。好得没法儿说。我妈说你这嘴债妈可是还不了，妈可是不会做。我说不用还，我妈说得还，是债就得还。又说你欠人家老王的嘴债太多了，以后得还，也不一定是非要请吃饭，在别的方面帮他，也算是还了，反正得还。

我问说妈你最好吃的是啥，她说妈最好吃象眼子。

她当时说“象眼子”我没听清是啥，后来问了几次，听明白了，是肉丸子。我妈叫象眼子。我妈说是她小时候在她舅舅家吃的，说还有“梳背子”。我想了想，是扒肉条。我妈的舅舅是给傅作义看病的医官，有钱。

正月初六，吴福有来我家了，我妈留他吃饭，她上街到饭店给端回了象眼子和梳背子，还有馅饼。吃完饭，吴福有说走哇，我领你认认我表哥去。

“哇，你表哥？郭德金？”我说。

“是的，他跟太原回来探亲了。”他说。

我早就听吴福有说过他的表哥郭德金，是省歌舞剧院的首席二胡。他这是正月回家探亲了。他父母家距离我家不远，在圆通寺的南边。

郭德金二胡拉得，那才叫个好，好得我在嘴里没法儿说，但我心里是领会了。人家拉二胡那才叫拉二胡。跟人家比，我那不叫拉二胡，我那是正如我妈说我的，是“圪锯”。尽管所有的流行的二胡独奏曲都会，但都是“圪锯”。再打个比方，就像是人们都会唱“一条大河波浪宽，风吹稻花香两岸”，但跟人家郭兰英比起来，那就不叫唱，那就只能算是“圪哼”了，而郭兰英那才可以是叫做唱。

郭德金让我跟吴福有每人拉一遍《豫北叙事曲》，拉完，夸我。使我信心大增，梦想着以后要进省歌舞剧院，郭德金退休后，我来当首席二胡。

郭德金在大同的那几天，大同市的二胡高手都到家看望他。我就也认识了雁北文工团的白玉伟和大同市文工团的王为民。听了他俩的拉，我觉出自己跟他们的距离不远，心想着很快就会追上他们的。后来，在我进了大同一中毛泽东思想宣传队时，我的二胡水平已经和白玉伟和王为民他们一样了。

郭德金听过我吹口琴。是吴福有说表哥你等听听乃谦吹口琴，可好呢。当时我身上没装着，第二天早饭后，我到了他家，给他吹了几支曲子。他两手合在前胸，给我鼓掌。他说无论是单音与和声，无论是旋律与节奏，从来没听过有谁比我吹得好的了。说我的水平最少是省级的了。问我跟谁学的。我说也没专门跟谁学过，是四五岁时七舅舅把他的烂口琴给了我，我就开始玩了。

他说你的口琴够独奏水平了。我说口琴还能独奏？他说能，咱们中国的石人望还到外国去演奏呢。

口琴能在台上独奏，这我从来不知道。不过，我倒是知道石人望，是萧融跟我说的。

我的口琴也在很多人面前吹过，那是在火车上。

我跟李靖从张家口回大同，车上的列车员看见我们带着的是乐器，硬让我们表演，说是宣传毛泽东思想。我就给他们吹口琴，一车厢人为我鼓掌。列车员很快在车厢内组织了一个合唱队，让我伴奏他们唱，唱《大海航行靠舵手》《下定决心不怕牺牲》，最后还把我们拉到别的车厢里表演，弄得我差点儿给误了在大同下火车。

在刘科长还没有让我出差到张家口去买乐器的那时候，吴福有早就在家开始练习着拉大提琴了。他的大提是跟市文工团借的。还借了大提演奏法的书，参考着练习。这个情况他跟我没保密，他说是受到我个人花钱买大三弦的启发，才想到是借大提的。他说一个大提小一千块，我家可没那么多闲钱给我花。他说买是买不起，我可以跟雁北文工团借一个用嘛。反正他们停演整顿，也不使用，再说主要是有我表哥郭德金的关系，他们就借给我了。

他说想在家学得差不多了，他就要拿来矿上宣传队。

他练到了啥程度，我没听过。

当我跟李靖把大提拿到宣传队后，我鼓励说："福有，来。"

他说得调好弦儿。当他在调弦的当中，我给他的弓擦松香。

他拉的是《白毛女》"满天风雪"那一段。拉完，我带头鼓掌。

王队长说，小曹小吴这两个孩子真是神了。

以前老也是不理睬我们的李生儒，这次也发表了看法。他说王队长我说个话不知道你信不信，我相信别个矿的宣传队里头，绝对没有他们两个这样的高手。王队长说，信信信，绝对信。

吴福有练了顶多是两个月，拉这么好，是我没想到的。

受吴福有的影响，我又下决心，要把三弦再大大地提高一步。

有郭德金的面子，吴福有跟雁北文工团和大同市文工团的人都能说上话。他给我借了一张三弦独奏曲的唱片，除了快节奏地弹拨外，我听出里面有滑音，有揉弦，有滚音，有泛音，还有和声。

我自己还发明了一种弹拨技巧，能弹出空山幽谷似的音响效果。这种效果，是我在唱片里没有听到的。也或许是这种弹奏方法早就有，而这张唱片里正好是没使用这个"空山幽谷"技巧罢了。

为十月份到矿务局参加会演的排练，刘指导设计的后三个月的冲刺阶段到了。他宣布说连住三个月不放假。

他说我们要，革命加拼命，拼命干革命。

他说我们要，一不怕苦，二不怕死，三不怕流血流大汗。

王队长加了一句说：“死了㞞迎天，不死又一天。”

刘指导指着王队长说：“哎，看你也是个粗人。老工人，说这种不文明的话。”

大家都笑。

王队长说：“不是我拆你台。三个月不放假时间有点过长。上次半个月没回，小曹妈哭着找来了。三个月不回家，我妈也非哭着找来不可。”

人们大笑。人们都知道王队长的母亲早就去世了。

刘指导也笑，说：“那就一个月吧。”

王队长说：“半个月。”

刘指导说：“三个星期，再不能少了。再少就没个迎九大的精神面貌了。”

我赶快回家告诉我妈，说以后要忙，三个星期回一回家，您要不到我爹清水河住去吧。我妈说我正还要去去清水河村里头住上些时，明年你爹就退休回家呀，再想去也不能了。

我们的会演主打节目有四个，首先是六娃的女声独唱《信天游唱给毛主席听》，肯定能返场，时间预计十分钟。第二个是我编写的乐器小合奏《白毛女》片段。不会返场，但效果不会差。时间是二十分钟。第三个是小话剧《张思德之歌》，吴福有给请的市话剧团的刘增禄来导演的。效果很好。时间是二十分钟。第四个是忆苦朗诵剧。剧本是刘指导的那个山西矿院的朋友给提供的。效果很好。时间也是二十分钟。四个主打节目时间加起来是七十分钟。

剩下还有内容是“庆九大”方面的晋剧联唱、快板说唱和歌舞等几个小节目，几个小节目的时间，加起来是半个小时。

整台晚会是一百分钟。

王队长说，咱们这次会演，肯定全局是第一了。刘指导问你咋知道是第一了。王队长说，一百分是满分儿了，还能不是第一吗？刘指导说，头脑你简单，四肢你不发达。

刘指导的计划是，九月底彩排。

矿革命委员会韩主任说，不彩排，直接就公演，是骡是马，拉出来遛遛。

为了让三班倒的工人们都看到，连住公演三场。

这一下弄得人们挺紧张。不过还好，首场演出就没出什么大的差错。矿领导挺高兴，刘指导也挺高兴。大家也挺高兴。

但是我觉得忆苦朗诵剧在适当的时候，如果加上二胡的《江河水》的话，效果会更好。但是，我的乐器是三弦，没有二胡。吴福有的乐器是大提，也没有二胡。如果建议让那三个拉二胡的来拉《江河水》的话，那显然是在挖苦人家。

我悄悄跟吴福有商定，第二场公演的时候，该有二胡进入的时候，我拿起郭祥的二胡就拉。我还让吴福有做好准备，到时把贺金生的二胡也要来，跟着我协奏。他说行。

我说，为了效果，咱们挺身而出，不怕有谁讨厌。

我说，只有演出成功了，宣传队才能长期地存在，我们才能不下井，我们的妈才能放心咱们。这样，我才算是没有欺骗我妈。

吴福有说，对！

后来我想想说，觉得跟郭祥事先打个招呼好。吴福有说，好。

第二天晚上的忆苦朗诵剧里，我和吴福有的二胡协奏，进入了。

缓缓地进入后，仍然是以我为主，吴福有配合的、即兴而自由的催人泪下的《江河水协奏曲》，感动着在场的人们，包括台上的演员，也包括台下的观众。

我看到，场下有人在擦泪。

突然，有人在台下举起胳膊高呼："不忘阶级苦，牢记血泪仇。"

有人会呼喊口号，这是我事先没有想到的。

事后，王队长说，光是听你们两个的《江河水》，我就想哭得不行。

一九六九年的十月二十日，大同矿务局革命委员会"庆九大文艺会演"正式拉开序幕，会演的结果，正如王队长所预料的那样，我们红九矿宣传队取得了第一名。

而让所有的人都没想到的是，大同矿务局革命委员会给红九矿革命委员会下达文件，通知"红九矿宣传队曹乃谦、吴福有二同志，在一个星期之内，到矿务局文工团报到"。

第三辑　明月

55 扬琴

我和吴福有接到矿革委通知，让在一个星期后，去矿务局文工团报到。紧接着，红九矿革委会办公室又接到了局里的电话，让宣传队的演员张新民也一起跟我们去。工会武主任说你们先回家做做准备，星期一来了给你们开个欢送会。

回家一进门，我跟我妈说：“妈，你猜也猜不到我要告诉您个啥好事。”我妈见我高兴的样子，她也高兴起来，笑着说：“快跟妈说。”我说：“您慢慢猜去吧。”说着我跑出去了。跑到老王家，跑到高大娘家，把这个大好事告诉了他们。他们都为我高兴。老王说我请客我请客。老王就是这么个人，谁有点啥喜事，他都要请客。我说你完了再请吧，我又高兴地跑回家。我妈说：“妈知道了，俺娃是进了文工团。”

我一下子瞪大了眼，是不是刚才我去了牛角巷，吴福有来过？我问说：“妈您咋就猜出来了？”

我妈说：“除了这，啥事能让我娃娃高兴成这个样子。”

我说：“妈您还知道个文工团？”

我妈说：“你一天价跟吴福有说文工团文工团，妈就拾掇进耳朵了。”

我想起高中时，我跟七舅舅从他们晋中回到圆通寺，我没让我七舅舅进家，我先进，让我妈猜猜院里还有个谁，我妈一下子猜出说："谁？你七舅舅？"我又让我妈猜猜我手里的盒子装着啥，我妈一下子说："啥？二胡？"如果说七舅舅好猜的话，可这二胡她是不应该猜出来的，她根本就不知道二胡会在盒子里装，可她居然给猜对了。这又一下子知道我是到了文工团。我说："妈，世界上我最宾服的人就是您。"

我妈这次没说"这口饭你咽进肚里了才算你是吃了"，这次她说："妈知道俺娃，俺娃是那好好的里头的好好。"

我妈说的这个"好好里头的好好"，不仅仅是指好孩子了，是有出类拔萃的意思，但她是不会用"出类拔萃"这个词来夸我。

工会武主任在小食堂摆了四桌，为我们送行。王队长说这一走三个人，对咱们宣传队来说，可是个大损失。武主任说你别本位主义了，我们矿能为局里培养出人才，这是我们的荣耀。李生儒说，你培养培养我，让我也到局文工团，那我离家就近了，骑车用不了半个小时就能到口泉。刘指导说这样的人才可不是咱们培养出来的，咱们只能说是向上输送了人才。

回宿舍的路上，李新胜跟我悄悄说，有人说你去了文工团就会把宣传队忘了的。我说是谁这么说？她说周慕娅。我说不会的。

接到通知的一个星期后，也就是一九六九年的十月二十八日，工会武主任叫来那辆漂亮的淡绿色的大轿车，把我们三个人连人带行李送到了矿务局文工团。司机张师傅认出了我，说这就是一年前我到大同一中接过的那个小伙子吧，大同一中宣传队出来的，到底是不一般。

张师傅的话让我想到，我在红九矿的时间，已经是整整的一个年头了。

跟大同市文工团和雁北文工团的命运一样，“文化大革命”一开始，矿务局文工团就被解散了，停演整顿。这次，按照宣传部薛部长的话说，矿务局革命委员会“乘着九大的强劲东风，又把文工团成立了起来”。

重新成立起来的矿务局文工团，直属局革命委员会宣传部领导。我们这些从各基层调来的人员，由局革命委员会企业处给开工资，原来是多少，还是多少。

妈，这下您就一百个放心吧，您的招人再也不是那个您日夜担心的，让“四疙瘩石头夹着一疙瘩肉”的招人了。

我说我们的文工团可真是漂亮，日本式的、有走廊的回字形的建筑，当中的口字，是露天的小花园。我想起我妈不识字，我说：“跟您说这也白说。等引您去看看，您就知道了。”我妈说：“那妈一准得去去。去看看俺娃这个好地势。”

我说大练功房满地都铺的是地毯，还有钢琴。我妈说，看那好的。

我妈她根本就不懂得啥是钢琴，可她还说“看那好的”。老人也是高兴地瞎应承呢。

我说矿务局跟个城市一样，就像是咱们的西门外，紧连着百货商场的是新华书店，就连位置都跟咱们的西门外是一样样的。

我妈说：“这下妈可是真的把心掉在肚里啦。叫舅舅去叫忠孝去。吃饺子。”

我说：“妈，我爹再有一两天就回呀，不等等我爹？”

我妈说：“你爹回来不会再吃？”

吃饭的时候五舅舅说招人就是命好，应了个井下工人的名，可一天井也没下，绕了个弯儿，工资就成了五十四。表哥说我出徒已经两年了，才挣着二十七，是人家招人的一半儿。

五舅舅说："招人天生有才艺。不说别的，小学三四年级的时候那个大正琴弹得就比我强。"五舅舅也爱好文艺，一来我家就弹我的大正琴。

我妈说："你当是啥。跟木头说话，难呢。"

五舅舅问我这回到矿务局文工团，是叫你做啥，还是弹三弦？我说今天上午是报到，下午薛部长给开了个会，具体让我做啥还没说呢。

我说："我是想拉二胡，不知道让不让，明天去了才能知道。"

表哥说："不是三弦就是二胡，他准是叫你做你最拿手的。"

我说："我心想也是这样。但最盼的是让我拉二胡。"

我妈说："甭价挑三拣四的，让俺娃干啥就干啥。"

我说："噢。"

我妈说："妈知道，叫俺娃做啥，俺娃也能给他做来。"

表哥说："一通百通。"

五舅舅说："你呢？"

表哥说："我，我是擀面杖吹火，一窍不通。"

我不想让人们说我表哥不好，我赶快给打开话茬，说别的。

矿务局的地址在新平旺，距离城里只有二十来里。如果乘坐公交车的话，坐一路和六路都能。我没坐车，第二天我是骑着自行车来的。

头天报到时我知道，乐队总数是十八个人，队长刘玉文。还听说有一半是上届文工团的，另一半是像我和吴福有这样，跟各矿宣传队抽上来的新手。

刘玉文以前我没听过，但我知道王彤，他是上届文工团的首席二胡。

王彤他还是国内有名气的工笔画画家，最擅长的是画昙花樱花，作品出国展过。他的二胡水平可以想见，绝对是不一般。

刘队长问我在九矿乐队里是弄什么乐器。他用的词不是九矿宣传队王队长说的“耍”，也不是“玩”，是“弄”。

想想，“弄”好，也有“耍”的意思在里面，不显太死板。但还要比“耍”文气些，比如说，有个古典曲目就叫《梅花三弄》。

刘队长这时候问我弄啥，我心想你们早该知道，要不的话，咋就把我跟九矿宣传队抽到这里。他这是故意地问。我说是弹三弦。他说，不是也拉二胡？我说，我不是主要拉二胡，我是在我们演的忆苦剧里瞎拉了几句《江河水》。他说怎么说是瞎拉。我指着吴福有说，我们两个人不是按照谱子拉，是即兴地跟着感觉拉，要是录音的话，这一次跟下一次不一样，这还不是瞎拉？

周围人都笑。

他说，那你再瞎拉瞎拉。

王彤给了我二胡。但这次我不是瞎拉，我是很正规地把《草原上》拉完了。他们都点头，王彤连声说好好好，那你在九矿宣传队队里为啥不拉二胡，是弹三弦呢？

我说我跟大同一中分配到矿上时，我可想拉二胡，可人家们不叫我拉，人家们已经是有拉二胡的了，给了我个三弦让弹，我怕人家不要我，给个啥就啥吧，要不的话，下了井可灰了。

人们都笑。

王彤说：“那当时你弹过三弦没？”

我说：“没。现学。”

刘队长说：“那你给弹弹。”

王彤把三弦递给我。我接过，弹的是《苏武牧羊》。弹完，王彤点点头说，味道出来了。

刘队长给了我一个谱子，让我照着弹。这个谱子以前我没见过，后来知道这是他自己创作的《万人坑》里的一段，我当然是不会见到过。

我照着谱子弹过后，他们都点头。他们这主要是考核我的识谱能力。

考核完我，又考核吴福有，还有别的人。考核了一上午。

下午，刘队长跟我说，新买回的扬琴还没调过弦儿，你给调调。

我把扬琴搬到小花园，很认真地调了一下午。快下班时王彤和刘队长过来，检查我调得如何，试试后，刘队长说小伙子行。

王彤说："小曹，我看你给咱们打他扬琴哇。"

王彤说话口音像是内蒙古呼市人，刘队长说的是普通话。

我抬头看他俩。

刘队长说："对，扬琴就由你弄了。"

我一听，赶快站起说："别别别，我可是从来没有打过扬琴。"

王彤说："你到九矿宣传队时，不是还没弹过三弦吗？现在也不是弹得挺好的吗？"

我说："我当时是有秦琴的基础。可扬琴，就连半点基础也没有。"

王彤说："天资就是你的基础。"

刘队长说："定了。小曹就你了。扬琴就交给你了。"

晚上我才知道，原来跟哪个矿宣传队抽调了一个打扬琴的，可他来报到的时候，路上出了个交通事故，伤得还不轻。于是，文工团临时决定换人打扬琴，可又不跟下面再重新挑选人，王彤提议"让小曹来"，还说"这小伙子肯定没问题"。

为了感激王彤他们对我的信任，再一个是我也是真的很喜欢扬琴。当时调弦时我在心里还想，要是让我打扬琴那也不错。

现在真让我打扬琴，那我必须下苦功练习。

正好第三天就是星期日，我一大早就骑车进城找二虎，让他领我到了他们宣传队，狠死地练习了一白天。吃完晚饭又来练，练到九点多，小谭姐妹俩跟新荣区家里返来了，站在我背后听了半天，我没发现。小谭妹妹在我耳边“呔！”地大喊一声，吓得我激了个高高，差点儿跟凳子上摔下来。小谭妹妹说：“招人我看你啥也好，就是胆胆儿有点小。”

那一天狠练，效果不错，进展很大，《冰山上的来客》电影里的《高原之歌》《花儿为什么这样红》《冰山上的雪莲》《她为什么把心变》《怀念战友》《塔吉克的雄鹰》几个曲子我都能很熟练地敲打下来了。星期一一大早就骑车来到文工团，进了排练室就又抓紧练。练着练着，我就不由得放开声唱起来：

翻过千层岭哎，
爬过万道坡。
谁见过水晶般的冰山，
野马似的雪水河。
冰山埋藏着珍宝，
雪水灌溉着田禾。
一马平川的戈壁滩哟，
放开喉咙好唱歌。

我说过我有个毛病是，动不动就忘了自我。这时候，我真的以为自己是在冰山下戈壁滩前在放声歌唱。

身后有人鼓掌。捩转身看，是王彤。

我站起说：“王老师。”

王彤笑着说：“不错嘛，不错嘛。”

我悄悄跟王彤说:“王老师，其实我最是想拉二胡了。”

王彤说:“二胡也有你的。小曹你大概还不知道，咱们文工团的乐队，必须是人手两件乐器才行。”

哇！也让我拉二胡。我太高兴了。

56 参观

乐队的副队长刘英是吹笛子的，他兼着京剧的月琴。他和刘队长到北京给文工团进乐器去了，还没回来。乐队没有进入正式的排练，各自都是自觉地练功。这正好是我练习扬琴的好机会。

星期日正常公休。

趁着这个机会，我决定把我妈引来，来看看我的文工团。在九矿宣传队时，我有半个月没回家，我妈不放心，跑到九矿找我。这次我是主动请她来。

我妈去年到九矿那次如果算是考察或者是视察的话，这次就是参观，应邀参观。

我是骑车带着我妈跟城里头出发的。

我说妈我骑车带您去吧，不远，用不了一个钟头就到了。我妈说俺娃看哇。

我妈说“俺娃看哇”的意思是，或骑自行车或坐公交车，这事由俺娃来决定。

路过十里店村，我说妈再往前走不大会儿一拐弯就到我们大同一中了，我引您进去看看。我妈说俺娃看哇。

我领我妈进了学校，也没有人问我们是干啥的。学生刚上完操，哇哇地叫。我领我妈看了我们六十三班的教室，看了我那三年的宿舍，还看了大礼堂。一切都没变，就是学生变了。我说这时候如果是中午的话，我给您买炖肉吃，学校的炖肉可好吃了，那次我跟表哥吃完炖肉忘了回家，您把我表哥可打了一顿。我妈说，这是怨那个忠灰子，你小不懂的，他比你大三岁还不懂得？不想想说好的中午回家可没回，姑姑在家能不着急？

从学校出来又向西拐到了去矿务局的路。

路过电厂，我说妈这就是电厂，咱们家用的电，就是这里给发的。我妈说恁大恁高的烟筒有咱们应县木塔高，还冒白烟。我说那是晾水塔，那是气不是烟。我又说，这儿的地点叫老平旺，再往前骑几里就到了新平旺，我们矿务局就在新平旺。

我说新平旺可好的，就像是咱们大同城的西门外。百货大楼跟西门外的百货二店一样样的，也是三层楼都卖东西。紧挨着的是新华书店，也跟西门外的新华书店一样样的位置。

路过那个街口时，我说妈您看，跟西门外一样样的吧。我妈说咱们进进二店。我妈叫这个百货大楼也叫二店。

我说，先到我们文工团吧，咱们吃完中午饭，您想转咱们再到商店转。

路过东方红大楼，我跟我妈介绍说，人家这是矿务局的办公大楼，比城里的哪个楼都要漂亮，是当年的苏联老大哥工程专家设计修建的。我说我进过一次，楼上楼下整个的地板都是水磨石，光得不敢放开腿走路，怕滑倒，实际上眼睛看上去滑，走上去一点也不滑。我把我妈引上台阶，我妈看着高大的门说你们文工团也在这里？我说没有，我是领您进里头转转。我妈说甭进去了，妈是想看你们文工团。我说甭进就甭进，我就又搀着手把我妈领下了台阶。

路过大食堂，我说妈您看我们的大食堂。我妈说像是个南戏院。我说这就是我们吃饭的地方，中午我请你吃好的，象眼子。

到了文工团，我把车子打进小花园，花园里的月季花开得正旺。我说妈您种过花吗？我妈说我种过庄稼，不喜欢那花儿呀草呀的。她说你姨姨喜欢种这，小时候她在院垒个高台子，里面种海娜，开了红花后把花叶捣成泥，用葵花叶子包在手指上，睡一觉醒来，指甲就染成红的了。我说您也染过吗？我妈说你姨姨硬给我包过，可第二天人家你姨姨的指甲是红的了，我的不红，你姨姨说姐姐你那是黑夜让屁给熏了。

让屁熏了。我止不住地笑。

我把我妈引进了乐队排练室。排练室很大，墙的四周围有很多的乐器。

我跟我妈介绍说，我们乐队十八个人。要求人人都得会两种以上的乐器。乐队队长刘玉文是板胡兼着高胡，也就是他又要拉板胡，有时候还要拉高胡。另外他还有绝活儿，擂琴。擂琴是流传在天津地区的专门用来独奏的民间乐器，它不跟别的乐器合奏，但别的乐器可以是在它独奏时给它伴奏。

我妈点头。

我说，王彤是二胡兼着京胡。除了王彤，另有一个专门是以二胡为主的，可他的二胡水平不如我和吴福有，但他会拉京二胡。我小试着拉过京胡和京二胡，都出不了味道。弹三弦的是张子贵，他兼着中阮。他是跟大同市文工团调来的，吴福有曾经跟他给我借过三弦独奏的唱片，那张唱片对我的三弦的进步，起着很重要的作用。王彤的爱人叫李向仁，是乐队弹琵琶的，兼着女声独唱。

我妈认真地听着我的介绍，嘴里不住地“啧啧”“啧啧”，表示着是“了不起”“好”的意思，还有就是在说“你继续往下介绍，我能听懂”，我也就当是我妈真的能听懂，继续往下介绍着。

我说您看这些，这是长笛，这是短笛。我妈说这笛子咋都是亮晶晶的，好像是电镀了。我说这是铜管乐，小号、圆号、长号、萨克斯，也是铜管乐器。我说还有木管乐器，单簧管、双簧管、巴松。我说双簧管跟村里头的鼓匠班的唢呐有像，可人家双簧管听起来可柔美呢，唢呐就是哇哇的，吵得慌。我又指着贝斯说，您看这个，立起来快有我高。

我一件一件地介绍这些，主要是想叫我妈开开眼界。再一个是想叫我妈知道，比起九矿宣传队来，这里多好，多高级。过去的宣传队那是业余的，可现在的文工团，那就是专业的团体了。

我又把我妈引到演员排练室，揭开钢琴盖，叮叮咚咚弹两声，我说妈，这是钢琴，这么一架值好几万块呢。说着我又叮叮咚咚弹几下，我妈说快盖住哇，给人家弄坏可赔不起。

我说那次九矿杨师傅要把他的三弦拿走，我没三弦弹了，您还说“把咱们家的那些拿去用哇么”。咱们家有啥，大正琴、秦琴，那能叫个乐器？你看看这，各种各样的。我妈说，妈是文盲不懂得哎。

返回到乐队排练室，我妈问说，这些管儿呀啥的你也会？我说妈我不会，因为我小时候学吹箫的时候，没人教我，我自己瞎吹，把拿箫的姿势弄错了，应该是左手在上面右手在下面，可是我给弄错了，我吹箫的姿势是右手在上面左手在下面，这完全是跟正确的姿势相反了，所以现在想吹这些乐器就不能了，错误的姿势已经是养成了，改不过来了。我妈说要是小小儿时候就还能，一大了就不能了。我说您说对了，我有点懂得迟了。我妈说俺娃没用人教已经会那么多的，行了，跟木头说话你当是啥，难呢。我妈就好说这句话。

我妈问吴福有是做啥呢，我说他是拉大提兼着中胡，我是扬琴兼二胡。我妈问哪个是扬琴。我的扬琴就在那里架着，我坐在凳子前，给我妈来了一段我妈能听懂的，我妈说你这是“北风吹吹雪花飘飘”，我说妈真行，能听出这是《白毛女》。

我妈说：“咋不能？黄死人，没人智。”我说：“妈，人家电影里叫黄世仁和穆仁智。”我妈说：“反正就是他们两个灰人。里头还有个杨白劳。你爹说，白劳白劳，白白给地主劳动了。他那名字就叫灰了。”

我爹从来没跟我说过对这几个人名字的谐音解读。

想想，这是刚解放时候流行的黑白电影，那时候我还小。

参观完我的宿舍，我又把我妈引到卫生间，我说妈一上午了，您去去厕所吧。

我妈说：“呀呀呀，你们这茅厕在家里头，能好？尿臊味的。”我说：“人家这是洋茅厕，用完后放水一冲，根本就没有臭味。您进去看看就知道了。”

我妈到完卫生间，我给进去放水冲了，又把我妈引出外间，拧开水龙头，让我妈洗了手，到我宿舍把手擦干。我说妈，走吧，咱们吃饭去。

平素我不回家的话，我妈在家自己是不舍得吃好的，我专门给我妈买了她好吃的红烧丸子、扒肉条。我说妈，吃吧，象眼子，梳背子。我这是要好好儿地请我妈吃一顿饭。

这次我妈没骂我尽瞎花，吃得香。

我问说，妈您吃我们食堂的象眼子，有如您舅舅家的好吃不。我妈跟我说过好几回，说她小时候，在她舅舅家吃过那个象眼子，记得是真香。

我给我妈碗里夹了一个，我妈咬半个在嘴里，吃完说，有如有如，有如你舅姥爷家那次的香。我问那时候您多大，我妈说那是十三四的时候，舅舅的二小子过十二岁圆锁。

我妈突然想起啥似的，先笑，后跟我说你舅姥爷那么灵，可他那个二小子是个愣货，他吃完饭了说，表姐你看我吃啥也吃不饱，最后喝了碗豆腐汤就饱了，早知道我就不吃别的，光喝碗豆腐汤就行了。

我说真失笑。我妈说还有失笑的呢。我说您快说，我听。我妈说他跟外面耍回来了，跑进家跟我说，表姐表姐你摸我，我出了一头脚汗。

我愣了一下问：“他说啥？”

我妈说：“他说他出了一头脚汗。”

我听得差点儿把嘴里的饭喷出去。

我妈说这个表弟小时候睡觉好发癔症，到底也是长大了也不机明。我问我发过癔症吗？我妈说咋没，你小时候有次半夜站起就站在炕沿边尿尿，“哗哗哗”尿了一地，尿完就又钻进被窝睡了。我听了觉得真失笑，我原来也发过癔症。我说那您当时咋不往醒喊我？我妈说，我怕你掉地，不敢喊你，你是不懂得，发癔症的孩子不能喊他，一喊就把他惊吓着了。我说您那个表弟是不是发癔症时受了惊吓，长大就愣了。我妈说，不用问，一准是那的过。

我妈又说，你说他愣哇，可人家最后跟你舅姥爷学成了个好针灸大夫，啥病到了人家手里，几针就给你扎好了。我问说，那他到底是愣还是不愣？我妈说愣他是还有点愣，你想哇，不愣咋就说出了一头脚汗，他是正好开了针灸的那一窍了。我想想说，就是。

我妈说：“就像是你似的，开了耍乐器这一窍了。”

我说：“妈，莫非您认为我也是个愣子？”

我妈说：“俺娃可不愣。俺娃耍乐器就像是你舅舅了。”

我说：“是像哪个舅舅，五舅舅还是七舅舅？”

我妈说：“是你的舅舅。”

我说：“我的，舅舅？”

我妈说：“就是曹甫谦的舅舅。”

我一下子给惊住了。啥意思？我妈这话是啥意思？是不是二哥去年到九矿看我的事让我妈知道了？二哥那次就说，我的音乐天资像他舅舅。我妈这是不是在套我？

我假装吃饭没注意她说什么，悄悄抬头看了她一眼。

她说：“你那个舅舅唱耍孩儿是出了名的。”

我试探着说：“是不？”

她说：“不仅是音乐方面你跟他像，就连长得也是一模一样的。你那年拿着你大哥的相片说他像你，其实，你跟你舅舅长得那才是像，就像是一个人。可惜他早早地死了。”

我不敢再应答什么了，我怕再说错话。

我妈说：“可妈那次打你。你记不记得妈那次打你？”

她常打我，我不知道她指的是哪次。我摇头。

我妈说：“你是忘了。就你念初中二年级时，那次你大哥……”

我觉得我妈这是想给我承认错误，她不应该是这样的，这样就不是我妈了。我不能让她给我认错。我赶快打岔说妈我给您舀碗鸡蛋汤去，我们这里的鸡蛋汤不要钱。

我端着两个碗去舀汤。可我舀回汤，我妈还接着说：“那年你拿着你大哥的相片说像他，妈就打你。”我说：“妈，我们的鸡蛋汤看上去尽是鸡蛋片儿，可是想捞，捞不住。”我妈不答我的话茬，继续说她的：“后来想来想去，妈打错你了。我不仅是不该打你，妈应该是跟你说说清楚……”

我看出来了，我妈这次不是仅仅为了认错，而是想告诉我，告诉我那个真相，想把真相说说清楚。

不听！我坚决地不听。

我说：“妈，说这没意思的事干什么？妈您别说这了。”

她还说：“妈经过一桩桩一件件的事印证了，俺娃不是那猫形鹘，不是那长大了就剜它妈眼睛的猫形鹘。那妈今儿一了儿跟俺娃说说……”

我大声说：“妈您别说了行不行？我不想听！”

见我有点生气，还见旁边有人在看我们，她这才说：“噢噢，妈不说了。妈不说了。”

喝完汤，我怕她还要继续说什么，决定不往文工团领她了，我看看表说：“走哇。我送您到公共车站哇。”

路过百货公司，我妈又说想去二店买扣子。我说买啥扣子，完了的哇，这阵儿坐车的人不多，您能坐上座儿，再迟了您得站一路。

我妈说，那完了就完了的哇。

57　表哥

我抓紧苦练了一个多星期，等刘玉文刘英跟北京回来，他们说已经是听不出我的扬琴是现学的了。

宣传部薛部长要求一个月内排出一台晚会，到各基层去慰问，他说你们都是跟下面宣传队挑出来的尖子，一个月拿不出一台精彩的晚会，不好跟下面交代。他问大家有信心没有？大家都说有。

我们乐队不像是在九矿宣传队那样，大齐奏。就是那大齐奏，在九矿也得三天五天才能奏齐整。现在是由刘玉文给写出配器总谱，人手一份，各练各的。到底也是“尖子”们，在一起合两回，刘队长就满意了。

可是我心里知道，我的扬琴离文工团这样的专业团体应该有的水平，还有着很大很大的差距，我就继续努力地练呀练，但是无论怎么练，两个键子弹奏出的滚音，永远是协调不了。最后发现是右手的过，再后来终于想到是什么原因了。我的右手指的中指第三个关节，在初中一年级时，让我们班的汪灵利给用刀捅过，捅得当时露出了里面的白骨头。这个伤，一定是也伤到了指头的神经。我跟刘队长和王彤都说了这个情况，他们听了我的实际的滚音弹奏后，刘队长说，这倒是也行。王彤说，才是不到一个月，弹成这已经很好了，以后还会进步的。

一个月后，到我们红九矿演出时，台下有人在指指点点地指点我，我知道，有人认出了我，一定是说，咱们宣传队的那个弹三弦的，到矿务局文工团怎么又去打了扬琴？

表哥领方悦到姥姥村。两个人骑车去的，住了三天。当时我妈不知道，后来才知道。把表哥骂了一顿，问给奶奶带啥了。表哥说给奶奶留了二十块钱。我妈问为啥不跟我说一声就偷着走了，表哥说跟您说了怕您不让去。

表哥承认说，他妈村里有人来告诉他，说他妈去世了。表哥是领着方悦到他亲妈的村里，给亲妈上坟烧纸去了。我妈说，这么大的事，你跟我说难道我能不让你去尽孝心？小时候你妈有病，我给你买了好吃的让你去看你妈，可你把好吃的在半路上吃了，人没去。后来我才又买了一份儿，让招人跟你去了。你忘了？表哥不作声。

我说妈我记着这事，孟妗妗长得可好看呢，跟姨姨一样好看。

我妈说你姨姨跟忠孝妈是好朋友。说完，“唉”地叹了一声走开了。

表哥以前跟我说过，厂里有个女孩喜欢他，可她家长说皮鞋厂工资低，不同意，没搞成。一个星期日上午，我回了家，家里是我最喜欢闻到的炖猪肉味道。再看木头条儿上，盆里有拌好的包油糕的花菜馅儿，还有曲好的豆沙馅儿。我知道这是要吃油糕。

我问是谁又过生日。我妈能记住好多人的生日，每到一个人的生日就吃好的。可她就是忘了自己是生在了哪一天了。

我妈说给你表哥吃喜头饭。我以为是“洗头”，我问洗头吃饭是做啥呢？我妈说，是你表哥要结婚呀。结婚前亲戚们请吃饭，叫喜头饭。

因为表哥的户口在仓门，是属于五舅舅的孩子。仓门是主场。我妈是当姑姑的，属于亲戚，请喜头饭。

哇，表哥要结婚呀。

我知道表哥心里的女神是我们班的曾玉琴。我在红九矿上了班后，表哥还很关心她，问我曾玉琴到哪儿了，我说跟我到了一个矿，在矿广播站。听了这话，表哥眼睛一亮，说缘分缘分，你能不能领表哥到你们矿看看她？我说你干啥呢没来没由地突兀兀地去看人家。他的脸红了，说我又不是想干啥，就是想看看她长成啥样子了。我说那行，那等领你去看看她。后来我真要领他去他却不去了，还提醒我说，你还不赶快搞，你不搞，别人就下手呀。我说我不喜欢大个子。他表情遗憾的样子说，哎呀哎呀，多好的一个女孩。

表哥还喜欢过仓门十号院狄大大的女儿美兰，美兰也好像是没意见，但狄大大嫌表哥工资不高，坚决地不同意。

现在的这个对象叫小兰，祖辈是大同西霍庄的，在她爷爷那时候，户口成了内蒙古齐夏营人。

小兰我见过，长得苗苗条条挺秀气，个子也高。表哥就喜欢个大个子。

表哥跟小兰应该是缘分，两方只见了一面，都说没意见。可没想到，这么快就要结婚呀。

在这件婚事上，我妈负责女方要的彩礼钱，五舅舅他们负责置办结婚的东西。房子也租好了，一个月两块房钱。

表哥结婚呀，我该给表哥送个什么礼物呢？

我永远也不能忘记表哥当年给我买的那把秦琴，正是因为我在家把秦琴弹得很熟悉了，有了基础，才拿起三弦儿不手生，九矿宣传队这才把我留下来让弹了三弦。要不的话，宣传队不要我，让我回了连队，那我现在顶好是还在连队给办事员小范打杂。我就不会是能来到文工团，做我心爱的工作了。

表哥结婚呀，我必须得乘这个机会好好地感谢感谢表哥，给表哥好好地送点礼物。

想来想去想不出。

表哥当时的工资是二十七块，是我的一半。最后我决定说，表哥这样吧，你的租房钱由我来打，永远都由我来给打。

打房钱，这算个什么礼物呢？在他结婚后，我又送了他一个小的半导体收音机，能装在衣裳兜里。表嫂很高兴，说这么贵重的东西你给我们，你留下哇么，以后给对象。我说就给你了。

表哥结婚一年后，他说又问了一套里外的屋子，可房钱是一个月三块，他说有点贵。我说你住吧，房钱还是我给出。

我起先是每个月给他三块。后来，干脆是一年给他五十块。都是悄悄地给了表哥。这个钱，我妈不知道，表嫂小兰也不知道。这个钱直打到十几年后他单位又分了楼房，才结束。

表哥平时不喝酒，是因为家穷，喝不起，干脆就不喝，过时节也不喝。

我每次到表哥家，都是买了好吃的东西去的。实际上我是想让表哥和表嫂改善改善伙食。

我去的话，买一瓶浑源老白干儿。两人喝完正好，有点晕晕乎乎，可谁也没喝多。有时候，表哥看看酒瓶说，我不喝了，兄弟你喝哇，哥不想喝了。瓶里还有二两多，我知道他是想把这点酒留着，下一顿好喝。小兰也看出了他的意思，说，兄弟想喝你陪着哇么。这时，我跟黄挎包里又掏出一瓶说，给，这瓶你慢慢喝。表哥高兴地说，哇，还有。

表哥好吃咸菜。咸菜切指头粗。吃再好的饭，有再好的菜，也要吃咸菜。

我们每次喝酒，都要说起小时候两个人一个被窝睡觉，兰表嫂也知道我俩的关系，那是真正的好。

有次去了表哥家，他没回来。表嫂正在洗头，家里一满是香喷喷的洗头水儿的味道。

她侧着脸撩开长头发，问我有了吗？我说没有。她说那你不敢定还要找个啥条件的，我说，就像你这样的。她说，你瞎说。我说是真的，像你这样我就真的满意。她说，那我有个妹妹，跟我一样，等哪时我给把她叫来，你们见见。

我说你先别让我妈知道，等我看完你妹妹再说。

后来见了。那天她让表哥把我叫到家，是她把她的妹妹跟齐夏营约来了。可我一见，身材一样好看，眉脸不如表嫂俊俏。在我跟表哥家走的时候，表嫂送出了我，我明跟她说没看对，她问咋了？我说，不如你。小兰说，你瞎说，可比我好，你不愿意就算了么。我说真的不如你。表嫂的脸红了。

表哥单位的那个喜欢表哥的女孩，她的对象到皮鞋厂找表哥。那个人说表哥是第三者，动手打表哥，女朋友给拉开了。表哥可不是那种让人白打的人，他服不下这口气，在厂外把那个人狠揍了一顿，眼睛出血。人家告了街道群专，把表哥抓进去了。街道群专问清是怎么回事后，说赔钱就放你走。表哥说那你们叫我姑姑来。街道群专直接通知我妈。我妈去交了钱，把我表哥给赎了出来。

我妈也没多骂表哥，只是说以后少给我“生死闯活”。应该是“生事闯祸”才对，我妈老是说些这一类的文明词。

自结了婚，表哥老也不主动到我家。除非是我妈专门叫，才来吃饭。不叫不来。我妈想他们来，可他们不主动来，越不主动来，一来了我妈准数落他们，说他们这不对那不对。越数落，他们越不主动来。

冬天安顿炭，我妈知道他们没钱，不舍得烧。家冷得水瓮都快冻冰呀。我妈就主动让他们来拉点炭。可他不来拉。最后我妈得给他们送去。我妈鼻疙瘩黑黑的，一个当姑姑的，拉着一小平车炭，去送到他们家门口，再帮着卸在院窗台底。

方悦进城给村里买东西，顺便给我妈提来些豇豆，说姑姑您吃糕好曲豆馅。我妈问他成家了吗，他说成了。我妈骂他你个灰鬼咋偷偷地就结婚了，也不叫叫忠孝跟招人。他说我也没大办，就那么讨吃子偷炭锤，一个溜儿就办他了。他跟我妈说了两句话就急着要走，我妈留他吃饭他不在，说拖拉机还在街外等着。

星期六晚上我跟矿务局回来，我妈让我到皮鞋厂约上表哥，叫我们第二天到雨村。她一个人给了我们二十块，让给方悦送礼钱。

方悦在村里当了赤脚医生。他说你别看我三爷那几本烂书，我看不懂看不懂，也多多少少拾掇了点，这下有用了，全公社各村的赤脚医生里头，就数我肚里有货。

表哥说三爷那会儿可想教招人呢，可招人人家不待见这。

方悦说招人人家是那艺术人儿，要不是“文革”的话，他一准是中央音乐学院的高才生。

方嫂说我，一天价就听方悦说招人招人的，到底也是一看就灵。

表哥说，你们是不知道，他灵全凭着小时候我把他的脑瓜给磕开了窍，你问他有这事儿没。

我说有，六岁时候我站立在他的肩膀上，他问我站好了没，我说站好了，没等我话音落，他“冲啊”地就撒开腿就跑，我一下子就后脑瓜先着地，狠狠地摔了个倒栽葱，当时眼睛发黑，半天才能睁眼看见人。

表哥说自那以后，他的脑子可灵呢，那是让我给他磕开了窍。

方嫂说那你让方悦站你肩膀上，你也给他磕磕。表哥说这会儿不行了，脑子固定住了，那得小时候才行。又说，小时候大庙书房的刘先生说有文化的人那是人家墨水喝得多了，肚里有墨水，我跟面换两个人，一人偷偷地喝过一瓶墨水，心想这下肚里有墨水了，可是白喝了，该背不会还是背不会，看来还是得磕脑袋顶事。见人们都笑，他说你们大概是不相信，可人们有啥事想不起来的话，都是拿手拍脑袋，拍两下就想起了，那为啥？因为一拍，脑瓜就有点开窍了。

方悦说这倒是真的，我有时候啥想不起来，就不由得拍拍眉颅骨，一拍，想起来了。

看来，表哥他真的是认为我的脑瓜是他给磕得开了窍，要不，为啥经常要说起这个事。那次他差点儿要跟我妈说，让我给打岔儿说开别的了。

方嫂姓刘，跟方悦说大同话，跟我和表哥说着一口普通话。说得非常标准，我问说，你的普通话咋说得那么标准？她说，我是北京通县的老家。我说那是来这里插队了？她笑着说，不是。我说那是啥原因？表哥说，那一准是小时候也磕过脑瓜。

方嫂说，说来话长，也太复杂，以后慢慢地告诉你，招人你要是会写小说的话，能写一本老厚的书。我说行，方嫂以后你告诉我，我给写一本书。

黑夜，我跟表哥方悦在新房睡，方嫂在上房跟婆婆睡。

第二天一大早，我们都还没起来，听得是有人进来了。可他们两个黑夜说话说得迟了，没听着有人进来。我听得有人进来了，抬头看，是小谭的妹妹，我抬头看她，她跟我笑。

我是在后炕睡着的，她走的时候，一低头，在我的嘴唇上碰了一下说，你好好睡吧，我回老家呀。说完她就出去了，可我发现嘴里多出一块冰糖。我吓坏了，看看炕上的那两个，都还睡得死死的。

这个细节，在我以后写小说的时候，用在了中篇小说《部落一年》里。

可是让我纳闷和不理解的是，那天的上午我跟雨村回到城里，听二虎说，小谭的妹妹出事了。她坐公交车回新荣时，遇到了小偷掏乘客钱包，她协助着售票员抓小偷时，让小偷拿刀给捅伤了，拉到医院后没有抢救过来。

我又想起小学时，我梦见郑老师，她把我叫到讲台说老师回老家呀，你以后要好好学习。早晨我到了学校，同学们说郑老师昨天夜里去世了。

我在方悦家梦到小谭妹妹时，她也是说“回老家呀”。

这个稀奇的事，除了表哥我没跟任何别的人说过。

可是，这么巧的事，怎么都让我给碰到。

我到表哥家，跟他说了这事。他说：“你当是啥。那次我把你的脑瓜给磕出一只慧眼。人一有慧眼，就能跟天庭和地府还有龙宫，通上气儿。”

看着他那一本正经的样子，我有点害怕。

58　新房

我爹每回跟怀仁回来，我妈都要叫我去叫五舅舅，来家吃好的，跟我爹喝酒。我知道五舅舅在家是从来不喝酒的，要喝也是得有了特殊的事情或者是过时过节。

我妈叫他来，也就是为了他好喝点儿。

我爹跟五舅舅就喝酒就千年万古地说过去的事，甚至是说《三国》说《水浒》，可他们从来不谈论时事，更不谈论政治，也不谈论走后门呀、歪风邪气呀这些时下人们关心的话题。如果要说现时的眼下的事，那就是说身跟前的具体的人的具体啥啥事。

这次他们说房子。

我妈说该给招人问寻房子了。

五舅舅说，最难办的是房子。

我妈说，靠你这个担大粪不偷着吃的姐夫是不行。

我爹让我妈骂惯了，他不生气。

我妈说，五子你刚给忠孝闹了房。

五舅舅说那我也还得言长些，再问别的人。

我妈说我要不去去下寺坡？问问他舅姥姥。

舅舅说都言长些，问寻的。

我爹说我想起战友小史，就是给招人姨姨说过的那个小史，现在在地区革命委员会工业部。

我妈说那还不赶快去问，借米借上借不上，又丢不了半升。

舅舅说去张上一口，碰碰，宁叫他碰了，也不要叫误了。

最后的结果是，我爹去了史战友家，人家到外地开会去了。倒是我妈问了舅姥姥后，有个结果。舅姥姥提醒说，听说刘生义街买过个房，她孩子还小，用不着呢，闲搁着。

“刘生义街”是我们应县人的说法，意思就是刘生义的女人。我叫她表姨，她大名叫个啥，我不知道，就连姓啥，我也不知道，就知道叫表姨。

表姨可厉害呢，在家里说了算，表姨夫刘生义在家里根本就主不了她，啥事也得听她的。可她再厉害再说了算，人们都不叫她的姓名，叫她刘生义街。

我妈找见她。她说表姐你急着用，那你先用哇么。我妈说那我得先看看房再说。

这是北小巷八号院一进门左手的一间小房，最多有十二平方米。原来是房东马中医放柴炭的小房。

这是私产房。一九六二年困难时期，表姨用十斤鸡蛋跟马中医换的。

我妈看了说，这得拾掇。表姨说工不大。

商定的最后结果是，我妈用手里的新飞鸽车，跟表姨把这个房换了下来。两人都怕对方反悔，还请中间人写了约。

我妈跟我爹说，有了这个房，我心里不慌了，到时候拾掇拾掇，咱们住这里，圆通寺的房，招人结婚时当新房。

她又催我爹，再给娃娃买车子，我爹说慢慢地等机会。

过了些时，也不知道是谁出的主意，我妈又想着要在紧挨着我家的大殿台阶上的空地方弄个厨房。

慈法师父死了，大殿里面的佛像让红卫兵砸烂了。后来街道成立街办工厂，在后院另开了门，把大殿当成了印刷厂。台阶上挨我们家的那一半空地，我们家占着，放杂乱东西。

我妈步行着到雨村，找到方悦，让他进城帮着脱些泥基，说到蛋厂豁口的城墙那儿刨土，拉回院到炭仓前和泥，做泥基。方悦问您是做啥用。我妈说想在大殿圪台上搭挂间小厨房。

方悦说您这是给招人娶媳妇做准备呢，人家招人住圆通寺您那一间房呢?

我妈说不住也得住，要不住哪呢，靠你担大粪不偷着吃的姑夫，能给他闹上个好房?

方悦说反正是您们那个房，招人也不一定稀罕，人家到时候肯定还有好的。

我妈说他有本事闹好房更好，没有的话，我就叫他在圆通寺办事。

方悦说，到时您住哪?我妈说有了，在北小巷有间小南房，那也得拾掇，你先帮姑姑把这间厨房儿给搭挂起。

方悦想想说，在大殿台阶上搭房房儿，能利用两堵墙不说，还有顶子。我妈说，我也就是说，省事。方悦说那更用不了多少东西，您有门窗吗?没有跟我家给您找点木头钉上个，帮招人办事我得尽全力才行。

我妈说门窗有，跟牛角巷高大娘那里找上了。

方悦已经在村里当了赤脚医生。他说姑姑您放心哇，小事一桩，咱们不到城墙挖土，村里头还愁点土吗?我妈说要好土，有筋气的。方悦说，姑姑您放心哇，过两天我就给您送去了。

我妈在方悦家吃了饭。方悦借着自行车，把我妈送回了圆通寺。我妈夸方悦媳妇，说伶牙俐齿的，好媳妇。

我知道我妈这忙忙乱乱的，是为了给我做结婚的准备。可我不知道是出于个什么样的心理，非常地反对我妈要在寺院房檐下盖小房这件事。我妈说你有本事闹你的好房去，没本事你就别管我。

见我妈生气了，我不敢再说什么。

有个时期因文工团排练忙，我半个月没回家。我妈居然就在这个时间里，找了我的小朋友帮忙，让老王约了二虎、小彬、虎人、五虎、四蛋他们，把小厨房弄起来了。半个月后，我跟文工团回家时，见他们已经是在盘炕洞。

我妈见我有点不高兴的样子，还没等我张口说“怎么又盘炕”，她先说盘上炕，我接你姥姥来呀，你爹也退休呀，家挤。我不再说什么了，也只好得跟着朋友们忙乱。

小厨房盖好后，我妈又拧着我爹给我买自行车。我爹说，买哇么，那我再去找找小史。去找了，人家出差回是回来了，可领导忙，人家又不在家。

可后来史战友主动找到了我们家，看见我在箱顶上摆着的相片。

我也学着表哥跟方悦哥，照过一张明星相，八吋大，装在木框儿里，在箱顶上摆着。人们都说照好了，我也觉得好。史战友也觉得好，说好英俊的小伙儿，我看咱们结亲家哇，我家的两个女子，看对哪个找哪个。又说有一个还跟你儿子一样，也是大同一中毕业的。

史战友是白天来的，我没见着。晚上我回来，我妈高兴地跟我说，没问到车子问到媳妇也不错，招人你去去，去会会他那两个女娃。我听说有一个也是我的同学，但我想来想去，我认识的同学里面，没有姓史的。那一定是初中毕业的了。管他，照我妈的说法，去会会她。

第二天我跟新平旺早回了会儿家，吃完晚饭就骑车去了。

人家是独立的院子，史叔叔两口在小院儿扇着扇子乘凉，两个女儿吃完饭出街散步去了。史婶婶给我搬了凳子，我坐着跟俩大人说话。我心想，史叔叔如果找了我的姨姨的话，那现在就不叫叔叔了，该叫姨夫才对。要这样的话，还有玉玉吗？有是有，可眉眼不一样了，该是什么样子呢？我看看史叔叔，想象着另一个玉玉的模样。正想着，两个女儿跟外面回来了。一见大女儿面，我就认出了，是初中同学。

她看见我，问说："你是主义兵吧？"

我说："哦，你是老保。"

大同一中的红卫兵分两派，先成立的是大同一中红卫兵，后成立的叫毛泽东主义红卫兵。我参加的是毛泽东主义红卫兵。先成立的红卫兵叫我们主义兵。我们叫他老保，说他们是保皇派。

这个姐姐一见面就叫我主义兵，这是很不礼貌的说法。我回敬她声老保，也是很不客气。

我们两人就对了这么一句话，她跟她妹妹一招手，俩人进屋了。我站起说，你们乘凉吧，我走了。史叔叔说，进家坐坐进家坐坐。我说不了，我走了。我就转身走了。

回了家，我妈问好不好，我说不好，真丑。我爹说不能哇，我见过小史家的，两口子咋能生出丑女儿呢？我妈说孩子没看对就没看对哇，在找对象上头，听孩子的。又说我爹，那货你看是多会儿咱们拾掇仰层。我爹看看顶棚说，下回回来就拾掇它。我妈说甭下回了，这就拾掇哇，拾掇完你再去做你那革命工作。

仰层，书上叫顶棚。雁北地区的人们叫仰层。

当时，老百姓家的仰层都是用纸裱糊的，在木条条上先裱一层报纸，后再加一层麻纸。

每年过大年时，都是方悦来给我家刷房。看见仰层有破绽的地方，他就给补上一条或者是一块。整个仰层，大大小小少说有十几处补过的地方。这补过的地方因为不是一次补的，这一年跟那一年补过的地方颜色深浅不一样。每年刷房时方悦都说，姑姑您该打个新仰层了。方悦叫我妈有时候叫姑姑，有时候叫曹大妈。叫啥人们也觉得顺口。他说这仰层破烂的，叫人一看这哪像是个公社书记住的家。我妈说，就那也住了十多年了。方悦说以后有人来给您招人说对象，人家一看仰层，返身就走了。表哥说以后招人结婚莫非就住这烂房呀？不叫姑夫给找好房？我妈说这也挺洋气了，再说招人还小，不到时候呢。

那时候说的不到时候，这时候我妈认为是到时候了。

我妈决定，打新仰层。

人们说揭炕撕仰层，这是老百姓生活中最土灰的两种营生。星期日上午，当我跟文工团回到家里，正好遇到了他们在做着这种又脏又累的营生。

我爹戴着个冬天的厚口罩，已经是把大面积的破旧的仰层都撕下来。还有一大片在木框上垂吊着。当地放着两个高凳子。我爹站在凳子上，举着绑了一根竹竿的掸子。正在伸探着掸房上的露出的椽檩，椽檩上丝丝缕缕地挂着陈年的干尘网。

我妈脖子上挂着口罩，鼻疙瘩黑黑的，在下面张开着两臂在护着他。

他们都仰着头，集中着精力做营生，没有看见我进来。我说爹我给弄，他们才停下手。

我妈让我走开，让我到二虎家去躲躲。

我要替我爹，让他下来，我爹说啥也不下。他戴着个厚口罩说，怕我听不清他的话，把口罩掰下点，露出嘴说，俺娃出去哇，爹一了儿是个灰了。

我妈也不让我上手，让我去说给舅舅，晚上来喝酒。

我进了南小房儿，锅里面炖着肉。

当我跟五舅舅家回来，他们连炕也揭开了，土炕板立在院里，我爹正拿着吃饭的勺子，往干净刮炕洞上的焦黑的炭渣。脸上的汗珠，流下来，“叮叮”地掉进炕洞里。

他们这是故意地把我支开，不让我参加这样又脏又累的活儿。

我妈在小南房儿准备晚饭。

我们挤在小南房儿的炕上吃晚饭时，我这才想起，我妈这都是有计划地在一步一步地做着她的这个大工程。第一步，以盖厨房的说法，盖了南小房儿。第二步，以让姥姥来住为由，给小房儿垒了炕。第三步，修整西房，揭炕打仰层。这样，就能在南小房儿的炕上吃饭，睡觉。

我妈知道我爹没有能力为儿子解决得了房子这样的大事情，她也不骂他，她知道骂也没用。她就自己尽着能力，思谋着盘算着，给儿子准备结婚的新房。

又一个星期日我回来，见炕也打好了，新的仰层打好了。是请本院儿的油匠刘叔叔给打的新仰层，粉刷了白泥浆，还在仰层的当顶安装了二十瓦灯管。

看着我妈那心满意足的笑模样，我心里不知道是种什么滋味。

可我心里想，我莫非真的要在这间房子里结婚呀？莫非这真的就是我结婚的新房？

59　衣箱

房后头昝婶婶来家跟我说，曹大妈你这房子粉刷得白圪洞儿也似的，看样子这是给招人结婚呀。我妈说结不结先给人家准备上。昝婶婶说那“三转一提溜二十四条腿”你给人家招人准备上了吗？结婚时人家女方要求这呢。我妈问说啥三转一提，二十啥啥啥？昝婶婶说手表转缝纫机转洋车转，这不是“三转”？“一提溜”是半导体收音机。我妈说那咋就叫个“一提溜”？昝婶婶说，半导体收音机走哪都能提溜着，人们就叫“一提溜”。我妈说没听过。

昝婶婶说“三转一提溜”这是女方家里要的彩礼，那“二十四条腿”，是女方要求在新房里摆放的家具六大件。我妈问这又是啥？昝婶婶说三开门的大衣柜、双开门的小衣柜、明三层暗两层的大书柜、上头揭盖儿放面下头开门放碗的两用柜，还有带底座儿的衣箱要一对儿，你算算，加起来这不是六件？一件四条腿，六件不是四六二十四条腿吗？

我妈说这么多家具那得多大的房才能放下？昝婶婶说人家现在的女的都要求是二十四平方米的双倍房。我妈说这又是啥房。昝婶婶说一看你也是个啥也不懂的瞎文盲，每间房要求是宽四米长六米，一米是多少你也保险不懂的。我妈摇头说不懂的。昝婶婶说一米是三尺，你算去吧，一间房宽是丈二，长是丈八，还得是两间这么大的房，里外套着，这就叫二十四平方米双倍房。我妈说把我杀了卖了肉也给他准备不了这么个齐全。昝婶婶说，准备不出来那你就甭想着会有新媳妇坐你炕上。

我妈说你给昝贵准备上了？昝婶婶说我们昝贵那儿不愁，女的追的可多呢，白跟呢。

昝贵是我初中的同班同学，一九六五年时他考住了山西中医学校，我考住了大同一中。一九六八年毕业后他分在了岢岚县医药公司上班。我到了九矿工作。昝婶婶说我妈，呀呀呀，你咋叫孩子到了矿上当窑黑子，井下四圪瘩石头夹着一圪瘩肉。我妈说我孩子在宣传队呢。昝婶婶说，宣传队那是个临时的，迟早也得下井。我妈叫她说得心里慌慌的，跟我说那会儿还不如插队当农民呢。我说您放心吧，我下不了井。后来我让矿务局文工团看对了，把我调了上来。我妈这才是真的放心了。可昝婶婶又说，馋当厨子懒出家，又馋又懒学吹打，当戏子可不是点正经的营生。我妈说孩子喜欢，管他呢。

昝婶婶说昝贵有女的白跟呢，我妈不想听她这话，好像是你的儿子有人白跟，我招人就没人白跟？我妈说昝贵有人白跟，我们招人还有女的倒贴呢。昝婶婶撇嘴，说你就吹牛去哇。

我妈嘴里说着硬话，可自从忠孝表哥和方悦都结了婚后，她就跟我爹和五舅舅他们商量，给我着手做准备。我妈说："啥三倍房两倍房，咱们就这个房。拾掇也拾掇好了，再换上几件新家具就行了。再有就是，不管人家女的张嘴不张嘴，都也得给人家女的准备个车子呀手表的，不能让人家白跟咱。"我妈这话，是表哥跟我说的。

大人不跟我明着说，我也假装不懂得他们忙忙乱乱的是在干啥。

结婚，这样的话咋好意思说呢？这两个字说起来就有点牙碜。

那年我是二十一岁。

“三转一提溜”，除了半导体收音机好买，缝纫机自行车手表，当时这些都是紧俏货，不好买。

我爹跟怀仁托着关系先买了一辆飞鸽牌自行车，可让我妈跟表姨交换了一间小南房儿。我妈又让我爹给求人买回辆新自行车，家小又没地方放，我妈让五舅舅给寄放在了他们缝纫社的库房。

又过了一个月，我跟文工团回家一进门，我爹说我妈，给俺娃够出戴上哇。我妈跟衣箱够出个豆腐干儿大小的手绢包，我接住，沉甸甸的，展开看，是手表，上海牌。“上海”两个字设计得像是个大高楼。表还在走着。我爹说爹每天都给上呢，固定时间上，拧二十下，拧不动了不要硬拧，小心拧断发条。

我放在耳朵边听听，“铮铮铮铮”，真好听。我叫我妈听，我妈也听听，点头说，有钢音。我说那我就戴呀。我爹说买上就是为了俺娃戴。我妈说甭叫他戴，放那儿哇，以后有个用项啥的。我说快别用项了，我戴呀。

我妈说我：“招娃你不听说。”

我妈说话我就得听，不能让我妈说我不听说。我把手表用刚才的手绢包住，给了我妈。可我妈接住，没往箱里放，用手掂掂后，又给了我。

“俺娃想戴，要么戴去哇。”她说。

我爹说：“这不是个对？上海表我原来也是为给娃娃戴。”

我妈说：“那办事呢？”

我爹说：“办事那得以后再买好的。”

我妈说：“你能买上？”

我爹说：“慢慢地，慢慢地。”

表带儿是履带式的金属链儿，我戴在手腕上有点松。我说爹我戴有点松，我看您戴上吧。我爹说是给俺娃买的，爹不戴。我想起我爹从来也没戴过手表。五舅舅七舅舅都有手表，就连我表哥也有，可我爹没有。

我爹说爹不戴也知道时间，用不着，爹不戴那。我说您给说说这阵儿是几点。我爹说了个时间，我一看表，误差只有两分。

我当下就上街到修表店把表链给取了三截，正好了。

这下，我也有了手表了。

这下，我们家也就有了手表啦。

表哥说我妈，姑姑您当是小兰呢，给个上海表也高兴，招人要是有了媳妇儿，您得给人家准备进口货呢，给人家准备那英格儿呀罗马呀的才行。

我妈说:“这会儿这名叫真多，又有了骡马了，没个牛羊?”

表哥说:“是表的牌子叫罗马，进口货。”

我妈说:“这进口货保险是可贵呢。”

表哥说:“那作准的。上海表是一百二。英格就得三百六。姑姑您要是让招人找小兰妹妹的话，我敢保证，她白跟呢。啥‘三转一提溜’，都不要。”

我妈说:“找谁，东西我该给还要给，不能说因为找小兰妹妹，就叫人家白跟咱。可找谁不找谁，那得人家招人说了算。”

表哥说:“小兰好像是问过招人，招人好像是不愿意。”

我妈说:“招人还没咋开这方面的心呢。他一个心眼儿就是吱吱吜吜地耍他那些耍活儿。”

表哥说:“对象有没有，您先给人家把那彩礼准备上。”

我妈说:“你爹说，贵贱不说，主要是这些东西不好买。”

当时政府给市民每人每年发着一张供应证，用来购买紧俏商品。买手表车子缝纫机这样的东西得要供应证。舅舅说买进口手表，最少得三十几张证。我爹户口在怀仁，他的供应证大同还不能用。我跟我妈五年才领着十张证，想买进口表，那得再攒七八年。

表哥结婚时，五舅舅已经把他家的证儿用了些，剩下的都给了我们，又跟人要了些，能给我买个进口表了。但证儿够数了，那也并不说就能买个好进口表，那还得在半夜里去排队抢号儿。百货商店每天进几块表发几个号，那号是在上班开门前发，可人们为了领号，半夜就在百货商店门前排上队了。

五舅舅给熬夜排队，抢了块百浪多表的号。

五舅舅在半夜排队时还跟人打了一架。对方是两口子，人家那个女人很厉害，把五舅舅的脸抓得尽是血道子，五舅舅不打她，五舅舅是打她的男人。

我妈说："抓人家脸破人家相，不当呢。这样的女人歹毒。"

五舅舅说："管他，给招人闹了块进口表，也值。"

因为给我买表，五舅舅让人把脸抓了，看着五舅舅脸上的一道道的血痂，我的心里有种说不出的难受。

我妈给我爹布置任务说："进口表五子给闹上了。家具这得你来给娃娃往回闹。昝婶婶说大衣柜、书柜、碗柜带底座儿衣箱两个，这是几件了？"我爹说："你连说还说不来，我给你到哪弄去。你一天尽听房后头的昝贵妈这啦那啦的，掏你的耳朵。"我妈说："我不好跟人串门，就告诉她，有啥你来家说给我。人家也是为了咱们，那年如果不是她告诉我，招人在上初中时就差点儿到了村里让插了队。对，还有耍水，那也是人家告诉我的，我才知道招人这个灰灰给耍水呢。那要是没人家告诉我，我还是知也不知道这事，那要是继续给耍的话，出点事也就出了事了。人家也是好心。不说给咱们，你能知道个‘三转一提二十四条腿’？”

我爹说：“闹哇闹哇，为了我娃娃，我把这老脸破出去了，磕头捣蒜求人去。”

我妈看看地说：“咱也甭二十四条腿。咱们家有上一个碗柜，再放上一对衣箱，也就把地摆满了，像是个新房了。”

我爹说：“年底我也就退休回家呀。退休前给娃娃闹他这十二条腿。”

在我爹又回来送工资时，给买回来一个碗柜。上面是半揭盖儿的面柜，里面分着三个格格。可放各种面。下面是碗柜，分上下层。我妈高兴地说真好看，这个担大粪不偷着吃的真心保国也给办点大事。我妈夸我爹，还承认是大事。

我妈说我爹，有的那牛，你得用鞭子抽它它才用力。看样子得拧你。这次我还得跟你去，每天拧你，圪嚼你，圪嚼得你麻烦了，你就想办法呀。

我爹说，快别去了，我把我吃奶的劲儿都用上行不?

我妈说不行，得跟你去。

我妈跟我爹到了怀仁。这次，我爹给买了两个半揭盖儿衣箱。让拖拉机给送到大同，可在蛋厂城墙豁口让交警给拦住了，说这个时间段拖拉机不准进城。那只好是把两个衣箱卸在路边。

我妈求了两次过路的人，张了两次口，想让帮着往圆通寺送送这两个衣箱，可都让人们碰了。一气之下，我妈说：“求人不如求已，有牛还愁跟山上赶?”

我妈先是抱一个衣箱，往前走一截放下来，又返回头抱另一个，抱得超过头一个后又往前走一截，放下来，再返回身抱另一个。她就用这个方法，把两个衣箱，来回捯着，捯了三里多地，捯回了圆通寺。

街巷的邻居们当着我妈的面，议论说见了会子女人，没见过曹大妈这么有本事的。有人给算算说，蛋厂城墙豁口到圆通寺是三里多地，可曹大妈返回来掴回去，实际走的距离是六里也多。还有人给算算说，不对不对，是九里多。

我妈说爱他是几里呢，反正有牛多会儿也不愁往山上赶。

我多会儿也不怀疑我妈的本事，可有一件事我一直没弄明白。那就是，在我初三时，学校动员学生上山下乡，让团员写表态书“一颗红心，两套准备，考不住学校就坚决到农村插队”，我也写了，交给了学校团委。可我妈去了学校就把我的这个表态书，给要了回来。在那个形势下，老师逼学生下乡都逼红了眼，恨不得把你的户口抢了过来。我妈居然给把我的表态书要了出来，这应该是不可能的事。几年后，我决定问问我妈，您是咋给要出来的。

听了我的问，我妈笑了笑说：“这有啥难的。我去了你们团委说，孩子写了个表态书，那让我们当家长在上面签个‘同意’，那不是就更好？团委一听，说好好好，就把你的表态书给找出来，给我了。我说我不识字，回家让他爹给签，就拿走了。”

当时我妈知道我给学校交了表态书，她乘我午睡，把我锁在了家里。我想着我妈一定是去了学校大吵大闹，没想到原来就这么简单。

我妈没文化，可我永远得宾服她。

我妈把慈法师父给的板箱，放在了炕上，把行李垛在板箱上，把地腾出来放新家具。我妈看看说，就是个这了，再有别的家里也放不下了。

我提议买收音机。摆在衣箱上。我妈说买，当时的收音机不要供应证，可以随便买。买了一个熊猫牌的，六个灯儿。拧开开关，里面六个灯都着了，再一转开关，一转一个台一转一个台，还能听到“美国之音”。想起五舅舅就是因为听“美国之音”让给打成了坏分子，我赶快把台拧过去了，听音乐。

听着收音机里的歌声，看着亮堂堂的房子亮堂堂的家具，我这心里也是亮堂堂的。

我这是不是也有点开心了？

60 读书

我们文工团没有好的独唱演员，下面基层的那些独唱的，按薛部长的说法是“充其量也只是个一般般的水平，不够一个专业文工团的标准”。我们认同他的这个说法。后来有人推荐说，新荣区插队生里有个北京女知青唱得好。薛部长说，叫她来，考核考核，行的话，把她闹上来。考核了一下后，果然是好。可人家新荣区的农村不归你矿务局管，你矿务局再财大气粗，可想随便地往上“闹”人家知青也不行。村里不白给，提出用三台大马力的电动机来换。矿务局不缺电动机，满足了村里的条件，把她换了上来。

北京女知青歌手叫郗洋洋。

郗洋洋不仅是唱得好，长得还好看，还永远是喜洋洋的样子。

全团上下，包括薛部长在内，人人都喜欢郗洋洋。

我也喜欢郗洋洋。我喜欢郗洋洋的主要原因是，她读过的外国文学真多，说起哪本书她都看过。还都能说说对这本书的评价、看法。这让我是很佩服的。我如果看过一本书又觉得好的话，也只能是简单地说出这本书的好，却不能够深程度地说说为啥好来。人家能，说得头头是道。

巧的是，我说我读的最早的一本外国文学是《简·爱》，而郗洋洋说她也是。

更巧的是，我说自从看了这本书以后，就喜欢上了外国文学。她说她也是。她问我为什么喜欢《简·爱》，我说因为这本书里有对生活细节的描写，比如书里写瞎眼眼罗切斯特伸出手掌，想看看是不是下着雨。我以前看过的书，可不这样地写人的动作。又比如写老狗派洛特“先是竖起耳朵，接着就吠叫着，呜咽着，跳起身朝简·爱蹦过来”。我以前看过的书，也从来不会这么细致又真实地写到一只狗的行为。要往细里想的话，这样的描写还有狗的心理活动在里头。她说她也因为跟我有同样的理由而喜欢上了《简·爱》。她又说了些别的喜欢《简·爱》的理由，我都赞同，可我就是说不出。尤其是她说夏绿蒂·勃朗特并没有把简·爱写成一个漂亮美丽的仙女，相反，简·爱的外表形象还有点丑陋瘦小。我说就是就是，你说得真对，我也发现了这个问题。

郗洋洋说：“你能不能跟我说普通话？”

我说：“我不会说普通话。”

她说：“普通话又不难学。我教你。”

我说：“我不学。”

吴福有正在旁边，说我：“乃谦，赶快学。洋洋教你你还不赶快学。”

我说：“你想学你学。”

吴福有说：“人家又没说教我。”

郗洋洋笑。人们都笑。

能让我佩服的女孩没几个。

除了郗洋洋，我还佩服过一个女孩，那就是我的初中高中同学，后来又一起到了红九矿宣传队的周慕娅。我佩服周慕娅是因为，那次在九矿宣传队说起了各自家里的姐妹们尽都叫什么名字时，我说我姨妹叫玉玉，表妹叫妙妙，还有表妹叫平平。她问这是谁给取的名字，都是些《红楼梦》里的女孩。于是我们就说起了《红楼梦》的名字。让我没想到的是，周慕娅能把怡红院里十多个小厮们的名字都一一说出来，我可不能，我只记得茗烟锄药三两个人。她还说，元春迎春探春惜春姐妹四人的大丫环的名字的最后一个字，正好是“琴棋书画”，我想想，可不是吗？抱琴、司棋、侍书、入画。我以前可没想到这一层。她还说，这四姐妹的名字也有含意，那就是，曹雪芹让她们第一个字的谐音排成了“原应叹惜”四字。呀呀呀，了不得。我不敢跟人家继续谈论下去了。

了不得了不得。

从那以后，我对周慕娅另眼相看。

郗洋洋借给了我一本《错误的教育》，作者是印尼的阿布杜尔慕依斯，看了这本书后，我学习书里的做法，在心里暗暗地也用摸扣子打卦，算算郗洋洋会是我的女朋友吗？算了几次，都不是。这让我失望，但也让我有点觉得无所谓。因为我发现，郗洋洋的骨子里，有点瞧不起我们本地人。

张新民悄悄跟我说，能行，搞上哇。我说人家比我大三岁。他说妻大三抱金砖。我说我不喜欢大个女孩，我喜欢娇小的。他耸耸肩两手一摊说，早知道我也好好地读些外国文学，可现在迟了。

郗洋洋知道我家里有孟德斯鸠的《波斯人信札》和印度的《五卷书》后，觉得很是惊奇。我看出了她的意思，好像是只有他们这些北京的高贵人儿才会有这样的书，而我们本地的土包子家里只配有几本《艳阳天》之类的低级读物，甚至是《半夜鸡叫》这样的连环画小人儿书。

她问我怎么会有了《波斯人信札》和《五卷书》，我没跟她说这是在高中时，跟朋友老王他们到造纸厂去“抢救”回来的。我说是高中梅竹松老师让萧融把我叫到她家，给我的，给了一军用帆布袋，有二百本。我说的梅老师给我书的事，是真的，但那些书大部分是哲学历史方面的，文学书不多。

她提出想跟我交换《波斯人信札》，说除了《错误的教育》，再给我两本别的，让我自己说书名。我说让我想想，想起再说。

星期日，郗洋洋突然就来到我家。我不在。老王搬家呢，我跟着忙去了。晚上我回了家，我妈说哪的个侉女女，不进眼货，以后少叫她来家。

我妈说：“你看看人家萧融多好。你看看她，进了门没说两句话就问，你们就这一间房？夜里一家人怎么睡？你管我咋睡，我又没让你来睡。”又冲着我说：“你是把她引逗来做啥？一看就是个不懂得仁恭礼法，没家教的野地捉来的没经过调教的……”我没等她说完，赶快分辩说：“我又没引逗她，是她自己来的。咱们家住圆通寺，一进西门路南第一个巷子，好找。”我妈说：“不跟她来往。听着没？”我说：“噢。”

我看出我妈这是真的生气了，还看出，她在想望着萧融。

不管怎么说，是郗洋洋引起了我再次读书的兴趣。

但她不喜欢中国文学，就连《红楼梦》她也不喜欢。这让我觉得有点太不应该，要知道，我认为《红楼梦》比起外国文学来说，第一。我认为，再好的外国文学名著，都只能是排在《红楼梦》的后边。她居然说，没有可比性。

郗洋洋不喜欢《红楼梦》，不仅是影响了我对她的佩服程度；慢慢地，我不跟她说书了，我还跟她说我的《波斯人信札》让人借走了，以后还回来再说。

我给周慕娅打电话，说想跟她借借《石头记》。她说过，只有看过《石头记》，而且是一遍又一遍地看，细细地琢磨、领会，才能知道《红楼梦》一书是怎么回事。

她在电话里说，你去找我二姐借去吧。我说人家认也不认得我能借给我？她在电话里教给我说：“你跟二姐就说‘我乃应县下马峪村人氏，姓曹名乃谦是也’，她就会借给你的。”我听了哈哈笑。她说：“不捉哄你。你这样说准行。”她还告诉我她二姐家的地址是，花园里二楼一门一号。

我找到了花园里二楼一门一号，敲门进去了。当然没按她教给我的说法来自我介绍，我说我是周慕娅同学，初中高中都是同学，我说我想看看《石头记》，她说你去跟我二姐借去吧。

二姐三十多岁。一看外表，就是个有文化而且是个很有文化的人。她自我介绍说，是在团市委工作，“文革”开始后，因为身体有病，在家休养。

她问我说你喜欢《红楼梦》，那你一定是看过好多遍《红楼梦》了？我说从小学六年级就开始看，断断续续地看过三遍。她说那该看出点味道了，你说说《红楼梦》主要讲的是什么。我说过我最不会回答这样的问题，可我急中生智地说出句连我也没想到的答案。

我说：“这本书主要是讲‘玉石之缘’和‘金玉之缘’。”

二姐说：“玉石之缘讲的是啥？金玉之缘讲的又是啥？”

我说：“玉石之缘讲的是宝玉和黛玉的爱情，金玉之缘讲的是宝玉和宝钗的婚姻。”

我对我的这个回答很满意，觉得还算是精彩和到位。

二姐笑着说：“你可知道《红楼梦》里还有金金之缘？”

“金金之缘？”我摇头说，“不知道，也没听说过。还有金金之缘？是不是《石头记》里写的？”

二姐说：“我说的金金之缘，就在你看过的《红楼梦》里就写到了，大概是你没有注意到。”

我觉得有点脸红，自己号称读过三回《红楼梦》，可连半点金金之缘也没有印象。

我说：“我回去好好儿地再把《红楼梦》看两遍，一定要把金金之缘这个谜底找出来。”

二姐说：“金金之缘是我说的，别的人可没有这样说过。要不我给你大概地提示一下。”

我打断她的话说：“二姐，别提示。”

二姐说：“好好好。记住，不要看后四十回，只在前八十回里。后四十回只能算是个续书，不是曹雪芹写的。”

我们不提金金之缘了，我们又说别的。二姐对《红楼梦》的认识，直听得我目瞪口呆，大张着嘴而合不回来。

我来二姐家原本是想借借《石头记》，听了二姐的讲，我决定不借了。空手走了。

61　二妹妹

到牛角巷跟老王他们要回来，准备吃晚饭，我妈让我打开收音机。她说想听段耍孩儿，让我给找找。我说这里面没耍孩儿，我妈说花了好几百连个耍孩儿也听不上。我说要是“文革”前可能能听到，“文革”开始后耍孩儿这样的小剧种剧团都解散了，您想听我给找段晋剧听。我妈说就晋剧就晋剧。

我就给找台就告诉我妈说，平时我不在家，您想听拧着收音机找吧，晋剧肯定是能找见。我妈说贵巴巴的我怕拧坏。我说拧不坏。正说着，一种美妙的音乐跟收音机里传出来。

我把频道对对正，把音色调清晰，听听，是一个男高音在唱我最喜欢的歌曲——《在那遥远的地方》。

这样的歌曲在当时认为是黄色的，是不能唱的。这是什么台？敢播放这个歌！

管他什么台，先听吧。

听着听着，我陶醉了。

“我愿变作一只小羊，跟在她身旁，我愿她拿着那细细的皮鞭，轻轻地抽打在我身上。”

真美真美真美！

听着听着，歌声结束了。这时，电台里用标准的普通话说：

“这里是莫斯科广播电台。”

我吓了一跳，赶快把声音拧灭。

“美国之音”和“莫斯科广播电台”在当时都是敌台。

我妈说：“唱得好好儿的咋不唱了？”我不敢跟我妈说刚才那是敌台，要说了的话，她以后不让我听收音机可糟了。我说：“唱完了。”

她说：“后生的嗓子亮堂堂的，调如存金唱得好。”

我妈的意思是说，刚才的歌唱家唱得跟存金差不多。她的这个评说，让我也想到，存金他要是唱这个歌，真的也能够唱这么好。

我妈问我，你们文工团里也有人能唱这么好吗？我说没有，我说我们文工团啥也不错，就是缺个像样子的男歌手。

我妈说：“那叫存金来给你们唱哇么。”

我正要说他是个农民，可一下子想起，郗洋洋不也是个农村的插队生吗？不也是跟村里调上来了？

我一拍手，说：“妈您真伟大。”想想后我又接着说，“真的，要是让我们团领导听听存金唱的话，那没准儿真的能够看得上他。”

我妈说：“那还不赶快去说说。存金要是真能给你们唱的话，那他也就有了工作了，也就不愁找个对象了。”

我又连声地说“您真伟大真伟大”。我还盼着赶快就是第二天，我赶快去跟团领导说这个事。

拉灭灯睡觉时，我跟我妈说存金没文化，领导别不要他。我妈说他会唱就行了，要文化做咋，又不是叫他去写字。我说他没文化，可他真的会写字，听七舅舅说，他过大年时，已经是自己写对子了。

正月时，七舅舅领着妙妙跟村里出来，回晋中时，说存金过大年的对子是自己写的。妙妙说，存金不懂得大年的对子是应该写对仗的句子，他是把他认得的字，一条红纸上写七个，另一条红纸上也写七个，贴到了街门框上。左边贴的是“天地人山川大小”，右边贴的是“人有两手两只脚”，横批是“二妹妹好”。我听了直想笑，但也真高兴。七舅舅说他字写得好看，根本就看不出是个文盲写的字。

第二天一大早，我就骑车到了新平旺，团领导李指导员同意我把存金叫来，她说先让大家听听，大家说行，再跟薛部长打招呼。

我当下就又骑车返回了圆通寺。

我妈说正好也回村看看姥姥去，我们娘儿俩乘坐着长途车回了应县城，又乘坐着短途公交车回了南泉村。步行二里到了姥姥家。

一路上，我跟我妈设想着这件美好的事，我妈说先领存金到圆通寺，让我引着他到大众浴池洗个澡理个发，再给他穿上我爹替下的衣裳，再去见文工团领导。我还设想着要抓紧时间教他个适合他唱的歌，我已经想好，就教他唱《信天游唱给毛主席听》。这个歌是“文革”前的《走头头的骡子三盏盏灯》改编的，只是换了换词，调儿没变，很适合存金唱。

在应县城到南泉村的小公共车上，我还想到了二妹妹。我说妈，存金要是跟咱们来了，二妹妹该咋办?

我妈睁大眼问说:“啥二妹妹?他多会儿有个二妹妹?搞上对象了?”

我忍不住地哈哈笑起来，惹得车上的人看我。我放低声音说，二妹妹是他的那条狗。

我妈问说咋叫狗叫二妹妹，我跟我妈解释了原因，还说我吹箫的时候，二妹妹能跟着箫声呜呜地唱。紧挨着我的后边座位，有个大爷听了我的话，问说："你们这是不是说钗锂村存金呢？"我说："就是说他。"大爷说："他那条狗可是出了名的灵。"

大爷是小山门村的，距离着我姥姥村七里地，居然也知道二妹妹的灵气。

我妈说："它还留在村里帮着放羊。"

小山门大爷说："那条狗，你是不知道它，怕的是不好好儿地留在村里。"

我妈说："不好好儿留也得留，总不能是也把它引到大同矿务局哇。文工团要也不会要。"

小山门大爷说："要叫我看，如果存金真的到了大同矿务局，那条狗非要跟着存金往那儿跑不可。"

听了我们的对话，旁边又有人说起了灵狗，说灵狗想找主人的话，几百里也能找得到。

这时候我想起了莫泊桑的小说《窑姐儿》，心里滋生出一种后果很不好的预兆。二妹妹别真的因为找存金，出点什么事儿。

怎么办呢？我喜欢二妹妹，可也盼着存金能到了我们文工团去唱歌。

我妈说："总不能是为了一条狗，耽误了存金的好前程。"

小山门大爷说："咱们现在谁也不知道最终的结果。可要叫我看的话，存金也不舍得离开他的狗，他或许是宁愿不当矿工，也不会跟他的狗分开。"

我们看他，他也看我们。

"哎？你是，换——梅？"小山门大爷说。

"那你是……？"我妈说。

"你一准儿是不会记得我。我可是记得你，我就跟你的眼神认出是个你。我让你打过。"

“哦——”

“你爹在山门峪口种瓜。”

“哈——”

我妈放声笑。小山门大爷也笑。

我想起来了，想起七舅舅跟我说过，我妈年轻时为了引山洪水浇地，和小山门的一个后生动起了手，一拳头把那后生的门牙打下两颗。

仇人相见，没有眼红，还笑，还相互问讯后来的情况。说着说着，最后又回了存金和二妹妹的话题。

小山门大爷还坚持他的看法，说存金和二妹妹不会分开。

我和我妈到了姥姥家才知道，这话可真的让小山门大爷说准了。二妹妹跟存金最终也没有分开。

每到夏季数伏天，怕羊中暑热死，存金就背着行李和干粮，把羊群顺着峪沟赶进山里。进山十多里的地方，有两处没人住的破院子。大概是院子的主人嫌这里冬天太冷，还是别的什么原因，搬迁到别处去住了。每年的暑季最热的那一个多月，存金就把羊群赶到这里避暑。破房子没门窗，还有点漏雨，但总比睡大野地好。峪沟有泉水，人和羊都能喝。隔个十多天，存金就安顿二妹妹给看着羊，他回村取点干粮装点咸菜，再进山。

妗妗说今年的这次进山后，人们没见存金回来，却是在一天的晚饭后，听得二妹妹在羊圈门口发了疯似的汪汪叫。二妹妹从来不这样汪汪地瞎叫，这是咋啦?

人们这才想到是出了问题。村革委会干部叫了几个民兵，打着手电，跟着二妹妹进了山。存金面朝天躺在破房的土炕上，早死了。

平平说：“身上没外伤，就是脸面发了黑。村里的赤脚医生说是中毒死的。”

我问：“中了啥毒？”

平平说：“中啥毒，就连公社的医生也说不清。一会儿说是吃了有毒野菜，一会又说可能是让毒蛇咬了。”

姥姥说：“也说不准是心上麻烦了，装上点耗子药，自寻了无常。”

七妗妗说：“不会是那，不会是自寻无常。”

我问：“县里没来人？”

妗妗说：“他们大概是说也没跟县里说。一个放羊的，死就死了，死了就埋了。”

我妈回想说那两处院子在解放前就有，住着的两户人家是山南边繁峙县的人，他们还一小片一小片地在坡梁上种着地，姥姥说院里还栽着棵杏树。我说我想去看看，平平说表哥我跟你去。姥姥不让去，妗妗也说看蛇的。我妈说按存金的性格不会是身上装了药，跑那里去自寻无常，说不定真是叫毒蛇给咬的。

我怕蛇，一说蛇我就不敢去了。

姥姥说：“招娃子给他找了这么好个做项，他却是死去啦。人们信神呀信鬼呀，信这呀信那呀，我看是信命哇。”

妗妗说：“可说了个对。谁也争不过命去。”

“二妹妹呢？”我问平平。

平平说：“自存金死了，尔娃二妹妹就不吃不喝了，一股劲儿刨坟，把四个爪爪刨得血糊糊的，后来刨不动，趴在坟上不起来，过了几天死了。人们把它也埋进了坟里。”

哎呀呀，怎么会是这样的一种情况。

我到公社供销社，给存金买了十个田字格儿的本儿，还买了一刀麻纸，还买了些铅笔和毛笔。让平平领着我到了存金的坟，把这些东西都点着了。

眼睛盯着熻熻的火苗，我拿起箫，吹起来：

“一个在那圪梁上，一个在沟。拉不上话话，招招手。”

猛然地，一个旋风冲着我们刮来，把纸灰旋得老高，又散在坡梁上。

平平说，表哥，是不是存金这是知道你来了，跟你打招呼呢。我说但愿是吧。平平说，表哥那咱们快回吧，我可吓得慌呢。

62 饺子

我妈提出了一个我认为是最伟大的建议，让存金到我们文工团来唱歌。这真的是一个伟大的建议，我们文工团缺歌唱演员，而存金又唱得真正地好。我们信心足足地回到了姥姥家，来办这个事，而且是信心满满地认为能够把这个事做成。可谁能想到，存金他，唉，不说了，不说了。

我和我妈从姥姥家往大同返的时候，我妈说咱们到清水河下车，去眊眊你爹去，说是退休呀退休呀他咋还上班。可我们到了公社，门房大爷说曹书记退休了，回了大同。“文革”开始没多长时间，造反派把我爹撵下了台，只给他在最后的一排房留了个宿舍，平素就让他下到大队搞农业学大寨运动。我妈问行李也背回去了？门房大爷说背走了，脸盆牙缸都兜走了，还是我送曹书记到的公共汽车站。

我到后排房看了看我爹的那间小宿舍，门锁着，里面的床铺空了。

当天到大同的长途车已经没有了，我们步行十里到了怀仁，乘坐着晚上的火车返回大同。可我爹不在圆通寺家，家里也没见我爹的行李。问隔壁柳姐姐，她说我爹回是回了，可见家里没人，又听说我和我妈是去了应县姥姥家，他就又回了怀仁。我问我爹背着行李没有，柳姐姐说没有，空人回的。

这是怎么回事呢？退休了，又去了怀仁干什么？

唉，真是的。这些天，我们出门不顺，办事不成，寻人不遇。按黄历书上说，这是下下卦。

过了些日，我爹仍然是空手跟怀仁返回家了，我妈问说咋没背行李，还去？我爹说，还让去。

原来是怀仁县革委领导跟我爹说，老曹你的身体也还行，再给坚持个一两年再回家。我爹说，好说。领导又说，你回城到缝纫社给带带新同志，把新同志带起来，您就回家休息。我父亲说，好说。

就这样，从一九四四年就参加了革命工作的一个老同志，退休后又在领导的关怀下，从行政部门到了小手工业作坊。

我爹说，管他，工资一分没少，每月还拿我的八十三块就行了。

我妈问缝纫社有食堂没，父亲说没有。我妈说那你到哪吃饭，我爹说在公社吃了十来年食堂，下乡后又吃了几年派饭，我早吃得麻烦了，我早就想自己做了，这下可好了，我想吃啥就做啥。

我爹总能把坏事归结成好事。

“唉，说你是真心保国，你也真是真心保国。”我妈只说了这么一句，再没说别的，她知道说也没用。

我们文工团要到怀仁县去慰问演出。先在城里演一场，后再到焦煤矿演出一场。我妈说，那你正好去眊眊你爹，去看看他咋糊弄着做饭呢。

那天的下午四点多我们到了怀仁，我跟李指导员请了个假，先去缝纫社看我爹。

缝纫社在大街的路南，是相连着的三个小四合院儿。

我爹他根本就没想到我会来，当人们喊说“曹书记有人找”，他从一个车间出来了，带着个老花镜。我好像是看见他在那里帮着剪线头。他把花镜摘下来，看看是谁找他。一看是个我：“呀！招子，招子，俺娃咋就给爹来了。”

突然地看见了儿子，他的那个惊喜的样子，让我至今难忘。

“快，快给爹人家。”他把我领到一间屋，给我撩开布门帘。我正要进，他又说“你来你来”，把我拉到又一个屋，“贾主任，你看这是我娃娃。”一会儿又把我拉到另一个屋，“梁会计，你看我娃娃。”

他见我有点不情愿的样子，就没再往别的屋拉，要不，他可能还会把我拉到所有的车间，让全厂的人都知道他有这么个宝贝儿子。

他的办公室也是他的睡觉的地方，是一间小西房，最多有十五平米。一进门的对面是一条土炕。炕上铺着高粱席，他的行李卷起在炕脚底。

地下有两件木制家具，一个是办公桌，另一个是碗柜。

他也不问问我来做啥，就说：“爹给俺娃割肉去。”

我跟他说是来慰问演出，这就得到礼堂去装台。他说你演完来爹这儿吃饺子，我说噢。他说你黑夜就跟爹在这儿睡，我说噢。

他把我送出大门又说，爹给俺娃割肉去。

在礼堂正装台，有个人喊我，一看，是高中时的老同学郭振源。我俩当时都是大同一中毛泽东思想宣传队乐队的主力，他拉板胡，我拉二胡。他当时是乐队队长，现在在怀仁县剧团，是乐队的负责人。他早就听人说我在大同矿务局文工团，这是领着他们乐队的人来听我拉二胡了。

我没客气，给他们拉了一曲《红军哥哥回来了》，这一曲，把他们都给镇住了。我看出他们的赞叹都是发自内心的，而不仅仅是出自礼貌。当我在他们的请求下又拉了一曲《草原上》后，郭振源吩咐他的一个队员，回剧团去搬录音机，要录我的音，好留着给他们的队员学习。我说我们快开演呀，再说这里乱哄哄的，效果也不会好。他问我什么时间离开怀仁，我说明儿早晨。他就求我演出完到他们剧团去给拉上几首曲子。我想想说，也行。我想着用上半个钟头就录完了，然后再到缝纫社跟我爹去吃饺子。

我爹割回肉，工人们还没下班。他先跟一个家离缝纫社近的工人借了一套被褥，工人送来他一看没有护里，就又掏出钱让梁会计给上街买了被套、褥单儿。把护里套好，褥单铺好，把他的枕头给我准备着，又从衣服包够出块新洗过的枕巾给我换上。他没跟那个工人借枕头，他自己打算就枕着衣服包裹睡觉。

他买的是带骨猪肉，把猪皮和骨头先炖在锅里，然后就慢慢地做饺子。工人们下班走了，他又想起我在家好吃炖肉烩粉条，就又麻烦门房孙大爷给上街买了一趟粉条。

饺子捏好了，锅里的水也开了，就等儿子回来往锅里煮了。猪皮也炖软了骨头也炖烂了，就等儿子回来下粉条。

左等儿子不回，右等儿子不回。

我跟他说的是差不多在晚上十点半就回来了，可他看看办公桌上的马蹄表，都十一点了，还不见儿子回来。

他就站在大门外朝着大礼堂的方向瞭。街上黑洞洞的，很少有个人。好不容易瞭着有个人过来了，可到跟前一看不是。好不容易远远地又有一个人影子走来了，可走走走的却不见了，人影子拐了弯。

他一直没吃东西，可也不觉得饿，他就想等着儿子回来，一块儿吃。

他不饿，可他想起了儿子。娃娃一定是已经饿坏了，可娃娃他这是去了哪里了呢?

我爹那里饿着，可这个时候他的娃娃我，却正在大吃大喝。

演出完，我没有跟着大伙到县招待所食堂吃饭，尽管那里给摆着大鱼大肉在等着我们。可我没去，我说好是到我爹那儿去吃饺子。

我跟着郭振源到了县剧团。录完音，他们却给摆上了酒和菜。酒是玻璃瓶高粱白酒。没有热的菜，全是罐头。我说不能，我说我爹还等着我吃饺子。他说，老同学老也不见，喝一杯再走，再去吃饺子。我这个人耳朵软，吃不住人硬劝。就说，一杯，就一杯。他说一杯一杯。可他却给倒了喝水杯那么大的一杯。别的那几个人也都是我这样的杯，倒得满满的。我以前没喝过这么多酒，可既然答应了，就不该改口。这是我妈我爹一再教育我的做法，“答应了人家的事，就不能变卦”。再说，我看看杯子，人家们也是那么多，喝就喝。

我心想着我爹那里一定是等急了，为了快快喝完好回我爹那里，我就大口大口地喝，进度很快。我对于酒的味道，原来也不反感，喝酒从来也没有像有些人呛了嗓子什么的，我没有发生过那样的事，我任何时候喝酒都是顺顺溜溜地就进了肚。当他们的杯子还是半杯的时候，我的杯子已经空了。他们说，闹了半天你能喝呢。又要给我倒，我按住杯子硬不要，说该走了该走了。他们说，一点儿，就一点。我就放开了手。他们倒是真的给倒了不多点，但也有五分之一杯。我把这一口干了，放下杯子就走。

郭振源追着把我送到大门外，在我身后大声地问没事吧?我也大声地回答说没事没事，就快步地走向了黑洞洞的街里。

我永远忘不了我记忆中的这件荒唐的事。

我永远忘不了我爹和传达室孙大爷在半夜的两点多打着手电找见我，我爹抱着我就哭就“招子招子”地呼喊我，我被呼喊醒后，才知道自己是睡在了大街上。

我也永远忘不了第二天早晨，我爹把饺子煮在锅里，叫醒我时，文工团的车停在了缝纫社门口，刘英进来叫我，说快走快走。我爹说再稍等等就熟了，吃上几个饺子再走。我说爹我不想吃，我头晕恶心，真的是一口也不想吃，跟着刘英出去了。

我们的大轿车已经走得距离着缝纫社很远了，可我一转身，从后窗望见我爹还站在街门口，举着戴有蓝袖套的两臂，冲着我们的车摆晃。一下子，我的眼泪哗地流了出来。

63　苏武牧羊

一九七一年春节过后，矿务局革命委员会文化部薛部长指示，排革命样板戏《红灯记》。

这就又开始招人了，招专业唱戏的，武打的，还派灯光舞美去外地学习。

排样板戏，不能是用民乐了，给我发了小提琴。我又开始狠死地练习这种新的乐器，也开始学习五线谱了。

我很高兴，很认真，把我的拼劲儿又拿了出来。

以前没拉过小提，好多的曲子用二胡是拉不出味道，只有小提才能演奏出那种应有的效果，如《梦幻曲》《西班牙小夜曲》我拉着《西班牙小夜曲》，常常是拉着拉着，就忘了自我，进入里面，眼前出现了皎洁的月光，照在银色的沙滩上。

“嗨嗨嗨。”薛部长在我背后“嗨嗨嗨”，把我从西班牙“嗨”回到新平旺文工团的院里。他说：“有你那样拉小提琴的吗？摇头摆尾的，你是爵士乐队的嬉皮士吗？”

我没听过爵士音乐，也没见过嬉皮士，他们是不是一回事，我也不知道。但以后我拉小提琴时尽量把身子弄得直直的，怕让薛部长说我是爵士乐队的嬉皮士。

三个月后，我就能拉《新疆之春》了，又专门练习了一个月，我的快弓已经能够拉《智取威虎山》里的圆号独奏那一段《打虎上山》了。至于《红灯记》，照着给我的配器分谱，就能演奏下来了。刘玉文很满意，夸我说小曹在这方面有天才。

排《红灯记》，主要演员必须得有 B 角，也叫备角。铁梅的备角是十一矿宣传队招来的，叫谷小莹，年龄十六岁。向仁夸她说，稚嫩里含寓着稳重，秀气里显现着端庄。向仁喜欢她，她也跟向仁好，像只依人的小鸟，走哪跟着向仁。

国庆节过后，我们文工团由薛部长带队，代表着大同矿务局三十五万煤海儿女，到驻在省内的各大部队去慰问。

我们是乘坐着火车出发的，先直接到了山西南边的运城，到那里的部队慰问。回的时候就不是坐火车了，是由部队派车送，这个部队送到下一个部队。

文工团的人，都是坐大轿车，薛部长由部队的政委陪同着，坐小卧车。

在侯马时，我们逛大街，我买了一把孔明的羽毛扇，又给我妈买了一件白色的的确良衬衣。谷小莹见我买的是女式的，用二拇指指着衬衣，悄悄问我：“老实交代，给谁买的？”我一听，放声哈哈大笑。她大概是让我的哈哈大笑给吓着了，红着脸跑开了。在车上——往往是老王和向仁坐一起，而我跟她坐一起。我悄悄跟她说：“我是给我妈买的。”她一听，缩着脖子捂着嘴，不出声地笑呀笑。

在临汾的部队时，我中暑了，身上发烧。谷小莹给买了橘子汁，让向仁给我，还让向仁跟我说不是她买的，是向仁给买的。我长这么大，是头一次喝橘子汁。真的，我们家从来没有买过这种东西。我不懂得兑水。一喝，太浓太稠，还太甜。甜得齁嗓子。可我就那么仰着脖子喝了。第二天，病好了。

后来我们四个人走哪都相跟着，形影不离。逛大街走得离开一会儿，她就大声喊：“小曹哥——”怕我丢了。

到了太原，我们的队伍又往东捩，拐向了大寨。

我在大寨买了个草帽，上面印着“农业学大寨”几个红字。我跟拉手风琴的小麻还在写有“大寨”二字的山墙下，拍了照。返回大寨招待所宿舍，我拿起二胡随手拉着《苏武牧羊》，就拉就想起了慈法师父唱《苏武牧羊》的样子，我好像是又听到了他那山羊嗓子在咩咩叫的声音。

李指导员进来，笑笑地跟我说薛部长叫你。

薛部长叫我干什么？

薛部长只要是到了文工团，想让人们都是点头哈腰的。我从来没有跟他那样过，哪怕是一次，也没有。一是我不会那样，二是我觉得那没必要。您当您的领导，我好好地拉我的小提琴，您非得让我跟您点头哈腰有个啥意思。您如果问我正事，我会跟您说的，而且也是很有礼貌地跟您说，就像您那次说我拉小提琴时的姿势有点“摇头摆尾”嬉皮士，我就笑笑地点头说以后注意。那以后我真的是很注意，不让自己成了嬉皮士。可平素您来文工团是看大家排《红灯记》，看进展如何，又不是专门来看我。再说了，有那么多的人跟您点头哈腰还不行吗？还非得加上我？

我不理睬他可又不是对他有了什么意见，没有。人家是大干部，我一个小小的团员能对人家有什么意见呢？如果是他进了我们屋，而且屋子里只有我一个人，那，我肯定会跟他打招呼的。可没有这样的场面发生过。

其实我也主动跟人家打过招呼。那次我跟家里来了，在文工团大门碰到他，我笑着叫了一声薛叔叔。大概是我的声音有些低，也可能是我脸上笑得不太厉害。他没理我。从那以后，我一见他，就想起他说我拉小提的姿势像是爵士乐队的，那他一准是还认为我是个嬉皮士。我心里就觉得害怕，觉得吓得慌，就想尿尿。

我悄悄问李指导员薛部长叫我干啥，李指导员笑笑地说，没啥大事儿。

没啥大事儿那就是有小事儿，可这小事儿又会是什么呢?

我放下二胡，去找薛部长。他的宿舍门开着，他坐在圈椅上，跟部队的政委聊天说话。薛部长说："天要下雨，娘要嫁人，由他去吧。要这么说，老人家并没有意思要往下打。"部队政委说："老人家的心胸是没有人能比得了的。"薛部长说："都写进党纲了。你已经是法定的接班人了，就等不及了。"部队政委说："就是叫那个瞎指挥给坏了事。"薛部长说："历史上好多的大事都坏在了女人……"薛部长看见了我，停下了要说的话。

我叫了声"薛叔叔"，站进了屋里，他们没说让我坐，我就站在一进门的地方。

"是你拉《苏武牧羊》？"薛部长问我。

我说："噢。是我拉。"

他说："你知道苏武是个什么人？"

"什么人？"他把我问住了，我低声地说了句"什么人"就再不会继续说什么了。

他说："年轻人应该学点历史，要不的话，就会糊里糊涂地犯错误。"

"犯错误？"我又低声地说了句"犯错误"，我觉得有点不明白是怎么回事。

他手指着我，脸对着部队政委说："我以后得给他们多讲点历史。"又把脸转向我，"好了，你先出去吧。以后不许拉《苏武牧羊》了。"

我糊涂了。没走开，看他。

他说："告诉你，《苏武牧羊》是投敌叛国的曲子。苏武和林彪逃跑的是一个路线。"

我更糊涂了。

“去去去，去吧。我们这里有工作要谈。”他呼扇着右手撵我。

我糊里糊涂地出去了，糊里糊涂地回到我的宿舍，糊里糊涂地拿起二胡，又糊里糊涂地继续拉起来，拉的还是《苏武牧羊》。吴福有不知道刚才的事，还跟着我唱。

老王和刘玉文也进来了，一起跟着合唱：

…………

转眼北风吹，
雁群汉关飞。
白发娘，
望儿归，
红妆守空帏。
三更同入梦，
两地谁梦谁。
任海枯石烂，
大节定不亏。
能使匈奴，
心惊胆战，
恭服汉德威。

苏武留胡节不辱，
雪地又冰天，
苦忍十九年，
渴饮雪，
饥吞毡，
…………

“集合集合，装台装台。别唱了别唱了。”李指导员进来了，大声地招呼人们去装台，看着我，就笑就把我的二胡按住说：“别拉啦别拉啦，装台装台。”大伙儿都去了礼堂。

大寨的礼堂比我们矿务局的礼堂要好，一看就很现代化。台前下面还有乐池。我们这次带的是小节目，乐队还是在台上的左侧的位置。

我们还发现了一个以前没有见过的现象，那就是，演出前观众进场时，谁来得早，谁就自觉地坐在后排，来得迟的，后面都坐满人了，反而得往前坐。这个以前从没见过也想象不到的现象，让我们有一种新鲜的感觉，不由得从心底佩服大寨人这种共产主义的精神文明。

演出中，郗洋洋的独唱“生产队里开大会，诉苦把冤申”，唱到一半时，台下有个老汉给放声哭。随后，就有人站起，举臂高呼：“不忘阶级苦，牢记血泪仇——”我看吴福有，他也看我，我们都想起了在大同红九矿彩排时，有过的场面。可眼前的这个一呼千应的气氛，更浓烈，使得我有种热血沸腾的感觉。

大寨是我们这次慰问演出的最后一站。回了大同，李指导员宣布，放假一个星期。我们都拍手高呼。

一个星期后，我来到文工团，向仁告诉我一个消息，说谷小莹再也来不了了，她让驻运城的部队紧急招去，当了文艺兵去主演李铁梅。我的心“咯噔”了一下，没说什么，闷闷不乐地坐在乐队室，扶起吴福有的大提，用手指一下一下地没完没了地拨着一个曲子，“快快上山吧勇士们，我们去参加游击队……”，下午下班时，向仁按按我的肩膀，说：“走哇，到我家吃饭去。”我摇摇头，继续一下一下地拨着，拨着。吴福有说走吧走吧吃饭去，大食堂快关门了。我说你走你的吧，我回家。

第二日，李指导员把我叫到她办公室，让我坐下。她转告了薛部长的决定：我被开除出文工团。

理由是，说我不听劝阻，多次拉奏投敌叛国的曲调《苏武牧羊》。

让我三天之内，到企业处橡胶厂报到，去接受工人阶级的再教育。

64 总管

跟大寨演出回来，我们文工团放假一个星期。而就在这一个星期里，我当了一回总管。

我们一块儿要大的小朋友有那么十来个，老王岁数大，排第一，下面是，柱柱、虎人、生生、昝贵、二虎、小彬、四蛋、五虎儿，还有我，招人。我排在第六位。

我们至少也一块儿耍了有那么十多年了，可耍着耍着，虎人说要结婚呀。还是真结，不是耍过家家。我们问说，好好儿的你结的个啥婚，是不是嫌跟大大、弟弟、妹妹住一个屋有点挤，要跟一个从不相识的女同胞去另住呀。他说就是。老王说，就是个啥你就是，你跟新媳妇住一块要更挤。

“大大”就是父亲。在我们大同地区，叫父亲有叫爸爸的，有叫爹爹的，有叫大大的。要简称着叫，就是，爸、爹、大。我叫我父亲就叫爹，虎人叫父亲就叫大大。

我叫虎人大大叫张叔。

张叔跟我说，招人我看这个事宴你就给咱们当他总管哇。我说行，这有啥不行的。他说你知道这婚宴当总管尽要做啥？我说知道。他说，我就知道你知道，你们这一伙儿，就数你能行。我说哪儿呢。

这年我年龄二十二，可从来没当过总管。可张叔相信我，我就得先答应下来。没当过不怕。我知道我五舅舅常给人当办事宴的总管，我去问问他就啥也知道了。

当时的大同，红白事宴都不在饭店办，无论请多少人，都是在家办。

我先帮张叔罗列出要请的人数，一拨儿一拨儿地加一块，最后定下来是一百七十人。

请这么多人，吃什么、档次多高，都依着时兴的来。十个人一桌，每桌十个凉盘儿，十个热盘，两瓶高粱白，喝完了瓶装酒，就上散装白酒。不分男女老小，一律都是白酒。没有饮料，更没有啤酒。当时人们还不知道啤酒是什么东西。肉买多少鱼买多少，各种菜各种的调味又该买多少，这由厨子提前作出预算，我只派两个朋友帮着张叔去采购。

虎人他们家住在牛角巷路北一个高坡儿大门的小四合院。一进大门是个二十多平米的二门巷廊，过了二门巷廊就进了正院。正院的东南西北都有住户，虎人他们占着东面的那三间房。这三间房里，南面的两间，是他们家住人的房，北面的一间小屋原来不住人，放杂乱东西。现在把这间小屋重新修理粉刷后，当新房。

在那天，要请全院的人坐席。院里的人来坐席不用出礼钱，但他们得把房子让出来。这样，全院所有的房子，都由我来安排。

我算了算，正房的五间房住着两户人家，加上西房的闫婶婶家，他们三家每家的炕上和地下各安一桌席，共六桌。南房许大爷家的地小，只能在炕上安一桌。这样加起来，每派儿同时能开七桌，两派儿就是十四桌，就把大数儿下来了，重要的客人也都安完了。最后一派儿三桌，吃饭的就是他们家人和我们帮忙的，这就好说了。

结婚的日子定在了一九七一年的十一月十二日。但在这之前的好几天，我就把心操在了这上头。

结婚的头一天，我们布置新房。

新房不大，不足十四平米。一进门正对着的东墙摆着的是一个碗柜，张叔说那碗柜上面应该也挂个啥才对。我说不急，到时候就有了。

我为这次的婚事创作了一首七言诗，用毛笔字把它书写在了四开大的绘画纸上。为添喜色，我用大红颜色的水彩在上面画了好多印章，印章形状大小都不相同，内文也不一样，记得有两枚是，“紫气东来”和“闲云野鹤”。我早想好了，碗柜上方就要贴这张书法。原打算是结婚那天再贴，后来干脆就提前贴上了。

对联我也早就写好了，这得等第二天一大早贴。

冬天天黑得早，紧忙着就黑了。四十瓦灯管把个十四平米的小屋照得雪白。

一院的住户都来参观新房了，都说又有雅气又有喜气。西房闫婶婶的女儿新华夸说：“室雅何须大，花香不在多。”我一下子觉得，这句话用在这个小屋确实是好，可后悔没有提前想起来。不过又想，已经有了七言书法了，再写这句话就有点多了。

人人都夸我的七言诗，说词儿编得好，字也写得好，红色的“印章”更好。遗憾的是，现在问谁，也都想不起尽是哪八句了。不过有两句我是记得的：

来年今朝稼穑日
喜听囝囡啼声朗

张叔早就知道这两句话是什么意思了，可一见有人看我的这首诗，他就说：“招人你给解释解释这是啥意思。”我就给解释。

我有时候不在跟前，他就给人解说呀：“招人的意思是，明年的这个时候，我的龙凤胎孙子孙女就两个月大了。”老汉就说还就把两手拢在胸前，好像是已经一左一右地正在抱着他的龙和凤。老汉眯着笑眼，幸福的样子。

虎人家对面的西房也是三间屋，住着两户人，北面是闫婶婶和她的独生女儿新华。新华二十岁，有个好工作，在市展览馆上班，当讲解员。能当讲解员的人不用问，模样儿长得肯定好。她细眉细眼儿，像林黛玉。再一个是她的普通话说得好，那声音像铃铛儿。她还好唱，我们多会儿到虎人家，也都能听到她在唱。有时候也弹大正琴，要不就是又弹又唱。

闫婶婶家的南隔壁住着刚结婚还没半年的小两口，女的叫转转，是个农民，没工作。可转转更好看，无论是身架还是眉眼，都像是后来出现的电影明星巩俐。她男人叫六六，是个煤矿工人，隔三天五日才回回家。

喜宴的厨房就设在转转家。她家的窗前垒着一米宽两米长的大灶台。两个厨工师傅正在两百瓦的大电灯下，忙着做第二天的菜。院里一满是香喷喷的好味道。两百瓦的大电灯把院照得像是白天。

看看手表，快到半夜十二点了。我们就都各回各家了。

第二天天亮前我们就都来了。我们都听见了三响放大麻炮的声音。这是我安排虎人的弟弟放的。

作为总管的我，正式上任。我首先打开我的红柜，取出喜烟喜糖。在场的人，不管男女，每人给他们十块杂拌儿糖，一包“大境门”香烟。因为是喜烟，不会吸烟的人也都收下装起来。就连东家张叔他们，我也是一样的待遇，他们也都收下。发烟的时候，我按舅舅事先教给我的，说：“喜啦，喜啦。”他们说：“同喜，同喜。”

当天的任务，我已提前都作了安排。

四蛋来得迟些，我见他空着手，问他红旗呢，他说一会就有人往来送。四蛋能说会道，我安排他当结婚典礼的司仪，并让他负责在正房窗前布置典礼会场。典礼的程序，我也早用大红纸写好了。四蛋很重视他的这个司仪工作，还专门换了身新衣服。

我这个人不讲究穿戴，提前没想到这个事。在四蛋的启发下，我对朋友们说：“走，都回家换新衣服去。”二虎说：“那新媳妇来了就认不出谁是新女婿了，咋办？”老王说：“你们别想得美，人家肯定认不错。”

我们家都距离着不到一百米，一会儿都打扮着来了。不知道是在我们的影响下，还是原本也打算这么做，金梅、转转、新华她们，全都换上了新衣服。我们男小伙儿，一个比一个英俊，她们女青年，一个比一个漂亮。

客人们，你们来吧，跟我们比比。

我们贴完对联贴完双喜字，又在各家的门口贴上写有“喜宴厅”三个字的红纸告知单。这时，四蛋借的红旗也送来了，我们又帮着四蛋把典礼的会场也布置起来。两面是红旗，当中是毛主席像。以前的新郎新娘是拜天地，现在新事新办，拜毛主席，祝他老人家万寿无疆。

天气也好，暖烘烘的，满院到处是吉祥的红色，人们的脸上都是喜洋洋的。

安排新郎官去娶亲时，我们才知道虎人没有套讲究的衣裳。他是要穿他工程公司发的工作服去，这可不好，我就把我的衣服脱下来给了他，我那是文工团发的浅灰色的毛料中山装，穿在身上很挺。一看不是个泥瓦匠。

十点钟娶亲的队伍骑着自行车走后，我先把我们朋友们的礼钱记在礼单上。那时候行喜宴礼，每人上两块钱。我们商量后，每人出五元。

按现在的眼光看，当时的礼钱实在是有点低，可再又一想，当时人们的工资也不高。我们算过，我们十个人的平均工资，每个人每月达不到四十元。

新华又弹起了大正琴。我说小彬：“走！给她露一手儿。”我让别人在大门外瞭着，等媳妇一来就响大麻炮。我和小彬进了闫婶婶家。

新华站起谦让，我没客气，要过琴就弹。弹的是新疆风味的《万岁万岁毛主席》。我弹，小彬唱。我们表演完，新华说：“原来你们都是高手儿。”我们又让她弹，她就后退就连连地摆手说：“不敢，不敢。”同时，我们看出，她的脸还有点红。我们要的就是这种效果。

现在回想起来，我们当时的那种做法，就像是大公鸡在小母鸡面前展示自己的羽毛，实际上是想赢得人家小母鸡的欢喜。不过话返回来说，新华这只小母鸡一而再再而三地放声唱歌大声弹琴，她也是想引起我们这些大公鸡的注意。当新华又请我们弹一曲时，外面“咚——嘎！”“咚——嘎！”地响起了大麻炮。有人喊：“新媳妇来了——”

我事先已经安排好我们的七个端盘子的弟兄，谁负责哪个喜宴厅谁负责哪个喜宴厅。并把头一派儿上席的七桌客人也都拉出了名单，给了他们七个人。

我舅舅跟我说了，安席最重要的有两桌。一桌是娘舅家的人，这是虎人的主儿家。虎人叫姥爷的叫舅舅的叫表哥的，都是虎人母亲的娘家方面的人。这一桌人最是得罪不得。这一桌人要安排在首席，也就是东正房的炕上。

我舅舅说，另一桌得罪不起的人是送亲的人，也就是新媳妇今天带来的人。这一桌人要安排在第二桌，也就是正西房的炕上。

我舅舅说，把这两桌人都安排好了，你这个总管就当好了一半。

舅舅还告诉我说，除了陪同送亲的席，第一派儿不安排东家的人，东家的人一律要到各个桌子上敬酒。主儿家席和送亲的席，东家最少要去敬三回酒。而这都是由主管来提醒。

在我舅舅的规则的指引下，在我的弟兄们的配合下，第一派儿顺利地撤席了。

第二派儿又陆续地开席了，并也在下午三点顺利地下来了。

第三派儿是最后的三桌了，我们朋友一桌，院人一桌，东家儿和厨工一桌。厨工师傅说："你们都上席。我俩就炒菜就端盘，顺便跟你们吃上口。"

正吃着，转转的六六从矿上回来了。我们也把他招呼在朋友桌。他挺能喝酒的，我们一人敬他一大盅，他都给喝了。

吃饭当中，我们商量着黑夜如何听新媳妇的房。六六给出主意说，为了听得真，你们站在窗台上，用舌头把窗户纸舔湿，然后用舌头一顶，就能一点声音也没有地把湿纸顶个大口子。把耳朵贴在口子上，里面有啥动静都能听着。

夜里，吃完对面饭，要笑完新媳妇，已经是半夜十二点多了。我们都说乏了，回家睡觉去呀。张叔把我们送出二门巷廊问说："愣鬼们，你们不去听新媳妇的房？"我们告给张叔，我们这是假装走，等他们睡下了就往回返，张叔说："对，我给你们留着门。"

我们出了街，张叔在里面用很大的声响，"嘎哒"地把大门的插关给上住，可后来又悄悄地给拨开了。

听新媳妇的房，这在我们雁北地区是个风俗。东家总要安排人去听房。

十多分钟后，我们轻手轻脚地返进院，摸到新房窗台前，可新房窗前空空的，没个蹬踩的地方，我们不好上窗台。

“走，听转转的去。”

转转家窗台前的大灶台好像是专为听房而垒的，生生、小彬、二虎三个人都上去了。他们用六六本人教给的法子，用舌头把窗户纸顶出了三个窟窿洞，把三个耳朵堵在了洞口，听里面的动静。我和老王他们在二门巷廊等着，可越等越不出来，我们就各回各家睡觉去了。

第二天三个听房的互相补充着跟我们学说。

六六想跟转转做那个啥，转转不让，说：“谁叫你喝醉酒骂我呢。”六六说：“喝醉酒还算？喝醉酒不算。”转转说：“不不不。”六六说：“不不不。”不不不的，最后就做开了。

生生学得最有意思，能学出嗯嗯啃啃的音调。正学着，转转从她家出来了。生生就把她叫过来，问说：“谁叫你骂我呢？”

转转一下子愣住了，就想就说：“我多会儿骂你了？”

生生说：“谁叫你喝醉酒骂我呢？”

四蛋说：“喝醉酒还算？喝醉酒不算。”

转转这下子机明是怎么回事了，骂了声“枪崩猴们”，红着脸跑开了。

第三天中午，我们又在张叔家吃的饭。这次是谢客饭。这次就不是“渣澄”了，这次吃的和结婚那天的一样，也是席。这是计划中的一顿饭，在厨子做的时候就给多做了一桌谢客饭。

我们叫张叔坐在炕正面，让金梅在地下伺候我们。张叔叫了几声金梅，金梅在地下顾做营生，没听着。张叔又大声喊：“枪崩猴，枪崩猴。”金梅听着了，问做啥。张叔说：“给大大够够那瓶酒。”张叔的碗柜有瓶汾酒。

“枪崩猴”，这本来是骂人的话，意思是让拿枪打死了。可张叔叫金梅枪崩猴不是骂金梅，好像金梅的小名就叫个枪崩猴似的，好像他是在叫她的小名。

张叔喝多了，不住气地叫金梅给我敬酒。

“枪崩猴！给招人哥敬酒。”

“枪崩猴！给招人哥敬酒。”

这次吃完饭，我的总管任务就结束了。

65 处分

总管当完了，放假的一个星期也过去了，我该去新平旺上班了。

我黄挎包里装着喜糖，到了文工团。

向仁在我宿舍坐着，看见我，她“小曹小曹”地招着手，把我叫到了跟前，告诉了我一个不好的消息。

她说谷小莹再也来不了了，让晋南的部队紧急招走，当了文艺兵去主演李铁梅。我的心“咯噔”了一下，没说什么。

一整天我都是闷闷不乐的，不想跟人说话。晚上回了家，也是不想理人。坐在炕上弹秦琴，节奏很慢地轻轻地，一下一下地拨，一声一声地弹。其实，我就弹就走着思，听得我妈跟玉玉说话，我才意识到自己是在弹什么。我弹的是新疆民歌《阿瓦日古丽》:“灰色的小兔在那戈壁上跳过来跳过去，可曾见美丽的阿瓦日古丽? 我要寻找的人儿就是你……”

我妈跟玉玉说:“你姨哥自当了回总管，一满是个大人了。吃完饭也不到牛角巷去跟娃们耍。”

玉玉说:“谢客那天金梅大大喝多了，一股劲儿地叫金梅给姨哥敬酒。枪崩猴，给招人哥哥敬酒。枪崩猴，给招人哥哥敬酒。”

我妈说：“吃谢客饭那天你又没在跟前你咋知道？”

玉玉说：“是新华跟我说的。张叔那嗓门，他在家说话，站在街上也能听着。”

我妈说：“新华咋就跟你学（读音 xiǎo）这？”

玉玉说：“肯定是想探探咱们家的口气。”

她们偷偷看我。我瞅了玉玉一眼，“哗”的一声狠狠拨了一下弦，把秦琴放下，没理她们。

第二天我骑车到了文工团，李指导员在大门口迎住了我，说你来我这儿一下。

我从来不进领导的办公室，她找我这是有什么事呢？这事看来还不是一句话就说完的，要不的话，那在大门口直接告诉我就行了嘛。

我把车子推进小花园，去找她。她让我坐在椅子上。

李指导员在我的眼里是个非常好的人，她的男人是矿务局管理生产的副局长，据说实权很大。可人们都说，李指导员从来没有半点领导夫人的架子。

我想起黄挎包里有虎人的喜糖，昨天就装来了，可我听了谷小莹当了文艺兵的消息后，心里麻烦得忘了给大家吃了。我掏出一把放在桌子上说，李姨您吃喜糖吧。

她笑着说：“你，也……”

跟我一块从九矿出来的张新民，在我们去大寨之前结了婚，对象就是演《红灯记》的李奶奶，他还请文工团全体去参加了婚宴。我赶快说：“不是不是，李姨。是我的朋友刚结婚，我给当总管。”

她笑着说：“我以为你休息了一个星期，也结了呢。”

我笑着说：“哪会呢，李姨。”

她停了停说：“小谷走得急，她让我转告你，说她会给你写信的。”

我看李指导员。

她继续说：“小谷可真是个好女孩。可惜的是……”

我摇摇头，没说什么。

她说：“两个人通通信，通信也是交流感情的方式。我跟我男人也是老通信老通信，就通成了。”

我笑了笑，没作声。

她说：“她来了信，我给你保管好。”

她来了信，你给我保管好？我心想，小谷要是给我来了信，我也就能直接收到，还麻烦你给我保管？

她说：“保管好，我给你打电话，通知你。”

给我打电话？通知我？我不明白她这样说话是什么意思。

我说：“李姨，您找我，是……”

她说：“是这，那个，你，以后，那个……是这。在大寨时薛部长不让你拉《苏武牧羊》，可你还非要拉。薛部长为这很生气，说这是个政治态度问题，是个很严重的事情，得给个处分教育教育。他说，因为这个，让你下去。”

“让我，下去？下哪儿？”我不明白。

“薛部长说，让你去接受工人阶级的再教育。”

“工人阶级？哪的工人阶级？”我有点急。

“企业处，橡胶厂。”

刚才我一听“工人阶级”，心里头吓了一跳，以为是让我回九矿去下井。一听是去企业处的厂子，这才把心放下了些。

李指导员说：“薛部长说让你准备准备。三天内去橡胶厂报到。”

虽然是没让下井，可这个消息也把我一下子打蒙了。我脑子里一片空白，不知道该说什么好，说声“噢”，站起了身。

李指导员说：“其实小曹，这个事情也不是没有回转的可能。我猜着是，薛部长为啥说让你三天之内，而不是说马上，说明还是留有余地的。”

我不明白李指导员说这话的意思，看她。

她说：“你找薛部长去承认承认错误，表个态。在不知情的情况下，误拉了曲子，叫我看，也不是个什么严重的问题。我看这事是可以商量的。”

商量？跟谁商量？我又说了声“噢”，出去了。李指导员又在身后说了什么，我没听着。我是急急地去找老王。

我急着要把这个事告诉老王。

老王正好是刚进了乐队排练室，正在卸围脖儿。

老王跟我笑。老王的笑永远是那种和善可亲的样子。

可我看见他就好像是受了委屈的孩子看见了亲人，一下子想哭，可我忍住，没哭。

听完我的学（读音 xiǎo）说，老王说，开什么国际玩笑，走，我跟你去找她去。我说不是李指导员，是薛部长。老王把我拉进了李指导员办公室。

老王跟李指导员说：“这么热爱音乐献身音乐的一个孩子，这么优秀这么上进的一个孩子，又有能力，别的从来没有打过扬琴的人，你叫他马上打扬琴试试看，他能行吗？肯定是不行。可小曹就能行。排《红灯记》让我们改西洋乐器，我们都很费劲吃力，可小曹很轻松地就改过来了，这是能力。他有这个天分，却不让他发挥。要处分他下厂，去接受什么再教育。”

老王有点激动，没头没尾、断断继续说：“如果是个坏孩子，捣乱的孩子，不认真工作的孩子，也算。可小曹一向老实，大话不说，见人笑一面，见了我们都叫叔叔姨姨，是我们硬不让他叫，才改成了老王。这么优秀的一个孩子，就为拉个《苏武牧羊》？真是奇了怪了。”

向仁和乐队的几个人也都进来了。

为了缓解气氛，李指导员说先吃喜糖，吃块喜糖再商量。她给老王剥了一块，也给自己剥了一块，给别的人也一人一块。

老王说，我一会儿就代表乐队全体，去跟薛部长请愿。向仁说咱们一块去。

李指导员说：“小曹是个好孩子我能不知道？我也跟薛部长说了。可我的想法是，别的人去找他效果不好，弄不好反而会僵得扳不回来。解铃还须系铃人，唯一的办法就是，小曹亲自去跟薛部长认错，承认自己错了。”

大家你一句我一句地分析后，一致说李指导员的看法是对的。

我一直是没有作声。

刘玉文说：“好汉不吃眼前亏，小曹去吧。下个软，就还能在自己心爱的岗位上，打你的扬琴拉你的小提。多好。”

“去吧去吧。”向仁把我推出李指导员的办公室，老王从小花园把我的自行车也给推出来。李指导员还告诉我薛部长的办公室是在东方红大楼的二层。

我骑上了车。回头看，人们在文工团大门外看我。我跟他们挥挥手，快快地骑走了。

薛部长，您是个大人，我是个小孩。您是个领导，我是个您手下的手下的手下的一个小兵兵，一个爱好音乐爱好得死去活来的小孩。就因为我拉拉《苏武牧羊》，您就给我处分。

昨天我妈说我自当了回总管，长大了。可我没认为我长大，我一直不把自己当作个大人，一直以为是个小孩，学生。

我从小就是这样，见了生人就拘束，见了领导，很害怕，吓得慌，不敢跟人家主动说话。但是，单独在路上碰到熟人的话，我也会说的。

那次火车上在厕所门外碰到您，我又主动地叫您薛叔叔了，您又没理我。您没理我是您没理我，不是我没跟您打招呼。

我妈教育我要“仁恭礼法”，可又没说让我见了领导就低三下四就点头哈腰。

我爹也没教过我这样子，如果他见了领导就低三下四就点头哈腰的话，那他也不至于本来是大同的抗战干部，却让打整到了怀仁去上班。六十岁退了休了还不让回家，还让到一个手工业作坊缝纫社去继续为革命工作。

我真喜欢我的文工团拉二胡拉小提的工作，我又没捣乱，又没不上进，可领导不要我了，要让我去工厂接受工人阶级的再教育。

唉，这该咋办才好。

我就骑车就这么想着，想着，路过东方红大楼，我没有下车，我继续骑着，骑着，向前骑，骑进了城，拐进了圆通寺巷子，回了家。

我心里麻烦，回家不像以前那样高兴地大声说，妈我回来了。我也想假装没事人似的，可我没做到，这次我只是低声地叫了一声，妈。我妈看了我一眼，觉出有什么不对了，可没问我，还像是往常那样说，俺娃回了。

其实，她应该问我，昨天刚走，今儿咋在半前晌就回来了。她没问。

我妈没说话，看我，等我往下说。

其实，我想了一路，可也不知道该怎么跟我妈说这件事。

不说也得说，想不起该怎么说也得说。

我说：“妈，我遇到了麻烦了。”说着，眼泪不由得流了下来，没控制住第一滴眼泪，下面就“哗哗”地流开了。

我妈大声喝喊说：“男子汉！”

她这么一喝喊我，我才不哭了，才跟我妈说了是怎么回事。

我妈没作声，一直听完，才说话。

她说：“这两天我看出你是有事了，心想你长大了，没问你，等你张口。看看，到底也是有事了。”

我妈不知道，其实昨天的伤心事跟今天的伤心事，不是一个事。

我妈让玉玉把五舅舅也叫来了。

五舅舅说：“现在的这个情况是，这个人想让你去给他说好的，下软，道歉。如果你跟他下了软，那你就还能继续留在文工团，打你的扬琴，拉你的胡胡，做你喜欢的事。你如果不跟人家下这个软，这事恐怕是过不去。你顶撞领导，领导是要给你个颜色看看的。”

我说：“我又没顶撞他。”

五舅舅说：“人家说《苏武牧羊》是投敌叛国的曲子，不叫你拉，你非要拉。这还不是顶撞吗？”

我妈说：“招人，你自己认为自己错了没？”

我说：“我没错。”

她说：“那好，俺娃自己做决定哇。妈觉得俺娃已经是个大人了。”

初中时，我因为转学误了半个月课，俄语一直没跟上，是班里的下等水平。可二年级有次俄语考试，在监考戴老师的“指点”下和同位儿的“帮助”下，考成了班里的第三名。同学们和老师们都拿异样的眼光看我，我心里又懊恼又麻烦，觉得没脸见人，不知道该怎么办。回家我跟我妈认错，我妈那次没骂我，还给我出了个伟大的主意，让我偷偷地找戴老师补习，后来我的俄语真的给补习上来了，在又一次考试时，我的俄语仍然是第三名。

这次，这么重要的大事，我妈不管我，让我自己做决定。

66　铁匠

一大早我就骑车到了文工团。

我们宿舍共四个人，我们九矿来的三个，另有拉手风琴的麻有才。

他们三个都还没有醒来。我抬起胳膊看看手表，表不走了。这两天连住的伤心事，把我麻烦得连手表发条也忘上了。刚才跟家走的时候看过衣箱上的马蹄表，是六点多，一路我骑得飞快，现在最多也就是个早晨七点。

我悄悄地打包着行李，麻有才让我惊动醒了。他问说你这是干啥呢，我说走呀，到橡胶厂报到去。他说那你带行李去呀？那里可没有单身宿舍。我说你咋知道没有，工厂能没有单身宿舍？他说我搞过个对象就是那个厂子的，知道那个厂子肯定没有单身宿舍。

“文革”当中我上高中时，在大东街的毛纺厂插过厂，那个厂有单身宿舍。我跟学校参加工作，到了红九矿也有单身宿舍，后来来了文工团也有。我以为，是个单位就有单身宿舍。

麻有才告诉我这个橡胶厂是个几百人的小厂子，有个家属院儿，也是给有老婆孩子的老工人住，单身职工们都是跑家。

吴福有张新民也都醒了，吴福有劝我跟薛部长下下软说说好的，咱们还在一起多好。我说你别说了，我主意拿定了，没错我是不会认错的。

他说：“你要把心爱的工作扔下呀？”

我说：“没办法。是人家不要我，我也没办法。违着良心去求饶去下软的事，我不做。”

他们三个又说了些什么，我不想听了。我把捆好的行李就那么留在床上，说以后再来取。

把床头柜里面我的小零碎东西装在黄挎包里，看了一眼我的小提琴，转身要走。吴福有忙忙乱乱地就穿衣服就说等等等等，我送送你。我说别了，拍了一下我的小提琴，大步地跨出了宿舍。

当我大步大步地走出文工团大门时，鼻子一酸，眼泪涌出来。但我忍住了。我咬紧着牙关，把就要流出的泪水止住了。

我骑车到橡胶厂去报到。

还没到厂子，就闻到了一股难闻的橡皮味。我心想，我将永远地要闻这种味道了。但我转念又想，这总比下井强。要下了井的话，那能把我妈担心死。

门卫是个戴着红袖章的后生，把我拦住问干什么，我说是来报到。他要看我的报到手续我说没有。他说没有手续就来报到？我说是矿务局革委的薛部长让我来的。门卫说你打的旗号倒是挺大，那你有薛部长写的条子吗？谁知道你说的是真的假的呢？

他这一句“真的假的”把我说得心里惶惶的，我心想，别报不了到，不让我在这里上班，那薛部长说要不干脆哪来回哪，再把我打发到红九矿去下井可坏事了。

我说我真的是薛部长让我来的，你们不信问问我们文工团李指导员。他说你是文工团的？我说噢。他说那咋就来当臭橡胶工了，咋了？是犯错误了？我不知道该怎么回答他的这个分析判断。

他说那你等等吧，等领导上了班再说。

哦，原来还不到上班儿时间。我不由得抬起手腕，看了一下不走的表。

我想把自行车推进大门，后生不让。我只好是在大门外等着。

那后生原来是在屋子里，大概是为了看我，也在门外站着。可人家穿着军绿棉大衣，我却是平常的衣服，身上感觉是冷浸浸的。看看他红袖章上的字：企业处群众专政委员会保卫部。

人们陆陆续续地来上班了，有的骑车，但大部分是步行的。所有进厂的人都在看我。起初，他们一看我，我赶快把头捩一边儿，要不就是看地。可后来想起，万一是领导来了，别耽误过去。

我求门卫说，我不认识哪个是领导，要是领导来了大哥跟说说，就说我是来报到了。

人家没看我，"哼"了一声。

看着有个像是领导的，可人家没给拦住说我的事，那人走进去了。

一个四十来岁的细个子瘦人步行过来了，他冲我说这是劳资办雷主任。他跟雷主任说了几句话后，雷主任叫我跟他走。把我领进了劳资办公室。

我说雷叔叔我没有手续，您给文工团李指导员打电话，她就跟您说呀。听我这么说，他笑了一下，让我在外屋等着，他进里屋打电话。一会儿出来了，笑笑地说文工团待得好好的你来这里干什么？走哇，先领身工作服。

他把我领进库房，给我抽出一身劳动布工作服，一副白线手套，一块毛巾，两条肥皂。

他又笑笑地说：“局长夫人说你是个好孩子，让我招呼你。那你说你想干啥哇？”

见他是笑模样，又说局长夫人让招呼我，我就大胆地说，不想去胶皮味儿浓的地方，想学点车工这样的技术。

我不知道车工是做什么，但好像听说这是好工种。他从上到下打量打量我，说：“维修车间的锻工房倒是短个人，可不知人家师傅要不要你。走吧，要不试试去。”

他把我领到维修车间，里面正组织着全体人马学习，由一个虎牙女工在念报纸，说中国代表首次参加联合国大会。见我们进到里面，她才停下来念。雷主任说明来意后，人们都看我。和一个个壮得像牛的小伙子们相比，更显出了我的瘦弱。

我在外面冻了好长时间，觉得有清鼻涕要流出来，我赶快拿手背擦了一下。

半天没见有人表态。

当我觉得没了指望时，一个五十多岁的老汉站起说“来哇”，他就把我领到了锻工房。

进了锻工房，我看到了靠墙的顶上有很大的抽风机，那形状像个倒悬着的大漏斗。抽风机下面是烧铁块的火炉。火炉前面是个大铁砧，铁砧上放着一把小手锤，旁边还立着把大铁锤。地上还躺着把更大的铁锤。

我这才明白过来，锻工原来就是铁匠。这我以前是不知道的。

这个老汉就是我的师傅，姓白。

他个头跟我差不多，属于中等。他的体形也属于中等。他说话很慢，像是结巴子怕结住那样，慢慢地说。他问我家在哪住，我说在城里头。他说新平旺有住处？我说没有。他说哎哟哟，得大冷天跑家。

白师傅穿着件小皮袄。他不像别的师傅们那样，皮袄只是披着或是敞着怀，他是紧紧地穿在身上，还要把扣子也都一颗一颗扣好。

他见我只是抱着一身单衣工作服，问说劳资没给你个皮褂？我说没。他说走，我跟你跟他们要去。去了劳资，雷主任说我的编制是在压胶车间，那里是没有皮褂的。白师傅说不管你那，在我这儿就得给按锻工算。雷主任说，那要不给领上个旧的。白师傅说旧的也行，不要烂的，走，我去看看。白师傅跟着那人到了库房，过了很大的一会儿才出来。他抱着个皮大衣，跟我说："你跑家，这个大大的，暖和。"大衣有六七成新，里面是白羊皮，外面吊着黑布面，山羊皮大毛领子披在肩上，我穿着下了膝盖。长这么大，我这是头一次穿皮大衣。穿着这件大衣，一看就不是个下井的，是个井上的技术工人。

我心里踏实了下来。橡胶厂要了我了，我不会回到红九矿去下井了。那我妈就再也不会担心我，会让井下的四疙瘩的石头把我砸死了。

见我穿着大皮袄回来了，我妈知道我是当了工人。

她说："妈猜出你不会给那个狗日的去点头哈腰。行！是曹敦善的个儿子。"

我没作声。

我妈说："不是妈说，那拉胡胡终究也不是个正经的做项。"

我妈这话让我一下子又想到，文工团的一切，将跟我永远永远地不沾边儿了，永远永远地跟我再见了。

我不由得深深地长叹出了一口气。

Ade，我的蟋蟀们！Ade，我的覆盆子们和木莲们！……

Ade，我的扬琴，Ade，我的小提，Ade，我的……

见我不作声，我妈又说，还是当工人好。她还举例说，她的姑夫就是铁匠，别的铁匠只会打个勺子铲子，可人家老汉会打剃刀剪子。靠着这点手艺，老汉谁也不敢下看。我妈说的她姑夫，就是我的姑姥爷。

我知道我妈这是怕我心里头麻烦，才这么说着，来安慰我。

玉玉说："姨姨，姨哥这次没让打发到红九矿去下井，也是挺好的了。"

我妈大声地说："下井？哼！他敢把我娃娃再撵到下井，那我非把狗日的掐死不可。"

我看见，我妈说这话的时候，眼里刷刷地射出一种凶凶的光。

这时我想到，如果这次真的让我回九矿下了井，那我妈真的能拿刀把那个部长给捅了。

我妈有这个胆量也有这个能力。为了儿子，她什么事都能做得出来。

大概是为了缓和气氛，玉玉说："姨哥穿着大皮袄，像是威虎山的。"

我说："啥？威虎山的小土匪？"

玉玉说："座山雕。"

我说："杨子荣好不好？"

玉玉说："好。杨子荣。"她捩头跟我妈说："姨姨您看姨哥多像是个杨子荣。"

我妈说："杨子荣是谁？"

我和玉玉都笑。我妈也笑。

我知道，我们这笑，不是那种发自内心的快乐的笑。我们这笑，是她们怕我伤心、我怕她们麻烦的那种相互安慰的笑，无奈的笑。

67 机关户籍室

我每天骑车跑家。小三十里路，得骑四十多分钟。早晨来上班，我中午就不回去了。但我也不在矿务局机关大食堂吃午饭，一个是大食堂距离着我们的厂子还有四里路，大冷天的不想来回跑那么远。再一个更主要的原因是，我不想在食堂碰到文工团的人，甚至是医院的学校的那些认识我的人。自我被撵出来，我就不想看见他们。我总觉得自己好像是做了什么没脸见人的坏事似的，怕人家问这问那，哪怕是说些同情我的话，我也不想听。

我的午饭是跟家带着干粮，在我们锻工房吃。我好吃菜包子，我妈每天都给我带的是菜包子。中午快下班时，我就动手准备我的美餐。我先把三个大菜包子放在取暖的大火炉的铁盖上，让它们慢慢地烤着，这当中我在烧铁的小炉上用大搪瓷缸烧开水。水开了，我做鸡蛋汤。澥好的山药蛋淀粉汁和香油调料汁，玉玉在家里早就给定着量地准备好了，装在小瓶瓶里。

白师傅问我，你黑夜回家吃啥？我说，搁锅面。他说，啥是搁锅面？我说，做好菜汤，再把面条煮进去。

他说：“你是个娇养养。家里的白面保险是叫你一个人吃了。”

“娇养养”是大同方言，意思是指受到父母娇惯的孩子。人们常说“娇养养，白面瓮里打躺躺”，意思就是说大人太娇惯这个孩子了。当时人们都吃供应粮，白面的比例是百分之三十。

我实话实说地告诉白师傅，“文革”前我爹在怀仁清水河公社当领导时，我妈在我爹工作的村里开荒种地，种了有四五年，家里攒了好多粮。我妈就用这些粮跟邻居们换白面。白师傅问我你爹现在还在公社？我说“文革”一开始我爹就让造反派给撵得靠边儿站了，现在退了休了又让到怀仁县的缝纫社上班。

白师傅说退了休了还让上班，我说我妈骂我爹是个“担大粪不偷着吃的真心保国”，我爹最听党的话了，党组织让干啥就干啥，常说不听组织的话对不起党给发的工资。

人们都笑。

我们锻工房有个单人床，床上铺着个灰色的棉门帘。吃完午饭，我盖着白师傅给我领的大皮袄在床上睡一觉。有时候一直能睡到白师傅又来上班，给火炉加煤，我才醒来。

早晨我骑车来厂，一进我们锻工房，屋里就已经是暖烘烘的了。火炉早就生着了，铁水壶的水也快开了，沙沙地响着，地也打扫了，洒过水的地面有股子泥土气，扑鼻扑鼻地香。这些本该是徒弟我的事儿，可白师傅却是早早地来给都干了。他说：“你冷哇哇地跑家。”

有次我进了厂，发现自行车前轮胎没气了，我问白师傅附近有补带的没有，他说，看你有钱的。我看他，他说，搁那儿哇。中午白师傅把我车子给推回他家，把里带给补好不说，还把车子也给擦干净了。我感激地看他。他说：“好好儿的洋车，看你那骑得日脏的。”

以前我有宿舍，碰到刮风下雨天我就不回家了，可现在我没有宿舍了，天气再不好也得回。有时也坐公共汽车，可公共汽车车站距离我们厂五里地，这五里地还得步行。我是尽量骑车，实在是不行了，才坐公共汽车。

我当了铁匠，小彬骑车来过我们铁匠房。中午我领他到梅香饭店吃饭，他看对了一个女服务员。当时没说，我们骑车相跟着回家时，他在路上才说那个女服务员真好看，胖胖的手腕儿，圆圆的脸，直像是琏二爷的多姑娘。我说我明天给问问，他说你真的给问问。我说肯定给你问，如果那个女的有活口的话，那我当晚就进城去你家告诉你。他说我盼着你明晚到我家，那就说明有了好消息。我说你等着吧，好消息一准会有的。

第二天，我问完了，那个女的说她没意见，回家问问妈。我一听，有戏，很高兴。按头天说好的，下了班就骑车进城。可骑到四二八厂后门时，刮来大黄风，一步也不能骑，只好是下车推着走，硬是咬紧牙，把车子推回到小彬家。小彬姐姐看见我灰眉土脸的，感动地说，彬彬，啥叫好朋友，这就是好朋友。她还给我冲红糖水鸡蛋，说让补补营养。

小彬家在南门外，距离我家有五里多地。我回了家，我妈看着我那疲惫的样子，心疼地说，你也死心眼儿，非得今天去告诉他，来回多走了十里地。我说我跟他说的是，有了好消息当天就告诉他，说话总得算话才对。我妈说，招娃子，不是妈说你，哪么你也是有点死，跟你爹似的。

白天短了，没等下班就黑了。白师傅总是催我说早早儿走哇，早早儿走哇。有一回我走得倒是挺早，可骑车到了老平旺电厂，刮起了白毛雪旋风，不一会儿又起了沙尘暴。沙尘打得我连眼也睁不开，呛得我气也出不上。大皮袄让刮得都给翻卷起来，更加大了我的阻力。自行车我也得两手把紧，使劲儿拽住，才不至于让强硬的大风给刮倒。我咬紧牙关，心里默默地念着毛主席语录：“下定决心！不怕牺牲！排除万难！争取胜利！”可是，念了也没用，还只能是费死劲地，一步步往前挪。快到我们大同一中了，我想把车子寄放在学校，在路边等公共汽车。可这时候我一下子想到了我的爹爹。

我上初中时，他在怀仁给我买了自行车，为了我能提早半个月见到车子，他顶着北风用了十九个小时，步行八十里，硬是在半夜时，推回到了家。他不会骑车，不会骑车的人推起车子会更费劲。想到我爹爹，我的力量来了，我决定不往学校寄车子了。我要学习我爹爹的榜样，发了狠，拼着命，一步一步地往前移动。终于在晚十点多到了家。可我也像我爹爹那样，进了家门，就给累得一屁股跌坐在了地上。

我妈说招娃子，咱们在矿务局问个房哇，房租再贵也得问。我说妈，别了，一下到哪儿问去。我说妈我想好了，再要是碰到坏天气，我就不回了，就在铁匠房睡呀，有大炉子，半点也不冷。碰到这样的坏天气，我不回您甭担心就行，甭又瞎想着说我咋了，路上出了啥事了。

玉玉说：“姨哥你的行李不是还在文工团放着吗？碰上坏天气你到文工团去睡，谁还能不让？”我说：“没人不让，但我不会去的。我宁愿在我铁匠房睡，也不会去文工团。我明天就去搬行李。”我妈说：“那俺娃明儿走的时候带上两双挂面，万一不回了，煮着吃。”我说：“噢。”

第二天我妈给我带了挂面，还让玉玉给调了半罐头钵子酱油香油葱花调料。还给我带了几颗鸡蛋，怕鸡蛋在路上冻了，玉玉还用毛巾给包裹住又装在我的黄挎包里。我做好了万一的情况下不回来的准备。

原打算趁中午文工团人少时，去驮行李。可是上午十点多，陈永献师傅到铁匠房来叫我，说劳资办有我电话。我赶快跑去接，电话那头说：“你是小曹吗？我是张叔，你来我办公室一趟，我跟你说个事。”

张叔在机关户籍室工作，是我们文工团张宝兰的父亲。半年前，张宝兰求我到家教她五妹妹拉二胡。我一个星期去她家教两个中午。自到了橡胶厂，二十多天了，没去过她家。张叔说要跟我“说个事”，听口气，不像是要跟我商量教他五女儿学二胡的事，那会是什么事呢？

我跟白师傅请了个假，去了机关户籍室。

张叔说：“听宝兰说你的行李一直还在文工团宿舍放着，我们一家人思谋着橡胶厂没有单身宿舍，你家又在城里住，这大冷天的跑家，咋能受得了呢。我看你把行李搬我这里吧。”

我看看张叔的办公室，说：“您让我，把行李搬这里？”

张叔说：“对。你把行李搬过来，这就是你的宿舍了。白天咱们各上各的班，下了班这个屋子就是你的了。”

我看了看，靠墙有张单人床，上面有个蓝色的大棉垫。

我不知道说啥好，我高兴得连“谢谢”也没想起说。

我也不管是中午不中午了，当下就到文工团取来了行李。

张叔还给我倒腾出了半个卷柜，两开门，里面是两层，说让我放些东西。

张叔帮我把床铺好，让我到他家吃午饭。我说以后的吧，我还得去教老五学二胡呢。张叔没硬坚持让我去，给我了一把门钥匙，他自己走了，把我一个人留在他的办公室。

我原地转着身，看看这里，看看那里。

我这不是在做梦吧？

我看看脸盆架，看看办公桌，看看大卷柜，又看看我的床，上面有我的行李。

不是做梦，是真的。

哇！我有了单身宿舍。

矿务局的机关户籍室，成了我的单身宿舍啦。

68　对联

我到铁匠房的最初那几天，白师傅不让我干活儿，只让我在一边儿看。凡有坯料需要锻工房加工，白师傅就站在门口喊两声“胖虎”，电焊房的胖虎就摇晃着身子，笑眯眯地过来了。白师傅把烧红的铁块从炉膛夹在砧子上。胖虎“噗”地往手心儿吐口唾沫，就把大锤抡起来。该往红铁块的哪个部位砸，该轻砸还是该重砸，该快还是该慢，这全由白师傅的小手锤指挥。尽管白师傅嘴里没说“你看着。你听着。你记着”，但我明白，他这是让我观看学习。我在一旁认真地看着、听着、记着。胖虎跟我说，铁匠翻翻手，家里啥都有，小曹你好好儿跟白师傅学吧。

有个上午，我见白师傅又到门口要喊胖虎，我就主动说：“师傅，今儿让我给试试。”白师傅没看我，说：“明儿的哇。”原来这一日的活儿很多，把胖虎累得直说够呛。

第二日，我正式握起了十二磅重的大铁锤。

以前在铁匠房没人的时候，我也试过这把大锤的重量。我不往什么东西上砸，只是空着抡，抡五六十下也不觉得有多费劲。但实际操作时就不一样了，虽然每天只是些零星小活儿，可一个星期下来，我的两手满是血泡。有的已经破了，有的还刚生起，有些是两个三个的连成了一片。数了数，大大小小二十多个。我忍着疼，不和任何人说。

休息了一天，又是星期一。炉膛的铁料烧红后，白师傅又把胖虎喊进铁匠房。胖虎以为白师傅有别的什么事要吩咐，站在那里等着。

“等啥？锤。”白师傅说。

“说我？”胖虎问。

“不说你说谁。”

“有的师傅可会心疼自个儿的徒弟呢。”

“话才多！”

胖虎不敢再说什么了，摇头晃脑地但又是笑眯眯地拿起了锤。那表情好像是在说，您偏心眼儿不讲理，我也没办法。

我又没跟白师傅讲过也没让他看过，不知道他怎么就知道了我的手上有血泡。他跟钳工房的人说，别看小曹是个文人，可真坚强，手上那么多血泡硬咬着牙一声不吭，要是胖虎早就嚷嚷得满世界的人都知道了。他这些话是背着我说的，可我听后心里热乎乎的。

白师傅还跟家里拿来紫药水，让我抹手掌。可我怕抹了紫药水，我妈会发现我的手有伤口，我没有抹。白师傅问我说，抹了就会好得快，你咋不抹？我跟他说了原因。他说，哦，小曹还是个大孝子。可我回家后，一进门玉玉说，姨姨让五舅舅给你买了紫药水，快抹上吧。我问玉玉，你们咋知道我手起了血泡。玉玉说我倒是没注意，姨姨早晨说的，说你手疼得抓筷子都抓不紧，还说你洗脸不用手，只是用毛巾蘸水擦。还说这点你也像姨夫，说姨夫有年把耳朵冻得脱了壳，但是一声没吭过，从没说过疼。

我手掌疼的那个阶段，白师傅一连半个月没让我动锤。

我跟我妈说了这个事，我妈说白师傅尔娃真是个好人。

小时候我妈让算卦先生给我算过命，说我处处都会遇到好人来帮忙。现在我又遇到了白师傅。这两个工人师傅，让我一辈子都忘记不了他们的好。

当然，关于这个范师傅，我没跟我妈说过，那要是说了可坏了，我妈就知道我下过井的事了。

一进铁匠房门的左手，有个大气锤。白师傅给示范过咋用，胖虎说，小曹，这个家伙难呢，我贵贱掌握不了，你慢慢学吧。在没人的时候，我试着练习，练了几次后，我把筷子放在锤下，正式往下砸。能把筷子夹住抽不出来，而筷子也没有被砸烂。

正好白师傅进来了，过来往出抽抽筷子，抽不动。又把气锤拉起来，拿出筷子看看。

他让我再试，再试，我还是能做到这样。

不一会儿白师傅把胖虎他们叫来了，让我表演。

表演成功，白师傅脸上笑笑的。胖虎说："培养出好徒弟了，看老汉虚的，嘴笑得就像是油钵儿。"

快过阴历年了，那天白师傅从家带来两张大红纸，让我给写对联。白师傅说不用问我也知道你会写。白师傅叫胖虎到厂办借毛笔和墨汁。胖虎跑了一遭，墨汁和毛笔都拿回了，可我一看毛笔太小，不能写大字。我从破门帘上揪出些棉花，绑在筷子头儿上，就拿它当毛笔。这是我跟我爹爹学的，他就好用这种笔写大字。春联写好了，维修车间的人都跑过来看，都夸说好字好字。胖虎说："难怪呢，白师傅成天就叫我替他徒弟抡大锤。原来人家有这么一把牙刷子呢。"

人们都笑。白师傅也笑。

后来，厂里的人们都从家里把大红纸拿来了，还都要求我用棉花笔写。那几日，抡大锤的事都是胖虎代干了。我把床当成了办公桌，坐在一个皮溜子做的小马扎凳上，成天地写对联。有好几个师傅故意多拿了纸，让我留下给自己家写。我用这些纸给铁匠房大大地写了一副。

上联是：锤声震撼旧世界。

下联是：炉膛炼出新宇宙。

横联是：黑手高悬。

一九七二年还属“文革”期间，这副联很适合当时的形势。

下午，白师傅就从家里带来糨糊，让胖虎给贴出去。胖虎说，还没到大年呢。白师傅说，叫你贴你就贴！

陈永献技术员说，不仅是字写得好，联儿也编得好。他说“锤声震撼”如果改成“铁锤砸烂”那就更对仗了。他最佩服“黑手高悬”这个横联，他说把毛主席诗词里的句子借用在这里，对于铁匠来说，既得当又深刻还形象。

胖虎竖起大拇指说：“高！实在是高！高家庄！”他的师妹咏梅问说：“胖虎，你给说说引用了毛主席诗词的哪一首。”胖虎摇着头连声说，不知道不知道。他见白师傅搓着下巴在笑笑地看对联，他明明知道白师傅不认识字，却故意说：“白师傅，您给念念。”白师傅瞪他一眼说：“去！”他赶快缩着脖子往后退去，就退就说：“这老汉，这老汉。”

第二天一上班，陈永献技术员又来到锻工房。他跟我说：“我回家跟我爸说了，我爸说，还是你那句‘锤声震撼’好。”从那以后，他没事儿就到铁匠房找我，我俩交上了朋友。

他比我大五岁，我叫他永献哥，有时候也叫陈师傅。

我们锻工房的洗脸盆原来是放在马扎凳上，我写对联的那几天，脸盆就放在地上。白师傅吩咐胖虎，告给咏梅，从废料堆找点细钢筋给锻工房焊个脸盆架。胖虎说给了师妹，第二天上午，咏梅端着一个漂亮的脸盆架给我们送过来了。

哇！真好看。“弓”字形的三条腿儿捧着一个大圆，中间部分焊接了两个小圆。两个小圆又起到了固定的作用，造型又好看。大圆的圆周两旁，左边焊接了放香皂的小筐，右边焊接了搭毛巾的“]”形半方框。整个架子又刷着光闪闪的银粉。哇！真好看。

白师傅说，小曹喜欢你拿回去哇。我摇着头说，我不要。白师傅说，拿回去哇，你不看都是用拃数来长的下脚废料焊成的。我细看，果然是一小截一小截的短料接成的，有的连十公分长也没有。只不过是咏梅的焊接技术好，又打磨得好，不注意看不出来。我说，那咱们锻工房？白师傅说，再让她找些废料焊一个就是了。

我把脸盆架绑在自行车的后衣架上，可我出大门时，正好碰到了那个负责任的戴着“企业处群众专政委员会保卫部”红袖章后生，把我给拦住了，不让往出带，要厂革委主任的条子。我只好又推着车返回来。白师傅见我推着车回来了，问我是车子又坏了？我说了怎么回事。他说，走走走，我送你去。

那个群专的后生还在大门口把着，白师傅很生气地大声跟他说：“卖废铁连一块钱也不值。再说小曹为一厂子人写对联，那工钱值多少，你算算！屁大点事你闹了个烟熏气。”见白师傅生了气，那后生不敢言语了。

“走走走。走你的。”白师傅把我推出了厂门。

我这是头一次见白师傅生气，还有点霸道和不讲理的成分在里面。

回了家，我把这个脸盆架放在了一进门那里，也就是我妈修整我时让我罚站的地方。

玉玉跟我妈说："姨姨您看真好看。正好是给我姨哥结婚时摆新房。"我妈说："就是。那快放起，到时候再往出够。"玉玉说："那我给拿破布条缠住，要不弄脏不好洗。"我妈说："正好有你姨夫个烂秋裤。补补纳纳不舍得扔。"玉玉说："您够出来，我给铰成条。铰成布条好缠。"

听了她们的话，我冲着她们大声地说："缠啥缠？就摆这里用哇么！缠。"

见我有点生气，她们都不作声了。

69 扣子

我说的扣子是真的扣子，但也是说围棋。

我最初见到围棋是在小学三年级时。

那年夏天，西门外的大同人民公园东湖西岸刚修建起长廊，我们一伙小孩子们就常常到那里去耍。长廊是南北方向的，足有二百米。中央有个大房子，叫歌舞厅。有个星期天我又和小朋友们去那里耍的时候，见到有两个人，盘腿坐在歌舞厅外的南边台阶上，下围棋。

当时我又不知道人家那是在做什么，只是觉得好奇，就站在旁边观看。看着看着，我觉得那俩人很像是在玩我们小朋友玩的那种“羊吃狼”游戏。

玩“羊吃狼”，一方是两匹狼一方是一群羊。可他们两方好像都是羊，一方是白羊一方是黑羊。

狼吃羊的棋盘是在地上画着的，他们这也是画着的，但不是在地上，是画在一张黄色的布上。每个人跟前有个小布袋，一个人的布袋里装着黑色的子儿，另一个人装的是白色的。不管是黑色的还是白色的，那子儿还都是鼓肚儿，放在棋盘上时，还有点摇晃。

又看着看着，我看出了些门道，我看出，只要一搁哪个子儿时，中间的一伙子儿就要被吃掉。

有意思。有意思。

我问那两个人说，叔叔您们这是耍啥呢？用白子的人回答说，围棋。

见他们不讨厌我，我试着跟装白子儿的那个口袋里捏出一个棋子，感觉是沉沉的。可又感觉不出这是什么东西做的。狼吃羊是孩子们捡的石头子儿，这难道也是石头的？我想再多捏几个棋子在手里，好试试它的重量，可一伸手，黑子人说“别动”，吓得我手停在原路，不敢动了。

那以后，连住好几次去公园时，我都要去歌舞厅南面找那两个人，可一直再没有见到。

当我在九岁也学会下围棋时，常常能想起那两个人。那是谁跟谁呢？一直也没弄清楚。

我是跟我们圆通寺的慈法师父学的围棋。

常来找师父下棋的是个白胡子老汉。他们下围棋也下象棋。他们下象棋的时候总也要斗斗嘴。白胡说：“我看了，这盘我是要赢。”师父说：“你赢？赢动了你哇。你赢，我看你是迎见了拾狗粪的了。你赢。”说完“叭”的一声，把棋砣儿摆在了棋盘上。可他们下围棋的时候却是文文静静的，就像是公园遇到的那两个人，眼睛盯在棋盘上，一句话也不说。

师父在“文革”中被三中的红卫兵逼得上了吊，他家的棋也被作为是“封资修”的“四旧”给没收了。可我还想耍围棋，想跟我们街坊的小朋友耍。我们就到商店去买，售货员不知道围棋是什么东西，我说像扣子，售货员说想买扣子到那头去。我想这倒是个好主意。主意是个好主意，可实际上没闹成。我先买了181颗黑扣子，可无论怎么转都配不上和黑扣子一样大的白扣子，转了好几天，把城里的商店都转遍了，没有。返回又去退黑扣子，不给退了，说是已经下账了。我只好把那一盒黑扣子全给了我妈，说您使唤去哇。我妈骂我说“你一满是疯了，买这么多扣子做啥”。

后来我们又想起个好主意，买了三斤木匠用的那种腻子，又跟本院儿刘叔叔要了白油漆黑油漆，动手做围棋。很顺利，很成功。棋子的手感也好。既然展开摊子，干脆就一鼓作气做了两副。

老王是我们街坊十多个朋友里唯一的一个有工作的，在大同日报印刷厂上班。他比我大五岁，还是个独身，家里没别人，就他自己。老王的家就是我们的围棋俱乐部。我是当然的教练。我把我知道的都教给了他们。

我们就用这种腻子围棋，耍了好几年。

耍着耍着，有一个小伙子来找上门了。他说听说你们这里有伙下围棋的，想跟你们学学。

想学那就教教你。老王先教我二教，可最后的结果是，我们一盘没赢，让人家给把我们教了，教得还不轻，我们都是不到中盘就败下阵来。老王谦卑地说，请问高手贵姓大名。高手说，免贵姓裴，裴永康。他临走时留下句话，你们学学吴清源吧。从那以后我们才知道大同下围棋的人很多，也才知道地球上有个围棋大师叫吴清源。

我们不去学谁，我们这些“不知有汉无论魏晋”的桃花源中人，继续瞎玩我们的。尽管是瞎玩儿，但我们也有很严格的规则，一是“落子生根不悔棋”，二是“观棋不语真君子”。如果谁憋不住想支招儿，下棋的人就说“身边无青草”，下话是“不要多嘴驴”。

我最痛恨的是悔棋，我认为悔棋就是说话不算话。说话不算话的人是我最瞧不起的人。做人，你怎么能说了不算呢？

四蛋的大哥是市体委的，提供消息说围棋可以不当是封建社会的“四旧”了，大城市已经有卖的了。我想到了文工团的郗洋洋，她是北京知青，她每年都回北京。我真想求求她给捎副正经的围棋，可我现在不是文工团的了，是铁匠，不知道求人家还顶事不顶事。算了吧，不求她了。我妈常说“吃糠不如吃米，求人不如求己”，算了吧，不求她了。再说了，文工团那地方我是再也不想进去了。

一想到文工团，我的心像是有针在扎。

知道我又有了宿舍，而且是就我自己一个人的宿舍。我妈跟玉玉说，咱们哪天去眊眊你姨哥的这个新家去。我心想我妈这是又要视察呀，她一定还想到到我的铁匠房看看。小时候我在大同五小上学时，她就到过我们班。中学我跟大同一中转回五中她也到过我们教室。那年我在红九矿上班时，她也去过，还非想要到井下看看是个啥样子。我妈想把我学习的工作的生活的环境，都要知道知道，熟悉熟悉。我知道，她是想一闭眼，就会想象出她的儿子是在哪里，是在干什么。要不的话，她坐在家里也不安心。

我说明儿星期日，我正好能领您们去。我妈说，妈是说的个话，莫非真的去呀。我说去，你顺便看看我铁匠房，我们的铁匠房可不跟您想象的村里的铁匠铺一样，我们还用气锤。您再看看我中午吃完烤包子，午睡的床，上头铺着两个棉门帘，睡上去可软乎呢。

第二天上午我们一块儿跟家出发，玉玉跟我妈坐六路车，我骑车。我比她们先到，在新平旺公共车站等住她们。我让我妈坐在前大梁，让玉玉坐在后衣架上，三个人一辆车，把她们带到了我们厂。我妈说干啥有干啥的好，我娃娃到底是当了铁匠，身体眼看着是比以前强多了。我也觉得是这样的，要以前，我是不会带得动她们两个人。

戴红袖章的那个后生不让我妈跟玉玉进厂，说这是易燃易爆单位，生人不能进。我说我以前领过我朋友进过，你也没拦。他说那我是没看见，看见我作准要拦你。我说你看看，她们两个像是坏人吗？他说，坏人头上又没写着字。我说这是我妈，他说姥姥也不行。说了半天好的，不行，这可是我事先没想到的。我妈说，小孩子鸡巴，越拨拉它越硬，招人咱们走哇。

不让进那也没办法。我们只好是返走了，到了我的机关户籍室。

从冷处进了家里，我妈跟玉玉同时说“看这暖和的”。

玉玉还没见过暖气是什么样子，她摸摸说，还烫手烫手的。我妈也摸摸，没作声，但那表情是很满意的样子。

玉玉说：“姨哥的命，哪么也是好。”

我妈说：“用说。”

中午了，我领她们到梅香饭店吃的饭，我妈好吃的梳背子象眼子，我都买了，还有了个素炒辣子白，主食是葱花饼。我妈说，招娃子，俺娃一上午乏的，喝上口哇么。我说喝就喝上口。我要了二两浑源老白干。我想起在晋中富家滩矿，那年去看七舅舅，当时饭店冷得要命，七舅舅要了白酒，我们在里面兑了饺子汤，觉得真好喝。我也叫那位胖胖的服务员端来饺子汤，兑进酒里。我妈说，呀呀呀，招人你瞎闹。说着，端过碗尝了一口说，寡了寡了。

吃完饭她们要去商店，我说我不去了，我想回宿舍迷糊会儿。我妈说俺娃迷糊俺娃的去哇，俺们逛完商店就走了。玉玉说姨哥你放心哇，有我呢，姨姨走不丢。我妈说，俺娃睡醒还回家哇。我说回。

睡醒后不等天黑我就回了家。一进门，玉玉说姨哥你看箱顶上是啥？我一看，有两个并排摆着的硬铬褙方的盒盒。我觉得挺面熟，一下子想不起是哪见过。

我揭开看，哇！是扣子。一盒是白的一盒是黑的。

我看玉玉。玉玉说，姨姨到了你们新平旺的百货商店，一进门就说要去看扣子，到了扣子栏柜，姨姨一眼就看中了这个白扣子，跟服务员说："就这种，要二百颗。"

玉玉又说："姨姨说那年见你买了一盒黑扣子，知道你是要当围棋。姨姨一直还注意着，在城里头商店问寻，可没有。今天在你们的商店给看着了。你是没见到姨姨当时那个高兴的样子。"

我早把扣子的事忘记了，可我妈却一直是给我惦记着。

我看我妈。

我妈说："俺娃自当了铁匠，一概不听得俺娃动胡胡呀，弹的呀。妈还看出，俺娃连那胡胡和弹的，眼睛瞭也不瞭一眼。妈知道俺娃是离开文工团，心里麻烦得过。这下妈给俺娃配上了围棋，俺娃要去哇么。妈知道除了胡胡，俺娃二好耍的就是围棋了。"

玉玉说："姨姨跟我说，别看你姨哥成了，可成了成了他也还是个孩子。孩子就该是耍，不耍看憋坏。"

听了她们的话，我心里一阵子激动，可又不知道该说啥好。我从来是，心里知道，可嘴里不会表达。我最多会说个"妈您真好"，可这次我连"妈您真好"也没说。

70 玉玉

姨姨来大同看过三次病。头一次是我不到五周岁玉玉不到四周岁的那个秋天。

我姨姨有病了。我妈就把她领到大同看病。

当时我们的家，是住在草帽巷十一号院的一间东下房。那天早晨我睡得好好儿的，听得玉玉“妈妈”地叫妈，我也睁开眼，家里没有我妈和姨姨这两个大人了。玉玉趴起身“妈妈”地喊，我也趴起身“妈妈”地喊，没人答应。玉玉放开声就嚎，我也跟着嚎。我们两个就嚎就跳下地，往街外跑。跑出街大门，往南跑，跑到草帽巷南口，站住了。我们没再敢往前跑，站在路边的土坡上往西瞭望。瞭望了一阵，觉得没什么指望，也可能是觉得身上冷，又哭着返回了家。这才穿衣裳，穿鞋。刚才每人的身上只穿了一件主腰子。

主腰子就是家做的布背心，雁北人叫家做的背心叫主腰。

穿好衣裳，我拉起她的手说，走哇寻她们去。玉玉也没问我这是到哪儿寻，就跟我往外走。

我知道我妈她们是到了一医院。头一天我跟着来过，也知道咋走咋走就能到了那里。我领着玉玉很顺利地来到了一医院，俩人在走廊里大声地“妈妈”呼喊着，我妈和姨姨“哎哎”地答应着，跟诊断室跑出来。

医院给姨姨开了一个月的中草药，让回家去吃，吃完让再来医院复查诊断。我妈又领着我们三个人一起回了应县姥姥家。一个月后，又来大同复查时，我不想跟着她们了，我总是觉得大同不如姥姥家好。表哥想跟，我妈就让我留在姥姥家，把表哥领上了。表哥这是头一次上大同。

这时的节令，进入了冬天。

我妈后来说，当时已经是预感到姨姨的病怕得是治不好，就领着姨姨他们，在大同的北街照相馆照了一张合影，做留念。照相馆给姨姨化了个很时髦的妆，还给表哥戴了红领巾，假装是城里上学的学生。当时我表哥在村里的大庙书房读书，村里的孩子是没见过红领巾的。

快过大年的时候，他们全体人跟大同返回到姥姥村。

腊月二十三，我爹跟太原省委党校回来了，到姥姥家接着我跟我妈，一起回了下马峪村，过大年。我妈也早已经是把我们下马峪的家打扫干净了，炕也烧热了，窗户纸也糊好了。一开门就能住了。

过了正月十五，我爹又去省委党校，我跟我妈留在姥姥家。

姨姨的病不见有好转，农历的四月，我妈就又领着姨姨到了大同。这次把我们三个孩子都留在了村里。

我妈领姨姨在大同看病，住了有好几个月，但一直没看好。姨姨去世了。我妈雇了辆毛驴车儿，把姨姨跟大同拉回来了。

姨姨发引那几日，姑姥姥留在家看门，她让三表姨和喜舅舅来村参加丧事。姑姥姥是我妈的亲姑姑。老早年时，就嫁到了下马峪村。经姑姥姥和姑姥爷的介绍，我妈又嫁给了我爹。姑姥爷当铁匠时，让日本兵抓过壮丁，挨打挨骂还吃不饱，白受了三个月回来，原本很壮实的身体垮下来。在农村进入高级合作社时，姑姥爷去世了。姑姥姥三个孩子。大的我叫大表姨，二的我叫喜舅舅，还有三表姨。姑姥爷去世前，大表姨就嫁给了本村姓石的一家人，姑姥姥拉扯着喜舅舅和三表姨，过日子。

办完姨姨的丧事，我妈领我和玉玉到下马峪，看望姑姥姥。

我妈背着玉玉，我一路跟在她们后头。进了姑姥姥家，我妈把玉玉放在炕上。当时姑姥姥不知道我们要来，在炕上坐着。她伸手把玉玉拉在怀里，“二梅二梅”地放声哭。二梅是姨姨的小名。

我妈没有去开我们家门，这次我们就在姑姥姥家住。姑姥姥问我，招人俺娃好吃啥，姑姥姥给俺娃做。我说好吃炒鸡蛋。姑姥姥问我能吃几个炒鸡蛋，我说能吃三个。

姑姥姥家只有五个鸡蛋，全炒了。给我的碗里拨了一多半，剩下的给了玉玉。别的人都没有，他们是烩苦菜。喜舅舅看着馋，说我，招大头你能吃了？给舅舅夹点。我说不给，我能。他骂我招大头，我就不给他。他说吃不了就拿擀面杖往下筑你。玉玉把碗推给喜舅舅说，喜舅舅我吃不了，给你吃哇。姑姥姥说玉玉，俺娃不给他。玉玉说，喜舅舅要拿擀面杖往下筑姨哥。听了这话，一家人都笑了。三表姨说，原来玉玉是担心喜舅舅真的拿擀面杖筑招人，才赶快说吃不了，她是救她姨哥呢。

虽说是村里人的家里，没有多余的被子；但在一般的家里，总有条给客人准备着的。姑姥姥把好的被子给了我妈，我妈一边是玉玉一边儿是我，有点挤。我妈说，去哇叫表舅搂着，我说不跟他。三表姨撩起她的被子说，招人来，表姨搂俺娃。我就钻进了表姨的被窝儿。

三表姨比我大十岁，喜欢我。

在姑姥姥家住了两天，返回了姥姥家。原计划，我妈要把我和玉玉领到大同上学，姥姥说玉玉小着呢，迟上上一年哇，叫她明年再去。我妈就没领玉玉，只把我一个领到了大同，来上学。可因为我也不够年龄，没上成。我妈又把我送回了姥姥家。

腊月，我妈先头去了下马峪，打扫家，烧炕。时长不住人的冷家，得连住烧三五天的炕，才能把家烧暖和。一切都安顿好了，我妈来姥姥家接我和玉玉。我爹的党校放了寒假，也返到了下马峪，我们一起在下马峪过大年。

玉玉比我小十个月，但也是一九四九年出生，我俩都是属牛。第二年秋天，我俩都到了上学的年龄，我妈就把我玉玉一起领到了大同，到学校报名。可是，因为玉玉户口不在大同，学校不收。

大同不收她，我妈也没把她送到村里去上学，就让她在我们家住。我妈的考虑是，要把她的户口办到大同我们家，这样她就能在大同上学了。

想把玉玉的户籍办到我们的户口上，必须得把她当成是我爹我妈的孩子，把她的姓也改成曹。

改玉玉的姓，这得姨夫同意才行。但是，姨夫没答应，他说:“如果是不改姓哇，办到大同自然是好。可改姓，那以后再说哇。”我妈说:“改了姓后，她还是你的女儿，还叫你爹，叫我还叫姨姨。改姓也只是为了叫孩子能到大同上学。”

对于玉玉把姓宋改成姓曹这个问题上，姨夫一直没有松口。

玉玉在我们家住了两年，这当中一直没有说服了姨夫。后来才知道是什么原因，是姨夫的母亲不同意。也就是说，是玉玉的奶奶坚决地不同意。姨夫是孝子，不能不听妈的。

就在我要上小学三年级时，我妈说玉玉说啥也该上学了，不能在大同上在村里也得上，总不能让孩子长大是个睁眼瞎。为了她能上学，只好是在我放起暑假，又要开学时，没有再领着她到大同，而是把她留在了村里上了学。这样，本来我们是同岁，可玉玉比我低了两级。

玉玉在村里上学的时候，大庙书房不叫大庙书房了，叫做钗锂村初级小学。

在村里，玉玉常年就在姥姥家住，姨夫每年给往过背点口粮，可穿衣打扮和上学的费用，都是由我妈负责。不仅是玉玉，就连姥姥和七舅舅、七妗妗，以及忠孝、妙妙、平平，所有人的生活费用，都是我妈供着。

七妗妗在村里也劳动，但只能是挣回一点点口粮，分点高粱秆玉茭秆当烧的。

在大同的五舅舅一家，人口多收入少，没能力帮兄弟。

是我妈扛起了供养姥姥、供养表哥、供养玉玉、供养七舅舅一家人的大梁。这供养里面，还包括着培养七舅舅读书上学在内。

七舅舅先是在大同的太宁观小学念高小，后来在大同三中读初中，后来又到大同煤校。我妈供着七舅舅一直在大同念了八年书。直到我上高中的时候，七舅舅才有了工作，在晋中的富家滩煤矿学校当了教员。

无论是寒假还是暑假，一放了假，我就让我妈把我送回了姥姥家，跟玉玉跟表哥去耍。

我姥姥院没有东上房和东耳房。只有堂屋和西上房，还有西耳房。只要我一回了村，七舅舅也就放假回来了，他和七妗妗还有妙妙平平一家人住西上房。我和姥姥表哥玉玉黑夜就在西耳房睡。为了省煤油，睡觉前，西上房就不点灯了，所有的人都是挤在我们的西耳房说话，七妗妗就给炒豆子，要不就是在火盖上烙山药片。玉玉往往是等不住山药片烙熟，就圪窝在炕头睡着了，硬往醒推也推不醒她。

过时节吃炖羊肉，七妗妗先给擢出三个碗，摆在炕沿上，把我们三个人叫到跟前。七妗妗说："招人，俺娃先端。"我就先从三个碗里端走一个。第二个是让玉玉端。玉玉端走，给表哥剩一个碗。有回表哥嫌剩的碗里肉不多，赌气不吃了。玉玉就说："要不你跟我换。"表哥跟玉玉换过来，这才高兴了。实际上七妗妗给三个碗里擢的东西是一样的，而七妗妗每次叫我先往走端，因为我是"客人"。而我这个"客人"每次也是就近端一碗就走，不挑。

再大些后，表哥和玉玉就能帮着七妗妗做营生了。玉玉帮着七妗妗到碾坊压碾，打扫家，表哥负责到井台担水。七妗妗夸玉玉说，玉子洗完的锅，那才叫盘干碗净，玉玉扫地，把水瓮后头和大柜底下，也都要探着扫了。

在村里上学的孩子，放假的时间跟大同的不一样，他们是放秋假。我放暑假回姥姥家时，表哥和玉玉他们还在学校上学。当他们放了秋假后，我妈就把玉玉接到了大同，在我们家住。扯了布，让五妗妗给她做一身新衣裳。到她快开学时，再把她送回村里去。

表哥也跟着玉玉一起来过我们家住。但表哥不常来，玉玉常来。玉玉的说话，早就有大同的口音了，表哥一直说的是应县家乡话。

玉玉看外表，看不出是个农民，而表哥一看就是个村里的孩子。表哥在十五岁时，到了大同二中上初中，班里的同学们就叫他"村香瓜"。玉玉一看就是个城里的人。

因为以前她也常来我们家住，街巷的人们都以为她是曹大妈的孩子。她还跟我们街巷的香如和金梅两个女孩，交了好朋友。

金梅就是我给当总管那家的，虎人的妹妹。

一九六八年，我参加工作在九矿上了班，玉玉也从公社农中毕业了。她原来盼着农中毕业，会分配个工作，但是白盼了，学校只给了个毕业证，让回家等着，说有了机会就给安排。玉玉来了大同。我妈说，以后就在姨姨家住哇，甭回去了。

七舅舅的工作调到了汾西矿务局技校，开学呀，他领着妙妙跟村里来了。七舅舅给联系好了，妙妙就要到他们技校读书呀。

妙妙提着半布口袋葵花饼，说想上街卖个零花钱。

我说："你圪蹴街上去卖呢？干脆卖给我哇。"妙妙说："表哥你给我多少钱？"我说："你这是几个饼子？"她说："八个。"我说："你一个打算卖多少钱？"她说："我妈说了一个能卖五毛。"我说："一个五毛，八个是四块，我给你二十块。"妙妙说："就是嘛，我就等你这句话。再说，卖给街上的人我吃不上了，卖给你我还能吃上。"说着，她跟布袋里掏出一个葵花饼，掰开好几份儿，分给大家，说："吃哇吃哇，表哥请客。"

大家都笑。

妙妙早就想着能到七舅舅那里读技校，这下如愿了，读出来就能安排工作，妙妙真高兴，我们一家人都替她高兴。

七舅舅跟我妈说，姐夫叫玉玉回去呢。有人给姐夫说了个寡妇老人，姐夫让玉玉回去给做主，看看找还是不找。

七舅舅说的"姐夫"，是玉玉爹，我姨夫。

玉玉走了一个月，跟村里返到大同，说给爹做主找上了那个寡妇老人。

就这样，姨夫在四十二岁的时候，在女儿的"做主"下，又成立起个家。

自这以后，玉玉就正式地在我们家住了下来。

我妈早就把她当成了自己的女儿，她也早就把姨姨当成了自己的亲妈。

这下，尽管玉玉还是姓宋，还是农民，可她就是我们家的一员了。

71 小集团

我妈给我配上了白扣子，让我下围棋。可我记得那年我把一盒黑扣子给了她，她骂我说，你一满是疯了，买这么多扣子做啥。

我问我妈，您咋知道我买扣子是要当围棋。我妈说，妈起初也不知道你做啥买那么多扣子，后来想起你跟死鬼和尚下围棋，那围棋就像是扣子。妈就机明了，知道俺娃是为了下围棋，可你是没有配到一样大小的白扣子，才把黑扣子给了我。

我说妈您真给配好了，样子完全相同，这两种扣子有可能就是一个厂子出的。

我的扣子围棋真好，大小薄厚跟师父的云子差不多，就是稍微轻了一点。这没关系，习惯了就好了。

我求厂技术科陈师傅给用硬纸画棋盘，他说你不是见过布的吗？那我给你画块布的。我就去商店选了块米黄色的正纹市布，到五舅舅家让妗妗给码了边儿，让陈师傅给画。四蛋说他见过市体校的围棋，棋纸是淡天蓝色的，比黄色的好。我就又买了淡天蓝色的布，让陈师傅给画。

一个人不能下围棋，我家又小，我就把我的扣子围棋拿到了老王家。比起腻子围棋来说，我的围棋要好得多，当主盘。再开第二盘第三盘时，那就是腻子围棋了。

老王爷爷去世后，有人跟老王换房。老王把房换到了西门外花园里，一间换一间，但这是排房，屋子面积大些。再一个是，屋前有空地，如有能力的话，还可以圈个小院儿。

自那以后，我们集中的地方从牛角巷挪在了花园里老王家。

我们这一伙儿，围棋下得最好的，是我跟老王。两人实力不相上下，老也是拉不开距离。下得二好的是小彬和四蛋，二虎和虎人是第三好。我们下着下着，最后就成了固定的对手了，对手没来等着，也不跟别的人下。

自有了机关户籍室当宿舍，我妈不担心我了。有时候我进了城不回家，直接就到了老王家。有次中午陈师傅叫我到他家吃饭，那我带的干粮就省下了，下午下班我的黄挎包里装着三个菜包子，就进城直接去了老王家。老王正做饭。他问我吃了吗，我说没有。他说那正好有好吃的。是他厂里的徒弟订婚，给他拿来的油炸糕。我说我还有菜包子。吃完了，我还能给做鸡蛋汤。

老王给铝锅加上了水，水开了，把菜包子和油糕装进铝笼屉里，蒸。本来是用不了五分钟的时间，菜包子和油糕就都蒸热了，能吃了。可我们在这当中却下开了棋。下着下着，把菜包子和油糕的事给忘记了。

小彬在家吃完饭约了四蛋来了，一进门大声喊“什么味儿”，我跟老王才被跟战场上喊回来。老王说了声“坏了”，跳下地端锅，但是，只端起个空壳壳铝锅。锅底没有了，铝笼屉底子也没有了，当然了，菜包子和油糕也没有了，都在灶坑里，早烧成炭。

锅里的水烧干了，锅底烧化了，油糕包子掉进灶坑里，烧着了，那家里应该是多大的焦煳味道呢？可我们居然是没有闻到，没有发觉。小彬说，这要不是我们亲眼见，跟谁说谁也不会相信这是真的。

四蛋说，那你们吃啥呀，再做吧。我说，老王快别做，把这盘下完再说。老王说，你不吃我还得吃呢。他要张罗着做饭。我把他拦住。小彬说，有什么了不起，大不了是个不吃。老王说，不吃就不吃，上炕，继续杀。

那晚我俩没吃饭，下了一盘又一盘，谁也没觉出肚子饿。

我们就这么捉对儿地厮杀，越杀越眼红，越下越火儿大，经常是从晚饭后一直下到天明。

我们不光是下棋，我们也玩儿别的。老王是报社印刷厂的，能跟报社的人借出照相机，“135”的、“120”的，我们都要过，德国的、上海的都要过。

我们还继续看书，我们“抢救”过一批书，再加上各人跟自家往来拿的，统共有一百多本。老王最爱“抢救”回的那一套十二个分册的《辞海》了。大十六开的简装本儿，封皮纸跟内文的纸一样的质地。没有人来家跟他要的时候，他就在家里自己学习《辞海》。我是看《红楼梦》，看完一遍再看一遍。他是反复地看他的这十二本简装《辞海》。老王是我们一伙里面最有学问的人，说起啥，他也懂的。这都是这些年里，他跟《辞海》里学到的知识。

老王爷爷是地主成分，他家庭出身不好，没人给他介绍对象。

我跟我妈说，把玉玉说给老王吧。我妈说，老王人倒是个好人，谁找上也不错，他成分不成分那倒是寡，咱们不嫌他这，可玉玉又没工作又是个农民，以后生个孩子也是个农民，招娃子，你快别给人家老王增加负担了。我也偷悄悄地问过老王，老王一听说，快别价，招人，我连我自己也快养活不起了，咋能再养活别人。

老王快三十的人了，还是光棍一条。

他打光棍对于我们这些小伙伴们倒是大有好处，整天混在他家，吃呀喝呀，摆开战场杀呀。要不是他家的话，我们哪能有这么个好去处。

我跟老王探讨过周慕娅二姐说过的，《红楼梦》里木石之缘金玉之缘之外的金金之缘。探讨的结果，猜出大概是说那一大一小两个金麒麟。但各有各的对象了，这又能说明个什么呢？老王说，你去问问二姐，我说先别着呢，等咱们研究出个所以然了，再去问。后来，我让撵出了文工团当了铁匠，也就没心情再研究这了。

春节后，矿务局又组织会演，红九矿宣传队排了样板戏《沙家浜》，他们来演出的头一天，赵喜民就给我打电话，告诉了我。我说我不去看了，你们中午有时间的话，到机关户籍室，我在那里等你们。

那天，他们来了好多的人，有十多个人，把屋子挤得满满的。

他们早已经知道我被撵出文工团，当了铁匠，可你一个当铁匠的咋就住进了矿务局的机关户籍室？我说这是文工团张宝兰父亲的办公室，让我当宿舍。李新胜用手指着我说，啥意思？咋就让你住他的办公室？我说没啥别的意思，是我教他五女儿学二胡。李新胜说，我告诉你个悄悄话吧，红九矿有人说“曹乃谦说的话比他弹的三弦儿好听，曹乃谦唱的歌儿比他拉的二胡好听”，你想知道这是谁说的吗？我最怕人这样跟我卖关子，你有啥明着说。我说我不想知道。可当他们离开机关户籍室时，李新胜走在后头悄悄跟我说，告诉你吧，那是周慕娅在她的日记里写的话。我说人家日记里的话那你们咋就知道了，偷看了？李新胜说，哪儿是偷看，她写完就那么展开在那里明摆着，那还不是故意想让人看，那还不是有意想让人看完后给你传过来?

过年时，我给老王的门外写了一副春联：自信对弈三千局，我被你输四万子。横联是：其乐融融。

我们下围棋判断输赢不是数目，是数棋盘上各自占的“十”字字有多少，我们叫数子儿。当时我们不知道有数目这样的说法，所以我在春联里说的是“我被你输四万子”。意思是我每盘都能赢你十多个子儿。

可就在大年初一的夜里，我们正“其乐融融”的时候，老王家的门“哐当”一声，被用脚给踹开了。闯进一伙端着步枪戴着红袖章的人，叫我们不许动。我们当然是被吓坏了，谁也不敢动。红袖章们用绳子把我们像拴牲口似的拴连起来，把我们带到了街道的群众专政委员会，也就是“文革”前称作派出所的那种地方。

我们做的两副腻子围棋也被带走了。我们大家积攒的一百多本书，连同书箱也被搬走了。

群专的怀疑我们是一个反革命集团，怀疑我们的腻子围棋是炸药，怀疑我们预谋炸平旺电厂。

群专的问对联是谁写的?是什么意思?为什么不写革命的新春联?你们想和谁对着干?

秀才遇见兵，有理说不清。我说是我写的，可我说不出为什么没写革命的新春联，也说不清要和谁对着干。

他们给我们每个人都做了讯问笔录，我说我爹是公社的书记。他们说，公社党委都没有了，哪儿来的书记，分明是个走资本主义的当权派。我不敢言语了。我发现，你咋说他们都说你不对，就像是我们厂的那个戴红袖章的门卫后生，他咋说都有理。

他们给我们的定性是：小集团。

后来，经过检验，膩子棋子不是炸药。经过分析，那副对联和反革命宣言也不怎么能挂上钩。第二天中午把我们放了出来。出之前，让每个人都写了保证书，保证再不私结社团。还勒令我们换上革命的新春联。

跟群专院一出来，我们统一了口径，就说是跟老王家刚要回来。然后一个一个的，灰溜溜地各回各家。孩子们都是没精打采的，家里大人以为这是过大年熬了夜了，根本也想不到会有别的什么原因。我们被群专关了一黑夜的事，一直没有暴露。

吃完中午饭我没敢睡，就给老王重新写对联。我妈问说，没时没晌的你咋又写对子。我说老王家的那副对子让风给刮没了。我妈说："你连个瞎话也不会说，这两天哪儿刮风了。"

我吓了一跳，以为是我妈发现了什么情况。可我妈紧接着说："那是你们不会打糨子的过。妈给你打，打好拿个大口瓶装去。"

我这才咽了口唾沫，把心放下来。

老王家的对联换成了：春风杨柳万千条，六亿神州尽舜尧。横联是：造反有理。

我们的那百十多本书一直没还。我和老王试着去要他的那十二册心爱的《辞海》，但没要出来，说是，内容有毒。

72 春闺过路

过大年的正月初二，我带了三瓶汾酒，到白师傅家里给他拜年。他老伴儿是农村户口，在我们厂皮带车间上临时班儿，我叫她师母。她说小曹你给他这么好的酒他舍也舍不得喝，白师傅说舍不得喝我摆那儿看，看看也高兴，也顶是喝了。老伴儿说，甭摆啦放起哇，放起等喜喜结婚时喝。

喜喜是白师傅的儿子，二十岁。喜喜还有个妹妹叫欢欢，她比哥哥小两岁。

师母对我说，喜喜是农村户口，也早早地给她找个农村户算了，再迟了小心找不上，就像你白师傅，三十多岁才结婚，那也是我为他有点手艺，要不我也不跟他。她问我小曹你多会办事宴呀？我说我还小，早着呢。她问有没有？我说没有。她说你那条件高，不敢定还想找个啥。又说，就像我们这种小户人家你肯定不找。起初白师傅不说话，听到这儿，打岔儿问我，你爹过年回来这得多住些日吧？

说话间，喜喜和欢欢进来了，他哥妹俩是出外拜年去了。喜喜见过我，叫了我声小曹哥。欢欢没见过我，但随着她哥哥也叫我小曹哥，还加了句“过年好”。欢欢穿着件解放军的干部男上衣。我说师妹穿这个褂子挺好看。喜喜说是他的，让妹妹霸走不给了。欢欢说，那我每天替你担水你不说了？白师傅说喜喜，你不能老让妹妹给担水。喜喜说她愿意。欢欢说，你好意思直是个让我担？喜喜说，你好意思直是个穿我的袄儿？欢欢说，好意思。喜喜说，那我也好意思。看着哥妹俩斗嘴，白师傅笑。

师母又把刚才让白师傅打断的话茬儿提起了，说不想让女儿找农村的了，想让女儿找个有户口的。她说小曹你手跟前有那合适的给咱们介绍上个。欢欢听到说这些话，进里屋了。白师傅又要打岔儿说别的，师母说，我跟小曹说个正事你咋老打岔儿。白师傅笑笑的，不说了。我说我有个朋友叫小彬，在铁板厂上班儿，我完给问问。

后来我倒是真的给去家问过小彬。我说你不是喜欢个《红楼梦》里头的女孩吗？这个像是伶牙俐齿的五儿。小彬的妈跟着大儿子在贵州居住，小彬跟着姐姐在大同生活。可他姐姐一听白师傅的女儿是农村户口，说不找。我还怕师母在厂子碰到我问这事，她倒是也没问。我想那一准是白师傅不让她问。

维修车间的西隔壁就是矿务局农场，里面栽种着几十亩果木树。春天里的一段日子，不管有没有风，维修车间的工人只要是一出车间，就能闻到隔壁院果花那淡淡的甜甜的香味道。那天，胖虎跳过院墙折花枝，让看园老汉和狗给追了回来。

一天上午胖虎又指着隔壁院，让我跟他去折杏花。我说不敢，怕让狗咬。他说没事，刚才爬上了墙头，瞭瞭没人。我说去就去。我们就绕到墙头低的地方跳了过去。这次很顺利，老汉和狗都不知道到哪儿去了。我从开白花的树上折下两小枝，跳墙时把花碰掉些，可上面还有好多快要开花的蕾骨朵。我找了个玻璃瓶，闻了闻，有汽油味儿。白师傅说："胖虎去！到我家小房找个去。"白师傅家就在厂子对面的家属院，没用五分钟胖虎给取来了。取来了一抱，足够四五个。白师傅说，你干啥把我小房儿的瓶子都拿来了，我那还等着卖钱呢。胖虎说，您少卖上个哇，拿一个我怕万一打了，还得去取，再说了我还想要，再说了我还想给咏梅插一瓶。咏梅是胖虎的师妹，就是常给我们念报纸的虎牙姑娘。胖虎正在追咏梅。

我把花枝拿水养在了瓶里，摆在工具箱上。过了三天，那花蕾们就有了行动，又过了三天，有一半就都给张开了。看着那白色的花，我一高兴，吟作出一首《清平乐》，用筷子笔蘸着清水，像宋江写反诗那样，登着工具箱把这首词草写在墙上：

春闺过路
千人留不住
巧弄香色洒四处
倾倒痴君无数

而今春闺又来
我也钟情动怀
初作攀墙探花
满园独怜李白

多少年没粉刷过的铁匠房，墙皮黑黑的，清水写过字的地方白白的。黑底白字，有种从石碑上拓下来的效果。白师傅说胖虎："你能？"胖虎眯笑着眼："咦——我哪能。"

白师傅一没做的就站在工具箱前，就搓下巴就端详着他徒弟的这首杰作。他还到别的车间跟人们说，你们去看看小曹写的，可好看呢。

这首词，又把陈永献技术员吸引过来了，他还专门带来相机，把黑底白字的这首词拍了下来，说洗出来给他爸爸看。

每个星期一，我和白师傅都要搬着马扎凳到维修车间参加一个小时的政治学习，都是由咏梅给念报纸。念完报让人们讨论发言。开始是谁也不作声，后来有人就逗王银师傅，让他讲小时候的事儿。其实就是想逗他说说十岁大的时候在日本矿长家当小用人，伺候日本女人洗澡的事儿。日本女人让他烧好水后倒在大浴盆里，她洗的当中水凉了，喊他再给往进端热水添在木盆里。他说他起初不敢看那个女人的光身子，后来就不怕了，痴住眼看。日本女人骂他良心大大地变坏了。人们问日本女人告矿长没有，他说没有，他说如果告了的话，他用手掌在脖子上比画着说“我的这颗脑袋就死拉死拉的有了”。

人们都笑。他还说那个日本女人心眼儿挺好，还常给他糖吃。他还说日本女人洗完澡，就让他也脱光衣裳，进那个大浴盆里洗。他说他不敢不进去洗，他说不洗的话，日本女人嫌他日脏，就不叫他当小用人了，那他就挣不了钱养活奶奶了。人们问他，她洗完的水让你洗，那水肯定有股味儿了，他说是有股香味儿。人们又都笑。他说你们笑啥，人家那水里放着香精。

有时候人们也让白师傅给讲小时候的事，白师傅不讲荤的，他讲年轻时候好耍个高跷。他说他们在忻州窑住着的几个小年轻，扛着高跷拐子步行到城里扭高跷，扭完，连夜还要往回返。咏梅惊奇地问，忻州窑进城，那得有多少里？人们给算了算，有三十五里。咏梅说，就为个扭高跷，来回走七十里。白师傅说，挡不住个好嘛。他说有次半夜往回走，走不动了，带的干粮也吃完了，就在平旺火车站爬夜，让巡逻的日本鬼子把他们三副拐都给没收了，说是凶器。白师傅说王银师傅，你还一天价夸日本人好，给你糖蛋蛋吃。师傅说，我是夸日本女人好，我又没说日本鬼子好。人们都笑，白师傅王师傅也都笑。

我家有点事，那天下午我请了假提前走了两个小时。第二日早晨，我早早来厂上班，进锻工房，白师傅在扫地。扫地前他也早已经洒过水了，水也渗得快干了。砖地潮潮的，房里有股子泥土芳香。我说师傅我来我来，我把干粮往工具箱上一放，就赶快跟白师傅手里拿扫帚。要以往，他会说你缓缓哇，乏的。这次他把扫帚给了我说，扫就扫哇，想扫也扫不了几次了。

我看白师傅，心想这话是什么意思。他说夜儿个后晌陈永献来寻你，你走了。

我没问他陈师傅找我干啥，我知道白师傅会继续跟我说的，只不过是他说话慢，得等等。

白师傅说："小陈寻你是问你想当警察不，我说那还不。"我问："当警察？"他说："他爸爸让他问你。我说那还不，用问？"正说着，陈师傅进来了。

原来是，"文革"初，把公安局检察院和法院都砸烂了，用军事管制委员会来代替。现在，又要把军管会解散，恢复公检法。一个部门要扩大成三个独立的单位了，这样就得招新人。陈师傅的爸爸能帮我进了矿区公安局，问我想不想去。

白师傅说我："去哇。总比个黑眉瓦眼的铁匠强。"我说："我得回去问问我妈。"陈师傅说："我爸已经给你报了名了，但你最好是明天就给个答复。"白师傅说："明天啥呢明天。这阵儿你就回去问。夜长梦多。"陈师傅说："我看你也别问了，就去吧。"我说："这是大事，得让我妈来决定。"白师傅说："跟大人商量商量，也对。去哇去哇。这就回去。问完赶快回来。"白师傅把我推出锻工房门。

就这样，在贵人的帮助下，我成了一名政府机关部门的正式警察。

跟厂子走的那天，维修车间的工人们都出来送我。

白师傅把我送出厂大门，只是说了个“你来玩哇”，别的没再多说什么。

红袖章“群专”后生笑笑的，把我的车把抓住，问说：“我也听说这个事了。小曹你说说咋就能当警察？我可想当警察呢。”白师傅皱着眉头说：“腾一边儿腾一边儿。”把他拨开了。

我推着自行车慢慢地往前走，走了一大截，捩回头瞭，白师傅还在厂门口站着。

见我回头瞭，他冲我挥挥手，大声说：“骑哇，骑哇。”我这才上了车，骑走了。

73 签到

在贵人的帮助下，当了一年铁匠的我，就要到矿区公安局当警察了。让在十月一日上午去报到。

我妈说，十月一日不是国庆吗，让去报到，这天不是都放了假了，单位有人吗?

我爹说一看你就是文盲，人家是公安部门，公安部门多会儿也不放假。我妈说莫非大年也不放?

我爹说那作准的，警察一放假，那坏人不就是正好要作乱吗？

我妈好像是明白了，点点头。又冲我爹说，这些日你甭着急着去那烂缝纫社，等娃娃报到完，看看是往哪个派出所分配。

我爹说用说，我肯定是得等娃娃的安排有了一准的消息才走。

一个月前我就听陈叔说，新成立的矿区公安局编制是干警八十名，已经跟军管会公安组分出留用了一部分人，但还不够。这次要新招三十名警察，年龄限制在二十五岁以上三十五岁以下。

矿区公安局机关党支部王书记找我谈话时说，你们这批新招上来的年轻人，都要充实到基层。当过解放军的都到刑警队，其余的都是要下到基层派出所。

他说，矿区政府下面下设着十五个街道办事处，每个办事处都有一个派出所。

这也就是说，矿区公安局下设着十五个派出所。

我想当侦查破案的刑警，可我没当过解放军，看来只能是到派出所了。

我妈说俺娃跟领导舅舅们说说，就说我妈就我一个，我爹在怀仁工作，看看领导舅舅们能不能照顾照顾，到个近便些的派出所。

我爹说到了单位，就别舅舅舅舅的啦。

我妈说拿起筷子还有个大头小尾儿，咱一个刚去的娃娃见了长辈，能没个仁恭礼法？叫个张舅李舅，没啥不对的。

我说我知道。我又想想说，距离大同最近的就是新平旺派出所和公交派出所，二近的就是一矿、二矿、九矿，还有五矿和三矿，剩下的一个比一个远。

我妈说，要是到了八矿就灰了，你玉兰表姐在八矿，我知道，离大同城有一百多里。

我说我打听了，一百多里的是十二矿，八矿是八十多里。

我妈说，你尽量跟叔叔们说说。我妈让我爹说的，把舅舅改成叔叔了。她总觉得，叫舅舅和叔叔才是仁恭礼法了。

我说我跟说说，我妈说，要说你还得是早说，等人家定下来谁去哪谁去哪，你再说就迟了，饭要早吃事要早知，啥也是个这，宜早不宜迟。

我说噢。

我妈说，那要是万般无奈了，分在了远的矿，那也得去，到时候妈跟你去，把你爹一了儿扔的怀仁算了。

我爹笑。

我妈说反正是，公安局是不会再稀罕你那吹呀拉呀的了，你那要饭的手艺就没用了。再说，要是还在文工团，你那身体瘦弱得，人家公安局不敢定还要不要你。

我爹说我娃娃这一年打铁打得，有了手劲儿。毛主席说的就是对，要一分为二看问题。有好处就有坏处，有坏处就有好处，就拿我被下到了公社，当时看上去是个坏事，可……

我妈抢着学我爹常说的话，“六二年别人家的娃娃都饿肚子咱娃娃没饿肚子”。

我爹说：“莫非不是？啥也是一分为二。去年把娃娃下放到了铁匠房，看上去是坏事，可娃娃要是不打这一年铁，身体能这么好？公安局能要？再说，我后来打听了，那年老史的两个女子，就是因为说咱娃娃的身体不好，瘦弱的，才没看对。”

我妈说：“反正是那个啥部长把我孩子开除出文工团，实际上他是帮了我娃娃。”

我爹说：“我娃娃命好，遇难能成祥。”

我说：“要不当铁匠，那我首先就认不得陈师傅，也就当不了警察了。”

我妈说：“陈师傅是个好人，是娃娃的贵人。咱们多会儿也不能忘了尔娃陈师傅。”

我爹说：“我娃娃命好，走哪也尽碰那贵人来帮。”

我说我瞌睡了，咱们休息哇。

我妈说那快睡哇，妈明儿早早起来给俺娃做饭，俺娃吃了早早儿去。

第二天我妈早早地给我起来做饭，我骑着车早早地就到了新平旺，把车打进了机关户籍室窗台下。我步行着去公安局。

按照陈师傅告给的路线，我经过了大同煤校大门，又继续往前走。他告给我说，过了大门再往西走，走脱了煤校的围墙，就看见公安局的大院了。

其实，在一个月前，当我知道了这个消息后，我就骑车来过，来侦察过这个地方。

跟煤校的围墙比，这个独立的大院往后退缩了好大的一大块，门前空空的，但又是平平的，铺着沙石，没种一棵树。后来才明白，这是停车场所。

红墙砖红红的，房顶的红板瓦也是红红的，一看就看出这个大院是刚修建起来的。竖着的大门牌，白底黑字，凿刻着刚劲有力的魏碑体：大同市公安局矿区分局。

我的心不由得激动了一下，右手握成拳头。好！这就是我的单位。

通知书上要求上午九点前，在大会议室签到。

我看看手表，八点多一点。

一进大门，远远地就看到了大会议室了，好像个小礼堂。门敞开着，能看出里面已经有不少人了。

会议室里面排着一排一排的长条椅，一股油漆味儿。

一进门摆着有一张办公桌，上面有本“大同市公安局矿区分局会议签到簿”，也没人管，谁来了就自己在上面签到。我也在上面签了到，写下了我的名字：曹乃谦。这时，我又不由得激动了一下。

来的人有二十多个了，还有两个女的，都长得很好看，年龄跟我差不多，二十五六。其中有个讲普通话的，穿着解放军服装。我想，人家一定是当过兵的，能到刑警队。女刑警，真牛。

一会儿，王书记进来。下各个单位与新招人第一次的面谈，就是他。

人们都认识他，他也都认识来报到的人。他先看看签到簿，最后站起，看来的人，看见了我，招手说：“小曹，你到下办公室。孙主任找你。”

我就往他跟前走就说:“孙主任?”

他指着一进大门右手的一排房说:“从北边数,第三个门。门上写着呢。”

我好像是听明白了,出了大会议室。

第一个门写着总务室,第二个门是财务室,第三个门是,办公室。

我心想,还专门有个叫“办公室”的办公室?这我以前不知道。

我轻轻敲了两下门后,紧接着大声喊:“报告!”

里面没人答应,但我听到有脚步声走来。门被拉开,一个四十多岁的人笑笑地看我:“是小曹吧?进,进。”

哇,我妈说领导舅舅,这个人可真的像是我认识的一个舅舅,一时想不起是哪个舅舅。

他说:“签到了吗?”

我说:“签了。”

他说:“签了就来,你先帮着抄个培训安排。”

他把我领到隔壁的一个屋,办公桌上已经摆好了毛笔和砚瓦,中楷毛笔的笔头也湿过了,砚瓦里墨汁也倒好了。床上展开着有各种颜色的纸,纸上面都印着有白点点。素素净净的,好看。

他说:“你选哪种颜色也行。把这个都抄好,赶快贴出去。”

他给了我一张稿纸,是这次对我们新民警的培训安排。

第一讲:政保;第二讲:内保;第三讲:治安;第四讲:刑侦;第五讲:预审;第六讲:派出所。每半天一讲,三天讲完。主讲人谁谁谁,都写得很清楚。

另有一张附页,“各派出所与矿名对照”:

矿区公交派出所:新平旺;

新平旺街派出所:新平旺;

煤峪口街派出所：红一矿；

永定庄街派出所：红二矿；

晋华宫街派出所：红九矿；

忻州窑街派出所：红五矿；

…………

“文革”中，大同矿务局革命委员会把下属所有的矿都按序号作了排列，如红一矿红二矿红三矿……，不再叫原来的煤峪口、永定庄、同家梁等这样的老矿名。在这个“对照”里面，是把各矿又都恢复成了原来的叫法。十五个派出所与原来的所在矿名都提到了。但我发现矿名的顺序，又没完全挨着。我想了想后，觉得应该过去跟孙主任说说。我过了孙主任屋说了，他笑笑地说那样抄就行了。

我说那我都抄好了，抄在了两张彩纸上。

他说好。放下他手里的工作，跟我过了隔壁。

我选的是两张黄色的纸。他看看桌上我写好的两张彩纸说：“好！黄底黑字，清清晰晰，好！来，那你赶快把它贴在大会议室门口。”

漂亮的女兵出来帮着我贴好了。大会议室人们都出来，围着看。

我看看手表，快九点了。

我把装糨糊的罐头缸送给了孙主任，说快九点了，培训开始呀，那我过去呀。

他笑着看我，说：“小曹，我刚才跟闫局长说好了，这两天的培训，你就别听了。我这里还有急事儿，还得让你来帮。”

孙主任说的急事是，让我在大门洞给办一期墙报，内容是“批判林彪反党集团”方面的。他说三天后矿区政工办要来人检查。

他说，刚才我把稿子整理好了。说完，给了我一些这方面的资料，有报纸也有手写的稿子。

我先到大门洞观看了观看，对左右两边的白墙方量了方量后，提出了我的想法，一堵墙是漫画，一堵墙是文字。漫画墙用白纸，文字墙用彩纸。

孙主任说，你怎么办都可以，需要什么，到总务去领。

“要个助手吗？要的话，我让小陈帮你。”他说。

“先不要，往墙上贴的时候再说。”我说。

“好。”他说，“记着是三天后，上头要检查。”

“没问题。”我说。

我初中时就跟我们班一个叫岳林林的女生办黑板报，办了三年。高中，我们班的板报也是我办。在文工团时，也办过几期。办墙报，对于我来讲，用句文雅的话说，简直是轻车熟路，而且是太轻车熟路了。再用句人们常说的歇后语来说，张飞吃豆芽——小菜一碟儿。

孙主任强调的是三天时间，我一天就办完了。

下午五点多，往墙上贴的时候，孙主任把小陈叫来了。

他说的小陈，原来是那个漂亮的女兵。

小陈问我说你是曹乃谦吧？我点头说是。

她说：“你分在了五矿，忻州窑街派出所。”

我问：“你咋知道？”

她说：“刚才宣布了。是按照咱们签到的顺序分的。不算当过兵的，你是第六个签的到，第六个对应的是五矿。”

我问：“啥对应？”

她说：“你写的你贴的，你还不知道？”

我说：“我不知道。”

她说：“就是早晨九点前，我帮你贴出的‘各派出所与矿名对照’那张附页。”

我说："哇，原来是这样。"想了想又说，"这倒也公平。"

她说："幸好我来了个第一名。我分在了矿区公交派出所。"

我说："你不是刑警队？你不是当兵的？"

她笑着说："不是。我是穿我弟弟的解放军衣裳。他现在还当着兵。"

74 考核

听我说我分在了忻州窑街派出所，又听我说这个所距离大同城四十里，算是比较近的所，坐公共汽车一个多小时就到了。我爹说，管他，娃娃这也算是安顿住了。

我妈本着脸说我："招人你可得给妈记住，可不许打人。"

我心想，你常常是动不动就打人呢。心里这么想，嘴里可不敢说出来。谁知道我妈好像是知道我刚才咋想了，又说："妈那打人那还算是个打人？那不算。你跟你表哥不听说，打两下。街上碰着跟我不讲理的了，动动手，那就不算是打人。谁叫他们跟我不讲理了。"说完，她自个也觉得挺失笑，笑了，笑完又跟我本着脸说："你当警察的打人，那是知法犯法。你是个管打人的人，可你打人，是错上加错，是犯王法的。"

我知道，我妈这是又想起了在我五岁的时候，她让北街派出所的那个姓邱的警察打过的那件事了。那件事我也记得清清楚楚的。我好像还能记得姓邱的那个警察的长相。

我说："妈您放心，我保证不打老百姓。"

我妈说："这就对了。我不让你打人这里头，还有个重要的是，你打了人家谁，谁也记恨着你呢。人家有了机会非报复你不可。就拿北街派出所姓邱那个狗日的，我能不记恨他？"

我爹不想听我妈说记恨呀记恨呀这样的话，打过岔儿问我，谁到哪个所谁到哪个所，是咋定的？我妈一听问这，也赶快插话问我："你说没说？妈就你一个。"

我说您们别提了，人家领导是按报名时签到的先后，排下来的谁到哪谁到哪。第一早的是个女女，人家到了矿区公交派出所。我要是骑车直接就到公安局的话，哪能还紧上她？我肯定就是第一名，就到了矿区公交所，要不的话，也是新平旺所。可我给延误了。在没当过兵的里头，我是第六个签的到。

我妈说："看看，看看，不听我的。我跟你说的是啥，啥事也是宜早不宜迟。看看。"

我爹说："管他，忻州窑所一个来小时，比起那远的，也行了。知足就能常乐。"

我妈问："让多会儿到忻，那个，啥啥所？"

我说："忻州窑。让大后天去报到。"

我爹说："我看来，一了儿等娃娃到了忻州窑报到走了，我再去他怀仁吧。这两天我给家安顿些烧的吧。上回也没安顿。"

我爹每个月跟怀仁回来一趟，送工资。每回回来都要到炭厂给家拉炭，拉回来敲成碎块，倒在炭仓。这些事还不让我插手，都是在我不在家的时候，他抓紧着就给做了。

我说："爹，您走您的吧。您已经六十多了，拉煤的事，以后让我给办吧。"

他说："不用俺娃不用俺娃。"

我说："爹，我这就要到矿派出所，还愁给家拉些煤？"

他说："看你说的。不能不能。不能说你一到了矿派出所当个警察，赶紧就要给家拉煤。这不好。"

我说："我花钱买，又不是白拉。"

他说："那也不行。你去了是做工作去了，又不是为自家办事去了。”

我妈说：“你看你这个担大粪不偷着吃的爹。一个真心保国。”

我说：“我是说您老了。”

他说：“谁说我老了。我还上着班儿，能叫老？”

我妈说：“行了招娃子，你爹想拉就叫他拉哇。他强活儿能给家做这么点贡献，就叫他做哇。你安心上你的班儿哇。”

第二天早不到八点，我就来到公安局。大门洞已经有好几个人了，看我办的墙报。评论说，这几个林彪画得好，简简单单，可又挺像。我也睄着看了一眼，也觉得挺好。其实我那是照着报纸上的漫画画的，又不是我创作的。

进了大院。孙主任在他的门前站着，我叫声孙主任，说，您早早儿的。

他跟我招手比画着，说你来你来，把我招呼进他办公室。

“我看你今天还不能去听培训。来，你还得帮帮我的忙。”

我没作声，看他。

他说：“是个这。这两天我手头的事儿过多，多得有点倒不过手了。上头又催着要‘批林’方面的简报，我看这一期《公安简报》，你给编吧。资料我已经准备好了。”

他给了我一沓手写的稿子。

我说：“孙主任，我没弄过这。编简报，我不会。”

他说：“你能办了墙报，就能编简报。无非是一个在墙上一个在纸上。”

我心想，哪会是这么简单呢。

他说：“试试。你试试。”

我说：“我还没见过简报是个什么样子。”

他说："来，你先看看这种样式。"

他桌上已经准备好了几期《公安简报》，拿起递给我。

我看看，每期第一页的上半页，是统一的红字，毛笔楷体书写的"公安简报"四个字。

他说："报头是统一的，事先就印刷好了的。这是死格式。内容每期跟每期不同。篮子是一样的，就是往里装的东西不一样。"

我翻了翻，里面的内容各是各的事，每期有每期的大标题。

他说："我知道你能行。"又说，"你是大同一中的高中生，大同一中可是省重点，能考到大同一中的学生可都是好材地。再说，我知道你跟大同一中到了晋华宫矿宣传队，原来没弹过三弦，让你弹，你没几天就会弹了，跟晋华宫宣传队到了矿务局文工团，原来没打过扬琴，让你打，没几天你就会打了。"

我心想，领导们连这都知道？

他大概是看出了我的疑问，说，公安局往进调一个人，那不调查清楚能行吗？你的《春闺过路》写得好，"而今春闺又来，我也钟情动怀"，好！

我笑了。

他说："试试吧。你还到隔壁，去试试。有什么不懂的，过来问我。"

我说："那我，给试试。"

我端着材料要出门，他又说，记着一条：写公文材料，语言词句不能花哨，不要修饰，形容呀比喻呀歇后语呀，都不上。

我点点头，过了隔壁。他在身后又鼓励我说，你能行。

我坐在办公桌前看资料，孙主任又过来了，说："你是编辑。手里的材料是有权改动的。这是下面提供上来的，有些内容杂乱，该删掉就删掉，该修改就修改。"

我用了一天时间，把这一期的《公安简报》弄出来了。正如孙主任说的，有些资料是该修改，但我没敢大动，基本是原样。孙主任看后，说好好好。他把有几处划掉后，说，简报简报，要简洁。

他填写了日期，填写了期号，又签写“拟用，请闫局长阅”几个字说，你可以下班了。

院子里清清静静的，培训的人们也已经各回各家了。

我回了家，我爹也把拉回的大煤块都砸成了小核桃，整理在了煤仓里。院也清扫了，洒过水的地上有股子煤炭气。

我爹正在洗脸。

家里一股炖猪肉的香味道。

当第三天早晨我进了公安局大院时，孙主任又在他的办公室门前站着，又在跟我招手。我心想，今天的培训要讲派出所的内容，我别又有什么事给拦绊住，听不成了。

孙主任指指局长办公室，笑笑地说，闫局长找你。

让我半点也没想到的是，闫局长说经过对你的考核，局里决定，把你破格留在机关。

考核？破格？留机关？

我这才意识到，这两天孙主任给我布置的这一项一项又一项让我“帮帮忙”的事儿，原来是对我的考核，而且是，我通过了考核，让我，破格，留在了局机关。

这么说，我不用去忻州窑了？

闫局长笑笑地说，我要进大会议室给他们讲一课，你去找孙主任吧，他会详细安排你的工作。

进了孙主任办公室，他问我想到了吗？我摇头说，没有。他说有人却想到了。我说谁。他说，小陈，早晨她问我说，文工团那个打扬琴的小曹是不是要留在机关呀。

我说可是我半点儿也没想到，我还心想说今天要讲派出所，我得听听。

他说光靠半天时间也听不出个啥，那些以后看资料吧。又说，工作明天再谈吧，你先去整理你的政工办吧。

我说："政工办？"

他说："对，你以后就是局机关的政工干事了，隔壁就是你的办公室。"

"我的？"我说。

"对。你一个人的。去整理整理吧。"他说。

那两天进这个屋没太注意，这回进了屋我专门看看，有床，床上有军绿色的厚棉垫。地上有卷柜，有办公桌，有椅子，有火炉，有脸盆，有脸盆架，有扫帚，有簸箕……

有人推门进来了，抱进个硬袼褙肥皂箱，里面是毛巾肥皂还有办公桌上的墨水瓶蘸水笔等的东西。他又让我跟他到库房一趟，我们两个人一块抱进来床上的东西。

被褥都是浅粉色底子白色花点点图案，床单是浅蓝色的。

还有军绿毛毯。

还有，这是啥，噢，窗帘，也是浅蓝色的。

我真高兴，铺好后，先就躺倒在新床铺上，怕把床单弄脏，两腿抬得高高的，空蹬了两下。铁匠房白师傅说我"小曹我看你是个娇养养，白面瓮里打躺躺"。我现在正是在"打躺躺"。

哇，真好。

我回家跟我妈说："妈，我说啥也得把您接来看看我的办公室。是我一个人的。被子褥子啥的，都是一崭崭（chǎn）儿新。"

我妈说："妈那得去看看，说啥也得去看看。"

她看是来看了，可她是跟我父亲来看的，是我父亲到怀仁走了半个月后，病着回了家，我领着他来矿务局医院做检查了。

我以前没进过大医院，不懂得咋看病。我想到了陈永献师傅的爱人，她叫李月英，是矿务局医院化验室的。要不是她的帮助，我连头尾也找不见。

检查完，中午就在我的政工办休息的。我爹躺在我的新床铺上，心满意足的样子，高兴地说：“看看我娃娃。爹工作了一辈子，也没你这么好的办公室。看看我娃娃。”

我妈看见我泡在盆里的球鞋，骂我“一个懒娃娃”，问在哪打水。我说我给打去。我到茶炉房打水的时候，她跟着我。

我给到饭店买饭回来，我妈已经给我把球鞋洗了，还把办公室也打扫了。

也许是在医院里检查完，我爹觉得不会有什么大病，也许是看见我一个人的办公室亮堂堂的，他高兴，精神很好。

后晌，孙主任进我办公室看望我爹，说您有这么优秀的一个好儿子，真是有福气。我爹更高兴了。

我妈说他一个小孩子，得让叔叔们好好儿地敲打敲打他。

孙主任问候了一气出去了。出了院，又在院里喊我说，小曹你一会儿回家时，到我办公室取个文件，往市局送。

他故意站在院里大声地说话，是让别的领导听，让小曹回家的时候给市局送文件，是公事。他这是为了让我爹妈都坐着公车回城里。

当时，我们单位只有一辆帆布篷顶的“北京”吉普车。

路上，我妈跟我说，你们孙主任真像是忠义的舅舅。

我一下子想起来了，真的像。我在五舅舅家那三年，经常跟着忠义到他舅舅家。我叫他舅舅也叫舅舅。

孙主任真的像是忠义的舅舅。

到了大同西门外，司机问我家在哪住，我说，让我妈他们下去步行哇，咱们先到市局，司机说，那不行，孙主任吩咐要让送到家。

在圆通寺大门口，我妈我爹下车了。

街人们都睁大眼，哇，小卧车。哇，小卧车。

75　七九

矿务局医院给我爹的体检结果，在第五天后全部出来了。说别的没什么问题，就是感冒引起了低烧，又致使肝脏有点炎症，建议到专门的医院复查。五舅舅说，那就到传染病医院去复查复查。复查的结果，肝有炎症，让住院输液，说消下炎就好了。住了半个月医院，我爹果然好了，吃饭香了，也精神了。大夫建议回家休息，说不要感冒，不要生气。还强调，千万注意别过度劳累。

五舅舅说这次利利索索的好了，这还不够个好？我爹说人活七十古来稀，姐夫都六十二了，再一眨眼就是七九六十三了。

我妈说管他，好了就比啥也好。我爹说该着去取工资了，这次能往回开两个月的。

我妈说家里又不急着用钱，你多歇缓上两天怕啥，我看你是急着又想去做你那没完没了的革命工作了。我爹说，说这话不当呢，我不去工作，一个月能挣人家这八十三块？再说我这已经是闲坐了小一个月了，人太闲了也不好。

五舅舅说姐夫说的也对，人是走蹿着好，活动着好，不能老是闲着。

我爹他就又到了怀仁，又像往常那样，一个月回一趟一个月回一趟，回来送工资时住些日子。唯一的一点不一样的是，以前回来只住个四五天就急着要走，现在是能让我妈拦挡得住个八九十来天。

局机关每天最少有两个人值班，一个是带班的领导，一个是普通的干部。一值一个星期。值班表事先就安排好了，上一个人值完一个星期后，会主动来告诉你“该你接班了”。你值一个星期后，就应该主动告诉下一个人。这叫交班。

这些，我以前是不懂得的。我参加工作有四五年了，从来没值过班。

第一次接到值班的任务，我悄悄问孙主任，值班是要做什么，我说我小时候跟妗妗到缝纫社值过班，我清清楚楚地记得，妗妗说值班就是睡一觉。孙主任说，咱们这也是睡一觉，但得在有电话的屋里睡。

他知道我是真的不懂这些，就往详细说了说。

他说，一个公安局机关，到了八小时以外，不能说干警们都走光了，只有个看大门的老汉，那不行，那得最少有几个公安人员在。

他说有时候上边，比如说市公安局打来电话，有事通知下面；也有时候是查岗，问哪个领导值班，如果不在，就叫脱岗，出了问题是要负责的；也有老百姓来电话报案，那你就赶快用电话通知给分管管辖的派出所，让他们出警处理。这些你都得要问清情况，做好记录。

他还说了好些别的注意事项，我点着头，一一记在心里。

第二次轮到我值班时候，已经进入腊月了。带班的是张副局长。晚上九点多，我接了个电话，说过大年呀，市局给你们准备了十扇猪肉，让第二天上午到市局去领取。我问多少钱，对方说不要钱。我把这个电话告诉了张局长，他说十扇猪肉，那咱们的吉普车还装不下，得寻个车。

第二天他打电话跟哪个单位给借来辆大些的车，让我坐着车到了市局。走之前，他还让孙主任给我开了介绍信，盖了公章，证明了我的身份。可是到了市局，无论是问哪个部门，都说不知道这事。市局办公室让问行政处，行政处让问内保处。问来问去，都说没这个事。

我以前给市局送过材料，那只是送到了门卫的收发室。这次，我把市局大楼上上下下转了个遍。

二处处长是个小个子老头，看了我的介绍信说："守义写的。守义想吃肉了。"守义是孙主任的名字。我也不敢多跟人家答话，拿着介绍信下了楼。

事情没办成，我只好是灰溜溜地返回了单位。

一院人等着分猪肉过大年。见我空手回来了，再一问我是怎么回事，都笑。笑我，也笑张局长。张局长指着我说："看看你这个电话接的，取电话记录簿来！"我跑回值班室拿过记录簿，他翻看翻看说，看看你，你也不问问来电话的人是哪个部门的，叫个啥名字。就写了个到市局取猪肉，别的啥也没记。

开始他还是笑着说，后来生气了："嘴上没毛，办事不牢。"说完，把记录簿扔给了我。

我把自己关在了屋里。

我很懊恼，很伤心，觉得很对不起张局长，因为我接了这个害人的电话，让他在那么多人面前，没有了面子。

孙主任进来了。他是来安慰我了，说："这没什么。接到报假案说杀人了放火了的欺骗电话，也常常是有的事。"

我说要是能查出是谁给打了欺骗电话就好了。孙主任说，硬下功夫的话，市局政保处就能查到，但太费事，不值当的。

他说政保处，我想起内保处。我问说：“内保处处长认识您的字体。”孙主任说：“那是我本家的叔叔。”这时我想起，他们的口音一样，都是灵丘县的。

我说：“他看完您写的介绍信说‘守义想吃肉了’。”

孙主任笑了，说：“等哪天我领你到老汉家，吃肉去。”

汾西矿务局技校放寒假了，七舅舅领妙妙回来了。玉玉想她爹了，也跟着七舅舅他们回村过年去了。

我爹说我也可想再回下马峪过个年，我可想下马峪呢，可想两个哥哥呢。

我爹说的两个哥哥，一个是我的大大爷另一个是我的四大爷，他们是亲兄弟。

我妈说，村里咱那房灰塌二乎的，可得好好儿收拾，想回咱们明年回哇。我爹说明年说啥也得回回，我贵贱是想两个哥哥了。

正月在五舅舅家吃请，妗妗问我爹说这一过年，姐夫是六十几了？我爹说六十三。妗妗说姐夫逢九呢。我爹说逢是逢九呢，可逢了个灰九，你不听老年人说，七九六十三，不死鬼来缠。五舅舅说那是老话，这会儿这医疗条件好了，人们的生活也好了，没那种老说法了。

忠义说：“姑夫，人家联合国调查了，中国人的平均寿命比一九四九年高了十五岁。”

我爹说：“忠义有知识，比他表哥有知识。”

我妈说：“招娃子就会圪锯个胡胡。”

我表弟忠义学校毕业后在神头电厂当了工人，可他喜好学习，爱看杂杂乱乱的书，知道的事儿比我多多了。我们有啥不懂得的，都问他，他都知道。

我从初中的时候开始，每年过年，总要给表弟表妹们压岁钱。

最初是两毛，到后来是一块，再后来是两块。我每次总要偏心些丽丽。倒也不是多给，钱数是一样的。但是，如果给别人是一块纸币，给她就是新新的亮闪闪的钢镚儿，要么是十个一毛的，要么就是两个五毛的。别的弟妹们知道我跟丽丽好，也不计较。

丽丽说:“表哥当了警察了。真牛。”

过了年，孙主任说，你也下基层去走走。到各所收集一下年前布置的“拒腐蚀，永不沾”活动，看收到什么成效。再了解一下“爱民月”活动的开展情况。

他告诉我说，编写《政工简报》要有具体的事例，要想有生动的事例，光听他们在电话里汇报不行，你得下去了解，正好也下去认认各矿的派出所门朝哪儿，不能说上边的政工干部，对下边什么也不知情。

调入矿区公安局半年多了，我从来没有下过基层派出所，我也想下去看看，可领导没说，我不敢自己做主往下跑。

我妈听说我要下各矿派出所，首先提出说你去去挖金湾矿，去瞅瞅你二姐。还强调说，去的时候别空手爹拉的，说二姐有两三个孩子。

我妈说的二姐是姥姥村里东院大舅的二女儿，是我的二表姐。东院大舅跟我的五舅舅七舅舅是叔伯弟兄，他们的爷爷是一个人，也就是说，他们的爷爷，也正是我妈的爷爷。

我妈说，我主要是跟她姊妹们相处得好。

我这次下基层是先紧近处，一天一个所儿，逐步往远走。有的时候，局机关有事，我还得参加。轮到到二姐他们八矿，已经是一个月以后，天很热了。我妈不让我空手栅栏的，上午去派出所办完公事后，我到矿商店转，不知道该买个啥好，最后买了十根铅笔十个作业本儿。心想现在用不着的话，以后也用得着。

二姐夫是井下运输工，正好在家。他不好说话，要说也是慢慢的，就像我当铁匠时的白师傅。二姐能说，说话声音响亮。说二姐夫无能，一脚踢不出个响屁，来个人也不会说个话，只会跟你笑一面。她挖苦二姐夫啥，二姐夫也不恼，只是笑。

二姐就是有三个孩子，老大老二是女的，三三是个男孩。我跟二姐夫吃饭时，二姐不让孩子们吃，把她们撵出外屋。里面一个长得最好看的，扒在门口说，表舅是公安局。我问你叫个啥，她说我叫智素芬。我问小名儿叫个啥？她说小名不好听，我问叫个啥，她笑着捂住嘴，不说。

二姐说，叫个改蛋。我说挺好，咋说不好。二姐说，我为下一个养个男孩，就叫她改蛋，果然第三个就是个男孩。我说挺准。二姐说，可有讲究呢，你是警察你不信这。

说起我爹，二姐问姑夫多大，我说今年六十三。她一听，说："呀，逢七九呢，七九六十三。这个九不好。快叫姑夫甭上那班了，快回家歇缓着哇。"

我说我爹身体还可以，就是去年感冒引起过肝炎，也治好了。

二姐见我有点不相信她的说法，又说招人你可甭不信，老年人的说法可有讲究呢。你回去跟姑姑说，甭叫姑夫上班儿了。

二姐夫说："就是，国家干部，六十多了，不上，也一分不少，上那做啥。"

二姐说："主要是，这个七九说啥也得躲过去。招人你可甭不信。真的可有讲究呢。"

我说："行，二姐，我回去一定跟我妈说。"

我是不相信这种"七九六十三，不死鬼来缠"的说法，我真的认为这是迷信。我倒是相信遗传因子的说法，我的爷爷八十多才去的世，而我村里的大大爷四大爷，都快八十了，还很硬朗。

我没跟我妈说，二姐说"这个九不好"这样的话。只是说，二姐说让我爹甭去怀仁了，一分钱也不少，上啥班。

我妈说，你那个真心保国的爹，不让他上班那就顶是要他的命呢。

我笑，笑我妈把我爹说得真也是准。

下基层回来，我连着写了几期《政工简报》，有一期还被矿区政府的《政工简报》原文转发。

孙主任问我说，你下基层回来好长时间了，没见你领补助？我问啥补助，他说你下基层中午在哪吃的饭？我说八矿是在亲戚家九矿是在朋友家，其余的都是在饭店。他说，你下基层这算是出差，能领伙食补助，车票也能报。我说车票都扔了。他说你家是不是钱多，不稀罕这几个补助。我说我长这大从来没领过啥补助，不懂得这个事。

他说："那那那，你到会计小贺那儿要张出差补助表。等等，我这里好像是有。"他拉开他的抽屉，找出张表，说："填一下。你把车票都扔了，那就按出差一个月算吧。"他教着我填好表，又在上面签了"准报。孙"几个字。他又说等等，我好像是想起，你也从来没领过值班补助吧。我说没有。他说呀呀呀，你这个小同志。他又给了我张表，帮我算了算值班的天数，把表填好。他又在上面签了"准报。孙"。

我在小贺那里一下子领出六十多块钱，比我的一个月的工资还多。回家全给了我妈。我妈说看这单位好的，到到八矿二姐家，还给发钱。

"批林"运动进一步走向深入，与"批孔"运动结合了起来。报纸上整天是孔老二呀克己复礼呀。

矿区区委组织召开"批林批孔"大会，各单位的领导要在大会上发言，公安局是发言的重点单位，特别强调的是，要联系实际。

孙主任让我给闫局长写发言稿。

我以前没写过发言稿，这该写个什么呢?

还得联系实际，这“克己复礼”该联系个什么呢?

这可是难坏了我。我把自己关在屋里，憋了一天，没憋出两行字。

按我妈讲的笑话，我这可真的是，急得我一头一头出脚汗，可到头来还白出。

回了家，我爹跟我妈又谈拉炭的事。

我说:“爹，咱们那炭不是还很多嘛，不到拉的时候。”

我爹说:“你那妈费烧的，爹明天再给安顿上两车，再放放心心地到怀仁。”

我说:“您该走就走您的，过两天单位不忙了，我给安顿。”

我爹说:“快不用俺娃不用俺娃。爹窝囊了一辈子，没本事给俺娃娃弄个好工作。俺娃娃自个儿弄了个好工作。快不用俺娃，快不用俺娃。”

我妈说:“你老了。你得服老。六十三了，你当你还三十六?”父亲说:“老了，咱们不会少拉点。拉不动八百拉五百。就按你的，咱们明儿拉一趟后儿拉一趟。”

第二天，我没硬坚持着自己拉，也没留下来跟父亲一块拉，就急着赶到了单位，去写那个要命的“克己复礼”发言稿。

父亲他没按我妈说的那样一天拉一趟，他还是给拉了两趟。第一趟回来他说这拉五百斤跟没拉一样，于是就又去了个第二趟。可就是这第二趟，把他给累坏了。整理完洗洗脸就躺下了，连饭也不想吃，我妈硬让他吃，这才吃了五六个饺子，喝了一杯酒就躺下了。我晚上八点多回来，他已经脱了衣裳盖着被子睡了。也不知道他是怕我责怪他还是真的睡着了，一直没跟我说话。

第二天他说精神了，吃完早饭就走了，到怀仁上班去了。可走了不到半个月，回来了，是让庞会计给送回来的。

我爹全身蜡黄，连白眼球也是黄的。

留庞会计在家吃饭，他死活不在，说还想赶下趟车回怀仁。我心想他大概是怕让我爹传染了病，没硬留他。

把庞会计送出大门，他悄悄跟我说，曹书记这次是在缝纫社累着了，我问说咋累着了。他说有天中午人们下班刚走，纺织公司给送来了一车劳动布，司机把二十个大包给卸在街门口。曹书记让宋大爷给看着，他自己一包一包，往进库房里抱。那一大包足足有一百斤，你想想，一吨东西。最后一包宋大爷帮了一把，结果宋大爷把腰也扭了。传达室宋大爷说，一车东西卸在门口，像座小山。

我问是啥车，他说是"嘎斯"。我不懂"嘎斯"是啥车，他说就那种苏联的能装两吨的小卡车。他说自那以后，没一个星期，你爹病了，不精神。

我没言语。

他说曹书记不精神，跟我们说这次不能急着回家，先在县医院看，看好了再回，精精神神再回，要不叫老伴跟孩子说我呀。

他说领曹书记在县医院检查完，大夫说咱县看不好，到大同吧。

我没言语。

他说："怎么说，这七九也是个灰九。"

76　谷面糊糊

庞会计临走还转达了贾主任的话，说如果需要到太原的话，给我们打个电话，我们派人来陪侍。我说真给你们添麻烦。他说，应该的，曹书记的病是得在了单位，少说了，单位有这个义务。

送走庞会计，我妈让我把五舅舅叫来了。

我妈说上回是传染病医院给看好了的，这次我看咱们还到那儿去住院。

五舅舅说，肝的病也就得是到传染病医院，别的医院不接收。

住进了医院，我妈说我爹，这次看好了，说上个啥也不叫你再去怀仁了。

我爹不作声。

传染病医院的大夫认得这个病人，说，上次好了不是强调过你们吗？是不是又感冒了又劳累了。我妈说，就是拉了两车炭，可拉回来也还是激激溜溜的，又到怀仁去上班了。

大夫说，老汉六十三了还上班，那钱挣多少是个够，多会儿也是身体第一，没了身体别的啥也没了。

五舅舅说，老汉是国家干部，不上班，也一分不少挣。

大夫说，那还上啥班？图个啥？

我妈说我爹，听着没，你图个啥？

我爹“唉”了一声。不知道是因为没听我妈的话而后悔地“唉”了一声，还是不同意别人的“图个啥”这个说法，而“唉”了一声。

输了一个月液，不见有好转，主治大夫说这种病就怕复发。不行再治疗上一个疗程。

一个疗程又是一个月。

又一个月过去了，我爹的精神状态和饭量虽然是有所好转，但那些该是正常的指数，还不正常。

主治大夫把我叫到他办公室说，有点不对头，我看你们还是趁早些转院，到太原的省肿瘤医院吧。

这些日，我已经知道省肿瘤医院是个什么医院了。我的心不由得一阵发紧。

我说不能到北京吗？他说不行，我们这里只能是往省城介绍。

当时的公职人员看病，实行的是公费医疗制度。不用个人花看病的钱，但想转院必须是一级一级地往上转。

他说你们如果想到北京，那可得有大关系，要不的话，根本就别想住进医院。

我们哪的大关系，没有。那只好就往太原转吧。

一听说又要转院，我爹就说：“咱们住得好好儿的咋又转院呀？招娃，咱们就这儿治哇。”

我知道我爹很疲劳了。好不容易这个检查室那个检查室的转完了，他不想再楼上楼下地爬那些楼梯了。但不行，明明知道这里治不好，怎么还要待在这里。

我跟五舅舅还有我妈商量后决定，到太原。

我给怀仁缝纫社发了电报，庞会计在第二天就来了。

解放初的那几年，我爹在省委党校学习过，对省城有感情。听说转院是到太原，他说你们说去就去哇。

省肿瘤医院，楼高，树绿，大夫的大褂儿白，病房的窗户大，屋里亮堂。我爹认定这里肯定能把他的病治好。大夫让他做啥他就做啥，就像是要完成党交给的任务那么认真。咬紧着牙，楼上楼下地坚持着。

我说：“爹，大夫让您多吃饭。只有多吃饭才能有抵抗力。”他说：“行。身体是革命的本钱。”

他永远忘不了革命。

我在医院外面租了一间八平方米大的小屋，屋里有个小铁炉。我给他做鸡蛋羹，吃的时候上面撒一层白糖。他想吃加酱油醋的，不想吃撒糖的，但听大夫说糖对肝有好处，他就横着心往下吃。我给他热牛奶，又是加了不少的糖，让他泡饼干。我给他炖鸡，炖得烂烂的。我给他到一家饭店买汆羊肉丸子，端回小屋热了，再给他端到病房。

那天，他跟我说：“招娃子，爹可想吃顿谷面糊糊煮山药瓣。”

谷面，就是谷子磨的面。我爹小时候他们家穷，不舍得把谷子皮去掉，光吃小米。而是连皮一块儿磨成面，喝这种带着糠皮的面糊糊。

山药瓣是我们的家乡话。就是把一个整的山药蛋顺着一个方向切成四块或是六块，这就叫山药瓣。人们说，把山药切成四六瓣。

我说：“山药瓣容易办到，可这谷面到哪儿去找。”

我爹说：“爹是百思六想地瞎说呢。爹还想见见你大大爷四大爷，能见着？见不着。爹这都是百思六想地瞎说呢。”

五舅舅打来电报，说我妈乘坐明天晚上的火车来，让我接站。我跟我爹说我妈明儿来呀，我爹很高兴。

可我到了火车站却没接住我妈，出站的人群里，咋瞭也没有我妈。我又返到了候车室，“妈妈”地大声喊，没有我妈的影子。

我妈是个文盲，从来没到过大城市。这可怎么办?

长这么大，我头一次是这么发急。

我急急地赶快往医院返，一撩门帘，我妈在病床前坐着。

“妈你咋就？找见了？”我又惊奇又高兴地问。

“鼻子底下莫非没个嘴？”我妈说。

“妈您可真厉害。”我发自内心地佩服。

原来我妈是下错了站，她提前就跟太原东站下了车。一路问人找到了医院。

住一个病房的，是本地人，他说太原东站离医院最近。

原来我妈下错站是错对了。

我妈来了，我爹的精神一下子就好了，不用人扶，自己就能坐起来也能躺下去。

我妈说庞会计，我来了人手够了，你回家歇缓上两天去哇。庞会计说也行，我正好回单位还有点事，顺便回家添点衣裳再来。

我把庞会计送出医院，他跟我说你妈真是个刚强人。他说他原来想着我妈看见病人会哭，可没有。他说你妈一进门，好像也是个探视病人的一个别的啥亲戚似的，问了些如常问的话。

我说我从来没见我妈哭过。庞会计说你爹倒是看见你妈来了，眼里有泪花。

庞会计走了十天，穿着个大厚厚的中式棉袄，又回到了医院。

大夫们隔三岔五地会诊，一个疗程又一个疗程过去了，可最终他们也没了信心，劝我们直接回家。他们没让我们再去别的医院试试，而是说哪也别去了，回你们大同吧。临完还说了句我最不想听的话，“别再看了。老汉想吃点啥吃点，想喝点啥喝点”。

主治大夫跟我说，我们确认是癌，胰腺癌。他说美国总统得了这种病也治不好。

白天回大同的火车没卧铺，黑夜的有，可下车的时间是半夜。我妈说半夜三更的。我爹听说回家，也有了精神插话，说就坐白天的哇。

车上的人一看我爹皮肤蜡黄，病成那样，怕传染，都躲得远远的，我爹可以一个人躺在那里，要回家了，情绪好，精神也好。

车上我给削苹果，我爹说俺娃真会削。吃了几片儿。

快到怀仁，我妈跟庞会计说："我看是把那个匣匣备上哇。"

庞会计说："我一直有这个想法，可不敢说。"

我妈说："把它摆在家门口，冲冲这灰运。"

庞会计说："我回去就给安顿。"

我听出，他们说的是棺材。

庞会计在怀仁下了车。

到了大同，晚上九点多了。

进了阴历十一月了，天很冷。

接到电报后，是忠义到火车站接的我们。忠义想得周到，他蹬着三轮平板车，平板车上还躺着一辆自行车。自行车下面还压着两件大衣。当下我们就把忠义夸了一顿。我妈说，要是忠孝和招人的话，他俩万辈子也想不了这么周到。

玉玉在家。家里暖和和的。

我爹说："医院再好，也不如咱们家。"

我妈说："那货，你也能说对一句话。"

我爹说："你看你，你看你。"

我们都忘了疲劳，都笑。

我妈问我爹想吃点啥叫玉玉给做。我爹说用问？玉茭面糊糊山药瓣。我爹知道家里没有谷面，就说了个玉茭面。

我爹是永远都在替别人着想的一个人。

我妈跟玉玉说，看你姨夫这点苦命哇。

玉茭面糊糊山药瓣做上来了，我爹只喝了半碗，吃了两瓣山药。我妈说，你想喝了半天就喝了半碗。我爹说，还是那谷面糊糊好。

我妈说："跟哪给你寻谷面去。"

我爹说："我是说的个话。莫非还真的能让娃娃到下马峪去寻？大老远的。"

第二天，我爹就说我，招娃子，这么时间了，爹就是个这了，你该去人家单位给上班去了。

我嘴上说"噢噢噢"，可手跟前有点别的事，一直没去。

第三天，我爹又催我，还带点生气的样子，说："我不稀罕你在跟前忽绕，你离得我远远的。"

从没见我爹这么生气，我妈跟我摆手，说招娃你快去哇。

那以后，我每天都得骑车到单位。走的时候，跟他打招呼说，爹我上班去呀。他说俺娃去哇，路上小心点。

我去了单位。

孙主任跟区委政工办借了一个材料员小韩，帮着编写简报。小韩比我大几岁，是个大学生。他跟孙主任挤一个办公室，办公桌面对面。我给孙主任掏出钥匙，说让小韩在我的屋子吧。孙主任说，就叫他跟我在这儿哇。

问过我爹的病情，孙主任说工作有小韩帮我，你还全心全意地照顾老父亲吧，不要把后悔留给未来。还说我当初就是没照顾好父亲，现在想补报也没法子补报了。

孙主任跟我说，小陈很关心你父亲的病情，昨天还来了，让我告诉你，如果需要吉普车，跟她说一声，她弟弟在部队给首长开车，着急了能用。

小韩说小陈的爸爸也能给派个车。我说她爸爸给我派车?小韩说我，小曹你可找到了好靠山。我不明白他说啥，看他。

他看出我不是假装，说你是不是不知道，她老子是咱们矿务局的大领导，小陈没跟你说过? 我说没有。

孙主任说，小陈姓的是她母亲的姓。她又不是那种好显耀的人，一般人们都不知道她爸爸是谁。

小韩说她爸是咱们矿务局的薛部长。

哦。

我心里“咯噔”了一下。

是个他?

自跟太原回来，我爹每天都要逼着我到单位。督促我去上班，就好像是他的任务似的。

腊月二十三那天，他没再像以往，催我去上班，而是说:“招娃，给爹，买，大红纸，写对子。”缓了缓又说，“给爹把炮子也买回来。”又跟我妈说:“那货，今儿咱们吃油炸糕哇。”

自有了病，我爹一直不吃油腻的和油炸的东西。

从太原回来，我爹反反复复说的一句话就是“七九六十三，不死鬼来缠”，我知道，我爹这是想提前过大年呀，腊月二十三，人们叫小年。他心想着只要把年一过，他就是六十四了，就不怕鬼来缠了。

我爹的毛笔字写得很好。他一九四四年以前，在村里当私塾先生时，学生的课本都是由他给用蝇头小楷抄出来的。我们家每年的春联也都是他写的。我最佩服他写“福”“寿”这一类的斗方了。写这样的大字他不用毛笔，是把筷子的方头绑上棉花当笔。写出的字那才叫棒。

我爹还喜欢放爆竹。我天生胆儿小，听到放小鞭炮也害怕，更别说二踢脚大麻炮了。我们家过大年买的爆竹都是由我父亲给放。

我把红对联纸买回来，我爹他还坚持着要自己写对联，但他一捉住笔手就颤抖，他已经连支笔也拿不动了。

他说还是俺娃给写哇。我写好后给他看，他不住气地说好，“比爹强，比爹强。”以前，我爹说我的字“鬼忽灵丁”，我爹这是头一次夸我的字比他的强。

我写的横联是：喜旺东山。

东山，敦善。

我隐隐地又是无奈地，为我想到的这个谐音而悲哀。唉，该死的阎王爷呀！

贴好对联，我把三板小鞭炮和一捆大麻炮都给响了。红红的纸屑铺了一院，加上红红的对联和油炸糕的味道，过大年的气氛出来了。

可就是从腊月二十三这天起，我爹开始昏睡。喊他，他哼一声，不喊他，他动也不动。

腊月二十五，七舅舅和妙英跟汾西矿务局技校放寒假回来了。

我爹已经是昏睡了两天了。

我妈说七舅：“七娃子，姐姐看了，你提前回村里哇。去把下马峪的房打扫打扫，糊糊窗子，泥泥灶火台，拾掇拾掇。有人问，就说是我姐姐和姐夫过完年回呀。”

我妈抿紧嘴，停了停又说：“如果你姐夫命大，能闯过这一关，那过了年，等天暖和了，我真的领他回村住上些日子。他一天都念着想回下马峪，都念着他的两个哥哥。那就领他回。如果命小闯不过去，那更得回，活着没，回去，死了也得，回。”她努力地控制住自己，没有，没有让泪流出来。

我妈让七舅舅给姥姥用自行车带着过年的东西，妙妙坐着长途汽车，他们回应县村里了。

我爹在昏睡当中，嘴里常常是含含糊糊说着“谷面糊糊，山药瓣”，“谷面糊糊，山药瓣”。问他说啥，他又没声音了。

这可怎么办？可就在这时候，我一下子意识到，我爹说“莫非还真的能让娃娃到下马峪去寻？大老远的”，他那是在提醒我：下马峪村有的是谷子，也有的是碾坊。可他又想到大老远的，怕儿子劳累着，就没明着说。

也正是在这个时候，我才想到，我爹一心一意地想喝碗谷面糊糊，那我跑一遭下马峪怕什么。

我就跟我妈说了这个想法。我妈说：“莫非就下马峪有谷子，哪个村没有个谷子？”

这一下又提醒了我。

我说：“妈我想起了，我给到雨村跟方悦哥家找谷子去。”

我妈说：“方悦村远的，莫非就雨村有，别的村没有？东关曹夫楼村哇没有？”

我妈的话又提醒了我，我当下就骑车到了城东，跟曹夫楼村的社员要了十来个谷穗。十来个谷穗不值得上碾子碾，我就往家返。我想到，回家用捣花椒的铁钵子捣就行了。

以前我跟冷处进了屋是不敢到我爹跟前的，可这次我一进门，就趴在我爹耳朵跟前说：“爹，我给闹回谷子了。这就能给您做谷面糊糊山药瓣。”我爹眼皮张了一下，哼了一声，嘴唇也动了动，好像是在笑。

我妈也弯下腰趴到跟前说：“那货，你甭圪挤眼，等着啊。娃娃给你，给闹回谷子了，我这就，给你做。”我妈就说就流泪，她已经是再也控制不住自己的悲伤了，眼泪“吧嗒、吧嗒”掉在我父亲的脸上。我也哭着，说:“妈，咱们赶快做哇。”

我跟我妈还有玉玉，三个人就哭就用手搓谷穗。我们谁也顾不得谷芒芒扎手，狠死地把谷子从穗上搓下来，再放在铁钵里捣。一钵一钵地捣成末末后，又用罗子罗，往下罗谷子面。罗了有二两多。我妈哭着说足够了，玉玉咱们赶快给做，招人你给往醒喊你爹。

我妈说这话，好像是说我爹是睡着了，让我往醒叫叫，叫起来吃饭。实际上，我和她心里都清楚，我的爹已经是不行了。但我妈她们还是在抓紧着做糊糊，我也是一声又一声地呼喊着他。喊一声“爹”，他的嘴动一下，好像是回答我。可他的眼睛不往开睁了，我咋喊说您醒醒睁开眼他都不睁。

当我妈把半碗谷面糊糊山药瓣捧过来时，我把我爹扶起来，让他靠躺在我的怀里。我在他耳朵跟前说:“爹，饭熟了。谷面糊糊山药瓣。爹您醒醒。谷面糊糊山药瓣。”他一下子把眼睁开了，看碗。嘴一动，好像是要说话。可猛地，他的头垂了下来。

那天是农历的癸丑年腊月二十八，公历是一九七四年一月二十日。

77　下马峪

我爹昏睡的那几天，五妗妗把装老衣裳也都给做好送来了。我妈说我爹：“那货，你不是急着想穿这身衣裳吗？五子家给你做起来了。起来看看，试试合适不。”

怀仁把松木棺材也给送来了，就停在了家门口前。我妈又说我爹：“那货，匣匣也给你做好了，起来看看，满意不。”

我妈说上个啥，我爹也不理不睬，不作声，不言语。只是在昏睡。

我妈想用棺材跟装老衣裳给我爹冲冲灰气，可是，我爹还是在腊月二十八的下午五点，咽下了最后一口气，离开了我们，离开了他心爱的革命工作，走了。

我给怀仁打电报，说二十九回老家下马峪。他们在二十九下午把嘎斯卡车开来了。

我的朋友，老王他们都过来帮忙。

走之前，我妈让众人往汽车上搬了好多的煤块。

事实证明，这是太重要的一个事情了。我妈在悲痛之中还能想起这么重要的事，实在是让人们宾服。

天快黑的时候，我们出发。临走前，我给孙主任写了封请假信，让小彬明天给发出去。他说过年呀，别收不到，我明天骑车到你们公安局，亲手给给你们孙主任。

怕路上有个什么紧要的事，表哥忠孝还有二虎，两人跟着回的下马峪。两个人在车上一个穿着我在铁匠房发的大皮袄，一个人穿着我在公安局发的警服皮大衣，但天太冷，又是夜里，到了下马峪，他们说差点就冻死。

表嫂快坐月子了，表哥得走。他和二虎第二天跟着车返回怀仁，后又乘坐着火车回到了大同。

七舅舅和七妗妗两人已经按照我妈的吩咐，在前些日来过下马峪了，给裱糊了窗户，打扫了家。

我们再次为我妈能在我父亲病重的悲痛中，把这些事都想起来，安顿好，而表示宾服。还有摆在棺材前我爹的那张十二吋大相片，也是我妈在我爹昏睡的那些日，让我到照相馆给放大的。

我妈一声招呼，家人父子们都来了，站了一地。

我妈说："曹甫谦，你当总管，给五大妈操办这个事宴吧。"

曹甫谦说："用说，五大妈，我当然是全力以赴地来打发五大爷了。"

下马峪叫办丧事叫"打发"，叫出殡叫"发引"。

我妈教我叫曹甫谦叫大哥。

大哥曹甫谦就全力以赴，当总管。跟我妈商定出殡的时间，定在了九天后的正月初六。还跟我妈商定了这个事宴尽动谁。"动"就是请，动谁，就是请谁来参加这个事宴。家人父子、亲戚六人，再加上抬材打墓的人，都算起来，最高人数是九十人。

大哥说："五大妈，动这么多人，您这是大办呀。十多年了，村里没人这样大办过。"

我妈说："你五大爷的最后一桩事了，要大办。"

大哥说："办大事宴，烧柴是不行的，得炭。村里一时是买不到炭。我见您把炭也都预备下了，有千数来斤，足够。”

我妈说：“粮呀油呀肉呀蛋呀水呀酒呀，鼓匠呀烟火呀纸扎呀，等等其他的，需要啥，全靠给你来置办。你也甭再问我。我只出钱就行了。”

大哥说：“顶事了。”

我妈说：“你也甭跟招人商量。他屁也不懂一条。”

大哥说：“但我得给他布置个任务。”

大哥给我布置的任务是，三天内到马岚庄、段庄、东安峪、钗锂，去这四个村给亲戚报丧。

钗锂，是我姥姥村。七舅舅七妗妗虽然来下马峪给打扫过家了，可他们还不知道我爹去世。钗锂村还有我姨夫，也就是玉玉的爹。对于这个事宴，我舅舅姨夫他们，都属于亲戚。

当时大哥是下马峪村的党支部书记，他跟我说：“招人，我本可以让人到大队部用电话来传叫，告诉给这几个村的谁谁谁，有什么什么事。可是不能这么做。报丧，必须得你本人亲自去才行。”我说：“我亲自去。”我问他讲究不讲究上午下午。他说不讲究，看病人讲究，报丧不讲究。

我先去的是马岚庄大姐家。我大爷的大女儿在这个村住。大姐非要留我吃晚饭。擀面条，跌鸡蛋。跌鸡蛋就是荷包蛋，应县人叫跌鸡蛋。吃完饭天已经是完全黑下来了。我说我走呀，大姐说黑洞洞的你敢走？不敢叫姐夫送送你。我说敢。马岚庄在我们下马峪的东南方向，距离着四里地。

天黑是黑了，可我还能看得见南山的黑影子，也能感觉到脚下的路。

我不是往下马峪返，我是往钗锂村姥姥家走。马岚庄到姥姥村是七里路。

我小时候我们一家三口，跟下马峪到姥姥村，或是跟姥姥村回下马峪，走的就是这条路。我爹一路都驾马着我，也就是我骑坐在我爹的肩膀。那时是三口人，这阵子却是我一个人，是我一个人，是我一个人，而有一个人再也不会在这条路上行走了。我边走边流泪。

我流着泪，我快快地大步大步地向前走着。

我流着泪，就走就大声地呼喊着："爹爹——爹爹——"

我流着泪，举起双拳，向着南山，死命地呼喊着："爹爹——爹爹——"

南山在回应着我："爹爹——爹爹——"

我一路就这么呼喊着，过了一个村，又一个村，来到钗锂，站进了姥姥院的大门洞。

已经是半夜了，大门从里上着，我拍了两下门后，听到里面是姥姥的声音，在问谁。我大声回答说："我，姥姥——"

我喊了一声"姥姥"后，突然，控制不住自己，眼泪哗哗地往下流，趴在门上痛哭起来。

哭着哭着，又一屁股坐在地上，放声号哭起来。

门开了，七舅舅打着手电，妗妗姥姥妙英都跑出来了，可我仍然是没起来，仍然是坐在地上放声地痛哭着，号哭着。

他们都知道这是发生了什么事，跟着我流泪。

哭着哭着哭着，最后是姥姥说："妙妙，把你表哥搀起，搀起入家哇。"

妙妙哭着往起拉我，就拉就说："表哥入家哇。表哥入家哇。"

到家第二日，是农历的年三十。

姥姥和妙妙留在家里看护着孩子们。舅舅妗妗姨夫和我，返到下马峪。

院里已经摆上了花花绿绿的花圈纸扎，大哥指挥着人在搭席棚，垒大灶火台。

街外有人喊说：“来了个小卧车。来了个小卧车。”

我跟大哥出街迎看。

让我没想到的是，公交派出所小陈跟车里下来了。

她说一声“乃谦”，下面不知道该说什么。而我，尽管已经知道她的爸爸是谁了，当我看见她，心里还是一热，嘴里笑了一下，眼泪在眼眶里打着滚，同时，也不由得握住了她向我伸出的手。

司机也下来了，小陈介绍说，我弟弟，薛明。

我们把姐弟俩让进家，他们站在我爹的遗像前鞠了三个躬。薛明说一看就是个慈祥的老干部。

七妗妗过来了，我说这是七妗妗。小陈问大妈呢？我说不在这里，刚才到东头大爷家了。

院里有人喊甫谦，大哥又返出去了。

小陈说是孙主任派她来的，说着，掏出个信封。里面是钱，还有个名单。我看见，是机关的干警凑的。局领导每人十块，下面的每人五块。另一张是公交派出所的，每人三块，小陈二十。

小陈说，原计划还要带个花圈来，可没法子带，拿了一个缎面幛子，我展开看，是孙主任的字。落款是“矿区公安局全体干警敬挽”。

小陈跟我说，弟弟送她回去后，让他再来，看这里用车需要做什么。我连连地摇头，说不要不要，说没什么做的。她说那你跟大妈什么时候回大同，让他来接你们。我说不要不要，我们定不下时间，我们完了还要到姥姥家。

我心想，我如果用你的车的话，那天我表哥跟二虎也不至于在卡车上面差点儿冻死了，我也不用跟我妈还有玉玉三个人挤在副驾座里了。

她说：“你要这样见外的话，那我们这就走了。”

我说："那你们也得吃完午饭再走。"

她说："不了不了，你们忙吧，不添麻烦了。我们进城里去吃。"

我没有硬坚持着留他们，把他们送出院门，望着他们的车拐出巷口，我"唉"地叹了一声，返回了家。

大哥一听说小陈走了，手指着我说："咋就放走了咋就让走了。"我说："我让他们在，可他们硬不在。"大哥说："你保准是杀鸡问客地让了让。人家一看没真心，走了。"外面有人喊他问什么事，他答应着往出走，就走还就指着我说"这个招人这个招人"。

每天的临明，我妈都是手扒着棺材，悲伤地啼哭。

"唉——那货呀，那货，我叫你你咋不理我呀，那货呀。"

"唉——苦命的那货呀，那货。"

每天的这个时候，我都会被我妈的哭声哭醒。随着那悲痛的哭声，我在被窝里，悄悄地流泪。

每回都是玉玉过去，托扶着我妈肩膀，把我妈止住："姨姨，姨姨，甭哭啦，您哭坏了身子，姨哥谁管呀。"

这时，我在被窝里哭得更厉害了。

城里的曹成谦也回来了，我妈教我叫他二哥。

他是接到了大哥的电话，专门跟城里赶回来的。他还找了小货车，拉回两个大花圈，是在城里定做的。比村里的匠人们做的讲究，也高大。进不了院门，就在街外摆着。

二哥说，这是大哥让定做的，是为在开追悼会时用。我看看上面的字，一个写的是"下马峪革命委员会敬挽"，一个写的是"下马峪党支部敬挽"。

二哥把我叫进西房，指着墙上说，招人你看你给啃的牙印子。

炕上两边的山墙，距离炕二尺多的地方，尽是一处一处的牙印子。

他前年到红九矿看我的时候就跟我说过，说你小时候还不会站的时候，就好趴在墙上啃泥皮。我说我妈咋也不管我，他说五大妈不管你，人们都说啃墙皮的孩子脑子灵，五大妈就不管你，实际上好啃墙皮的孩子们，是缺钙。

墙上还有我用铅笔画的画儿，有飞机有轮船，轮船下面画着水，水里面有鱼。二哥问我你现在除了爱好音乐爱好玩乐器，还喜欢画不了？正说着，玉玉在地上惊叫，说“斧子斧子”。玉玉在地上坐着小板凳拉风箱，她指着风箱旁的斧子喊叫。

她说：“打炭斧子本来是在地上平放着，可刚才噌地一下，就给站起来了。”

我妈跟七妗妗听着玉玉叫喊，跟东房跑过来。玉玉又把刚才的话说了一遍。大家都看斧子，那斧子确实是在风箱旁边，头朝下，把儿朝上，四面无靠地立着。

七妗妗说：“是姐夫回来。”

玉玉说：“是姨夫还没走。”

她们说完，都看我妈。

我妈说：“尽瞎白嚼。”

我想起玉玉小时候就有过这样的事。她五岁那年她妈去世，打发完后，我妈就把我跟她领到下马峪，住在姑姥姥家，我跟她在地上耍得好好儿的，她突然就转身往外跑，就跑就“妈妈”地喊，一直喊着跑到街门外。我们一家人也都跟着跑出来，可街门外一个人影儿也没有。

我有点生气地说：“玉玉你老这个样子。尽瞎白嚼。”

她说：“我又不是瞎白嚼。”

二哥说：“可能是斧子刚才受到了震动，碰巧就立起来了。”

正月初六发的引。

那天，大哥在下马峪村的当街，以村党支部和革委会的名义，为我爹开追悼会。我原来只知道我爹是一九四四年离开下马峪，参加革命工作，先是在应县周边活动，后来到了大同地区跟小日本儿打游击。他在追悼会上讲话我才又知道，我爹还在下马峪当过党支部书记。

大哥他还讲了我妈和我爹的一个趣事，说我爹参加工作打游击前，在村里偷偷发展党员，经常是在大野地里开会，我妈以为他们是在野地里赌博，跟踪着想捉个现行，结果呢，捉是捉住了，可人家根本就不是赌博。

大哥看着我妈说："老人白下辛苦了。"

台下的人们都笑。

在那个悲伤的场合下，我的心里也有了一点笑意。我问我妈记得这事吗？我妈说早忘了。

追悼会上还有个姓赵的老汉发言，说是我爹的学生，解放前在我爹手里念过私塾。他说家里至今还保存着我爹为他抄写的几本书。

会场下面，还有几个老汉跟我说过，说我爹教过他，家里也保存着我爹给他抄过的书。

我跟他们说我想要这些书，他们说回去找找。后来有找到的，也有说找不到了，我收集到十二本。是我爹用蝇头小楷抄写的《百家姓》《千字文》等手抄本儿。

这些书，让我想到，家里是不是还有别的我爹的啥东西。我细细地搜寻，在长条供桌的三个抽屉背后，发现了一样东西，把三个抽屉都取下后，才看出，是一把大片刀。我妈说这是你爹打鬼子时用过的，后来有了二把盒子，把刀留在家里，让我防身。

我还专门用尺子量了量，大片刀算上手柄全身长二尺八，最宽的地方是一寸半，最厚的地方是三个铜钱那么厚，重量是我们下马峪家里的菜刀的三倍。

我妈说："你爹可会耍这把刀呢，耍得'嗖嗖'的，红缨带'唰唰'的。"我妈还说："这刀的钢好。"她说："那年有人想抢我们。你爹跟车上把这把刀猛地抽出来，一挥手，胳膊粗的树杆，听不到个响声，就掉地了。吓得那几个人捩头就跑。哼，想抢你爷，爷还不知道想抢谁。"

后来我才问清楚，我妈说的是一九六二年困难时期的事。我妈在我爹公社开了一片荒地种菜。秋天她跟我爹拉了一车山药蛋、白菜、萝卜等东西，步行着给我往大同送。路上有四个后生，手里握着木棒拦在当路，让把车留下。我爹从车上抽出长刀，耍了几下，把那几个人吓跑了。

我像是得了宝一样，把大片刀和那十二本手抄本儿包在了一起，是用我的肥大的白孝衣包裹着的。

过完一七，正月十四，大家商量，玉玉还跟我妈在村里，说等到过了三七再回大同。她让我赶快回矿区公安局，去给人家上班。

我说我想去看看姥姥。七舅舅说要用自行车带我，我说我想步走。七舅舅就走了。

我跟七妗妗相跟着回了钗锂。一伙孩子们在西河湾耍，有个小男孩儿看见我们，跑过来，妗妗跟我说："这是四灰子。中平。"

在姥姥家，所有人都好像是商量好了似的，一律不说我父亲去世的事。

七舅舅让我给中平取个大名。中平是我表弟，他跟我表哥都是"世"字辈儿的，我想想说叫个"张一世"吧。舅舅说，好，就叫个张一世。

正月十五，我在姥姥家过了我的第二十五个生日后，独自一个人带着我的孝衣包包，回到大同，进了圆通寺。

把显眼的红对联撕掉，开开家门。家里灰桌子冷板凳的。

看了一眼炕上我爹躺过的那块地方，我的心不由得一阵阵发紧。

78 遗孀补助

正月十六我跟姥姥家往大同返时，进应县城去了二哥家。二哥家在城北。女儿春梅四岁了，眼睛大大的，长得真好看。她两手揪托起身上穿着的花罩衫，跟我说："叔叔叔叔，您看我妈给我买了个大哈拉。"那样子真可爱。我抱住亲了她一下。

我特别地喜欢小女孩。村里四哥有两个女儿，大的叫永清，也是四岁。正月初九四哥请我们到家吃饭，四嫂让永清给看住妹妹。永清顾着耍，呛白她妈说："我的营生还忙不完，管你那闲事呀才。"一个小女孩说出这样大人口气的话，真让我喜爱，我想抱抱她，可人家还不让，说"顾不得顾不得，等我忙完你爱咋抱"。

我在二哥家住了一晚。二嫂说五大爷去世了，怀仁每个月都应该给五大妈生活补助。二哥说这叫遗孀补助。二嫂说好像是一个月八块。二哥说像五大爷这样的抗日干部，少说也是十块。二嫂说招人你这次就到怀仁问问他们。二哥说不问他也给呀，一分也短不了。二嫂说那也是问问好，有时候他们圪装着以为你不懂得，就不给你了。

二哥说那年想在云冈照个相没照成，咱们到木塔前留个影吧。

木塔前面破破烂烂，几只鸡在塔基座下刨刨看看地刨看着找吃的。这座世界最高，历代十多个皇帝给题过匾的，有着二十二层楼房高的木塔前面，却没有家照相馆。最后找到了县工会的张恩世。小时候他跟我在姥姥村里的大庙书房一块儿念过书。是他帮着找了个人，才给我跟二哥在应县木塔前拍了个照片。

在二哥家住了一晚，第二天一大早我赶往了第一趟回大同的长途汽车。

中午我到了五舅舅家。忠义在神头电厂上班，他是过大年放假回来，才知道我爹去世了。但我们仍然是谁也不多说这个伤心的事。

几个月的时间，使得我疲劳极了，我只想好好地睡一觉。这个时候，舅舅家表哥家老王家二虎家，觉得都不是个能让我好好地睡一觉的地方。

走吧，到单位，到我的政工办吧。

在五舅舅家吃过午饭，我说我下午到单位呀。

可我骑着车出了西门外时，脑子一闪念，一拐弯，向南骑去。

到雨村。

我不知道怎么地一下子想到了雨村，想到了方悦家。

那晚，我跟方悦都喝醉了，我醉得醒来后不知道自己是在哪里。

方悦笑着说："招人你睡了十二三个钟头。睡好了没？"

我不好意思地说："睡好了。"

方嫂笑着说："兄弟起来吃饭哇。没睡好黑夜接着睡。"

方悦笑笑地说："先吃饭哇。没睡好黑夜再好好儿睡。"

我在雨村待了两晚上一白天。走的时候方悦说，招人你多会儿想来就来哇么，哥的家就是你的家。

回了单位，孙主任问我去过平鲁没？我说没去过。他说你一了儿出去海散海散，换换环境换换心境。我说噢。他说有个出差到平鲁的事，你跟着去吧。我说噢。

到平鲁是外调。公安局外调必须得是两个人。外调啥，我不知道，也不问。心想需要说的时候人家跟你说呀，人家不说你也甭问。是到平鲁的一个小村村里。山旮旯。村里没水。喝的水是天上下来的雪水和雨水。一下了雪，村人们第一件紧要事就是赶快把雪一担一担地倒进井里。旱井，很深。那个村有个没经过商定，但人人都在执行的做法是，无论你谁不想活，你也不能跳进井里去寻死。

为了省水，上笼蒸饭时，给我们两个客人一人蒸一碗水。笼里蒸着莜面推窝窝，还蒸着半小碗儿胡麻油加黑酱。一打笼就闻到了胡麻油和黑酱的香味道。走哪也再没闻到过那么香的味道了。莜面推窝窝蘸胡麻油黑酱，好吃，太好吃了。

我们在那个没水的村待了两天，总共走了一个星期，回到单位。

跟平鲁回来，接到怀仁庞会计的信，让我到我爹单位去整理我爹的东西。

我爹锁着一个卷柜，里面都是我爹的东西。办公桌的三个抽屉一个小方柜都没锁着，里面都是办公事的东西。有二十多个工作日记本，在小方柜里摞放着，都是在公社时代的工作笔记。我说这个我拿走。贾主任说这个我们留着也没用。

一卷旧行李，三个布包，一个大提兜。另有一条磨得没了毛的旧军用毛毯。这是我爹的全部遗物。

庞会计给了我个信封说，这是你妈的遗孀补助，以后缝纫社每个月给你妈八块补助，这是这两个月的，你数数。我没数，把信封装兜里。这时我想到，我爹一个月工资八十三，自己留十三块，给我妈七十块。那以后我妈手头上再也没有这七十块了。

庞会计说给问了个顺脚车，有卡车上大同拉货，明天早晨早早走。他说你今天就在曹书记办公室住上一夜。

他要领我到他家吃饭，我说不了，我到县剧团找我同学去呀。我说我黑夜也不想在这里住。他说那你明儿早早儿来，我也来。我说噢。

第二天一大早，我跟同学郭振源来到缝纫社，庞会计也早就来了。他说招人，咱们夜儿个忘到小厨房儿，去整理你爹做饭的东西，他跟孙大爷共用着一个小厨房。我说不要了，都留给孙大爷去吧。

庞会计指着房顶悄悄跟我说，上面放着几块木板，是做完棺材剩下的，那该是你们家的了，拉走吧，以后有个用呢。我说我不要了，他说买也买不到，咋就能不要。他帮着我同学，两个人上房把几块木板都递下来了。

他说听曹书记说你一个月开五十多块，少是不少，我才是三十来块。可以后你得养活你妈，得娶媳妇，得，要钱的地方多着呢，不当家不知道……他有点伤感。

卡车来了。我们把东西装在了车上。

临走，庞会计又跟我说："招人，我跟你说个话，是个坏话也是个好话。你爹以后不在了，你的手脚可不能还是那样大，以后你们家全凭着你了，你妈又没工作……听着没。"

我说："听着了，庞叔。"

车快开呀，他又拉开驾驶室门，说："我也该退休了。你妈以后的生活补助，我让他们给你寄单位。两个月寄一回。"

跟怀仁回来，孙主任跟我说你一了儿再海散海散去吧，再跟着到到北郊区郭家窑村。这次他们事先告诉我，是有个涉嫌军婚案，让我跟着做问话记录。

涉嫌军婚的被告，是我们分局忻州窑派出所的内勤民警。原告是部队的当兵的，当兵的结婚一个月后回了部队，妻子跟着他的父母在郭家窑村里居住。而原告的妻子正是我们内勤民警的表妹。原告说我们的内勤民警到郭家窑看望表妹时，黑夜没走。原告的父母证明说，我们的内勤民警和表妹在那一黑夜里，发生了破坏军婚的事。部队法院让我们矿区公安局给以协助，先初步查查是怎么一个事。

我们这次到郭家窑是要做做对原告父母问话笔录。

我们不能在当事人家吃饭，问完后，村里给我们派到了另外一家去吃饭。通过饭菜，我们看出这家不是普通的农民，一问，是北郊区委的退休干部。他说他解放前就在这里打游击，一听打游击，我就说我爹在解放前也是在北郊打游击，他问你爹叫个啥，我说曹敦善，他说："呀呀呀，你是楚修德的儿子。"我说："我爹叫曹敦善。"他说："知道知道，打游击时候我们都要变名字。你爹改名叫楚修德。解放后才又恢复成原来的名字。"跟我一块来办案的同事说我："小曹真失笑，一个当儿子的，居然不知道爹叫过啥名字。"我说："我爹没跟我说过这。"老干部说："我还到过你家。是在城里一进西门路南的一个寺院住着吧？"我说："就是。圆通寺。"他说："你爹常说'大人不争，小人不让'，不好跟人争。可最后呢，叫好争的小人们把他挤到了怀仁。"

说着说着，知道我爹去世了。他说人到了年龄该退休就得退，要不为啥政府要规定个退休年龄呢。他又问怀仁给你妈多少遗孀补助。我说一个月八块。他说不对不对，十二块十二块，你找他们去哇，十二块。

我妈跟玉玉在下马峪给我爹过完了三七，又返到姥姥家住了一个多月，才回来。我把庞会计给的叫做遗孀补助的十六块给了我妈。说这是两个月的，以后每两个月给往来寄一回。

我没有跟我妈说“十二块”这样的话。我知道我妈的性格，她要是知道怀仁欺骗了她的话，那她一定会到怀仁去大闹一场才算。我心想着，我先给庞会计去个信，问问是怎么回事。

街道知道曹大妈把个能挣钱的老革命的老伴没了，照顾我妈让给看水管，一个月给八块钱。水管就在我们院，让我妈给打扫打扫，再一个是甭让孩子们给耍水。

那天我回家，小南房炕上多了一个两岁多的小男孩。

玉玉跟我说，二虎院房背后有个女人，让姨姨给看孩子，一个月给十二块。

我妈赶快说：“妈挣一个是一个，少拖累俺娃。”

我听了这话，心里觉得一阵阵的难受。

过了些时怀仁来信了，但不是庞会计写来的，是怀仁手管局革命委员会的公用信纸。关于遗孀补助的答复，一是，有地区差别，怀仁要比大同少；二是，你父亲是在缝纫社去世的，是小集体单位。

什么？小集体单位？

我爹爹怎么是个小集体单位的退职人员了？

怎么会是这样？

我打问了好多的人，好多的机关部门，都说你父亲是从公社退休后到的缝纫社，而不是退休前从公社调到了缝纫社的。都说无论如何你父亲是政府部门的国家干部，不是小企业的从业人员。

我再次去信，说我父亲一九四四年参加工作，是抗战干部，在公社当领导当到了六十岁，退休该回家了，你们说让到缝纫社给带带新同志，就去了缝纫社继续工作，多工作了三年，六十三岁去世。他怎么就成了手管局下面一个小集体单位的人员了。

这封信写去后，一直没有回信答复。倒是又收到了缝纫社寄来的两个月的补助，仍是十六元。

两个月加两个月又加两个月过去了。

我妈终于知道了属于自己的这个叫做是“遗孀”的生活补助，比别的同样情况的“遗孀”，每个月少了四块钱。

那两天我单位事多，没回家，那天上午玉玉突然到了我们公安局找我，她说你快回家，姨姨要到怀仁砸缝纫社。

她跟我说，你大概还不知道，缝纫社给姨姨的生活补助每个月少了四块。姨姨非常生气，说不在这四块钱上，说这是明欺负人。说不给他们点颜色看就不姓张。说爷爷脑袋别在裤腰上跟着曹敦善转山头打游击怕过个谁，今天你来欺负你爷爷，瞎了你的狗眼。说不给你爷爷涨那四块钱，非把你缝纫社摊平不可。

我妈比我爹小六岁，五十六了。可就是这个年龄，她也能一巴掌把无论你是谁的嚼牙打下几个。

玉玉说姨姨今天是误了车了，明天一大早就要去怀仁呀。

幸好是玉玉跑到矿区公安局告诉了我。要不的话，这可能真的要出事。我妈在气头上，啥事也能做出来。去了打坏人家的人怎么办，或者是让人家把她打一顿怎么办，再或者是让人家叫了派出所的人把她控制起来怎么办。

我说：“你回去吧。看叫姨姨知道你是来了我这里的。”

她说：“那咋办呀？”

我说：“反正今天她是走不成。后晌我就回去了。”

玉玉赶快走了。

这个事幸好是玉玉跑来告诉了我。要不的话，后果真的不敢想。

中午我就返回城里到了五舅舅家，叫着五舅舅一起到了圆通寺。经过说服、劝导，最后决定由我出面到怀仁。

我也是真的在第二天去了怀仁，也真的是去找了手管局革委会的领导，但生了一肚子气，没有结果。

我再次庆幸不是我妈来，要是我妈，那个领导的嚼牙就不会再长在他的腮帮上了。我没力量去打谁，再说我也不想去打谁。

我出了事，我妈谁管。

我忍了个肚疼，我在剧团郭振源那里住了一夜，返回来了。

我哄我妈说："怀仁答应了，以后像您这种情况，大同给多少，怀仁也给多少。从下个月就给，以前的也都要补上来。"

我妈说："敢不给。吓不死他。"

又一个月怀仁该寄遗孀补助的时候，我给了我妈六十块，说已经涨成十二块了，连以前那几个月的也补上来了。我妈说你得拧他，你不拧他他能好好儿给你。我说对着呢，得拧。

我妈笑了，为维护了曹敦善的尊严而笑了。

我也笑了。因为我妈笑了，我也就笑了。

从那以后，我妈的遗孀补助就由我来给补齐。

再以后，我妈打听得大同的遗孀补助又涨成了十六块，两年之后又是二十五块。我也都是赶快按这个数儿给涨上来。

我给我妈的"遗孀补助"补差的这个情况，就连两个舅舅和玉玉我也没跟说。除了我，谁也不知道。我怕别人给说漏了，那要是叫我妈知道了，可是闯上天大的祸了。

79　缘分

到太原给我爹看病前，我就知道老王在腊月年根儿要跟牛金花结婚。柱柱还跟我说："前年虎人结婚时，你给写了七言诗致贺。有一句我还记得是'喜听团囡啼声朗'。老王结婚你也应该有诗吧。"我说："有。现在保密，喜宴上揭晓。"实际上我也真的是已经准备好了，是带有打油味道的两阕《调笑令》，抄在了纸上，喜宴要笑新媳妇时，让老王和牛金花二人一替一句地朗诵。我还特别地告诉柱柱，第二阕最后一个字"伴"，一定要叫他们读成儿化音。

正好是牛年的年根儿，老王的对象又叫个牛金花，我就把她的姓名都写在了里面。这两阕打油《调笑令》是这样的：

癸丑
癸丑
牛年小牛配偶
金枝金叶金黄
金花看中老王
王老
王老

家中喜添王嫂

王嫂
王嫂
当年怀揣宝宝
大宝名叫大牛
二宝唤作二牛
牛二
牛二
乐坏牛王老伴（儿）

我爹年前去世，我们回下马峪安葬就要上车走的那阵子，我掏出十五块钱给老王说你的婚礼我不能帮忙了。老王说那也不能留这么多。当时婚礼的礼钱一般是两块，也有三块的，好朋友就是五块。我说别说了，我把钱给他填在上衣兜里了。他还要往出掏，二虎拦住不让他掏。我又把早已经在稿纸上抄好的《调笑令》给了柱柱，说我不能参加他们的婚礼了，你给拿上要笑他们吧。

正月十七我跟老家返回来，本想着去去他家，问问他们朗诵《调笑令》没有。可我心里又想到，自己一个重孝在身的人，别到人家新婚喜房，老王不讲究万一人家牛金花讲究，就没去。去了趟雨村后，直接到单位上班了。

自从我父亲有病，断断续续地加起来算，我有四个月没上班，那些运动类的简报，孙主任又物色住了一个姓韩的六八届大学生来写，是跟区政府政工办借用的，小韩想调进公安局工作，就尽力地操办着这份简报。

小韩说：“天下文章一大抄，就看你会抄不会抄。小报看大报，大报看‘梁效’。”

他写这样的文章不心烦，说很愉快。

孙主任知道我不想整天写那些运动类的简报，就把小韩继续留下来。让我出了两趟差，回来后又说，正好治安办公室新组建了个临时的“自行车打钢印”办公室，人手不够，你跟着一起做吧。

山西省公安厅不知道是跟哪儿学了经验，要给全省所有的自行车的脚蹬三筒那个地方，打一个十二位数号码的钢印。谁的车打完钢印后，还要发一个小本本，本本上记着你的名字、车型、号码，证明这个车是你的。

这也是让偷车小偷给逼的，想出了这么个笨办法。

活儿不重，没技术性，但量很大，跟外单位还抽借了很多人。以前冷冷清清的公安局大院儿，人来人往挺红火。

我负责写这方面的简报，这种有实际内容的简报我会写，而且还不是天天要出简报，我的工作没负担。

我五舅舅给我妈在他们雁塔服装厂找了点临时做的，就是在包装车间铰线头。再高级的技工，用缝纫机做出的活儿，总要有好多的线头，必须得把线头铰掉才能熨烫打包。我妈就戴着个老花镜，跟一伙女工们给铰线头。一个月二十四块工资。但必须三十天都得上班。误一个班儿扣两块钱。我妈怕让扣了钱，一个班儿也不舍得误。她也怕迟到，老迟到怕人家不要她，她就每天早晨早早地就起身。

雁塔那儿离我们家少说也有五里路，我每天都用自行车带着送我妈。我认出包装车间的主任就是我写的《值班》里的小毕姨姨。可怕人家认不得我，我没跟她打过招呼。

我送完我妈再骑车到新平旺。那天一进院，见打钢印的几个临时工在逗一个十多岁的大女孩唱“我家的表叔数不清”，我也站在跟前听。我能听出她是想唱什么，但基本是都不在调子上。

有个临时帮忙的问我说快过五一劳动节呀，不知道咱们放不放假。我说不用问，那两天更忙，肯定不放。

刚才唱京剧的大女孩问我说：“叔叔您说五一劳动节是个几号呢？我爹教过我，可我想不起来了。”

哇，这么大的女孩不知道五一劳动节是几号，还是爸爸教过而她是给忘了。很明显，这个女孩是个智障。我就说：“那你应该能想起三八妇女节是几号吧？”她摇摇头说忘了。人们都笑。这时，背后张局长的门“哗”地被推开，他很生气地把大女孩喊进屋。

有个临时工告诉我，我才知道，原来她是张局长的女儿。她悄悄说，张局长好像是在生你的气。我说生我个什么气。

下午我回城里到市局“打钢印办”送完简报，早早就回了家，我妈还没有回来。我骑车赶快到雁塔去接。去得早了些，她们还没收工。我坐在一进门廊垛着的衣包上，听她们说笑。平时她们老是在说灰话，可这次听着她们是在说缘分。

我听出是杨姐的弟弟结婚一年后，发现妻子跟她的同学在三年前就开始有奸情了，而且是那个同学现在还找着各种借口要来家瞅空子。杨姐气得说，说啥也得跟她离。人们尽问说有孩子吗？杨姐说，有是有个孩子。

女工们都劝说，有了孩子了，能不离最好是不离，凑乎着过哇。杨姐说那就让我弟弟戴绿帽子哇？有女工说那让你弟弟也给她戴，你弟弟是老师，学校有的是女的，让你弟弟给她戴三个五个八个十个。

人们都笑。

“您说，张姑，她会给咱们戴，咱们不会也给她戴？”刚才提建议说“也给她戴”的那个女工，跟我妈说。

“为了孩子，反正也是不离好。”我妈说。

我想想，我妈的这个观点跟从前的不一样了。

小毕姨姨说：“男女相好，是个缘分。谁给谁戴，戴了几顶，那也是有个缘分在里头。不是说你想跟谁相好，谁就能跟你好。老天爷早就给你安排好了。缘分到了，自然而然就相好在了一起。缘分不到，强努是不行的，努到了头儿也是个不行。”

有人问：“毕主任你呢，缘分到没？”

小毕姨姨说：“我灰说能行。哪有个缘分。也可想等个缘分，可贵贱等不到。”

我妈说：“小毕，我看到了。”

杨姐说：“哇，毕主任，张姑说你到了。”

我妈说：“我说的是啥到了？我说的是到点了，咱们回家哇。”

人们都笑。

缘分缘分，慈法师父活着的时候就常说这个缘分。这些日，我常常想小毕姨姨说的这个缘分。

到了打印办，也是在想这个缘分。

小陈在我办公室门前喊我，我过去了。她说我一下子想起你跑家，我该给做一张我们公交派出所的工作证，这样你乘坐公交车就不用花钱了。我说当然好。看到我玻璃板下压的一张光头相片，她说这个好，好像个明星。我说文工团去省里会演，在太原的五一相馆照的。

她看见床下的脸盆里泡着的衣服，要给我洗，我说别别别，我昨天刚泡的。她笑着说哎呀呀，都昨天啦，还是刚泡的。我说多泡两天好洗，她说那就发霉呀。她端着要到茶炉房，我拦她。她说：“你有时候太过客气。”挤开我出去了。

望着她的背影，我心想，谁叫你的爸爸是个他呢？看来老天爷没给咱俩安排着小毕姨姨说的那种缘分。

我越想越觉得缘分重要，就拿好朋友二虎来说，他跟他们宣传队的小谭搞了两年没搞成。宣传队结束后回了维修班，跟一个班组的小郝搞成了，很快结了婚。小彬也跟帽厂的一个姑娘结婚了，对象姓王，长得喜喜色色的。昝贵跟岢岚县调回大同医药公司没半年，也结婚了，找了个铁路医院的护士。这都是缘分。

星期日早晨，把我妈送到雁塔厂门口，碰到了小毕姨姨，她跟我妈说张姑，快叫招人带我到小南街门市部。我妈说我，俺娃送送小毕姨姨。我原来以为小毕姨姨认不得我，可她刚才还叫我招人。

我说小毕姨姨你还是我小时候见你的那个样子，一点儿也没变。她说，哇，招人你还记得小时候？我说记得。她说记得啥。我说你们在小南街值过班儿，我跟着在大案上睡了一觉。

她说："招人，姨跟你说个话你信不信？"我说："信不信啥？"她说："姨姨一直记着你光白牛的那个样子。一直没忘记。常常想起。你信不信？"

我不知道信还是不信。我说："你骂我小屁孩。"她"哈哈"地放声笑。

她说："当时你是十岁。"我说："你还知道我是十岁。"她说："我问过你妗妗。"我说："那时你多大？"她说："二十二。其实，也是个小孩。要不，为啥看见你光白牛心里还咯噔了一下。而且是一直就忘记不了了。"

我没作声。

她说："招人，这就是缘分。"

我没作声。

她说："招人，缘分。"

她又在说缘分。我没作声。

她说着说着，声音住了，半天没言语。我以为她下去了，往后看看，她还在车后坐着。

过了一会儿，她说招人，你是不是也有点喜欢小毕姨姨？我没作声。她说你不作声，就是也有点。

我还是没作声。她说你要是再不作声，就是不喜欢小毕姨姨，那我就跳下去呀。

车子晃了一下，她好像是要往下跳。我不知是什么原因，还想让她继续坐在我后面，再跟我说缘分呀缘分呀这样的话。我怕她往下跳，赶快说"有点有点"。

她在后面一下子拦腰抱住了我，紧紧地靠着我。

我让她抱得一下子觉出很激动很兴奋。回了家，我也一直是很激动很兴奋。

激动兴奋的当中，我一下子做出个决定。骑着车就到了花园里，二楼一单元一号住着周慕娅。在院里碰到她二姐，说四女儿在矿上没回来，来，你进屋坐坐。我说不了，以后再来。说着我又骑着车，一口气到了红九矿。

周慕娅一个人在宿舍看《红楼梦》，她说你来干啥，我说想跟你说句话。她说说吧。我说咱们结婚吧。她的脸"刷"地红了，愣了一阵后说我不管，你问二姐去。我当下又骑车回了花园里。

二姐说："四女儿还没回来。今儿看样子是不回了。"

我说："我刚才去矿上见她了，我跟她说咱们结婚吧，她说我不管，你问二姐去。"

二姐愣怔了一下，笑着说："哈哈，她不管？叫问我？"

我说："她刚才就是这么说的。"

二姐说："好。结哇。"

我看她。

二姐说："多会儿结，时间你们定。我们这里，彩礼不要，条件没有，房子我们也给准备好了，东风里四楼二单元八号。"

我有点没听清刚才她都说了什么，慢慢地回想着。

她又补充说，我们早就跟圆通寺周围八乌图井牛角巷的邻居们打问好了，你是个孝顺父母的孩子，有这一条就够了。四女又说你，聪明有智慧，爱好文学，才艺多多，我们也相信她的看法。你的缺点我们也知道，死相，不活泛，跟你爹一样，太过原则。

听了这样的话，我才相信她不是在跟我开玩笑。

我提着黄挎包站起来，二姐说你不是想看看《脂砚斋重评石头记》吗，上回没拿，这次拿去吧，但要保护好。

《脂砚斋重评石头记》是用蓝色布面函套裹着的线装本，她亲自给我装在黄挎包里。我按按黄挎包说，一定保护好。

我走出门，她又把我喊住让等等，一会儿出来，给我手里放了一把钥匙，说，叫上你的老王虎人二虎小彬，收拾新房去哇。

我爹去世一年后，我跟周慕娅结婚了。

80 北温窑

我爹活着的时候，多次督促我，让我向党组织递交入党申请书。我爹去世后，人们常问我说，你爹去世前有没有给你留下什么遗嘱？我说没有。我爹才六十三，无论谁都没有想到他会这么早就离开我们。他不会说遗嘱的事，我们更不会问他。后来想想，我爹让我“向党组织递交入党申请书”，这不是遗嘱的话，也该算是遗愿。这个遗愿我一定要完成。于是我就写了个申请，给了我们机关支部王书记。他说，好的，我会跟张局长汇报你的这个想法。张局长是分管党务的局领导。

没过几天，张局长把我喊到他办公室。我以为他是要说我入党的事，但不是，他是让我给他誊抄一封信。其实他的字写得挺好看，他是想变变笔体，让对方看不出是他写的。他的信是在骂一个人。

过了些时，当第二次又把我喊进他办公室，又让我给誊抄他的信时，我拒绝了。我说我不给您抄这种信了。他的脸“唰”的一下子变成了恼怒的样子，狠死地把信团成一团，揭开铁炉盖儿，把信塞在了炉子里。

当时天还不冷，炉里是空的，没有生火。

看着这团白纸，我一下子愣住了，愣了一下，转身走了。

这事过了有半个多月，王书记找我谈话，转达张局长的意见，说考验我的时候到了。

我一听，吓了一跳。

后来，才知道是怎么回事。是区委给公安局下任务，让派一个人到北郊区北温窑村，给插队知青带队，时间是一年。他说，按说你父亲刚刚去世，你母亲就你一个孩子，这个事应该是让别的同志去才合适，可张局长说，就叫小曹去哇，他不是想入党吗？考验考验他。

我妈有玉玉跟做伴，北郊走一年，又不是说有多远，这当中也常能回来。

我想想说，行。

王书记说有什么要求没有？

我想想说，给我妈拉一车炭。他说行，你找孙主任吧。

孙主任说，给你找个大些的车。第二天他就找了解放牌大卡车，给我妈拉了足足有五吨块煤。

我妈高兴地说，以前是你爹给妈拉炭，可从来没拉过这么多。我妈问卡车司机多少钱，要给掏。我说，妈这不要钱，单位给的。

我给叫来老王和二虎他们，给下炭，垛在了厕所旁，垛了快有房高。

我妈给做好吃的。

过了两天，孙主任又找那种小嘎斯车，送来表皮板，说当生火柴。我妈说，尽是松木的，有松油，火旺，闻着好闻的。

我又找来了老王和二虎他们，给架在了煤垛上。

自我爹去世，我妈这是头一次这么高兴。

有足够的炭来烧，我妈比有了啥也高兴。

看着我妈高兴，我更高兴。

过完国庆，我就上任了。是矿区用大卡车把我们连行李带人，一块儿送到了北郊区委的所在地，新荣。东胜庄公社又派拖拉机把我们接送到了各个点儿。天擦黑的时候，我到了北温窑。

北温窑七十户人家，二百一十来口人。在大同的西北角，再往北走三里路，就是内蒙古的地皮了。

这个村实在是个穷村。有的人家的孩子们冬天没鞋穿，有的人家全家几口人盖一床烂羊皮被子。

我没见过也没听过，解放二十多年了，还有这么穷的村子。

但人们的脸面都是笑笑的。

我在北温窑待了一年。

我的长篇小说《到黑夜想你没办法》里温家窑的地理环境，完全是这里，碾坊呀水井呀的地理位置，跟真的一样。西沟呀南梁呀完全就是这里的真实地名。书里的人物和人物故事，百分之三十是发生在这里的。

而我的中篇小说《部落一年》，百分之百写的就是这里。

因此，我在这篇文章里不想再多写北温窑了，但是发生在腊月二十三的那件事，我想把它从《部落一年》里复制下来，放在这篇《北温窑》文章里，因为这是我参加公安工作以来，独立地非常漂亮地侦破的一个刑事案。

阴历的腊月二十三，一大早，我正在宿舍刷牙，凤凤敲门进来了，叫我去她家吃派饭。其实我头一天就知道了。我很喜欢去她家吃派饭，因为她家干净。她家炕上的牛皮纸补丁裱糊得方方正正有边有角，一看就是出自凤凤这个十六岁少女的巧手。她的三个弟弟的手和脚都干干净净的，没像村里别的孩子那样，积着厚厚的污垢。我知道，这也是凤凤的功劳。

我一进门就把准备好的纸包儿打开，放在炕上。里面是五块米黄色的麻糖，我这是头一天专门下公社给买的。

凤凤没有爹，她爹在两年前修大寨田时，让石头给砸死了。

正吃着早饭，民兵连长圣根把我喊出院，悄悄地又是很紧张地说："村里有了贼。财旺家让偷了。你来，你来。"说着把我拉出街门。门外有个六十多岁的老汉，穿戴整齐，不像这个村的人那么破烂。他说曹队长我家让偷了，把准备的年货都偷了。我问丢了啥，他说丢了两袋白面、三十斤大米、两扇羊肉、一颗猪头，还有一布袋冻豆腐。

好家伙！这还了得。在警察的眼皮底下偷东西，简直是反呀。义不容辞责无旁贷的使命感，要求我一定得把这个案子破了，给罪犯点颜色瞧瞧，也好显显我公安人员的本事。

我说，走！看看去。圣根问我要不要叫公社群专的人。我说用不着，有我就行。圣根说需要人言语一声，咱们叫民兵。我说用不着，有你就行。

我在矿区公安局是秘书办公室写材料的，是个文职人员，可在人手不够的时候也抽调到侦破组办过案子，不算是外行。再说，我也好看个推理破案的侦探小说，我自信能把这个案子破了，而且会破得很漂亮。

我把自己当成福尔摩斯，把圣根当成助手华生。我像小时候玩捉特务那样神秘兮兮，严肃认真。

财旺家东下房房顶积着一层薄薄的让风吹干了的雪。当我在上面找到了光着脚丫的足迹后，我马上就判断说：案犯是个女的而不是男的。当足迹从矮墙头下到街外的土路上消失后，我又有了重大的发现。我"勘查"出，路面上掉有白色的羊脂颗粒，虽然只是米粒儿大小，可它们没逃过我的眼睛。

什么叫蛛丝马迹，这就是蛛丝马迹。

往前又找找，还有。于是我又做出了新判断：从羊肉上掉下来的白脂颗粒，能把我们领到案犯的家。

尽管那白色颗粒时有时无断断续续，但那些油脂颗粒还是把像狗似的在地下爬来爬去的我和圣根给引进了一个街门。抬起头，我看见凤凤从堂屋端出一案板刚出锅的粉条，要在院里晾冻。她这是在给我准备午饭。帮她开堂屋门的小弟弟站在门外，他一下一下地伸出舌头舔舐着我早晨给他的那块麻糖。看见我和圣根，他问凤凤说："姐，你看他俩不站着走路，咋就那样地往里爬？"

知道我们这是爬进了凤凤的院，我一下子给愣住了。

凤凤把摆放着粉条的案板搁在鸡窝顶上，笑笑地走过来问说："你俩找啥？"她这么一问，我就像当场被抓住的小偷，立马觉出身上在冒汗。正不知该如何回答，背后有人喊我。是个男知青，他说伙房出了事儿，让我赶快回去。我脑子里没多想什么就跟着知青急急地走了。

街外有好多的人，都靠墙站着。

他们都盯着我，眼光很怪异，我跟他们打招呼也没人理我。

知青伙房并没发生什么事。知青们把我骗出来是有事要告诉我。

他们说，财旺又不是咱们村的人，他是上头有关系把他硬塞进了咱们村。村里人知道财旺家里丢了东西都说活该。别人家过年连副羊杂碎也吃不起，想吃顿馍馍也没白面。财旺家倒好，整扇整扇地丢肉，整袋整袋地丢白面，活该！那么多的好吃的都是从社员群众嘴里克扣下来的。财旺的女婿是公社革命委员会管水利的大官儿，财旺常去公社取这取那地往回拿东西。知青还告诉我说，民兵连长圣根分管着治安，他不管不行，您管他这闲事干啥。还有的说，财旺仗着有靠，连刘书记也不放在眼里，从不参加劳动，年底照常要分红。您去过他家吃过派饭吗？肯定没去过。人家说有病，多个人就做不行饭了，不让霜降给往家安排人。

知青们正你一句他一句地跟我说着，圣根来叫我，说财旺要叫咱俩搜凤凤的家。我说他算老几，给我下达任务。我推说知青这儿有事走不开，没去。圣根说，要不我给去应付应付。

我悄悄吩咐一个知青，去打探结果。半个钟头后，那个知青回来报告说，圣根也没给搜，财旺让霜降给公社打电话，霜降说电话坏了，那家伙自己拿起给摇通了。又一个钟头后，知青报告说公社来了个骑洋车的人，把凤凤家翻了个遍，屋里屋外，柴禾棚，山药窖都搜了，什么也没搜出来，那个人又骑车走了。听到这个消息，知青们都在拍手，有的还欢呼着往高蹦。

中午十二点多，凤凤的小弟弟叫我去吃饭。既然来叫，我也就得去，要不，显得我做贼心虚，好像承认自己做错了什么似的。

公社那个人心狠，搜查时把凤凤家和院翻了个乱七八糟。连裱糊在炕上的牛皮纸也给撕扯破了。家里可能是再没有整张的牛皮纸了，凤凤把破布剪成条，粘贴那些破缝。我一下想起，我妈给我包行李的那块塑料布我擦洗后闲着没用，就回宿舍取来，给他们平展展地铺了半炕。

看着凤凤那感激得不知说什么才好的样子，看着那三个男孩子挤在炕沿边就抚摸塑料布就不住口地说“真好真好”的高兴样子，我的心里反而滋生出一种酸酸的难受的感觉。

吃饭时，我们谁也没提这件事。

下午，矿区来了辆小货车，接我和八个知青回家过年。

回家我跟我妈说了这件事，让我妈狠狠地数落了一顿。

我妈说俺娃真不懂事，穷的过，不穷谁想偷。

她说，我看你连个知青小孩也不如。再说，低头不见抬头见的，你是得罪那人干啥。大年时节的，捉贼又不是你的工作，你是知青带队的，管好你的知青就行了。你真是狗扑耗子多管闲事。

81　户籍警

北温窑给知青带队回来，孙主任跟我说张局长还要继续考验你，让下基层。我心想，考验我，下基层，该不是让到最远的王村派出所吧？那个所距离大同一百多里，让当所长也没人想去。我问是下哪个基层，孙主任说忻州窑派出所。

忻州窑派出所离家虽说是不太远，但得倒车，很麻烦。我说刑警队工作挺辛苦，要不让我到刑警队吧。孙主任说不能，忻州窑派出所那里正缺个人。

我想起了，涉嫌军婚的那个民警就是忻州窑派出所的内勤，他的那个事虽然没判定是违法，但也属于说不清的那种不妥当，最后受到了纪律处分，调离出了公安系统。

我想了想后，跟孙主任说，那我就下忻州窑派出所吧，要不张局长会说我挑肥拣瘦，不听组织安排。

我又说，我不想让他说出我个不以为然来，我想完成父亲的遗愿，我想入党，要不的话，我对不起我父亲。

孙主任说，那你就去吧，但你还是局机关政工办的人，下忻州窑所是临时协助他们工作。等再有了合适的内勤，你不想在那里，还回来。他拉开卷柜门，够出一本厚书说，到了那里你有时间把这本书翻翻。我看了看，书名是《预审工作》。他说预审工作很重要，可却是咱们局力量最弱的部门，你先下所去锻炼锻炼，争取早日把组织问题解决了，回来把预审的重担担起来。

于是，在一九七六年的农历二月二，我到了忻州窑派出所，以协助的名义，当了户籍内勤。在民警眼里，当户籍内勤是很有权的一项工作，所里的警察都想望着这个岗位。

局里给派出所的说法是让小曹去试用，转不转成正式内勤，看工作情况再定。

我想起我最初签到是第六名，就是让我到忻州窑派出所。临时也好，试用也好，看来我跟这个所是有点缘分的。

忻州窑所是个小所，连我四个人。所长田丰德，另有老魏和老赵两个外勤。

正式来所上班的第二天，我在办公桌前整理东西，快中午的时候，门口站进个五十来岁的男人，可他再没往屋里走，就在一进门那儿站着。笑笑的笑模样，露出嘴里的一颗金牙。我办公桌对面是外勤老赵，老赵这一阵不在屋。我以为他是跟外勤约好了，来找老赵。我就比画着老赵的椅子说，你坐吧。他还没动，还在那里笑笑地站着。

我有点纳闷，可看他的样子不像是个有病的人。我没理他，继续整理我的。

“你是曹乃谦哇？”他说话了。我“是是”地点头。

“我是你冈呢。”他说。我抬头看他。

“我叫曹平谦。应县下马峪。”他说。

“哇——是冈冈。”我站起，向他迎过去。

我们下马峪叫哥哥时的发音是“冈冈”，而我姥姥村发音是“嘎嘎”。

“走哇。到冈家认认门去。”他说。

平谦哥的爱人是街道干部，我们派出所又跟街道是在一个大院，他就很快地知道来了个内勤叫曹乃谦，就来跟我认弟兄了。

我们真的是本家弟兄，血管里流着同一个祖宗的血液。

我回家跟我妈说平谦，我妈居然能知道他的爷爷的名字。

他是井下掘进工，三班倒。倒到了白班，只要是家吃好的，就来叫我。我不好意思老去白吃，就给他的三三四四还有艾香买些学习的用具。我总觉得买这些比买吃的好。

街道大院还有幼儿园，就在派出所隔壁。我在办公室常能听到女老师在教小朋友唱歌。我喜欢小朋友，跟小朋友做邻居，我很高兴，半点也不觉得他们吵了我。

那天上午办公室没什么事，我翻看《预审工作》。听到老师在教《卖报歌》，可在教唱的当中，老师好像是很不满意什么，声音很响亮地指责小朋友。我就合住书，想过去看看怎么了。

走出派出所，就听到老师在大声地跟小朋友们说："我唱我的热啊热啊热啊，你们唱你们的热啊热啊热啊。明白热啊吗？"小朋友齐声回答说："明白热啊——"老师说："那好。重试试。"说完，老师又重唱：

"热啊热啊热啊，热啊热啊热啊，我是卖报的小行家。预备——唱。"

小朋友们都跟着她唱："热啊热啊热啊，热啊热啊热啊，我是卖报的小行家。"

老师一拍手，有点急，说："我跟你们说的是，我唱我的热啊热啊热啊，你们唱你们的热啊热啊热啊。可你们贵贱是听不明白。"

我听明白了。小朋友们没听明白，我听明白了。我进去了。

小朋友们见进了个警察叔叔，小板凳"砰啪砰啪"地响着，往直坐。

老师认得我，说：“小曹你看，我的舌头不好，可孩子们贵贱是听不懂我的意思。”

我说：“来，我教大家。大家坐好。”小朋友们又都重新往直坐坐。我想起了我小时候，在郑老师课堂时，同学们都是这样坐得直直的。最数常吃肉，一动都不动。

我说：“来，你们跟我唱。啦啦啦，啦啦啦，我是卖报的小行家。”

小朋友跟我一起唱：“啦啦啦，啦啦啦，我是卖报的小行家。”

老师高兴地拍手说：“就是这样唱，就是这样唱。你们以后就是这样唱，大家听明白热啊吗？”

小朋友们齐声回答：“听明白热啊——”

那以后，我常去教小朋友唱歌。

那个老师姓靳，三十多岁，除了不会发“l”的音，别的都正常，对孩子们也好。她说小曹真是个好警察，有对象吗？我跟他开玩笑，说没有。她说我给你介绍我外甥女儿，呀啊大眼，可吸人呢，呀啊乎呀，可吸人呢。

呀啊大眼？

我想了想，噢，俩大眼。

呀啊乎呀？

想想，对，俩虎牙，不过我倒是喜欢虎牙的女孩。

过了些时，她跟我说小曹你哄人呢，你都有孩子热啊，还让我介绍，我差点把外甥女介绍给你。我说是你要给我介绍你外甥女，又不是我要让你给介绍。她说小曹真是个红火人，小朋友可喜欢你呢，我也可喜欢你呢，你要是没结婚多好，我外甥女真的可吸人呢，你是没见。

老赵在外面喊我说有人办户。她说，你没做的就过我这儿哇么。我说好。出去了。

有个矿工在我办公室站着。半个左脸上的一片洗不掉的那种黑，让我知道他是井下爆破工。见我进来，他跟下衣兜里掏出一盒红牡丹香烟。我说我不会抽烟。他不知道该把香烟装起来，还是继续拿在手上。犹豫了一下后，给放在了我的办公桌上。我指着香烟说你装起来，装起来。他没听我的，而是开始说他的事。

他说儿子结婚好几年了，没房。说单位给分房呀，可他的条件不够。他说只要把他妈的户口上在了跟他一个户口上，就能分到房。我说你妈户口现在在哪儿，他说在口泉镇，也是市民。他把他妈的户口本拿给我看，我一看就是口泉镇的非农户。我说那你迁移过来就行了。他说口泉镇派出所说，得咱们派出所给出个准迁证才行。我说行，我给你开。我给他出具了一个准迁证，盖好户籍专用章，撕下来给了他。

他拿在手里看看说："就这？行了？"

我说："您还要啥？"

他说："是，那个，你还要啥？"

我说："我这里没有要的。"

他说："那我这就能走？"

我说："您啥意思？"

他说："不是说，那个，还要收，费？"他跟另一个衣兜里掏出一个手绢包，要往开展。

我说："不要不要。行了您走吧。"

他疑疑惑惑地又把手绢包装起来，手按着衣兜，转身慢慢地走出我办公室。

老赵进来了，看见了我桌子上的红牡丹。我说那个工人给的，你拿走抽去吧。老赵高兴地装起来说，你不抽烟你不知道，一盒红牡丹三块六呢。

我到北温窑给知青带队时，把姥姥跟村里接来了，跟我妈做伴。

我每次从东风里骑自行车出发，先到圆通寺，把自行车打在我妈家门前，进小南房问候问候姥姥。问候过姥姥，再问问我妈有什么事没。我妈每回都催我说“俺娃快快儿走哇，给人家迟啦”。我这才急匆匆地再步行到西门外，乘坐六路或者是一路公共汽车，到了矿务局的新平旺总站。再倒车乘坐五路，到忻州窑。五路终点站就在忻州窑矿办公大楼门前的广场。

大同矿务局所有的矿都在山沟里，办公楼和广场在沟底。矿工宿舍、家属居住区、学校等等的，都分布在山坡上山顶上。我们派出所就在北山山顶。

我下了车，再步行爬坡，爬到半路还得在一个小平面上停下来，缓缓，再往上爬。到了派出所，就是气喘吁吁的了。即使是冬天里，也是头冒着白气满身汗。

我认真地看过手表。从东风里家出发，到了派出所。一路都顺畅的话，得两个小时。这也就是说，我来回花在路上的时间是四个小时。这还必须得是躲开上班的高峰时段。在高峰时段想往车上挤，那可得点本事和力气。我的身架子单薄，又没力量，再一个是身为警察，还有点不好意思地硬往上挤。曾经有过三趟车都没挤上去的事。误一趟车十五分，误三趟车，那四十五分就过去了。我有一次下午四点就跟派出所提前走了，回了东风里家快晚上的八点了。

我妈常常是不高兴地说我，你干啥回这么迟？妻子更是因了我的回得迟而不高兴。

我在派出所里的工作倒是不忙，矿小人少没什么事。而对于我来说最轻松的那就是一个月一次的值班了。一个星期里，住在办公室，睡懒觉能够睡到早晨七点半。

又一个值班时的中午，我躺在床上看《预审工作》，正看得有点迷糊时，有人敲派出所的门，在外面喊着说他拾了个小女孩儿。我开开门，他说这个小女孩在沟底的五路车站那儿哭了一中午了，没人管。他说这幸好是夏天，要冬天的话，冻也不愁给冻死。我说谢谢你了，你叫啥名字在哪工作？他说，问这做啥呢，谁碰着也得管管。说完转身走了。他那意思是做好事不留名。实际上我是想详细问问，看有没有啥找到家长的线索。

小女孩不哭了，脸脏乎乎的，我想用温毛巾给她擦擦不让擦。不让擦甭擦你不哭就行。我问什么话她都不回答，我想到她是不是还没吃中午饭就丢了。我抱着她到食品店买了二两动物形状的小饼干。她果然就大口大口地吃。把她抱回派出所，给她兑了温开水，她也是大口大口地喝。但怎么问话也不回答。我一下子想起，她该不是个哑巴？十聋九哑。我在她的耳边大声地说："你说话！"她半点反应也没有。

哦，是个哑巴。

但她的眼珠却是在机灵地转动着，看我的一举一动。是个哑巴，但不是个愣子。这一点我肯定了。

听到院外有送来小朋友的声音，我想起了幼儿园，我就把小哑女交给了靳老师，让她给看哄着。我得想办法找家长。田所长也来了，我们想到了各种找家长的办法，同时启动。靳老师下班呀，到我办公室说要不我给把她领回家？我说别了，万一家长来领呢。

天黑了没人来领她。我说走吧吃饭去吧。

办公室没个啥玩的，我把她抱到平谦哥家，找了点三三四四和艾香耍过的耍活儿。嫂子说，咋弄呀，黑夜就把她留这儿哇。我倒是想留，可小哑女哭着抓住我衣服不松手。我只好又把她领到派出所，夜里就跟我在值班室的小炕上睡。

三天过去了，还没有人来认领她。我说靳老师，你给她洗洗澡吧。就是给她洗澡的时候，靳老师发现了她的背心上缝着个布条，上面写着女孩的出生时间：一九七一年十月初一。

这说明哑巴女的家长不是无意地丢了她，而是有意地不要她了。要这样的话，等着有家长来认领她，已经是没可能了。田所长请示了局领导，最后决定，让我值完班后，在星期一早早地回市里，把她送给市民政局。

原以为是很简单的事，可市民政局不收，说要矿区公安局出具证明，证明孩子的来历。我赶快抱着孩子到了矿区公安局，我写了个过程让孙主任加盖了公章。下午又返到了市里，民政局又说要最初捡到孩子的那个人的证明。到哪儿找这个人去。

我有点生气了，说：“我反正是要给你们留在这儿，你们爱咋处理我不管。”说着我把孩子往办公室地上放，可哑女拼命地号哭，死命地抱住我不撒手。

我想往开掰小哑女的手，可在使力的同时，看见了她那惊恐又带点乞求的眼光。我的心不由颤抖了一下，把手松开了。

我把她抱回圆通寺。

我妈说：“行了，没人要，我养活。尔娃哑不哑也总是一条命呢。”

小哑女在我妈家待了一个多月，公交派出所的小陈，终于在忻州窑村，把她的家人找到了。我才又把她带回矿上，交给了她的姥姥。

又一个大年过去了，我让孙主任给问了张局长我入党的事，张局长说前边排的好几个都是老同志了，他年轻轻的再等等哇，看下批的哇。我只好是再等下批。

这等等的一年当中，我帮着表嫂的兄弟跟对象领了个结婚证。她弟弟的户口在内蒙古齐夏营，对象的家长不同意这门亲事，把户口本藏起来，他们领不上结婚证。

之后我又给表弟忠义通过关系在矿上拉了一卡车松木表皮板，叫做是表皮板，实际上很厚。表弟快结婚呀，能用它打家具。

上面的这两宗儿事，也算是我对亲戚们的一点贡献。我妈表扬我说：“哪么也比你那个担大粪不偷着吃的老子强。”

为了躲开高峰时间，那就得迟到早退，可这样，就不是张局长眼里的好警察了。连最起码的上下班时间你都不能遵守，你能通过考察吗？果然是，下一批还是没我。

妻子的二姐说我，看你这个党是解决不了了，回哇，回市局哇。

我跟孙主任说了想往市局调的意思，孙主任说那要回的话那就到我叔叔二处吧，我说给让他招呼你。

一九七八年十月，我调回了大同市公安局。

走之前，我专门又到到幼儿园，去跟靳老师和小朋友们再见。靳老师听我说走呀，哭了，说以后再没有人帮我教小朋友唱歌了。后来她突然抬起头，就擦泪就说，你哥哥在这里你莫非以后不到到你哥哥家？我说到呢。她说你要是到你哥哥家莫非不到到幼儿园？看看小朋友？

我说：“到，一准到，专门来幼儿园看你。”

她笑了，有点害羞的样子，转身问小朋友们说：“小曹叔叔刚才说以后还要到幼儿园看大家，大家听着热啊吗？”

小朋友们齐声回答：“听着热啊——”

第四辑　清风

82　死相

一九七八年十月，我从矿区的忻州窑派出所调回了大同市公安局，在内保处工矿科当外勤。

内保处全称是，内部保卫处，就是对外说的二处。

因为第二天要到市局报到，昨晚我妈说，俺娃以后再也用不着一大早地天不亮就往矿上跑了，吃不肥跑瘦了，你看俺娃瘦的。

当时我身高一米七二，可体重才是一百零二斤，矿区分局的人们都叫我“一零二首长”。

我妈说，明儿是个大喜的日子，你跟四子中午来家吃饺子哇。妻子周慕娅小名儿叫四女儿，我妈一直叫她四子。

我说您那临时工中午休息上不大一阵儿，别急着忙活它，一了儿等星期日的吧。我妈说，啥也是活的不是死的，明儿妈还去上班，可上上一会儿就告假，我明着跟刘组长说儿子要到公安局上班呀，全家人庆祝庆祝吃顿饺子，她还能不准我？她准不准，到时我也要溜。

我笑。

我妈说一个人一辈子能有几桩大事，你这跟矿上调回来，就算是大事。

我说太是个大好事了。

我妈说，你去说给你表哥和五舅舅明儿中午都来，我一会儿到北小巷说给玉玉，叫她明儿早早就来。

妹夫在阳泉矿上下井，玉玉跟两个孩子常年在我们的北小巷八号院的那间房住。

我说天黑洞洞的，您看跌着的哇，我骑车一便儿把这三家都说给就行了。我正要起身，没想到忠义进门叫姑姑。我说看这巧的，正请你呀，你来了，用不着我跑腿了。

更没想到的是，忠义来是有又一个好事要告诉我们。

表弟忠义一九六九年初中毕业后，分在了建工部八局大同六分公司，当瓦工。他从小就有志向，好学习。当工人时自学高中课本，终于在一九七六年考进了山西大学物理系，今年九月毕业。前些时接到通知，分配到了大同煤校当老师。上面写的报到时间正好也是明天。

我说真巧，煤校就在我们矿区公安局隔壁，这我回呀，你又去呀。

忠义说，表哥，咱们这是换防。

我妈说，那你明天报完到，赶快到姑姑家，咱们明天吃饺子。

忠义说，姑姑，我这来是告诉您，我妈让您们明天中午都到我们家吃油炸糕呢。我刚才已经告给大哥了，这再到北小巷说给玉玉姐姐去，我妈让她明儿早早儿地去帮着做呢。

忠义说的大哥，就是说我的表哥，忠孝。

我妈跟我说，招子，那咱们明儿要不就都去仓门哇。

忠义说，表哥你回家记得说给表嫂。

我说，你不吩咐我也说给呢，自我们结婚后，妗妗哪回叫我也是叫我们俩人呢。

我妈说，看这巧的，哥儿俩明儿个都要去新单位报到。

忠义说，姑姑，这就叫好事成双。

可我在报到的时候，遇到了点麻烦。

说好是到二处，我就直接到了二处的秘书科，把档案等调动手续给了周科长。他说不对着呢，我们处是不留存这些手续的。他用二拇指朝天指指说，你得把这些交给楼上政治部的干部科，干部科再给我们出具个介绍信，看是让你到哪个科。

二处在三层，政治部在四层。

我就又上了一层，找到了政治部干部科。科长拿着我的手续出去了，过了好大一阵才返回来，说让我“到秘书科找胡科长”，我就又找到了秘书科。

秘书科里面就一个人。

我远远地看见，那个人是在低头翻看我的档案。我正要张口叫胡科长，他抬起头。

我愣怔了一下说，哇，是个你。他说，我看得就像是个你。

我们是东风里时候一个院儿的邻居。那几年常碰面，但没说过话。

他从椅子上站起身，迎过来跟我握手，说：“我姓胡。”我说：“我姓曹。”他指着手里我的档案说：“知道知道，刚才看了。看相片就觉得这个后生面不熟面不熟的，原来是老邻居。”我说：“真巧。”他说：“可长时间不见你了，搬家了？”

他就说就返回到刚才的座位上，翻到我填写的表格，念现住址一栏：“花园里二楼一单元一号。”念完抬起头说：“哇！是花园里的楼房，那可是市领导住的房。”

我妻子在她两岁的时候，父亲就去世了。她家六个孩子，她最小。在她该上小学的那年，她母亲到了徐州军区的大儿子家，从那时开始，她就由比她大十三岁的二姐抚养，直到结婚。她二姐二姐夫都是市委干部，一年前二姐他们搬到了新房，把原来的花园里的房，让给我们住了。

我没跟胡科长解释这些，只是笑了笑。

他说：“看档案，小曹你是大同一中的老三届，还在矿区分局写过几年材料。”

我说：“噢。”

他说：“刚才处李锦主任说，让你把以前写过的材料拿给我看看。”

我说：“我在忻州窑派出所好几年了，没写个啥材料。”

他说：“以前在分局政工办写过的也行。只是看看。”

我不明白他的意思，心想，这到二处还要考核写材料的情况？我说：“想起了。去年我给我爱人写过一个大批判发言稿。”说完，我又紧接着补充说：“是市卫生局系统开大会的发言稿，时间是十分钟。”

他说：“那好，下午你带过来。给我就行。”

我答应说“好的，下午”后，因为是邻居，就大胆地张口问了一下：“胡科长，到二处还得看写过的材料？”

他看看左右。左右原来也没人。可他还是压低着声音，说：“是好事呀，老邻居。如果你的材料被看中的话，政治部想留你。”

我说：“政治部，留我？”

他说：“是呀！好消息吧？”

我说：“留我干什么？”

他说：“写材料呀！”

我“啊”了一声，没说什么。

他说：“留在政治部，以后好提拔。”屋里没别人，可他看看关着的门，又是放低声音说：“下午把那个发言稿拿来给我就行。李主任让我先审查审查。邻居，好说。”说完，笑笑地拍拍我的肩膀。

他的笑和他的拍，让我一下子想起了姥姥村的羊倌存金，他拍二妹妹的时候就是这种笑样子。

胡科长笑笑的，可我笑不起来。

我心里真麻烦。

矿区公安局孙主任跟我说调市局的话，最好是到二处。他说二处的处长是他的叔叔，能招呼我。但现在的情况是，弄不好我到不了二处，要让我在政治部写材料。我最怕写材料了，而且是最怕写政工方面那种雾雾罩罩的材料。

这可怎么办？

我心里真麻烦。

早晨来报到时我的那个高兴劲儿，现在是就连半丁点儿也没有了。

市公安局距离花园里不远，不到一里路。早晨我是步行来的，这又步行回到了家，去找那个发言稿。进了家，女儿丁丁正给姥姥讲故事，讲电影《大篷车》。

丁丁三岁了，记性好口才好语音也好，还好给人讲故事，人们也是想听她讲。岳母说，哄过的孙子外孙好多，从来是要给他们讲故事，唯有这个外孙女是要我听她讲故事。岳母高兴地说，这样的孩子才好哄呢。

丁丁听着是我回来了，喊着也要我过去听她的故事，我说爸有事，你给姥姥讲吧。

岳母过来问我，报到了？我说报了，但可能让我到政治部。岳母有文化，是解放前的师范生。大儿子又是部队的师政委，她常年在大儿子家，知道政治部是做什么。她说，政治部好啊，政治部伺候领导，容易提拔。我说可我不想写材料，她说你不是很会写吗。这时丁丁又喊着要姥姥听她的故事，岳母"噢噢噢"地答应着，赶快过去了。

我找见了那个要命的发言稿。

三年前，妻子跟红九矿调回城里，到了市卫生局医药部门工作，去年她们系统召开批判大会，她让我给写个十分钟的发言稿。没想到她那次的发言反响很好，卫生局领导打问完妻子稿子是谁写的，又听说我在忻州窑派出所上班儿，领导就说小曹如果想到卫生局来写材料的话，我们就往来调他。我答复说我可不想写材料。

看着手里的这个稿子，我想，我好不容易不写材料了，这弄不好又让写，唉，真麻烦。

但我侥幸地又想，不过文字这种东西存在着个口味问题，这个人看后说好，不一定是那个人也会说好，我盼着这个稿子不对胡科长的口味，他一看没看对。

要是这样，那就谢天谢地呢。

可万一他看对呢？又想起他那笑笑的样子，意思是要照顾我。唉，我真麻烦。

我和岳母打了招呼后，就骑车到了仓门五舅舅家。我妈早就跟单位过来了，见我的脸色是不欢喜的样子，问我咋了。我跟她说遇到了点麻烦，后又详细地说了说是点啥麻烦。

我妈听完说，你吓你妈一跳，我还以为是咋了，以为是市公安局不要你了。

我说要是要呢，主要是我不想到政治部去写材料。

我妈说牛不喝水硬按头也不是个事，我就不信你不想写他们非让你写。

我说可我答应人家说下午给送四女儿发过言的那个稿子，人们都说那个稿子写好了，我是怕万一人家看对了呢，咋办？

玉玉说，姨哥你不会给上他们篇没写好的烂稿子，他们一看不好，就不留你写材料了，就还让你到二处。

我说可我跟人家说的是给四女儿发言的这个呢。

五妗妗也听明白是怎么个事了，说，啥也是活的，那个写得好的我孩怕让看对，那我孩不会说，那个没找见，找见个别的。

五妗妗多会儿称呼我也是“我孩”。

我听后想了想，觉得这是个好主意。

我妈跟五妗妗说，招娃子脑子死得就跟那榆木疙瘩似的，大板斧也劈不开，半点也不懂得个三回九转。

玉玉说，我也是说姨哥在这方面是有点死，就拿姨姨您打他的时候来说，自我记得也是，爱是多会儿呢，姨姨您咋打他他也不懂得跑，好几回我心说姨哥你咋还不跑，跑了不就是不挨打了，可他不跑，死挨。我妈说，他越是不跑我就越是打，越打越气，越气越打。

玉玉说我从来没见姨哥挨打时跑过。我妈说，我怕的是，在街上有人打他他也是站在那里死挨。

我说，街上可从来没有人打我，就您老常打我。

我妈和五妗妗都笑。

玉玉说，还有罚站也是，记得清清的有回您叫他在门后头罚站，后来我瞭得您上街了，赶快告给他“姨姨上街了姨姨上街了”，意思是姨姨走了，不管你了，可他不听，一直在那里站着，后来您跟街上回了，一进门看见他在那里站着，您骂他说：“不在炕上做作业，站那儿干啥？”他这才上了炕。

玉玉说，姨姨您当时大概是忘了在罚他站。

我妈说，记不得你是说哪次了哎。

大家都笑。

我说我不听你们叨咕了，赶快回家找篇烂稿子去，下午好交给胡科长。

我当下就又骑车返回花园里，可咋翻，也找不见在矿区政工办时写过的那些大批判烂底稿了，后来想起，这种烂稿子早就挂在东风里的厕所当了手纸了。那时，我们家不买手纸，只用这种没用项的稿子。自搬到了花园里住，才正式地买卫生纸放在厕所。

这可咋办？我又是很不愉快地到了仓门。

五舅舅、表哥和四女儿都下班过来了。我说没找见以前的烂稿子，该咋办，我答应人家下午就带稿子。四女儿说，要是把我发言的这篇稿子递上去，政治部肯定是要留你。

我又有点发急，说那咋办呀。

表哥说你会写就留在政治部写哇么，我们厂坐办公室写材料的人，那可是牛逼得很呢。五舅舅也说，领导身边的人，哪有个不牛气的。玉玉说，姨哥即使是就在领导身边，也不会是那种牛烘烘的人。

我说主要是不会写那些政工方面的材料，真麻烦。

表哥说："麻烦啥？或是二处或是政治部，反正回市公安局是已经定了。这有啥值得麻烦的，高兴才对。"

五舅舅说，七二年恢复公检法那会儿，能进了这三个系统的都是有门有窗当官的子弟。进城区公检法的是城区领导的孩子们，进市公检法的是市里头领导的孩子们。

五妗妗说，招人我孩命好，虽是没门没窗，却碰着个贵人帮忙也进入了公安，这又要往市局调。

五舅舅说，那以后可是要跟那些市里领导的孩子们一起工作了，领导的那些纨绔子弟们大都有优越感，瞧不起普通百姓的孩子们。在这些人堆里工作，招人你……

还没等五舅舅说完，我妈打断了他的话说，我那娃娃我相信，爱是他啥干部的子弟呢，他都比不过我那娃娃。我那娃娃到了天津北京，到了中央也是那好好里头的好好。

听了我妈的这话，一家人都笑，我也笑。

我妈说，你们甭笑，你们回想回想，小学呀初中呀高中呀，宣传队呀文工团呀，还有当铁匠那会儿，你们想想是不是，我娃娃到了哪儿也是那拔尖儿的。

表哥说，我宾服兄弟。

我妈说，再说了，任是他啥领导呢，他们是爱那好的，只要你是那好好就行。

五舅舅说："坏话也是个好话。招人最大的毛病是死相不灵活，不会见风使舵不会随机应变，他的这个死相怕的是以后要吃亏。"

我妈一天价说我死相，可五舅舅说我死相时，我妈又为我辩护，说："吃亏吃上点亏，可死相的孩子还闯不下鬼。"

看来我的这个死相是大家公认的了，连五舅舅这也说我死相不灵活。可我咋就是半点也不知道自个儿哪儿死相。

表哥说："我也有个好事跟众人说，车间里让我当了个小组长。"

我妈说："忠灰子也能当个组长了，不简一个单。"

表哥说："姑姑您老是把我这三间房看成间半。"

我妈说："管他，俺娃们都有个长进就好。"

一家人都挺高兴。

五舅舅建议说，今儿尽是好消息，大家都喝一杯庆祝庆祝。

原来只是五舅舅和表哥两人喝，五妗妗赶快又找出了几个酒樽儿，一人倒了一樽儿。玉玉和四女儿平时都不喝，为了这尽是好消息，也都喝了一樽儿。

我喝了一樽儿表哥又要给我倒，我说我下午还去市局给人家送发言稿，我不喝了。表哥说你真是死相，下午你甭去，明天去也不误事。我说我跟政治部胡科长约好了。表哥说，你这个人，像我愣表叔，缰绳有点长。

表哥说的“缰绳有点长”，是个笑话。实际上还是我妈给讲的她的愣表弟的笑话。我妈的表弟我叫表舅，我表哥叫表叔。

我妈常给我们讲她愣表弟的故事。这个“缰绳有点长”是说，她愣表弟骑驴时，在驴屁股的顶后头坐着，坐得都快从驴身上往下掉呀。人们问他咋那样骑，再往前坐坐。他说，没法子往前，你们看，缰绳有点长。

我妈说，招娃子，你就是这么的死相，死得就像是愣表舅。

表哥说，缰绳有点长。

五妗妗说，招人我孩不是死相，是实在，小时候在这儿那两年我就看出了。不说别的，就拿每天中午给丽丽热奶喂奶来说，我从来没发现他往自己嘴里喝一口奶，或者是吃一勺儿糖，一个十来岁的孩子，难做到。

我妈说，他是像他老子，担大粪不偷着吃，真心保国。

大家都笑。

正说笑着，忠义表弟跟煤校返回来了。

忠义说，你们说我表哥死相，那可是说错了，我表哥那是叫，大智若愚。

人们都问忠义报到顺利吗，忠义说顺利。忠义问我，我说有点小麻烦。

一听我说“有点小麻烦”，我妈说：“招娃子，你真麻烦，你不是说不想到政治部写那个啥吗，那你下午就甭去了。千千有个头，万万有个尾。是四子二姐夫帮你调的这个工作，那今儿晚上让四子跟你到到二姐家，说说这个情况就啥也解决了。”

四女儿说：“也甭晚上了，我下午下了班，咱们就去。”

玉玉说：“这不是很简单的个事儿嘛，我姨哥愁了一天。”

我妈说：“主要是他过死相。”

我妈一下子给我出了这么个好主意，我一下子高兴了，说，喝!

大家说我死相，我也真的是死相。那天下午我还是真的去了政治部找胡邻居，心想上午刚刚儿跟人家约好了，是下午见，不能说就躲得不见面了。自己不想到政治部，那也得打个招呼才对，要不就失礼了。我是最怕约好的事，失约。我反正是不失约的。

我心想着见了胡邻居面，跟人家解释解释，说不愿意写材料，谢谢领导们的好意。可胡邻居不在办公室。他一个屋的人听说我是他邻居，告诉我说胡科长中午喝醉了，有事你明天上午来找他吧。

我原来想着下午跟他有约会，中午连庆贺喜酒也不敢多喝，没想到他倒是给喝醉了。

也好也好，这是你不守约，可不是我不守约。

想起人们对我“死相”的评价，我不由得苦笑了一下。

83　工矿科

我在圆通寺等着四女儿下班后，和她相跟着到了二姐家。

二姐听我说完，跟二姐夫说，妹夫不想当官儿，到政治部写不写材料也没个啥意思，你跟佘书记说说就让他到二处吧。

佘书记住二姐他们的隔壁院儿，是市公安局的党委书记。

二姐夫当下就打了电话，后来跟我说让第二天到市局直接找佘书记就行了。

第二天我到了佘书记办公室，他问我你想到二处哪个科？我说哪个也行。他说你是矿区回来的，那就到工矿科吧。

就这么，我到二处工矿科，正式上了班。

工矿科是大办公室，原来有七个人。王科长是“文革”前的老公安，跟孙处长年龄差不多，都快退休呀。

科里除了党小组长，另有五个年轻人，正如五舅舅说的，都是一九七二年恢复公检法，新成立公安局时调进来的。

王科长大概地问了问我后，说咱们科的主要工作是，有案破案，没案防范。又说，小曹你先熟悉一下情况，过些时再给你分配具体的任务。

他让小华给我够些资料看，后又吩咐说先看看《内部保卫工作》。

小华是科里的内勤，比我小三岁。他打开卷柜把《内部保卫工作》抽出来给我，又问我还想看啥。

我看见，卷柜里上下两层，立着有百十来本书。可我又看见玻璃柜门上贴着字条：内部资料，不得外传，只限一册，阅后归还。

我说先拿这本看，看完再换。他说，没关系，你再看看这本吧。他又给我抽出一本《刑事侦查学》，我翻看了两眼说反正也不能同时看两本，那我看完再换吧。我把《刑事侦查学》还给了他。

后来小华又给了我几样文具，几本儿能装在兜里的小工作日记本，还有三本稿纸和一本印着"大同市公安局"红字头的公用信笺。

在我下午又来上班时，小华还给了我把办公室的门钥匙。看样子，是中午时他给上街新配的。

我的办公桌是在一进门的那块地方，这很容易让人想起"收发室"或者是"传达室"这两个称呼。

下午六点多该下班了，大家还不走，听小华讲《追捕》电影。人们都看过，但还是在入神地听他讲，有时还补充，大家在回味中享受着。

小赵说，你们知道个什么，原来还有高仓健和真由美在山洞中半裸着烤火的镜头，进口的时候让咱们给他妈的剪截了。

"哇，半裸，啥样？"

"别以为是啥样，不会是啥样。人家还是戴着乳罩的。"

"乳罩？啥叫乳罩？"

"去你个山汉呗。"

在矿区公安局时，孙主任想培养我搞预审，他给我推荐了《预审工作》让我看，还说是送给我了。我在忻州窑派出所上班的那两年，很用功地把这本书研究过了，可以说对预审工作有了一定的认识和理解，如果不往回调的话，我相信我会是矿区分局的一名很专业很称职的预审员。

小华给我的这本《内部保卫工作》公安专业的书，同样引起了我浓厚的学习兴趣。

我看书和学习，有个毛病是，好在书上圈圈点点地做记号，在那本《预审工作》上，我就做了好多的记号。可《内部保卫工作》这是大家传阅的书，我不能这样做，我就想把我认为是重要的部分，抄在笔记本上。我悄悄问小华，有人看这些书时做笔记吗？他说到目前为止还没有发现。他说你如想做笔记的话，我再给你个好的笔记本儿，他就拉开他的抽屉给我取出一个很厚的那种正经的大笔记本。

因为明确是“内部资料不得外传”，我想拿回家看也不敢。我就在办公室里看，当我在厚本子上做了半页笔记后，想到了小华的话，“目前为止还没有发现”有人这么做，而我刚来没两天，就坐在一进门的传达室这块地方，看《内部保卫工作》，还认真地做着笔记，这是不是有点过“显”。显看得我是个认真学习的人，弄不好还有人会怀疑我是在耍眼前花。我们上小学时，叫这种人叫“癣头”。

幸好是我来得早，当时办公室只我一个人，我就把这个抄了半页字的厚本子放进了抽屉里。

后来我想起个好办法，那就是，在第二天我跟家里拿来了墨汁墨盒和小楷毛笔，我假装是在练毛笔字，写小楷。

练字是一个人的爱好，这应该不算是“癣头”吧。我就在“练字”的同时，把我认为重要的地方都抄在了稿纸的背面上。

背面涩，好写毛笔字。

小华见我在稿纸背面上抄笔记，问我说，小曹你那是练小楷呢还是做笔记呢？跟小华我得承认不光是在练字。

我说：“兼而有之吧。”

他说：“好！一石二鸟。”

老钱说：“看这两人文绉绉的。”

老钱比我大十多岁，是我们科的党小组长，他在公检法被军管时代就是公安组的，现在算是留用人员。

二处有两次例行会，一次是星期一上午八点到十点，一次是星期六下午的四点到六点。这两次会是雷打不动的，要求下基层工作的同志尽量都回来，谁有特殊情况不参加会议，那得跟处长请假。

这两次会都由孙处长主讲。孙处长个头不高，可语音响亮，口才也好。我很习惯他的那种灵丘县的口音。或是部署任务，或是总结工作，或是批评谁，或是表扬谁，我都很认真地听着。处里的这两个会，有时候也学材料什么的，那就是由秘书科的周科长来主讲。

开会的地点就在工矿科对面的小会议室。

办公楼的每层都有这么一个小会议室，像是学生的教室似的，能坐五六十个人。我第一次参加会议时，进得早，坐在了前边。会还没开，听到旁后边有人对话。

“那是哪儿调来的个警察？”

“忻州窑派出所。”

“啥小逼所，没听过。”

“牛皮烘烘不理人。”

当时二处的人员属于“公安干警”里面的干部，不着警装。

派出所属于穿警服的基层人员。

他们说我“牛皮烘烘”，这可是太不符合实际了，我万辈子也不会是那种“牛皮烘烘”的人。

要说我“不理人”，这也倒是真的。我见生人很是胆怯，没有正事的话，我从不会主动上前去跟生人套近乎。我妈骂我死相，或许这也是其中的一个原因。

头一天来上班时，孙处长把我叫到他办公室，安顿了我好多的话，其中就有“别像他们，没做的乱窜办公室”这样的叮咛。因此，到工矿科快一个星期了，我从来没进过别的科室，更没有一进门说“大家好！我叫曹乃谦。请多多关照”这样的话。

那天下午，我们科进来个喝多了酒的后生，我也不知道他是不是我们二处的，但跟我们科的几个年轻人挺熟悉。有人问他这是在哪喝了？他说朋友家。随后就悄悄地叽叽喳喳嘻嘻哈哈，说荤话。看样子并不是怕我听到，而是怕领导听到。或者是，反正是说这种荤话，总不能是大声到像讲演那样的程度吧，总得有点收敛才行。可最后说到兴奋时他忘记了控制音量，说跟朋友换老婆睡觉，起初是相互夸对方老婆好，最后说那不行换换，换换就换换，就换了。后来说着说着，他还说出了朋友的名字。

哇！是他？那个换老婆的朋友竟然是他！

我妈也知道他。

怕我妈自己孤单，自调回市里，我每天的早晨和中午都在圆通寺吃饭，晚饭回花园里吃。第二天中午我想跟我妈说说我妈也认识的那个人的“换老婆睡觉”事，可话到嘴边没说。怕让我妈骂我，说“乌七八糟的事你少往耳朵里头拾掇”。

我妈让我给开点药，说八斤让人烫着了。

圆通寺门前，经常是一左一右站着两个要饭的后生，一个叫润喜儿一个叫八斤。

这两个后生多会儿见了我妈也是曹大妈曹大妈的，还主动上前搀扶着迈那个高大的石门闲。如见我妈提的东西多了，还要帮着提，但提到家门口就放下了，不进屋。他们谁想喝水，也是跟我妈要，也从来不进家。我妈说进家喝哇，他们也不进，说我们日脏的。

我妈说别看尔娃们是个要饭的，可尔娃们可懂得仁恭礼法呢。

后来我才知道，原来这要饭的，也是讲究地盘的。别的要饭的在他们认为是黄金的时段，是不准来圆通寺门前的。因为这，八斤跟人结了怨，让仇人把右半个脸给泼了开水，烫伤了。

内勤小华已经给我办下了市直机关门诊部的医疗本儿，可我还没去过这个门诊部呢，不知道在哪儿。到单位我跟小华明说了是我妈想给个要饭的开点烫伤的药。小华说大妈可真是一颗善心，走吧，我不跟去怕的是你开不出这种药。

市直机关门诊部在市委后院儿，是排房。小华领我到了心电图室，坐诊的是一个年轻的女大夫，他给介绍过我后，又悄悄跟女大夫说了一阵话，女大夫出去了，一会儿返回来，拿着个处方让到药房取药。

看他们说话的表情不像是爱人，我问说："端庄又漂亮。亲戚？"

他笑着说："妹妹。"

二处的有些同志好耍，下了班不回家，正式地摆开摊子玩儿。一拨儿下象棋的一拨儿打扑克的。下象棋的在秘书科，打扑克的在文教科，他们也不带赌钱，有时候是带贴纸条，谁输了，就在脑门上贴个细纸条。他们玩儿得很上劲，有时拍桌子骂"真臭"，有时高兴地哈哈大笑。

有个时期我们科对面的小会议室里面装修，全处的会议就挪在了文教科。那个星期六，当周科长宣布说“好了，今天就学到这儿”，立马就有四个同志“来来来”地围向了一个办公桌。

一个细个子后生走向门口的桌子，提起水壶就摇晃就说：“有水没水，×!”

“这个家伙，有水没水也要 ×。”

当时人们都还没有离开，听到这话的人都笑。

我返到工矿科背了我的黄书包，回家，路过了文教科门，屋里有人急急地大声喊：“小曹儿小曹儿！”

我返回身，走进门里。四个打扑克的人已经开始摸牌，旁边站着的那个细个子年轻人，冲我说：“唐科长让你去打两壶水。”

一进门的桌上，有两个暖壶。我愣了一下后，提着暖壶出去了，听到那细声音在身后又骂着说：“你们他妈的烂文教科老是没水。”我想起了，那次说我“牛皮烘烘不理人”，就是这个声音。看来他不是文教科的。

他在那里闲站着观看，而且是急着想喝水，却不去打水，叫我去，这一准是哪个大官儿的子弟。

小华的爸爸是市里最大的官儿，可小华的身上却没有那种讨厌的坏习气。

路上我越想越气，他还打着是唐科长的旗号。唐科长是二处支部的组织委员，你不是想入党吗？组织委员叫你打水你能不去吗？

看来，我向处里递交了入党申请的事，人们都知道了。知道知道去，入党也不是个丢人的事。问题是，拿这个事来指使我。

唉，谁让我想入党呢？就当是组织对我的考验吧。

别生气，我妈常劝我说别生气，生气要得病。

我高高兴兴地回了家。

岳母见我笑笑的，问我有啥喜事，我说我给我们二处的党支部递交了一份入党申请书。她说对着呢，我的儿子儿媳、女儿女婿，十二个，就你不是党员。我说我正在努力工作，积极争取。她说，年轻人要求进步，对着呢。

我也认为是对着呢，可我发现，那些同志们好像是有点拿我取笑，捉我冤大头的意思，每到下班他们要打扑克时，就让我给打水，每次都打着组织委员的旗号。可我打回了水放在桌子上说大家喝吧，他们顾着打扑克，头也不抬，好像我给他们打水是应该的。

我跟我妈说了这事，想听听我妈咋说，可我妈说打个水怕啥，又累不着你。我说他们好像是在捉哄我，拿我开心。我妈说，你是想入人家那个党呢么，想入你就别为这个事生气，你就当自个儿是个愣子就行了。

我说行，那我就当这个活雷锋。

我妈说，你一定要记住，为啥事也不能生气，更不能生暗气。你死鬼爹哇不是？看表面他不生气，可他生的是暗气。你这也算是好，不高兴了跟妈说说，把气消了，这就好。

我说噢，我以后啥事也不生气。

听了我妈的，我真的不为这个事生气了。

二处的干部们不发警服，但人人都配备手枪。处长科长是六四式的，科员们都是五四式的。给我发了支新的五四式，枪纲、枪套、腰带齐全，另有二十四发子弹。

我叫我妈看我的枪，我妈说你这是意大利。我说妈你真了不得，知道个意大利。我妈说，你爹在刚解放后的肃反委员会那时，拿过两天意大利，样子跟这一样样的，就是比这大点儿。

我说，我记得咱们住在圆通寺后，我爹还有枪，用红绸子包着呢。我妈说他调到怀仁后上交了。我问妈您放过枪吗，我妈说转山头时，你爹让我放过一枪，那时是木头把子的烂火镰。

我心说，看来我妈真的跟着我爹转过山头打过游击。

我妈说你永远要记住，枪口不准对人。她给我讲了个事，说我爹在怀仁清水河时，南小宅村有个小男孩到飞机场要去了，跟把门的兵说，你敢对我开一枪？那个兵说敢，说着对住那个孩子开了一枪，结果是，一枪把个孩子打死了。那个把门的兵交代说，他当时以为枪膛里根本就没子弹，可谁知道有子弹。

我妈说，你看这，当时你爹还出面到部队跟首长商谈这个事。

我说妈，您放心，我永远都记住，枪口不准对人。可谁能想到，有人把枪口对着我，还开了一枪，差点要了我的小命。这是后来的事，下头再说。

王科长让小华到内蒙古公安厅去取一份儿鉴定资料。公安人员出差都得是两个人，小华提议让我跟他去，王科长同意了。时间有要求，我们走得急，赶了最近时间的一趟路过呼和浩特的火车，到站半夜了。一路问旅馆，都客满。好不容易找到一家有床位的，一个人要六块钱，小华说，太贵，还是给公家省点吧。我们就住进了澡堂，早八点前离开，一个人收费五毛。

回的时候，快到卓资山站，上了一伙挎着篮篮卖熏鸡的。香味儿满车厢。三块钱一只，旅客们嫌贵，很少有人买。我说，闻着香，不知道吃上去咋说。小华说，毛主席教导我们说，要想知道梨子的味道，那就得亲口尝尝。我说，尝就尝上一只。我们也没喝酒，就那么干吃。小华说真香，咱们尝了，可孩子老婆还没尝，咱们一人给家里买一只吧。我们每人又各买了两只。

我们科除了王科长，就数我的工资高，一个月五十四块。两人说起了工资的安排。我说，我每个月给妻子三十，给妈十五，我剩下九块吃早点。

我觉得小华是个可以相信的人，我跟他不隐瞒，我跟他又说，我每个月还得给我妈的遗孀补助往进贴八块，还要帮我表哥打三块租房钱。

他说，不对吧小曹，那你每月往出贴十一块，你的早点才九块，即使你不吃早点，也差着两块，这怎么来平衡？我笑着说，我每个月给我妈那十五块时，我妈不是每次都要，有时说，俺娃留下哇，男子汉不能说兜里空当当的，我妈给我，我就留下了。旁边有乘客插话说："女人活的是俏色，男人活的是调掇。"

小华说，你每天早晨中午都跟你妈一起吃饭，那基本上是一个白天就不在家。我说，我的二大兄哥在劳委技校当校医，他每天中午都来我们家，跟她妈吃饭。小华说，噢，各寻各妈。

我说二大兄哥好喝酒好吃肉，差不多每天买好吃的来，每次还吩咐我岳母说，给妹夫留些，我每天晚饭回家，都有好吃的。小华问你二大兄哥哪得那么多钱，买酒买肉？我说，好像是听说，是他部队的大哥瞒着他大嫂，给他寄的。

旁边说"女人活的是俏色，男人活的是调掇"的那位乘客又插话说："女人是，前头弹她一下疼呢，后头挖她一勺子不知道。就是个这。"

听了这话，周围乘客都笑。

出差回来，王科长给我正式地安排了工作。让我负责城南所有的市营企业单位的安全保卫和侦查破案的指导工作，具体就是：有案破案，没案防范。

从那以后，我就身上穿着警服，腰里别着手枪，骑着自行车，挎着黄书包，一个单位一个单位地跑。

小华帮我明确了一下，城南大大小小共有二十一个市营企业单位。市营单位都设置有专门的保卫科，我把各个保卫科的电话号码和科长姓名都记在了工作日志本上。

这些单位最远的是二电厂，离城九里地。最近的是市皮鞋厂，紧挨着南城墙。城墙里面是我上初中时的大同五中，城墙外面就是皮鞋厂，也就是我表哥他们的那个厂子。

我先到的皮鞋厂。

到了保卫科我先给我们市局总机挂电话，我说我是二处小曹，请转工矿科。是小华接电话，我告诉他我现在下了皮鞋厂，有事给我打电话。我这样做的目的，一是让我们科里知道我现在到了哪儿了，二是让保卫科的人知道，我真的是市局的，不是冒充的。

说完公事，我说我表哥在这个厂，叫张郡世。保卫科当然熟悉厂里的人了，说他是三车间的小组长。我说走，领我看看他去。科长领我到了表哥车间。车间很大，工人也不少。科长领我到了车间主任的小隔间里说，你给叫叫张郡世，车间主任没问啥事，出去把表哥叫来了。

表哥见是我，说："是兄弟。你把哥吓了一跳。主任说保卫科领着公安局的找你呢。我心想这是啥事。"主任笑着说："我刚才也思谋张郡世这是做了啥坏事了，保卫科的领着公安局的找他。我心里这么想，嘴里不敢问。"

说得人们都笑。

中午回圆通寺，一进门，家里坐着个稀罕人，高中同班同学老周。

老周一九六八年毕业后，回老家插队了。一九七一年考进了大同市师资培训班，一九七三年毕业，分配到市教育局。

上高中时，老周就常到我家，我妈记得他。我妈叫老周也叫老周，跟我说，老周结婚比你迟了两年，女儿盟盟也比丁丁小两岁。我妈说他的女人也是你们同学，我问谁？我妈说，他说是初三的张淑珍，跟妙妙一个姓名，我就记住了。我问小张在哪儿工作，老周说，在糕点厂积德益门市部。

老周约我在星期日到了他的新房吃饭。我五妗妗经常给我女儿丁丁做新衣裳，丁丁穿也穿不过来，就长高了。我给盟盟挑了两件，拿去了。小张还以为是商店买的，我说是妗妗做的。她说真做得好。

老周在师资培训班学的是汉语言文学，完全是按着大专的课程讲学。书里面有本《形式逻辑》，我在小华那里借阅的《刑事侦查学》里，就说到过这本《形式逻辑》。我说老周给我看看，老周说就给你去哇，我的工作用不着它。

《形式逻辑》让我一看就入了迷，走站装着，有空儿就看，而且还是反复地看反复地研究。我的黄书包里还装着推理破案的小说，自到了工矿科我就开始大量地买着推理小说看。

我下的第二个单位是距离家最远的二电厂。跟二电厂出来，准备回家，可想起这里距离雨村不远了，那干脆去看看田方悦哥。

方悦和田嫂看见我，高兴得啥也似的，方悦说喝酒喝酒，可他绕遍村子借不出一点酒。我说没有就别喝了，他说好不容易兄弟来了，没酒像个啥，哪怕咱们就大腌菜呢，也得喝点。我说那我再骑车进二电厂商店去买。田嫂说要买也是叫你方悦哥去哇，兄弟你大老远骑来了，乏的，在家缓缓。

我给了方悦哥十块钱，让他再买下酒的。方悦的儿子叫田野，比丁丁大一岁，也要跟他爹，田嫂说快领上快领上，他留家我营生也做不成。方悦前梁上带着田野走了，我喊说，记着给田野买糖。田嫂说，用不着喊，田野跟着就是想让买吃的。

田嫂给做油炸糕。田嫂说，嫂子家没个别的，油炸糕便宜。

我一来雨村就喝多了，黑夜也没走成，就在方悦家睡的。第二天田嫂熬好了豆稀饭，才叫醒我。我说，我在你家就像是在自己家一样，不做客，不拿心。方悦说，那就对了嘛。我早就跟你说过，哥的家就是你的家。

跟在忻州窑派出所时一样，二处的值班也是一个星期轮一次。

第一次值班时的那个星期日上午的十点半，我骑车把我妈带来了。

我知道我无论是在哪儿工作，我妈都想到到我的工作地点看看。几年前我在北郊区东胜庄公社北温窑大队给知青带队的那一年，我妈还想到到我的北温窑。但因为姥姥在我家，她走不开，这才没去成。

市公安局在西门外十字路口的东北角，我们圆通寺是在一进西门路南的第一个巷。市局大院到我们家，一拐弯就到，步行也用不了五分钟。

我们工矿科在三层走廊的左手，站在窗口能看得见新建路南来北往的车辆，还能看见公园的东湖。

我故意问我妈，您说好不好？

我妈说话有点哽咽，望着远处的花园，说，你爹要是能看到你这会儿，唉，那个死鬼早早地就把咱们，扔下，他走了。

中午，我请我妈吃我们食堂的饭。

我们后院有食堂，跟大礼堂连着。在矿区公安局时我进过大礼堂，还上台表演过小节目。

当时的形势是，全国各地各市都在组织“反击右倾翻案风”大合唱。市里要求各单位也自行举办着唱。公安系统的大合唱，就是市局在后院礼堂举办的。我们矿区公安局是由我组织的一个八人小合唱。市局政治部的组织人员，还给各个节目拍了照。

我家现在还保存着这张相片，我们八个人都穿着上白下蓝警服，嘴张得大大的，就像是鱼儿在换气。

因为是值班，要守电话，不敢离开值班室时间太长，我把饭打在了我们科里。我带了两个饭盒儿，一个饭盒里放了满满的一盒米饭，另一个饭盒打了满满一盒菜。素炒豆腐、山药蛋炖倭瓜，还有我妈最喜欢吃的肉丸子。

我妈说，也好呢，你们这象眼子也好呢。

我妈五十多了，可饭量还是比我的大。整个饭菜我最多吃了五分之二，我妈吃了五分之三。还把最后的米饭倒在菜饭盒里，又让我添了暖壶的开水，说就顶是喝汆米饭。

见我妈吃得汗爬流水的，我真高兴。我妈也高兴，说这顿饭比哪顿饭也吃得香。

我送我妈回家，在局大门口，我妈说俺娃回去哇，两步地，妈认得。我说那您慢点走。我捩转身，一进院，楼门口站着个五十多岁的人，问我干什么的，我说二处值班。他看看我妈背影说，那是谁？我说我妈。他说，以后不准领家属来局吃饭。

什么狗屁话！

我理也没理他，照直上了楼梯，回了我办公室。

84 认错

还是我在东风里居住在忻州窑派出所工作时，我妈去过花园里二姐家，去说表嫂的事，想让二姐夫给想想法子，看能不能把表嫂的户口跟内蒙古转到大同。

一九七一年，表哥表嫂结婚。

表嫂是大同市南郊区西谷庄人，爷爷和父亲都会笼匠手艺，解放前就流落在内蒙古齐夏营，解放后，他们把户口就上在了那里。齐夏营是个镇，他们也是市民户。

表哥表嫂已经有两个孩子，大的是男孩，叫冬儿，小的是女孩，叫春儿。表哥在大同皮鞋厂上班，每月开着三十二块钱，一家四口人，生活艰难是可以想见的。五舅舅也托着人想给表嫂找个工作，可一听她的户口不在大同，都说不好办。

我妈跟我说，让我求求二姐夫给想个办法，看能不能把表嫂的户口转回到大同，这样也就好找工作了。我说我最怕张口求人了，但表哥的事我是一定要求求二姐夫的。但想到这是隔着省，心想着很难办，即使我求了，也不敢打包票，就能够办成。

表哥说，你给哥去试试，办成办不成靠命哇。

我妈说，要不，别叫招人去了，这事还是大人去说好，姑看是姑姑给去哇。

表哥说，亲家上门，不值半文，姑姑您去，万一叫碰了，没意思。

我说，就是，万一二姐夫说，隔着省呢，不好办，碰了您。

表哥说，就是，碰招人碰去，碰了您就没意思了。

我妈说，宁叫碰了，也不能叫误了。万一招人去了，孩孩子气，说不成个话，给误了呢。

最后的决定是，还是由我妈出面，找二姐夫说这个事。

从圆通寺到东风里，路过花园里。以前我用自行车带我妈到东风里我家，路过花园里时，指着二姐他们的房，跟我妈说过，二姐就在那个楼住。

我说，妈我带您去哇，您不知道几楼几号，我把您带去指给是哪个单元哪个门，您进我不进。

我妈说，用不着，妈鼻子底下莫非没个嘴？

一个上午，我妈打问到了花园里二楼一单元一号，敲二姐家的门，就敲就喊："二子啊！二子啊！我是招人妈——二子啊！"

这是二姐后来就笑就跟我学（xiǎo）的，我妈当时就是"二子啊二子啊"地喊她，还说门敲得也亮，喊的声音也亮，把二姐吓了一跳，说以为是前几年的造反派又来了。

我说我妈没进过楼房家，她一准是以为里面有多入深，怕家里人听不着，才那么用力地敲。

二姐说她紧跑几步一开门，呀，是姨姨。

我妈肩上担了个扎住口的面口袋，里头是两个大西瓜，一前一后地在肩膀上担着。跟圆通寺到花园里有三里地，步行着一路走来，还得打问着找到家门。

二姐一开门，我妈说："我是来眊眊俺娃。"

"眊眊"是雁北地区的土话，意思是探视。

二姐跟我说："听了这话，又看着姨姨汗爬流水地用袄袖擦着汗，感动得我差点就要啼哭呀。”

二姐把我妈让进家，给沏茶，我妈说要喝冷水，二姐给跟晾水瓶里倒了一杯凉白开，我妈一口气喝了。

二姐跟我说：“妹夫，年长了，二姐没见过这么朴实的老人。心里一下子生出一种亲切感来。”

我妈跟二姐说了一上午话，中午在花园里吃完饭才回的家。

我妈跟二姐能说一上午的话，但也并不是一进门就说来干啥了，她也不是有意地不说，是插不上嘴，没机会说。二姐也不急着问您来有什么事，她们从一坐下来就开始拉家常。

她们说到了我姥姥。

我到北温窑给知青带队前，把姥姥跟村里接到了我们家，那以后，姥姥一直在我们家，跟我妈做伴，来我们家的第三年秋天，姥姥拉肚子，好几天没怎么吃东西，五舅舅请了个他的熟人大夫，来家给姥姥输点葡萄糖，意思是增加点体力。可在输液的当中，我妈给大夫喝酒，大夫喝得有点多了，想躺会儿，就离开圆通寺，走了，说最多走半个钟头就回来。他走了以后，没十分钟，姥姥说心慌得难受，不一会儿，去世了。点滴滴得快了，老年人心脏受不了。这是明显的医疗事故。

二姐跟我妈说，姥姥的事我也听四女儿说了，听说姨姨您们让过了那个大夫了。

我妈说，咱们的人已然是死了，你把他告了，最多也是个赔你几个钱，咱人都没了，还在乎那几个钱？再说，他也不是故意的，是大意了，也怨我，当时不给他喝那点子酒，也可能是没后头的事，给他喝了点酒，他有点迷糊，想睡觉，就走了，我猜也是回家睡去了。我妈接着说，再说了，这是招人的五舅舅给找的熟人，熟人咋好意思让赔呢？我兄弟说，他在单位是个临时借用的，告了他的话，就打了他的饭碗了。打人饭碗的事，咱们不能做。最后我跟兄弟说，五子，让了他哇，咱妈也八十五了，是个寿数了。

二姐说，哪么也是遇到您家这一家好人了。

她们又说起我爹去世，我妈说他爹身体一直很好，连个镇痛片儿也没尝过是个啥味素，一下子得了个要命的病。

二姐说，人得癌症，那是跟气上引起的，姨夫是四四年的抗战干部，一路走下坡路，他能不生气？可他人要强，不好跟人说，自己生闷气。我妈说，那一准是有这的过。

我妈看着二姐说，你对姨姨家的事，啥也知道。

二姐说，姨姨您不想想，我要把四妹给您，能不访查访查？姨姨您在我们的心中那是有地位的，您先是拉扯培养俩兄弟，同时您还拉扯侄子忠孝，拉扯外甥女玉玉。

我妈说，这两个孩子的妈都早早地走了，我是个当姑姑当姨姨的，我不管谁管。再说了，我跟二姐你说哇，我在这两个孩子跟前是有亏欠的。

二姐不明白我妈说的“亏欠”是啥意思，看我妈。

我姨姨小时候订的娃娃亲，男方是一个村的宋守周。姨姨长大后，不同意订的娃娃亲了。她是看对了我爹打游击时的战友小史，小史也看对我姨姨了，这是我爹给出面提的这门亲事。可我妈坚决地反对。我妈把我爹骂了一顿后，又说我姨姨，不行，不同意也得同意，跌倒不翻身，死你也是宋守周的人。

我妈跟二姐说，忠孝的妈是我硬主着让我兄弟跟她离了婚，而玉玉的妈又是我硬主着让她跟玉玉爹结的婚。这两个人早早地都去世了，跟这个心情不愉快是有着很大的关系的。这两个苦命的人都早早得了病死了，这都是我硬给主事的过。

我妈跟二姐说，您说他二姐，她们俩人的孩子，忠孝和玉玉的事我能不尽着力量来管吗？

二姐点头。

我妈说，忠孝找了个内蒙古的女女，叫小兰，养了两个孩子，户口也得随母，大孩子上在内蒙古姥姥家了，二女女的出生证儿还在兜里装着，户口还没上，是个黑人。他们一家四口，靠着忠孝那三十块工资，光景过得紧巴巴的，冬天连炭也不舍得挂，家冷得脚盆里的尿都结成冰。

二姐是个热心肠的人，也是个软心肠的人，听着这话，快掉泪，没等我妈提出，她就说姨姨您放心哇，您的事也是我的事，我给帮帮，看看是能想啥法子。

我妈这才接住话茬说，姨姨来也就是这个意思，俺娃们神通广大，能帮衬就帮衬他们。

我算了算，这是一九七七年的事。“四人帮”打倒了，国家同意上山下乡的知青陆续地返乡回城，并安排工作。二姐夫就以表嫂是插队生的名义，把她从内蒙古调回了大同，还安置在了市供销社下面的东街馅饼店工作。

表哥把冬儿送到了内蒙古姥姥家，把春儿送到了皮鞋厂幼儿园。表嫂高高兴兴地去馅饼店上了班。

户口也解决了，工作也有了。表哥高兴地说，小兰这算是一步登了天，看来还得姑姑出马。我妈说，这全仗人家四子的二姐夫，这可是你们一家人的大救星。

表哥送冬儿到姥姥家，回来时带来五只卓资山熏鸡，说是给姑姑一只，给我一只，给二姐三只。我妈说，我和招人不要，你亲自都送给二姐去哇。

表哥自个儿不敢去，让我跟他去送。到了二姐家，正要敲门，我看见门牙开着，我就推开门领着表哥进去了。本来是可以先进厨房的，可我们直接进了客厅。

二姐正跟客人说话。

客人说："呀熏鸡！"

二姐说："正好喝酒，中午别走了。"

客人说："见好吃的不吃有罪呢。"

他当下就掰开熏鸡，揪下个大腿往嘴里填。

二姐后来说我，你这个妹夫真是个大眼痴扅蛋，你不看看门开着，你也不听听客厅有生人说话，也不想想是家里有了客人。你把熏鸡拿进厨房就行了，可全给提溜进了客厅，那个家伙跟你二姐夫中午吃喝完，走的时候还又提走了一只。

二姐又是气又是笑："妹夫呀妹夫，哪么你也是太死相，是个半点儿鬼也没有的大眼痴扅蛋。"

以前我答应帮表哥打房租钱，开头是三个月给表哥十块，后来是半年给二十，再后来是一年给五十。表嫂有了工作的那年年底时，我到表哥厂子给他送五十块房钱时，他说表哥以后不要你的了。我说表嫂有工作了，可你们的生活也还是紧些，我也还是比你宽松，拿着吧，我说别让表嫂知道，要不以后传到了四女儿耳朵就没意思了。他说实际上你表嫂每个月都也给我计划着房租的呢，我拿你这个钱，就是喝酒时手松些。

星期日，我在家洗了一上午衣服，下午来了圆通寺。我妈正洗脸，她说俺娃来得正好。她攥好了毛巾，让我给擦背。我说妈，你背上还有一个小的米面布袋。

我妈背上长着两个息肉，一个是大拇指大一个是小拇指大。我妈叫那是米面布袋。说背着米面布袋，永也不挨饿。那个大的在我初中时坏脓了，到医院取了。小的还在。

我妈说，大的是你爹给我的，小的是俺娃给的。

正说着，忠义表弟手里提着一网兜香蕉，进家了。

忠义说，煤校快开学呀，来眊眊姑姑。话音没落，表哥家的冬儿领着春儿，撩开门帘进来了。

我妈跟忠义说，这是你大哥的两个孩子。忠义说，认得他们，以前见过，后又大声地冲着两个孩子说："你俩来干啥了？啊？"说着，背过身解网兜。

两个孩子撩起门帘，出去了。

忠义掏出香蕉，一转身说："给，叫个啥？"

我说："早出去了。"

我妈说："出院耍去了，一会儿进呀。"

我们正呱啦着，表嫂冲进了家，指着忠义就大骂："有你这样当叔叔的吗？喝问我孩子来干啥？这又不是你家，你能来姑姑家，孩子们就不能来姑奶奶家？"

我们都愣住了，不知道怎么回事。

表嫂继续骂："我孩子跟姥姥家来大同是上小学呀，高兴得跟姑奶奶来谝了，没想到一进门你就往走撵。这是你的家？这是你的家？"

从没见过表嫂发这么大的火儿，我们半天才缓过神，明白是怎么回事，都给表嫂做解释，还说当时忠义是跟孩子们开玩笑，问来干啥了，问完还给掰下香蕉让他们吃。

表嫂根本就听不进我们解释："谁稀罕你的香蕉，哼啜完给点吃的。你有钱了不起了，想咋哼啜咋哼啜，我们穷是穷，可也不吃你那一套。"

忠义让表嫂骂得半句话也说不出。

表嫂一摔门走了。

忠义坐在炕沿那儿流泪。

这个事，忠义是冤枉，但他大声开玩笑地问两个孩子"你俩来干啥了”，这也是真的。孩子们跟他不熟悉，让他这大声的问话给吓着了，回家告给了妈。

我们好不容易把忠义劝住了，我妈留他吃饭他也不吃，走了。

忠义刚走，表哥进门了。看表情，也是来找忠义算账的。

我妈说，你们兄弟们咋就不能好好地相处？

表哥说，您说怪谁？

我妈说，怪谁？

表哥说，怪您。您不是说我头发卷起，张文彬认我也够我洋气吗？

我妈说，要是说你妈那个不光彩的事，那你就不要再提。

表哥说，那您当时要说。

我妈说，我为啥要说，那还不是让你逼的，你是不是忘记了你当时是咋埋怨我的，你说你妈磕头捣蒜地求我，我还是要把她撵走了。你这样逼着问我，我不得不说说清楚那是为啥，当时我不那样狠狠敲打你，你拿着三分颜色你想开染坊，不敲打你，你能乖乖地叫张文彬爹叫何香莲妈吗？我是为了你，孩子啊。

表哥说，可当时让您那么一说，我心里就一直是圪瘪巴支的，看见忠义他们总是觉得隔堵墙。

我妈说，要这么说，忠孝，那我今天跟你承认错误，当时不该跟你说那话，现在姑姑跟你认错，当时我说错了，不该跟你一个小孩子说你妈那样的话。行了吧忠孝，杀人不过个头点地，姑姑给你认错还不行吗？

我不知道说个啥好，看看表哥看看我妈。

我妈又说，姑姑这一辈子犯过最大的两件错误……还有玉玉妈，你妈跟玉玉妈两个是好朋友，可我把她俩都害了，都早早儿地就走了，姑姑一想起这两件事就，麻烦得就甭提了。

我妈有点要哭的样子。

啊呀，我妈居然是这样。我觉得眼前这个人不像是我妈，可我妈今天就是这么地给表哥认错了。就我知道，我妈除了跟老王说过句“曹大妈骂错你了”，还没见过跟谁是这种口气在道歉、下软。

我表哥也一定是想到了，这个厉害了一辈子的女人，今天给我认了错。

表哥也不作声了。

我妈缓了缓气，又放高了音量说，忠孝子我告你，你说是个说你闹是个闹，你可得知道你是姓张，你永远是张文彬的儿子，何香莲也永远是你的妈。要不是的话，你的户口咋能跟村里上来，要不的话，那你永远是个农民，这你得弄机明，也得讲点良心。

表哥的语气也和软下来，说，姑姑，这我知道。

我妈说，你知道这就行。

85　馅饼

我加了一夜班儿，有点饿了。早晨在巷口的饼铺买了三个现烙出的糖饼，进了圆通寺。

平时我是要打鸡蛋汤的，可我想早早吃完上炕睡一觉。我说妈，咱们就用开水就着吃哇，我不想给做汤了。我妈说又熬夜了？我说，妈昨晚我又破了个案子，早起刚把人犯送到看守所了。

我妈说激激蹦蹦的一个人，叫你就给弄到班房去了，你在这里吃糖饼，尔娃们在里头喝糊糊。

我妈用“尔娃”这个词，我听出，因为人犯“在里头喝糊糊”，她有点同情了。

我说谁叫他违法了呢？我妈说，你如果不破了这个案，那他就还在外面。我说谁叫他运气不好，碰上我了呢？

我妈说，听说老古时在砍头前，官家要给犯人吃一顿好的，还给喝酒，你说为啥？我说，算是种人道主义吧。说完心想，我妈不一定懂得啥叫“人道主义”。

我正想着换种说法，我妈又说，招娃子，我是想跟俺娃说个事。

我看我妈。

她说，你往进送尔娃时，能不能也给尔娃吃上一顿？我说，您说让我请他们吃上一顿？

我妈说，我就是说这个事，尔娃们也是个人，叫你就给捉进去了，在里头喝糊糊。我说，您莫非真的是想让我给人犯吃肉喝酒？

我妈说，倒不是说要给他吃肉喝酒，可你总得给尔娃们吃顿好饭，再往进送。我说，妈，您可真是好心肠。

我妈说，我为尔娃们也是个人，再说了，是你把尔娃们捉进去的。

我说，行，妈，听您的，或是谁，只要是我往进送他，就给他吃顿好的。

我妈说，妈给俺娃钱，顶是妈请客。

我说，不用不用，不用您的钱，我保证能做到。

我妈说，给他买上五张馅饼可要叫他吃个好。我说，那万一他不吃荤呢？

我妈说，招娃子你又死相呀。

我说，不死相不死相，到时我问问他，你要是不吃肉馅饼，那我叫我妈给你烙鸡蛋韭合子。

我妈笑，又说，招娃子，妈还得跟你说说，无论是谁犯法是犯在了国法里了，又不是犯在了你的手里，你说上个啥，也不能是打尔娃们，人挨了打有时候就要胡说，你打得尔娃们胡说了，那就把尔娃们冤枉了。

我说妈，你以前不是就跟我说过了，我也答应过你，不打人。再说，您看您招娃子像是个打人的？

我妈说，按说招娃子不像是个打人的，可你得给妈下个保证，不能打。我举起右手看着墙上的毛主席像说，我向毛主席保证。

我妈说，这妈就放心了。

我从来不打人犯，这是肯定的。

自那以后，我真的是听我妈的，破了案抓住人犯，无论是往进送谁，我都给他买馅饼吃。在我以后写小说时，还专门写到过。

下面的这篇短小说就写到过给人犯买馅饼的事：

我把钱给了内勤，打发他到饭店买馅饼。屋里只剩下我跟那个人犯。

我坐在办公桌前，对面有把椅子，空着。那是我给人犯搬的。可他说圪蹴惯了，便靠墙蹲下。他的头上盖着个旧黄帽。帽顶上有个洞，一撮花白头发从洞口探出，想瞭瞭洞外啥样子。他那枯瘦得如猿猴爪似的脏手，十指弓曲着捂在满是皱纹的脸上。这脸让我想起耕过的土地。他的下巴抵住前胸，不时地狠狠吸一口气，然后就“唉——”地呼叹出来。

“兄弟，”他把手从脸上松开，“这是不是真的就不叫我回家啦？”

他那土灰色的眼珠凝视着我。

我点点头。

“兄弟呀兄弟可做不得呀兄弟！”他连声急急地说，说完，那惊恐悲戚的老脸又一下子显出有笑意。

“兄弟你哄我呢……你……你看，我就知道兄弟你哄我呢。”他说。

望着他那可怜巴巴又带着乞求和期盼的神色，我摇摇头。

他“唉”一声，又将原先也没离开脸有多大距离的十指，重新捂在脸上。

屋里极静，远远地传进外面街市上热闹又嘈杂的声音。

“多会儿才叫我回村？”他又抬起头把脸露出来，问。

我又摇摇头，没回答。

他是内蒙古农村的，前些时搭顺脚车来大同卖葵花子，有几个小孩问他要不要废铜，他说要。先后共收了四次，最后一回在废品收购站出卖时，被我们侦破组给逮住了。他怎么也想不到，那些被孩子们烧得焦黑烂污的铜丝，原来的价值竟有五千元。工厂库房的损失由孩子们家长赔偿，他，我们决定逮捕法办。根据案情，估计最少也得判他两年。要知道，他正好给赶上了“严打”。我看着他那愁苦的样子，没忍心说实话。

“三五个月内，你甭想回去。”我说。

“啥？！”他惊叫一声，想要站起来。大概是由于蹲的时间过久，反倒一屁股跌坐在墙根，破帽子掉到地下也没去拾。“兄弟兄弟行行好吧兄弟，这可是要我老汉的命呢兄弟！”他一下跪起，膝盖当脚噌噌向前挪了几步又趴在地上，冲着我连连地磕头。

我先是一愣，后来赶忙过去一把将他揪起，又把他按在椅子上。我又弯腰捡起破黄帽，在桌腿上摔打两下后，搁在他的头顶。当我坐回到我的座位时，看见那帽子搁得有点偏斜，可他也不往正扶扶。

“这可是天塌下了这可咋办呀！”他痴痴地盯着地板，自言自语，“女子，儿子，这下他们可咋过呀？”

我猛地想起做笔录时，知道他家只有一个十九岁的闺女和一个六岁的儿子。

“村里没有亲戚？”我问。

“亲近些的就一个姑姑，可太远，好几百里。”

我也不由替他犯了愁。

“兄弟，能放我回村安顿安顿行不？安顿好就来行不？”

这怎么可以呢？

“这样吧，”我想想说，“有什么要安顿的，你跟我说，我写信转告他们。或者我亲自去一趟也行。”

他看我。

“信不过？”我问。

“信过。信过。”

我准备好纸笔。他却隔了老半天才张嘴：

“你告诉孩子们，就说他爹在外头做了灰事了。不不不，这样说是不可以的。”

他停下来想想又说：

“不知道你给不给这样写，就说你们的爹在外头找到营生了，得过个半年六个月才回去。你……你再告诉给孩子们就说，米瓮里头往深探探有一百块钱，让前街八叔给安顿上一冬的烧的，再留上个三几十块，好，好零花……还有就是，明年那责任田该种莜麦，还让八叔给种，等爹回去再结算工钱。再，再……再告给小子就甭念书了，跟姐姐在家里做营生，等爹挣了大钱再，再念……还得告给女子甭理狗日的村长，那是个牲口。黑夜里万万千要记住把狗拴住，好，好壮个胆子……再就是，要是有个灾有个病……病，病啥的……”

他语言结巴，说不下去了。我没催他，静静地等。我也没抬头看，我怕他看见我眼眶里有泪花在滚动。

他拿帽子擤了几声鼻子，隔了一会儿又接住说：

“告给孩子们要好好儿躲对，万万千甭有了病……万一有个啥，泥瓮里有黑糖，化上水是下火的……”

我的鼻子发酸，实在是不能再听下去了。我将笔搁在桌子上。

他把手伸进后腰里，摸出一个东西，颤颤抖抖地放在我的玻璃板上，说：

“这个看能不能装信里。唉，女子要了好几回，这次才，才给买……”

透过模糊的泪，我看见的是个蓝色的“维尔肤”小油盒儿。

“你再告给……”

“别说了!!”我“啪”地一拍桌子，冲他大吼。

他一惊，帽子又掉到地下，红肿的眼瞥了一下我，又赶快看别处。

“怎么回事儿?”内勤进来了，端着个洇出油渍的报纸包。

“没，没什么。”我把脸扭向窗外。

“吃哇。这是惯例。我们的组长请客。”内勤“哗哗”地把纸包展开，说。

“不，不不，我咽不进去。”

“吃!!”我猛地转过身喝令他。我想在喝吼声里将胸中憋得难受的气一块儿喷出。

“吃，吃，我吃。”

他把馅饼大口大口填进嘴，填得两腮鼓鼓的，同时，眼里扑棱棱地滚下两行泪蛋。

这篇短小说名叫《老汉》。

小说里面提到的内勤，就是在生活中的赵占元。他是我们侦破小组里最年轻的，凡是跑腿儿的事，由他去。

这篇小说在公安部主办的《人民公安》杂志刊登后，反响很大，还获得了《人民公安》“优秀作品”二等奖。但我这个二等奖，实际上是排在了第一名。因为那次没有一等奖，是故意地空缺。

编辑跟我解释过为什么是这样时，好像是说，因为我的这篇小说，纯文学的水准足够，但主题思想有点不太鲜明。

“主题思想不鲜明”，我猜想，大概是因为写了公安侦查员请人犯吃了馅饼吧。

我们不光是给人犯吃馅饼，我们也吃，我问占元是在哪儿买的，他说是在大东街的馅饼店。我知道表嫂就在那个馅饼店上班儿，我跟我妈说，妈，等哪天我给您到表嫂的馅饼店端馅饼去，好吃不说，个儿还又大，三张足够您吃。

后来玉玉跟我说，姨姨担心你把人家一个一个地送里头，人家能不记恨你吗？人家跟里头出来要是在街上碰到你呢？

噢，我这才明白了，我妈一再地强调我“别打尔娃，别冤枉尔娃”，还要出钱请人犯吃馅饼，是这原因。

姥姥去世，我妈又让我五舅舅给安排了临时做的工。“文革”后，五舅舅当了服装厂里的总会计，有点实权。为了离家近，五舅舅把我妈安排在了南街的服装厂门市部。门市部好，离家近不说，还能坐在里面瞭大街。

我妈没技术，只能是剪线头。而这个剪线头的工作，又是一道不可少的工序。

剪线头是用剪子，可我妈有时候还要上嘴，用牙咬住线头，手一用力，线头断了，留在了嘴唇上，她也不急着把咬下的线头取掉，赶快去找下一处。

平素我是跟我妈一起吃早饭和午饭，早饭是我从街上买，午饭是我妈准备。我妈跟南街下班回家时，路过五一菜场就把啤酒和馒头买好，回家一炒鸡蛋，再做大烩菜就行了。我们几乎天天都是这么个吃法。

我早就说要给我妈买馅饼，今天有空儿，能提前回家，我就到我妈的门市部，先去说给她一声。一进门市部，小毕姨姨在里面。她在雁塔总厂的包装车间当主任，常有事来门市部。

她说，呀，是招人。

我说，小毕姨姨。

她说，招人穿警服更成了英俊小伙儿了。

我妈旁边的刘姨说，警服就是扶人。

小毕姨姨说，招人用不着警服扶也好，不穿衣服也好。

刘姨说，你莫非见过招人不穿衣服的时候？

小毕姨姨说，咋没见过，我们还一个炕上睡过呢，你问招人有这事儿没，别当我是白嚼。

刘姨说，啊呀呀招人，有这事？

我妈也看我，表情奇怪的样子。

我说，有。我还想往明白说说当时是个什么情况。小毕姨姨又接住说，你问问他，我还给他烙过背心和裤衩呢。

大家都“啊”。

我赶快给往明白解释，说那是小时候，妗妗领我来值班，我们四五个人都睡在大裁案上，睡觉前妗妗给我洗了裤衩和背心，小毕姨姨给用电烙铁都烙干了。

刘姨说，咦，我当是咋的回事，吓了我们一跳。

我妈不知道当时的情况，听我说完，说，能有个啥。

小毕姨姨说，你们是没见过招人那时候，正是戏剧里头的贾宝玉，唇红齿白，谁看了都爱见。

刘姨说，还唇红齿白，毕主任你是不是那时候就看对人家招人了？

小毕姨姨说，那还用问，小小儿时候就爱见上了。说完脸一下子红了。

刘姨说，哇——大家看，毕主任也有脸红的时候。这么一说，小毕姨姨的脸更红了。

小毕姨姨脸红了更好看。

我赶快打话茬，告给我妈说，中午您别买馒头了，我给到表嫂那儿端馅饼去。

这时候我妈顾着往断咬一根线头，没回答我。我见我妈的嘴唇上，又是粘着有好多的线头。

小毕姨姨说，孝敬的儿子给买馅饼去呀，张姑您就别吃线头了。

人们都笑。

表嫂是馅饼店端盘子的。

还不到中午，来买馅饼的人已经是很多了。大部分是打包着往走带的，排了好多的人。这里的馅饼大，我买了四张。为了快点取出来，我把票给了表嫂，表嫂让我找个地方坐那儿等，可我连坐的地方也没有，只好是在一旁站着。

一会儿，表嫂端着馅饼朝我走过来。我一看是一个大方盘，高高地摞着两摞，足有十多张，我不以为是给我的。可表嫂到了我跟前，一伸手，把这一大摞馅饼连盘给了我，说了声“你端走吧，我忙呢”，说完转身走了。

我数了数，是十四张。

这可怎么办?

我来的时候是拿着一个饭盒儿，里面只能是填四张。正发愁，表嫂过来给我跟前放了个透明的塑料袋，说“你拿回去给姑姑”，说完后又忙忙地走开了。

我就装馅饼就想，这是怎么回事?我买了四张表嫂给端出十四张。是她看错票了?可这个时候去告诉她错了，是四张不是十四张，退回你十张吧。如果是个不认识的服务员，我一定会这么做，退回十张。可这个服务员不是生人，是我的表嫂，我退回这十张后，是不是会对她有什么影响呢?领导会质问她，出现这么大的差错，你是怎么回事?

我时我还想到了另一个情况，那就是，表嫂不是看错，是故意的。那我给往回退，那不是明着揭告她吗?我不敢再多想，提着一塑料袋馅饼，匆匆地走了。

路上，我想，这该怎么跟我妈说呢？怎么买回这么多呢？

对，就说是馅饼好，单位的人让捎的。

对对对，先这么说。

我妈听说我还给单位人捎了，非要我先给单位人送去，要不凉了不好吃了。我说人家中午下矿了，晚上才返回城，路过咱家来取。

我妈这才说那咱们先吃哇。

我在单位想了一下午，决定下班后告诉我妈实情。

听我说完，我妈脸一沉，说这还了得，走！找她去！我妈让我提着馅饼，相跟着到了表哥家。

表嫂没回来，表哥说她今天得晚上八点多才下班儿。

我跟表哥说了这个事，还没等我全说完，我妈就开口了。

我妈说，忠孝子，她还给谁这么干过？是不是常常往回家白拿。我求爷爷告奶奶，求人家二姐夫把她跟内蒙古调回来，办了这么大的事，找了这么好的有吃有喝的工作，她这不是想打饭碗吗？

表哥说，我想她是看错了，以为表弟开的是十四张。

表哥替表嫂圆说，我妈口气更硬了，说，还胡搅？四咋能看成是十四呢，我是个文盲也不会看错。再说，就算你是看错，你把二看成是二十，把五看成是五十，你说你这么地，单位能要你吗？不开除你等啥？

我说，偶尔的看错，还能天天看错。

我妈说，偶尔的，让领导捉住你，一次你就够了，再说，别的人不揭告你吗？别的人没个眼？别的人认不得是四还是十四？就你聪明？懂得占公家的便宜？

我妈越骂越生气，说，小眼薄皮，不懂得个四六颠倒水深浅，坐炕你不揣揣冷热，做事你得看看能做过还是做不过。打了饭碗，哪个多哪个少？

表嫂上班后，把冬儿放在了内蒙古姥姥家，春儿在表哥单位托儿所。刚才表哥下班把春儿接了回来。

春儿听我妈这么大声地吵，抱着爸爸腿说，爸爸我可吓得慌呢。

我说妈您声音低点，看把孩子吓的。

表哥说，姑姑我替小兰承认错误，保证以后注意，再不出现这情况就行了。我妈说你承认顶个啥，那得她知道是大错了，再不做才行。

表哥说行，姑姑，等她下了班，让她去跟您承认错误。

我妈这才说，招人，把那包饼子拿上，出街扔垃圾仓里。

我说好好好，提着馅饼，拉着我妈，往外走。表哥抱着春儿，送出院门。

路过垃圾仓，我说，好好儿的馅饼扔了，叫人看见以为这是咋了。要不给了八斤和润喜儿？

我妈说不给，给了，叫他们两个要饭的领你个情，拿这种肮脏的东西去换个人情，扔了！

我说，噢噢，扔，我扔。可我正要把这个沉甸甸油渍渍的塑料包，往垃圾堆里扔，我妈又急急地说，你说不扔就甭扔，给八斤那就给八斤他们哇。

我笑着说，这还差不多。

我妈说，妈也是叫你表嫂这事给气糊涂了。

为了消我妈的气，我说，妈，您在表哥家说那么严重的话，表嫂要是知道了，也够她受的。晚上表嫂要是来认错时，您就不要再这么哇哇哇了。

我妈说，不哇哇哇，也得敲打得狠点，要不她接受不了个教训。

我说，相信表嫂也再不会发生这种看错票的事了。

我妈说，这事妈要是夸她那可是害她呢，你记不记得你小时候妈给你讲的那个咬奶头的事。

我说记得，一个死刑犯咬他妈奶头的故事。

我妈说那不是故事，那是真的事，那是你舅姥爷讲的，是他年轻时候亲眼看见的。

那晚，我怕表嫂来了，我妈的态度太过分，我故意地留下来，等表嫂。没想到等到的不是表嫂，是表哥。更没想到的是，表哥说，表嫂多给的那十张馅饼，她是跟领导打过招呼了。她说自来了馅饼店一直没有给过姑姑送馅饼吃，这次招人来买馅饼了，顺便多给买了十张，领导给她记在了账上，说等开工资时扣。

哦，原来是这样。

86 组织问题

人们常问说“你的组织问题解决了吗”，意思就是问你入了团了吗？入了党了吗？“文革”以前的人们还常说“人有两次政治生命”，就是指入团和入党。

我在初中二年级时就入了团。班主任闫老师说，你写个入团申请吧，我就写了，就入了。

是闫老师在我十三岁的时候，让我有了第一次的政治生命。于是我又想，我多会儿才能有了第二次政治生命呢？上了高中，“文革”开始，党委们一个个的都被“踢开”被“砸烂”，从那以后我就不再想这个第二次政治生命的问题了。

一九七三年的秋天，我领我爹到太原的省肿瘤医院去看病。在那期间，躺在病床上的我爹，好几次说到我的组织问题。我说看好您的病后，我回去就写申请。

我爹的病没看好，在一九七四年的一月，去世了。

答应了的事，我是一定要努力地去完成。安葬了爹爹后，我就写了入党申请，交给了我们矿区公安分局的党组织。为了接受组织对我的考验，我去了北郊区东胜庄公社北温窑村，给下乡插队的知青去带队，时间是一年。那是个苦差事，谁也不想去。

一年回来，我瘦了二十多斤。年底单位组织体检时，身高一米七二的我，体重才是一百零二斤，人们叫我“一零二首长”。

原以为一年回来，就能入党，可党组织说，你不要在机关坐着了，下基层锻炼锻炼吧。为了能入党，我再次接受组织对我的考验，下到了忻州窑派出所。

我是所里的内勤，工作压力倒是没有，但让我吃不消的是，跑家的时间过长。如果我不想迟到的话，那我从家得在早晨不到六点就出发。如果我不想早退的话，我每天回家是晚上八点以后。算算，这就是十五六个钟头。

一年过去了，两年过去了，三年过去了，我的组织问题仍然是没有得到解决。只好是回市局吧。

调到新单位，以前五年的苦算是白吃了。

想入党，那就重新接受组织的考验吧。

谁叫我爹爹给我留下了那么个希望我“解决组织问题”的遗愿了呢？谁叫我下定了决心，要完成爹爹的这个遗愿呢？

我又写了入党申请，郑重地交给了内保处的党组织。

我们处每年有一个入党的指标，我调回的第二年，也就是一九七九年那年的那个指标，我想也没敢想，我盼着下一年的会是我，我盼着我在调进这个单位的两年后的一九八〇 年，能够解决了我的组织问题。

不能光是想，得努力工作才对。

我努力工作了，而且也取得了好的成绩。连连地破案。

在我破了第一个案子时，有人说我是瞎猫碰着个死耗子，可后来我是破了一个又一个，他们就再也不这样说了，我让他们服气了。但一九八〇这一年的“七一”节，宣布入党的人，又不是我。

中午下班，我骑车追上了老钱，他说小曹你中午不是在圆通寺跟你妈吃饭呢，咋一直朝着城里骑？我说我跟您有个说上的。

他说，一上午在办公室咋不说？我说办公室人多。老钱笑，那你说啥？我说，那个……想说说我的组织问题。他说，好哇，组织的大门对你永远是敞开的。我说，可我咋就想进进不去呢？他看着我笑。

我说，那，那个，下一批，能考虑我吗？

他说，我拐弯呀，你有啥活思想，可以跟组织说说。说完拐弯了，进了一个巷儿。

还保密，不教我。我两脚支着地，站在那里，望着他的背影进了一个街门后，我又重新蹬着车，向圆通寺骑去。你不教我，我问我妈去。

我妈说，俺娃不是会破案？那俺娃好好地破案哇么。别人手里的案子破不了，俺娃的一有了能破一有了就能破，看看他们再不给俺娃解决。

妈，听您的。

别的不想，破案子。

在我妈的鼓励下，我的案子破了一个又一个，破了一个又一个。

我觉得破案又不难，对于我来说，那就像是猜谜语似的，那就像是捉迷藏似的，动动脑筋，分析分析，就破了。

那两年，社会治安形势不好，发案率逐年上升，全国都一样，要不为啥就有了后来的一九八三年的“严打”呢？

大同的治安形势跟全国一样，我管辖的城南也一样，但我不怕，只要你发，我就破，发一个侦破一个，上一个拿下一个。

孙处长处务会上说，火车不是推的，牛皮不是吹的，小曹为咱们二处争了光。他还敲打那些高干子弟们说，得靠本事，得学点真的本事，得拿秤约约你自个儿值几斤几两，不服你也给咱们露两手儿。

一九八一年二月，我被评为出席省的先进，到省城去开表彰大会。

市局评选出两个人，四处是侦查员崔文彬，二处是我，科员曹乃谦。

如果不是我妈鼓励我，我就不会成了省先进。

省先进可不是市先进，也不是局先进，更不是处先进科先进。

我的组织问题就该解决了，我得感激我妈。

我妈说，还是俺娃有灵性，有些事不靠灵性，光靠卖力是不行的，得有灵性。你们处别的后生们，莫非不想破个案，他为啥破不了，那是他差你点儿灵性。妈早就看出俺娃有灵性，月圪蛋时妈就看出你有灵性，你躺在那里，别人一说话，你的眼睛就跟着转。

我笑着说："哇，这就是灵性啊。"

我妈说："你当是啥。眼睛最能看出一个人的灵性了。买牲口，比如说买骡子，也是得看眼睛。站在那里喝一声，有的那骡子没反应，有的那骡子，眼睛跟着看你，那你买哇，没错。"

我笑。

我妈说，再说你那吹呀弹呀的，那更是得灵性，柱柱教你拉二胡，没半年，你就比他拉得好了，七舅给你个烂口琴，没半年，你就比他吹得好了，妈不会是个妈不会，但妈能听出你比他们拉得顺耳，吹得受听。

我小时候我妈不夸奖我，自参加了工作，我妈一直是在表扬我。也不知道她是改了性格了，还是改了策略了。

我妈说，妈为啥是要鼓励俺娃呢？妈知道，俺娃只要是做，就能把这件事做好，妈那次说，你到了北京到了上海到了中央，也是那好好里头的好好，你当妈那是瞎说呢？不是。

我说，可我想入党，入不了。

她说，去哇，好好去太原开会去哇，回来就入呀。

除了市局的我们二人，下属的四个公安分局也各评选出了一名出席省的先进，由市局党委佘书记领队，一九八一年二月二十六日，到了省城太原。

矿区的省先进自我介绍时，说他是从部队转业下来的连长，人们都叫他连长。这人话多，语音洪亮，口音还有点特别，说跟阎锡山是老乡。晚上看电影时，看到让人气愤的情节，大声地责骂电影里的坏蛋，人们都看他。

因为说起都是矿区的，我跟他就熟悉起来。我问公交派出所小陈，他说现在公交派出所撤销了，另成立了公交管理办公室，小陈当了公交办副主任。说完他又一下子想起啥似的，大声说对了对了，你保险是她的前男友。

连长看着我问，肯定吧？我说，我俩挺好。他说，那为啥没闹成？我说，当时我是想往市局调。他说，别看小陈是个当官的子弟，可她半点也没有那种坏习气。我说，我是后来才知道她爹是谁。

他说，可她那靠山老子快不行了。我问，薛部长？他说，肝癌在北京动了手术，回来不见有什么起色，快不行了。我说，哦。

开了三天会，我们乘坐着火车回到大同，临分别时，我给了连长一百块钱让转小陈，就说是给她爸买点啥营养品补补。

他说，你俩其实真的挺般配。我笑笑，没作声。

会议给每个先进发的资料里，有几期《警钟》。来开会之前我就知道，这是省法制部门主办的综合性的内部刊物。开会期间，我偷偷地溜出来，到《警钟》编辑部，把我带来的一个论文《浅论形式逻辑在刑事侦查中的运用》，给了他们。他们看我拿着开会的档案袋，对我很客气，我说我以后还想写案例。他们说欢迎赐稿。

过了些时，孙处长退休了。他没跟大家告别就不再来上班了。

我还想到，如果不是孙处长，这次的出席省先进，可能不会选上我。

中午在圆通寺吃饭时，我把这个看法说了出来。当时五舅舅也在场，他说，不会的，出席省先进那是因为你破案成绩突出，这个先进，别人是不能顶替了的。我妈说，娃娃想入党，我看今年没问题了。五舅舅说，按说没问题。我也说，按说是该我了。我妈说，这口饭你咽进肚里才算是吃了，啥也是个这。

我妈说得半点儿也没错，以为这次稳了，可，我又没把这口饭咽肚里。

尽管我是出席省的先进工作者，而且是自一九七二年恢复公安系统后的首次召开的省级别会议的先进工作者，但是，在这一年，在一九八一年七月一日党的生日这天，二处宣布的新党员，仍然不是我，是我们处的那个细嗓门。

我真的没有想到，真的不明白，这是为什么？

想入党咋这么难？

我这个组织问题究竟是出了什么问题？

那我去五中问问闫老师，他给我第一次政治生命时，咋那么简单。

闫老师在校总务处当主任了。

我说闫老师您瘦了，他说人老难买老来瘦，瘦点好。我说您在总务是不是挺忙，有点累。他说，不累，一个学校能有多重的活儿。

还没等我说，闫老师就问我组织问题解决了吗。一见我摇头，他说你是不是不重视这个问题，我记得在学校，也是我催你写入团申请你才写的。我说我这会儿可想着解决组织问题，可就是解决不了。旁边有位老师插话说，现在你光是积极地工作，那不行，你得研究研究。

我不明白他说“得研究研究”是啥意思，看闫老师。

那个老师跟闫老师说，看来你这个学生有点死相。

他又跟我说，看来你真的不知道？那我告诉你，现在啥也得研究研究再说，啥叫研究研究？那就是烟酒烟酒。你不给人家送礼，那除非你上头有硬人，找关系。

我说闫老师让我入团，我也没给他送啥礼，他说，这会儿跟那会儿不一样，同学。

送礼，跑关系，这我不做。

闫老师跟那个老师说，我这个学生他不是这种性格。

那个老师说，不跑不送，你原地不动，你是群众，永远是群众。

真的是这样吗？我的组织问题解决不了，真的是这个原因吗？

星期日，我跟四女儿到二姐家串门，二姐说，佘书记那天跟你二姐夫说，你妹夫能行，小伙子连连地破案，上一个破一个，行。四女儿说，可这次“七一”宣布党员，还不是他。

二姐说，佘书记保险是还不知道你没解决组织问题，那快让你二姐夫给跟佘书记说说。

我说：“别别别，不用说，坚决地不用说。”

二姐夫冷笑一声，对二姐说：“妹夫要自己解决，那让他自己解决去吧。”

我的想法是，入党我可不求你，入党我可不让人帮，通过关系入党，我觉得羞得慌，走着门子入党，我认为是对党的不忠诚。通过不正当渠道入了党，要叫我去世的爹爹知道了，也非要托来梦骂我不可。

我心里说，爹，儿子也好好工作了，是出席省的先进。儿子也团结同志，也听领导的话，没人打水我去打，没人扫地我来扫，全局分山药，让各处派一个人到农村地里去装麻袋，没人想去，我去。拉回来分的时候，没人帮忙，我给帮。秋天处里分白菜，一人一份儿，别人先去挑，留下没人要的，我拿走。过年分带鱼，大家挑完，我又是拿最后的一份儿。爹爹，我做到了您说的“大人不争，小人不让”，爹，我是大人我不是小人。

可我就是入不了党。儿子真的是很对不起爹，辜负爹的期望。但是爹，您相信，儿子在行为上早就够一个党员的标准了。在组织上入不了，儿子是没办法了。

爹，在组织上我即使是入不了党，我也要好好地工作。您放心吧。以后我要加强学习，学习忠义表弟，好好地学习文化，学习知识，做一个有文化有知识的好警察。

87 境界

平时我晚饭是回花园里吃，早饭中午饭都是在圆通寺吃。值班时我的一天三顿饭都是跟我妈吃。

我妈为能给我做饭，能跟我吃饭，很高兴。中午还要拿那个日本军用水壶给我打生啤酒。我说值班呢，不能喝。我妈说啥也是活的，少喝口，中午喝上半壶，晚上喝上半壶，甭把脸喝红就行。我说好。

那时候，居民家里很少有电视，同志们下班不回家，先在单位打打扑克下下象棋，一般情况，都要到晚八点才骑车回家。这都认为是正常的，有的处领导和局领导也参加。

我来二处上班第二次值班时，在圆通寺跟我妈吃完晚饭，六点整我就准时赶到了值班室。

秘书科里，有三个下棋人已经开战了。

这伙人，天天玩儿，水平究竟如何呢？进去看看。

没看半盘儿，看出他们三个人的水平很一般。但他们相互之间的实力相当，所以也能下上火儿。

我给棋力较弱的老苏指点了两步，他们看出来我也会下，要跟我下。

我见他们下的时候，相互间常悔棋。我说，你们三个人可以商量着走哪步，但咱们不悔棋，走了就得算。

棋高一着压死人。我看出他们棋力不如我，知道他们商量也没用。下了几盘，我都赢。晚九点了他们还不服，还想下。我心想，我又吃了饭又是值班，你们不怕饿肚子，下就下。

最终，他们的结论是，二处里小曹第一了，跟三处的老朱和行政处的老蒋有一拼。

后来的那两天，老苏他们也真的把老朱和老蒋约来跟我下。老朱和老蒋也真的是超出了一般水平，我们之间互有输赢。

又一个晚六点前，我到了值班室。老苏叫我，说白领导可厉害呢，你跟他下下。我跟着过去了，一看，是个他。

我头一次值班时，星期日领我妈来看看我的新单位。中午我给在食堂打了饭，端回办公室，跟我妈一块吃完后，我把我妈送出局大门，返进院，遇到他。他看着我妈的背影问，那是谁，我说是我妈。

他说："以后不准领家属来局吃饭。"

领妈来吃顿饭咋了？我是花钱买的，又不是白吃。

再说，你知道那是我妈了，还说那话。你有妈没有，你是不是你妈养的？

当时我就在心里骂他：什么狗屁话！

没错，老苏说的这个白领导就是个他。

他记不得我了，问老苏说，他也是你们二处的？哪儿调来的？

没等老苏回答他，我说你们下，我头疼。

第二天上午，老苏跟我说，你正好头疼，没下。白领导这个人你也真的是不能跟他下，就你的水平，能让他"车马炮"，可你要是赢了他，他的驴脸就耷拉下来，恼得啥也似的，你只有输给他，他这才高兴，还要骂你"臭篓子"。

我说我绝对不会下假棋，故意输给领导，我更不会这样做，那不是我的性格。

老苏说，我看出来了。

谁能想到，在我晚上来值班时，那个输了就驴脸的人又在秘书科，还非要叫老苏叫我去跟他下。他跟老苏说，你不是说矿区派出所调来的那个后生下得好，那你叫来他，我杀他两盘。

我跟老苏说，老苏你告诉他，我这些日子真的不能下，头疼。

哼！想跟我下，门儿也没有，你不配！

二姐请四妹和二哥我们两家人，星期日到她家吃饭。

我岳母说黑夜没睡好，想睡觉，不参加。可岳母她又悄悄跟我说，让我把大姨兄叫来。我知道，她这是要跟大姨兄下跳棋。

大姨兄六十多岁了，叫我岳母叫姨姨，在我们马路对面的互助里住，他差不多每天要来我家，跟姨姨下跳棋。

二姐猜出我岳母不来的原因，说，一个耍跳棋，还耍得这么上瘾。

说起下棋，四女儿跟他们说了我在单位拒绝跟白领导下象棋的事。

四女儿说，我原来在红九矿时，有些同事一下班就陪着领导玩儿，故意输给领导，哄领导高兴，直见得人家们早早地都把组织问题解决了。可招人他是躲得领导远远的，领导找上门想跟他下，还不跟下，他的组织问题解决不了，那是肯定的了。

我说，我宁愿不入党，也不做那种讨好和拍马屁的丢人格的事。

二姐夫说，妹夫会下象棋？从来没听说过。

我结婚后，见过二姐夫和二哥下棋，知道他们水平一般，赢不了我。但我又知道我的毛病，一是不让人悔棋，二是不会故意输给人。所以当时我说，我喜欢围棋，不会下象棋。他们以为我真的不会，多会见面也是他们下，不邀我。

二姐夫说，原来你会下。二哥说，来来来，跟二姐夫摆上一盘儿。

我被将到了这里，再不下，也没意思。

我说，不悔棋。二姐夫说，不悔棋。可在下的当中，二姐夫想悔棋，我让他悔了，但我说，二姐夫下次不能了。不一会儿，他又要悔，拿起重走。我说，二姐夫，咱们说的不悔棋。二姐夫说，好好好，不悔不悔。嘴上这么说，可也没把棋放成原来的样子，实际上，第二次又算是悔了。

我们继续下。

当领导的，在单位人们让惯了，当第三次二姐夫又要拿起棋重走，我不让。

我说，咱们事先说好是不悔棋，说好了就得按说好了的来，你要悔棋咱们就不能下。二姐夫说，不能下就别下。就这样，一盘棋没下完，把棋推一边儿了。

二哥说，姐夫我跟你下。二姐夫说不下了，说完进了另一个屋。

二哥说我，妹夫你有点太死相，咱们一天找二姐夫办这办那，让二姐夫悔步棋，有什么。

二姐夫帮我家办大事，这我感激不尽，但我不会因为这，就故意地让他。我觉得人说话要算话，悔棋就是说话不算话的表现，是不守信用的表现。如果你事先跟我说，咱们可以悔棋的话，那我就不说什么了，问题是事先搞的说是不悔棋嘛。

我没言语。

二哥说，妹夫你太死相。

吃饭时，二姐和四女儿知道了刚才发生的不愉快事。

二姐说，我认为妹夫对着呢，你跟人家约定的是不悔棋，你却要悔，那是你悔约。

四女儿说，一个耍，弄这么认真干什么。

我说，别说了，我以后跟家人跟亲戚一概不玩儿，因为我不会作假，也因为我太过死相。

二姐笑着指点着我，说，妹夫你，你，你。她没继续往下说。

在又是轮我值班时，在楼道碰到了白领导。

他说："你不下基层一天在处里泡什么？"

我说："这个星期我值班。"

他说："上班时间处里尽是人，不能接个电话？"

他是领导，我听他的。

可当我第二天下了基层回来，在楼道又碰到了他。

他说："你不是值班吗？不在值班室跑哪儿去了？"

我说："我下基层了。"

他说："你值班呢下基层，叫谁替你值班呢？"

头一天楼道碰到他，我以为是冤家路窄碰到的，现在我明白了，不是冤家路窄碰到的，而是他在故意地等我，等着为难我。

我一下子不知道该怎么说。我知道这是碰到了不讲理的人了。我正想还口，质问他"您昨天是怎么说的"？但，他是领导，又比我年龄大。话到嘴边，我咽进去了。

碰到了这样的领导，我该怎么办？

我想到我妈。

我以前小，不觉得也没太注意，自参加了工作，慢慢我才发觉，我妈是个有智慧的人，爱你什么事，她似乎是都能给提出最好的解决办法。

我想跟我妈说说这个事，听听我妈的意见，我碰上这样不讲理的领导，以后该怎么办。但见了我妈面，又怕让她知道了会替我麻烦，就先没跟我妈说，心想等以后，如果白领导他再这样对待我，再说。

可我别想着能对我妈隐瞒了什么事，她不知道从哪儿就看出我有啥没有告诉她。她说，招娃子，俺娃有啥跟妈说。

既然我妈有了怀疑，我要是想瞎说件别的事糊弄过去，那更不好。再说，我也没有本事能把没的事说成是有的。我只好实说了。

我妈听完说，要这么说，招娃子，他这是磨道里寻驴脚踪。招娃子，你想想你是在哪儿得罪上人家了？

我说，妈，我也想了，可能是因为下棋，他嫌我不跟他下。

我妈说，你们上班还下棋？下啥棋，围棋？

我说，上班时间不下，是下班后。

我妈说，下了班儿你不回家？下棋？

我说，我下班就回家，不玩。这是我值班的时候的事。他想跟我下象棋。

我妈说，从没见过你下象棋。

我说，您没见过，咱家也没有，我是上高小时候，仓门院的武叔叔教会的，后来在咱们里头院跟慈法师父下过。

我妈说，就为个这还得罪个人，既然是值班，你跟他下下就行了嘛。

我没跟我妈说那次他说“以后不准领家属来局吃饭”的事，我只是说，这个人水平不行，还就想赢人，一输就恼了，他下不过我，我又不想故意输给他，就不想跟他下。

我妈说，要这样说，不跟他下也对。

我说，您教教我该咋办才好？他以后再找我的茬儿咋办？

我妈说，这事最好办了。

我说，咋办?

她说，俺娃不理他，就当是没有发生过这件事一样，该干啥还干啥。紧要的是，俺娃必须是要好好地工作，做出成绩，到时候，他就知道了俺娃不是那普通的人，俺娃是长着三只眼的神圣。

我说，妈您放心，我一定要叫他知道知道我是长着几只眼。

星期日上午，我在家开了洗衣机，看见窗外有顶草帽过来了，我知道是大姨兄来跟姨姨下跳棋了，赶快去给他开开门。

大姨兄跟我笑了笑，进了岳母屋。大姨兄耳聋，一般的情况是不跟人说话的，跟你打招呼只是笑一面。

一会儿，听到他俩下开了。

洗完，我在走廊晾衣裳时，听大姨兄说：“孩子弄回个电吹风。”

岳母说：“羊角葱？这会儿还有羊角葱？”

大姨兄说：“有。别人家尽安呢。孩子这才给弄回来。”

大姨兄说的电吹风是小电动机，以前住平房的人家，做饭扇火是用风箱，后来进步成小电动机了，老百姓都叫它电吹风。

我岳母把大姨兄说的电吹风听成是羊角葱了。可大姨兄更聋，他没听出来姨姨说的是羊角葱，以为姨姨也说的是电吹风，所以说“孩子这才给弄回来”。

岳母说：“那你不说过的时候给姨姨拿一把来。”

大姨兄说：“拿，来？姨姨您家不是用煤气？咋也想要电吹风？”

岳母说：“我用羊角葱给孩子们炒鸡蛋。”

大姨兄说：“炒，鸡蛋？”他听出了姨姨说炒鸡蛋。

岳母说：“噢。农历三月三，羊角葱炒鸡蛋。”

大姨兄说：“炒鸡蛋可不行，电吹风火硬，炒鸡蛋时可吃不住用它吹，一下就煳巴了。”

我越听越失笑，干脆进来听他俩一递一句地说相声。

他俩也不是住下手来交谈，他们是一边对着话，一边还看着棋盘走棋。

岳母说：“你这步还能往前跳，咋不跳？”大姨兄说：“我这步要是跳前了，那就把您堵住了。”岳母说：“堵堵哇，我这头还有路。”大姨兄捏起棋说：“那我就往前再跳一步。”

说的是棋路，这俩人倒也能猜出对方在说啥，还商商量量的，俩人下的还是君子棋。

“呀呀呀，看我这步。”岳母捏起棋就走，一直跳到了对面的顶角。大姨兄看看，称赞说：“姨姨您的这步可跳得够厉害。”

可我一看，不对着呢，岳母是把大姨兄以前跳过来的棋，又给畅通无阻地跳了回去。

他俩不仅是耳聋，眼还花，把对方跳过来的棋又给拿起跳了回去。俩人都还没有发现，都还夸说好棋好棋。

我捂着肚子笑，可也没提醒他们，任他们那样下去吧。

我这才知道，为啥他俩从来是见面一盘棋，下到最后也下不完。

那能下完吗？一方跳过来了，另一方又给跳回去。

大姨兄说：“姨姨，炒鸡蛋可不能吹电吹风。”

岳母说：“我也就说，这是七、八月，没时没晌的，哪的羊角葱。”

我实在是笑得肚疼，转身走了。

大姨兄在背后说我，看妹夫笑得。

后来我在圆通寺，跟我妈说起了岳母和大姨兄下跳棋的失笑事儿，逗得我妈也笑。

我说，人家俩多会儿见面也下不完一盘棋，最后也没分出是谁赢谁输。

我妈说，招娃子，你那棋多会儿也下成了这，那你就成了。

成了？成啥了？成佛了？成道了？成仙了？

我知道我妈也说不出是成啥了，我也准确地表述不出是哪种说法更好，但我知道我妈的意思。

后来我想到，我岳母和大姨兄两人下棋，那真的是进入了一种高的境界，也入迷，也爱好，一听有人敲门，岳母“来了来了”地跑也跑不迭。

和岳母和大姨兄的境界比起来，我就俗了，是凡夫俗子。

尽管我知道自己的境界不高，不是那种超了凡脱了俗的人，但是，那次我妈给我出了主意后，我不再把白领导故意为难我的事放在心上，而是努力工作，连连地破案，当了出席省的先进。

自那以后，白领导大概才知道，那个对他不理不睬不卑不亢的小兵兵，原来长着三只眼。

自那以后，他这才不专门地在鸡蛋里挑骨头，找我的茬儿了。

88　案例

二处要求大家每天早晨来上班时，都先到科里，算是来报个到，大家一块清扫清扫卫生，顺便等等处里有什么事儿没有，然后你再下基层做你手头的工作。还要求走之前，也得跟科长打个招呼，是要去哪儿。这样处里有事的话，好找你。

自调到二处，我每天是早早地第一个就到了科里，先动手清扫卫生，然后就展开摊子做笔记练小楷。我最先是做《内部保卫工作》和《刑事侦查》这两本书的读书笔记，后来又抄案例。

小华的卷柜里有好多的侦破案例方面的大本子，像是书，可又不是正式出版物。大部分是省公安厅四局资料组编印的，也有的是他们翻印别的省公安厅的。封面上都印着“内部资料不得外传”字样。这些大本子里面有各种各样的刑事侦破案例。我阅读的时候，也选出好的抄下来。

我断断续续地已经抄了好多个稿纸本了。

小华说，小曹你破的那些案子，也可以把它写成案例，寄到省厅四局资料组，或许也会编进去。我说，我没想过这个事。

他翻开一本案例说，你看看，每篇的后面都有个括号，这括号里的名字就是作者。我说我没注意这些。他说，你的案例要是登了，你也就成了作者了，多牛。

我说，我倒是有那个想法，但没试过。

他说，你试试，我看你行。人们说“背会唐诗三百首，不会作诗也会诌”，你抄了那么多案例了，照着它的样式，把你的案子往上一套，就成了案例了。

我说，等以后试试。

二处连连地破案，市局领导看好这支力量，同意二处成立专门的刑警队。人员不够，局里又给陆陆续续地补充进了一些。先进来的几个年轻小伙子，给我们早来的一人分一个。领导说让带带他们。

给我分的是赵凤林，小伙子挺客气，叫我师傅。我说别师傅了，叫我老曹就行。后来他就改叫我曹大哥。行，大哥就大哥吧。

一九八二年的年初，二处刑警队正式成立。

全队十六个人，分作三个侦破组。我不是党员，没有资格当队领导，只让我带一个侦破组。除了赵凤林，又给我手下派了王德鹏、赵占元、刘志宏。他们叫我头儿。

当时上演的南斯拉夫电影《桥》还有《瓦尔特保卫萨拉热窝》里头，游击队员们叫负责人叫“头儿”。

我说别价，我可不是头儿，叫我老曹就行。

他们听了我的，叫我老曹。

小学时，我同班同学常吃肉叫我老曹，自小学毕业后，还没有人叫过我老曹。

好了，我这又成了老曹了。

我跟我妈说，单位有人叫我老曹。

我妈说，俺娃今年是多大?

我想想说，三十三。

我妈说，哦，俺娃也三十三了。

我妈这口气，好像是对三十三这个年龄有些说法，我问，您咋说我也三十三?

我妈说，你爹是在三十三岁时才参加工作，你这三十三岁都工作了多少年了。

我爹三十三才参加工作?这我一直都不知道。

我算了算，果然是。我爹是一九四四年参加的工作，一九七四年去世的，那他的工龄就是三十年。我爹去世时是六十三岁。六十三减去三十，就是三十三。

我说，妈没错，我爹参加工作那年，真的是三十三岁。

我妈说，妈还能记错?在我过门那年，就有人给你爹算过，说他三十三岁时要遇到大事。后来我们把这个话忘了。等你爹参加了工作，一家人才想起，哦，是说这，三十三岁参加工作。

我说，我知道我爹是一入党就算是参加了工作，可我这么多年了，贵贱是入不了个党。

我妈说，别说这个事了，咱们说的是不说这个事，你又说。

我说，可我爹一直是想让我解决个组织问题。我对不起我爹。

我妈说，行了招娃子，解决不了解决不了哇，你爹要是活着，也不会怪你的。好好儿工作就行了，妈知道，你对得起你爹了。

大同一电厂家属区接连丢摩托车，保卫科请二处派侦查员协助破案。处领导让我们小组去看看。

我们去了三天，把案子拿下了，案犯是一个年轻人，专偷摩托车。案犯态度很好，交代说已经作案七起，其中有三辆是日本进口摩托。

当时是，案件价值三千元，就算是大案。

光是这三辆日本摩托的价值就上了两万元，属于案情重大。我们连夜把三辆日本进口的摩托先起了赃，其余的等天亮后再说。

半夜了，得休息，案犯该送看守所。送市局看守所得市局领导签字，可我给我们处值班室打电话，知道局里值班的是白领导。

我知道白领导最怕的是半夜有人打扰他了，我实在是不想看到他那生气的样子。我说算了吧，明早再说。

我们把案犯带到招待所客房，我说让他跟我们一起休息吧。

客房都是四个床，我让我的弟兄们单独去一间屋好好地休息。

我让保卫科留两个人，跟我一间房。

我让案犯也睡一个床。我这是想到了我妈的吩咐，让我善待人犯，再一个是，我还想着明天早晨给他好好地吃一顿早点后，再往看守所送他。

我怕他休息不好，只是铐了他一个手腕，和床头的铁栏连着，另个手腕没上铐，好让他翻身自由些，睡得舒服些。

看看表，半夜三点多。我说，别拉灯，也别脱衣服，睡吧。

我们实在是太困了，一倒头，一闭眼，睡死了。

结果，在临到天明时，案犯跑了。铐子吊在床栏上。

向值班领导汇报吧。

白领导在电话里生气发火，说我值班，这么重大的案子，你们为什么不及时来报羁押。我当然不能说怕打扰您休息。

我说您甭发火儿，我给找去。

他说，我这是发火吗？找不到咱们再算账。他“啪”的一声，把电话扣了。

赵占元说，大海捞针，这到哪儿找去。

我说，你们放心，无头绪的案子咱们还能破了，找个有名有姓的人，有什么难。

寻找躲藏起来的人，这是正儿八经的捉迷藏。小时候在仓门十号院住的那两年，就经常玩儿这种小游戏。

我稍作分析，就判断出他是跑哪儿了。我说弟兄们，走，跟老曹到晋城带他去。去之前，我让小华给晋城公安局发了协查通报。

当我们还没到了晋城，案犯就被晋城公安局给扣住了。

占元说，早知道是这样，当时就不跟白领导汇报，直接先抓人。凤林说，早知道尿炕不铺毯子了。志宏说，主要是我们太实在。

到看守所提人时，案犯一看是我们，“扑通”一声跪在地上，冲我说，对不起老曹，实在是对不起老曹，你们打我吧。占元气得拿警棍在屁股上抽了他两下，后来让我给拦住了。

跟晋城回来，在二处处长的求情和说合下，白领导才表态，暂时不给我处分，但功劳自然是也没有了。

正好是银行发了案，要求这个案子必须是破了，来抵消过错。

白领导好给案子做指示，一条两条三条，做这样的指示时，还问你记下了吗？

我跟我妈说，听了他的这一二三，你就甭想能破了案。我妈说，俺娃死相，你不会甭按他的来，你按你的来，破了案以后，俺娃就说，按了你领导的来的，破案了。你要不这样做，会得罪人家，人家是局领导，妈是怕俺娃以后要吃亏。

我怕白领导在这个案子又要给作一二三，我看完现场就没回市局，带着弟兄们，一鼓作气把案子拿了下来。

后来，我把它写成了一个案例《迟了吗》，寄到了《警钟》杂志编辑部，他们没采用，给我回复说，案例不应该是这么写。你这好像是在写小说。

我想起初一时，我们的语文张老师就批评我的作文《钢笔》说，你以为你是在写小说呢？你知道小说的六要素吗？

他们在批评和否定我写的这两个作品后，同时又都是说我的这两个作品是在“写小说”。

他们要这么说，是他们的事，跟我没关系。

我这可不是写小说，我连小说有要素也不知道，更别说知道小说这六要素都有些什么和什么了。我怎么会是写小说呢?

写这个案例时，我还没有预料到我在三年后会跟朋友打赌写小说，而且是真的给写成了。

这是后话。

89　猫儿园

慧敏是跟赵凤林他们一起调进二处的，她在侦调科，比我小五岁。她整天说说笑笑嘻嘻哈哈，属于那种跟人很快就能熟悉起来的性格。

慧敏跟我说，我们家老吴认识你，但你认不得他。我看她。她说，走吧，我带你到我家认认他去。我就去了。她丈夫原来是矿务局六矿宣传队吹萨克斯的，现在调到了铁路工会。因为我是矿务局文工团的，下面矿上的宣传队的人们都知道我。那天我跟老吴两人喝了十个云冈牌啤酒。自那以后，我跟慧敏就熟悉了。

侦调科的工作是保密的，我们平素是看不出他们在忙什么。有个上午她跟我说，你就记住个往城南跑，也到到城北去。我说城北不是我的管辖范围，她说哪有那么死，走吧，你不是好喝啤酒吗，跟我到啤酒厂喝啤酒去。我说看处长说我呀。她说，是我硬拉你去的，要骂叫他骂我，要打叫他打我。我就骑车跟她去了。

慧敏跟啤酒厂保卫科高科长是初中时同班同学。她跟高科长说，走，先领我们参观参观捷克流水生产线去。

有几个车间需要换了白色的工作服才能进，我们只是趴玻璃窗口看看，最后领进了自动装瓶自动压盖儿的那个车间。装瓶的时候，会有酒流在外边，又顺着不锈钢槽流下去了，流进了一个塑料桶里，桶满了，溢到地沟。高科长跟工人要了一个升，从桶里舀了一升说，喝吧，这是最新鲜的啤酒，而且卫生没问题，绝对是干净。我尝了一大口，味道好极了。

高科长让那个工人把那桶啤酒提进了一个小屋，慧敏还有准备地跟兜里掏出花生米。那天可真是喝好了，那一桶是十二升，我们三个几乎给喝光。

以后我跟高科长熟了，常去买啤酒，高科长给我找领导批出厂价，每瓶比商店便宜七毛钱。高科长还给了我个塑料周转箱，一箱能放二十四个玻璃瓶啤酒。我那天带着一周转箱啤酒正要出厂，碰到了润珍。

她是我发小柱柱的爱人，是啤酒厂小食堂的大厨。她说，招人你别着急着花钱买酒，想喝去我家哇么，柱柱每天一个人喝得没意思。我说好，那我跟他喝去。她说我不是瞎邀你，你真的去哇，他专门跟人要了两个玻璃高脚杯，说另一个是给招人预备着的。又说，真的去哇，省得他一个儿喝不了还得倒。

我不明白她说的“喝不了还得倒”是怎么个情况，但不便在人家厂子里乱问。我说我肯定去，我正好还想找他给看看我写的一篇文章。她说那去哇么，每天下午四点他就坐班车回了。

我带着啤酒回到圆通寺。

在以前，我妈每天上午用我爹留下的那个日本军用水壶，给我打一壶生啤酒，再给我炒两个鸡蛋，她不吃炒鸡蛋，硬说是有鸡粪味儿，不好吃。她吃大烩菜。

自我跟酒厂买了出厂价的啤酒，我妈就不用给我打生啤酒了。我妈问生的好熟的好，我说还是您给打的生的好。她说，那妈还是给俺娃打生的哇么。我说，我的工作没准气，有时中午就回不了了，可那生啤酒又不能放得第二天喝。我妈说，那等得哪天是一准能回来跟妈吃饭，那妈就给俺娃提前打好。

我平时没空儿专门坐下来陪我妈说话。我们娘儿俩只是中午吃饭时，我就喝啤酒就跟我妈说说这，说说那地呱啦。

我们那天说起了人们身边的贵人。

我说，妈，您现在来了大同，您想过没想过，您的大贵人是谁?

我妈说，妈黑夜拉灭灯躺在那里，常是百思六想地瞎想，妈咋就能来了大同，那也多想过，那是因为你的姑姥姥，也就是妈的姑姑。如比不是你姑姥姥嫁到下马峪，就不会有你姑姥爷给妈当媒人，嫁给你爹，曹敦善。不嫁给你爹，那以后也就来不了大同。

我说，那姑姥姥就是您的贵人。

我妈说，可不，那还不是?你姑姥姥作准是妈的贵人。

我说，您想过我的贵人是谁没?

我妈说，俺娃身边的贵人很多，小时候给你算卦的那个瞎眼眼就是你的贵人，你是不知道你那会儿的样子，整个娃娃就显出一颗大脑袋，整个的大脑袋就显出一双大眼睛。眼看得是活不了了。是那个瞎眼眼告诉妈把你送回村去抚养拉扯，你才活了下来，要就在大同的话，那你是个活不成。

我想象着一个孩子，是那种大脑袋大眼睛的怪样子。

我妈说，说起活成活不成，还有房背后昝婶婶，那也是你的贵人，如比不是她那次来告诉妈，我还不知道你们这伙灰灰们在水泉湾耍水，这个事妈越想越是后怕，你们一次一次地耍下去，闯大鬼的事是肯定要发生的。

我说那次是柱柱让水呛了。

我妈说，水火无情，一直耍下去，不保是谁出事儿。

我又不作声，想象着出事儿的是我。想象着我妈趴在我身上放声大哭。

我妈说，说起柱柱娃娃，妈还想到过，招娃子你这一步一步地走到这会儿，当了公安警察。咋当的？

我打断我妈的话说，是陈永献师傅帮着的。

我妈说，可你要是不当铁匠，咋能认识陈师傅呢？可妈又想，你咋就当了铁匠了呢？那是你在矿务局文工团时拉胡胡，说你拉错了，就把你打发到铁匠房。可你咋就到了文工团了呢？那是因为你在晋华宫宣传队拉胡胡拉得好，让抽到了文工团，可你又咋的就到了晋华宫宣传队了呢，因为你在大同一中时就在毛泽东思想宣传队拉胡胡拉得好，让晋华宫看对了，这才把你招工招去了。再往前说，你咋就进了学校的宣传队了呢？那还不是因为你胡胡拉得好，才把你吸收进去的。

我也跟着我妈的思路，一直往前想着。

我妈说，可招娃子你想过没有，你咋就学会了拉胡胡呢？那是柱柱娃娃引拉的你。我记得你在认识柱柱前，你的耍活里只是口琴、箫、大正琴，是柱柱跟家里拿来了胡胡，你才知道有个胡胡，后来让妈给你买，妈就给了你钱，还是柱柱领你到商店买的，买回来又手把手地教你，你才学会了胡胡。

我妈说，千千有头万万有尾。如比你不认识柱柱，他没教你胡胡，你这会儿就不是你这会儿，你的工作就不是这会儿的这个公安警察了。

我说，妈，您说怪也不怪，我这两天也正想去找柱柱，您今儿也是说起柱柱，我上午还正好碰到了他老婆，她说让我去她家，去跟柱柱喝啤酒。

我妈说，俺娃就这命性，想啥就来啥。

跟我一块耍大的朋友里，柱柱是唯一的一个与我有着“琴棋书画”的共同爱好。要去太原上学的那个假期，他在十六开大小的宣纸上，用毛笔画了一幅“劲竹”送给我，题字是：赠与品德高尚的朋友。他说如果有个印章盖上的话，那会更好，可惜没有。

我说，我送你一个。我们当时就琢磨着每人取了一个笔名，他是“宋函”我是“楚函”。我忘记了他取“宋函”有何深意，我的楚是有“我本楚狂人”的含意在里头，还暗示着屈原的《楚辞》。

刻印社师傅问我们选用啥字体。柱柱说，钟鼎文。我当时只知道“正草隶篆”，不知道他说的钟鼎文，他给我解释后我才明白是怎样的一种字体。

师傅又问我们选用什么材料，我好像是个愣子，又不知道如何回答。柱柱问您这尽有啥料，师傅拿出几种说，就这些。柱柱看看说，既然是钟鼎文，那就选金属的，价格又不贵，一枚才两块，但因金属的得半个月后才能做出来，可柱柱再有三天就要到太原了。师傅看我们是学生，提议说，就选个杏木的哇，连工带料才五毛。我说不要木头的。最后我们选了象骨。象骨的贵，一枚十块，但第二天就能取货。我做决定说，贵贵吧，就象骨了。我当时有钱，不在乎三十二十的。

柱柱说，你送我印章，等明天章刻出来，那我给买印章盒送你。第二天取印章时，我们选了一种印章盒儿，红木的，推拉盖儿，盖上还镶着白色的骨头片，骨头片上刻着山水画。很好看，很高雅。三块钱一个。柱柱只给我买了一个，他说他等到太原看看，说不定还有更好的。我知道，他是身上缺钱，他家原来就比较困难，这又要到省城上学，更需要钱。

那两天，他抽了个空儿，跟我到照相馆拍了张分别留影，是半身照，当时我是初二生，他明显地比我高出了半头。后来我长了个儿，在他上了半年学，跟太原回来时我俩就一般高了。又过了一年，我反过来又比他高出了半头。

柱柱本应该是在一九六六年毕业，可他赶上了“文革”，直到一九六八年才分配工作，分在了大同钢厂，在职工子弟中学当语文老师。

钢厂在大同城北，距离城有三十多里，他上午教完课，中午批改完学生的作业，下午四点就坐班车回城了。第二天再早早地坐着班车到学校。

柱柱家在猫儿园街路南的一个四合院儿，他的岳母也在这个院住，他们平时上班，儿子明明就是由他姥姥给看管着。

我的黄挎包里装着案例《迟了吗》，去了猫儿园，柱柱也刚回来，他正扫地。

他家不大，最多是十八平方米。一进门的右手就是炕。再往里才有空地摆家具，家具里最显眼的是大书柜。宽一米八，高快跟屋顶挨着了。上边明着有五层，下面是柜门，里面又是三层。里面满满都码着书。

柱柱说我听润珍说了，知道你这两天要来。他说，你先上炕等等，我扫扫地，我奶奶常说“地净家也宽”，可润珍忙的，受了一上午了，中午忙完回来还想躺一会儿展展腰，顾不得打扫家。

事先知道是来喝啤酒，我学着慧敏的做法，黄挎包里还装着一斤花生米一斤油炸兰花豆。我把这些放在炕桌上，上了炕。

一切都安顿好了，柱柱先跟水瓮背后够上两瓶啤酒，我一看，是“云冈”特制。我买的那是云冈普啤。柱柱说，每天的中午，润珍他们的小食堂都要摆好几桌客饭，上的都是“云冈”特制。我说咋就那么多客人。他说，原料的生产的销售的，卫生的食品的环卫的，还有这头头那头头的各种关系，那些人又不像是在家喝，喝完一个打一个。他们是搬上一箱，“嘭嘭嘭”都启开，喝不了就剩下，剩下就倒了。润珍看见可惜了儿的，就都提回来。立在水瓮背后凉着。平时她都是往回拿三个，可知道你要来，这些天每天往回拿六个。

我这明白了，润珍为啥说“喝不了还得倒”，原来都是已经打开了口的。

玻璃高脚杯，很透明，啤酒倒进去，能看见一串串地往上冒小泡儿。真好看。

我心想，冒泡就说明还新鲜，喝一口，真爽。特制的就是好，我从来还不舍得买这种。

柱柱说干一个，干完我看你的文章。

一口气连干两杯，正好倒没了一瓶。

真爽！

他看完《迟了吗》说，你这小说不是小说，散文不是散文。我说我这是想写案例。他说你没见过案例？我说见过，可我不是按照他们那样写的。我总觉得他们那是老套套。柱柱说，案例是公安方面的一种文体。

我问啥叫文体？他说，你看你连这也不懂，就要写案例。

我说，你给我讲讲。

他说要讲文体，还不如是从头讲讲文学，要讲文学得先讲讲诗歌，要讲诗歌得先从劳动号子讲起。

他说，慢慢来慢慢来，来来来，先喝酒。

他又跟水瓮背后提出两瓶来，说，这要是有个冰箱就好了。只是电影上见过冰箱，可咱们老百姓家好像是还没有人家有。

看着他给两个高脚杯添满酒，我说慢慢儿就有呀，过去咱们喝酒谁用高脚杯，那也不是只在电影上见过？可咱们这不是也用上了。

他说对，我们钢厂领导家里已经开始做简易沙发了，慢慢就进步呀。

我说，管他，还说咱们的文学。

他说，咱们有的是时间，今儿说不完明儿，明儿说不完后儿，你没做的天天这个时候来哇么，我给你从头慢慢讲。

我说，我天天不一定是能来，但我把工作做完了，就过来。

我跟我妈说我常到柱柱家喝啤酒听讲课，我这是想叫他教教我咋写案例。

我妈说，妈是说，你这个娃娃灵，只要是听上点学上点，就会有大的出劲。

我说，但愿您是金口玉言，让我在《警钟》上也登篇文章。

这时我又想到了我的论文《浅论形式逻辑在刑事侦查中的运用》，我决定把它也让柱柱给看看。

那天下午我把《浅论形式逻辑在刑事侦查中的运用》手稿给柱柱掏了出来，他看后连连地说，好好好！

他说，招人，这篇论文你往出寄吧，保证能被选用。

我说，我早就给了《警钟》编辑部，可是快两年了，还没音讯，倒是那个《迟了吗》，寄去后没多长时间就给我退回来了。

他说，这个没给退，那说明要用。

我说，怕的是人家早就给扔得丢了。

他说，不会的，等着吧，这个没问题。

柱柱的话真准，没几天，《浅论形式逻辑在刑事侦查中的运用》全文在《警钟》刊登出来了。是老周打电话告诉我的。

老周是在一九八〇年年底，从市教委调到了我们市公安局的，是局办公室主任李世德把他要过来，写材料。

老周在电话说，乃谦祝贺你。我问他什么事祝贺我。

他说你是不是还不知道?《警钟》上刊登了你的论文。

我说，哇，你咋知道？

他说我办公室就有这期杂志。你要没有，那我一会儿把这期送过去，这会儿李主任正看着呢。

我说，我去取吧。

我去了老周办公室，李主任也刚好看完了。他说，小曹，听说你也是大同一中的老三届。

老周说，他跟我是一个班的。

李主任说，哪么也是大同一中毕业出的学生厉害。我说这是老周给我本《形式逻辑》后，我看完了，结合着破案的体会写出来的。

李主任说早知道你能写，我就跟二处也把你弄过来了。

我心想，我就是因为不想写才到的二处。

我说我不会写公安材料。他说，能写这么好的论文，公安局的这些材料，你就都能写得了。

我没心思跟他多呱啦，拿着杂志走了。

我赶快先回圆通寺，拿给我妈看。

一进门，我说妈妈您先别做着呢，你认得这三个字吗？我妈说，妈认不得唉，我说您看也不看就说认不得，您看看，看看。我妈停下手里的活儿，看我指着的这三个字。

我妈说，妈看不见，眼花得看不见唉。我赶快给够过了老花镜，两手端起，给我妈戴上，又把杂志拿起，指着那三个字。我妈看看，抬起头说，这不是你的名字吗？曹乃谦？

我一阵激动，我妈还没忘记这三个字。刚解放，扫盲时，我妈就学会了认“曹乃谦”三个字。

我说，妈，您真行。这都几十年了，您记性真好。

下午四点，我准时到了猫儿园。等了十多分钟，柱柱回来了。

杜杜说，为了庆祝，咱们今天喝白酒吧，家有十年的老白汾。

也该着是庆祝，那天润珍厂里晚上没有客饭，她早早地就回来了。一进门，杜杜说，润珍，快给咱们弄两个菜。

家里没别的好吃的东西，弄了简单的两个菜，辣子白和酱油土豆丝，但润珍手艺高，做得好吃得不得了。

杜杜说，润珍上小樽儿。

润珍说，看这摆朝的。

杜杜说，好不容易逮住你了，不得摆朝摆朝。

我们倒啤酒时，润珍说，你们那倒啤酒的方法不对着呢，客人们说倒啤酒是要“邪门歪道，卑鄙下流”。说完她还给做了示范。

杜杜说，快快快，起一边儿。啥“邪门歪道，卑鄙下流”，既不风趣又无聊。

润珍说，客人们都是这长那长的。

杜杜说，这长那长能有个啥水平，我们是雅士高人。

润珍说，看把你们俩“电线杆挂暖壶，高级的”。

杜杜说，那是作准的。

那天我俩把一瓶老白汾和六个啤酒都喝光了。

到最后，都有点醉。

杜杜喝白酒时，“吱儿”一声，“吱儿”一声。

我喝酒没“吱儿”过，也想学他的样子“吱儿”一声，可我发出的音响不标准，不是“吱儿”，是“啵儿”。

杜杜说，你那不对着呢，你那就像是亲嘴呢。

我说，我咋也“吱儿”不来。

杜杜说，实际上，喝白酒的人“吱儿”那一声，也是因为，酒不多，不想一大口就喝完，每次少抿点，闭紧嘴唇，让酒少进点，这样子，就有了响声，如果口大了，咋也出不了“吱儿”的声音。

我试试，果然是。

柱柱又给总结出，喝酒不声不响，没意思。喝啤酒，酒下肚后，就该是“哈——”一声，喝白酒，就得“吱儿”一声，要不就没意思了，也不香甜。

他说，你想想，体会体会。

我又拿起高脚杯，大大喝下一口，故意地不出声，咽进肚。

我说，不行不行，得哈得哈，喝完就得哈。

我俩同时大大地下了一口后，同时响响亮亮地“哈——”了一声。

润珍在旁边说，哎呀哎呀，俩没成色货，一猫儿园人都听着了。

90　移风易俗

我妈不好串门，她在老早时候就吩咐过昝婶婶说，外面有啥事了你说给我一声，要不我瞎蒙蒙的啥也不知道。

那天昝婶婶到了我家说，居委会说了，要移风易俗呢，谁死了也不许土葬，要叫火葬呢。还说南门外麻黄素厂的南面，专门盖了个火葬场，烧人呢。

我妈说，好好儿的一个人就给烧了？昝婶婶说，你就说哇，烧了，给死人衣服上浇了汽油，划着根洋火往衣服上一扔，汽油轰一下就着了，人就成了个火圪蛋，鼓风机一吹，大高高的方烟洞一冒烟，尸首就烧成灰。我妈说，你就好像是见了似的。昝婶婶说，我是听人们说的，你是不跟人们走往，就知道个给招人买菜给招人打酒，孝敬孩子，别的你啥也不知道。

我妈说："那烧完了还埋不了？"

昝婶婶说："埋啥，就是为了少占土地，移风易俗呢。"

我妈说："啥叫移风易俗？"

昝婶婶说："就是那个，那个，我也不懂得。这问你招人去哇，反正是，要变个花样，不让人装棺材，再说国家缺木材，全国每天有多少死人，都装棺材那可得些木材呢。现在是，把骨灰装在一个巴掌大的小匣匣里头，摆柜顶上，供养起。"

我妈说:“摆柜顶上?”

昝婶婶说:“就像那半导体收音机,摆柜顶上。”

我妈说:“那把孩子们吓着呢,我不烧。我要往坟里埋,清明和七月十五,孩子们给回村上个坟就行了。”

昝婶婶说:“你不想火葬,那你棺木准备上了吗?这会子这木头难买的,你又不是不知道。”

我妈说:“招人在五矿派出所时候我叫他给我预备下了一根棺木,可他姥姥在我家炕上去世了,用了。”

昝婶婶说:“那你以后呢?”

我妈说:“我今后老来老去的话,那就用他姥姥的那只。已经做成了个匣匣,在村里停着。”

昝婶婶说:“那还是在应县村里了哇,大老远咋往上拉?再说那棺材还是个拉来拉去的挪地势的东西?你不想让烧,那还不如再叫招人给早早地预备下,放在手跟前。你不预备好,到时小心让招人把你送南门外火化了的哇。”

我妈说:“我老来老去了,说上个啥也不让他往南门外送我,我要回下马峪,跟他爹埋一起。”

昝婶婶说:“可到那个时候你圪挤住眼了,啥也不知道了。咋处置你,还不是人家招人说了算。”

我妈说:“他敢不往下马峪埋我!”

昝婶婶说:“周总理的骨灰撒在大海了。招人是国家干部,政府号召移风易俗,他得起带头作用呢。”

我妈说:“敢起这个带头?吓不死他!”

我妈可是真的叫昝婶婶说的这个移风易俗的事吓着了,她真的怕“老来老去”后我把她给移风易俗了。

可我妈没跟我说过这个事,是她专门问过五舅舅。五舅舅解释说政府是个提倡,又不是硬性的要求。我妈这才放心了,在又见了昝婶婶时告诉给她说，政府是提倡，又不是硬叫你烧。昝婶婶说先是提倡，提倡提倡的，就给你来硬的呀。

我妈“唔唔”地点头。

昝婶婶说：“下乡上山哇不是？开始是提倡，后来就是不下也不行。还有计划生育，开始说是‘一个不少，两个正好’，可这会儿呢，硬拉上你去做手术。”

我妈说：“可不，招人一个孩子。”

昝婶婶说：“我们昝贵赶程着要了两个孩子。可你招人是一个。这会儿再敢生，就开除你。”

我妈“唔唔”地点头。

那天中午吃饭时，我坐在圆通寺炕上，就着炒鸡蛋，喝着生啤酒。我妈跨坐在炕沿边，就着大烩菜，吃馒头。我们像以往那样就吃饭就呱啦，说着说着，我妈问我啥叫移风易俗。

我不知道那些日我妈对这件事早已经是一次又一次地打问过思谋过，更不知道我妈她是坚决地反对火葬这件事，并且是真正地担心和害怕自己“老来老去”后，被儿子给“移风易俗”了。可她又没有直接明了地问我对这件事的看法，而是像我们刑警队的有些侦查员审问人犯时那样，用引诱的方法往出套人犯的口供。

她突兀兀地问我啥叫移风易俗，这一下子把我问了个大睁眼。我说您咋就想起问这。我妈说你们领导没动员过你，让移风易俗？我说没有。

我妈说，街道居委会都在说这事，你们没说？我说，您说的街道让移风易俗是做啥呢？我妈说，街道居委会说让老年人死了以后到南门外火葬呢，装骨灰盒儿摆在柜顶上，供养呢。我说，我以为是做啥呢。我妈说，供养在柜顶上，孩子们以后用不着上坟了。我说，这倒是不错，省得大老远地往村里跑。

我妈突然地大声说：“我知道你就会说不错。看来用不着领导动员，你就想这么做了。”

我让她的喊喝给吓了一跳，喝了一口啤酒没回答。

“站那儿！”她眼睛一瞪，指着一进门的那块地方，大声地喝令我。

我看我妈，不明白她这是咋了。

“甭以为我老了，打不动你了。”她说。

我赶快跳下地，站在了一进门那块地方。

“你倒是想省事，把你妈移风易俗了。告给你，没门儿！我说的自你姥姥去世把棺材用了，都几年过去了，从没听你说过再给你妈买棺木的事，原来你是在心里早就打算着往火葬场送我呀。”

我这才闹机明我妈说的是啥了，想解释说，我心里根本就没有那个想法。可我插不上嘴。我妈在继续大声地发火，没头没脸地数落我，还骂我是个剜它妈眼睛的猫形鹘。

好不容易我才插上话，解释说，姥姥去世用了您的棺材，当时不是说好是您以后用我姥姥的那只嘛，所以我就没想过再弄棺木的事。

我说：“再说您的身体硬硬强强的，也不是要用的时候呢。那我等对着有了机会，就把村里的那口材拉上就行了。”

我妈说：“不用那口！当时说是那么说了，可拉来的话叫你七舅心里咋想，叫村人们咋看，外甥再给他妈闹不了材了，还真的要叫舅舅还。听了这话你不老臊得慌？你不怕村人们笑话你我还怕呢。不拉了，那个叫你舅舅以后占哇。”

看来，今天我说啥也是不对。不过我妈这么一说，我一想，真的是有这个问题，跟村里往走拉姥姥的那口棺材的话，村人们肯定是会说闲话的。这么说，又是我没想得周到。

我赶快说："妈，那我给再闹原木去。您以后有啥想法明着说给我，不要叫我猜心思。您也知道我最是个没心眼儿的人，不会猜人的心思。再一个是，您那个……"我想说"您开头那些话是在引诱我往错了说，是诱供"，但没敢往下说。

我妈说："那个那个，啥那个？"

我说："那个反正是今后有啥您最好是明着说，别叫我猜。"

我妈说："这用猜吗？你如比是把妈的这个事当成是个事的话，用得着猜吗？你不会主动说，妈咱们不能用村里的那口材，看叫村人说闲话呀。再说，预备材的事能是个小事吗？对于老年人说，是大事，可你从来不提不倡的。原来以为你是年轻人不懂得，可今儿看来，你是早有打算，早就想把你妈烧了，是不是还想把你爹跟坟里挖出来，也烧了？"

我知道，今天我是咋说咋不对，我赶快说："妈您甭说了，是我错了，是我错了。我这就想法子给您弄棺木去。"

见我认了错，我妈这才说："行了！上炕吃饭去！"说着，把鞋给我踢了过来。刚才我下地急，没来得及穿鞋，就那么穿着袜子立在那里罚站。

继续吃饭时，我妈的态度是和软了，但仍然是在重复地说着她的观点。你爹是埋在了下马峪，妈可是也要回下马峪，妈可是不火葬，把你爹一个人扔在下马峪。

我妈这样地说了又说，强调了又强调，有点不像是她以往的性格。想想，六十五的人了，是老年人了。

说到最后，我妈是坚决地叫我再买棺木。我知道我妈的意思是，只要是你给准备下了木头，那就大概是不会把我火葬了。

我说，妈您放心，明天我就忙这个事。您也知道木头不好买，但我保证在年前给办成，这还有好几个月，您放心哇。别处如果想不出法子，我再求求忻州窑矿的朋友，估计是不成问题的。

为了尽早地把木头弄到，叫我妈放心，我真的是在第二天就开始想法子了。我是先跟老周商量，看看他有这方面的门路没有。

老周说，我给你推荐个人，你去找他试试。

我问谁，老周说，咱们高中同班同学白宇雄，现在是雁北木材公司的二把手。

哇，白宇雄。那不仅是高中，他跟我小学时还是同班同学呢。高中加小学，我俩同班了九年。

初中时我和他分开了，可高中时我俩又都考到了大同一中，还都分在了高六十三班。又成了同班同学，也真是缘分。

更缘分的是，我去雁北木材公司找到白宇雄时，多年没见了，我们先相互问候分别后的情况，这才知道，他的儿子白岩，和我的女儿曹丁又是在一个小学念书，城区十八校，而且居然也是同班同学。

不算郊区，大同市有小学一百多所，两个爸爸是上小学时的同班同学，他们的孩子也是小学的同班同学，这可是真的有点太巧了。

后来，白宇雄主动问我说，你来是不是想搞点木头？我说想给我妈弄根棺木。他说，曹大妈的事，没问题，再难我也得帮。

他还向我介绍说，咱班曾玉琴在大同木材加工厂厂办，如要加工成材的话，找她去。

哇！曾玉琴！

我妈的这件事真的是该办成，要不为啥尽碰些有缘分的人。

高中我考到大同一中，是表哥和我去学校报的到。这个学校在城外，过了十里店村还得往西走二里路。在半路时，有个大个女孩背着的行李卷快散架了，她求我和表哥，帮着她重新打包。

到学校报完名以后，才知道她正是我的同班同学，叫曾玉琴。更有意思的是，高中毕业后，我俩都分配在了红九矿。我不知道她这是在啥时候，又调到了市木材加工厂。

当下，白宇雄就给曾玉琴的办公室挂通了电话，我跟她说明天等着，我去求你。她说来吧老同学。

晚上我就约好了老王二虎虎人，第二天我们拉着小平车到了白宇雄单位，买了一根红松粗原木，返到了市木材加工厂。曾玉琴带着我们到了电锯车间，她跟一个老工人师傅说是做棺材用，那个老工人方量方量后，建议把原木豁成了八块。我说我不懂得，您看着办。

我问加工费，曾玉琴说免了。我说那怎么可以，她说我跟领导打过招呼了。

原计划这是年底前的硬任务，我第三天就给完成了。

五舅舅说，足有二寸厚，过去老财们的棺木也顶是这么厚。

我说，妈，这您放心了吧，这您就不担心让移风易俗了吧。

我妈说，吓不死你，敢把我移风易俗了。

91　北小巷

还是在一九七四年正月时，把我爹安葬后，我妈让我自己回大同，她说你好好儿到公安局给人家上班儿去哇，我跟玉子留这儿，再和死鬼在下马峪住上些日子，给他过完了七七，再走。

我们村里的习俗是，安葬完死人，还要给死者过七个七。每到一个第七天，就要去坟上给死者烧纸上香。

听了我妈的，我返回到矿区公安局上班了。她和玉玉留在村里。

七七四十九天过去了，大哥曹甫谦过来跟我妈说，五大妈，有个跟您商量的。我妈说，俺娃说哇。大哥说，那些日没说，这过了七七了，我的看法是说说也对，要不的话，您们就要走了，这一走不敢定是多会儿才回。我妈说，俺娃有啥跟五大妈说哇。大哥说，是个这，是，想给玉玉说个人家。我妈说，那还不好？死的死去了，活的还得活，玉玉也老大不小了，也该着说了。

大哥当时的想法是，五大爷刚打发了，五大妈伤心还伤心不过呢，给外甥女说对象呀，按道理是不该提这个事。可一听我妈这么说，大哥说，我就知道五大妈是个钢骨人。

大哥给说的是他好朋友的兄弟，叫韩仁连。

韩仁连也走了当兵这条路，复员回来在村里受。后来有个机会，在大哥这个村支书的努力下，让他到了阳泉煤矿当下井工人。

大哥把韩仁连在部队时的相片掏出来，给我妈和玉玉看。

我妈说，人家儿好就行，别的让玉玉说哇。

大哥又补充说，这孩子个头没招人高，岁数比招人大三岁。

玉玉说，姨姨您说哇。

这个事就成了。

一九七五年十二月，在我结婚后的十个月，玉玉和韩仁连在下马峪公社领了结婚证。

玉玉事先就提出说也想像姨哥那样旅行结婚，到到北京。韩家答应了，但说北京没关系，找不到旅店。我说，住处我想办法。

为了保险，我给联系了两个关系。两个都是我的初中同学。一个叫温建中，他初中时是我们八十一班的团支部书记，毕业后就考住了北京电力学校，后来分配到了北京电力公司，家在白石桥那儿住。另一个是段连进，恢复高考后，他考到了北京大学，正好当时他还在学校，没毕业。

这个事，最后是段连进给安排了，玉玉和韩仁连在他们学校宿舍住了一个星期。

四女儿给了玉玉一件活里活面的涤卡风雪大衣，面儿是深灰色的，里套是咖啡色栽绒，玉玉喜欢得不得了，不舍得穿着去北京。我给了她一个黑色的人造革手提包，也有长带，能在肩上挎，上面烫印着金色的“云冈”二字。

韩仁连在外地当过兵，玉玉在红卫兵时也到过太原，他俩也算是出过远门的人。除了逛逛商店，逛逛天安门，听说他们也去动物园和军事博物馆转了转。

北京回来后，返到了大同，住北小巷院。我妈说，姨姨也没个啥陪嫁的，这个房小是小些，给你们哇。这是私产的，就是咱们自己的，圆通寺房是公家的，迟早也得归还人家。

他们在北小巷住了些日，韩仁连的假期到了，玉玉跟着他到了阳泉煤矿。

当时我还是在矿区公安分局上班，领导让我跟着预审办公室的秦大个到保定去出差。到了保定地区公安局，还得到五十里外的一个农村去调查。地区公安局给我们派了车。我听司机说话音调，好像是我们雁北人说的那种处理普通话。我问说，师傅您老家是哪儿的，他说，山西应县。我说啊，我们是老乡，我也是应县人。听我这么说，他直接就改成了应县话，说我是应县下马峪的，你是应县哪个村的。啊，真是太巧了，我也是下马峪的。我问你贵姓，他说免贵姓韩，问我你是不是姓曹。我说就是。他说曹是下马峪的大户，村里十分之七的户是姓曹，你是哪个辈儿的。我说是谦字辈儿。他说，那你听说过曹甫谦吗？下马峪的书记。我说那是我的大哥。他说，我跟甫谦是最好的好朋友。

我听大哥讲过，在村里有四个最要好的好朋友，他们曾经还号称是五虎上将，大哥是张飞。我正琢磨着，姓韩的是哪位上将。

他捩转头看我，问说那你是曹，乃谦？

我说，是。

他说，啊，那你，是宋玉玉的姨哥？

我说，是是是。

他说，我是韩仁连的哥哥。

我说，啊，咋这么巧，你是仁全大哥。

他又捩着头看我，也笑。我看出他是跟韩仁连有像。

秦大个说，刚才你们说起是一个村的老乡，我就觉得是太巧了，不远千里地来出差，坐上了老乡的车，可这说了半天，不仅仅老乡，还是亲家。

我跟仁连大哥都笑。

秦大个说，这可真是应了那句老话……我们三个同时说，有缘千里来相会。

不用问，这趟差出得很愉快。

返回保定，天黑了，他没让我们到招待所，直接把我们拉回了家。仁全嫂一听这是把谁领回了家，更热情，非要吃饺子，让仁全开车出去采购。

做饭的当中，进来个女青年，一介绍，是仁全大哥的小姨子。她是来这里上临时班。

仁全嫂说，快叫乃谦哥给你在大同找个对象哇，这里离家太远。

秦大个说，这么漂亮的女孩，不愁。

仁全嫂说，也找个你们这种警察。

小姨子脸一下子红了，低眉敛眼的那种害羞的样子，很是可爱。

返回大同，有次所里民警上来开会，我还真的给问过几个，我说真吸人，真可爱，可听说她的户口仍在村里，都摇头。我说你们是没见人，见了你们就不嫌是农村的了。他们说，那你为啥不找呢。我说我是不能了，我要是迟结几年婚的话，我真的想找。

过了两年多，玉玉抱着儿子军军回来了。她没有开北小巷的门，就跟姨姨在圆通寺住。

这时候，我已经调回到市局二处工作了。

我每天的中午到圆通寺吃饭，下午再到单位上班。有时候中午躺在我妈的炕上想迷糊会儿，军军在我的身上骑着，爬过来爬过去。可我还是能睡着。

大年，小韩也请假跟阳泉矿上回来了。五妗妗请我们全体到仓门吃饭，吃饭时说起忠义舅舅的女亲家，是三矿劳资的科长，姓马。还说，过两天请忠义舅舅他们，也要请马科长。

五舅舅说，到时候咱们求求马科长，看能不能想个办法把小韩跟阳泉对调回大同。

我妈说，那还不张一嘴？借米借上借不上，丢不了半升，多会也是言长些好。

过了些时，五舅舅到圆通寺，告给说，马科长应承了，说试试，看能不能找个茬儿，对换。

过完正月十五，玉玉又跟着小韩到了阳泉矿上，走了两年回来了。

这次，她是先回的下马峪，跟下马峪返到大同，军军又多了个妹妹，叫芳芳。可人们不叫她芳芳，都叫她二子。这个二子有个性。忠义好逗小孩玩儿，问她你是哪儿的人？她不作声。问你是不是大同人？她摇头。问你是应县人？也摇头。忠义说，那你就是下马峪的人。她说不是。那你到底是哪儿的人，她说，我是阳泉人。

军军该上学了，我妈说玉玉，哪儿也甭去了，就在这儿供养孩子上学哇。

又说我，招娃，你给把北小巷拾掇拾掇，他们这就要住呀，不能说是黑窗黑窟的。我说我找二虎先商量商量咋拾掇好。

我在这方面没特长，有啥都是跟二虎商量。

这个时候，马科长那里有了消息，联系到了给韩仁连对换的对象了。

可是，等了好些日，不见下文。我妈说，妈看你得去去，啥事也是宜早不宜迟。我说，去好像是在催人家。我妈说那要不再等两天。真的是又等了两天，不见五舅舅来告诉有啥进展。我妈说，招娃子，不等了，得去找找马科长，人家说给咱们办呀，这么大的事，咱们不能说连个照面也不打，去去，谢谢。我说，去我咋说。我妈说，就说是，看看需要我们这面做点啥呢。我说要不再等两天。我妈生气了，说，不等了！你不去我去。我说，去去去，去去去。

我想再推推的原因是，这两天南门外化纤厂丢了四个白金喷丝头，价值上了万。我手头已经有了线索，想抓紧着拿下来。

我妈拧我，那去就去，案子的事，有时候再观察观察，也好。

我就去了。

我妈给马科长准备了一篮子鸡蛋，见我皱眉头，说，得拿，算了，我去哇，不用你了。我说，拿拿拿，拿拿拿。

我没见过马科长。

忠义舅舅的大女儿叫花女，说话嗓音大大的，为人也大大咧咧的，她的婆婆就是马科长。马科长我没见过，可我见过她儿子，就是花女女婿。也是在五舅舅家见的。五妗妗请侄女，也就要请侄女女婿。我就见过他，这后生不能喝酒，说话是北京腔。我想马科长说话也该是北京腔。

我真是宾服我妈的决定。我一再地发现，我妈是文盲里头最不文盲最有智慧的一个人。

我真的是来好了，马科长正还急着想跟我们联系。可当时谁家也没电话，给五舅舅单位打电话，也没找到他。

马科长也说的是北京腔的普通话，她说，对方家是阳泉人，姓于，在咱们矿下井已经两年了。但这个事，必须得先让双方写申请，这样，就说明是自愿调换。这个程序不走，不能进行下一步。

她说已经给这个小于的采煤五队打电话，让转告他来一下劳资，可他一直没来，是不是不愿意？现在让我直接去找找他，看看他是个啥意思。

我心想，警察找个人，那还不简单。我就去了。办事员说在井下呢，得下午三四点出来。他告诉我说，这半年他女人来了。

在山上的自建小房，我找到了小于的家。

见警察找自己的男人，小于女人有点紧张，问说他出啥事儿了。最后弄清楚是什么事，她简直是不相信我说的是真的。她重复了一遍我说的意思，我说对对对。她一下子抓住我的手，半天不放开，那又惊又喜的神态，让我一辈子也不会忘记。

她不怕我是个骗子、坏人，当着我的面跟一个装米的袋子里掏出信封，取出里面的钱，说，您先上炕躺会，我十来分钟就回了。

她姓柳，有文化，说是初中生，问我说，您是大学生？我说，是初中四年级。她张着嘴想了想说，那是？我说，高中上了一年就“文革”了，那还不顶是初中四年级？她笑，您真谦虚。后来她说我们阳泉的藏山可好了，您知道为啥叫个藏山，因为赵氏孤儿就是在那里藏过，您去过吗？可美了。我说以后有机会就去。她说，等我们办回去了，您专门去去，找我，我领您逛。我说太好了。她说您真的去，我说真的去。

她说我可真的要等您呢，我说真的去。她说，你要真的去那就太是个好事了，那就说明我们已经是真的调换回去了。

中午了，小于还没回来，快两点了，她让我先喝酒吧，我让她喝点，她说不会，又说要不少滴点，陪陪您，这辈子我可是头一次喝酒。抿了一口，她说，好，好喝。抿了三次，说，您说我脸红了没。我看看她的脸说，有点，那你别喝了。她说，我怕您自个儿喝没意思，人常说，一人不喝酒，两人不耍钱。她又给自己倒了点。

她把我的黄挎包往炕里放放，后来偷悄悄地捏捏说，是不是口琴？我说就是，她说，我一捏就捏出来了。

小柳会吹口琴，她不会大含，只是噘着嘴吹，“东方红，太阳升，中国出了个”以后，她找不见音了。她把口琴在袖口上蹭了一下，递给我说，您吹。我没吹，我问她你多会儿学的？她说，上初中时跟体育老师学的，他总是叫我到他宿舍，教我，后来……她不说了。她男人小于回来了。

小于说知道劳资让他去，可他说会是什么事呢，等再催的时候再说。他说做梦也想不到会是这样的好事。小柳说，天上掉下个大馅饼。

跟他家走的时候，我告诉他们，最近不要离开矿上，等我的消息。小柳说，我就坐在家里，等您的大馅饼。

我把帮他写的申请送给了马科长，又告诉马科长我单位的电话号码，她也给我写了个条子，留下了她办公室的电话号码，我夹在了笔记本里。

去公共汽车站时，前边有三个孩子也跟我一个方向，往前走。其中的两个孩子一起骂另一个："村猴村猴给你个屎，拴根绳绳好提溜。"大声地骂，反复地骂。

我想起了我上小学时曾经被张老师骂是村猴，我一下气愤了，追上前，冲那两个孩子说，再骂人送你们去少管所。挨了骂，他们还不敢走开。我乘机说，站那儿，不许动。我招呼挨骂的孩子跟我一起走，到了车站，我捩回头瞭，那两个灰孩子还在那儿站着。我跟挨骂孩子说，你走你的吧。他说，警察叔叔，我长大以后到你那儿当警察要我不要？我说要！他"嗷儿"叫喊着，高兴地左右腿替换地丁着步儿，跑走了。

我突然觉得很受感动，眼泪也快流出来呀。

化纤厂的案子破了，案犯是个年轻人，姓张。小伙子态度好，主动把藏了的喷丝头交给我们。做好笔录，办好手续往看守所送的时候，我给小赵钱，吩咐给他买几张馅饼，吃完再送。小赵不要钱，说上次给他的还没花完。

我急急地到了三矿，去找马科长。她昨天来电话说，让我尽快地去她那儿一趟。

我妈这次给马科长准备的是一篮子麻花。怕把麻花弄脏，我妈在篮子里先衬了我写毛笔字的宣纸。麻花放进去，上面又盖了宣纸。马科长说，这就没意思了。我说，我妈硬让我拿，要不的话，骂我。马科长笑。

到了小于家，门锁着。十多米远的坡下一处自建小房，红红火火的，看样子是有人结婚。是不是他们在那里？

我过去了，门口贴着喜联：

一对新夫妻一点一滴不为剥削，

两件旧家具一上一下不为压迫。

横联是，旧事新办。

我服了，这联编得有点意思。

小柳看见我，出来了。见我冲着对联笑，悄悄跟我说，办事儿的是两个再婚。

上坡到她家，她开开门，把我让进屋里。她又出去了，不一会儿给我端回油糕，说，您先吃油糕哇。她把门关住，背着门，喜喜色色地看我，意思是，您有啥就说吧。

我说这里矿上已经给阳泉矿发函了，我的话还没说完，她一下子扑向前，两手抓住我的手问说，看来这事是真的了？我们邻居说我你别是碰上骗子，还说是梦梦打伙计，尽想美事。她放开我的手，盯着我又说，看来这真的是真的。

我学着她的口气说，这真的是真的。她又是一下子紧抓住我的手，用力地晃。

我让她的情绪感染得也激动了一下，但很快平静下来说，我这次来主要是想要跟你说，你们那里如果有个关系的话，这事儿就会办得快些。

她松开手想想后，摇头说没有，我们小门小户的，哪有个关系。我说要那样的话，那只能是慢慢等了。她说慢慢等，得多长时间？我说马科长说，正常地等，得三个月。要有关系的话，十来天就行了。她甩着两手说，哎呀呀。

跟她家走的时候，我说你等小于回来，两个人好好想想，说不定能想起个谁来，如想起，就给我打电话。我从黄挎包掏出日记本，撕下一张抄了电话号码，递给她。她接住，装在了米袋的信封里。

几天过去了，我也没等他们的电话，说想起个谁来。

我给马科长去电话，说了说他们没关系。马科长说，那就只好是等了。

我妈说，你的案子也破了，小韩的对换也成了，那就拾掇房哇。我说拾掇哇。我妈说，这拾掇房也不是三天两日就能拾掇好，拾掇好也不能一下就住，还得干干晾晾。我说拾掇哇。我妈说，要不抓紧的话，哪天你那里“咯嘣”又一个案子，你又得忙去。我说那就抓紧拾掇哇。

我把二虎和虎人叫来，商量的结果是大修。拆炕、拆前脸、铲墙皮、撕仰层、换门窗、打炕、绞泥墙、打仰层、刷房、油漆门窗。

我妈表态说，妈这一辈子手里，就这件大事，拆。

二虎说，不破不立，明天就拆。

二虎发动了朋友们，第二天都来了。用了三天时间，把原来的房拆得成了一间空壳壳。

可我又上了新案，电建二公司食堂办公室保险柜被撬。二虎说，你忙你的去哇。

我上了案，正好知道这个单位拆工棚，家属们可以买废旧门窗。真是太巧了。我乘机买了一副，但尺寸不适合，有点大。二虎说，我给找人往小修改。

半个多月，房修好了。又过了半个月，彻底干了。可以油漆了。

我结婚粉刷东风里的新房时，是闫老师给我油漆的墙围。淡绿色的底子，从上边沿往下的二十公分处，又油漆了一条二十公分宽的深绿色的带子，在这深绿色的带子上，又拿箩子用漏印的方法，在上面印了鹅黄色的图案。整体看，大方又漂亮，好看极了。

我去五中总务找到了闫老师，原来是想让他再帮着油油围墙，可见他瘦得很厉害，一问说得了糖尿病，快一年了。我没好意思张嘴说这事，说了点别的，走了。

我自己动手，油了个淡蓝色的墙围。我妈说，要啥呢，这也够好的了。

看着亮堂堂的新房，我妈高兴得说我，哪么也比你那个担大粪不偷着吃的老子强。

一九八三年秋天，妹夫韩仁连从阳泉矿对换回来了，就回到了马科长的那个矿，大同矿务局同家梁矿。他还是下井，可有马科长的关系，他在井下是做着送干粮、开溜槽的轻闲营生。

姨妹一家四口就住在了北小巷。

快过年的时候，我接到了小于女人小柳的信。信里说，曹贵人，我真的请您来来我的家，您给我家办了这么大的好事，我没个别的可以补报的，我想陪您到到藏山。

92　世界名著

我在上小学期间看了好多的“演义”好多的“传记”好多的“公案”，还看了好多当时流行的那些长篇，《苦菜花》《迎春花》《林海雪原》等厚本书，加起来少说也有个三十多种。

初中一年级的暑假里，我看了一本叫做《简·爱》的书。这是我七舅舅的书。他是大同煤校的中专生，他跟学校借了这本书准备着放暑假带回老家看，可他走的时候没拿，忘在了我们家。当时我手跟前正好没别的书可看，就把这本书随手拿起来翻了翻。起初对书里的那些人名地名不习惯，可看着看着就看进去了，就从头正式看，没几天就把它看完了。看完，觉得不过瘾，我就又返回头看了个第二遍。

这是我看的第一本外国文学。看完后，感觉到这本书跟我以前看过的书不一样。书里写瞎眼眼罗切斯特伸出手掌，想看看是不是下着雨。我以前看过的书，可不这样地写人的动作。又写老狗派洛特先是竖起耳朵，接着就吠叫着，呜咽着，跳起身朝简·爱蹦过来。我以前看过的书，也从来不会这么写到一只狗的行为，你要往细想的话，还有狗的心理活动在里头。当时，我不懂得这就叫做细节描写，可我却是感觉到，这样的写法很真实，很有一种我熟悉的味道。我和文工团的郗洋洋谈到过这个看法，她说这就是生活的气息。

好，真好！发现世界上还有这么好的书。我真高兴，高兴得我就想帮我妈做营生。我妈说："我娃娃长大了。"

暑假结束，七舅舅从村里度假回来了，我就求他到大同煤校再给我往回借这种书。他住校，以往最多一个月来我们家一回。这次我恳求他，借上就给我送进城。

接下来，我看的两本外国文学是英国笛福的《鲁滨孙漂流记》和法国艾克多·马洛的《苦儿流浪记》。好，真好！舅舅，再快快儿给我借去。

再后来，七舅舅给我借的是《神秘岛》《机器岛》《海底两万里》《汤姆·索亚历险记》《哈克贝利·费恩历险记》《福尔摩斯探案集》《堂吉诃德》《好兵帅克》《童年》，还有《小王子》《小公主》等，好多好多。现在回想起来，那一阵子看的书，都是这一类的七舅舅认为是适合我这个初中生看的书。

看完后我都觉得好，说是说不上来怎么个好，但各有各的好。这些书里，我最喜欢马克·吐温和高尔基的书。自看了马克·吐温的小说后，我就学习他那口语化的语言，在课堂上写作文时，再不费脑子来编美丽的词儿。平时心里怎么想嘴里怎么说，那我手里就这么写就行了。高尔基把生活中的琐碎事情写得那么的有趣味有看头，这对我也有很大的启发。有的同学就怕写作文，"记得有一次"，"记得又有一次"，写上那么一两件事，凑上那么三两页纸后，就再也记不得还有哪一次了，再不知道该说什么了。我可有的说，只要你没敲钟下课，我能一直往下写。生活中有那么多的事，咋能没个说上的呢？

我最早买的一本外国文学书是《羊脂球》。

初三时我们语文课本里有一篇莫泊桑的《我的叔叔于勒》，

因为我喜欢外国文学，老师在对这篇文章作讲评时，我特别地注意听。他说作者是法国的“短篇小说之王”，他的成名作是《羊脂球》。可我还没有看过他的书，在两年当中七舅舅一直没有给我借过他的书。可我又想看看莫泊桑的书，那我就决定自己买。

长这么大，我是第一次进新华书店，第一次自己花钱买书。当时买书的情形我记得清清楚楚。我手里攥着两块钱，递向售货员说，姨姨我买本《羊脂球》。照理说，我不应该这样说，我应该问“有法国莫泊桑的中短篇小说选吗”才对。可巧的是，售货员姨姨真的就跟书架上抽出一本叫《羊脂球》的书，放在柜台上。她没要我那两块钱，是给我开了张小纸单儿，让交到门口的收款台那儿。好像是花了不到一块钱，我就买了这本三百多页的书，这本《羊脂球》，是莫泊桑的中短篇小说选。忘记是哪个出版社出的了，这本书后来丢了，我猜想是高中时让同宿舍的人偷走了。

我看书有个习惯是，好在书上做记号。有的同学的课本干干净净的，到了放假时也像新书。我可做不到，我的那些课本，都让我给涂画得乱七八糟的。七舅舅给我借的书，我不能画，我自己买的这本《羊脂球》，我就又在上面涂画了。

我的记号有多种，圆圈、方框、三角、横道、竖道、水纹道，还有拼音字母，大写小写都有，还有阿拉伯数字1、2、3。就颜色来说，蓝、红、黑最多，也有黄的、绿的、棕色的，这就看当时手跟前正好有根什么笔了。所有的这些记号都没什么规律，全是当时即兴勾画。有时候返回头想，却想不起是什么意思，为什么要做这么个记号。比如我在霍桑《红字》的扉页上端，用红蓝铅笔的蓝色记着一排字母“K S H M Z Y M Y L C D Y H……”，那省略号也是原来就有的。后来无论怎么地琢磨，也猜不出这是什么意思。可有一个记号我是永远都不会忘记，那就是，《羊脂球》书里的一个短篇《修理椅子靠垫的女人》里面的那个药店老板的名字，全让我给打了杠叉。我要杀了他，我要毙了他。这是我在自己的书里做的唯一的一次杠叉记号。这个药店老板，实在是太可恶了，太让我气愤了，如果他真的在我跟前站着的话，那我非拿刀捅他不可。打过打不过再说，先捅他一刀解解恨。

我把我的这本《羊脂球》一口气看完后，又返回来从头看了一遍。第二遍看的时候，就不急了，是细细地来读，细细地品味。《莫兰这头公猪》《一个儿子》等几篇，品味得我一阵一阵地激动，一阵一阵地往紧夹大腿。

又开学时，我就升到大同一中念高中了，我把这本书带到学校。大同一中离城十里地，学生们都住校，我就给我们宿舍的同学们讲这本书里的故事。他们听上了瘾，每天一吃完晚饭，我们就到学校外头散步，这时候我就开讲。我不给他们讲《莫兰这头公猪》那几篇，我是讲《窑姐儿》讲《西蒙的爸爸》，别的也讲。听完《懊恼》，同学们发明了一句格言：三年机会好好把握，莫把懊恼留给未来。

那一阵子，我成了莫泊桑迷，我买的第二本和第三本书也是他的，《一生》《俊友》。当把他的这两部长篇看完后，我的莫泊桑热才减退了下来。他的长篇好是好，不如他的中短篇让我看得着迷，不想睡觉。

大同的中学校都有图书馆，可都不对学生开放。学生想看书就得自己买。在我们语文老师杜洛莎的推荐下，我又买了《牛虻》和《钢铁是怎样炼成的》。于是我的阅读兴趣又转到了另一个方面。

这两本书，使我的头脑里有了种认识：我以前看过的《简·爱》和《羊脂球》应该说那是大人看的书。七舅舅推荐给我的那些，可以说又都是少儿读物。只有《牛虻》和《钢铁是怎样炼成的》，才是我们年轻人读的书。

这两本书，使我沉浸在了革命的爱国主义和英雄主义的亢奋之中，幻想着自己是个英雄。不怕牺牲，不惧苦难。不论我活着，还是我死去，我都是一只，快乐的大虻蝇。

问杜老师这方面的书还有哪些，她就又给我推荐了《卓娅和舒拉的故事》《海鸥》《青年近卫军》。我都买了。正看的当中，"文化大革命"开始了，在书中的那些光辉形象的激励下，我直接就变成了一个没了头的瞎牛虻，飞到西来飞到东。

一年后，才觉出不是那么回事，才觉得没意思了，才又返回头来看我的书。

我买外国文学最多的一次是二百一十六本。

二百一十六，这是个确定的数字。

在侦破案件中结识了一个比我小的年轻人，姓杜，他说他也喜欢外国文学，他说他家现在就有好多的外国文学名著。他用的是"名著"这种词。我说我到你家看看你的名著去，他说走。可这么一看，我就傻了眼。准确地说，是红了眼。

他的那些书，是在两个半揭盖儿的木头衣箱里码着，都用浅蓝色的晒图纸包着皮子，书皮上没有写书名。打开一本，司汤达的《红与黑》，我有。再打开一本，又是他的《巴马修道院》，我没有。又打开两本，狄更斯的《大卫·科波菲尔》，我有，《远大前程》，我没有。雨果的《巴黎圣母院》和《笑面人》，这我也没有。又取出的是亨利·詹姆斯的《一位女士的画像》和萨克雷的《名利场》。这我都没有。别了。别取了。

我好羡慕哟，我好嫉妒哟。长这么大，我是头一次真正地体味到了羡慕和嫉妒的滋味。让人心痒难挠还又有点痛苦的那种滋味。

小杜一定是看出了我的心思，说：“谁想要我就让给他。”我说：“让给他？算话？”他说：“算话。”

小杜告诉我这些书原来也不是他的，是他的一个朋友让给他的，他还没有给朋友付款。但他现在又不想要了，可又不好意思给人家退回去。我说别退别退，让给我。

我们当下就拍了板，那就是：除去我家有的，我全要。他从衣箱里够出个绿色塑料皮笔记本儿，里面早已经就记好了所有的书目。我把我家有的在书目上打个钩儿，剩下的就全归了我。共二百一十六本。价格就按书后的标价。一次成交。

他怕我反悔，我怕他反悔。

他当时就帮我把书弄到圆通寺。我当时就跟我妈要了二百块，加上我身上有的，把结算出的书钱一分不少地给了他。

这里，我应该是好好地夸夸我的妈妈。小学的时候，她不让我出去跟街坊的孩子们玩，就是逼着我做作业，做完你再做。要不的话，就说要“往断打你的狗腿”。初中时，她放宽了政策，我想跟街坊的孩子们玩，行，领回家，先让她过过目，过完目后，她做出决定，可以跟这个孩子玩，不可以跟那个孩子玩。

我在这里想夸夸我妈的是，我妈对我管得很严，但当我提出想买啥玩的东西，行，买去。买口琴买笛子买箫买大正琴，买去。买二胡，买去。买三弦，买去。大三弦二百八十多块钱，也舍得给我掏钱。

在我看书方面，她有过不同意，她是只认得三个字的文盲，没文化，认为看闲书影响学习，还烧过我跟市图书馆借的一本书。可后来听我七舅舅说，看书能开阔眼界增长知识，对学习有帮助，以后她就同意我买书了，要钱，给你。就拿上边说的初二时我第一次买《羊脂球》，当时我身上有钱，可我还专门跟我妈要，意思是想试探一下她对我买“闲书”的反应，我妈没有不同意，只是问我要多少。我说我也不知道。她就给了我两块。当时一般市民家的生活水平，每人每月平均是六块钱，她就舍得给我两块。

这次买书又是，事先没跟她商量，一下子把那么多的书提回家，妈，给我二百块，她没有打圪揹，把钱给了我。

我和小杜把书从几个提兜和布口袋里掏出来，书脊朝上一本挨一本地码在炕上，像长城似的，从后炕排在了炕头，还又朝炕里拐了个弯。

小杜提着空兜子走后，我又一五一十十五二十地从后炕数到炕头，从炕头又数到后炕。

没错，二百一十六本。

看见我高兴的样子，我妈说："命里有五升，不用起五更。该是俺娃的，到时候就来了。"

我说："妈，您说得真对。"

我妈说："我那娃娃一是爱见个要活儿，二是爱见个书。"

我妈说的"要活儿"大概是包括着乐器和围棋。

我说："妈，我完了还给您三百。"

我妈说："我看俺娃也写他哇，俺娃要是写出本书，那比给妈二五一万也让妈高兴。"

我说："那好。"

我妈说："俺娃要写，准能写成。"

刚才我是弯着腰翻看我的书，听了这话，我这才直起身看着她说："妈我是跟您开玩笑呢。你还当真了。"

我妈说："那书哇不是人写的？别人能写我那娃娃就也能写。"

我说："妈您真红火。您快甭说了。"

我妈说："妈不懂得唉。妈是文盲唉。妈不说了。"

我说："就是。叫人听着笑话。"

我妈又问我说那你为啥不让小杜跟你直接拉回你家。我说我家没放处，不过我已经想好了，过两天不忙了，我叫上二虎，跟我做个书柜。

我妈问说，有木头呢？我说，就用我爹做棺材剩下的那几块板子。我妈说你们会做？我说我想好了，很简单。

我妈说你们这书柜不敢定多会儿才能做起，这些日也不能说把这么多的书摆炕上，放在衣箱里哇。我妈就给倒腾出了一个衣箱，我把书先垛在了衣箱里。

我爹的淡天蓝色的人造棉盖物在衣箱里放着，我说我给拿我家哇，做个留念。我妈说，你想拿拿哇，那你拿回去就把它铺在床铺下，顶是个床垫，这样，永也不会烂。我说噢。

我结婚时四女儿的二姐给了我们一个平柜，一米六长，五十公分宽，八十公分高。柜内是两层搁板，我原来的书都在里面放着。

这次我叫上了二虎，用了两个星期天的时间，做了一个方框框，表面看是四层。架在二姐给的这个平柜上。这下，从整体上看，就是一个非常漂亮的书橱。量了量，一米八高。

又用了两个中午，我们把新方框和下面的柜油漆成了一样的深紫色。方框里的那四层，我让老王帮我裱了白纸。白纸是老王跟印刷厂给拿回的印完画报的下脚料。老王说这是铜版纸。

下脚料尺寸不大，但裱我的书柜足够。

裱糊的白纸干好了，但油漆还没有彻底干。我等不及了。把那两百多本书，从圆通寺转移到了花园里，整整齐齐地码在了新书柜里。

我把小杜原来用晒图纸包的皮子都取掉了，让嘉利妹妹和珍妮姑娘，让海丝特·白兰、玛格丽特、比罗什卡，让娜娜、苔丝、绿蒂，还有那两个爱玛，全都裸露着美丽的脊梁，玉立在我的面前，让我一眼就能够认出谁是谁，一眼就能够把她们够得到。

这下我也敢正经八百地跟人说，我家有世界名著了。

93 忙乱

“忙乱”是雁北地区的话，含意有好几个。其中一个就是，为了办一件事而活动、找人、托关系、找门子。我这里说的忙乱，是指为了七舅舅他们回大同而忙乱。

七舅舅有六个孩子，前头三个是女孩，妙妙、平平、改改。三女叫了个改改后，下面真的是改成了生男的，头一个叫中中，也叫四蛋，我给取的大名是张一世。他后面又是一个男孩，人们叫他老五。老五后面又有一个女孩，叫改存。

妙妙从小时候就想着跟爹爹到晋中去念书，在七舅舅的努力下，真的如愿了，在晋中地区的一所技校上了学。七妗妗和孩子们都还在村里。

七舅舅和妙妙父女俩，在放假期间回到应县村里，一年两次，跟家人们团聚。圆通寺我妈这里，永远是他们的中转站。

寒假时，七舅舅领着妙妙跟晋中回来了，要回村里去过大年。

我妈跟我说，招娃你看七舅舅一家人这儿几个那儿几个，这不是长久的做法，得往回调，你得想法子给忙乱忙乱。

七舅舅跟我说，妙妙已经是毕业了，可咱们不能往晋中安排，一安排就成舅舅了，又固定在那里，以后再找上个对象，那就更回不了了。

我妈我舅舅他们把我当成个大人来跟我说这事，那就是指望着我给想法子。他们一定是还想望着我的二连襟，也就是我妻子四女儿的二姐夫，来给帮忙。我妈已经在几年前为了表哥家的事求过人家，人家把我表嫂跟内蒙古按插队生给调回到大同，还给安排了工作。

我妈常说的一句话是“穷人的姑姑，不识招逗”。可他们这是又想起了二姐夫。我实在是不想让我妈再去跟人家提这个事了。再去找人家的话，那可真的是“不识招逗”了。

我妈说，招娃子，我知道俺娃是不好意思张口，但这是你七舅舅家的大事。

我心想，咱们家的大事也是太多了，没完没了。

我妈见我不言语，说，反正是你不去我去，破上我这张老脸，硬着头皮也得再找找二姐夫，让他给忙乱忙乱。

我赶紧说，莫非非得找二姐夫，再换个人找不行吗？七舅舅和我妈看我，等我说下话。

他们觉得有戏。

我是想起了另一个线索。

我岳母在我和四女儿结婚前，常年跟着大儿子，在徐州部队住。我们结婚后有了女儿丁丁，岳母才跟徐州回来，到的我们家。每年的正月时，总有两口子，来给我岳母拜年。男的叫文群，徐州部队时是四女儿大哥的部下，现在转业回了大同，在大同齿轮厂当一把手。他女人姓单，也跟着文群在齿轮厂工作。四女儿在结婚前，多次到徐州部队大哥家看望母亲，跟文群两口也熟悉，叫他们文大哥单大姐。

我说，要不我给问问文大哥。我妈说，强不过俺娃给问问，去给舅舅忙乱忙乱。七舅舅高兴地说，能到齿轮厂那当然是再好不过。

当时大同人们说起的几个好的国营企业，除了做坦克的六一六和生产火车头的四二八，就数大同齿轮厂了。

我妈说，千千有头，万万有尾，咱们不能把你岳母撇开，要说也得先跟老人说说。

不是求连襟，而是求岳母，这我也倒是同意给张口说一说。可最后商量的结果是，我妈不放心我，她还是要亲自出马，去找我岳母。

人们常说，亲家上门不值半文。我妈她为了表哥的事，去找了二姐夫，这次我妈为了七舅舅他们家的事，又要去找我岳母。

当时我家还在东风里住。在我没在家的时候，我妈来到东风里。

我岳母一听，说，这还能不帮帮？这就快过年呀，文群两口子来给我拜年呀，见了他们我就给说。

年后，文大哥有事没来，单大姐乘坐着公共汽车来了，提着点心盒。我岳母给说了这个事。单大姐问妙妙的情况，我给详细地做了介绍。我岳母说，高高大大，可漂亮呢。其实岳母没见过妙妙，她是听四女儿说的。

走的时候，我送单大姐到公共汽车站。可过年呢，公共汽车人多得挤不上，最后是我骑车带着单大姐，送她回到齿轮厂。单大姐建议说，到家了，那正好你进来，跟文大哥细说说这个事。

文大哥见我来了，很客气地沏茶呀倒水呀。我不会说求人这类的话，贵贱是不知道该如何开头。我直是个看单大姐，想叫她给开开头。她看出了我的意思，就跟文大哥说了。

文大哥说尽力。单大姐悄悄跟我说，你文大哥说尽力，那就等于说没问题。

我真高兴，笑着跑进了圆通寺。

正月十五过后，七舅舅跟妙妙从老家村里来了，一听我说忙乱的结果，高兴得妙妙说，谢谢表哥。我说，老妙你甭谢我，要谢谢你姑姑。

我叫妙妙一直是叫老妙。

妙妙说，到齿轮厂上了班，我就每天来姑姑家，伺候姑姑。

我说，那你们放心地去晋中等消息去吧。

四女儿当时在星火制药厂上班儿，春天时的有一天，单大姐专门跑到了星火，找到四女儿，说行了，开会通过了，赶快拿着手续来上班儿吧。

就这么的，在一九七八年，妙妙成了大同市齿轮厂的正式工。

后来单大姐跟我解释说，不是中专文凭，是技校毕业，不能当技术员，只能是当普通工人。我说，回来就感激不尽了，咋也行。

七舅舅在又放暑假时，给了四女儿一瓶香油，让送给单大姐，说是真正的芝麻香油。

那个年月，芝麻香油在老百姓家里，是见不到的好东西。

妙妙起初是在圆通寺，跟姑姑一起吃住。后来住在了厂子的单身宿舍。也像当年忠孝表哥那样，结婚前，圆通寺是他们的根据地。来就来，走就走，吃就吃，喝就喝，住就住。

妙妙长得漂亮，又在好厂子上班，说对象的人打不离门。我妈说，周身一场大事，不能急，哪个对缘分给哪个。

后来缘分到了，对象叫王生龙，一米八几的个头，老家是怀仁的，在云南部队当营长，眼看着就要转业呀。他们这一批的转业干部，都要往公安部门安置。他如果找到对象是大同市里的，那他就能转业到大同市公安局，要不的话，他就得回怀仁。

但前提是，他必须是在转业前领了结婚证。

七舅舅不在身跟前，我妈给妙妙做主说，行了，我看亮眼子这个后生不错，就跟上他哇。

我妈记不住王生龙的姓名，就叫他亮眼子。

这个事就成了。王生龙领着妙妙到云南部队走了一趟，算是旅行结婚。

巧的是，王生龙分在了我们内保处文教科。

那批新分配下来的转业军人，市政府答应是都要给房的，但一下子盖不起那么多的房，得慢慢排队等。分批安置，但保证三年内全部解决。

我妈说，不能等。她说，啥事也是个这，宜早不宜迟，分就分了，等上三五年政策变了，怎么办。我怕她又“穷人的姑姑，不识招逗”地直接去找二姐夫，赶快说，让四女儿跟二姐夫说说。

四女儿去给说了。

在二姐夫的帮助下，优先给王生龙分了房子。向阳里，两室一厅的水暖楼。

王生龙把所有的亲戚都请到向阳里吃饭，家里挤了好多人。

我有案子，走不开，没去。四女儿跟我妈去了。

四女儿回来跟我说，王生龙饭做得不错，把五花儿肉带着皮切薄成片，先炒出来，之后又用它去炒别的菜，挺香，挺好吃。以后四女儿也学王生龙，炒肉片带着皮，嚼起来圪筋筋的。

妙妙比妹妹平平大五岁。几年后，平平跟村里来大同了。当然是跟我妈吃住在一起。

当时的形势是改革开放了，方悦嫂跟她的兄弟媳妇进城做买卖，我妈把圆通寺的房让给她们住了。

平平跟我妈住北小巷。

平平个子真高，我觉得快有我高。问她一米几，她说不知道。我问我妈我俩谁高，我妈看看说，看不出。这说明是一般儿高。我让她赤脚背靠墙站着，我给拿本书平放在她头顶，然后跟墙上做个记号。后来我又在她那个地方背靠墙站着，也把书平放在头顶，做了个记号。

一比，人家比我高，最少高出有一个厘米。我个高一米七二，那她就是一米七三。

这让我想起那年我正在姥姥家时，正赶上平平过一周岁生日，中午吃的是油炸糕。原来她不会站，下午在人们的鼓励下，她晃晃悠悠地给站起来了。人们一拍手叫好，吓得她又坐下了，但没哭。人们又鼓励，她又站起来了。姥姥说，到底也是吃了油炸糕了，一下就有了力量了。

当时我就觉得平平站起来，真高，不像是个一岁的孩子。

小平平还会用展开的右手，捂在嘴上又快速地放开，再快速地捂住嘴再快速地放开，这么连续地放开再捂住，嘴里就发出“哇、哇、哇、哇”的声音。人们说，平平给“哇哇”一个，她就给人们“哇哇哇哇”地表演。

五舅舅给平平找了个临时工作，在百货一店站栏柜，卖鞋。四女儿去百货一店，碰见她了。她打帮说，表嫂买一双吧，按进价。四女儿就买了一双，十二块。深蓝大绒面，绣浅蓝花儿，好看。这双鞋后来给了玉玉了。

冬天，改改来大同了。我看她穿的衣裳不好，又少。别人是毛衣呀毛背心呀，她的棉衣里面只是衬衣。我就在南街百货商店给她买了一件机器织的那种薄毛衣，淡绿色的，还有些白色的提花图案。她喜欢得当下就把棉衣脱了，穿上了。

我把改改领在花园里我们家住了些日子，丁丁也放假了，能跟她耍。开学后，她又回村了，去上学。

五舅舅家的孩子们，丁丁跟丽丽好。七舅舅家里的孩子们，丁丁跟改改好。这都是因为小时候跟她要过的过。

妙妙来了，平平来了，我妈说，招娃子，你七舅舅快退休了，不能让他在晋中退休，那以后的退休工资咋给寄。像你爹，死在了怀仁，可单位给我寄个钱，圪丝圪忍，不想给。这还是怀仁离大同两步地，能去找他们。你七舅舅要是在晋中退了休，有个啥事，远哇哇的，去一趟也费事。

我妈说的这个事，我也想过了。我怕我妈又要去找我二连襟，我也给早早地注意了。

我说，妈，七舅舅的事，用不着您督促我，我早想过了，我有办法把七舅舅忙乱回来。

我妈说，强不过俺娃能给忙乱回。

我说，您记得喜明哇？我妈说，记得，是你小时候的好朋友，也在红九矿上班。我说人家现在是矿务局宣传部的部长。我妈说，大官儿。我说我这就给找他去，把七舅舅调回矿务局，一个系统，好调。

我以为一个系统，好调。可七舅舅的单位是地方矿，而大同矿务局是煤炭部的单位，跟七舅舅他们的地方矿不属一个系统，根本不可能调到大同矿务局。

我跟喜民说这咋办，我一心指望着你。喜民说，你甭急，我给想想办法。

喜明又给找到了他大同三中时的同班同学，姓倪，是大同煤管局副局长。正好倪局长的妻子和四女儿又是同事。

就这样，我们各种关系一齐忙乱，最后在倪局长的帮助下，一九八五年把七舅舅调回了大同市煤管局下属的姜家湾煤矿子弟中学。

七舅舅在晋中是技校的校长，他回了姜家湾中学任教务主任。

我松了一口气，这个事总算是办成了。

我妈跟七舅舅说，招灰子死相，是个不顶事的哈货，可他有些好朋友，关键时候都能靠得住。

一九八六年，国家有政策，煤矿系统的家属，可以转成市民户口。一下子，七妗妗和孩子们都就转成了市民户。

五舅舅在城隍庙前街十二号，有西下房两间。丽丽结婚后，让他们住了。正好丽丽他们在一九八四年单位分了房，搬走了，这两间房就空了下来。

我妈说五舅舅，那叫七子他们住丽子那个房哇么。五舅舅说，不用姐姐你说，我原来也是这么个想法。

七舅舅回村，把大门锁了，一家大小人都搬到大同，住进了城隍庙前街十二号。从这以后，就连七妗妗也都是城里的人了。

七舅舅他们安顿好了，叫我们全体去吃糕。

我一进院，碰到赵占元。

他说老曹你咋进这儿了，我说你咋进这儿了？他说我外母娘在这儿住。大同人叫岳母叫外母娘。

我说我七舅舅在这儿住。他说新搬来那家？西房？我说对。

他说我外母娘在东耳房，走走，进认认门。

我跟着他进了东耳房。占元跟他岳母说，这是我们老曹。他岳母说，哇这就是老曹呀，占元常说老曹。说话间，进来个女孩，一进门说，姐夫你倒来了个早。占元说，吃好的呢，那作准得早早儿来。女孩说，看把你吓得，来得迟了也给你留着呢。

人们都笑。

占元介绍，这是我小姨，这是老曹。

小姨说，老曹可一点儿也不老嘛，不过嘛，叫小曹也不对。占元说，那你说叫啥？小姨说，人家当的啥？占元说，是我们的头儿。小姨说，那就叫曹头。占元说，难听。

她的说话口气让我想起二虎的头一个女朋友小谭的妹妹，再看长相，哇，就连长相还有点像。

正说着王生龙进来了。占元说，生龙，你咋？生龙说，我是叫表哥吃饭，刚才看见他进院了，可却来这儿串门子。又问说，占元，这是你家？

我给相互地又往清说了说。

大家都笑。大同太小了。

一年后，平平结婚呀。对象姓于，个头比王生龙又高。

七妗妗让四女儿给当送亲，四女儿说，我不会当。妗妗说，当送亲有啥会不会的。四女儿问说，送亲是去了做啥？七妗妗说，啥也不做，去吃就行了。

人们常说，外甥是狗，吃了喝了就走。那意思是外甥到了舅舅家，不把自个儿当外人。

小时候我就想回村里，在七妗妗家住。现在七妗妗他们搬来了，我就成天常来。

我到了七舅舅家，就跟到圆通寺一样。

我又碰着过一次占元的小姨子，她叫我老曹。我问说，不叫我曹头了？她说，你是不是想叫我叫你曹头。我说不想。她说，就是嘛，叫曹头当是说糟头肉呢。

那天，我跟七舅舅家一出大门，看到略微东些的斜对面巷口的蓝色街牌，好像是写着“草帽”两个字，再往前专门看看，哇，就是草帽巷。

原来这是草帽巷的北口。

我往里走，去找我小时候住过的十一号。

我想起了高爷爷垒的花楼墙，上面种的花儿。我想起了果果姨，拉着我的手去买大头麻叶儿。我想起了院里的小玩伴竹青，想起了小逊，想起了中秋。

大同城有四大街八小巷，七十二条绵绵巷。居然在无意间又碰到小时候住过的草帽巷。

缘分。

94　书柜

自丁丁一九八二年在城区十八校上了小学，我岳母就不在我们家住了。是二姐给我岳母另找了房，在龙港园小区，也是有上下水的暖气楼房，距离我家不远，距离二姐家也不远。四女儿的二哥仍然是每天中午买了菜买了肉提着酒，早早地来到母亲这里。

我和二哥一样，也仍然是每天的中午找我的妈，到圆通寺吃饭。二姐说，这两个当儿子的都算是孝子，中午不回家，各寻各的妈。

一九八三年春季，四女儿单位派她到太原的省药检所培训业务技术，时间是三个月。领导说，这是为了响应邓小平提出的“要培养四化人才”的号召。

这是好事，我们大家都支持。四女儿说我，你的工作有迟没早的，这三个月叫丁丁放了学就到龙港园吃饭吧。我说，干脆叫丁丁黑夜也跟姥姥睡吧，我不是早就说过想再做两个大书柜，正好老王也要做，这些日他已经把匠人都联系好了，他先做着，你这一走，我也就动手准备。四女儿说，两个大书柜，那得多少木头，你的料够吗？我说到时候看情况，我让二虎帮着我方量方量圆通寺的木料，不够的话，再找找老同学曾玉琴，反正是赶你三个月回来，一崭崭新的两个书柜就立在家里了。丁丁说，我也要书柜。我比画着空墙说，好说，这么多的书柜，到时候给你一层儿，专门放你的书。

一九七五年我结婚时，二姐给了我一个三屉四门儿的低柜，我把我的书都像是垛砖头似的，垛在了里面。上上下下，一层又一层填垛得紧紧的，柜里没有半点空间，想找一本书，得把别的书取出来，很是费事。后来我和二虎借了木匠工具，自己动手，做了个四方框形状的四层柜。我们不会开卯榫，是拿钉子钉成的。这个方框，架在了平柜上面。远远看去，整体像是个大书柜。

这个改装成了的大书柜，使我的一些书，露明了，但我还有好多好多书，都是在暗处搁着。在床下，就有五个肥皂箱，里面全是我的书。我的书实在是太多了，多得我也不知道是有多少，因为我没有数过，我没办法来数。

无论如何，我得做书柜。我大概地估算了一下，再做两个顶到屋顶的大书柜，也不一定能摆得下我的这么多书。

这次的木匠用的是不同以往的新的工艺做法。他们的材料主要是用木档和板材。板材是指三合板和五合板，还有七合板。当时的木料不好买，但板材好买，木材公司只要有个关系就能弄到。老王用的板材已经有朋友帮忙弄了，我也找过曾玉琴，她答应说没问题。

关键是木头档子。

四女儿到太原一走，我就到圆通寺翻找我的木料。

在矿区公安局政工办工作时，让我去北郊区北温窑村给知青带队，我求孙主任给我妈拉过一卡车煤和一卡车松木表皮板。里面的厚表皮板，我妈没有把它当柴火烧，都留了下来。再一个是，我跟白宇雄给我妈买棺木，豁完八块厚木板，也剩下有表皮板。我把这些木料整理出来，让二虎跟我都拉到了花园里。

木匠师傅们正在给老王做着呢，我把大工穆师傅叫到了我家，让他看我备的料。我还告诉他，要做多大多大的两个大书柜。穆师傅看完说，差不多。听他这么说，我放心了。

穆师傅见了我自己钉的那个方框书柜说，你这看样子是没开卯，我说这是自己用钉子钉起来的。他说，这些木板都很厚，他量了量说，有的两公分半，有的三公分，还都是黄花松。我说这是我爹去世时做棺材剩余的板子，我给利用了。他说，其实这都能豁开当档子。我高兴地说，那能用就太好了。

他说，我用别的木料再给你做一个正式的方书柜，依着你的构想，还架在这个平柜上面。以后一重油漆，和那两个新的书柜就是一套。我说太好了太好了。

木工他们共是四个匠人，里面最年轻的二十三岁了，是个哑巴。

下午穆师傅就叫哑巴过来，很小心地把我和二虎做的那个大方框都给弄开，变成了七块厚木板，有五块是一米五长，有两块是一米六长。

哑巴是个受重苦力的，穆师傅给他交代完后，他每天单独在我家，给处理我的木料，主要是用墨斗打好线后，锯。把我不规则的木头板子，都要锯开，豁成有棱角的方条条木档。我还看出，他是尽量地要有一面是三公分宽。

自小木工开始到我家豁木板，我妈这些日每天都来。她说，我跟小毕姨姨打招呼了，这些日不去小南街了。

我妈虽说快七十了，可她还要去市服装厂的小南街门市部上临时班，铰线头。

小毕姨姨原来是包装车间的负责人，现在正式调到了小南街门市部当了主任。

有次我送我妈到小南街门市部来上班，小毕姨姨正在，她远远地看见我妈进来了，就大声喊着跟我妈说，张姑您多会儿想来就来，多会儿想走就走，家里有事您不想来就不来。我听这话是在批评我妈，可接下来她又大声对着大家说，老人岁数大了，我不照顾谁照顾。又捩转头跟我妈说，张姑您来了就给您记上个工，您不来我也……这时有人大声地插话说，也给您记上个工。小毕姨姨笑着说，那不能，不来的话，也就不给您记工了。她又对大家说，反正是只要是我在这儿，就要照顾老人。

有人问说，那为啥你就照顾张姑呢，是不是因为张姑有个帅小伙儿好儿子？

小毕姨姨说，那是作准的。

人们都笑。

我赶快走开。

但我每次送我妈或者是接我妈，都想进去，都想碰到小毕姨姨在，都想让她开开我的玩笑。

我家的大屋地宽，我把东西都倒腾到小屋，就让小木匠在大屋干活。

我给准备的都是些不规则的木板，小木匠“嚓嚓，嚓嚓”地用锯子豁了三天，才豁完。

这些日，我每天买了饭，中午跟我妈在花园里吃。小木匠一看快中午了，就到了老王家。我妈留他他也不在。他们四个人是在老王家自己做饭吃。

外面天凉，家里还有暖气，很热，小木匠满头汗。我妈给他用凉水摆了毛巾，让他擦，他不要，撩起背心擦。

他来干活儿时，我妈就把窗户都打开。

四月天，外面有苍蝇了。苍蝇找热处，飞进家，飞进来就不出去，越来越多，满家是。我妈找不见苍蝇拍，就把门和窗户都大敞开，用衣服往出轰苍蝇。小木匠也挥动着衣服上来帮。一老一小两个人“出去，出去”地轰赶着苍蝇，一下子，小木匠把屋顶吊着的灯管给打在了地上。

正好我下班回来了，进门时，见小木匠脸红红的，愣在那里看地。

我妈跟他摆手，说没事没事。

怕玻璃碴把人脚割着，我妈赶快到厨房取了簸箕，把摔碎的灯管收拾了。

下午，穆师傅也跟着小木匠从老王家过来了，问灯管多少钱，要掏钱。我妈说，没事没事，又不是专故意的，是我要轰蝇子他才帮我，不小心打了灯管，没事，不能要你们钱。

穆师傅说，这是碰上你们好人家，要是有的人家可不行。我妈说你们出门在外的，费力拔气的挣几个钱不容易。

我说，家里还有，再换个就行。家里真有一个，我从小屋找出来，给安上了。

我比画着让小木匠拉一下灯绳儿，他一拉，灯着了，他笑了。

老王做了两个三开门的大衣柜，一个大平柜，一个一米八宽的双人床。老王家的所有活儿都完工了，四个木匠正式进驻到我们家。

师傅们就在我家睡觉，把大屋腾空了，除了一张床，别的没的了，他们四个人就在大屋睡，床上三个人，地上铺着木板，睡一个人。

他们很自觉，不进我的小屋。

他们带着电炉子自己做饭，在老王家也是。我家有煤气，我问他们会不会使用，穆师傅说会。他们四个人里，有一个师傅专门负责上街采购，做饭。他当下就试着打着火。我一看真的会用，就放心了。

哑巴拿着一根木料叫穆师傅看，穆师傅叫我看，说，哑巴说这样的木料不能用。他暗示了一下哑巴，哑巴把木料轻轻地在地上一磕，木料断成两截。哑巴一根一根地从木料里找出七八根这样的料。我问说，能不能尽量地用。穆师傅说，这样的木料即使勉强用了，家具也不结实。

他说，按这些木料的长度和宽度，还都是些做主档的料。他问我还有木板吗？最好是把这些换了。我摇头说，再也没有了，把家里所有的木头都拿给你们了。

我妈说，有，谁说没有，还有呢。我说我咋不知道哪里还有。我妈笑着说，你不知道我知道。我说那您给找出来，我明天上午给往来拉。我说一会儿我有事要上案子，黑夜也不回家。穆师傅说不急，三两天拿来也不迟。

有内线报告，说有几个人夜里要到市钢窗厂的仓库去偷料，厂保卫科约好了武装部的人去守候，想抓个人赃俱获。让我去给坐镇。

也不知道是走了风声，还是消息不准，夜里没有发生他们说的那种事。早晨在厂招待所洗脸时，武装部易部长进来叫我去食堂吃饭。

我一边还洗着脸，一边让他坐床上等。

突然听到“啪”的一声，紧接着，又是“哗哗哗哗”的声音。再接着我觉出有水从脸盆流出来，流我鞋上。

不好！枪，走火！

我捩头看，易部长手里端着我的手枪，愣在那里。枪口还冲着我。

“别动！”我大声地喊着，慢慢向他走去，一把把枪夺过来。

他说：“咋闹的？有子弹？”

我还愣着，没作声。

他说：“膛里有子弹，你咋不上保险。”

我说：“别说了，易部长。谢谢不杀之恩。”

他说：“好险。”

我说：“也谢谢你给我上了一堂生动的教训课。”

我妈早就教育我说“枪口不准对人枪口不准对人”，可谁知道，我不拿枪口对人，有人却是拿枪口对着我。也怨我，见是武装部长，以为他懂得枪，就大意了，没把枪收起来。

他去看看脸盆，有两个孔，一个是子弹进的孔，一个是出的孔。水流到了孔口口跟前不流了。

墙上有个眼儿，子弹钻在了墙里。

很明显，我是捡了一条命。

上午十点多，我骑车到了圆通寺，门锁着。

我又骑车回到花园里，一进大屋，见地上顺顺溜溜地摆摞了七八块木料。我没细想这会是怎么回事，问穆师傅说这是哪的。

我妈说，妈想了，这做家具是俺娃这辈子的一场大事，可娃娃做家具全都是七凑八凑的些不成材的东西，妈不能说是那儿放着好木板，不让娃娃用。

听我妈这么说，我这才想起，她这是把她的棺木给拉来了。

在我脑子里，棺木，那是雷打不动的东西，我妈为了她的棺木，跟我生气，跟我变脸，差点儿就要打我呀。我没想到头一天我妈说还有木头，是说它。

她是在早晨叫了二虎，把她的棺材板拉来了一半，四块，怕我拦住不让用，还叫木匠师傅抓紧着时间把四块木板都给一破二，豁开了，成了八块。再用它当棺木，有点窄了。

我说妈您看您。

我妈说，家有三件事先从紧处来，做匣匣的事以后再说，只要你甭把我火葬了就行。

我有点吃惊，更多的是感动，不知道该说什么好了。这时，我这才知道，在大修北小巷时，我妈的底气为啥那么足，说，大修就大修。她心里有数，自己有棺木。

穆师傅看到那么好的木料，高兴，说，足够足够，有富余有富余。还说给私人家做活儿，少见这么好的木料。我让他给算算，就我现在的木料，还能做些什么，他算了算说，做完两个大书柜后，再做老王家那么样的两个三开门大衣柜也足够。

我想了想，跟我妈说，已然是个这了，那我把结婚时我爹给买的两个衣箱一个碗柜都还搬回到圆通寺，我再重做新的，这样，我家里就是一样样的新式家具了。

穆师傅说，要再做碗柜的话，那你还得买七合板，光五合板不行。我说，没问题。

我结婚时，把原来摆在圆通寺家里的两个衣箱和一个碗柜，都搬到了新房。我又把慈法师父给的板箱用砖头支在了地上，板箱下面用图钉钉了一块白布。恢复成了老早以前我家的样子。

当天，我就叫了老王，又把两个衣箱和一个碗柜搬回到了圆通寺，摆在我妈家里。这下，我妈的家，也就像是个住人的家了。

结婚时二姐还给了我们一个两开门的大衣柜，既然木料够，为了统一，我也不要了，给了玉玉，拉到了北小巷。

昝婶婶说，看看，还是拉儿子好。

我妈说，你可说了个对。

我妈每天都来，灰头土脸地帮着师傅们烧水沏茶。我知道，实际上她也是有点监工的意思。

快中午，她回圆通寺做饭。

从正式动工到完工，共做了一个月。

我做了三个大书柜，两个三开门儿的小衣柜。一个大平柜，一个碗柜。共七件。

书柜的样式是我设计的，长一米六，高两米一。分着上中下三个部分。下面部分是四开门暗柜，开门后看见分着上下两层。中间部分是四层，两扇推拉玻璃门。顶上面部分又是一层暗柜。

二姐给的那个四开门平柜，上面的部分改装得跟新做的书柜一样了。四个书柜都摆在了十八平方米的小屋。

结账那天，我妈强调我，千万甭让小哑巴赔灯管。我说我肯定不让赔，您放心。我妈说那个穆师傅总是会说到这个事，我说他说是他说，我不会让他赔。

真让我妈猜对了。结账时那个穆师傅非要少跟我要五块，说是赔灯管。是我硬不要，他们才走了。

他们又到了老王家。他们还有别的工具，在老王的小院里存放着。

过了些时，老王给了我五块钱，说是木匠师傅赔我的。

我跟我妈说，木匠这几个人真是实在，还真的是硬把灯管钱赔了，托着老王给了我五块。我妈说你咋能要这钱，还给人家还给人家。我说那咋办？人走也走了，到哪寻去。我妈说，你一天价侦查呀破案呀，连坏人还要找到，这几个好人咋会是找不到呢？我一下子想到，要找肯定是能找到。我说好了，我给找去。

后来我妈又问我这事，我说找到了，把那五块还给他们了。

我妈说这不是个对？尔娃们汗爬流水的受上半天，不容易呢，出门在外的不容易呢。

我说噢。

实际上，我是哄了我妈。

我到了老王家打听穆师傅他们下一家是在哪里做营生，打听是打听到又到了哪一家，可我找到了那一家，说没在这里做，因为木匠说他们的料都湿着呢，做出家具要走形，说最好是再干晾上半年六个月再说。至于又到了哪里，那家人也不知道。

油匠师傅是河南人，他跟我妻子同姓，周。给老王家做完活儿，就到我家了。周师傅的水平真好，油画出的木纹儿跟真的一样。

一九八〇年忠义表弟结婚。他结婚前，我从忻州窑矿给五舅拉了一卡车表皮板。五舅高兴地说，有的能打家具。不能打家具的，盖南房时用。当忠义结婚做家具时，也给我做了一个写字台，在小屋摆着。这次也一便儿让周师傅给重新油漆了。

油漆快干时，我就小小心心地往进摆我的书，因为白天还要上班，一直摆了三个晚上，才把我所有的书放进了书柜里，这下，用不着你堵我我堵你了。

四个书柜，加起来共有二十八层。每一层都是一米六长，算算，快有五十米。想想，如果都摆在地上，那是怎样的一个巨龙阵呀。

摆好后，我看了又看，不想睡觉。

夜里到厕所，也是把所有的灯都拉着，看了又看。真高兴。

我做家具时，丁丁就在姥姥家吃住，可她一有时间就要回家看看。

她看着新书柜说，我的书不整齐，摆上去不好看，那就还叫它们在写字台的两个墩子里挤着吧，要不，给我个书柜下面的暗层也行。我说，你说错了，丁丁，咱们家这所有的书，都是你的，所有的书柜也都是你的。

她高兴地说，哇！这么多的好书，原来都是我的呀。

95 《第二者》

我的公安论文《浅论形式逻辑在刑事侦查中的运用》在《警钟》发表后，又获得了全省社会科学优秀论文二等奖。《山西日报》刊登了获奖论文的篇名和作者的姓名。这是侦调科的慧敏发现的。

她拿着报，到二处刑警队找我。还说要看看我的这篇论文。我说在家里搁着，她说咋不在办公室放，让人们都看看，都知道知道，你还给偷偷地放家了。我说一个烂文章，有啥看头。她说保险处长们也不知道这事。我说我没跟他们说过，她说呀呀呀小曹儿，你也是太低调了。

我说，不过在全局大会发言时，我给念过这个论文的底稿。慧敏说，小曹儿你还在全局大会上发过言？小华说，人家是出席省的先进，跟省里开会回来发的言。慧敏说，呀呀呀还当过省先进？小华说，怎么样，你没看出来吧，更低调了吧。

慧敏非要看看我的这篇论文，还说下班就跟我到家去取。小华告诉她说我家可多书呢，让慧敏猜猜会有多少。慧敏猜说二百？三百？五百？小华说慧敏，你想也想不到有多少。我跟小华说我又做了三个书柜，基本上都把书摆出来了。

慧敏说，那咱们现在就去看。小华说不到下班时间呢。慧敏说，怕什么，处长骂动就说是我把你们拉走了。

我们三个正要走，有人敲门说，找曹乃谦。

我一捩头，哇！常子龙，常子龙。

我跟慧敏说咱们改日到我家吧，返回身招呼老同学。

常子龙说刚才到圆通寺了，是我妈告诉他这些日我是在处里。

他说有个事想求我给做做主，我说走走走，到家再说。他说咱们找个僻静的地方说，是我遇到个麻烦的事，不想让别人知道，只想叫你帮我出个主意，看看咋办。我说要这样的话，那更得到圆通寺，我有大大小小的任何事，都跟我妈说，事后证明，我妈的主意是最棒的。

常子龙是我小学时最好的朋友，原名叫常吃肉，后来改名叫常子龙。我妈也认得他。

他现在是城区冷饮厂的副厂长，经常出差。前些日刚刚又出差到了秦皇岛，可他比原计划提前回来了两天。他是早晨六点下的火车，可回了家，半天叫不开门。好长时间，妻子才把门打开，妻子的姐夫也在里面，可是孩子却已经上学走了。

我说，你有什么怀疑吗？他说，这还要怀疑吗？

我妈听了，没作声，连连地点头。

常子龙说，我想跟她离婚，老曹你说像这种情况能不能离了？

我说，像这种情况……

我还没说完，我妈打断了我的分析，问常子龙，她在你爹妈跟前咋样？

常子龙说，对我爹妈倒是挺孝顺的。

我妈又问，你孩子多大了？

常子龙说，有个九岁的女孩。

我妈说，你看，孩子也已经是九岁了。

常子龙说，可是，曹大妈我真想拿刀捅了她。

我妈说，你听大妈一句话，不能，你听大妈说，看在孩子的面上，也看在她的孝顺上，算了去哇。

那个中午，在我妈的劝说下，常子龙终于表态说，听您的，这回放她一马。我妈说，既然这回算是把事搅明了，他们以后，那个也不了。

我想起，几年前，她在雁塔服装厂的包装车间，人们议论到这个问题时，我妈说“有了孩子能不离最好是不离”这样的话。

我妈在这个事情上的观点，是明显地跟老早前不一样了。常子龙走后，我试探着问我妈。我妈说，招娃子，有时候得有点心胸，该饶人时且饶人，妈当年没饶忠孝妈，至今是越想越后悔。

看来我妈真的是对孟妗妗有了愧歉的自责了。我又想起她那次向我表哥认错。

我妈又说，招娃子，记住了没？该让就让让，就像你在单位也是，让人一步自己宽。

我妈今天说的这几句有文化的话，都没说错。我说，“该饶人时且饶人”“让人一步自己宽”，妈您这两句话是跟谁学的？

我妈说，你爹那会教娃们背《民贤集》，里头就有这些话。他们背，妈就拾掇进了耳朵里了。

我妈常常也说些“今日有官坐，明日没马骑”“为人一条路，恶人一堵墙”一类的话。我常想，这些话很高级，我妈是只认得三个字的大文盲，咋就知道了这些话，我这才明白了，原来出处是《民贤集》。

我说，妈，记住了。

我妈说，记住啥了？

我说，为人一条路，恶人一堵墙。

我妈知道我是在学她，笑着说，一个灰灰。

第二天中午，慧敏和他们办公室的小任到了我家。

一进屋，慧敏大声喊着说，哇，好气派！

后来她发现我的书是没有规矩地乱摆放着，我说，没顾得按规律摆放，先这么摆进去，慢慢地再调整。她说，我跟你调整。

我俩倒过来倒过去地整整摆弄了三个中午，最后也不满意。

她又建议说，把所有的书都造册登记一下吧，看看究竟是多少本，总价值是多少钱。

我们试着弄了一中午，没弄几本，她说，这速度不行，这样吧小曹，你别求整齐了，你先把它们都按着国别、书名、作者、出版社、价格，草草地登记下来，给给我，我在单位抽空给重新誊清。

她用我们的“大同市公安局”红头公用信笺本，在上面画了表格，她又在上班时间里，抽着空儿，把我给她的草稿，都给做了誊清。

总共是3290册书，总价是八千多元。我的书都是老早的版本，价格不贵。就拿托尔斯泰的《安娜·卡列尼娜》，上下两册，才是两块九毛钱。

她说，这是传家宝，记住啊小曹，十倍的价格也不卖。我说当然。

我还撕开一个公用牛皮纸档案袋，做了个皮子，用毛笔字在上面写着“家珍”二字。

这是项大工程。在庆祝时，我让慧敏把她家的老吴也叫来了。

喝酒时我们都说慧敏的性格就像是个男孩。她说，我知道你们都把我当成了男孩，我跟小曹整理书加起来最少说也有半个月，他从来就是把我当成个帮忙的男孩了，半点也没想起我是个女孩。

老吴说，跟这种胆胆儿小的人，出不了事。

人们都笑。

跟这种胆胆儿小的人，出不了事。这话让我想起二虎前女友小谭的妹妹的话“招人哥你啥也好，就是有点胆胆儿小”。

有个案子急需要到太原，我们坐着安二飞机去了。

这是头一次坐飞机。飞机上只有六个座位，好像是两侧各三个座位。发动机声音太吵，听不清楚人说话。

到了太原，办完公事，我到了《警钟》编辑部。我想跟他们再要几本发了我论文的那一期杂志。那天慧敏要跟我要，我说就一本，这还是老周给我的。主编老赵给我找出五本，我谢过了正要走，老赵说小曹你工作在公安第一线，还是出席省的优秀侦查员，又写出这样的优秀论文，那一定是掌握了相当的逻辑推理知识。

我不知道他说这是啥意思，看他。他又接着说通过我的案例《迟了吗》，看出我具备一定的写作能力。最后，建议我试着写写推理小说。

他们再次提到了我的案例《迟了吗》，说那次不采用是因为，说我的这篇文章没有按照案例的格式来写，发表后不具备有指导性和范例性，所以没有采用。但就文章的文学性来说，还是有的，说明作者具备一定的写作能力。

哈！“具备一定的写作能力”，这话对我来说，是极大的鼓励。

可我连案例也不会写，哪敢答应写推理小说。我推辞说，工作忙得没时间，等以后再说。

我说我忙，那是借口，实际是因为我不会写，才那么说。

我当面是推辞了，背后觉得不妨试试。至于时间，鲁迅先生早就说过了，只要是动手，时间总是会挤出来的。写个什么内容呢？我想到了常子龙遇到的悲伤事。

好！我不由得击了一下掌。

我有意地模仿着外国《尼罗河上的惨案》大侦探波洛的风格，一层层地设谜团，一层层地来开解。

我把题目叫做《第二者》，意思是叫人们不要只是批判第三者，也不要忘记了这个第二者，因为没有第二者就没有第三者。

我妈问说，俺娃是写啥呢？成天趴在桌子上写呀写。以前不见你这么地写不完。我说是单位让写个案例，写成的话，要跟书里编，就像是上次那样，您忘了，印着我的名字。

我妈说，那你咋不在单位写。我说单位乱哄哄的，我家里又有油漆味儿，反正是我在您这儿写，最出数儿。我妈说，噢，那俺娃写哇，妈出去。我说，您不出去也行，我又不怕您在跟前。

我写的时候我妈在地上轻手轻脚地做营生，让我想起小时候我做作业时，我妈也是这样。

写的当中，编不出个好的情节，心想这是乏了，缓缓。

我说妈您给讲个表弟的事，我可好听他的故事。我妈愣了一下说哪个表弟，我说就是那个“出了一头脚汗”的表弟。她笑了，说，哦你是说我那个愣表弟。

我妈想想说，愣表弟穿裤子分不出前后，今天朝了前明儿不保就朝后了。我奇怪地说，啊？那他的尿尿口莫非就朝了后了？我妈说，那时候都是大裆裤，哪有个尿尿口，这倒也好，人家的裤子老也是不往出突圪膝盖。最后呢，他姐姐们都学他的样子，穿裤子间两天朝前，间两天朝后。

我想想说，有意思，您再给讲个。

我妈想想说，你愣表舅小时候穿鞋也总是分不清左右，七八岁了还是，我妗妗就给他做牛舔鼻，牛舔鼻鞋不分左右。我说我们小学时，班里好多穿这种鞋的。当时我想叫您给做，您不给做。我妈说那又好做，妈是不喜欢那种鞋，才不给你做。

我妈突然笑开了，说，我再给你说说你这个愣表舅捉虱子。我说，捉虱子？那您讲。

我妈讲，一伙孩子们脱了主腰子，在日头窝儿底下捉虱子。愣表舅半天找不见一个，最后好不容易才捉住一个小的。他看看说，尔娃小，再叫尔娃活着哇么。说着，把小虱子又放在了主腰里。

哈——有意思。我说。

我妈说，你愣表舅心眼可好呢，不忍心往死处置小虱子。

我啪地一拍手，对，尔娃小，再叫尔娃活着哇么。

我这是联想到了我的文章里面的情节了。原来的设计是，让那个女婴也死去，听了愣表舅的，决定让她活下来。

我妈不知道什么意思，摇摇头。

在圆通寺，我写了半个多月，在稿子的最后，画了一个句号。

我把九千多字的《第二者》誊好后，拿给二姐看，说，二姐你看我写了个东西。我不好意思说写了篇推理小说。

二姐说，听四女儿说你在杂志上发表过论文，这又写了个啥？我说，还是那个杂志的编辑部，跟我说叫我给写个推理方面的稿子。二姐说，哟哟哟，妹夫已经是特邀作家了。我说，哪儿呢，我瞎写呢。

二姐没看一半，放下稿子说，妹夫恕我直言，我看不下去了，你这是啥，胡编乱造的。

我的脸一下子感觉出发了烧。

二姐把稿子放一边，说，不过我看出妹夫你能写，但你这是通俗作品，以后可以写写纯文学的，纯文学的东西才是正品。

通俗文学纯文学，我以前没听说过，柱柱也没给我讲过，柱柱只给我讲过啥叫诗歌，啥叫散文，啥叫小说。可我最后也区分不出啥是小说啥是散文，只能看出啥是诗歌来。

我问二姐啥叫纯文学啥叫通俗文学。二姐说纯文学是写生活的，如《红楼梦》，通俗文学是写……如《西游记》，再比如你喜欢的那些推理小说、科幻小说，都算是通俗的作品。

我问那《水浒传》《三国演义》呢？二姐说，就我的理解是，《水浒传》接近是纯文学，《三国演义》是接近通俗的。《儒林外史》正是纯文学。

二姐说你在杂志上发表过论文，可以称作是作者了，有这个写作能力，那就大胆地写，要写就写纯文学的东西，写生活，写自己，好的纯文学作品往往是在写自己，如《简·爱》。夏绿蒂·勃朗特她还写过别人的故事，就不如写自己来得好。

我这才发现，二姐是高手，很高很高的高手。

我点着头，是是是地听着，领悟着。二姐否定的我的这个《第二者》，我就把它放在了书柜里，没再往出拿。

《第二者》，这篇我自己称作是“推理方面的东西”，是我在当时写过的第三个作品。第一个是论文《浅论形式逻辑在刑事侦查中的运用》，第二个是案例《迟了吗》，第三个就是这个。

当我决定动手写的第四篇，是跟朋友在打赌，而且正式声明，是要拿出篇“小说”来，而不是“东西”。

但是，我现在想，当初如果没有这前三篇东西，或许我也不会在之后跟那个朋友打赌，虚张声势地说，“来篇小说你给看”。

96　打赌

小华给我办公桌上留了个条，上面写着个电话号码，我跟上衣兜掏出随身带的二指宽小电话簿儿，找找，找见了，是老昝家的号码。

老昝是我大同五中时的初中同班同学，叫昝贵，可我一直都叫他老昝。他家就在我家的房背后的八乌图井巷三号院住。我们两家的房，隔着个巷，墙对墙。初二时，我妈常到我爹的公社，去种地，一走可长时间不回来。我跟我表哥两个人在圆通寺住，老昝几乎是天天到我家，找我们玩。

我最怕跟他玩“弹脑瓜儿”了。

弹脑瓜儿就是弹脑门儿，拇指与中指圈起来后，一发力，中指弹向了对方的脑门。

我们也不是直接轮流着你弹我一次我弹你一次，我们先是说谜语，让对方猜，对方猜不住，那就算是输了，就得挨脑瓜儿。我说的谜语对方大部分是猜不住，那我就赢了，我就弹对方的脑瓜儿。可我弹出的脑瓜儿，没有力量，对方不疼。昝贵还挖苦我说，你弹的那脑瓜儿，就像是给我挠痒痒，半点也不疼。

反正是我弹人家十个，不如人家弹我一个。只要是让老昝赢我一次，那可没我的好。吓得我紧紧地闭住眼，等着他弹。我准备好了挨他这一下，可他还不急着弹，还要“哈哈”地，对着他圈起来的中指指甲哈气，然后，“嘣”的一下，弹住我的脑门，我好像是挨了一斧头，疼得哇哇叫，大家高兴得哈哈笑。

就连我表哥还有方悦哥，他们也都怕老昝的脑瓜儿。

一九六五年初中毕业，老昝考入山西省中医学校，地址在太原南面的太谷县。上了一个学期，老昝跟学校回来了，我们院慈法和尚还说，等你三年学成了，我把《本草纲目》给你哇。可没过半年，“文革”了，师父被红卫兵逼得上吊自杀了。

三年后，老昝分配在了岢岚县医药公司。一九七九年，老昝调回大同市医药公司，当采购。

在我们都小的时候，慈法师父就说过，昝贵这孩子耳大，以后能当官。果然，一九八三年他当了大同市医药公司的业务副经理，二把手。他不是走门子当的，他没门子。他是邓小平复出后，建议领导班子老中青结合，还建议要有真文凭的内行上来。老昝又有真文凭，又懂行，就自然地当了官，应验了慈法师父的预言。

他是领导，家里就有了电话。

我们朋友们谁家也没电话，就他有。

可我看看表，这个时间他应该是在办公室。我就给他办公室打，没人接。怎么回事，工作时间他咋就在家里？我就又给他家打。

通了，是在家呢。

我故意说着普通话，说我找昝经理。我的语音能力差，贵贱学不会普通话。一说，就带出了醋味儿。

他说，啊是招人，我正还想找你。我说，你咋猜出是我？他说，你这处理普通话不仅带着醋味儿，还带着应县小石口的蒜味儿。老昝说话好挖苦人，我经常是叫他说得我干瞪眼，不会回答。

我问说你咋在家里？他说，你来我家一趟，我给你个好东西。

我说啥好东西？他说，给你个棋墩。我说啥棋墩？他说你下了多少年围棋不知道什么是棋墩？来吧，来了就知道了。我说非得现在就去？他说，对，还要让你感受一下什么是真正的云子。

老咎是到太原开会去了，昨晚刚回来。

他说的棋墩，十五公分厚，上面画着围棋格格。他说，你是山汉不懂得，人家国家级的围棋比赛，都是用这种棋墩。

他说的云子，是在两个草编的筐筐里放着。我捏出一颗黑色的云子，对着光照照后，下在天元上。

哇！感觉真的是不一样。

咎贵说，怎么样，跟你家的那张塑料棋纸铺在饭桌上的感觉不一样吧？

我又下了几颗棋子在墩上。

好好好！就是不一样。

他说我就知道你喜欢，也给你准备了一个。

我一下子想起，说，春天我做家具时不懂得这棋墩，要不的话，让木匠师傅给做一个。

咎贵说，行了，别费思量了，我给你一个。

老咎去太原前，已经让木匠师傅给做了一个了，但还没有往上画格格。这次他正好在太原买到了，就背了回来，决定把他做的那个给我。

我看了看，厚度大小跟他买的那个差不多。

我说太好了太好了。

过了些时，我求人把棋墩画好了。

我给他打电话，说我的棋墩做好了，请你过来验收验收鉴定鉴定，试试新。我又说上次忘跟你说了，我家做了四个新书柜，这下把书基本上都摆出来了，你来看看。他说，最近忙，等抽出空儿就过去。

当官的就是忙，老昝在过了年后的正月时，才抽出空儿来了我家。他先跟提兜里掏出两个草编的盒盒。我一看，就说，云子？

老昝说，有了棋墩，还能再用你那轻飘飘的扣子棋吗？

我说，这是你的那副？那你呢？

他说，这你甭管。

我说，太感谢老昝了。

他说，俗气，咱们弟兄还用谢吗？走，看看你的书柜去。

一进我的小屋，他先是吃了一惊，接着，不由得往后站站，说，哇！好好好！

他把我的书柜都打开看了看，你这是多会儿攒下这么多书？是不是跟孔乙己学的？

我说，这话可不敢乱说。

我告诉他说，你上太谷药校那三年，后来又到了岢岚工作，那几年我一有机会就买书，我出差办案不到商店，就是到书店。还有就是，我到大同书店的知青门市部找小黄小杨，查订购书目，然后邮购。还有个渠道是，跟人换，我发现了好书有时候就买两三本，为的就是以后跟人交换。

昝贵说，你有《吉尔·布拉斯》吗？我说有，我准确地给他找出来。他说，那你有《好兵帅克》吗？我又给他准确地抽出来。他说，我再考你，你有《一位女士的画像》吗？他这是故意不问代表作，而问的是作家的二流作品。我又给他抽了出来。

昝贵点点头说，是不少。我说，只要是世界名著里的名家的代表作，你随便点，都有。他说，不见得吧。我说可以打赌。我心想，尽管我的书不是很全面，但一般读者知道的世界名著是有限的，只要是他能说出来，我十有八九是都有的。因此我敢跟他说打赌这样的话。

他说："打赌你死输。你忘记了叫人家嫱嫱啥了吧？"

他这是又在挖苦我，说我戒烟的事儿。

我为了戒烟，下了有一百回决心，可是戒呀戒呀，戒不掉。那次在虎人家又说，这次一准戒。老昝说，戒不了呢？我说戒不了，叫嫱嫱叫姐姐。嫱嫱是虎人的女儿。可是，后来没戒了，见了人家嫱嫱，只好叫人家姐姐。后来又说戒呀，老昝说，戒不了，以后叫嫱嫱就得叫姨姨。我说行。可这次又没戒成功，见了嫱嫱，只好是叫人家姨姨。后来，我终于把烟戒了，但现在仍然是，叫虎人的女儿叫嫱姨。没办法，赌话说在那里了，就得算数。

我说："这回我准能赢。你说吧，作家是谁，代表作是啥？我准有。"

老昝说："代表作我不知道，但作家我知道。"

我说："那你说，作家是谁？"

老昝说："作家是，曹乃谦。你有呢？"他指着书柜说："这上面有他的书呢？"

我一下子愣住了，愣了一下说："行，半年之内我给你写它一篇小说给你看。"

老昝说："光是写出不算，发表了，变成铅字了才算。"

我说："好！今天是一九八六年的农历正月，从二月二龙抬头算起，半年内写出来，一年内发表了。"

一进了农历的二月，我就开始动手。要是白天写，我就能坐在圆通寺我妈的炕头上写，在我妈那里写，我最能静下心来，最出数儿了。可是那些日局里面又要让干警们学习马列，还要求做笔记。

白天我只好是在单位学习，还用我的方法，展开摊子，用毛笔在稿纸的背面抄马列。

我只能是下班后在家里写小说了。我不好意思说是写小说，我跟四女儿说是单位让写个案倒，如果写好了，说不定能收进案例选编书里。

我就让丁丁到大屋跟她妈去睡，我在小屋偷偷地写了起来。

动手前，我就想到了二姐的话，写生活，写自己，写真事。我决定，写写我敬爱的慈法师父。

我从一九五八年我九岁那年，我们家由北街的草帽巷往大西街的圆通寺搬家写起。起先，寺院里的慈法老和尚讨厌我们，不理我们。可我却是对他很感兴趣，也对这个寺院的大雄宝殿和佛堂感兴趣，对佛堂里的东西两壁山墙上画着的鬼画更感兴趣，我顾不得我妈对我的限制和要“打断你的狗腿”的威胁，想着法子与他接近。

终于趁着一次“送房租钱”的机会，进了他的家，没等他喊喝我“出去”，就大声地解释说：“善爷爷，刚才我妈把钱给给我，让我把我们家的房钱给给您，让您再给给佛爷会。”当时他正跟一个白胡子老头下围棋，那个老头，听我这么说，哈哈大笑。

下面是我的原文：

“哈……”白胡子老头放声大笑，胡子还抖一抖的。

我不知道他笑个什么劲儿，只知道他不是因为走了好棋才这么高兴。他分明是在笑我。我让他笑得有点发毛。

“小孩儿，是佛教会，不是佛爷会。要叫师父，不能叫爷爷。懂了吗？”白胡子笑着说。

我爹我妈称他师父，我怎么也能称他师父呢？我很纳闷。但我没把我的疑问提出来，只点点头。

从那以后，我一发现那个白胡子老头进了后院，听着他们下开了棋，我就悄悄地也站进他家，假装是观棋。有一次“观棋”时，他的侄孙田方悦进来了，他骂他就懂得偷东西吃，不懂得主动打扫打扫佛堂，我一听，悄悄招呼着方悦，进了佛堂，打扫开了。打扫时，方悦又不知道跟哪儿偷出了红枣，也给我装了几个，我很害怕，打扫完后，就要往走溜，没想到他在屋里大声喊说：“招人，到西房洗洗手再走。”哇！他主动跟我说话了，还知道我的小名儿叫个招人。我高兴翻了。

我就回忆就写，就写就回忆，一路写下去，写到了八年后的一九六六年……写到伤心的地方，我泪眼模糊得写不下去了，只好是停下来，睡觉。第二天晚上再写，可仍然是伤心得写不下去。只好再放下笔。而终于在第三天就流泪就继续写的时候，控制不住自己，趴在写字台上，放声地痛哭起来。

我的哭声惊醒了在另一个屋睡觉的四女儿，过来问我咋了。她见我擤鼻涕的稿纸扔了一地，问我犯了什么病。她说，写个案例，你是哭啥?

既然四女儿知道了，我也就不瞒她了，我有空就写有空就写，用了差不多一个月的时间，信马由缰地写了两万三千多字。当时我对中篇呀短篇呀什么的没概念，就那么地把一厚沓稿子，送给了我们大同的《云冈》杂志社。编辑部的老师看后说：“行，能用。你把它删成八千字就用。”

我一听，挺高兴，给发就行，发了我打赌就赢了。于是我就听了人家的，删。用了一个星期，删成人家要求的数儿。

编辑老师还说，“佛的孤独”这个题名不好，好像是在讲经说佛，但你的这篇小说主要是写你跟和尚，那就把篇名改成《我与善缘和尚》吧。

在我删改完交给他们的半年后，我的这个《我与善缘和尚》就印成铅字了，登在了《云冈》的一九八七年第一期上。

这就是我这辈子写出的、也发表出来的头一篇小说。用个专业语说，叫处女作。

《我与善缘和尚》有插图，是武怀一画的，慈法师父站在山门口瞭我。

那天上午我把杂志拿到手就先向圆通寺跑去，让我妈看。我说妈妈，您看看这个光头老汉是谁？

我帮她戴上老花镜，她看看说，认不得。我说，这是慈法师父呀！我妈说，这老汉死了多少年了，咋上了书了？我说，您再看这三个字。我妈瞅瞅瞅地说，这不是又一个你？曹乃谦，你这是？出书了？

我说噢，这是我写的小说。

我妈说，妈早就跟你说过，俺娃要是写的话，准能写成，你看看，成了。

我激动地说，妈，您真煊，您是金口玉言。

后来我又跑回了花园里，给丁丁的床上放了一本杂志，展开，在页眉上面用笔写说：丁丁，这是爸爸的小说。

紧接住我就又返到了二姐家，二姐看后夸说，妹夫，这就是小说，纯文学小说。

《我与善缘和尚》虽然是发表在一九八七年，但印出来时，还没有到正月十五，我还没过生日，周岁还是三十七。

《我与善缘和尚》发表后，老昝说，你写的是慈法师父，这素材本身就感人，你有本事再来一篇。我说来就来。

那些日，我正忙。

忻州窑矿发了大案，区队的工资员到矿劳资领了工资，把四十个人的工资装在挎包里，在回区队的路上，让三个人给抢了，把人也打昏了。

市公安局领导让四处二处的两个刑警队都上人，二处让我们侦破小组上。

白局长也来到矿上，给我们联合侦破组一条二条三条做指示，他做完指示，不走了，要坐镇指挥。他这一坐镇，就得按他的那几条来。我想，这下完了，这个案子破不了了。

白局长每天给我们组一条二条三条地布置的任务，当中有些走访任务。我就去曹平谦哥家走访，后来又想到到幼儿园。我答应过只要是来忻州窑矿，就来看靳老师。可，找来问去，就连那个院子也没有了，原来的派出所和幼儿园都没有了，都搬到了山下。我觉得有点好笑。

中午在招待所休息时，我躺在床上，拿出笔记本，悄悄地写。写了三个中午，写出了《小嗨嗨》，晚上请了个假，回城在家里誊清出来，六千多字。第二天往矿上返之前，送给了《云冈》编辑部。

97 灰灰

丁丁喜欢猫，我们在东风里住的时候，她整天站在窗户前，说是“看猫咪”。只要是真的看到哪家的小房顶上有猫路过，或者是卧着，她就高兴地“猫咪猫咪”喊叫。

姥姥腰扭着了，得在床上静躺，不能看哄丁丁。正好表妹丽丽到圆通寺时，知道了这个情况，就说表哥我给去，又能伺候姨娘，又能看丁丁。丽丽当时在城边儿的新添堡村当知青插队生，好请假。

丽丽在东风里伺候了丁丁姥姥二十多天，姥姥在丽丽的伺候下，腰疼好了。

丽丽跟我说，丁丁真喜欢猫，那我跟村人给要一只去。我说，咱们住在二层，家里不方便养猫。

在丁丁三岁时，我们搬到了花园里二楼一单元一号住。这是一层，能养猫了。就让丽丽跟新添堡的社员要回一只小的黄狸猫，丽丽说，这是只母的，以后能给丁丁生好多小猫。

丁丁叫黄狸猫叫狐狸，她喜欢得不得了，成天抱着它，夜里还要搂着它睡觉。到圆通寺的时候，她还要抱着它。奶奶叫它虎虎，丁丁说，不叫虎虎，叫狐狸。

狐狸长大了，成天招引着别的猫来家，一两只的话，在就叫它们在吧。可常常是一来七八只，喊也喊不走，气得姥姥拿墩布赶，丁丁哭着不让赶。

丽丽说它是母猫，可来家两年多，丁丁已经上学前班了，不见它肚里怀娃子。

星期六，丁丁二舅来家说第二天要到文瀛湖去钓鱼，他的三个女儿、大英虎二英虎三英虎也要跟去玩儿。丁丁听说了，也要跟。大英虎已经是初中生了，有她看护妹妹们，大人放心。我们就同意了，让二舅把丁丁带走了。

丁丁不在家了，姥姥也说到二女家住一天去，就让接走了。

就是在那个星期天的上午，狐狸生猫娃子了。

当时我不在家，是四女儿发现的，可发现的时候，已经生出四只了，正在生第五只，狐狸大声吼叫着，把第五只也生下来了。五只猫娃都生在了床上，把床单弄得血糊糊的。四女儿想把它们换个地方，狐狸发出护食时的那种可怕的声音，不让四女儿动它们。等过了半个小时，狐狸把它的孩娃们都舔干净，才让动。四女儿把它们放在了一个大的装过肥皂的袼褙箱里，狐狸在箱子外守护着它的孩娃们。

五只小猫娃都不像是它们的妈妈那种黄狸猫，各是各的样。

丁丁给五只小猫娃取的名字是：黄黄、白脖、国画、熊猫、灰灰。

夜里，大猫怕小猫冷，把小猫一个一个地都给叼到了我的被窝，可在天亮我醒来时发现，五只小猫都不在了，是又都给转移到了丁丁被窝里。每天的夜里都是这样，大猫用嘴叼着小猫转移来转移去的，要找最暖和的被窝。其实当时的天气又不是很冷。

白天，我们就把小猫娃又都捉在了袼褙箱里。

箱子的四扇盖儿敞开着。该着喂奶的时候，大猫就卧进了箱子，五只小猫滚呀滚的，趴在妈妈身上吃奶。

第三天时，小猫娃明显地长大了，也有精神了。在箱子里，有的睡觉，有的滚爬，白脖儿扒在箱子的边沿看外边，但也不敢出来。一会儿，它就一下一下打瞌睡，丢一下盹，它闪一下，醒了，可还不下去，还扒着箱边沿看外面，看着看着，又开始丢盹。丢丢丢的，又闪一下，又醒了。可它还是不下，还是扒着箱边沿看外面，看看看的，又开始丢盹。

丁丁领来三个小朋友到家参观她的小猫娃。丁丁抱着大猫，另三个抱着小猫，我给她们拍了个照。

丁丁整天抱着猫玩儿要，搂着猫睡觉，她的身上起了猫癣。但当时只知道是癣，不知道是猫给传染的。

那癣一圈儿一圈儿的，一分钱的钢镚儿那么大小。起初只在脸上有，后来全身都有。起初脸上只是一两个，后来满脸都是。学校怕传染别的小朋友，不让她上学了，让她看好病再来。

丁丁的二舅二妗都给她看过，没效果。我领她到我们机关门诊部，也没看好。她妈又领她到了大同地区医院，也看不好。不仅是看不好，还都也不知道她这得的是什么名字的癣。

一个多月过去了，孩子痒痒得难受，可又不让抓挠。有大夫建议说上北京吧，估计大同看不好。

我说，要不领孩子到三医院去试试，不行再到北京。到了三医院皮肤科，大夫问说，你家是不是养着猫？我们说不仅是养着猫儿，而且是养着六只猫。大夫说，是不是她常抱猫？我说，她天天是白天抱着猫，睡觉也搂着猫。大夫说，她这是猫癣。我们说，我们家的另三个人也是常常抱猫，搂猫儿睡，可谁也没得了这种病。大夫说丁丁属于过敏性的体质，以后也只能是与猫隔离，她才能完全地康复。

大夫给开了一种三医院自制的外用药水，一抹，见效了，第二天不痒痒了，一个星期后，癣的颜色由原来的粉红色变浅了，一个月后彻底好了，能去学校了。

在这一个月当中，我们坚决地要求丁丁不抱猫，不搂猫。

在这一个月的当中，我们还做出个决定，把猫送人。丁丁想起身上的那种难受的痒痒，就害怕。她同意了。

白脖儿最先不在的这个家。是它自己跳窗户出去玩儿，一会又绕到了走廊门口敲门要进，它觉得有意思，经常这么做游戏，可是有一次跳出去再没敲门，让人抱走了。

我说奶奶的家里有耗子了，丁丁说，别的小猫还不会抓老鼠，那就把狐狸给奶奶送圆通寺吧。正好狐狸小的时候常到圆通寺，也走不丢。

我就把狐狸抱给了我妈。可是后来让香女的儿子给借走了，说回村抓几个月耗子再送还回来，可是借走就再没还。香女就是我在《行礼》里提到的二宝的姐姐、东院二舅的女儿。

国画给了隔壁的邻居王祥夫。

熊猫让丁丁的同学抱走了，黄黄也让楼上的邻居要走了。

留下灰灰没人要，嫌它一身灰皮，不好看。因为它的不好看，灰灰于是就这么在这个家里留了下来。

妈妈一下子也没有了，另四个兄弟姐妹也一下子没有了。灰灰很孤单，整天“喵喵”地叫着，很可怜。丁丁说，我不抱你，你看我我也不抱你，谁叫你让我得猫癣了？灰灰看着小主人骂它，脸上有种不明白是怎么回事的神情。

最初我们怕丁丁还抱灰灰，不让灰灰到丁丁那个屋，丁丁一跟学校回来，我们就把灰灰关在我们的屋里，把门关住。

楼房的门很严实，而且是只有从外推或者是从里拉，才能把门打开。我们心想着把门关紧了，灰灰自己是出不来。谁能想到，一会儿，听到丁丁喊说“出去出去”，原来是灰灰又进了丁丁屋。最先我们以为是谁进大屋，它乘机溜了出来，在我们到饭厅吃饭的时候，就又把它关进了大屋里面。可是不一会儿，它又出来了。这就奇怪了，四个人都在这里，它是怎么出来的？我又把它捉住，抱进了大屋。我把门推紧，也留在屋里观察它。

灰灰先是退着退着，退到距离门有一米多远的地方，然后一下子跃起，向门扑去。门扇遭到它的扑撞，又遭到门框的反弹，弹出了一点点。灰灰它再侧着身子，噌噌地用两只爪爪抠门扇的边沿，几下就把门抠出一道大的缝儿，把前腿伸进缝，把门扳开。

哎呀呀，真聪明。

我把她们几个都叫进来，看灰灰的表演。一家人都为灰灰的精彩表演而拍手，灰灰让拍手声吓了一跳，钻进床下，不一会儿又露出头观察，看看刚才人们拍手是发生了什么事。

灰灰发现小主人老是哼喝它，不像以前抱着它亲它，灰灰就也不再跟丁丁玩了，去找老主人。常常是顺着身子就爬上丁丁姥姥的肩膀。我岳母到厨房呀到哪儿呀，它都不下，就在肩膀上卧着不动。

二哥看见说，妈您咋惯它那呢。二哥怕灰灰把母亲抓着，慢慢地把灰灰捉了下来，可不一会它乘二哥不注意，好像是上树似的，把老主人的腿当成树干又嗖嗖嗖地爬了上去。岳母说二哥，就让它在哇就让它在哇，它又不沉。

有个早晨，灰灰嘴张得大大的，冲着人让人看，也叫不出声，嘴也合不住。我奇怪地抱起它，原来是嘴里有了东西，细看，是鱼的脊梁骨。丁丁要给掏，我说看它咬了你手，我用竹尺子把它的嘴撑住，丁丁好不容易才用铅笔，把那块脊梁骨从嗓牙上撬下来。

没过两天，灰灰又给闯了大祸，是它自己从二楼的外面窗台上摔了下来。

我曾经见到它从我们家的厨房外接部分的顶子上，跳上过二楼的外窗台。它那是去找它的同胞黄黄，当时黄黄就在屋里的窗台上卧着。

我分析，这次它一定是又看见了黄黄，可它没有跳得准确，给从窗台上摔了下来。可它正巧是给摔在了小院里的一盆仙人掌上。

我在屋里听到惨叫声，跑出去，一看是灰灰在小院儿地上，动也不动，躺着。我以为它死了，往起抱它，可我就像是在抱一个仙人掌。原来是，它的身上扎满了仙人掌的硬刺。

我把它放在椅子上。四女儿打着手电，我跟丁丁拨开它身上的毛，一根一根地寻找着，往出拔它身上的硬刺。单是左边一侧就大大小小找出有二十多根。我们想给拔右侧的，但它不让我们给它翻身，一给翻身，就大声地惨叫。

它能呼吸，肚子一鼓一鼓地出着气。丁丁叫一声灰灰，它微弱地“呜”一声，算是回答。再叫，就不答应了。

它不让我们再给它挪地方了，就在椅子上侧身躺着。丁丁给它喂水，它努力地抬起头喝了半碗，但仍然是不让我们再动它。

半夜我醒来，它还在椅子上，没有挪窝儿。

岳母说，它的腰断了。

我到劳委技校叫来妻子二哥。二哥说管它，死马当活马医吧。给它打了一个封闭针，先让它止住疼痛。后来又给它打了一个什么针，我不记得了。趁它打了针不疼痛时，我们赶快给它的另一侧身，寻找硬刺，都拔了出来。拔出硬刺的地方，有血水往出流。二哥又给它的身上抹了紫药水。

灰灰命大，没死。但是，不会走路了，两条后腿不能动。只能是靠两条前腿拉拽着身子，爬行着，一点点向前移动。

眼看着是一个严重残疾的小猫，它的身边得时时有个人，来专门伺候它才行。我妈说，你给妈抱来哇，尔娃也是个命呢。我就用提兜，把它兜到了圆通寺。

我妈正为刚才有个蚊子没打住，气得骂自个儿。

我说，妈，把灰灰给您提来了。

我妈说，放下哇，尔娃也是条命呢。

灰灰自己上不了炕，多会儿想上也得我妈往上抱它。它在地上抬起头，喵呜喵呜叫，意思是想上炕呀。想下地也是，看看地，看看我妈，喵呜喵呜叫。

我妈在地上给灰灰铺个棉垫，旁边是它送屎尿的沙簸箕。

房背后有人盖小房，剩下了沙子。我妈见房盖好了，问沙子要不了。那家人问说，您要这干啥？我妈说养了个拐猫。那家人说，那您撮去哇么，我妈高兴得像是得了宝，找出尼龙袋撮了人家好几袋。

中午我坐在炕上，吃饭，灰灰一下一下地，慢慢慢慢地爬到了我的腿上，我怕把它弄疼，不敢动它，它爬爬爬，跌进了我的两腿中间的窝窝处，我仍然是不敢动，又等了一阵，它才又慢慢地调整着身子，卧好了。我好感动，嚼了炒鸡蛋喂它。

我妈说尔娃可懂事了，那天夜里尔娃想下地，怕刮吵我，自己往地下跌，“哇”地大叫一声，把我吵醒了。我一看，是睡觉前我忘记了给它往炕上端送屎尿的沙簸箕了。

尔娃爬爬擦擦地，这也跟了我三年了，尔娃也是个命呢。

有些日，灰灰消化不好，拉肚子。我就让四女儿给开了好多干酵母。我妈稍嚼嚼后，用手指抿着喂给它。以后，灰灰一觉出胃不舒服，就自己爬到后炕，把纸袋儿咬破，自己嚼着吃干酵母片。

那次我问我妈说，它那是吃啥呢？嚼得嘎嘣嘣的。我妈说，就是四子上次给它拿的猫药。

我妈叫不来干酵母片，叫猫药。有意思。

我把这话说给四女儿，她听了也觉得有意思。

那以后我们把干酵母就叫猫药，要是谁消化不好，就说，吃点猫药哇。直到现在也是这么个叫法。

灰灰常常是整上午地在炭仓那儿守着，眼睛盯着一处地方动也不动。它那是发现有老鼠了。我妈说它，看你那哈货还想逮个耗子？

房上有个黑大猫，看见灰灰，它不知道怎么就知道灰灰是个拐猫，打不过它，就跳下炭垛，又跳下地，来攻击灰灰。灰灰受了惊吓，可又一下子跑不了，拼命地呼叫。正好我妈在院，大声地冲着那个黑猫喝喊，它这才跳上炭垛又蹿上了房顶，逃跑了。

那个大黑猫一直在瞅着机会，要来欺负灰灰。那个大黑猫它根本没想到，我妈饲养的四只母鸡，会保护灰灰。母鸡们只要是听到灰灰的呼叫声，就会一齐冲了过来。扑向大黑猫，鹐它。这样的场面，我亲眼看到过两次。我觉得有点不可思议。

可是，悲惨的事情还是发生了。

后来当灰灰又在守护炭仓，想抓个老鼠时，躲在炭垛上的大黑猫，观察一阵后，发现这家的老主人没在院里，母鸡们也没在附近，它就猛地一下跳了下来，扑向灰灰。灰灰自然是没有半点反抗的能力，想转身往家爬，可也爬不快。我妈在屋里听到灰灰惊慌的呼叫声，大声“打打”地喊喝着，赶紧往出跑。母鸡们也往过跑，但是他们出得迟了，灰灰的右后腿让大黑猫给扯下两寸长的一块皮，流着血。

我进家时，我妈正给灰灰抹紫药水，灰灰冲着我低声地“喵呜，喵呜”叫。

我一下子气愤了，拔出腰间五四枪，“哗啦”地把子弹顶上膛，冲出院想找大黑猫算账，想一枪把它打死。

我妈追了出来："招娃子你闯鬼呀，野子子打着人呀。"

在我妈的提醒下，我这才冷静了下来，把枪别在了套里。

那以后，凡是灰灰守在炭仓时，我妈就在旁边守着灰灰。我妈回家时，也把灰灰抱回家，不让它单独地在院里。

再后来，我妈给用碗扣在扣着的酒盅上，酒盅边沿下再放了一点吃的，她用这种方法逮老鼠，给灰灰吃。

可是，因为灰灰后腿的伤口太大，一直没有好彻底。这只可怜的残疾猫，终于不行了，身体发烧。我把妻子二哥又叫来了，给打退烧针，可还是退不下去。

它好几天不想吃东西了，就连我妈给它捉了老鼠，它也不想看了，趴在棉垫上，动也不动，只能是从身体的一起一伏，看出它还在活着。

那天中午我一进门，眼睛扫不见灰灰，它的棉垫也不在地上了。

我说，妈，灰灰呢？死了？

这时，我听到"喵呜"的一声低叫。

是灰灰在一进门的竹篓子里，回答我。

我蹲下身，探进手，摸摸它的头，它也不理我，不像是以往那样，我一摸它它就用头顶我，现在它是已经没有力量能够顶我的手了。

第二天的早晨，我急急地从家里返到圆通寺。一进门，看我妈。我妈说，尔娃死了。

我把灰灰装在布袋里，放进车筐。后衣架还插着一把铁锹。我顺着去矿务局的方向，一直往西骑，左瞅右看，我不知道把它埋在哪里合适，后来一下子想到，埋到我们学校后边。

灰灰是只高智商的猫，也应该埋在高级学府的旁边。

我埋了灰灰回到圆通寺，我妈跟我说，你到厕所去看看，看看粪池里有啥。我不明白我妈是什么意思，看我妈。我妈说，尔娃灰灰死了，咋还能叫它活?

我跑到厕所看，看到那只大黑猫的尸首，在粪池里泡着。

我问说："妈，您咋就把那个坏家伙给弄死了？"

我妈没说是咋弄死的，只是说："咋还能叫它活？"

我看见我妈的眼里闪着那种凶凶的光。

98　宣教科

贵锁是部队下来的正营职干部，也没说在我们刑警队任什么职务，刘队长让他跟着我们侦破组搞案子。他的字写得很快，很流利，正适合做询问笔录。

糖厂案子我们带回个小后生，长得就像是电影里的娄阿鼠，小眼睛偷偷地看人，看了这个看那个。你一看他，他赶快把头捩一边儿。他平素就有小偷小摸行为，正好案发的第二天，他又偷了一饭盒白糖，出车间时让扣住了。他不是我的怀疑对象，可他有利用的价值，我就把他带回了队里询问，让贵锁做笔录。

贵锁问说，老实讲吧，你偷了几回？

娄阿鼠说，老实讲，就给您偷了两回。

贵锁说，啊，你给我偷了两回？

娄阿鼠说，不是不是，给您偷了三那个，四回。

贵锁大声说，你怎么是给我偷了？我认也认不得你，什么时候让你偷了？

娄阿鼠说，我真的是，给您偷了四回，要不，就是，五回，对了，想起了，我就是给您偷了五回。

贵锁一拍桌子，说，还搅！

我们在旁边哈哈地大笑。贵锁转身跟我们说，你们看看，你们看看。我们笑得更厉害了。

“给您”，是“跟您说”的意思。

贵锁是晋南的人，听不懂雁北乡下人的话，气得脸也红了。

贵锁爱人老张在粮食局下面的供应站上班儿，他问我家好吃莜面不好吃，我说雁北人没有不好吃莜面的。他说，那你去找老张，买上一袋。后来又补充说，内供。

一袋五十斤，我们家留一半，给我妈提了一半。我妈高兴地说，啊呀，年长了没吃莜面了，我记得俺娃最好吃压饸饹。我说，记得呢，小时候放学一进门，饭没熟的话，我就跟笼里够出冷饸饹，撕开，倒点酱油醋麻油调一碗，真香。我妈说，俺娃记性好，小小儿时候的事也记得。

为了感谢贵锁，大年我专门去他家拜年，给他孩子一人五块压岁钱。

后来他不在我们刑警队了，当了党委秘书。

老王在我们做家具的那年，小牛又给他生了个宝贝儿子。老王是我们朋友里头认字最多的一个。他给大女儿取名叫憬陶，二女叫憬莅。这下有了儿子了，叫齐齐，意思是齐全了。

老王说，你在糖厂破过案，给齐齐在那里批点白糖。我找保卫科给他批了一袋。五十斤。出厂价。

我女儿丁丁的作文在班里老也是受到表扬，老王跟我说，这保险跟你的指导有关系，莅莅的作文不行，你也给她指拨指拨。二虎也说过这样的话，让指导他姣姣写作文。四女儿说，那你干脆给朋友的孩子们办个作文班吧。我就让孩子们在每个星期日的上午，来我家写作文，当堂交稿，现场讲评。有人给传出去了，说曹乃谦办了个小作家班儿。

在二姐的“写生活、写自己、写真事”的启发下，我也要求孩子们这样做。

王憬莅的作文里写了一件事，说她的语文老师在课堂上把她的莅念错了，念成“位”。下面的同学大声说，错了错了老师错了，那个字不念“位”念“立”。老师气得骂憬莅：“回家改名字去！这是啥家长，成心是叫人往错认。”莅莅吓得回家让爸爸给改名字。

她的这件事写得很有意思，我给这篇作文打了九十分。

班儿里的学生里，我最看好杨凌雁，她不仅是长出了灵气，作文也写得好，我预言她以后是个文学才女。

慧敏跟我说，小曹儿开窍了，听说你家办了个小作家班。我说又不是收费班，都是朋友们的孩子。她说把我的吴炎炎也收上，我说行。她说还有一个小男孩，表弟的孩子，他爸爸在口泉火车站工作。我说一块儿来吧。又一个星期日上午，她把吴炎炎和那个小男孩送我家了。

我写慈法师父的小说在《云冈》发表后，我专门给贵锁送了一本。过了些时，他打电话把我约到他的党委秘书办说，小曹你能写会画的，听说以前还在矿务局文工团待过，你是个文人，应该是坐办公室的。又说，我看了你的小说，真感人，你应该继续写才对。可你现在整天东跑西跑地搞案子，哪有时间发挥你的特长。

我说没办法，搞案子是我的工作。他说政治部想让你去，你想不想去。我说只要是不让我写政工材料，就去。他说，那好了。

在我站起正要走的时候，他突然问我，小曹你是哪年入的党？我说我哪年也没入过党。他“啊”了一声说，怎么，你还没解决组织问题？我说我可想解决呢，可就是解决不了。他说你入党申请是哪年递上的。我说，最早是一九七四年，后来又写了好多，都递上去了，都没音。他说，呀呀呀，算算，这都十二年了，地方呀，在这方面哪么也是不如部队。我说，后来我也就没了这个想法了，好好儿破我的案就行了。

最后他说，行了小曹，我知道了。

贵锁跟我谈完话的一个星期后，慧敏就敲我们刑警队的门就喊，小曹儿，有人找。我出了楼道，见就她自己，我问谁找我。她笑着趴我耳朵悄悄说，有好消息。我心想着，好消息，那一准是我打赌写的第二篇小说《小嘧嘧》又印出来了。我说是不是又发了？她说，什么又发了？我一想，我这第二篇小说的事，还没跟任何人说过。我就说，我会有啥好事？她说，什么又发了，是不是你又投了小说稿子了？

我永远也别想能瞒住人什么事，我只好是承认，说又写了，送给了《云冈》编辑部。她说，比这事儿大。然后鬼毛溜眼地看看左右，说，局长问我说，是不是你们处小曹的组织问题还没解决。我说，这算啥好事。她说，天机不可泄露，你甭跟人说。然后走开了。

又过了两个月后的一九八六年四月，二处组织委员叫我，给了我一张表，让填，我一看，是张党员登记表。

原来的唐科长退休了，这是又换了个人当组织委员。那人嘴张得就好像是油钵也似的，圪腻腻地对我笑。

我没笑。看着这张表儿，我想哭。

见我没笑，也没表现出兴奋的高兴样子。他收住了笑眉眼说，预备期是一年，这一年当中你不犯大错误的话，才算是正式了。

我没吱声。

我的这个事，我一直没跟我妈说过，我怕我妈又瞎骂，甚至会说，不稀罕它，把那个表撕了，剟在他脸上。

但我的这个事，我在心里跟我爹说了。我说爹，我的组织问题解决了。但有一点要告诉您的是，我肯定不是通过不光彩的方法来解决的，我既没跑，也没送。我要那样的话，我知道您一定不会原谅我，我要那样的话，我自己羞也会羞死。

一九八七年八月，局里开大会，宣布我是政治处宣传教育科的科长。贵锁是分管宣传教育科的副处长。

给我的宣传教育科安排了两个小年轻，白文涛管宣传，李波管教育。

这下我可有时间写小说了。

老眢，你还想跟我打赌吗？

我到了圆通寺，跟我妈说，您明天中午别给我准备饭了，明儿中午我还请您到我办公室去吃。我妈说俺娃明儿又值班？我说不是值班，是我换了新的办公室，明天是礼拜日，我请您去参观参观。

我平素在家不做什么家务，但我是每个星期日的上午，都要开洗衣机。我又说妈，您把盖物的护里拆下来，明天上午我洗完给您拿过来。

第二天我在花园里洗完了衣服，给我妈把洗完又甩干的护里拿到圆通寺，担在院的绳子上，然后领我妈步行着到了我们公安局。

我先把我妈送上了我们宣传教育科。我说妈，这是我的桌子，您看我的这把椅子多好，还有坐垫，您坐哇。我妈按了按坐垫，没坐，她趴在窗台上看看街外说，妈又看见花园的东湖了，妈上次来过你这个屋。我说不是，那次我领您来的是楼下的这个屋，现在咱们是又多上了一层，在那个屋的楼上。

我妈说，当时那个屋好多桌子，这个屋就三个，看这宽敞的，你看，还有床。

打饭时，我跟食堂借了一只碗，吃完饭我到食堂送碗回来，进屋不见我妈了，我以为她是到了厕所。尽管是星期日，可每个部门都有值班的，她认不得字，别是进了男厕所。我赶快先进了男厕所看，没有。我就站在走廊等，怕她出了厕所认不得我的办公室。等了好长时间，不见她出来，我就走到女厕所门口“妈，妈”地喊，里面没人答应，我进去看，我妈没在里面。哪儿去了？回家了？咋不跟我说一声就回家了。下楼问门卫，说没见你妈出去。我们进来的时候跟他打了声招呼，他知道老人是我妈。

这就奇怪了，我赶快又返上我们科，这下看见了，看见床前我妈的鞋了，她在床上睡着了。床在大卷柜后缩着，进门不专门看，不会看见有床。

她睡着了，就别往醒叫了，我想起楼下刑警队我的卷柜还有东西没拿上来，我还拿着刑警队的门钥匙。我就下了楼，等我把东西整理好抱上来，这下我妈可真的是不在了。她一定是醒来不见我，就自己回家了。

管她，走不丢，那年我妈自己坐着火车到太原，还一点也没绕路地找到了肿瘤医院，她肯定不会有事。再说，那个白局长退休了，不会在大门拦住她，问为啥又来公安局吃我们的食堂。

可当我把抱上来的东西放好，一转身，我妈进来了，说妈刚才给睡了一觉，妈一吃晌饭就想跌倒头睡一觉，醒来一看俺娃不在了，心想着俺娃一准是尿去了，妈也就去洋茅厕尿了泡。

我不由得失笑起来。想起一个词，时空错位。

我妈说，看这床单白的，白士布。我说是的确良。我妈说，哪么俺娃们也是拾掇得干净。我说我们科小白是回民，爱干净。我妈说，回民都也是干净，咱们房后头库大大他们一家人都是那干干净净的。

我妈说，刚才还梦见你姥姥了，我跟你姥爷在西洼种瓜，你姥姥给送来饭，提着黑瓷饭罐。我说妈，以后我就不再搞侦破案件的工作了，以后我就每天能保证跟您吃午饭了。

我妈说不做破案的事，那你就不用跟坏人打交道了，妈就放心了。我妈问那你以后做啥工作呀？我说是机关工作，以后能有时间写小说了。

事后慧敏跟我讲，我才知道，在半年前，局领导就开始大调整班子，先是调整决定了各处级的干部，谁当正处谁当副处。那些正处副处们，各自也都已经知道了，但没有正式下文件公布以前，谁也不准外露，否则就取消你的资格。

紧接着，又开始商定处以下的科职人员，处长副处长悄悄地物色挑选人员，就在这个时候，贵锁找我谈话，问我想不想到政治处。我说只要是不让我写政工材料，我就愿意。也就是说，那次贵锁还是党委秘书时，就已经清楚自己是政治处的副处长了。甚至也已经清楚是分管宣传教育，于是他就向领导推荐了我，到宣传教育科。也就是在那个时候，他才知道我已经递交入党申请书十二年了，可还是个群众。

于是贵锁就说，行了，我知道了。

慧敏说我到宣传教育科，是贵锁一手给忙乱成的。

他向正处长孙赞东推荐我，孙赞东说，行，乃谦我们熟悉。

赞东是我五中的同学，他比我小三岁，不是一个年级的。后来他也到了红九矿宣传队，弹琵琶。不过那时候，我已经到了矿务局文工团。我们没往来，但也相互知道。后来他上了政法大学，毕业后到了市公安局，当了团委书记。

他到了市局当团委书记时，我在楼梯碰到过他。我说呀，赞东。他说，乃谦，我知道你在二处刑警队。后来各忙各的，也不联系。

这次大调整班子，赞东当了政治处处长，贵锁向他一推荐我，他就同意了。

这时我又回想起，慧敏那天跟我说，局长问她，“二处小曹还没有解决组织问题？”

慧敏在这次的大调整，接了贵锁的班，被任命为党委秘书。那一定是局长找她谈话时，赞东或贵锁已经向局长推荐了想让我当宣传教育科的科长，可又说小曹还不是党员的这件事。于是，局长找慧敏谈话，也顺便地问到了我。

当时的这样的事都是党的机密，所以当时慧敏跟我说，天机不可泄露。可她还是跟我泄露了一点。只不过是我没有这方面的头脑，没有想到这算是什么好消息。

到宣传教育科，对于我今后的前程来说，是好还是不好，这是另一回事，但这得感谢贵锁赞东他们二人。知遇也好，错爱也好，这得感谢他们对我的看得起。

为了感谢他们的看得起，我向他们坚决地保证，一定会把接受的第一个任务漂亮地完成。

我接受的第一个任务是，由宣传教育科组织歌咏队，去参加国庆节那天在市体育馆进行的“十月金秋歌咏比赛”。

市里要求，所有县团单位必须组织一个歌咏队参赛，每个队必须演唱五首歌曲，而且其中必须有一首是自己单位作词作曲的创作歌曲。

时间还挺紧，不到一个半月了。

赞东说，贵锁你带着小白小李，负责组织人员，乃谦你给创作歌曲。

我在圆通寺我妈的家，先把词编写了出来，后配曲子。我妈说招娃你干啥呢，梆梆梆、梆梆梆的。我说我编歌儿呢。我妈说，你不破案子了又编歌儿。我说我完领您去看看我们比赛。

一个星期，我作词作曲的《公安战士进行曲》编写出来了，赞东识谱，一看就说好，我给贵锁也试唱过，他说好，有军人的气魄。

又过一个星期，贵锁和小白小李把百人合唱队也组织起来了。除了市局机关外，又跟四个分局还有交警队挑选人员。四十个女的六十个男的。

这个百人合唱团，女的一个比一个漂亮，男的一个比一个英俊。

我最喜欢南郊分局的陈彩霞，小姑娘人长得精神，性格泼辣，说话吧吧的，有点晴雯那种嘴不饶人。她的嗓音纯正还甜美，唱“一条大河波浪宽”那段，我让她领唱。

第二天就要比赛，我让昝婶婶领着我妈到体育馆看我们比赛，昝婶婶说票呢，我说不要票，您俩到时大大方方进就行了。

上午八点半瞭着她们来了，我把她们安顿在了观众台。赛完我又把她们送出体育馆。

我问我妈看好了没，我妈说看好了。昝婶婶说，看好了啥看好，曹大妈圪窝在座儿上睡得呼呼的。我说那么多人唱，您还能睡着？我妈说，我一看唱就瞌睡。

我想起我小时候，我们一家三口到南戏院看戏时也是，任你台上咋敲锣打鼓，我妈一直是丢盹，戏散了，她心亮了机明了。

我们市公安局这次参赛的结果是，获得了组织、演唱、服装等几乎全部的优秀奖。

所有的创作歌曲的评比，也是不分等级，只评优秀奖。在参赛的二十几个单位的二十几首创作歌曲里，只评出了三个优秀奖，其中有“曹乃谦作词作曲”的《公安战士进行曲》。

后来，我的这首创作歌曲还被刊印在了《大同交通》报纸上，说是“供广大爱好者传唱”。

进了宣传教育科后，我的第二篇小说《小嘧嘧》又发表在了《云冈》上。编辑部有个好心人跟我介绍说，谁谁谁的评论文章写得好，你求他给你写个评论，这样就会引起更多读者的注意，你的知名度在大同一下子就提高了。我说我不做这样的事。他说，其实你也用不着咋求，你给他送上两瓶高粱白或者是送上两条迎宾烟，他就会给你写。我说，我不做这事。他说，你不给人家送，人家凭什么白夸写。我说不，我不求人夸我，谁看好我的文章，他想写主动写，想夸主动夸，我在心里也会感激他们的。但是，我决不会求着人来夸自己，弄虚作假这不是我的性格。他说，人家给你写了评论，以后，你的文章说不定还能获个《云冈》小说奖散文奖什么的，你想想，那奖金早就超出了你花出的烟钱酒钱的数儿，比如说，你送礼花了一百块，可你的奖金是三百块，除去你花出的，还剩余着二百块净捞不说，还多出了一个《云冈》奖，这样你是名也有了利也有了。我说，快打住快打住，你快甭说了，我讨厌这样的做法！我这一辈子决不做这样的事。他说，愣去哇，你不这样做，你即使写得再好，最多也就是大同文坛上的一个隐士，没人会知道你。我说，隐士就隐士，靠送礼换来的这奖那奖，我不需要。

我用了半个月的时间，连采访带写作，又写出了报告文学《十字路口的丰碑》，宣传我们局的好交警郭和平。省公安厅杂志的记者下来，把我的这个稿子要走了，后来几乎是原文登载在《警钟》上，但作者，署的是那个记者自己的名。

我又写了一篇散文《永久的怀念》，也是宣传郭和平，《大同日报》登了。

我的这些文章都被人收集之后，又给改编写成了电影剧本。

我们处里有人说，他们把你的稿子这么用来用去，也不跟你说一声，更不署你的名，他们这样做是不对的，你跟他们打官司。我说打什么打，他们用，是瞧得起我的稿子，是说我写好了，我感谢还来不及呢。再说，他们这都是宣传咱们的好交警郭和平，我更不会跟他们打什么官司了。

我在宣教科里，真正算起来，也就是待了一年的时间。

一九八八年过完农历的二月二，市局领导又给我布置了新的任务，让编写《大同市公安史》。

从此，我就脱离开了宣传教育科的琐碎工作。

99　公安史

一九八八年正月，孙赞东处长把我叫到办公室说，乃谦，你另有任务，刘局长点名叫你参加编写《大同市公安史》，具体的情况你去找刘局长。

当时我们的局长叫张升东，刘局长是常务副局长，二把手。

赞东又说，乃谦，过年时在岳母家说起，你原来跟我大姨子是初中同班同学。我问叫个啥？他说，岳林林。

哇！她。我们班的文艺委员。我们两个一起办班里的板报，她画我写，同学们悄悄议论说是“天仙配”。可惜没缘分。

我问，她找了个做啥的。赞东说，你认得。我说，我认得？谁？他说，高昆。

哇！昆哥。他是我们矿务局文工团的演员，演《红灯记》时，扮王连举，后来到了矿务局医院，中医科大夫。手绵绵的，给人号脉。

我说，赞东你说失笑不失笑，按说大同也有三百多万人口，咋说起谁也都能勾挂上。赞东说，不是大同不够大，而是精英不够多。

我点头。领导说出的话，有琢磨头。

我问，几个人写公安史？他说两个人，还有一个是周新和。

我说，哇，又巧了，周新和，那也是我同班的同学，大同一中高中的。

赞东说，你看，我说的是精英不多吧，全公安局就挑出你们两个，还正好又是同班同学，看来大同一中是出精英的地方。

我说，我可算不了什么精英，最多是个山中没猴子，松鼠称大王。说完，我有点后悔，抖文总是不好。

赞东笑，说你找刘局长去吧。

我叫了老周，找刘局长。刘局长说，市里成立了大同市史志办，要求各局都相应成立，咱们局是你们两人。

我们两个相互看看，笑。

我真也是觉得好笑。一九六五年我和老周考到了一个班，一步一步的脚印走到现在，这又成了一个办公室的了。我认为，这不是精英不精英的问题，这是缘分。

刘局长说，听说你们是同班同学？到底也是大同一中的学子厉害，一定完成任务啊。我和老周同时点头。刘局长说，乃谦，你的那篇写和尚的小说我看了，好，感人，还深刻，里面虽然是什么批评的话也没说，可叫人看过后，就觉得是批评了什么。他又说，《人民日报》主编对你的那个评论也好，娓娓道来。

刘局长说的"娓娓道来"，是《人民日报》副刊部主任吴晔看了我的《我与善缘和尚》后的评论，他说："至浓而淡，浓情寓于琐细，佛道人道？且娓娓说去，不管归处自有归处。"

刘局长说，那是处女作吧？老周说，是乃谦写的头一篇小说。刘局长说，头一篇小说就受到了《人民日报》的总编的好评，乃谦你厉害呀。

我说吴晔不是总编，是《人民日报》副刊部的主任。刘局长说，那也了不得。老周说，乃谦我还没见过这个评论呢。我说，等我给你看，在《云冈》第3期上呢。

刘局长说，乃谦你编写的《公安战士进行曲》获得了市里的奖励，咱们这个公安史，也得要获奖呀。

我说没问题，一定。我举了下拳头说，保证。

老周说，尽力。

刘局长笑着说，你们两人一个内向一个是……他没有想起个准确的词，最后说，"活泼"。

我们笑。

刘局长说，办公室也给你们腾出来了，需要什么跟我打招呼，我给批。具体的详细的是怎么个事，明天上午九点，你们到市委史志办，王书记给你们开会，他是常务副书记，这个事他亲自抓，而且是一抓到底。

我和老周商定，第二天各走各的，九点准时到市史志办。老周先到的，给领了几份资料。

看资料知道，要求的写作时间是，三年内完成。史志时间下限是，一九八五年前，上限没有，越前越好，有多前写多前。但必须是，有多少说多少，务求真实，有啥说啥，以史料为准，不得虚构。

市里的史志办说全国数武汉这个工作做得好，已经是走到前头。我们就跟刘局长提出到武汉公安局取取经，学习学习。他同意说去吧，早去早回，早动手早完成。

两个老同学，还是关系要好的老同学，要一起出差，去登黄鹤楼。我高兴得睡不着，问老周，他说也是。

我跟我妈说，我到武汉去呀，单位让我出差呢。我妈说，去那儿做啥呢？我说，单位让我写公安史，先让我们去武汉取取经。我妈说，听死鬼师父说过这个地方，尽是寺院。她突然想起说，你们取啥经？

当时忠义表弟正在我家，来看姑姑了。听我妈这么说，我们先是都愣住了，后来是忠义明白姑姑说的是啥了。

忠义说，姑姑，您说的那是五台，五台就在山西，人家武汉离这儿可远呢。我想起我妈去过太原，就说，比去太原再远好几个去太原。

我妈还不明白，说，那当警察的去那儿取啥经？

我笑了，说，妈，不是您说的那个取经，人家是那个取，那个经。我也说不清了，笑。

玉玉也笑，忠义也笑，一家人笑。

忠义说，越说越糊涂，快甭跟姑姑说了。

见人们笑她，我妈说，我不懂唉，我不问咪。最后是玉玉给姨姨说清了，我妈这才点头，说，我当是和尚念的经呢，招娃子，那咋不叫别人去？

忠义说，姑姑您当那好写呢，那可不是捉一个人就能写，那可是得有写作功底的人才能写。

我妈说，我早就说过，我那娃娃到了那天津北京也是那好好里头的那好好，这又到那个……大城市去取经去呀。

一家人又都笑。

一九八八年三月十日，我和老周乘坐火车出发，二十二日，返回大同。

在武汉我给四女儿买了一双皮鞋，老周也给爱人小张买了双。里面是黑色的毛皮，像是狗皮。

在北京，我给我妈买了一块旧表，但是高级表，瑞士梅花。

在天桥逛旧货市场时，原想着是买副云子围棋，没想到一下子发现了这块梅花表，标价一百二十元。服务员说，上海的价瑞士的表，我问为什么这么便宜，他说，旧货嘛，他说也不太老，五三年的。我听听，声音是钢钢的，也不知道准不准，没敢买。回了北京市公安局招待所，越想越后悔，给我妈买！第二天一大早，我就赶到了那里，九点才开门，跑去一看，在！

我原想着是给妈买点吃的，不买东西。这下好了，给我妈一块表。

我为我这个决定而激动，好几回在心里夸赞自个儿，这次可办了个漂亮事。

一出市场门，碰到了常子龙和杏花，这两位是我的小学同班同学。

“啊！你？离了？”我悄悄问常子龙。

“不是，是我出差，领着杏花出来玩儿。”

“好，好。”

他跟我说，她有她的初一，我就有我的十五。我当然知道他的“她有她的初一”是什么意思。他是说，如果光有初一没有十五，就不平衡。

我说，这下，平衡了。

他让我代问曹大妈好，他说，如果不是老人劝我，那些日我真的是想不开了，非要把她那个王八蛋人拿刀捅了不可，要是那样的话，哪有我们今日的幸福。他把杏花的肩膀搂得更紧了。

我照他的话说，有初一，就该有十五。

分手时，杏花说，老曹再见。小学在班里，常子龙就叫我老曹，她这是也叫我老曹。

我跟她握了握手。

刚才杏花脸没红，可这下脸红得真厉害，像桃花。

回家，把表掏出来，放在我妈手心，妈，给您的。

我设计了好多方案，看看咋能叫我妈接受这块表。方案一，方案二，方案三。没想到，我妈说，你给妈买的，妈戴，叫你死鬼爹看看。我妈说这话，有点快哭的样子。

我妈以前可不是动不动就扁起嘴要哭的样子，她是变性格了，还是老了？

玉玉说，姨姨我教您认表，我妈说用不着教，我认得马蹄表就能认得这个表。玉玉叫我妈认现在是几点，我妈抬起手腕看看说，看不着唉，眼花得看不着唉。玉玉给够老花镜，我妈说，甭够了，我也不看它，我戴着它就顶是戴着个镯子就行了。戴到服装厂让他们看看，我儿子出差给他妈买的，英格。

玉玉说，不是英格，是梅花。

我妈说，管他，反正是进口好表。

我的第二篇小说《小嚓嚓》在《云冈》刊登后，我给昝贵送去一本，当时他在单位，他翻看着杂志说，行啊行招人，祝贺祝贺。中午在他家喝啤酒时，他说你这是不是跟《云冈》杂志的编辑熟悉。

听他这话音，是怀疑我走了门子。

就是因为不愿托关系走门子，我写申请后的第十二个年头才入了党。他这居然怀疑我这。我说，老昝你这是啥意思？他说没啥意思。我说没啥意思你刚才说那话是啥意思。他说招人你甭急，我是说《云冈》是本地办的小杂志，你有本事在《北京文学》来一篇。我说来就来。他说，你能在《北京文学》来一篇，这才算你有真本事。

他这还是对我有点怀疑，意思是说，《北京文学》杂志社你肯定拉不上关系，那要是能发了，那才算你的真本事。我说，老咎你等着。

前两篇我写的是城市题材，而这次写的是农村的。写城市和写农村，语言应该有区别。于是，我想起了斯坦贝克，想起了他那使我陶醉的《人与鼠》。斯坦贝克用的是他熟悉的美国南方的乡土语言，而我熟悉的当然是雁北地区农民的语言了，进一步说，我最熟悉的就是我们应县的家乡话。

这里，我再次地感谢李陀老师，是他给我推荐的斯坦贝克。我也再次地感谢斯坦贝克，是他的《人与鼠》，使我定下了用乡土气息的语言基调来写《温家窑风景》。现在回想起来，同样的题材同样的素材，我如果用了别样的语言写出了《温家窑风景》的那些人和事，那汪老就不一定会看好我的这篇小说了，也不会给我这篇小说写专评了，也就不会进一步地引起海内外文学界的关注了。

语言风格定下来了，结构呢?

那些时，我刚刚看了一本跟书一样的杂志《外国文艺》，里面有个短篇小说引起了我的好奇，不到五千字的小说里面，又分成了七八个小的章节，还都有标题。这七八个章节独立成篇，内容还又都关联着。我从来没看到过这样的小说形式。我就专门留心地记一记作者：阿根廷的博尔赫斯，那篇小说的题目和内容都忘记了，但这个结构形式我觉得很是新颖（后来我买到过博尔赫斯的文集，他的小说尽是这种样式）。我的这第三篇小说，为什么不也来这么一下呢?一个小题一个小题地写，每个题一千字。我这篇小说打算写六千字，那就写六个题。好，就这么定了。

至于每一小篇的题目，那我照契诃夫的办。我最佩服契诃夫给小说取名儿了，写农民就是《农民》，写妓女就是《妓女》，从来不绕绕弯弯。我给我的这六篇定下的题目是:《亲家》《莜麦秸窝里》《女人》《愣二疯了》《锅扣大爷》《男人》。

如何才能做到每一篇的字数不超出一千呢？冰山理论发明者海明威大师早已经告诉我了：把八分之七留在海下。好，简约，简约，再简约。

可当我把六篇都写出来后，加起一算，字数超出了七千。不行，按既定方针办，于是，把《男人》取掉，留下五篇。

我的第三篇小说《温家窑风景五题》写好了，可我不知道《北京文学》杂志社的地址，我就到《云冈》编辑部打听，正好碰上文友乌人，告诉我，说北京作协和《北京文学》举办文学创作函授班面向全国招学员，这就要来大同组织笔会进行面授。他让我赶快报个名，就能参加这次的笔会。

哇！居然有这么巧的事。

事先没约会，你正想找她，她就要来。缘分，缘分。

这就是那种“可遇而不可求”的缘分。

我赶快寄资料，报了名。

是《北京文学》编辑季恩寿老师给我回的信，他特别地提醒了我在大同面授学员的时间。他知道我是在大同公安局的刑警队工作，怕我到时出了差，那就误了。他还告诉我说这次笔会由副主编李陀带队，并将邀请汪曾祺老先生到会作指导。

哇！太是个好消息了。

一九八八年的四月二十日，汪老他们来了，就住在大同市政府招待所，创作笔会也在那里举行，离我们单位不远，我可以抽空儿来听课。

知道他们来了，我在头天晚上把早已经写好的第三篇小说《温家窑风景五题》给了季老师。在这之前，我让一家省级刊物的编辑看过这篇稿子，得到了“清爽宜人”的评价，但说内容有些涉嫌自由化。因为这，我把握不准该不该让汪老他们看，就让季老师给把关决定。第二天上午我一进会场，季老师就笑笑地跟我打招呼，告诉我说："乃谦，汪老要见你。他非常喜欢你的这篇小说。"

我不会讲普通话，说的是带有应县腔的大同话，但汪老完全能听懂我的这种话。就连我不注意时说了我们的方言，他也能完全听得懂。还解释给李陀老师他们听。我在汪老跟前，一点也不紧张，就像他是我家乡的人，是我的父老乡亲，我老早就认识他似的。汪老还赠送了我一本他的创作谈《晚翠文谈》，他还当面签了字"曹乃谦同志惠存　汪曾祺　一九八八年四月　大同"我要给他钱，他说啥也不要。

汪老问我，像《温家窑风景》这样的题材你还有没。我说有，有好多好多。他说那你继续写，以后出一本书，让李陀给找出版社，我给你写序。

那几天创作班还到了云冈到了恒山，在逛大同九龙壁时，人们都邀请汪老单独拍照，我也想拍，可不敢上前，只是站在旁边看。汪老却主动招呼我，来，小伙子。我真高兴。那是汪老来大同几天，我唯一的一张单独跟汪老的合影。可后来人们说我穿着警服，挎着黄挎包，傻蛋一个。我说我是工作时间偷着来参加笔会的，所以穿着警服。

朋友老王也想见见汪老，就在创作班就要结束的头天晚饭后，我专门领着老王去了招待所。他们正在会议室，在大桌上铺了画毡铺了宣纸，请汪老写毛笔字。好多人都围着看，我和老王也围上去。汪老写的是"大哉云冈佛　奇绝悬空寺　大同风水好　创作多佳士"。大同文联主席应化雨说，这个我们文联收藏了。又有别的人尽提出让写，汪老都满足了他们的请求。

老王悄悄跟我说，你也求一幅吧，珍贵着呢。我说我不敢。当时我真的是也想要，可我真的是不敢。季老师看见我，把我悄悄拉到一旁说，李陀和汪老都说，这次来大同发现了曹乃谦，不虚此行。

在汪老建议下，小说的题名改成了《到黑夜想你没办法》。

“到黑夜想你没办法”，这是小说里的人物锅扣大爷唱的麻烦调的其中一句。

这篇小说发在了《北京文学》一九八八年的第六期上，汪老写了专评《读〈到黑夜想你没办法〉》同期发表。

这得感谢老昝，我说这次我又赢了，可我这次请客。

因为有汪老的鼎力推荐，我的这篇小说引起了文学界的关注。《小说选刊》和台湾的《联合晚报》、香港的《博益月刊》相继转载，还被收编进《人民文学一九八八年短篇小说选》（人民文学出版社）、《一九八八年全国短篇小说佳作集》（上海文艺出版社）、《中国小说一九八八》（香港三联书店）、《八十年代中国大陆小说选》（台湾洪范书店）等十多种文学集里。同时也引起了各种文学刊物的关注，都找上门跟我约稿。

一九八九年五月，我要到郑州出差，打听好车次，算好时间，我能在北京待七个小时。我决定去汪老家拜访。

那时还没有出租车，下了火车得乘坐公共汽车。我跟售票员说，到了蒲黄榆站麻烦你喊我一声。可我等了一站不喊我，等一站不喊我。我在又要停车时，我挤过去问她，蒲黄榆快到呀不着呢？她说，早过了早过了。一听早过了，我赶快就下车。下了车就赶快往回返。返到了头一站，抬头看看站牌，不是蒲黄榆站。问等车的人，才知道刚才那个售票员哄我。根本还不到站，蒲黄榆站还在前头。一气之下，我不坐车了，步行着走到了蒲黄榆。

那天很热，我刚理了光头没几天，头上的汗不打一处往下爬。一进汪老家门，他给我从冰箱里够出瓶啤酒，“嘭”地起开。

他取杯的当中，我举起瓶就吹喇叭。他说："呛着！呛着！"说着拉过瓶把酒给我倒在杯里。后又出了他的那间小屋，一会儿返进来，递给我一块凉凉的湿毛巾。

十四年前我爹就去世了，在汪老跟前，我感受到那种久违了的父爱。

听说汪老留我在家吃好的喝好的，我妈说汪老多大了？我说七十多岁，她说那是你的父辈。我说，汪老真像是父亲一样关心我。我妈说，那你给汪老家拿啥了。我说啥也没拿。我妈说，看看你这个孩子，空手爹拉的去眊长辈，不懂得个仁恭礼法。我说我当时也想着是看拿些啥礼呢，可我不知道找见找不见汪老家，那要是找不见，或者是找见了，可家没人，那我咋办？我提上一大兜东西咋处理？当天我还要去河南，还再远哇哇地提回家？

我妈说，你那么也是死相。那你找见汪老家后，不会抽个空下楼到商店买上再返回来。我说我也想到了这样办，可我没想到，一进家，汪老他们热情地招待，吃呀喝呀的，没空出门。

我妈说，你看看你这事办的。我说以后再补报哇。我妈说以后啥呢以后，你这就到红旗商场看买些啥稀罕的，给汪老寄去，妈给你钱。我说我有我有。

去跟老王说了这个事，老王说，招人我给汪老去送哇。

我看他。

老王说，我过两天要到东北，大同到东北得路过北京倒车，我正好给你专门送一趟，也趁机再见见汪老。

哇，这真是个好机会。

我给买了五瓶汾酒。我还教给老王说，万一去了汪老家，汪老正好不在家，那你又急着赶火车，那你留给邻居，或者就放在门口也丢不了。老王说我到时候看哇。

老王跟东北回来说，汪老真热情，要留他吃饭。可老王假装说急着赶火车，不能在了。老王说，汪老跟他说，乃谦的小说有一股莜面味儿，我喜欢。

以前，我没有专门看过文学杂志。写史志的这当中，我开始买《小说月报》《小说选刊》《人民文学》，想知道一下国内高手们的水平。看后，心里有数了。觉得差不多，接近，各有各的好。但这是当时的个人认识和看法。这个认识和看法，我没有跟任何人说过，跟四女儿也没说，我只是在心里更自信了。

老周跟我一起待了不到半年，在七月时，领导让他回了他的法制调研办公室，去接受了新的任务。

刘局长问我需要人再给你派一个，我说，不要，我喜欢独立思考。他说要的话，你跟我打招呼。我怕他真的给派，我又明确说不要了。

从那以后，我一个人一个办公室，一直工作了两年半。

刚写史志时，我妈问过，你的新家，还是那一层？我知道我妈是想来视察了。我换了新的地点我妈就想视察，她想随时都能想象出她的儿子这个时候是在哪里，在干什么。这样她的心就踏实，就放心。

我说还在那一层，换了屋子了。这些时忙，资料堆得乱糟糟的，等清利了，我叫您再参观参观。老周走了，屋子就我一个人了，资料也查看得差不多了，都还回了档案室。我又把我妈请来了，这次的办公室看不见大街了，但能看见公安局后院，能看见我打饭。

我说妈，您想在这儿住也行，我每天给您去打饭。我妈说，那能使得上，人家这是机关。我说没事，这个办公室就我一个人，您在我跟前坐着，我就能写出好的东西来。

用了两年时间，我把公安史写完了，受到市史志办的表彰。当时市里有一半的单位还没有写完，还在继续写。而且是好多的人在那里忙着，他们的史志办最少的也是三个人，还有的是七八个的。

大同市公安局的史志办，只有曹乃谦一个人。

市委史志办见我正篇写完了，又给市公安局史志办下了新的任务，又让写《大同帮派篇》，算是正篇的副篇。于是，我就又接受了这个任务。

后来又用了一年时间，写《大同一贯道》《大同九宫道》《大同同志会》《大同三青团》《大同反动会道门》《大同土匪》。

有人对我说，你就在这里写写写，能写出个啥出息，你不看看人家别的人，在这三年里，一个一个的都提了，看你，还是个烂科长。这里不妨说出这个人是谁，他就是老在看唐科长打扑克的那个细个子。当时他自己从来不玩，就是喜欢观看。人们都失笑，都说他看别人打牌还看得这么上瘾。后来人们发现，他在一旁观看，是为了看另外三家的牌，然后指导着唐科长出牌。唐科长很少输，就是因为有他的暗中帮助。自从把组织问题解决了以后，细个子不再看唐科长他们打牌了。这个既没文才也没武艺的同志，因为会钻营，又有个好爸爸，现在已经是一个很有实权的处的副处长了，他这是看我可怜，在好心提醒我。

我不稀罕他同情，我说我不好当官，好写作。他说有钱难买好嘛，那你就好好地写吧。

我心想，我在这里写，能给公安局做出看得见的成绩，对得起政府给我发的工资。

还有让我最感到高兴的是，我工作时，没有像白领导那样的长官瞎指挥我。使我能够充分地发挥自己的爱好和特长，来为单位做贡献。要不的话，怎么能在别的单位还没写了一半的时候，我的《大同市公安史》就写完了，还受到表彰。

还有最主要的是，我在这里做工作出成绩的同时，自己充分地得到了一种享受，那就是，自由。

天马行空，独往独来，逍遥自在的那种自由。

100　地震

四女儿在一九八三年到省城的药检所培训过三个月，一九八八年秋天她又要到省医学院带薪上大专，时间是两年。也就是那年的秋天，女儿丁丁按学区分配，到大同七中上初中了。

我中午要到圆通寺陪老母，那丁丁就还和上次一样，中午到龙港园姥姥家吃饭，下午放学后回花园里。我写《大同市公安史》，能按时上下班，也就能按时回家，给孩子做晚饭。

跟我一个院儿的邻居杨老师，是我初中大同五中和高中大同一中的同校同学。我办过小作家班儿指导孩子们写作文，他的大女儿杨凌雁和二女儿杨凌云都参加了。

杨凌云跟丁丁同岁，上初中时，正好分在了一个班。四女儿上大学走后，我就跟杨老师说，让凌云晚饭后来我家，跟丁丁做伴儿。杨老师说，那正好是两个孩子能一起复习功课。

晚上她俩在一个床上睡觉，在大屋。我是在小屋。

杨老师还让凌云把洗刷用具也拿过来了，早晨洗刷后，两个人一起去学校。

我们家不专门做早饭，我给她俩事先准备了面包，一人拿一个，就走就吃。杨老师也准备，反正一准备都是两份儿。

我是必须要到圆通寺，跟我妈去吃早饭。我发现，我在刑警队搞案时，我有时候不去跟她吃早饭的话，那她自己就不吃了。

现在，我就每天让我妈把鸡蛋打好，把火生好，我来了给做鸡蛋汤。现烙的糖饼，我在巷口就给买上了。

吃完，我去公安局写史志。中午再过来吃我妈做的大烩菜，喝她给我打好的生啤酒。

放寒假，四女儿回来了。她跟太原给我提回五个玻璃瓶装的青岛黑啤酒，她说我见你在红九矿时，跟喜民两个人常喝这个酒，我正好是在五一大楼看见了。

我在红九矿喝黑啤酒，那是二十多年前时候的事，她还记得，而也是自那以后，我再没喝过这种酒。我高兴，叫来老王跟我喝。

过了正月十五，又开学呀，四女儿又要去太原，我妈给她买了一篮麻花，让她带。老王的小牛给她做了两罐头瓶蒜蓉辣酱，我给做油炸莲花豆。沉得她拿也拿不动。

四女儿来信说，她把好吃的拿去学校，小孩子们尽偷吃她的。

她四十了，在班里年龄最大。班里还有不到二十岁的。

老王差不多每天晚上来跟我下棋。

象棋我下不过老王，输多赢少。围棋，老王赢少输多。一直以来，二十多年了，都是这样。老王好下象棋，我好下围棋。我如果赢了，下围棋，我如输了，再下象棋。我们这种做法，是跟去世的慈法师父他们学的。

为了不影响大屋两个学生学习和睡觉，我先把两个屋的门关紧，下棋的时候，用两个手指把棋轻轻地捏起来，放的时候，也是这样，轻轻地轻轻地。

我们常常是下到夜里的十一点多，但不超十二点，因为第二天我们都还要上班。有天正下着，满盘的围棋子突然就移动了位置，紧接着，哗哗地掉地下了。老王喊说招人你干啥？我正想说“你干啥推桌子”，这时，我觉出坐在椅子上有点不稳，晃动。同时，吊着的灯管晃起来。

地震！我俩都意识到了，同时大声喊“地震”。

我脑子里什么也没想，下意识地跑到大屋，喊丁丁和凌云，快起！地震！同时，拉起她们就往院里跑。

院里好像是还没有人，我们是第一拨儿冲出来的。

晃动也好像是停止了。

我说丁丁和凌云“你们别动，等爸爸”，我赶快跑回家，给她俩把衣裳抱出来。这时候我才想到老王，他是多会儿走的，我半点儿也没印象。

我再出来，院里已经都是人了。

我把衣裳给了她俩。她俩说，鞋呢？这时才知道她们让我拉得急，连鞋也没穿。我又回屋给她们把鞋提出来。杨老师他们也都跑出来了，跟丁丁和凌云说话。

我说丁丁，快走，到奶奶家。

路灯亮堂堂的。

一路都是人，南往北的，北往南的，还都挺高兴，说说笑笑的，好像是过大年熬夜呢。

路过公园，见人们尽都进到里面。

我拉着丁丁的手，连走带跑地到了圆通寺。见家灯亮着，窗帘也挂着，门没有锁，可家里没有我妈。我到厕所门口喊，也没有。

我说，走，找奶奶去。

我以为我妈是到玉玉家了，正打算到北小巷去找，玉玉领着军娃和二子，他们三个来了，才知道我妈没有去那里。

我一想说，保险是到花园里了。我让丁丁跟玉玉他们就在圆通寺等着，我又往花园里返。玉玉说，要走两岔岔呀。我说我注意着。

在公园门口，看见了我妈。她就是到花园里去找我们，没敲开门，又返回来了。

我妈说，人们都说楼房最不安全，妈怕俺娃两个不懂得，赶快去说给你们来咱们圆通寺，咱们家南小房是大殿，最保险。

这当中又有几次余震，我们在路上走着，没有感觉到。

第二天知道，大同县是地震中心。震级是六级，据报道说，有“房屋倒塌”，也有“人员伤亡”。

二姐的家是防震的，能防八级地震，我让丁丁到了二姨家住。二姐让我也去他们家，我说我跟我妈在圆通寺住，圆通寺的大殿是木架结构，原则上也是防震的。

我说我跟我妈住在南小房。

我在心里想，要死我也要跟我妈死一块儿。

二姐说，要碰上唐山那么大的地震，我这防震楼也怕的是不行。二姐夫说，那是百年不遇的大地震，不可能再次发生。

我想起二姐夫的老家就是唐山的，我问说，唐山那次到底是死了多少人，二姐夫说，官方的说法是二十四万，老百姓说那就多了去了。二姐说，你姐夫的外甥宣宣跟老家来了说，四十多万。二姐想起啥，说，宣宣说地震前，鸡子狗子都有反应，可惜人们都不重视。我说我家的灰灰要是活着，这次也一定会有反应，可惜死了。

四女儿从太原给二姐家来长途电话了，问询情况。四女儿说太原也有震感。她自己一个人在小屋睡，当时觉出在摇晃，可翻了个身，一会儿就又睡着了。第二天早晨，四女儿起来洗漱，才发觉同学们都不在她们的宿舍了。才知道，大屋宿舍的同学都跑下楼，在操场待了一黑夜。

跟四女儿一块上山西医学院的，还有她们药政科的刘敬敏，她男人是铁路的职工，她坐火车不要钱，一个星期回家一次。她找到我说，卫生局给每个人发了三根杪杆儿，搭防震棚，让我去取。她问我你们单位给发啥，我说啥也没有。她说你们公安局的人都有本事，不稀罕。我说正好是坑了我这个没本事的了。她笑。

她说小周不在家，苦了你跟丁丁，要注意保重身体啊。

哼哈都是气，冷热不一般，听了她的话，我很觉得温暖。

起初学校都放了假，后来观察观察，没啥事，又让学生们回校读书。老王的莅莅说，真麻烦，又上学呀。我听了说，什么话，不好好儿学习，曹叔可跟你不客气。莅莅缩缩膀子，不敢作声。

莅莅比丁丁小三岁，也当过我“小作家”班儿的学员，我敢骂她，要换她姐姐陶陶，我可不敢。

只要是我去了老王家，见莅莅不做作业，我就说，做作业去。她说，做完了。我说，作业还有个做完的？再做。她赶快掏出书本来，写。我跟老王悄悄笑，说我小时候我妈就是这样逼我的。

反正是，莅莅一见我来了，就忙着找书。一种要学习的样子。

北小巷的房，也是木架结构的，玉玉领着孩子们回家去了。但居委干部下来宣传说，黑夜睡觉还是不要大意，防患意识还是要有，不要把门插死，院门也不要关。街道和派出所夜间有巡逻的，你们可以安心睡觉。

玉玉说，安啥心睡啥觉，疯子又跟精神病院放出来了，又作害邻居们呢。

北小巷搬来一个疯女人，说男人是在省公安厅当官。我最后弄清楚了，她丈夫是派出所的协勤人员，从小没爹妈，教养院长大，姓党，叫个党渊。家有四个儿子。

疯女人经常是早早地起来，给邻居家的门口倒垃圾，后来发展到倒屎尿，再后来又发展到砸玻璃，把半头砖扔进你家里。

也有人找过那家人，党渊说，我们也不想让她这样，可我们也管不住，她是个疯子，要能管住的话，那她就不是疯子了。人们说，你们得想办法给她看，不能就这样祸害人哇。他说谁说不看，到精神病院一看，说没病。

人们都说她的病是装的，她根本就没病，她是想欺负人。

玉玉吓得不敢自己住，我妈说，姨姨跟你住些时，吓不死她，敢来作害咱家。

我自己在圆通寺的南小房儿睡。

早晨五点多，我正睡得好好儿的，玉玉领着两个孩子来敲门。

玉玉说疯子早晨把半头砖砸进了门玻璃，姨姨急下地提着棒子就追，追到她家院门，一棒子把疯子打倒在了地上。她家人出来，把她拉回家，我也把姨姨拉回家了，过了一会儿我出去打听，她院人说，疯子送医院了，姨姨把疯子打得头破血流了。

我问说，姨姨呢？玉玉说，姨姨不来，我硬拉也不来，还拿着棍子在我家，说，我等她着呢，揳死我抵她的命。

我觉得这个事有点严重。

我赶快和玉玉到了北小巷，我妈果然是在家，手握着棍子。街上的邻居也在我们家，有的说，三十六计走为上。也有的说，不怕他们，看他们能做个啥。

我家隔壁邻居跟我摇头说，问题不大，血是流了，但我见她自己捂着脸，就哭就跟着儿子走了。我一听这么说，把心放下了，首先是出不了人命，这咋也好说。

我妈说，爷爷连狼也捅死过，怕个她，叫她扑，再来给爷扑，还没给她股好的。

玉玉说，不管咋说，姨姨您躲一躲哇。

我妈说，你越躲，她越厉害，以为是怕她，你一厉害了，她就怕你了。

有街坊说，您有警察儿子，我们可不敢。

玉玉说，军娃二子一天路过人家的街门，不敢打您，打这两个孩子咋办，再说，如果再有点啥的话，您这不是给姨哥找麻烦?

我妈一听会给儿子带来麻烦，这才是有了些动摇。

大家又劝说了一气，总算是把我妈劝动了，跟着我回了圆通寺。

我让玉玉到学校说给孩子们，放学直接回圆通寺。这些天躲一躲好。

当中我去过几次北小巷，观察，出出进进的，就是叫党渊他们看见，我们不是躲，不是怕你。

过了两天，我跟我妈说，看来是过去了，我看玉玉他们能回去住了。我妈说，你还嫩着呢，妈知道，这种人你得把他们彻底制住才行，要回，也得妈陪着他们。

我觉得没啥事了，就说，你想陪就再陪上些日。

我妈跟玉玉和孩子们，又回了北小巷。

我妈的那根棍子就在门背后立着，一出街就把棍子拄上了。她说，恶狗当道卧，手拿半头砖，它咬不咬你，你也得做好准备，提防着才对。

那天早晨，我妈送军军和二子上学，碰到疯子正在她的街门口站着。

军军说，姥姥看，疯子。我妈手拉着二子，跟军军说，你两个甭怕，把头抬起来，不看她，跟着姥姥往前走。

快走到疯子跟前，我妈就走就大声地冲着疯子说，疯子，爷爷可告给你，你敢对这两个孩子怎么着，看爷不揳死你个疯子才怪。

疯子没反应，好像是没听着。

我妈领着军军和二子过去了。

疯子突然在背后大声吼说，站住！你骂谁疯子？说着追了上来。

我妈站住了，转过身，紧握着的棍子“咔咔”地敲着地，大声说：“爷爷骂你！爷爷就是骂你个疯子！来！给爷爷往上扑！”

这时候，疯子的恶样子一下子收敛起来，放低了声音，把头也低下了，说：“我就知道曹大妈您就是骂我呢。”说完赶快掠转身往回院子走去。

有几个街坊看见了，都哈哈笑。

有个后生说，毛主席教导我们说，美帝国主义和一切反动派都是纸老虎。

那天中午，党渊进了玉玉家，笑笑地说，曹大妈，我家疯子打了您几块玻璃，我得赔您。

我妈说，一块玻璃赔啥。又说，你老婆去治伤，花多少钱，我给出。

他说，出啥呢出，是她先拿砖头砸的您家的玻璃。

我妈说，这几日好些了，我见。

他说，好多了，看来您是给她治了病了。

邻居们说，曹大妈，他们家人说她这病治不了，您看，您这下给她治了。也有人说，本来就地震呢，人心惶惶的，这下，可以安心睡觉了。

101　挂职

一九九一年汪老就介绍我入了中国作协，介绍人还有我们省作家协会主席焦祖尧。当时我统共才发了有十来个短篇，这就能入了会，属于破例。汪老说不在多少，有的人虽然是一本又一本地出书，可那就像大野地响了几个小鞭炮。你的一个短篇就赛过有的人的一本书。他对我的鼓励、扶持、培植让我感激不尽。

后来，我老是借出差的机会去看望他老人家。每次去，他总要留我吃饭，那次他说："今儿有点稀罕的吃的。"是台湾腊肠。他喝的是白酒，给我喝的啤酒。就是在那天的饭后，我大胆地提出了想要汪老的画。他当下就跟书房取过来一幅，让我看。我说好。我们又一起返到书房，他在画儿上题了字：槐花小院静无人　画赠乃谦。

那以后，我就把我的书房称作"槐花书屋"。

后来，我们又发现，我俩的生日都是在农历的正月十五元宵节。我妈说，招娃子，这真是缘分哪。

那次汪老给我写信说，明天是我七十一岁生日，作了一首诗《七十一岁》，抄给你看看。

《七十一岁》是首七言诗，最后两句是：元宵节也休空过，尚有风鸡酒一壶。

这封信的落款是：曾祺　正月十四。

忠义表弟说，表哥你已经是中国的作家了，应该是换换笔了。我说换啥笔，他说该用电脑写作了。

我笑了，他原来说的是电脑。

在忠义的说服下，我动心了。

他说我先请你跟表嫂看看我的电脑去。我们就去了。以前我没见过，电脑原来就像是电视机似的，在桌子上摆着。他打开后，先在视屏上打出一句话：表哥表嫂你们好！

看后，我不由得拍着手说，真好真好！

他又打出一句话说：表哥表嫂，换笔吧。

然后又很快地把刚才打出的两行字换了个位置，成了“表哥表嫂，换笔吧。表哥表嫂你们好！”

我大声说，换换换！

吃饭时，忠义又给在电脑上放音乐碟儿。他说，这是只能听音乐的，以后还能放有图像的，就跟看电影一样。

一个星期后，我家小屋的缝纫机，换成了电脑桌，上面摆上了“386”电脑。

拼音输入法简单是简单，可我不会说普通话，前鼻音后鼻音，卷不卷舌头，简单一个字，打一个不是打一个不是。一气之下，学五笔。

王码五笔输入法和“横一垂二三点捺”的四角号码查字方法有像。越学越有兴趣，把两万多字的《大同帮会篇》打完后，五笔学会了。

当时，我们公安局还没有电脑，局办公室的打印室，使用的还只是四通打字机。

以前，我工作时间在单位写史志，业余时间回家写小说。自从有了电脑，我把写史志的工作，也放在了家里写，写好拷在软盘上，到单位的文印室打印。

后来我嫌麻烦，干脆又让忠义给买了针孔式的打印机。忠义说，表哥，打印纸需要多少，我供应。

是表弟忠义，推着我进入了现代化。

一九九二年，山西省作家协会要签订合同制作家，时间是三年。全省选出十个人，其中有我。省里还让合同制作家下基层去挂职，体验生活。时间也是三年，让自己报，想去哪儿挂职。一九七五年，我在北郊区东胜庄公社的北温窑村给知青带过队。我想去那儿。

当时叫公社，现在叫乡，我就报的是东胜庄乡。

省文学院王宁副院长带着合同手续，来大同找我了。他说必须得我们单位的领导在上面签了字，再盖上公章才行。

分管我写史志的刘局长到市政管理局当一把手去了，又调来个新的领导，虽然是已经调来半年多了，可人家不认识我。管他，我妈常说借米借上借不上，又丢不了半升。我就领着王宁敲门进了新领导的办公室。

领导好像是没看见进来两个人，没理我们。我介绍说这是省文学院王院长。那个人还是不理我们，既没让让省城的客人坐下，更别说是倒水呀什么的。

我们就那样站着跟人家说了一气话。

后来我说，王院长想尽早地回太原，想把文件带走。

那个人说，搁那儿哇。他终于说了一句话。听口音是晋南那面的。王宁赶快说，听口音咱们是老乡。

那个人没答理老乡。

我说，那领导您忙。

那个人仍是没理我们。

我们出去了。

我觉得很对不起王宁，说，早知道那个人是这样的牛皮烘烘没人味儿，咱们找一把手去，反正是有个人签就行了。

第二天我在走廊一直瞭，一直瞭，好不容易瞭见了那个人进了办公室，我跟了进去，问这事儿。那个人说还没上会，等上了会再定。

等上会？那得多会才上会？

我去求党办秘书慧敏。她说，行了，那我给你打照着吧。

一个星期后，慧敏给我打电话，让我去找那个人。

我赶快去了。

那个人说，听说你写公安史，写完了？我说都写完了，还受到了市史志办的表彰。那个人说，听说你还是宣教科的科长，你走了科长的工作谁来做？

我说你们再找别的人。他说你不后悔，我说不后悔。他说，那好，不后悔就行，说着在上面签了字。

冬天，省组织部下文件，明确我到东胜庄乡挂职三年，任乡里的党委副书记。

副乡职别的，一律给家装电话，王永书记让我自己到邮局去办理，拿回发票，报销。我总共花了三千六。当时，私人家自己是不舍得花这个钱。自一九六八年参加工作以来，我的工资一直没有涨过。一个月仍然是五十四块。我的一伙朋友里，就是老昝家有电话，这下我家也有了。

王书记还要给我派小车，我说我不要。他说，乡里还有公用的车，曹书记你不要专车，那你多会儿想用车，跟乡办公室说，他们给你安排。

他们叫我曹书记，让我想起了我的爹爹。自我小时候起，就听人们叫他曹书记。最初是曹支书，后来是曹书记。

东胜庄有四个煤矿，乡里所有的正式工作人员，每年都白给你一吨煤。不是正式的人员，两年给一吨。

我来挂职不到一个月，王永书记就主动问我说，知道你母亲家是要烧煤，那就让车给老人送上一车。他问我老人家里有搁处吗？我说有，他说那就先拉上一“130”，加长的，能拉三吨半。

王书记想得周到，他还让车上坐着三个工人，给卸煤。

我妈想也没想过这个好事，我也没想到这个事。因为我当年给知青带队，没听说东胜庄公社有煤矿，更不知道会有这种福利。

进入腊月，王书记说曹书记你懂得文艺，今年的秧歌队你就给咱们组织他哇，正月十六上区里去比赛。你正月初九来，把她们集中起来，练上三五天就行了。

见我犹豫，他说都是老腿旧胳膊的些灰老板们，可爱好个扭秧歌呢，一通知，欢欢儿地就都跑来了，一敲鼓，不用你催，自己就扭开了。

王书记说的“灰老板”，是指结过婚的女人们。这是雁北地区的说法，也叫“二老板”。

正月初九上午，吉普车把我接到乡里，秧歌队的二老板们都已经站了一院。

正如王书记所说，一敲鼓，二老板们就自动地扭开了，水平还真的是不错。二老板们能说能笑，一下子就跟我熟悉起来，最后强烈要求让我给打鼓。她们说，曹书记你敲的鼓点，我们踩着稳。我说，行。

上一年，东胜庄的秧歌队获得是第三名，这次，我们是第一。王书记是评委，他说，这次的第一名跟你有关系。首先，乡里的副书记亲自打鼓，这是要加分的。

我在乡里的工作是分管学校。

乡里有一所初级中学，还有十多个小学分散在各村里。

东胜庄乡跟内蒙古的凉城紧挨着。凉城有个很大的湖，这头到那头十多里。这个湖叫岱海。教师节时，我提议领老师到内蒙古凉城的岱海去玩玩儿，王书记同意。

老师们高兴坏了，把我感激得不知道咋说我好呀，盼着我每年都领他们来一趟。岱海的干炸小鲫鱼比四女儿二哥做的好吃，还不贵。十块五斤，我买了两个十块的，要了车送回城，给我妈留一大包，给家里一大包。我妈说给你表哥送些，喝酒。

表哥张郡世当了大同市皮鞋厂分厂的领导，他的分厂跟美国合资，做白色的旅游皮鞋。真漂亮。他给我和四女儿每人一双。

表哥分了新楼房，两室两厅，他们没把客厅当厅，摆了床。这样，冬儿和春儿也是一人一间。表哥现在的房，比我的好多了，我为他高兴。

弟兄俩喝酒，表嫂又给我们炒了花生米，我俩把一瓶汾酒喝了。我们就喝就说，说起以前我每次来，给带一瓶浑源老白干，一顿还不舍得喝完。表哥说，看那时候穷的。

表哥有权了，把表嫂的工作也调到了他们厂。表嫂说多会儿也不能忘记小周二姐夫。表哥说，是姑姑给找的二姐夫。我心想，你们在心里头懂得感恩，这就好。

我挂职的第二个农历大年前，腊月二十二我回城时，王书记说你跟老母亲和家人多团聚团聚，正月十二我让车去接你，来了后，你十五就别回去了，在乡里给咱们值班。可他没提秧歌队的事，我也没提。心想到时把原班人马集中起来，练上两天就行了。即使有几个不能来的，多几个人少几个人也无所谓。

正月十二吉普车来家接我，路上听司机说，咱们乡今年不扭秧歌了，是搞威风锣鼓。王书记请了太钢威风锣鼓队的三位专家，来作指导。他说太钢的专家们初六就已经跟太原来了。

锣鼓队操练的地点，在学校操场。

到了乡里，我让把车直接开进了学校。当时他们正在“咚咚嚓嚓”地练习。见我来了，停下来。其中有人给太原的专家介绍说，这是乡里的挂职副书记。

太原专家让大家正式操练一次，还说，咱们让曹书记听完给指导指导。

女指挥我从没见过，可咋看咋像是我的表妹丽丽。

练完，问她才知道，她是王书记的侄女，在呼市上大学，放假回来，王书记组织锣鼓队，让她给当指挥。

我说请问你尊姓大名，她笑着说，大名儿王丽，小名儿丽丽。

啊?！我睁大了眼。

天下居然有这么巧的事。

但当时我也没跟她说，我大吃一惊是怎么回事。

正月十五上午，太钢的客人就要坐火车回太原，王书记让我把他们送到火车站。送走客人往乡里返的时候，我到了圆通寺。我说妈，今儿是十五，我在乡里值班不能回家，您跟我到乡里给我过生日吧。我妈说，妈早就想到到你的乡里了。还说，你爹在打小日本儿时，就是在北山区。他常说烂布袋窑烂布袋窑。我说烂布袋窑后来改成了新荣了，北山区也叫成新荣区了。

中午，我把饭打回宿舍吃，我还吩咐王丽说，你也到我宿舍，陪我妈吃吧。

我妈看见王丽进来，愣了一下，说，丽子，俺娃咋也来了?

我哈哈笑。

见我大笑，王丽也笑，可她不知道是怎么回事。

我说，妈，这不是咱们那个丽丽。我扭头又跟王丽丽说，我妈把你认成了我的表妹了。

她说，是吗？有那么像吗？

我说像极了，要不我妈咋也会问你“丽子俺娃咋也来了”。

她说，莫非你表妹也叫个丽丽？

我说，那是肯定的，有意思吧？

她说，真有意思，那我也叫你表哥算了。我说行。她说，那我开学到了学校，就跟同学们说，作家曹乃谦是我的表哥。我说行。她说，那你得给我本书，上面写“赠表妹丽丽”。

我说行，但我现在还没出书，我给你本《北京文学》，上面有我的《到黑夜想你没办法》。她说，啥？见她疑惑的样子，一定是听岔了，我赶快又说，我的小说叫《到黑夜想你没办法》。她说，这题名好怪，那我一定得好好儿看看。

我的屋是个一米六的双人床，冬天睡两个人有点挤。原打算让我妈睡我屋，我到前面的乡值班室睡。

王丽是睡在乡里的客房，她说，那我把姑姑领走吧，我的屋里是两个床。

黑夜晚饭后的九点钟，乡里在东胜村的南面平坦地方，要放一个小时焰火。全乡所有村的人们，只要是出了院，抬头都能看到。但是乡周围的几个村里的人都专门过乡里看。

天气半点也不冷，月亮大大的白白的。

丽丽给我妈披着她的大衣，我说谢谢，她说，我叫姑姑呢嘛。

我给我妈提了一只食堂的凳子，我们一起到了村南。

我妈说，为给俺娃过生日，还要放花呢。我妈不是糊涂，她是故意这样说。

王丽说，看我表哥命多好，我还没碰到过有谁还是正月十五的生日。

我妈说，还有汪老是。

王丽说，汪老？可是说汪曾祺？

我说，你知道汪老？

王丽说，我们大学的文科生，没有不知道汪老的，是我们的教授向我们推荐他的《受戒》，我们都看过，好！

我妈赶快往过拉话题说，你看，汪老也是正月十五的生日。

我妈很看重这个正月十五的生日。我还想到过一个问题，我妈抱养我，或许跟我的这个生日有关系。

挂职的最后一年，王书记又主动说，过些时你就回你们单位呀，那让“130”再给老人送上一车烧的。

我妈高兴，那天说出了为啥喜欢烧的。这也是我一直想弄明白的一个问题，我以前也问过，可她从来不正面说说是怎么回事，说的说的就给打岔儿说别的了。

她说，妈主要是在抱着你要饭的那个时候，让冻怕了。

在我出生七、八个月大时，也就是在一九四九年的九月，我妈抱着我从应县下马峪村里出来，一路步行，来到了一百八十里外的大同，找一个叫曹敦善的人。打问了一个多月，没找见我爹，可身上带的盘缠已经是花光了，不能住店了。她就开始要饭。

她说，路上看见个木片片赶快拾起来，装在烂筐筐里。垃圾堆看见几颗搿炭，那比看见金子也高兴。

到了晚上，我妈就在太宁观门前的墙角那处地方烧火堆，烧上一阵后，她就用一片瓦，把火堆推到另一个位置，让刚才的火堆位置空出来。我妈坐上去，再把我抱在她的盘着的腿窝窝当中。

她用这种方法，轮替地往热烧地面，为的是让我们有个热的“地炕”可坐。整个夜里，她都是在不住地做着这种热地炕，有次她实在是熬得不行了，靠着墙角给睡着了。听到我的哭声，她醒了。可是，跟前的火堆已经灭了。摸摸我身底下，早已经冰凉了。

说着，她哭了。

这时，我也早已经是泪眼汪汪的了。

我说妈您别说了，我知道了，妈以后您就放心哇，有儿子在，我会永远地让您有足够的烧的。

102　编辑部

我在东胜庄乡挂职的这三年期间，大同市与雁北地区合并，取消了雁北地区。雁北地区的所有部门、机关，也都归在了大同市相应的部门机关里。人们叫这个事叫雁同合并。

雁北地区公安局和大同市公安局合在了一起，人员一下子多了一倍。公安局把原来后院儿的食堂和礼堂拆了，在这个地址上又盖了一个四层楼。局机关都搬到了新楼。

政治处不叫政治处了，叫政治部。我原来的宣教科叫成了宣教处。

我写史志时，慧敏是党委秘书。雁同合并后，她当了政治部的副主任。李贵锁也是部里的副主任。

我们原来的正主任孙赞东，到了市检察院。现在的正主任姓张，是原来雁北的。

一九九六年春天，我挂职结束，回局了，看看我的史志办，还在，先开门进去打扫了打扫，就去找老周。

老周说刘局长调到市政管理局当一把手去了，他走前行政处的领导说，史志办一直锁着，在那里闲着。刘局长说，市史志办没说撤销，咱们局里的史志办也不敢撤。

于是这个史志办就在那里锁着。

我说我这回来，该做啥，这得领导说话。

我问刘局长不在局了，现在谁管史志这个事。老周说，不清楚。他说了好几个局领导的名字，我一个也不认识。

他帮我想起，问说，当时是哪个领导批你到的省文学院当合同制作家。我说是谁谁谁。老周说，那个人还在，还是局里的二把手，分管政治部。

我去找那个人说，我回来了。他坐在那里，看看我，问你是谁。

那个人不记得我了。我想起，人家原来也不认得我。

我赶快解释说，我叫曹乃谦，三年前我找您批过手续，当省文学院的合同制作家，后来到乡下挂职三年，这回来了。

那个人说，你原来是公安局的哪个部门的？我说，原来是宣教科的，后来写史志写了四年，再后来挂的职。

这下他想起来了，说，你走了以后，宣教科又安排了人，当时你不是同意吗？我说对，我同意，现在看让我去哪。他说，等等哇，我跟政治部碰碰再说。

人多，慧敏和贵锁两个副主任一个办公室。

慧敏说，你现在挂职回来，你挂职那儿是啥职务。我说是乡里的党委副书记。贵锁说，咱们政治处原来是不到三十个人，现在政治部是五十多个人，狼多肉少，一个萝卜一个坑儿。慧敏说，乡党委是政府部门，那儿的副书记，在咱们公安局应该是正处职，小曹那就还应该是按正处职对待你才行。

我说，咋对待无所谓，有个地方待就行。

慧敏说，你宣教科时的办公桌现在在哪儿。我说我进过宣教处了，看了看，没见我的桌子。我到别的办公室都看了，都没有。倒是见了我写毛笔字时候的笔洗，在一个不认识的人桌子上摆着，给种了花儿了。

贵锁想起了，你的桌子大概是搬家的时候放在地下室，我叫秘书办给开门，你找找。

慧敏说，那你写史志时的桌子呢？我说还在前楼史志办。她说，那你还在那儿待着，正好还是一个人一个办公室，省得在这里挤的。

这下，我成了一个没娘的孩儿。

有时候我也到慧敏和贵锁那里，转上一会儿，又回了我的史志办。

有时候，我也到老周办公室也坐会儿。雁同合并前，成立了法制处，老周是主任，现在还是。

我就这么等消息，等通知，等着看让我到哪里。

老王说，不忙了，你不会坐办公室写你的小说？我说，不行，我写东西必须得静下心来才能写，在单位写小说，静不下心来，写不成。

不忙了，我去五中看看闫老师去，看看他的糖尿病好了没。好是没好，但不像是上次那么瘦了。闫老师说快退休呀，我说您已经是，退休呀？他说，一九三七年出生，你算算。我说，呀，三七年，那您比我整整大一轮。我是四九年。闫老师说，我早就知道你跟我一样，都是属牛的。

他办公室的老师说，属牛的太原则，性格不灵活。

闫老师问我的情况，我跟他说了。办公室的那个老师说，你光等不行，得跑。

我说，现在还时兴跑？他说，越来越时兴了，记住，不跑不送原地不动。我想起了，那年我没入党时，就是他说的这句话。

我说，我讨厌这种做法，我就不跑，就不送，看看他们咋处理我。

他说，原地不动。你信不信？

我摇头，说不知道。

他说，你不信的话，那就，骑驴看唱本，走着瞧。

写到了这里，有个事实也在这里说一下，那就是，正是因为我的这个不跑不送，到最后，真的是原地不动。直到退休，我这个参加工作四十年、警龄三十六年的老警察，退休时仍然是个科员。我敢相信，全国的公安人员里，跟我同时在那年退休的里面，警龄最长工资最低的人，是我。

这虽是后话，但以后也不会提，我只是在这里，捎带着说说，供读者一笑。

等着等着，慧敏给我送来了四本厚厚的新书，说小曹儿，好好复习吧，半年后公务员过渡考试呀，谁考不住，单位就要辞退。

我说正好，这下我有了做的了。

我每天抱住书背呀背，相信准能考个好成绩。

背得好好儿的，有人敲我门，开开门，两个人，说是行政处的。一个介绍另一个说，是我们处长。

他们说让换房。说是局长的指示，让把史志办换到招待所。

也是在我挂职这三年当中，盖后楼时，同时盖了南楼，是个三层小楼，做招待所。于是我就换到了招待所，还是个单人标间，还有卫生间，马桶是坐式的。卫生间有点脏，但我试了试，下水能用。这下好了，我尿尿不用出屋子。

刚换过来没注意，后来发现，地上是铺着木纹地板革。

后来又发现，墙上还贴着壁纸。

再注意注意，还有啥？

哇！墙周围的下部分，全是我做家具时的五合板，油漆着本色。

好好好！

再后来又发现这个屋和红旗商场的办公楼正对着，在我的这个屋，能看见对面办公室的两个女人，还能看见一个女的打算盘。指头飞快。我开窗看了看街外，楼下的街道是背巷，路窄，最多是五米。也就是说，我的办公室和女人们，距离也就是隔着五米，她们窗户也开着，我能听见她“啪啪啦啦”打算盘的声音。

我一下子想起，这得让我妈看看我的新家。我把窗帘拉了半个，看不见女人了。

我返回圆通寺。

妈，您快跟我看看我的新办公室，那就不是办公室，那就是住人的家，比住人的家还好，您就见也没见过，想也想不到。

第二天正好是个礼拜，吃了早饭我就把我妈领来了。我妈肯定是没有见过这样的家，也肯定是没有到过这样的坐着尿尿的洋厕所，而且还是就在屋子里。

我妈“咂咂咂，咂咂咂”地咂着舌头，夸个不够。

我妈好比较，她问说，别人的家也是这样的？我说不是不是，就连局长的家也不是这样的。我妈说，那咋就叫俺娃住这么好的家？我说……我一下子说不出个啥原因来。我说，他们是让我在这儿给写呢。我妈说，我早就说过，俺娃到了那天津北京也是那好好里头的好好。

我妈发现卫生间脏，说好好儿的家，这不行，妈给俺娃把这池子洗洗。

光拿毛巾擦不净。我妈说，你等等，妈回去取碱面去，取刷子。我说大老远的。我妈说，一拐弯就到了，有多远。我说，你愿跑就跑哇，我背书呀。

我怕我妈返回时找不见这个屋，心想一会儿下招待所楼门前等她。没想到我背着背着，忘了时间，听到我妈在楼道“招人——招人——”地大声喊。我“来啦来啦”地跑下楼。我妈就是找不见我的屋了。

我妈用个布兜子兜来碱面、刷子，还有半瓶醋。她当下就在洗脸池上撒了点碱面，滴上醋，用刷子一刷，把脏底子刷起去了，干净了。我说您缓缓再擦，她说，俺娃进去背哇。把我推进屋里，把门关住。我又拉开门，把灯给按着。我妈说，看这好的，啥也是这齐齐备备的。

我妈不仅是把卫生间给擦洗了，又推开门进来，把地板革也给擦了。

我是躺在床上背，当我坐起后发现皮鞋不在了。

原来是我妈把我的鞋也给洗了，洗得湿漉漉的。

我爹从来没有穿过皮鞋。我妈她也没有穿过皮鞋。我也没有专门买过，这是当警察发的。我的皮鞋是四女儿在家擦她的时候，顺便给我擦。

我说妈，皮鞋不能用水洗，湿了的话，这得赶快上油。她说，妈不懂得唉。我说没事，晚上回家我再上。

我又躺下来背。

看看表快到中午了，我喊说，妈咱们吃饭去。我妈提着我的鞋进来了，我一看皮鞋打了油，擦得亮亮的。我妈刚才听说皮鞋水洗后得赶快打油，她就到了红旗商场，问寻着买了鞋油和鞋刷。还问人家服务员咋使用。

我说妈您咋就一下子能学会擦皮鞋，我妈说，鼻子底下莫非没个嘴？啥不懂了不会问问人？你那学习哇不是？啥不懂了问问人。

我说我这些都不用问人，都懂，只要是背会就行。

半年后，开考，尽管我背得烂熟，但我不敢说我的成绩是在前头，因为那几乎是开卷考试，你抄我我看你，最后也显不出个谁好来。

但也有个人不抄，不作弊。结果，他不及格，麻烦、伤心、忧虑，还带点愤怒，他得了癌症，半年后死了。我为他的这个正直人的死，写了一篇散文，《哈罗，雷鸣》，祷念他。

这个值得尊敬的、比我还死相、使我哀伤的人，他就叫雷鸣。

在公务员过渡前，国家建立了人民警察警衔制度，设五等十三级，我是三级警督，倒数第五级。后来又给我们编了警号，按全省的警察排下来的。一看这个警号，就能查出是谁。我的警号最后两位是33。在全局的几千号警察里头，我排在第三十三位。

“33”这个数字，我觉得很熟悉。想想，噢，想起了，我妈说我爹爹是在三十三岁时那年参加的工作。看来，33，在我家这是个吉祥的数字。

一九九七年，省里下来了新局长，叫李连琪。人们都说这是个有文化的人。

局长李连琪搞“云剑”行动，搞大案，成绩好，受到市委表扬。正好是，省厅要求各地市的公安局办内部刊物。阳泉市公安局办的是《阳泉公安》，长治市公安局办的是《长治久安》。

李连琪局长决定乘“云剑”行动的东风，创办《云剑》刊物，让物色办刊的人选。最初推荐我的是党委秘书叶向东，他说政治部有个曹乃谦，他的小说受到诺贝尔评委马悦然的关注。

李局长又问办公室主任，他也证实了叶秘书的说法。李局长又问政治部主任慧敏，慧敏说让小曹办，没问题。

李局长于是让慧敏告诉我，说先试办一期。

慧敏跟我谈话，我答应了。

《北岳》杂志编辑段增发是我朋友，我请他帮我办了创刊号。封面是铜版纸彩色的，内文四十八个页码，设“卷首语”“工作指导”“队伍建设”“业务研究”“案例选登”“警官手记”“警官论坛”“警苑橄榄”“域外瞭望”“警备动态”“法律顾问”“编读往来”等十多个栏目。

同志们看后说好，没一个不说好的。

李局长批示，正式创办。

人们都提醒我说，你问问编辑部是啥待遇，我说管他，我喜欢这个工作。啥待遇，让领导去看吧。

就这样，我的史志办就成了编辑部了，门头上正式地做了牌子，叫做“政治部《云剑》编辑部”。

阳泉的《阳泉公安》和长治的《长治久安》，每期都给我们公安局寄。

领导们都知道，他们的主编、副主编、执行主编、责编、美编，最少五个人。问我再要几个人。我说，不要了，就我一个就行。

我喜欢单干。于是，我一个人把这个工作承担了下来。

一年五期。本来是季刊，一年四期，但每年的当中再加一期增刊。增刊往往还更复杂些。

我一个人又当主编又当责编又当美编，还得骑着自行车来来回回地跑印刷厂。校对时一个人怕失误，总是要回家让四女儿跟我校对一次。她说，你不帮我做家务不说了，咋还得让我帮你做工作。我说我妈是个文盲，要是我妈有文化，那我就不求你了。

我在一九九八年正式接受《云剑》编辑工作，自主自由地、心情愉悦地工作了十二年，直到二〇〇九年退休。

在这十二年当中，因为我的辛苦我的勤劳，我差不多年年是优秀公务员，后来还因为在“指导公安业务，交流工作经验，展示警界风采，建设警察文化”中做出的贡献，我还荣立过一次个人三等功。

优秀公务员、个人三等功，这些都跟工资不挂钩，大家就评给我。可是提拔晋级这样的事，跟工资有关系，那就没我的份儿了。我也不敢想望那些，因为那得活动。凡是得“活动”的事，我都是退得远远的。

103 圆通寺

在我九岁的那年，我们家从草帽巷搬到了圆通寺。寺院还不是空的，里头还有个老和尚，每天十一点还按时地烧香、敲磬。可我不知道我们家咋就搬到了寺里住。当初我只顾着瞎高兴瞎激动，根本就也没有想起问这个问题。后来，我才慢慢地知道了。

一九四九年五月，大同和平解放了。解放的初期，政府限制宗教活动，把圆通寺外院的十多间禅房作成了政府的办公地点，一九五八年，政府又有了新的地址，这个外院又改成了家属院，我们家也分得了其中的一间，就住了进来。

圆通寺在大西街，进了西门路南的第一个巷。站在巷口瞭望，正对着的大门，就是圆通寺的山门。

山门外左右两边蹲着高大的石头狮子。进山门得先上五个大青石台阶，上了台阶有月台，月台顶有门廊。跨过石头门闲，才算是进了门楼。门楼里面很是宽大，还有门廊。然后再下三个台阶才是踏进了外院。

外院的西边，有五间西房，最南的一户是我们家。

外院的正面，是高大的佛堂。佛堂比我们住人的西房高出了许多，叫我看，高出有半间房也多。

搬家那天我们家吃的是油炸糕，我爹就帮着捏糕还就说，搬家不吃糕一年搬三遭。我问爹这是啥意思。他说这是老百姓的一句老话，意思说，搬家那天得吃油炸糕，要不的话，那一年里还得搬。我问那咱们还搬不了，他说不再搬了，咱们吃了油炸糕，就不再搬了。

我高兴地说，那太好了，住在庙里多好。我们班的同学听说我要住在庙里，都说真好，都说多会也能住庙里才好。

我爹说，咱们这不叫庙，叫寺，寺院，圆通寺。我妈说，那货，你跟娃娃说说，啥叫庙啥叫寺。我爹说，庙是道家住的地方，里面供养的是神圣。寺是和尚住的地方，里面供养的是佛祖。咱们后院就有大雄宝殿，供养着如来佛。

我高兴地拍手，哇，西天取经，如来佛。

和尚叫慈法，是个老头。

以前外院都是些办公室的大人，现在一下子换进些家属，光是大大小小的孩子就有七个，整天吵吵闹闹的，慈法很是讨厌我们，还专门告诉家长，不让孩子们进后院。

佛堂东西两边都有半圆顶小门，没有门，只是个门洞，通向里院。

西边通向里院的这个半圆顶小门洞，一边是佛堂，一边就是我的家窗户前的墙角。进了门洞，是通向里院的过道，过道很长，左手是佛堂的西山墙，右手是厕所的东墙。

因为原来是办公的地方，厕所也很讲究，有顶子，还分男女。一进半圆门洞看见的厕所门是男厕所，而女厕所的门是在另一头，得进了里院才能到了女厕所。

在搬进圆通寺一个星期的晚饭后，我妈去了五舅家，留我自己在家做作业。她走了那么十多分钟后，我再也坐不住了。

尽管我妈吩咐不让我进里院，可我总能到厕所吧？

我就跳下地，去厕所。但我没真的去厕所，我是轻手轻脚悄悄地顺着厕所和佛堂山墙当中的通道往前走，走，走，走，哇，眼前很是开阔。我知道这是走进了里院。

里面很大，对面是比佛堂更高大的大雄宝殿。捩头向东看，佛堂的后边，竟是和佛堂相连着的三间正房。这三间正房的山墙是和佛堂的山墙连接着的。因此，进里院的这个通道是很长很长。

我没敢去侦察大雄宝殿，而是从三间正房窗前经过，又拐弯到了佛堂的东边，顺着东墙，往外走。走走走，从佛堂东边的那个半圆顶门洞儿出来了，到了外院。

我这下明白了。如果圆通寺是个回字的话，那么，佛堂加上里院的三间正房，正是回字里面的口字。也就是说，我能从佛堂东边的半圆门洞进到里院，还能右拐弯再右拐弯，从佛堂西边的半圆门洞儿出来，到了我们家的窗台前。

为了证实我的判断，我没有从前院回我们家，我又返回头进了佛堂东边的半圆门洞儿，顺着原路，进了后院，又经过三间正房，拐向厕所和佛堂的通道，最后从西边的半圆门洞出来了，到了我家的窗户前。

这次我经过里面的三间正房时，我还断定，慈法师父就在拉着窗帘的东边那间屋子住着。我又断定，慈法家的房和佛堂在里面是相通着的。要不的话，佛堂正门老也不开，可我却能听到有人在里面敲磬。最初我不知道是在敲磬，以为是敲一种小的钟。

后来，我慢慢慢慢地跟慈法师父熟悉了。帮他拉风箱，帮他打扫家，帮他倒垃圾，还给他往死打苍蝇。

师父跟我妈表扬我说，招人打扫佛堂，从来不像是方悦，方悦是看着搜搜寻寻的偷吃点啥呢，招人从来没有过，哪怕一回呢，也没有。

方悦是师父的侄孙，在大同三中上学。常来师父这里，帮三爷劈柴打炭做营生。

师父还跟我妈夸我说，招人不仅是这个方面手脚稳重，还有个方面是，他做活儿，从来不是打了这个摔了那个的，他做点营生，利利索索，能让你放心。

我妈背后说过我，到师父家不许像方悦那样，偷吃东西。我说我从不。我妈说，但师父要是真心给你，你也不能说是背操过手硬不要，那样就是不识人敬了。我说啥不识人敬？我妈看看我，眼睛一瞪说，行了！我不敢再说。

在我上初中一年级时，我表哥跟村里来了，住我们家。那几年正是困难时期，我妈就把她的口粮留给我和表哥，到我爹工作的单位、怀仁清水河公社开荒种地去了。我妈走后，我跟师父学着做饭。先是学会拌疙瘩汤，后来连蒸馒头这种难做的饭也学会了。我兑碱从来是百分之百的不失误，这一点，就连师父也做不到。我妈佩服得我不行。

腊八一大早，师父敲我们门，给我送腊八粥，说快吃，迟了得红眼儿病呀。我起来，开开门，师父把圪堆堆一碗腊八粥递在我手里说，快关门快关门，感冒呀。就说就赶快把门推住。

我把碗端进里面。我够了两双筷子，又爬上炕钻进被窝，跟表哥趴在被窝里吃。一大碗，红红的粥，撒着白糖，后来回想起，还有枣儿香味。

我妈从来也做不好个腊八粥，我妈做的腊八粥老也是有一股焦煳味。

腊月二十三，方悦骑车跟村里来了，来给三爷打扫房。

我跟表哥也参加，把师父的三间房粉刷后，师父请我们吃豆腐馅儿包子。

吃完饭，师父给我们喝茶。我们说起了圆通寺。我问师父咱们圆通寺是多会儿盖起来的。师父说不能说是盖，应该说建。我又重问说，是多会儿建起来的。

师父就给我们讲了一段历史，说明朝末年，大同有个将领叫姜瓖，李自成来了他投顺了李自成，李自成败了，他又投顺了清朝。后来他又联络上人，自封为天下大元帅，在府文庙大成殿供起了朱元璋的神位，举起反清大旗。山西各府都积极响应，声势闹得很大。一年后，被多尔衮带领清军镇压了。清军攻进大同城后，多尔衮下令屠城。见人就杀，鸡犬不留。整整搜杀了三天。直杀得城里一个人也没有了，之后，还把城墙都砍下五尺。

我问说，清军砍城墙做啥？

师父说，那叫“斩城问罪”，后来又开始放火，烧代王府，烧衙门，烧民房。

方悦问说，哎呀呀，那是不是把咱们圆通寺也烧了？

我说，没烧圆通寺。

方悦说，你又没见你咋知道没烧？

我说，那时候还没有圆通寺呢，咋烧。

师父笑，骂方悦说，看你也是一个笨柴头。

方悦说，对对对，我忘了。

表哥问，那咱们的圆通寺是后来盖的吗？

方悦说，不叫盖，叫建。

我说，师父您再讲。

师父继续讲，他说，大同城荒废了几年后，大同的知府曹振彦带领着别的地方官，筹款筹粮，清理废墟，恢复街市……

方悦打断师父的话，问说，三爷您不是说大同城里一个人也没有了，咋还有大同知府?

师父说，大同城里没人了，可大同知府还有，是在阳高设立着。

我说，师父您再讲。

师父讲，这个曹知府为大同的重建尽了职立了功，四年后，到他又升迁到别的地方上任时，大同已经基本上复兴了。

师父喝了口茶，又问说你们知道《红楼梦》是谁著的。大家都知道，说是曹雪芹。师父说，这个对修复大同有重大贡献的曹振彦知府，正是曹雪芹的高祖。也就是说，是曹雪芹爷爷的爷爷。

我们三个都“噢”地点头。

表哥问，师父你说了半天，没说为啥那个，建圆通寺?

师父说，我上面讲的，都跟为啥建圆通寺有关系。

我说师父您再喝口茶。师父笑，又喝口茶，继续讲。

师父说，曹知府在大同的四年当中，先是修复城池、城墙，后又整修鼓楼、观音堂、关帝庙、五岳庙、太宁观、三元宫，再后来又新建开化寺、皇城戏台。

在清康熙二年，朝廷下旨，命令大同府建一个寺院，以超度“戊子之变”死难的十几万军民亡魂。这个寺院就是咱们的圆通寺。

方悦问，“戊子之变”是啥意思?

师父说，就是说当年姜瓖举旗反清的那个事，那一年是顺治五年，也就是戊子年，人们就叫“戊子之变”。

我问，顺治五年是公元哪年?

师父说，也就是公元的一六四八年。

我问，康熙二年是哪一年。

师父说，是一六六三年。

我说，今年正是一九六三年，也就是说，圆通寺建寺，整整是三百年了。

师父说，啊呀呀，这是值得纪念的日子。你们走哇，到前院儿去哇，我得诵经。又说，明儿我还得去告给佛教会，让他们也得有纪念活动。

三年后的夏天，“文革”开始了。

三个月后，慈法师父被大同三中的红卫兵拉出去游街，回来后又让站高桌上，批斗。让我悲伤的那一天，我在《慈法之死》里写过，这里不再说了。但那天夜里有一件事，我以前没说过，现在写在这里。

那天半夜，表哥跟厂里回来了，他把我推醒说，突鹚怪叫呢。我说胡说。

第二天早晨，我醒来，见表哥也在炕上睡，我问他你是啥时候回来的？他说半夜，我不是还跟你说话了吗！我说我忘了。他说，半夜我进院儿，听到突鹚怪在佛堂顶上叫呢。叫完“特儿”一声飞了。我说你咋半夜回来了？他说，在厂子宿舍我贵贱是睡不着，就回了，没运气，一进院给听着突鹚怪叫了。他说，你知道不，突鹚怪叫，是要死人的。我说那是迷信，没理他。

我做好拌疙瘩汤，去里院，想叫师父过来喝拌汤，或者是问问他，还是给他端过去？可门从里面拨着。心想师父一准困了，让他睡吧，我中午跟学校买上菜包子，再回来。我没多想，就去了学校。

没想到，就是在那个夜里，慈法师父他上吊自杀了。

关于突鹚怪叫的这件事，我在专门写慈法师父的中篇小说《佛的孤独》里没写到过，我怕人们不相信，以为我是在瞎编。这次我把它写出来，是我妈在后来判断分析出了突鹚怪叫的原因了。

我妈说，忠孝半夜回来的时候，师父老汉他已经上吊死了，人一死了腑脏就要有变化，就要发出一种味道，而突鷀怪对这种味道很敏感，于是就跟什么地方飞来了，落在了佛堂顶上，正好忠孝半夜跟外面进来了，又把它吓走了。

我妈还分析说，当你们睡下以后，它就又飞回来了，可你们两个睡死了，没听着。

对，肯定就是这么回事。我妈的分析是不会有错的。

佛堂，后来我知道，我们院的佛堂是外行人们瞎叫呢，实际上该称作过殿才对。

过殿和后院大殿里的佛像都让红卫兵砸烂了，砸不烂的搬走了。

好好的一个圆通寺，就像是“戊子之变”后，遭到了清兵毁坏的大同，不成个样子了。

圆通寺过殿的面宽是三间，和后院慈法住的堂屋三间是一样的。

过殿有前廊，前廊进深足有两米。前廊的三根前檩，是用两根暗柱和两根明柱支着，很明显是把前廊分成了三等份儿。当年我妈为了给我腾出西房做结婚的新房，在过殿前廊靠我们的那边的三分之一处，让朋友二虎他们给垒起个小南房，计划着在我结婚后，把这个小南房当厨房。这个，我在《新房》里写到了。

过了几年，后院儿西侧的配殿，当了街道的幼儿园了。又过了几年，整个后院成了街办的磨光厂了。用细砂轮打磨铝勺铝铲，整天是刺耳的“嚓——嚓——”声。工人们戴着的防尘口罩，像猪嘴。铝勺铝铲磨出来是亮闪闪的，可那铝粉尘荡得工人们的脸黑黑的，一个个越发像是猪八戒。

又过了两年，后院变成了街办的印刷厂。刺耳的“嚓嚓”声没有了，又是“吭噔，吧嗒”机器揭纸的声音。机器不嫌乏，这种“吭噔，吧嗒”的声音一刻也不消停。

街办印刷厂把后院的大雄宝殿、所有的配殿，还有过殿都当成了厂房，他们就学了我家的样子，在过殿前廊当中那三分之一处盖成了办公室。人家的这个房比我家的那个大，一直盖在了院的下面，又延伸到院的当中。这样，我家一出门，再也不是很大的前院了，正面看见的，是印刷厂办公室的后墙。

下寺坡舅姥姥给我妈找了个对换房的关系，那家人信佛，又是一个老汉，他想跟我们家换房，住在圆通寺。老汉家是上房，面积也大。可我妈说不换。舅姥姥说，上房冬天暖夏天凉，不比你住个小西房强。

我妈说不跟他换，我为了住这儿，慈法师父能保佑招人。舅姥姥说，慈法连自个儿也没保住，还能保佑个别人？我妈说，能，师父上天了，就成了菩萨佛了，就能保佑招人。您是不知道，死鬼师父活着的时候，对招人比对任何的人也好，比我们当爹妈的对招人也好。

又过了两年，改革开放了，我家隔壁的新邻居要开饭店呀。跟我妈商量说，曹大妈，我想在我窗前盖房，当厨房，可这一下就堵了您出街了，但我给从您家山墙旁边的西墙上开个门，您跟那里就一下子出了街了。

他说的这个西墙，正在男厕所的门前与我家山墙之间。西墙下有一大块空地，是我表哥和方悦曾经垒兔窝的地方，也是我妈垛过炭的地方。

新邻居他又说，这样一改，您正好自己是一个单独的小方院儿。我妈说，我是单独的小方院是好，可外院人们到厕所怎么到？他说，街上有的是官茅厕，他们想到厕所他们到街上的官茅厕去。这个厕所就成了您一家的了。

早在街办印刷厂时候，厂子怕我们外院人到里院进了他们厂子，把东边半圆门洞堵死了。把我家这边半圆门洞厕所那儿原来进里院的通道，也给从半路堵死了。剩下那半个通道，我妈正好放炭。

我妈说新邻居，你们看哇，只要我能出了街，我是不会妨碍你开饭馆儿的。邻居一听挺高兴，说，我就知道曹大妈您通情达理。还说，您跟招人解释解释。我妈说我同意，招人没意见。

说干就干，邻居没用半天，给从我们房的山墙旁边的西墙当中掏开个门洞，还装了门框，安了门，里外都能上锁。这门框和门，看样子是早就准备好了的。以后我妈一出街门，就是我家房后边的八乌图井巷了。

第二天，邻居他们就动手，盖他们的厨房。厨房与印刷厂的后墙顶住了，使得我妈这里真的成了一个封闭的小院儿。

这个小院儿出了半圆门洞后，又是一个比小院还大的空间，又能放炭又有厕所。厕所原来有五个蹲坑，我妈只留了外边的一个，其余四个用我以前跟矿上拉回的松木表皮板盖住了。

我妈说，再拉回炭，就放在这里面。厕所有顶，下雨也不怕淋了里面的东西。

我妈很是满足这个环境。我也觉得我妈有这么个利利静静的小院儿是不错。

我妈说，招娃子，你知道不知道，这是死鬼慈法给安排的，为的是你能坐在这里利利静静地写。

这是一九八六年大夏天的事。

当时，我和老昝打赌后，已经写出了头一篇小说《佛的孤独》的草稿，两万三千多字。编辑说字数太多，让删改成八千字后，就能用。那些日，我一有空儿就来圆通寺改写。而我这八千字稿子最后的十几页，就是在这个独立的小院儿誊抄出来的。

我记得很清楚，我在西房坐在炕上，趴着小桌上写，我妈在小南房给做饭。做熟问我在哪里吃呀，我说端过来吧，我正好是都誊好了。

半年后，这篇小说发表在了《云冈》杂志的一九八七年一月号上，我妈又说这是慈法师父保佑的。她说，慈法现在已经是成佛了，成了慈法菩萨了。

我想想，我妈这话或许是有道理的，要不为啥当我跟朋友打赌写第一篇小说的时候，就想起是要写慈法师父呢？而且是一投稿就中了呢？

照我妈的说法，这是慈法师父在保佑着我。

对了，我妈叫慈法师父叫慈法菩萨。

又一个半年后，我从工矿科调到了宣教科，我妈也说这是慈法菩萨保佑的。

后来，局里让我写公安史，我有了单独的办公室。再后来，我到了东胜庄乡挂职。

我妈认为，她的招人一切都好，一切都好那都是慈法菩萨给保佑的。

一九九三年，圆通寺开始修复。

这太是个好消息了。

新来的一个和尚在操办着修复的事，三年的时间，把里院差不多弄好了。我和我妈都进去看过，确实是搞得不错，比原来的圆通寺还好，慈法师父要活着，可要高兴。

开始修复外院了，让外院的住户们腾房。

和尚跟我妈说，曹大妈您别往走搬了，修到您这里，别处也盖得差不多了，这么多的房，给您再挪个住处就行了。我妈说咋也好说，你们看哇。

外院住户好多家，有一家因为搬迁问题协商不通，惊动了法庭，强拆！

房顶上，几个人刨烟囱。下面，邻居男人大骂，女人哭闹。

看红火的叫喊着起哄，执法的人高声呵斥，最后，邻居男人让派出所警察给带走了。

这个情况，我没见。我是听说的。

那些日，我刚接受了试办一期内部刊物《云剑》的任务，正忙着下各个分局去征稿。

就是在强拆的那天，不知道谁跟我妈说，曹大妈，人家把您招人也告到法院了。

就是这一句话，把我妈吓坏了。这个女人啥也不怕，就怕她的儿子出事。

过了几天她问我，这些日俺娃不来跟妈吃午饭是咋了？我说我下基层约稿。她说，是不是有人把俺娃告了？我不明白她说的是啥意思，看她。她说，你看，妈就知道。我说，您说啥？她说，招娃子，不怕他，怕也不怕他，有慈法菩萨保佑俺娃，不怕他。

我不明白她说啥，可也没太在意我妈的这个反常情况。

稿子组织齐全了，我开始编辑。

那天中午我早早地回了圆通寺，可我妈不在家。早晨我说好的是，中午要回来吃饭，可家里半点做饭的样子都没有。我妈这是哪儿去了？我在圆通寺大门口，问要饭的八斤儿和润喜儿，你们上午几点见曹大妈了？他俩都说没见着。

我去北小巷玉玉家找，没有。到下寺坡舅姥姥家找，也没有。后来又到仓门五舅舅家找，也没有。

莫非是到了小南街门市部？按说是不会的，我妈已经有两年不去打工了。可我还是去问了问，也没有。

我有点急了，这是怎么回事？

我一下觉出不对劲，赶快骑车到了交警事故科打听，答复是没听说上午有什么交通事故。

可，这是去哪儿了？

说好的我要来，可没在家给我做饭。从来没有发生过这样的事。

我想想，还有可能是去了哪儿？

我一下子想起，还有个表哥家我没去过。

可即使是到了表哥家，表嫂要留在那里吃饭，我妈不会忘记儿子在家等她。即使是那样，表哥也不会不来圆通寺跟我打个招呼。

看看表，已经是下午的快两点半了。表哥是皮鞋分厂的厂长，他肯定是按时去上班了。要去也是去厂子。

一去，有了消息。

上午我妈到厂子找我表哥，让他领着到雨村去找田方悦。表哥说我忙得哪有空去雨村。我妈生气了，在厂子里就大骂表哥。表哥最后安排了一个工人，骑着自行车带着我妈去了雨村。

一听是这事，我放心了。可表哥说我，兄弟，我觉得有点不对，姑姑的脑子有了问题，好像是疯了，任何劝说的话都听不进去。

我说我妈没说去找方悦干啥？表哥说，我也问了，人家说，这你甭管，你送我去雨村就行了。

跟皮鞋厂出来，我又回了圆通寺，我妈还没回来。想着她一定是在方悦那里吃饭了，我这时才觉出了肚子饿。我就到巷口买了两个糖饼，就走就吃，赶返回家，也吃光了。

我又动手做搁锅面，就做就等我妈。

我妈去找方悦干啥？这我一直是想不出来。

天黑下来了，听得街门响。我赶快出去迎接，就是我妈。我高兴地说妈您干啥去了。她没回答我，推开我进了家。

可看她的眉脸，是笑笑的。她把毛巾做的那种兜子放在箱顶，从里面捧出一块石头，摆在箱顶。回头说我，招人来跪，跪，说着她跪了下来。我说您这是干啥？她严厉地说，跪下！想起我表哥说她是疯了，我不敢再问了，也赶快跟着她跪了下来。她磕头，我也跟着磕头。

后来，我终于问清楚了，她到了雨村是想让方悦领着去找他三爷的坟。方悦的三爷，就是慈法师父。

可她并没有找见方悦，后来问村里的人，有人告诉她慈法在村南的一片坟地埋着。她就跟表哥厂里那个工人去了。她在坟地找到一块石头，说，就是就是，就抱着回来了。

她跟我说，是慈法菩萨，你看你看，是哇？

我看看那块巴掌大的石头，倒也真是像是个佛像的模样。

我顺着她说，是是，就是。

她说，以后有慈法菩萨保佑，俺娃就啥也甭怕了。

我点头说，噢噢。

我看出来，我妈的脑子真的是有点问题。

那些天我每天都要一天好几次地回家，去看看她在不在家，在做什么。

正是在那几天，我接到了北京来的信。拆开看，汪老去世了。治丧委员会让我去参加追悼会。可我想想我妈的反常情况，真的是不敢离开。只好是去了一封吊唁信，表示了我的悲痛心情。

那天中午我一进圆通寺家门，鼻子里闻到一种佛堂里的味道。我的脑子里马上想到，家里点香了。一看箱顶，慈法的石头像前，有了香炉，里头还插着三支燃着的香，在冒烟。

一下子，我的心里不知道是种什么样的感觉涌上来，说不出的那种。

但我知道，我妈她已经就不是原来钢钢骨骨的那个我的妈了。

104　三表姨

我在散文集《你变成狐子我变成狼》书里的《伺母日记》记着，一九九八年的七月十九日上午九点多，老母急忙忙地到了牛角巷二虎家，跟他妈说:“高大娘快点，有灰人在西门外的广场正打我招人呢。”高大娘一听也急了，从街上叫了几个邻居，和我老母相跟着赶到西门外。可是，广场平平静静的，哪有个打架的场面。高大娘问我老母，您咋知道招人在广场碰到灰人了。老母说:“我在家看见的。”

邻居们这才知道，曹大妈这是疯了。

第二天的上午十点多，老母又拄着拐杖到了二虎家，又跟高大娘说灰人们正在西门外打我招人呢。高大娘哪还会再相信有这事儿，说她瞎说呢。老母很生气地走了。别人不相信，她相信，因为老人家又看见了。老母返回家取了菜刀，就“噔、噔、噔”地拄着拐杖往街外走，要到广场去解救她的儿子。

寺院门外要饭的八斤和润喜儿问明白了是怎么回事，就说这还了得，走，曹大妈，我们跟您去。一个左手拄着拐杖右手提着菜刀的白发苍苍的小老人，一左一右跟着两个衣衫破烂手握半头砖的要饭人，其中一个的脸上是明光光的红伤疤，像鬼。三个人气恨恨怒冲冲地向广场进发。他们的身后跟着看红火的人们。队伍越来越大，越来越浩荡。过来两个交警，企图驱散已经妨碍了交通的人伙，但作用不大，只好向“110”报警。

十一点半，我在公安局办公室接到电话，让到巡警大队的盘问室，说那里有三个闹事的人，让我去认领。他们说的是三个闹事儿的人，所以当时我根本就没想到里面会有我的老母亲。

我妈这是得了幻觉幻想病，而且还要把她幻觉幻想出来的事，当成是正在发生的事。可当我一出现在她的面前，她的病就好些了。

我跟七舅舅商量，让我妈离开圆通寺这个环境，到村里走些日子散散心。

按原来的计划我们是回钗锂村，我跟七妗妗也要了村里他们的房钥匙。可老母却要回下马峪。我一是觉得，下马峪没个合适的吃住的地方，二是在下马峪我妈肯定是要到我爹的坟前，那样子她会更加伤心。但无论怎么哄劝都说服不了她，只好依着她。

我想到了三表姨，如果她能跟我们回村的话，那我们就能住在喜舅舅家。

喜舅舅和三表姨的母亲，我妈叫姑姑。他们叫我妈叫表姐。可喜舅舅大名叫曹喜谦，按下马峪村里姓曹的来说，跟我又是平辈。

喜舅舅不想让我叫他舅舅，想叫我叫他喜哥。在我四五岁的时候，他就指着我说，你叫我喜舅舅，我可吃恼你这个。

“吃恼”是应县话的说法，意思是为这件事很不高兴很讨厌。这是相当于“吃惊”“吃香”类的词组。

我妈说他，你个愣喜娃，娃娃叫你舅舅还吃恼，那叫你啥？喜舅舅说，我叫曹喜谦，他叫曹乃谦，他该叫我哥哥才对。

三表姨说，他叫你哥哥，可他叫我姨姨，那你就也跟着叫我姨姨哇。

姑姥姥骂他，一个铜钵子不机明货。

“铜钵子”“不机明”，这也都是应县话，意思是带点傻。

喜舅舅半点也不傻，手很巧，我想要他编的蜢蚱笼，他说，那你叫我声喜哥。我就说，喜哥，把你的蜢蚱笼给我哇。他说，我这是两个，那你还得再叫我一声。我又叫了声他喜哥。他高兴地说，兄弟想要，都给你去哇。

我们在下马峪原来是有房的，可自我爹在六十三岁时去世后，我妈说再也不想看见那个房，两间卖了七十块，顶是白给了人。

要回下马峪去住，我首先是想到了喜舅舅。我们直接去他家也行，可总是不如让三表姨带着我们好。再说了，我也是想告诉告诉三表姨，我妈犯病了。

我就给三表姨打了电话，说了我妈的情况，三表姨一听，“啊”了一声，当下就说，招人那你等三姨的，我们这就动身回去看表姐。

我跟我妈说咱们等等，陕坝的三表姨来看您呀。我妈一听三表姨，高兴地说，那咱们等等你三姨，一块儿回村。

三表姨现在在内蒙古巴盟的杭锦后旗住。

三表姨比我大十岁，在她十二三的时候，我的姑姥爷就去世了。姑姥姥不到四十，说不再嫁人。她就自己拉扯三个孩子。大表姨结婚给了本村姓石的一家人之后，我妈就劝姑姥姥说，姑姑咱们得想个法子，不嫁人就不嫁人，可咱们不能是死守在村里，当个男人似的没完没了地受苦。姑姥姥说，那还能有个啥法子呢？我妈说我跟五子给您盘算了，走哇，跟我到大同，不嫁人，咱们找个上锅的营生，也比您在村里受笨苦强。

我妈说的上锅，就是给人家当保姆。

姑姥姥在我妈的一再劝说下，同意了。

我妈先回了大同，让五舅舅抓紧给打听主儿家。

在我上小学二年级时，五舅舅给联系着了一家，说为人好。首先孝顺是出了名的。他叫许志远，是雁北地区的专员。

那是个正月，一过大年，我妈赶快回村，把姑姥姥引到圆通寺。先在我家住，过了十五，姑姥姥正式到了许家去当保姆。在许家吃住，一个月挣五块工钱，还给一块零花钱。

在我上小学四年级时，三表姨跟村里来圆通寺了。晚饭后我做完作业，她就给我讲故事，可都是她在下马峪念书时学过的课本里的东西，她一说，我就知道她下面要讲什么。老是这样，她觉得没意思，后来说那咱们断梅来，我说个梅，你断。

断梅，这是我们应县人的说法，就是猜谜语。“梅”不知道是不是这个字，可“断”肯定是写对了，判断嘛。

我说你说。

她说，房上的灰，树上的炭……她还没说完，我紧接着说，河里有个沤不烂。

她说，一棵树不高高儿，上头……我就抢着说，挂着个小刀刀儿。

她说，一点一横长，梯子担上房，大狼张开嘴……我又说，小狼往里藏。

三姨气得说，不跟你断了。我说断断断，这回我不往住猜还不行?

三表姨说，那，我也没有了。

我说，那我说你断。

她说，你说。

我说，一个姑娘不嫌羞，撅起屁股让人抠。

三表姨不知道这个荤谜素断，大喊说，表姐你看你招人灰说啥?

我说，是，锁子锁子，是吊锁。

三表姨这次是来相对象了。男方叫任步云，在内蒙古工作。他的母亲是在大同市的段市长家当保姆。这两个当保姆的要强的女人要结亲家。

五妗妗给三表姨做了新上衣。

男女双方是在仓门十号院五舅舅家见的面。一见，相对了。

男方请了没几天假，很快就要走。

我说，三表姨我知道啦，知道你来我家这是来做啥呢，是想结婚呀。

三表姨跟我妈说，表姐你看你这个灰娃娃，要笑他三姨呢。

三表姨走的那天，我揽腰抱住她说，不要你去结婚，不要你去结婚。

我哭着喊着说不让她结婚，她也是不住地流泪。

从此，大名叫任步云的一个男子汉，就是我的三表姨夫。

三表姨去了内蒙古，给我们来信了。信里跟我妈说，表姐，招人真灵，你要好好供养他念大学。

当时是我在给我妈念这封信。

我妈说我，听着没？我说听着了。

我妈说，你不好好儿学，看我不楔断你的狗腿是好的。

三姨夫一直在内蒙古工作，后来当了杭锦后旗的书记。三姨在旗供销社上班。

我结婚后，三表姨听说我想给四女儿买个“26”车子，她就给我寄回来了，深绿色，女式永久牌儿，大链盒儿，还能高低中地变速。一大同市也可能是只有这一辆。

三表姨又问招人俺娃还缺啥？表？缝纫机？我一听三表姨主动问，就说要不再给买个进口表，我戴的是上海牌儿的。三表姨说，你家有缝纫机吗？我说没有。三表姨说，好了，那这次一便儿吧。

半年后，三表姨给寄来了一块英格表，一架蝴蝶牌缝纫机。我把英格表给了四女儿戴，把结婚时给她的百浪多我戴了。

后来我知道，三表姨那里这些东西也不是很好买，按她的话说，这是为了“报答表姐对我们的拉拽”。

姑姥姥一直跟着许志远，整个儿成了那家的一口人了。许志远说要给老人养老送终，姑姥姥不，在她七十岁的时候，到了内蒙古三表姨家。七十八岁时，查出了癌症。

当姑姥姥自己觉出身体不行的时候，她说要回老家，回下马峪。

三表姨送的，这次是住在了仓门。

姑姥姥知道自己得的是啥病，可老人钢骨，让躺不躺，腰板挺得直直的坐在那里。她是坚强，不想让人看出自己的病样子。

姑姥姥说，许志远书记是个大孝子，每天也是先到隔壁的母亲那间屋跟母亲说话，直到母亲说，你走吧，我睡呀，这才敢离开。还说，他母亲一不高兴了就说，跪下，他就赶快跪下，母亲不让他起不敢起，就一直跪着。

我妈说我，听着没，我说听着了。

当时是在五舅舅家。文文表弟说我，表哥，姑姑以后让你跪呀。五舅舅说，跪倒是个啥，父打子不羞，不孝顺还拿耳光扇你们。文文缩起肩膀不作声了。

大家都笑。

可我母亲没让我跪过，只是动不动就让“站那儿”。

姑姥姥回村时，四女儿给了一大塑料袋葡萄糖粉。喜舅舅说，姑姥姥回村饭量一天不如一天，后来就不吃东西了，我们每天只是把招人媳妇给的那个粉给泼点。

姑姥姥直到走前的最后一口水，也喂的是这种葡萄糖粉冲的饮料。

接到我电话的第五天，三表姨和三姨夫跟内蒙古回来了。

我事先就跟朋友加兄弟昝贵说好了，他让他的司机小林把我们送到了下马峪喜舅舅家。

我没跟喜舅舅说我们为什么回来，老母也没说什么，她好像是根本就记不得自己幻觉过什么事情。

吃过午饭老母就说想到坟地看看，我看三表姨，三表姨点头。我跟三表姨他们商量过了，三姨夫说，老人想做啥就做啥，顺其自然。我就领她去了。

进了坟地，我妈就坐倒在坟前哭开了。“那货唉——那货的唉。那货唉——那货的唉。”她在哭我爹。

我妈叫我爹叫那货。她不会述说，就这么一句，哭了足有半个钟头。怕她哭坏身体，我劝她别伤心了，可我劝不住，只好也站在一边流泪。

后来倒是她自己说，你看你三姨来了。我捩转身，三表姨跟姨夫都来了。

我妈不哭了，三表姨把手绢给了她。

我妈擦擦泪说，他三姨夫你看，还是村里好。你看那草垛山，你看那五斗山。峪里一满是那房大的石头。

三姨夫说，下马峪就是好。

我问老母：“妈，您常说的转山头，是怎么回事？”

我妈记不得具体的年代。

三表姨跟我说，表姐夫是一九四四年参加了地下工作。

三表姨叫我爹叫表姐夫。

她说，表姐夫先头是在应县周边打游击，有次回村让人报告了，乡公所的警察来家捉表姐夫，他跳墙跑了，表姐让乡公所的警察叫走了，可表姐死不承认男人回来过。后来是姑姥爷托着人，表姐才让放出来了。

有个时期，反动武装专门拉出名单，杀害“共匪”家属。

我妈说，为了躲避他们共进过好几次山，凡是那样的日子，脑袋就别在了裤腰带上了。她说说不定啥时候就没命了。她还说睡在大石头上，前半夜很暖和可后半夜就凉了。还说身上的虱子一圪蛋一圪蛋的。

三表姨说，再后来，你爹就到了大同一带活动。你爹要领你妈，你妈不跟。

三姨夫跟我妈说：“表姐你要是那时跟上姐夫一了儿到了大同的话，那现在也是抗战干部了。”

我跟三表姨领着老母在村西散步，碰到了叔伯五嫂子。她是原来跟我们一个堂屋地的二大娘的大儿媳妇。五嫂子说：“招人你是忘了。我结婚时，你还不会走。你妈把你抱在我的怀里，让我抱抱。说新媳妇抱了，就会走呀。可不，我是腊月结的婚，你到正月就会走了。”我说：“这得感谢嫂子你。”她说：“要感谢你得感谢五大妈。不是五大妈你能到了大同。不是五大妈你跟你五哥还不是一样的庄家农户人？”三表姨说：“是人家招人命好。你说表姐。”我老母说：“用说？”那意思是“招人的命好是不用说的”。

我问三表姨记不记得我刚会走时候的事，三表姨说那还不记得，你正月十五会站的，第二天就会走了，第三天就到我家让姑姥姥看，还跟喜舅舅说，喜舅舅你以后不能再骂我是招软软了，我会走了。

我听了，觉得很失笑。

三表姨说："你一会走……招人，你知不知道你四岁才会站？"

我说："知道。"

三表姨说："不过，你是一会站了，没两天就会走了。你妈让我们家的狗跟你结拜弟兄。"

我说："三表姨你快说说这是咋的回事，我妈咋叫我跟狗结拜弟兄？"

三表姨说："你姑姥爷去世了，你姑姥姥黑夜总觉得说是有人在窗户外，我们家就养了一条狗。你会走了，你妈怕你出街让狗咬，把你吓着。她就把我们家狗叫到你家，把你吃了一半的饭，专门不让你吃了，就端给狗吃。还要把你叫到狗跟前跟狗说，记住，甭咬招人，招人是你的弟兄。又跟狗说，你去说给别的狗，也不能咬招人。"

我越听越觉得有意思，想象着当时的情景，一个光头小孩跟狗结拜弟兄，问我老母："妈，那顶事不？"

老母说："那还不顶事？你想想，你这辈子让狗咬过没？"

我想想说："没有。真的没有。我看见狗，半点也不吓得慌。"

三表姨说："你妈是你的保护神，多会也是为你着想着呢。"

喜舅舅的大女儿和二女儿都嫁在了本村，她们请我们去家吃饺子。

我姥姥去世时，是喜舅舅领着二女到钗锂村行的礼，当时她是十三四岁，那时我就发现了她的漂亮，悄悄地跟着看人家。这次，眼前的这个二女呀，简直是把我惊呆，整个儿是让我犯傻。

她天天来父亲家，看姑姑。可每次我都是躲得她远远的。那天她又来了，我就出院坐着。后来他们说完话，她跟家出来了要走。见她出来了，我赶快站起。她看着我说，稳稳坐那儿哇么，站起干啥。听她这么说，我赶快原地坐了下来，愣愣地望着她的背影出了街门。

我得出个结论，凡是二女都好看。五舅舅家的丽丽是二女，七舅舅家的平平是二女，钗锂村三舅舅家的二姐，仓门魏叔家的二女，还有四女儿的二姐。这些为二的女子都好看。

对了，我姨姨是二女，三表姨也是二女，都好。

村里人听说我妈回来了，都来看她。有叫她换梅的，有叫五大妈的，有叫五奶奶的。除了头两天，其余的中午饭我们都没在喜舅舅家吃，这家请完那家唤，早早就都排好了。老母很高兴，很觉得有面子。

甫谦大哥也请了我们，原来三表姨跟甫谦哥，在一个班念过书。

在他家吃完饭，我妈居然给躺在毡子上睡着了。三表姨和姨夫回喜舅舅家了，我和甫谦哥在另一个屋说话，他告诉我，他母亲在一九五〇年去世后，他父亲一直没有再娶，在四年前也离开了人世。他问我孩子干啥，我说大学毕业了，当英语教师。他说他的三个孩子还有他弟弟妹妹的那些孩子都是大学毕业，都在外地工作。他说咱们这一支的人天生聪明，都是承继了母亲的灵气，可惜你记不住她。我没言语。这时，兄嫂过来说五大妈醒了。

我们就过去了。

我妈跟甫谦大哥说，我梦见你爹了，挎着筐子拾粪呢。

我们都笑了。

每天早晨我都和老母到村外散步，她从不用我搀扶，自己拄着拐杖走。我就走就吹着箫陪伴着她。走得乏了，我们在路边的水泥防渗渠坐下歇缓。

因为是早晨，有雾气，天空不是很蓝，但很干净。天底下，到处是绿绿的。村里，家家户户的屋顶都飘着白色的炊烟。除了嘹亮的鸡鸣，还不时地有牛羊驴马的叫声远远地传过来。一个俊俏的小媳妇提着篮篮过来了，走到我们跟前站住说，您回啦。我妈说你出地呀。她又看着我的箫说，你吹得真好听，我就做饭还就听呢。她走后老母说："你看，认也认不得咱们就问候咱们呢，认也认不得你就夸你呢。"有人夸她儿子她高兴。

可能是下马峪明朗的阳光皎洁的月色清除了老母心头的烦躁，也可能是下马峪清新的空气和谐的色彩净化了她的头脑，也可能是下马峪浓浓的乡情纯纯的乡音稳定了她的情绪，还可能是来下马峪的头一天她在坟地的号哭，把堵在胸口的郁闷都吐出去了，反正是，这半个月里她老人家的言谈和行动一直很正常，没有出什么差错，更没有出现幻觉。

事先就约定好了。我们在下马峪住二十天，老昝叫小林来下马峪接我们，我们又跟三表姨领着我妈回到了大同。

三表姨要回内蒙古杭锦后旗，跟我老母说："表姐，走哇，跟我到陕坝过八月十五，去海散海散。"老母说："我离不开招人。"三表姨说："叫招人也去。"老母说："招人不给人家上班儿啦，尽跟上我瞎转能行？"三表姨说："表姐你知道这就行。以后把心放宽，别乱思谋这思谋那的。给人家招人添麻烦。"老母说："我不了。以后不了。不瞎思谋了。瞎思谋这那的，尽给招人添麻烦。"

一家人都笑。老母也笑。

我也笑。

我笑是觉得，老母的话一点也不乱，完全是个正常人说的话了。

105　东关

三表姨走后，怕再有个什么反复，我和七舅舅商量，把我妈送到七舅舅家。为的是七妗妗不上班，整天能陪她说话，这样她就不感到孤独。她没表示出不愿意，顺顺当当地听从着我们的安排。

中午下班我去七舅舅家看老母，七妗妗留我在她家吃饺子。

我们应县人吃饺子，有个习惯是，让客人来尝尝煮好了没。意思是由客人决定饺子皮儿的软硬，该不该出锅。没有客人的话，那就是由家里的最尊贵的人来尝。

饺子煮得差不多了，七妗妗捞出一个，把碗递给我让我尝。我没推让，接过碗，夹开一看，里面有个钢镚儿。七妗妗说，看俺娃那命好的，尝饺子就尝住了钢镚儿。

我老母说："你们当是啥。招娃那命，你们当是啥。"

去年我们家就集资了新房，地点在东关的雁北中医院家属院。院里原来是平房，都拆了，盖了四栋六层楼房。市卫生局职员，都有份儿集资。四女儿是卫生局药政科的，集资了其中的一套。

因为地址是在东关，人们都叫东关，不说是卫生局家属楼。

半年前我们就开始装修，自老母有了病，停了下来。这次从应县回来我又请了匠人，开始动工。

无论多忙，我每天总要去七舅舅家一趟，让老母看看我，知道我还好好儿地活着，没出什么事儿。我跟老母说新装潢的家里面也有您的一间，以后您就跟我们住一起吧。她说噢。

一九九八年十月五日，我把老母从七舅舅那里接回我家过了个中秋节，夜里，我跟女儿和四女儿三个人挤在一起，腾出女儿的床让给老母。

第二天，我把老母送到了我们的新房。

新房已经装修完了，屋里有股油漆味儿，我妈不嫌。她像个验收人员似的这里看看那里看看，不住口地说，行了，行了。招人，行了。过去的老财也没住过这么好的房。

我把三十多平方米的客厅装修成书房，除了一面是采光大玻璃外，其余的三堵墙全是屋顶高的书柜，把我的四千多册书都码了进去。

我妈说："啧啧，看这书多的。啧啧，尽把钱买了这。"

验收到她的屋，我说妈，您看这是您的房，您看这是您的床。她的嘴一扁一扁的但又控制着没哭出来，后来变成了笑模样，又重复着刚才的话说："过去的老财他也没住过这么好的房。"

怕老母夜里摸不到按钮，我给她的床头安装的是拉盒开关。我让她试试好拉不，她说大天白日的费那电干啥。嘴里虽这么说，但还是"咯吧咯吧"地试了两下说，好拉，真好拉。

老母自从八月十六住进新房，我就一直没让她离开过，我不想让她再回寺院住了。我从圆通寺把她的衣物被褥和洗漱用具拿了过来，哄她说佛教会给了咱们五千块钱，把圆通寺的房收回去了。她问家里的东西呢，我说烂箱烂柜新房这里用不着，全给了高大娘。她说，管他，给给去哇。可一下子又惊惊咋咋地问："啤酒壶呢？"我说那当然拿回了。她说："我就说。"

我还像在圆通寺那时候，每天早早地就提着牛奶和椰味儿面包过来了，午饭晚饭也是跟她在一起吃。不同的是，她再也用不着挖灰生火了。

煤气灶还在旧房没搬来，我用电炒锅做饭，但都是从饭店往回端现成的。嫌麻烦，我不打生啤酒了，一捆一捆地买瓶儿装的云冈牌啤酒。老母又问生的好还是熟的好，我说还是您给打的生啤好。她说要不妈还每日给你打去哇，我说那可做不得小心走丢的。她说噢，走丢就灰了就回不了家了见不着你了。

老母自己在我们的新居住了五十多天。选个星期日，我们全家都搬来了。

老母最奇怪电饭煲做出的米饭咋就半点儿也不焦煳，我告诉她快煳的时候就自动断电了，她说看那好的。她叫电饭煲的那两个指示灯叫“人儿”，一煮米她就守在桌子旁给看着，等到指示灯一变换就大声地向我们报告说“人儿跳过去了，人儿跳过去了”，好像她不守在那里，“人儿”就跳不过去似的。

晚上我让老母跟我们一起看电视，她问咋老也没山西梆子，我说我们不好看那。她说我可好看，你死鬼爹也可好看。四女儿跟我说，要不咱们再买上个大电视，省得你一看踢足球我们就啥也看不成了。我说那太好了。

大电视买回了，我先给老母找山西梆，没找见，找见了京剧。老母说这就是这就是，我说这是京剧，她说你们年轻人不懂得，这就是山西梆，我说那您就看吧。

不管是什么剧种，只要是古装戏她都叫山西梆。古装戏也不是天天有，没戏了她就跟四女儿看电视剧，可不管看啥，看着看着她就丢开盹了，让她去睡她说还看，看着看着她又睡着了，有时还打呼噜，但电视一关她就被“吵”醒了。

隔个十天半个月，七妗妗来家，在电淋浴下，帮着给我老母洗个澡。洗着澡，跟兄弟媳妇说说老古家常话，老母的情绪就好些。七妗妗家人多，等着她做饭。我也不强留，用自行车把七妗妗送到她家。

老母跟我们说你七妗妗尔娃好人。小小儿就嫁给你七舅舅了。我四女儿问他们结婚时是多大，老母说，两人都还是十六七的小娃娃。

自老母有了病，我一直没动手搞过创作。看护老母和搞创作，这两样事都得全身心去投入，不能兼顾，否则的话哪样事也做不好。我当然得先顾恩重如山的老母，我要先当孝子后当作家。现在她老人家的病好了，我又能动手写了，已经写了十多天。

我的习惯是在后半夜起来写，怕电脑的嗒嗒声影响别人睡觉，我把书房的两扇门都关住。可在第一天老母就推门过来了，我压低着声音说把您吵醒了，她也压低着声音说我原来在后半夜也睡不着。她从没见过我打电脑，说要看看，我就给她搬了把椅子。这要是换个别人看着，我肯定写不在心上，可老母坐在我身旁就没关系，影响不了我的思路。一连几天，或迟或早老母总要进来。我知道在我们白天上班的时候她睡好了，就没往走劝她，我还知道她心里在想，儿子不睡觉，那我就也过来陪着他。她说招人你写字写得真好。她是个文盲，却夸我写得好，我觉得挺好笑。她又说，你看你写得一溜一溜的。我指指门，意思是怕她影响四女儿和孩子睡觉，不让她说话。她明白了，点点头。可她隔一会儿又说你打乏了，缓缓。我说不乏，您想睡睡去吧。她说不想睡。隔一会儿她又说，我看你缓缓哇，乏的。我说不乏，您想睡睡去吧。她说不想睡。

第二天早晨不到五点，老母就推开我们门喊招人，我正睡得香，没听着。她又四子四子地喊我妻子小名儿，四女儿问做啥。

她哭丧着声音说我当招人死了，又说那两天他早就起了可今儿还没起，我当他是死了。

既然老母把我吵醒了，那我就干脆起来打电脑。打着打着听见老母又推开了孙女儿的门叫丁丁："丁子起哇，丁子起哇。"丁丁没好气地问说干啥，她说："奶奶知道你渴了，你起来喝口水哇。"

老人家今天这是怎么了？该不是又要犯病？我不敢往下想，看看她的神情，好像没事儿。

可是在第三天上午的十点多，接住楼道对门邻居老葛的电话，告给我你妈说电脑着了。我吓了一跳，赶快回家。原来是昨天早晨打电脑当中停电了，我没关显示屏开关，上午我上班时，来电了。老母看见屏幕亮着，就在屋里狠死地拍着门喊人。

虽是一场虚惊，并没有发生什么火灾，但有更大的不幸发生了，那就是，老母的幻觉症重犯了。

我又请了假，整天陪着老母。白天她还好些，眼睛痴痴的不说话，可每到半夜就大声吵嚷，无论我和四女儿怎么唤叫她都清醒不了，用冰凉的湿毛巾擦着她的脸时，她还在不管不顾地叫骂。

"来！给爷上，不捅死你是假的。"

"招人俺娃不哭，俺娃不吓，有妈呢。"

"叫你扑。给爷扑。"

"不捅死你是假的。"

四女儿说她这是在跟人打架，我说不是跟人，是跟狼。她这是又回到了五十年前的那个日子。

我跟老母说："妈您醒醒，狼让您给捅死了。"她说："谁让它要吃我招人。"四女儿问："招人是谁？"她说："招人是我娃娃。"四女儿又问："他现在在哪呢？"她说："到学校上学去了。"

四女儿指着我问："您说这个人是个谁？"老母眨巴眨巴眼想了想说："是个招人。"

大夫批评我，说老母的病重犯是因为我给停了药的过，这回再往好治可不容易了。七舅舅说我看主要是因为你们两个白天上班家里没人，老人孤独的过，我看给老人雇个人聊聊天说说话会好的。我们一致的看法是，雇生人不行，要雇就得雇个熟人。我回下马峪雇来了我父亲的侄孙女，一个月二百块钱，人家挺愿意在，可我老母不让她接近，她一到跟前就"呸呸"地往人家脸上唾。没办法，我只好又把她送回了村。

站在厨房看见地区中医院有孩子们在学自行车，我一下想起小时候，我在圆通寺院里学自行车，我妈怕我摔倒，给扶着车后边，她说："你爹一辈子也不会骑个车，妈更不会，你给妈学会它。"扶了两次我嫌她碍事，不让她扶了。我跟三角框掏着骑，没两天就学会了。在院里学的时候没摔跤，可头一次出街骑，撞在一头小毛驴身上，我摔倒了。小毛驴主人让我赔毛驴。正好我妈过来了，跟他吵架，说："行。我赔你个毛驴。你得先赔我娃娃。"人们给拉开了。那是小学二年级的事。

七舅舅说要不再来我这里住些日子，看看能不能调理过来。

在七舅舅家住了几天，老母的疯说疯闹没什么好转，却又发生了另外的事故。七舅舅家床高，老母在夜里给摔倒在地下，不能走路了。第二天七舅舅把老人送回我家说，没事没事骨头没断，过些日就好了。

七舅舅说他姐姐没事，可我不放心。我家就住在地区医院旁边，舅舅走后我把我的警察皮帽给老母按在头上，把她背到医院，拍了片子做了检查，骨科大夫也说骨头没事儿，我这才背着老母回家。

外面正飘着大片大片的雪花。路上有熟人说，你这是背着老母奔梁山去呀？他这是在跟我开玩笑，可我却笑不起来。

老母左边的坐骨软组织受到了严重的损伤，大夫说因为她年老，要想恢复到能坐的程度得三个月，要想行走得五个月后。要这么说，在这三五个月内她老人家的脸得人给洗，饭得人给喂，大小便也得人侍候，大夫说还得勤给她翻身，要不得了褥疮像她这个年龄就好不了了。那怎么办，要不我请长假？正想到这里，老母在我背上喊叫说："发山水了发山水了！"

回了家才发现，我的警帽和她的一只棉鞋不知道在啥时候给丢了。我赶快返回原路找，鞋找见了，可警察帽让人拾走了。

我问说，妈，鞋和帽子掉了您咋不言语？她说，桑干河发大水呢桑干河发大水呢。

当初那个英雄的小妇人，现在竟然成了这个样子。我唉地叹了口气，同时禁不住落下了伤心的泪。

按大夫的吩咐，又给吃了几天药后，老母似乎是好些了，问说你七妗妗该来再给我洗洗。我说四子帮您洗。她说咋好意思叫人家媳妇帮着洗。我说让玉玉来。我妈说噢。

我把玉玉叫来，因为不能坐，只是打了热水简单地帮她洗了个澡，换换内衣。

洗完玉玉悄悄跟我说："姨姨问七妗妗是不是有病了。"我说："姨姨脑子还机明。"

我老母就是猜对了。七妗妗有了病，孩子们领到北京看去了。

我过五十岁的生日那天。老母说，招人俺娃的生儿好，一世界的人今天都吃好的穿好的，又放炮子又点灯笼，又拢旺火又闹红火，为给你过生儿。按她的说法，好像在我出生前人们不闹元宵似的。

中午四女儿跟老母说："一会儿吃饭时把您扶起坐在椅子上，

看能坐不。”

老母想了想说：“能，我今儿觉得不疼了。”

四女儿说：“招人生日您高兴得过。”

老母说：“不用说也是，一世界的人能有几个是正月十五的生日，我活了八十多了就知道还有个汪老也是今儿的生日，再没听说过还有别人。”

四女儿说：“您还知道汪老？”

老母说：“常听招人说。”又说，“老汉尔娃好人，尔娃教招人写呢。”

我们把老母扶在了椅子上，她果然能坐了。吃完饭她说还想坐会儿，可怕她坐不稳摔倒，我们就找出条围脖儿拦腰兜紧，后面和椅背挽住。

老母说：“你俩把我当成小娃娃了。”

听说姐姐能坐了，七舅舅在电话里说我早就跟你们说没跌着。他说的没跌着是指骨头没断，因为是在他家摔的，他怕担责任，落埋怨。实际上谁也没说他什么，是他自己要多心。

这些日，我和四女儿一有空儿就搀扶着老母练走路。老母像个小孩子似的就走就说“走一走，转一转，出野地，看一看”。

老母每三天大便一次，算计着老母今天要大便，我在单位把手头的工作忙完后就回了家。一进门，躺在床上的老母跟我说：“我刚才圪蹴了。”老母叫大便叫“圪蹴”，这是她一贯的说法。她说：“是我自个儿去的，可咋冲也冲不下去。”我赶快跑进卫生间，原来她把我们给她裆里衬的纸尿巾掉进了便池里。那要是真冲下去可糟糕了。

老母自己能走了，能到卫生间送屎尿了，这太是一件大好事了。我和四女儿真高兴。

这天的一大早，老母就说，说上个啥也得叫你七妗妗来给我洗个澡。我说行，我给您叫去。老母说，妈主要是想你七妗妗了。我说我给您叫去。我就走了，我早就想走了，七妗妗到北京做完手术回来，伤口一直不好。

我急急地赶到了七舅舅家。

七舅舅坐着小板凳，靠着病床，他的手紧紧地握着七妗妗的手。七妗妗看见我，笑了一下，没说话，眼里流下了泪珠。我的鼻子一酸，也有泪流下来。

就在这天的下午，勤劳一生的我的亲爱的七妗妗离开了大家，走了。

半夜我回来，老母又问："妈等了一天，你咋没把七妗妗叫来。"

我说："七妗妗有病，准备送回村休养去呀。以后不能来给您洗澡了。"

半天了，老母才说："噢。回村里好。"

106　钗锂村

丁丁结婚了，新房跟我们家是一个单元，我们在二层，他们就在我们楼上四层。

我搀扶着老母上楼。老母就走就说："看这好的。楼上楼下电灯电话。"我说："妈您跟哪学会这么句话？"老母说："你死鬼爹好说这句话。说是就共产主了义了。可现在主了义了，却没了他了。"我赶快打岔说别的，怕她想起不愉快的事又犯病。

七舅舅来家看姐姐，跟兜里掏出个食品袋儿，里面裹着一个鸡大腿。七舅舅家啥时吃炖鸡肉，总要给姐姐拿个鸡大腿。这已经成了法定的事了。七舅舅说快七月十五呀。老母说想回村上上坟，七舅舅说，过两天让四蛋送你去。

老母说，我主要是想在钗锂村里住两天。

七舅舅说，要那样的话，那我也跟你回。

四蛋就是一世。四蛋是小名儿，一世是我给他取的大名。

一世喜欢汽车。七妗妗他们都还没搬来大同前，在村里他就学会开了。来大同后，在众人的帮助下，他买了一辆红色的夏利，跑出租车。

老母没有问七妗妗的事。

我在单位编杂志，自己能挪对时间，我跟领导打了声招呼，决定跟我妈和七舅舅一块儿回村。

说的是回钗锂，十五这天，我妈在出了应县城后，却让四蛋把车开到下马峪。

原计划，我自己给我爹上坟，我妈要来那就来吧。上完坟，老母又让我引着她到曹甫谦家。

老母跟甫谦大哥说："五大妈跟你说个事。"大哥说："您有啥事吩咐哇。"老母说："五大妈要是死了，你得帮着招人打发五大妈。他啥也不懂得。"大哥说："看您说的。精精神神的说这话。"老母说："五大妈跟你说正事呢。"大哥说："这还用说。有那一日的话，我会尽全力的。"老母说："有你这句话，那五大妈就放心了。"

跟下马峪返到钗锂村，老母跟七舅舅又去给姥姥上了坟。

今天无论给谁上坟，老母都没有哭。嘴里却是说："看今儿这天蓝的。"

在往钗锂村返的时候，我妈说，我看咱那房长时不烧了，别让耗子把炕洞给盗了。

我妈能想起这么个问题，这说明脑子没问题。

七舅舅说，按说家里半点粮也没有，不会招了耗子。

我妈说，我看是我到二宝家哇，他爹不是跟他一起吗，我想跟老二好好地呱啦呱啦。

我妈说的老二就是我以前提到的东院二舅舅。我的两个舅舅都是跟着他们排下来的。二宝是二舅舅的儿子。

我在《行礼》就写到了二宝，他跟我和表哥相跟着，到席家堡表姐家参加婚礼。当时他是十多岁，现在已经是拉家带口的了，有一男一女两个孩子了。

二宝勤劳，盖起了四间大瓦房。家里还让细木工在堂屋做了暖阁，当佛堂。里面供着祖宗牌位，请了菩萨，又请了财神，还贴着毛主席。二宝说，改革了，住一起哇，相互有个照应。

二宝和方悦一样，说出的话，幽默风趣。还永远是善解人意的那种语言，从不伤害谁。

我们直接把车停在了二宝大门口。

东院二舅迎接出来，大嗓门喊着说我妈，这个灰姐姐，你是不是走错门了，来了兄弟家。

我妈上了两处坟没哭，可这嘴扁着快哭呀，可又没哭，笑了。二舅舅倒是抬起手背在擦眼泪。路上我们算了算，他们大概是有十年没见面了。

他俩手拉着手，进了家。

一世吃完中午饭开车走了。

我真是信服我妈。看上去她成天是疯说乱道的，可半点也不糊涂。七舅舅家的炕洞就是让耗子给盗了，烧不进火，烧了半天，炕头才有点热乎气。

我跟我妈就住在了二宝家，跟二舅舅一个屋。他们两个半夜了还说话，他们有说不完的话。

夜里，我梦了个奇怪的梦。

表妹说，表哥你不是喜欢月亮吗？我来了。她从窗户飘进来，躺进了我的怀里。我说几点了，你不赶快回去，天就要亮了。她说，那好吧，明天再来。就又跟窗户飘走了，飘向了月亮。我跟她招手，招着招着，醒了。

我醒了，屋子里不黑，二舅舅和我妈都在轻微地打着鼾。

人常说，日有所思夜有所梦，我这是在白天想到了什么？真是奇怪。

我细细地想，费劲地想，可我想不出，梦中的这个表妹是哪个表妹。

我的表妹多了，少说也有一打金钗。

眼看着快想出来了，可又想不出来了。眼看着快清晰了，可又模糊了。想着想着，我又进入梦里了。

表妹说，表哥咱们进山去。我说走。我们踏着白冰，往山里走。走着走着，拐向了西沟。表妹说，你看我。啊，吓了我一跳。她全身一点衣裳也没有，像个冰雕，立在坡上。我喊说，冻着冻着。

我妈把我推醒，说俺娃梦魇了。

我一下子清醒了，说，妈，我明天领您到到我们的大庙书房，二宝说我们的大庙书房还在呢。

白天，我搀着我妈去了当街。

堡墙还在，只是感觉上没有那么高了。

大庙书房还在。

我好像是听着了刘老师手里铃声，我也好像看见了一个光头少年，第一个冲出教室，撒开腿，往姥姥家跑。七斤啦，面换啦，都在后边追，紧追着，少年跑得没影儿了。

有伙人在大庙台阶上歇阴凉。有个老汉问说你们是谁们？我说我是张宏锡的外甥，这是我妈。

呀呀呀，是换梅。

是换梅吗？

我说就是。

呀呀呀！十一二的时候，就能扛着一布袋莜麦跟场面回了家。

我说，手里还不误捎半布袋。

老汉说，你也知道这事？

我说是我舅舅跟我说的，是科举姥爷手的事。

他说，谁手的事倒是忘了，可这个事，村人们都知道。

东院二舅舅还精神。还好喝酒，我给他跟小卖部搬了一箱白酒。二舅舅高兴地跟我妈说：“姐姐你看我没白看好这个灰外甥。”老母说：“我记得招娃小时候。让你把他送大同，可你只把他送上了汽车就不管了。娃娃是自个儿坐着车跟应县到了大同。”二舅说：“记着呢。可让你们这个那个，一伙人把我骂了个灰。”老母说：“你做上了那挨骂的事了。娃娃那会才是个四岁，要不的话，就是五岁。”我说：“五岁。”

二宝又信了天主了，他喝酒前说，主啊，我又馋了。

我说你不是信佛，咋就又信了主了？他说我都信，你不看，佛堂里的正面墙上还贴着毛主席。我笑着说，有意思。这时我想起，我妈供慈法菩萨。

那些日，我天天供应大家酒，我跟二宝是啤酒，二舅舅和七舅舅是白酒。给二宝媳妇和两个孩子是饮料。

我每天给我妈准备的早饭是牛奶粉，椰味面包，香蕉。这些都在一个皮箱里放着，我也不让别人。

怕我妈端不动碗，我给把三条腿儿的小板凳放在她跟前，当桌子，再给她围着手绢。

二宝媳妇夸我，大孝子。我说二宝才是大孝子。她说，他好个灰，着急了还呛白老汉呢。

七舅舅把炕修好了。工不大，只是补了两个老鼠洞。我跟我妈也都回了姥姥院，只是在姥姥家睡觉，吃饭还是在二宝家。

躺在姥姥家的炕上，我想起了小时候住在姥姥家的各种各样的事。

家里很冷，姥姥早早起来，先把炕火烧着，姥姥把我的主腰子撑成个圆筒，在灶火上烤。然后让我坐起来，往我头上一套，套在了身上。这时，肚皮和脊背就是热乎乎的，真舒服。

七妗妗做饭，瓮里的水结冰了，妗妗用刀背砍，我们小孩子跟妗妗要冰块吃。

我从街口往家走，半路上，有只公鸡鸽我，我跑，它还追着鸽我。我大声地呼喊，姥姥从大门洞跑出来，打公鸡。公鸡转过身，迈着大步跑了。

听得街外有人喊着卖杏儿，姥姥跟家拿出一颗鸡蛋，换了十个杏儿。

我妈放羊，下雨了，我到大门口喊，妈——回哇——我妈答应着，急急地赶着羊往家走，我瞭着她走到地塄畔下坡的地方时，突然，我看不见我妈了，眼前一下子是一个红的火团，紧接着是一个很响亮的雷声。我妈也看到了，看见红火团把大门洞给罩住了，她吓坏了，以为我让雷给劈了。她大声呼喊着招人，连羊也不管了，放开腿就往过跑。

没有，红火团没有了，我没让雷劈住。我仍旧是在大门洞里站着。我不懂得刚才眼前的那个红火团，会有多厉害，也不知道自己经历了一场多危险的事。

姨姨病了，玉玉跟姨姨住在我姥姥家。

姥姥在耳房的地上拉风箱，做饭。我在院跟玉玉耍，听得家里我妈跟姨姨吵架。我说大人还吵架呢，就跑进家，看红火。

她二人都在炕上站着，面对面，虎瞋着。一会儿，又互相骂。

姥姥在地上骂她俩，看那是灰啥呢，灰性性的，两个没方向货。

她们不听，还相互骂，骂着骂着，我觉出要动手，就赶快跳上炕，钻进她们两个的中间，放声哭。

姥姥又大声骂说，看把孩子吓哭了，她们这才不吵了。二姨坐在炕上，我妈跳下地，走了。

后来，我妈领着姨姨到大同看病。

一年后，我妈雇了小毛驴平板车，把姨姨的尸体拉回来了。

我妈说要去去狼嗥沟的西洼地。二舅舅说，你妈小时候在那里捅死过狼。我说我知道我知道。明儿咱们就去。

我推着二宝的自行车，让我妈坐，可她不坐。我问西洼距离村里有多远，二舅舅说少说有七里地。我说这不行，您咋能走七里路呢，小心走乏了又病呀。人们也打帮，她这才坐后衣架上。出了村，又走了三里多地，已经没有个什么路了，不好推，我妈坚持说不坐了。

眼看着走得快进山呀，才说是到了。我看看，这根本就不是什么地，整个是一大片沙滩。

我妈跟七舅舅两个人，指指点点地研究分析后，说是找到了当年种瓜时的瓜房的地点了。我看看，只是在好像是处塄畔模样的当中，有一处浅凹的地方。

我说是不是我妈就是这个看瓜房里捅死过狼。七舅舅说就是。我说妈您真厉害。老母说："谁往上扑也没给他股好的。"

就连地基也看不出，更别说是房的样子了。可我还是想象出一个十三岁的少女，蹲在看瓜房里。房顶上，有只灰绿色的狼，在刨房顶，刨着刨着，不刨了。它让房里的女孩从里面捅出的一根铁杵，捅穿了它的肚子。

二舅舅说，那一下子，你妈可出了名。西南乡谁都知道钗锂村的换梅了，一听说换梅，那可是不敢惹。小山门的一个后生跟你妈因为抢洪水打开了，让你妈一个巴掌给扇在了沟底下。

我想起了在矿务局文工团时，回来找存金，车上遇到了小山门那个老汉的事。我跟七舅舅他们讲后，二舅舅指着东边说，那就是小山门。

东面不远处，有个村，最多是三里地。远远地看去，好像还有个寺庙。

二宝说，这个寺庙的香火可旺了。

我跟大同起身时，事先就把单位的“135”相机背来了。我让我妈跟七舅舅坐在那个低洼的地方，给他们拍了个照。是黑白胶卷，可蓝天白云，清清晰晰，只是阳光有点强，他们都瞎眯着眼。

七月十五本来是下雨天，可这天却是蓝天白云。北方，能看见三十五里外的应县木塔。

回的时候是顺下坡儿，我说妈您说啥也得坐上车。我妈说，俺娃问问你二舅坐不。二舅说，姐姐，我咋也比你硬强，你快坐哇。老母这才坐上车，让二宝推着回了家。

我妈很高兴，中午吃了两个大包子。

107　丽丽

我六岁时，姨姨去世了。我妈就把她的孩子玉玉带在身边，跟我们到了大同。玉玉跟我同岁，可比我小十个月。在我上小学一年级时，我妈说她还小，再等上一年再念书哇。在我上二年级时，我妈也领着她到我念书的大福字小学去报名。可人家学校说要她的户口。我妈哄学校说，她的户口在应县，正往来办着呢。学校不行，说那等办来再上。

我妈这就忙着给玉玉往来办户口，心想着一年内就能办来了。

可是要想把她的户口跟村里办来，必须得是也姓曹才行，算是我的妹妹。可姨夫不同意她改姓。这个事情说了一年，也没商量成。我妈只好是在我上小学三年级时，把玉玉送回村里，在大庙书房上了学。

这样，眼看着我要有个妹妹了，可吹了。

姨妹也是妹妹，可不是亲妹妹。在我当时脑子里的看法是，只有改成是也姓了曹，这样才算是亲妹妹了。

我上高小时，我爹在怀仁清水河公社工作，我妈要到清水河去开荒种地，就把我放在仓门十号院五舅舅家。当时五舅舅家有三个孩子，忠义表弟、秀秀表妹。还有一个也是表妹，叫丽丽，比我小八岁。她生月小，当时她还不到两周岁。五妗妗就说，招人我孩好好给看丽丽着，等她断了奶，我就把她给你呀。我高兴地说，那是不是也要改成是姓曹。五妗妗说，那是作准的。我又问我妈知道这个事不知道，五妗妗说，那作准是知道。

这是太好的事情了，就甭提我有多高兴。

当时五舅舅在缝纫社上班，妗妗没工作，舅舅就给她揽着零活，在家做。妗妗整天趴在缝纫机上做营生，她恨不得黑夜也不睡觉，赶活儿。买菜买粮担水做饭，洗锅洗衣服打扫家，所有的家务事儿那就是五舅舅来负责了。忠义七八岁，秀秀四五岁。我十岁了，妗妗把看护丽丽的事交给了我，那她是最放心不过的了。

我呢，因为就要有这么一个也要姓曹的亲妹妹了，满心在意全心全意地按五妗妗的吩咐，来好好地看护着丽丽。除了上学不在家外，只要是我回了家，那她就是我的了。把屎把尿喂奶喂饭，都是我的事儿。走哪我都带着她，就连出去跟院孩子要，也要背着她。最初，妗妗给我做了一块专门的兜布，把她兜绑在我背后，前面系着我的腰。后来长大些，用不着兜布了，我就那么背着她。再后来，她能走能蹿的了，可也不自己走，就是要叫我背。叫我背我就背，叫我抱我就抱，有钱难买个愿意嘛。我愿意。

一个院儿的武叔教会了我跟他儿子鸿运下象棋。我就常到武叔家，跟鸿运下棋。丽丽也要要棋砣儿，我们就把吃下来的棋，给她要。没多长时间，鸿运下不过我了。

我想起了我们圆通寺的慈法师父，他常跟一个白胡子老汉下棋。我也就想跟师父小试小试，看看我能赢了他不。星期日的中午，吃完饭，我跟妗妗打过招呼，就背着丽丽到了圆通寺。

怕丽丽捣乱，我先搂着她，就拍就“噢噢”地哄她，打发她睡觉。睡着了，把她放在炕上。怕把师父的炕毡尿湿，我把我的衣服叠叠，铺在她身底下。我跟师父摆上棋，下开了。来的路上，丽丽在我的背上颠得迷糊了，睡了快一下午。

我们在师父家吃了晚饭，才背着她返回仓门。进门，丽丽跟兜里掏出红枣，给忠义和秀秀一人一个。

师父家永远也有红枣。

丽丽只要一听我说到圆通寺，一下子就跟炕上蹦起来，站在炕沿边等着往我背上趴。路上碰到卖冰棍的，那肯定是要给她买的。我说你要在表哥背上吃，要把凉水水掉我脖子上，下来吃。她说，噢。也只有她吃冰棍的时候，才下地走那么一小程。

她一手捉冰棍儿，一手牵着我的手。那个样子，我永远都忘不了。

我还忘不了她吃完冰棍儿的那只手，趴在我肩膀上的那种黏黏的感觉。

我背着丽丽最远的地方就是回我们圆通寺。我们也常常是回圆通寺，差不多一到星期日的下午就想到到圆通寺。反正是，一个月不回个三回也得回个两回。一个是为下棋，二个也是因为师父给我做好饭。吃好饭不仅是我吃，丽丽也能吃。

我跟慈法师父说这是我的亲妹妹。慈法师父说，以前没听说过。我说，是我妈嫌她是六指儿，就把她给了人了。师父说，六指儿孩子聪明。我说，我妈也后悔了，就跟人家又要回来了。师父端详着丽丽说，倒是真的跟你妈长得一样样的，那一准是你舅舅的孩子了。我笑着说，您猜对了，是我表妹。

想哄师父，那是哄不了的。

我在仓门待了两年，上初中时，我妈跟怀仁回来了，说不种地了，要好好地拧我学习。这个当中我还提醒过我妈，说丽丽断奶了，已经能吃饭了。我妈说，妈跟你舅舅他们正商量是往上弄忠孝，办了一件再说一件。

我初二时，忠孝表哥跟村里弄上来了，就在我们家住。我又提醒我妈，您不是说等表哥上来后，就商量丽丽的事？我妈说，妈这还得到村里种地去，等回来再说。

这样，就把丽丽的事又搁下了。慢慢地也就晾凉了。

凉是凉了，这件事也不再提。也或许是，从一开始就没有要把丽丽给我们的这种事，是妗妗在哄我呢。

爱是啥呢，可我见了丽丽，总是跟见了别的表妹不一样。我也能感觉到，丽丽见了我，也跟别的表妹见了我，有不一样的笑容，有不一样的热情。

毕竟是我背过她抱过她，两年时间有过的肌肤接触，在童心里已经是埋下了一颗美好的种子。时长不见丽丽，我就想丽丽。丽丽大概是也想着我，每次一见到我，叫一声“表哥”就揽腰把我抱住。

一九七六年八月丽丽初中毕业后，在城关公社新添堡村，当了插队知青。当时我是在忻州窑派出所当户籍内勤。每天早走晚回地跑家。先是大清早地跟东风里骑车来到圆通寺，把车子放在我妈家的窗台前，看看我妈有啥事没有。然后再步走着到公共汽车站。晚上跟矿上返回来，再到圆通寺来取自行车。

在我回到圆通寺取自行车时，常常能见到丽丽。她是来给姑姑担水，来跟姑姑做伴了。她还常常是到雁塔服装厂，去接了姑姑回家。

她说，表哥你们警察发的黄挎包真好看。我说，给你去吧。我当下就把里面的东西掏出来，把黄挎包给了她。她说，给我你没了。我说还有，我在红九矿时，不仅发了黄挎包，还发了黄军装，你要不？她说，要要要。我说你穿就是有点大。她说，穿军装就得是大大的肥肥的，才谱儿。

我说，表妹你懂得俏了。

她笑。笑得圪美美的。

有个早晨我来圆通寺放自行车了，远远地我看见丽丽在街门口站着，往我来的这个方向瞭，看见了我，她笑着下了台阶迎上来。

我说你站在大门口做啥，她说我等你呢。

我说，表妹在大门口热烈地欢迎表哥，表哥真高兴。

她脸有点红，悄悄说，表哥我跟你说个事。说完表情又严肃起来。

我说，啥事，这么严肃。

她说，表哥先保证我说的事你别让任何人知道。

我说，我保证。

她说，表哥向毛主席保证，那我就说。

我举起右拳说，向毛主席保证。

她说，我们插队的那儿，有个小男孩知青跟我说，说他喜欢我，把我气得。

我说，多大个小男孩儿。

她说，比我小三岁。

我说，这个小屁孩，等表哥哪天去揍他一顿。

她说，你先别揍他，你先看看他。

我跟她说“去揍他一顿”，也是跟她开玩笑，没想到她不让揍，让先看看。我猜出丽丽是也有点喜欢这个比她小三岁的小男孩了。

我说，行，哪天我去新添堡看看这个小屁孩，他居然敢说喜欢我的表妹。

她说，表哥你别去我们那儿，等我哪天把他领圆通寺姑姑家。

我说行，我星期日中午基本上都在圆通寺。

她说，表哥你可先别跟任何人说，等你看完再说，跟姑姑也不说。

我说，不说，刚才我不是向毛主席保证了嘛。

她帮我把自行车推进大门，右手搂着我的腰，一起进了院。

那两年，玉玉在阳泉。

就是因为有丽丽常来圆通寺，跟姑姑做伴，我在派出所工作也放心。有时候我到了圆通寺，没看见她，我倒是要问我妈，丽丽没来？我和我妈都已经是把她当成了自己家的一员了。

一九七八年我调回市局二处，天天的早饭和午饭都在圆通寺，跟我妈一起吃。丽丽也常来姑姑家。她也把姑姑家当成是她的家。

我问她你咋不把那个孩子领来，叫表哥见见。她说，我跟他说了，他不敢来。

我问他叫个啥名字？她说叫杨瑞。

一九七九年，在邓小平号召下，知青可以进城当工人。大同市二电厂到城关公社招知青。经过考试，三十人报考二电厂，考住十个人，有丽丽跟杨瑞。

到电厂上班后，他俩又上了中专，学习电气专业。毕业后，他们都成了技术员。

丽丽这才把杨瑞给领到圆通寺。

他笑笑的，看我。我没笑，斜着眼看他。他有点紧张。

正好我有急事该走，没有跟丽丽他们多坐，我说你们在吧，就走了。

过了两天，丽丽又来姑姑家。

丽丽问我，咋样？

我说，啥咋样？

她说，那个男孩。

我说，不错。

丽丽说，他说，你表哥真威风，真厉害，眼睛忽拉忽拉地看我，把我吓得。

我说，我就是要让他害怕，这样他就不敢欺负我表妹了。其实我还有一种别样的情绪，那就是，在我的心里，还有一点点小吃醋感受。我知道我不该这样，可我就是给这样了。

丽丽笑说，原来他也不敢欺负我，见了你以后，他就更不敢欺负我了，只有我欺负他的份儿。

我妈说，好好儿过光景呢，谁也不能说欺负谁。

我问说他喝酒不，丽丽说，喝呢，可能喝呢，比你能喝。我问他喝啥酒，丽丽说，啥也喝呢，白的啤的都喝。我说表哥不喝白酒，等哪天把他叫来，我跟他比比喝啤酒。

又跟丽丽见面时，我说你没跟杨瑞说，我表哥要跟你比喝啤酒。丽丽说，说了，可他不敢来，说怕你喝醉酒打他。

一九八三年四月，他们结婚了。

结婚的头一天下午，我去仓门看看要我做啥不，五妗妗说，你跟丽丽去去北街新房。我用自行车带着她，她坐在后衣架上。路上，我们一句话也没说，去了北街的城隍庙前街十二号院。西房，贴着新婚联，我们开门进去。

丽丽找见了东西，装在兜里，临出门，她面对我站定，一下把我的腰搂住，说，表哥我明儿就结婚呀。

我说，知道。

丽丽看着我的眼睛说，表哥，你也不说送我个祝福。

我也看着她的眼睛，说，好，表哥给表妹个祝福。

我在她的额头上亲了一个长长的吻。

之后我又说，表哥还要送你毛笔字，祝福你。

第二天，我给她写来了“春风秋月”四个字，是写在有白点点的虹黄色的那种豹皮纸上的。

他们是双职工，二电厂照顾，一九八四年十二月，他们搬到二电厂家属楼。工人能分到楼房住，那时候是很不简单的一个事。

五妗妗是在一九八五年春天去世的。当时妗妗才是五十四岁。也是个逢九年。五妗妗在大同三医院抢救时，我去医院探望她，一进病房，丽丽就揽腰把我抱住，头伏在我胸前，哭着说："表哥救救我妈。"

五妗妗的两个鼻孔里插着管子，有一根管子是输氧的，有一根是一直插进了胃里。妗妗看见我，跟我说话。因为有管子，我听不清她说什么，可她还是一直说一直说。我趴在她脸跟前，才听着，她是说："招人俺孩给妗妗把管子拔了。妗妗难活得慌。"可我咋敢给拔。我说："妗妗，大夫抢救您呢，不能拔。"妗妗失望地唉口气，摇摇头。看着妗妗痛苦的样子，我却只能是无奈又无助又伤心地站在那里。

安葬妗妗时，二宅在墓坑下说，谁是老大，下来安家。"安家"，这是二宅要求的一种程序，让长子下到墓坑，用笤帚象征性地扫扫墓底。

忠孝表哥和忠义都在犹豫时，丽丽说忠孝，大哥，叫你下呢。这时，表哥答应了一声，跳下去了。

事后表哥跟我说，还是丽丽承认我是她的大哥。我说，你也甭误会，表弟表妹们，多会儿也是称呼你大哥，叫忠义是二哥。

表哥说，反正是最数丽丽尊重我，认我这个大哥。

我说，再说了，你当时就应该是主动地跳下去，我妈不是早就跟你说过吗？让你记住，你永远姓张，你多会儿也是张文彬跟何香莲的儿子。

丽丽专门请我和我妈跟四女儿，说是到她新家认门。

饺子馅大，皮儿薄，吃到嘴里软忽溜溜的。

饭后，杨瑞给我们拍照。他让我们都坐在沙发上，我妈在当中，我和丽丽在两旁。这是我和丽丽的第一次合影，也是丽丽和我妈的第一次合影。我把这张相片收放在了湖南文艺出版社出的散文选《你变成狐子我变成狼》里，将永久地纪念和珍藏。

表弟表妹们都成家了，他们的孩子们一个比一个好看。一次聚会时，我说忠义的女孩，磊磊可真像是伊左拉。伊左拉这是当时正上演的一部墨西哥电视剧里面的女主角。秀秀的女儿说，表舅舅给我取一个。我就给她取了个乔安娜，后来又给丽丽的女孩取的是蒙丽莎，给艳艳的孩子取的是卡秋莎。妙妙的是个男孩叫光光，他说，表舅舅也给我取一个。我看他晒得黑黑的，就说，那你叫个哈瓦那吧。他高兴地大声叫，哈瓦那吧哈瓦那吧。我说没吧，是哈瓦那。大家都笑。

丽丽的女孩叫媛媛，取了爸爸妈妈的长处，长得像章子怡，但比她还要好。

她警校毕业了，我给联系的到了我们政治部实习，后来又联系着上了我们政治部办的公安政法函授大学。

我妈出面跟我说，丽丽的女女是你们警校出来的，你也不说是帮着进进公安局。我妈老常是记不住人的名字。她这是叫不来媛媛，叫她女女。

我说，妈，您当是我当警察的那个时候呢，现在进个公安局，那可是难呢。那得往出破东西呢。我妈说，别人破，咱也破，又没说不破。我说，她又没跟我说这个事。

我妈一听，立马把脸沉下来，生气了。大声说我，丽丽的事你不能当成是自个儿的事？还得娃娃求你？给你说好话？我看是靠墙墙倒了，靠人人跑了。

我妈接着说，自在江边站必有望海心，她的女女为啥要上警校，为啥又要上你们那烂函授，那还不是想进公安局？那还要娃娃咋求你呢？你个哈货帮不了是个帮不了，也甭说丽丽没直接跟你说，你就没有诚心想帮娃娃。

我如果有能力的话，我能不帮吗？我多么多么想帮丽丽把媛媛的工作安排进公安局，可我没这方面的能力，即使是想送人东西也不知道咋送，不知道给谁。丁丁当时毕业后，莫非不想进进公安局？可是我是半点能力也没有。那还是在七舅舅的帮助下，丁丁才进了个一职高。

丽丽她倒是真的没有跟我直接说过这个话。我知道丽丽知道表哥是帮不了，不想为难表哥，所以没有直接跟我说。

我知道丽丽她不怪我，可我为这个事，却真觉得是对不住她。

我妈大声地数落了我一顿，数落得我真想哭。

我为帮不了我喜欢的表妹而哭，也为我妈冤枉了我而想哭。

108　伺母日记

这一章记录了老母的去世，原计划是要把这些日记改写成叙述体的散文，但，我实在是不能够把那悲伤的往事，再来一次悲伤地回忆了。

二〇〇〇年四月一日

这些日老母精神状态很好。我把老母送到了北小巷八号玉玉家。一是这些日她常常读念玉玉，二是丁丁快坐月子呀。

二〇〇〇年四月十六日

丁丁在一医院做了剖腹产，两天了。生下一个漂亮的女孩。丁丁给取的大名，叫安妮，小名，叫滴滴。

滴滴出生的第二天就能睁眼看人。我给拍了照片，当天洗出来，我就拿着到玉玉家让老母看。老母说："呀呀呀。就像是出了满月的孩子。"还问我叫个啥？我说叫个滴滴。老母说："好记。笛笛笛。好记。取名字就要取那好记的。"隔了一会儿，玉玉问："姨姨，您说丁丁的孩子叫个啥？"老母想想说："叫个啥来？叫个啥来？可好记呢，就是一下蒙住了。"人们都笑。老母一下想起了，说："笛笛笛。"

二〇〇〇年五月十四日

滴滴过满月呢，我把老母跟玉玉家接回来了。满月就在我们家过的。我把滴滴跟四楼抱下来了，卧在床上。老母趴在滴滴跟前直是个看，看看后说，想抱抱“笛笛笛”。丁丁说：“奶奶别价，您看抱不动给摔了呀。”老母说：“噢。不抱不抱。看把娃娃摔了呀。”

二〇〇〇年六月二十二日

老母说：“招娃子，妈想看看笛笛笛。”我说：“我给您抱去。”我跟楼上抱下来，让她看。她又说：“妈也想抱抱笛笛笛。”我说：“您别把人家给摔着。”老母说：“我坐在炕上抱。”老母叫床叫炕。

老母上床坐好，我就让她老人家把滴滴抱在怀里，我还拿出相机给她们拍了一张照片。

二〇〇〇年六月二十四日

我把老母抱着“笛笛笛”的相片洗出来了，给老母看。老母笑着看呀看，看不够。看了一会儿又说：“招人，妈还想戴着老花镜看。”我把眼镜帮她戴好，她继续看，笑呀笑的。

我问：“妈，您说滴滴叫您啥？”老母想想，想不出叫啥。

四女儿说：“叫祖祖嘛。”

老母说相片里的滴滴：“笛笛笛，你叫我祖祖嘛。”

二〇〇〇年八月十三日

自七妗妗去世后，是玉玉来给老母亲洗淋浴。洗出来，玉玉跟我说：“姨姨问，你七妗妗回村快有一年了哇？”

老母心里啥也清楚，嘴里不说。

二〇〇〇年十一月十五日

四女儿昨天给老母买了个硬质的塑料碗。

老母好吃一种我在积德玉买的面包，那种面包表面上沾有椰子末儿。每天的早点，她都是要吃这种面包，吃完，嘴周围都沾着是白色的椰子末儿。我们要是不给她擦，她自己想不起来擦。

二〇〇一年三月二十二日

我一入家，老母跟我说妈前晌给打死个蝇子。我说您真行。四女儿回来了，她又说："四子我前晌打死个蝇子。"四女儿说："您真不简单，能打死个蝇子。"又跟我说："咱家这个时候了咋会有蝇子？"老母说："它就在我眼跟前绕，绕绕绕，绕得我麻烦了，一拍巴掌把它打死了。"

二〇〇一年七月一日

丁丁姨姐青青，把一百二十平方米的三屋一厅的房，转让给了她。

今天丁丁搬家。

我跟老母说："以后咱们住四楼，把二楼让玉玉来住。"老母说："对着呢。"想想又说："以后我四楼住两天，二楼住两天。"我说："我就是这个意思。"老母说："以后我自己就能开开门上四楼，开开门下二楼。"四女儿说："还想自己上下楼？您本事可大呢。"我说："妈，那可做不得。您小心摔倒从楼梯上滚下去。"老母说："滚下去就灰了。就跌死了，就见不着招人了。"

老母的话提醒了我，我跟四女儿说咱们以后一定得把门锁好，不能让她自己开了门。

二〇〇一年七月八日

今天是星期日。我们搬上了四楼。

丁丁往走搬的时候，只搬了行李和锅笼等炊具，还有电视机。家里别的家具都没搬走。我们从二楼往上搬的时候，也只是搬了行李和锅笼等炊具，还有电视机。

都安顿好后，我把老母背上了楼。

换了环境，老母很觉得新鲜，这儿看看，那儿看看。最后分析说："丁丁这个家跟你们那个家一样是一样，就是反着呢。"

老母分析得对着呢。二楼和四楼这两个房面积一样大，结构也一样，就是进家的门的方向不一样。二楼是门朝西，四楼是门朝东。

二〇〇一年七月十八日

玉玉跟北小巷八号搬到了二楼。

玉玉往二楼搬，也只搬行李和锅笼等炊具，还有电视。别的什么都是齐备的。

晚上，我们都下到了二楼吃饭。玉玉给炸了油糕。

老母说："搬家不吃糕，一年搬三遭。"玉玉说："姨姨您跟草帽巷往圆通寺搬的时候吃糕没？"老母说："记不得他来。"我给玉玉使眼色，意思是不叫她再提圆通寺。

二〇〇一年七月二十一日

我们下班回来，老母又说打蝇子的事，说是咋打打不走，就在眼跟前绕。四女儿分析说："是不是老人的眼睛有了问题，老说是有蝇子在眼前绕。"

二〇〇一年七月二十六日

老母说眼睛睁开跟没睁开一样，啥也看不见。

到五医院分院检查，说是白内障。楼下二楼邻居小葛是分院的，她提供信息说，香港年底前有医疗队来大同，义务给白内障患者做手术。她说先给我们留意着。

我打听了一下，说老年人做这种手术，不一定是能保证百分之百的有效果。

叫来七舅舅商量，说已经是八十四的老人了，别做手术了。现在是不疼不痒的，万一做手术做不好白挨一刀不说，还受疼痛。

我同意舅舅的看法。最后决定是，白给做也不做。

二〇〇一年七月二十七日

想训练老母自己到厕所，可是不成功。最后我们想了两个办法，一是只好是再给她把纸尿巾衬在裤衩里。二是把楼上的钥匙给玉玉一套，让她估计着时间，勤上楼问着点："姨姨您尿呀不。想圪蹴呀不？"

我下班进家，听得玉玉在夸老母。她是刚领姨姨到厕所大便完，夸她说："姨姨真是个好娃娃。"

二〇〇一年七月三十日

自眼睛看不见，老母自己不敢下地走路，整天是躺在床上。本想让她锻炼着走走，可又怕她跌倒摔坏，就不强求她了。只有在我们下班回来后，一个做饭，一个扶着她下地活动活动。另外就是，告诉玉玉，扶她到厕所时，顺便也扶着她在屋子里转上几圈。玉玉说，我每次都扶她转着呢，可姨姨有点懒，走两圈就不给好好儿走了。

我说中午我搀扶她锻炼时，她没有表示说不想走。玉玉说，她跟你不耍赖，跟我耍赖呢。

我笑。

二〇〇一年八月五日

夜里我和四女儿下地小便的时候，就叫醒老母问尿不尿。要尿的话，就给她垫上接尿盆，让她尿。可大部分的情况是，她已经在半夜里给尿在床上了。那只好得给她换尿布换裤衩换秋裤换床单。

床单下，我们早就给铺了一张大的塑料布。

换尿布是四女儿的事，洗裤衩、洗尿布、洗秋裤、洗尿单，都是我早晨上班前必须做的事。

四女儿跟老母开玩笑说："您不怕把您儿子累坏您就跟床上尿吧。"老母不回答。我说："妈，我不怕。我小时候您给我洗尿布，您老了我给您洗尿布。"老母笑。

二〇〇一年八月二十一日

四女儿今天中午回家时，给老母带回个医院里常见的那种给女性使用的塑料接尿器。她说夜里给妈装在裤衩里，咱们就可以安心地睡觉。

二〇〇一年八月二十二日

早晨四女儿说，又给尿床了。我说不是安了接尿器？她说，早就给揪得扔一边儿了。我说看来那种接尿器是给不会动弹的病人发明的。

怕她尿湿秋裤，我们干脆就不给她穿秋裤了，只给她身上盖着薄被。

二〇〇一年九月三十日

农历八月十四，明天就是八月十五。

忠义给家打来电话，说五舅舅去世了。我半天说不出话。

放下电话，老母问说谁来电话了，你咋不作声。我说是单位让我出差呢。

二〇〇一年十月二日

我得跟忠义表弟他们一起安葬五舅舅。我把老母抱到楼下玉玉家。我跟老母说我出差走几天。

二〇〇一年十月九日

我下楼看老母，说妈我出差回来了。老母说："你五舅舅也回村养病去了？"我一下子不知道该怎么回答，假装没听着她的问话，走开了。

玉玉悄悄跟我说，姨姨知道五舅舅去世了。我问说谁给说漏了。玉玉说是人家自己猜着了。玉玉说："姨姨问我，你五舅舅过八月十五也不来眊我，莫非也是回村养病去了？"我问："你咋说？"玉玉说："我说您养您的病哇，甭管他别人。姨姨说，我知道他就是回村养病去了。"

七妗妗去世，我们跟老母说是回村养病去了。可她已经猜着是怎么回事了，但从来没把这个事说破，两年过去了，她在嘴里一直是没再提七妗妗。

我想，老母以后也一定是不再提到五舅舅了。

我不知道老母采取这种不表示悲伤，也不表示关心的态度，是不是她真的就不悲伤？不关心？我真的不知道这种"假装不知道"的方法，她在心里是怎么想的。当然了，老母不挑明，我更不会说，万一引起她的病症来，那就麻烦大了。

二〇〇一年十月十二日

今天我发现，老母眼睛虽然是看不见了，可她在用嘴唇试着手里拿的是什么。是纸？手绢？

二〇〇一年十月十九日

下着雨。中午赶快回来收拾担在外面的尿布，但已经都湿了。

外面不能晾东西。只好是在家里到处拉着绳子晾尿布。

饭后四女儿翻找出好多估计不穿的内衣，又加工出了好多的尿布。

看着这么多的干尿布，我先是很高兴。哇，这么多！但马上又苦笑地摇摇头。

二〇〇一年十一月四日

早晨四女儿把我叫醒，指着老母的屋子，让过去看。

老母夜里乱滚，不知道在啥时候连同被子一块儿滚在了地下，但她还呼呼地睡着。

她以前就掉过两次地，但都没摔着。

但不能这样了，不能再让她掉地了。万一摔坏就麻烦大了。

我们决定给她打地铺。

家里有两张山羊皮褥子两块羊毛毡子，都摞在了一起，上面再加上两张棉褥子。厚厚的一个地铺。

正好丽丽提着香蕉来看姑姑了。看见姑姑躺在这么厚的地铺上，丽丽也跟老母并排躺在了一起，跟姑姑说话。

丽丽跟四女儿说："表嫂，姑姑一天尿床，身上没有一点尿臊味。"四女儿说："是你表哥给洗得勤。"

老母有七个亲侄女，也就是说，我有七个表妹。实话实说，也只有丽丽才能跟姑姑这么亲热地躺在一起。别的表妹是不会这样子的。

二〇〇二年一月四日

早晨发现，放在老母枕头边儿的少半卷卫生纸，都让老母撕了，成了碎长条。

四女儿给老母洗脸时发现，老母的袖筒儿里，填了好多的卫生纸的纸团儿。

问她把卫生纸撕碎做什么，她不言语。

我说老母是不是又犯病了。四女儿说千万别再犯成以前的那种胡说乱道的，要犯就犯成这样的，自己瞎玩儿，不影响咱们休息。

二〇〇二年一月九日

下班回家，看见老母用牙使劲地咬床单儿，咬衣服。

四女儿说她她不理，不松口，眼睛还痴痴的。

我大声喊着说："妈，妈，吃饭啦。"她这才回转过神来。我又低声说："妈，吃饭呀。"

她这才"噢"地答应了一声，好像是恢复正常了。

二〇〇二年一月十四日

老母的行为正常了几天。今天又不正常了。

早晨四女儿给她洗脸，她说："你这是跟哪儿端来的水？我锄了一后晌，正还渴的。"

四女儿说："洗完脸，咱们就喝奶子。"

老母说："我喝水。我渴得想喝水。"

二〇〇二年一月十八日

问大夫，说老母这种行为属于老年痴呆。对于一个八十五六岁的老人来说，属于正常现象。

大夫提醒我说，像这样的情况，只要别再受到外界刺激，不会有严重的发展。

二〇〇二年一月二十日

玉玉给老母喂饭，老母说：“你看，庄稼都熟了。这新玉茭倒撇上了。”

玉玉说：“您吃哇，新玉茭。”

老母说：“新玉茭。”

四女儿说，像这样也很可爱。

二〇〇二年二月二十六日

外边整夜地放爆竹有声响，使得老母受了惊吓。

我给她喂饭时，她一把把我推开说，哎呀！倒了。我问啥倒了，她说，崖头，说着又猛地一推，差点把我推倒，我把她的塑料碗也掉地上了。我说妈你干啥推我，她说不推你你就叫崖头给捂住了。

二〇〇二年三月二十日

夜里睡梦中，突然听到老母在大声地喊“曹乃谦！曹乃谦！”声音大得吓人，我赶快过去，可她还呼呼地睡着。

她这是梦着啥了。

我这是头一次听到她在梦里喊我的大名。

二〇〇二年三月二十九日

夜里让老母吵得睡不好，中午我们抓紧着休息。

可又让老母的“招人招人”的喊叫声给叫醒。我赶快跟过去说：“妈，您甭叫喊，让我睡会儿。”她听着有人说话，问我：“你是招人？”我说：“妈，您要啥？”她说：“妈寻不着你家了，你往回送送妈。”

二〇〇二年四月十一日

早晨四女儿开门看见地铺上没有老母，哪去了？

四女儿喊我。

原来老母是在墙拐角，上半个身子在椅子底下钻着，头冲着墙，面朝天。问她干啥呢，她说，妈钻进鸡窝取蛋，贵贱够不着。

地铺距离着椅子有四米远，她咋就给滚到了那里了。

二〇〇二年四月十四日

老母半夜号叫，拿手拍墙的木裙，那音响楼上楼下都应该是能听着。果然早晨有邻居问说，老人又折腾呢？给她喂点安眠药。

二〇〇二年四月十五日

听了邻居的，黑夜喂了老母半颗安眠药，可是该吃饭的时候怎么也叫不醒她。以后不能再用这种办法了。

二〇〇二年四月十七日

玉玉说，把老人送我家。我给看上半个月。

我把老母抱下楼。

这下我和四女儿能好好儿地睡个安稳觉了。

二〇〇二年五月二日

我每天都下楼看老母，玉玉说姨姨真失笑。

玉玉不上班，在老母睡着的时候，她也能睡觉。

下面是玉玉讲的老母在这半个月的故事。

一是，老母说，等等等等，我先跟他下下木头。

二是，老母说，找找锹把子。

三是，老母说，把那厢的小山药蛋擦上丝子烩上，那可不麻。小是小点，不麻。

四是，老母说，你还拿手巾着呢？我见你给我洗脸。

五是，老母说，你后晌不出地受去啦？

六是，老母说，四子四子，是不是做饭呢？

七是，老母说，楞了一块糕。“楞”是应县村里的话，吃的意思。但必须是吃了很多才使用这“楞”。

八是，玉玉问老母，您咋把盖窝扔一边了？老母说，我能抱动个盖窝？

二〇〇二年五月七日

该大便了，我把她抱到卫生间，抱上马桶让她坐好。怕她迷迷糊糊地跌倒，我就一直扶着她。怕她后背不舒服，给她垫着枕头。

老母说：“小车是咱的，你推过来。”

二〇〇二年六月一日

她有时好像也清楚，今天给她喂早点时说，给我围上哈拉，要不会把奶子流脯子上。

“哈拉”是应县土话，怕小孩子流口水流在衣服上，围着的没有袖子的上衣，也叫“牌牌”。

二〇〇二年六月二十日

她老躺着不行，怕她起褥疮，中午我从单位一回家就把她抱起让坐在椅子上，我们做饭。可又怕她从椅子上摔下来，用一根带子从当腰拦住，后边挽在椅背上。

二〇〇二年六月二十二日

老母又是喊叫了一夜，喊得我们睡不着，可第二天还得上班。

我跟四女儿商量，让她躲到丁丁家，我熬不行再让她回来换我，轮着休息。

二〇〇二年六月二十三日

四女儿躲在丁丁家了。

连着三天的半夜里，老母都要喊叫。

我脑子里一闪，想自杀。

二〇〇二年七月三日

中午我回来，老母说："招人，妈跟你说个话。"我说："说吧。您说啥？"

老母说："你看，尽苦菜。看尔这好苦菜，挑！沤上三六斗瓮。"

二〇〇二年七月四日

老母说："乃谦，我才刚去你家，可贵贱寻不着你家。"

二〇〇二年七月五日

中午回家找不见老母，是玉玉又上来把老母接走了。

有玉玉的帮助，我和四女儿才能好好地歇缓了歇缓。

二〇〇二年七月二十五日

老母说:“你别往死捂我孩子。我让你来,让你来扑,不揳死你是假的。”

二〇〇二年七月二十七日

老母说:“招人。”

我说:“噢。”

老母说:“来。”

我说:“做啥?妈。”

老母说:“来,你给往醒叫叫妈。”

我说:“妈,你醒醒。”

老母说:“招人,你给捎个话。”

我说:“噢。捎啥话。”

老母说:“你说给招人,叫他来搬搬他妈。”这个“搬”是搬兵的搬。

二〇〇二年七月二十八日

睡觉前,我把尿盆垫好说:“妈,尿哇。”

老母说:“妈尿完了,你就把妈从毛驴放下来。”

我说:“噢。您尿哇。”

老母说:“快!把毛驴给断住。”“断”是应县村里的土话,意思是追。

我说:“您先尿哇。尿完再说。”

老母很生气的样子,说:“你就喊‘得儿得儿’它就站住了。”

为了让她安静下来,我不住气地“得儿得儿”。

四女儿听着了以为干啥,也过来了。她后来也跟着“得儿得儿”地喊。

二〇〇二年七月二十九日

我实在是瞌睡得不行了。在办公室睡了一下午，晚七点四女儿打电话才把我叫醒。

二〇〇二年八月一日

四女儿跟中医开了些安神的药。吃饭时，把安神药弄成米粒大小，放在稀粥里，可是老母把米都喝了就是把药留在了碗底。

二〇〇二年八月七日

换了种安神的药。

老母把药的糖衣抿过后，把苦药给偷偷地塞在了床铺底下。刚才整理床铺，才发现底下有好多的没了糖衣的黑色药粒。

二〇〇二年八月二十三日

这些时，老母很安静，不乱说了。问话也能正常地回答。

我跟四女儿因为老母的正常而高兴。这样，我们也能够正常地作息了。

二〇〇二年九月四日

七舅舅说，让姐姐到我家住上些日子哇。

二〇〇二年十月四日

在七舅舅家一个月，七舅舅说老母一个月里没有说瞎话。

看来，老母在白天得有个人跟她陪伴着才行。

二〇〇二年十月六日

我跟玉玉说，你没事了就上来跟姨姨说话，一个是陪伴她，二个是跟她说话，她就不睡觉。要不的话，她白天睡足了，黑夜里就会大喊大叫。

二〇〇二年十一月二日

午饭熟了，我推开门大声叫说："妈，开饭呀。"她不理我，可刚才我见她在动，知道她是在装睡。我冲着门外说："四女儿，咱们先吃哇，我妈睡着了。"她突然大声地说："我也要吃呢。"

二〇〇二年十一月二十四日

老母有八天没拉了，我们光是喂她菜和香蕉，还是不拉。

高大娘的二虎和小郝来看老母了。正好他们也给买来香蕉。小郝喂老人香蕉。二虎带来高大娘的问候，老人高兴，也问候高大娘。就说话就把一根香蕉吃了了。

老母的脑子里还有我要吃，要喝，要坚决地活下去的欲望。

二〇〇二年十一月二十七日

今天老母终于说想圪蹴呀。我们早就给准备好了开塞露，可用不着，我把老母抱到卫生间，放在马桶上，不一会就大便了。

我们真高兴。

二〇〇二年十二月七日

老母早晨流鼻涕，早饭也明显少了，只把奶子喝了，椰味儿面包吃了几口。

我给喂了感冒药。

这天是星期六，我在家。

午饭熟了，叫她，她不答应。我跟四女儿说，她感冒了，叫醒也不想吃，要不叫她睡吧。一了儿等睡醒，我专门给她做溜鸡蛋拌疙瘩汤。

老母安静地睡了，我们也抓紧时间午休。平时休息不好，这一觉睡醒来，一看，已经是下午四点了。可老母还睡着。

我觉得有点不对，我就大声地叫她，可咋叫，都不答应。我着急了，说四女儿，你赶快下楼叫玉玉。

玉玉上来，也姨姨姨姨地叫，也不理。四女儿捉住老母手腕，说摸不住脉。再看胸脯好像也没有起伏。玉玉说，姨哥快换衣裳吧。

玉玉说的换衣裳是换装老寿衣。四女儿赶快给跟衣柜里够出来，她们两个给换的时候，老母仍然是没有半点反应。任由她们摆布。

我就哭就“妈！妈”地大声呼喊。

穿的当中，屋子一下子黑了。是停电了。赶快又忙着找蜡烛，可一着急了又一下子找不到。玉玉赶快下楼，到她家去取。

点着蜡烛，这才把寿衣换好。

我趴在穿着寿衣的老母身上，大声地号哭。

四女儿一把把我推开。

她说她看见老母的嘴唇在微微张合。

四女儿把耳朵贴在老母的嘴上听听说：“快，妈答应你呢。快，再叫。”

我又大声“妈！妈”地叫。

“妈！妈——”我大声喊。

老母睁开了眼。这时，屋子一下子亮了。来电了。

我赶快趴下身叫“妈”，老母嘴张了一下，很微弱地哎了一声，回答我。

我们高兴得又是笑又是哭。

二〇〇二年十二月八日

昨晚，老母又活转了过来。我们喂她奶子，还喝了有半碗。玉玉说，看把寿衣弄脏。我们就给她又把装老衣脱掉，换上了平常的衣裤。

今天是星期日。

早晨玉玉早早地上来了，帮着四女儿给老母洗脸洗身。喂面包不吃，又喝了半碗奶子。

老母说话声音很弱，但很清晰。四女儿还问她说："妈，您昨天梦见阎王爷没？"老母笑。

老母听到四女儿逗她，笑。这说明老母的脑子清醒。

中午又喂她面包，还不吃。我说您不吃东西不行啊妈。

老母摇头。

四女儿说："咱们把奶粉调进牛奶里，浓浓的。"

中午老母又喝了半碗浓奶子。

晚上八点多，看着老母嘴唇动，我赶快趴下问她说啥。

她用微弱的声音说："给妈，拉一段。"

哇！老母让我拉二胡。她要听我拉二胡。

我赶快把二胡取出来，拉了一段老母能听懂的《白毛女》里的"北风那个吹，雪花那个飘"。

老母想听我拉二胡，我很是感动。

我就拉就流泪，就拉就流泪。

泪水咸咸地流进我的嘴里。

反复地拉了几次，看着老母是闭上了眼，老母睡着了。表情是笑笑的，睡着了。

二〇〇二年十二月九日

早晨我们又喂了老母半碗浓奶子。她一直是不睁眼，但奶子都咽进去了。

中午十一点，四女儿跟单位回来，先进老母屋，轻轻地冲着老母叫了一声“妈”，老母“哎”地，很响亮地答应了一声。

今天是星期一，我没去单位上班，一直守着老母。可我一上午都叫过没数儿回“妈”了，她都是在昏睡着，没回答我。

二〇〇二年十二月十一日

老母一直是昏睡着。

七舅舅来过，表哥跟表嫂来过，一世来过，都叫老母，可老母一直是没有回答。

我不住地“妈妈”地叫着，想叫醒她喝点水，可咋叫，她都不应答。一直是在昏睡，好像还能微微地听到打鼾的声音。

一世表弟问我姑姑今年多大了，我说属蛇的虚岁八十六。

二〇〇二年十二月十二日

老母一直是在昏睡。

我回想起，自听完我拉二胡后，四天了，她只是回答过四女儿的那一声，而且是很响亮地“哎”地应答了一声。

下午，五舅舅家的丽丽来了，七舅舅家的妙妙平平改改改存都来了。

丽丽躺在老母身旁，攥着姑姑的手，跟老母说话，她还想象那天，跟姑姑说话。可姑姑只是笑笑的，不言语。

下午五点钟，老母脸上带着笑容，静静地靠躺在丽丽的怀里，睡着了，永远地睡去，不会再醒来了。

我洗了一夜的东西，我就洗就号哭。

我把老母脱下的衣服，把老母的所有的包括袜子手绢在内，把老母的所有的东西都一件一件地清洗出来。

我就洗就号哭。

我把老母所有的尿布，一块一块地都清洗了一遍。

我就洗就号哭。

半夜，把家里所有的绳子都担满了老母的东西。

玉玉没下楼回她家。她和四女儿在那个屋睡了。

我左手握着老母的右手，躺在她的身旁。

突然，我听到老母在喊我招人，在“招人招人”地喊我，我“哎哎”地就答应就赶紧爬起身。可是不能够了，再想伺候伺候老母，已经是不能够了。

老母就在我身旁。穿着装老寿衣，面朝着天，在那里躺着。

我摸摸她的手，她的手冰凉，冰凉。

我的泪水，冰凉，冰凉。

后　记

我是母亲抱养的。

母亲经过了千辛万苦，虽说是把我养活，养大，可我的身体一直不健康，四岁才会站。

小时候，母亲知道我软弱，怕孩子们欺负我，从来不让我到外面去玩。想玩耍活儿，可以，小鼓小镲小喇叭我家都有，要啥给你买，就是不许出外面。我想吹七舅舅的口琴，舅舅不让。我妈说我舅舅，娃娃老想吹，你就让娃娃吹吹。七舅舅说小孩口水多，吹进去簧片就锈了。我妈说，要不姐给你钱你再买一个，把这个给娃娃。后来七舅舅买了新的，把旧的给我了。如果我妈当时也骂我说，小娃娃不要那，看给舅舅弄坏的；可我妈没有那样说，而是支持我吹。以后也是，在我玩乐器方面，从来都是支持我，这我在书里都写到了。这真的让我很是感激。

我上小学了，还是成天就在家里。看书学习，做作业。做完再做。上初中了，才有几个街道的朋友，但是只许他们到我家，不让我到他们家。我母亲要让我永远在她的视觉中，她才放心。

我像是一只小鸡，躲藏在母亲张开着的翅膀下。因为有她的苫护、保佑，我在不知不觉中，轻松地就度过了童年、少年，直到成年。

但在我母亲的眼里，我永远是孩子，永远得有人苫护才行。可她也要老，后来又得了幻觉幻想病，她一定是意识到自己没能力来保护娃娃了，她就把我嘱托给了慈法师父。照她的说法是，慈法师父去世后就上天了成佛了，能保佑我。她疯疯癫癫地从野坟地里抱回来一块石块，说是慈法菩萨，供养在家里，烧香磕头，祈求慈法保佑她的娃娃。保佑她的娃娃在任何时候，都会逢凶化成吉，遇难呈了祥。

母亲的幻觉幻想病是在八十岁那年得的。她成天幻觉着我被人活埋了，叫汽车撞死了，或者是有一伙人正在殴打我。我不忍心把她老人家送精神病医院，而是在家里伺候她。我上班时，把她锁在家时，但再忙，也得在当中回趟家，叫她看着我还活着。我跟记者们说过，搞创作需要全身心地投入，而照顾老母也必须得全身心地去奉献。我认为二者不可兼顾，我决定先当孝子，后当作家。

当时汪老还健在，我把我的这个情况跟汪老说了，汪老说不能写完整的，积累些素材也行。听了汪老的，我在五年当中，积累了大量的素材，为写母亲的长篇小说做好了准备。

2002年年底母亲去世，料理完丧事，在不尽的思念中，我动手写这部长篇，可我一写就伤心就流泪，痛苦得写不下去。人们都劝我说，母亲刚去世，你还没有跟悲伤的情绪中走出来，放放再写吧。于是我把长篇创作放了下来，写别的。

就在2004年的夏天，我得了急性胆囊炎，疼得我死去活来，便住院做了手术，把胆囊摘除了。这以后，我原本也不健康的身体，一下子给垮了。

2007年出版了长篇小说《到黑夜想你没办法》、中篇小说选《佛的孤独》、短篇小说选《最后的村庄》三本书（这三本书分别被评选为2007年度的十大好书）后，我于2008年年初，又打开了长篇小说的素材库，重新动手写母亲。

我有个毛病是，一写作就进去了，当我进入写作内容的时空里，老伴儿喊我吃饭，她还得大声些我才能听着，才能把我的魂儿，跟另一个境界喊回到现实。

因了这个毛病，我在写作这部作品中，经常是悲伤痛苦，泪流满面。老伴儿经常笑话我说：“呀，又哭了。”

我在悲伤痛苦中，含着泪，往下写。写着写着，在2008年的夏天，得了脑梗死。

大夫说，我的脑血管里有四个地方有血栓。栓块虽然都不是很大，但也不是小到能够很容易地就把它溶化掉。大夫让我注意这注意那，提了很多的建议。可我紧注意慢注意，这个病还是经常发作。每次发作的程度不等，大部分是一过性的，一分钟半分钟就过去了，就正常了，只是给我提个醒，看看是哪方面又不注意了。可有时候就不是那么容易地给过去，这就得到医院。

几次大的发作里，其中有两次是我正在写作这部长篇的状态中。我先是感觉到敲键盘的右手指麻木，紧接着右脚趾麻，右腿麻。心想，坏了，发作了。试着说话，舌头僵硬，发不出正常的语音。来势汹汹，不像是一过性。一分钟过去了，两分钟过去了，势头不减，只好到医院。

写别的题材，我倒也能平平静静地来写，可一写母亲，无论怎样地努力，总是平静不下来。

大夫建议我，想写写点别的吧，把写作搁一搁，要不的话，你小心瘫痪。

我不怕死，我怕瘫痪。

听了大夫的，我把长篇的写作，再次搁了下来。

2013年3月,《检察日报》副刊部来约稿，我就从我的长篇素材里往出整理，整理出八题。

现在回想，如果没有这八篇约稿，或许就没有后来我用一题一题的这种形式，在来来回回地为脑梗死而住院出院住院出院的折磨中，来完成我的长篇小说。

2013年秋天，云南的《大家》跟我约稿，我一题一题地写出九篇(叫做是散文也行，叫做是小说也可。反正有评论说我的散文像小说，小说像散文)，冠名为《初小九题》，给了他们。没想到这个《初小九题》受到了我国著名的评论家王干先生，以及瑞典马悦然先生和他的夫人陈文芬的好评。他们都写了评论文章，与我的《初小九题》同时刊登在《大家》2014年的第一期。

从那之后，我找到了在与脑梗死病痛的抗争中，来写《母亲》的方式。我断断续续地写出了《高小九题》，之后断断续续地写出了《初中九题》和《高中九题》。四个九题加起来，是三十六题。

这三十六题，好像是都在说我，实际上都是在写母亲。

就这样，我的“母亲三部曲”的第一个集子《流水四韵》，出来了。我决定继续用这种方式，一节一节地，九题九题地制作下去，最后再加工整理出一个完整的长篇，把她献给我恩重重如山，恩深深似海的，自私又高尚，渺小又伟大的母亲。

大夫说我的脑梗死这个病，想彻底地好转成健康人那样，是不可能了。只能是在注意保养下，发作时症状有所缓解，病情有所减轻，这就是很不错的了。我现在已经不指望它能彻底康复，事实上，我经常是动不动就觉出脚麻手麻，舌头僵硬，说不清话。碰上这样的情况，我就耐心地等待，等待一两分钟后，也就过去了。大夫称作是“一过性”。每次这个症状过去后，我都是一身冷汗（这也可能是吓得），身上无力（也可能是吓得）。但毕竟是过去了，每次发作时，我都盼着是“一过性”，盼着它别给大发作，大发作就有可能让我瘫痪在床上。头脑清醒却不能动弹，那可是坏事了。要那样，还不如一了儿死去。

于是，我又一鼓作气地，用同样的慢速度，从长篇素材库里整理出了“母亲三部曲”的第二个集子《同声四调》。

可我在校对出版社给我的《同声四调》大样当中，有天下午，我正在小区的小花园散步，实然感觉出要脑梗。我赶快回家，心想趁着能上楼，赶快回家。回了家，我赶快躺在床上等待。我已经是有了经验了，在等待的当中，我不住地唱《杜丘之歌》啦呀啦，用这个办法来测试舌头僵硬的程度是否有所缓解。当觉出有所好转，我没有去医院，连夜又加班把剩下的部分校对完，第二天上午，赶快把稿子发了出去。这下就放心了，因为我知道，今天的下午如果再发作的话，那就可能不是小的发作了，可能是来势汹汹的大发作了。因为几次大的发作的头一天，都有过这样小的发作。

在编写整理“母亲三部曲”的第三个集子《清风三叹》的这一年当中，我的身体又有了新的毛病，那就是腹泻。我们小区院里有两个跟我的症状相似的患者，他们已经确诊出是直肠癌，并且都已经做了手术。他们劝我赶快到医院做个肠镜，我不去做。我不怕死，可我怕一去医院检查，大夫说赶快住院，赶快手术，那可怎么办？那我的《清风三叹》的写作，就得停下来。这一停，谁知道停到什么时候，牛年马月？我决定不去医院，我决定抓紧着时间写。

当时，整理编写《清风三叹》，是我的头等大事。别的事，放在其后。

当这本书的最后一题收尾后，我长出了一口气，我放心了。最起码，我的长篇应该是完成了。

这下好了，即使我因了身体的情况不能再写，那也不怕了，因为我总算是有一个完整的版本，可以呈献给我仙逝的母亲了。

《同声四调》和《清风三叹》这两本集子，都是马悦然夫人文芬作的序言。文芬是我的文学知音。她看我的书稿特细，连我母亲说过“俺娃也写他一本书”这样的小细节，她都注意到。文芬还为我的台湾版短篇小说选《最后的村庄》一书作跋；为中篇小说选《佛的孤独》一书作序。题名分别是:《众神的花园》《记忆初爱时光》。在《记忆初爱时光》的序文结尾时，文芬写道:“少年乃谦，你以你的名字，许以爱情献给了人类匮散失落的高贵理想。一滴眼泪流进大海，善缘和尚遗落地面的珠珠，重新拾缀起来。”读完这段话，我鼻子一酸，有泪涌出。

“母亲三部曲”《流水四韵》《同声四调》《清风三叹》，这三本书，总共写了九十九题。之前发表过的中篇小说《换梅》，原来就是我设计的长篇的引子。我把这个中篇由第三人称变换成第一人称，改写成了九题。

全部加在一起，就是一百零八题。

现在，这一百零八题要由湖南文艺出版社结集出版成长篇小说了。

我原来的设计是，一百零八题分作《行云》《流水》《明月》《清风》四册来出版，但湖南文艺出版社编辑徐小芳告诉我说，他们社经研究，建议不分册，而是将要把这一百零八题，隆重地推出一本千页的精装大书。

千页精装大书，好！

序言还是文芬来作。文芬还特别建议，她说马悦然非常喜欢中篇小说《换梅》，建议这本大书的书名就叫《换梅》。

好！

千页精装大书《换梅》好！

这个后记我最该说的是，而且一直在提醒自己，一定在后记里提提这本书的最后一题，《伺母日记》。

这一题里写到了我母亲的离世。这么重要的文章，我却是把简单的日记的样式就那么原文搬抄上去。按原来的计划，我是要把日记里发生的事整理出来重写，可每当要动手的时候，我就今天推明天，明天推后天，一推再推，动了几次笔，可都伤心得写不下去。怕引起脑梗死大发作，最后，只好还是按日记原文照抄了。

我在《伺母日记》里写到，我的母亲在她的神志仍然清楚时，躺在床上跟我说，招人，给妈拉一段。我妈从来没有主动跟我说过这样的话，我赶快取出二胡，流着眼泪给我妈拉了一首她知道的曲子，“北风那个吹吹，雪花那个飘飘”，我妈闭着眼，笑笑地听，听着听着睡着了，从此，她再没有醒来。母亲那时候，一定是知道自己就要离去，于是她让儿子的二胡音乐，伴着自己步入另一个世界。

为了让老母听我的音乐，我在下马峪我的同胞大哥家里放了一把二胡。一回村，我就拉奏起来。“北风那个吹吹，雪花那个飘飘”，我的老母虽然是入土为安了，可我相信，我只要是一拉起二胡，我母亲就知道是她的招人回来了。我每次回村都还带着箫，到村外吹，就是为叫母亲听。后来我买了内蒙古民乐马头琴，新疆乐器热瓦普，我都是要专门带回到村里，坐到村口拉，拿到村外弹，为得是叫我老妈听。老妈，我又买了新的乐器，您认不得，这叫马头琴，这叫热瓦普。老妈，您听。

她老人家虽然是已经离我远去，可我经常是一天接着一天，连续地在梦中与我的老母亲相会。更准确地说，是生活在一起。给她劈柴，给她担水，给她做饭。有时候去看她，她却是锁了家门出去了。我等呀等，等着她回来。有时候等不住，有时候就等住了。我看见她很健康的身影后，真高兴。这一切的一切，就像她还在活着一样。有时在半夜醒来，知道与母亲的相会原来是梦，那我就赶快再睡，盼着再快快地睡着，盼着母亲还在梦里等我，等我去给做营生，等我去给送早点。

我不知道，是不是那个时候，老母的灵魂可是真的回来了？

我相信是真的回来了。于是，每当我早晨醒来，不再悲伤，我相信在下一个夜里，还能与老母相会。

我在最后一题《伺母日记》里，只写到了老母去世，以后的事，没再往下写。

就是在安葬老母亲的那天，我才知道，我除了有一个姐姐两个哥哥，我还有个妹妹。我们属相都是牛，但她比我小十一个月。天上掉下个好妹妹，这太让我惊喜了。

在我同胞大哥他们的全力帮助下，我把老母安葬好之后，我便与大哥二哥姐姐妹妹他们相认了。我妈活着的时候，我是不敢公开与他们相认的。而现在，我把大哥家当成了我的家，一回了下马峪，就自然而然地住到了大哥家。一年好几次，时间长了就想回下马峪。回的时候我还到城里把二哥也约上一起回，弟兄们说呀笑呀，其乐融融。

我是乐在其中的当事人，而我的妻子想到了一个问题，她说，你的妈妈真伟大。我说，你才知道我妈妈伟大吗？她说，你知道我指的什么吗？我说是什么？

她说，你想到了没有，小时候你妈把你从人家家给弄走了，可现在，你妈在去世后，这是把你又还回了人家家。而且，你妈一定说，我抱走的时候，娃娃连话也不会说，可我现在给你们还回个会写书的娃娃，照慈法师父的说法，招人还是个痴迷琴棋书画才艺的娃娃。

哇！“把你又还回了人家家”，我可真的是没有这么想到。但想想，也真的是这样。

我想起了我妈那次跟我大哥说的那段话。那是在《钗锂村》一章里写到的：

> 说的是回钗锂，十五这天，我妈在出了应县城后，却让四蛋把车开到下马峪。
>
> 原计划，我自己给我爹上坟，我妈要来那就来吧。上完坟，老母又让我引着她到曹甫谦家。
>
> 老母跟甫谦大哥说：“五大妈跟你说个事。”大哥说：“您有啥事吩咐哇。”老母说：“五大妈要是死了，你得帮着招人打发五大妈。他啥也不懂得。”大哥说：“看您说的。精精神神的说这话。”老母说：“五大妈跟你说正事呢。”大哥说：“这还用说。有那一日的话，我会尽全力的。”老母说：“有你这句话，那五大妈就放心了。”

想想当时我妈的安排，她分明是已经想到：我闭眼后，就把你兄弟招人还给你们。而实际上也是这么回事。

而她更想到的是，“有你这句话，那五大妈就放心了”。

把招人还回你们家，那我的招人就不会孤单。而实际上更是这么回事：母亲虽然是离我远去，而我一点也不感到孤单。

太伟大了！妈妈。

太伟大了！

妈妈。

2025年清明节于槐花书屋